KB152398

한국학술진흥재단 학술명저번역총서

● 서양편 ●

한국학술진흥재단 학술명저번역총서

서양편 ● 55 ●

나의 도제시절

비어트리스 웹 지음 | 조애리 · 윤교찬 옮김

한길사

My Apprenticeship

by Beatrice Webb

• 이 책은 (재)한국학술진흥재단의 지원으로 (주)도서출판 한길사에서 출간·유통을 한다.

이 도서의 국립중앙도서관 출판시도서목록(CIP)은
e-CIP 홈페이지(http://www.nl.go.kr/cip.php)에서 이용하실 수 있습니다.
(CIP제어번호:CIP2008003913)

허버트 스펜서(Herbert Spencer, 1820~1903)
어머니, 아버지 못지않게 비어트리스의 성장에 영향을 미친 사람은 스펜서였다.
그는 그녀 자매들 모두의 해방자였다. 그는 그들을 글로스터의 숲으로 데려가 따분한 교실의
구속에서 해방시켜주었다. 비어트리스의 삶에서 그는 해방자인 동시에 최초의 지적 스승이기도 했다.

프롤레타리아 계급의 국제적 상징인 챙이 달린 모자를 쓰고 있는 노동자들

비어트리스는 부두 연구에 만족하지 않고 이어서 고혈착취 체제를 연구하기 시작한다. 이스트 엔드의
양복점에 취업하기 전 실제 노동자들의 삶을 체험하기 위해 그녀는 바컵(Bacup)으로 갔다.
그녀는 존스 양으로 가장한 후 그곳의 노동자들과 자유롭게 어울렸다. 그녀는 특히 남자 노동자들과는
자기 계급의 남성들보다 더 자유롭게 의사소통할 수 있음을 알게 되었다.

·A·GARLAND·FOR·MAY·DAY·1895·
• DEDICATED·TO·THE·WORKERS·BY·WALTER·CRANE •

월터 크레인의 「노동절에 헌정하는 화환」

"공장주나 탄광소유자 또는 철강업자들은 조그만 일에도 노동자들을 보호하고 책임을
지게 되어 있습니다. 이들은 위생적인 주거지를 제공하고 여성과 아동의 경우 노동시간을 제한하고,
아동들에게 의무교육을 시켜야 하고, 모든 사고를 방지하고 또한 보험처리하도록 국가의 규제를
받고 있습니다. 공장시스템 아래서 많은 노동자가 조직한 노동조합은 정당한 임금수준을 주장합니다."

• 1892년 6월 로치데일에서 열린 협동조합협회 제24차 연례회의에서 비어트리스가 발표한 글

페이비언 사회주의의 상징으로 알려진 페이비언 윈도

페이비언주의자들은 사회발전의 다음 단계로 사회주의를 제시했다. 이때 사회주의는 중간 계급 지식인들이 만든 혁명, 계급투쟁, 마르크스, 노동계급 운동에서 분리된 중간 계급을 위한 사회주의였다. 이들은 혁명 대신 진화론에 바탕을 두고 사회발전을 구상했다.

나의 도제시절

새로운 신념을 향한 여정: 『나의 도제시절』

조애리 KAIST 교수

1

1916년 말 비어트리스 웹(Beatrice Webb)은 작은 타자기로 소녀 시절부터 써오던 일기에서 일부를 발췌하여 '내 삶의 기록'을 쓰기 시작했다. 솜에서 전쟁이 진행되던 슬픈 시절이었다. 그녀는 이 작업을 통하여 전쟁의 비참함을 잊어보려고 했다. 그것은 끝없는 독서나 군인들의 양말을 짜는 일보다 덜 지겨운 일이었다. 이렇게 전쟁을 잊는 외에도 이 일은 어린 시절로 돌아가 어떻게 내성적인 아이가 사회조사자이자 사회 개혁가가 되었나를 검토할 수 있는 기회였다. 그녀는 자신의 사적 경험이 공적인 의미를 띨 수 있는지 알고 싶었고, 자서전은 그런 성찰에 적합한 형태였다. 이 일기를 발췌한 글이 후에 『나의 도제시절』로 발전한다. 『나의 도제시절』은 마사 비어트리스 포터(Martha Beatrice Potter)가 글로스터셔의 스탠디시 저택에서 1858년 1월 22일 태어나서 1892년 7월 23일 시드니 웹과 결혼할 때까지를 다루었다.

연합군이 승리한 후 그녀는 재건위원회에서 일해달라고 요청받았고, 위원회 일로 바빠져 그녀의 일기 발췌는 중단되었다. 그녀는 여성 노동자들의 동일노동·동일임금에 관한 보고서를 썼으며 젊은 페이비언 협회 회원들과 함께 '길드 사회주의자 프로파간다를 위한 센터'를 만들었다. 또한 시드니 웹과 함께 『영국의 사회주의 공화국을 위한 입법』(A Constitution for the Socialist Commonwealth of Great Britain)과

『자본주의 문명의 쇠퇴』(*Decay of Capitalist Civilization*)를 썼다. 하지만 1920년에 시드니가 하원의원 선거에 나가기로 하자 비어트리스는 다시 작은 시골 집에서 은퇴를 준비했다. 1922년 그녀는 '나의 신조와 직업'을 시작으로 같은 해 5월부터 본격적으로 자서전 집필에 들어갔다. 그녀가 첫 번째로 부딪친 어려움은 자의식에 사로잡히지 않으면서 진실을 말하는 것이었다. 그리고 더 중요한 것은 가족을 그리는 문제였다. 여덟 명의 자매 중 다섯 명은 아직도 살아 있었다. 그리고 물론 시드니 웹의 반응도 걱정이 되었다. 그녀는 조지프 체임벌린(Joseph Chamberlain)과의 연애에 대해서는 생략하기로 했다.

무엇보다 『나의 도제시절』은 당시 사람들이 웹에 대해 지니고 있던 대중적인 이미지를 교정했다. 당시 비어트리스 웹의 이미지는 소설가인 웰스(H. G. Wells)가 희화화한 모습이었다. 웰스는 1902년 이 부부를 처음 만나고는 자신의 나태와 정신적인 방탕함이 부끄러웠다고 했지만 몇 년 후 이들과 심하게 다툰 후 자신의 『신마키아벨리』(*New Machiavelli*)에서 이들을 아주 메마른 오스카(Oscar)와 알리티어라(Alitiora)로 그렸다. 이 희화화된 모습이 비판적인 젊은 페이비언들이 상상하는 웹 부부의 모습이었다. 그녀는 계산적이고, 남을 조정하고, 공공의 이익을 위해서는 헌신적이지만 개인적으로는 냉담한 여성으로 그려졌다. 울프(Virginia Woolf)는 웰스보다 더 심하게 그녀를 거미로 묘사했다. 페이비언 모임에서 처음으로 웹 부인을 본 울프는 웹 부인을 부지런한 거미처럼 식탁에 앉아서 웹(말 장난: 영어에서는 거미줄도 웹으로 발음됨)을 끊임없이 짜고 있는 것으로 묘사했다. 울프는 남편인 레너드 울프가 페이비언 거미줄에 붙잡혔다고 생각했다. 하지만 이 자서전으로 사람들은 비어트리스를 재능있고 솔직하며 뛰어난 통찰력이 있는 인물로 보게 되었다. 비록 조지프 체임벌린을 짝사랑한 것은 언급하지 않았지만, 젊은 시절 그녀의 고뇌와 자신의 소명을 추구하면서 겪은 갈등은 독자에게 충분히 감동적이었다.

2

어린 시절 비어트리스 포터는 불행하고 외로웠다. 이것은 부모의 성격뿐 아니라 자본가의 기업정신에 지배된 그들의 생활방식 때문이기도 했다. 가족의 삶은 유목적이고 끊임없이 변했다.

내가 성장하면서 우리는 더 자주 이사하게 되었고 그로써 고정된 관계는 완전히 무너졌다. 내가 교류한 세계들 사이에는 사실 연관이 없었다. 나는 우리 가족과 연관된 일련의 사람들을 끝없이 만났다. ──이들은 의미없는 군중으로 내 삶에 빨리, 그리고 전혀 기대하지 않게 끼어들었다가 사라졌다. 하인들이 왔다가 사라졌다. 가정교사들도 왔다 사라졌다. 모든 종류의, 모든 계층의 사업가들, 미국 철도회사 사장에서 스칸디나비아 반도의 임업자, 대영제국 회사의 창립자에서 지방의 지배인, 기술자까지 모두 왔다가 사라졌다. 끊임없이 변하는 '런던 사교계'의 친구들도 왔다 사라졌다. 모든 학파의 사상가, 종교가, 문학자, 과학자들이 오갔다. 여러 지방 출신의 구혼자들이 언니들에게 구혼하러 왔다가 사라졌으며, 그 결과 소녀 시절에 7명의 형부를 두게 되었다……. 우리의 사교 관계는 이웃, 직업, 종교 또는 인종에 뿌리 박고 있는 것이 아니었다. 그것은 일련의 영화──깊이 없이 표면적인 인상만 있는──같았다.

하인뿐 아니라 아버지인 리처드 포터(Richard Potter) 또한 왔다가 사라졌다. 그는 캐나다로, 미국으로, 네덜란드로 출장을 다녔다. 대서부 철도회사 사장과 대트렁크 철도회사 회장을 역임한 리처드 포터는 긍정성의 화신이었다. 매력적인 외모를 지녔을 뿐 아니라 명랑하고 직선적이었으며 성공적인 사업가이자 재정가, 정치인, 과학자, 문인의 친구였다. 그뿐만 아니라 "여성이 남성보다 우월하다고 믿는 내가 아는 유일한 사람"이라고 비어트리스가 언급했듯이 그는 딸들을 사랑하고 격려했다.

하지만 비어트리스는 성공적인 아버지에게서 도덕 자체를 무시하는 자본가 정신을 보며 이는 '자본가 전반'에 적용되는 것으로 생각한다. 리처드 포터에게는 확고한 정치관이나 종교가 없었다. 그는 할아버지가 지지했던 급진주의도 포기했다. 가끔 성공회 미사에 참석했지만 국교도는 아니었다. 그가 성공적인 자본가라는 것은 정확하게 '올바른 행동에 대한 그의 개념이 광범위하고 느슨하며 주위의 도덕적 분위기가 쉽게 스며든다'는 뜻이었다. 딸은 아버지에게 일정한 원칙과 신앙이 없는 것, 무엇보다도 공공의 선에 대한 비전이 없는 것에 비판적이었다.

낙천적인 아버지와 대조적으로 그녀의 어머니는 우울하고 실의에 빠진 여성이었다. 그녀는 문학적 열망을 가지고 있었으나 대저택을 유능하게 꾸리는 가정주부에 그쳤고, 아들을 편애했으나 어린 아들을 잃는 슬픔을 맛보았다. 비어트리스가 어린 시절에 불행했던 원인 가운데 하나가 '작은 딕키'의 짧은 생애였다. 유일한 아들이던 딕키는 비어트리스가 네 살되던 해에 태어나 어머니의 관심을 독차지했다. 비어트리스는 어릴 때 죽은 이 남동생에게 질투심과 죄의식의 복합적인 감정을 지니고 있다고 『나의 도제시절』에서 솔직하게 고백하고 있다.

원칙과 신념에서 카멜레온 같던 아버지와는 달리 어머니는 공리주의를 신봉하고 자유방임주의 경제원칙을 엄격하게 고수했다. 포터 부인은 스미스(Adam Smith), 맬서스(Malthus), 시니어(Nassau Senior)를 읽고 자랐으며 그녀의 가장 가까운 지적 친구가 스펜서(Herbert Spencer)였다. 그녀는 스펜서와 대등하게 토론할 정도로 지적인 여성이었으며, 자기 이익에 대한 절대적인 믿음에서는 전형적인 빅토리아인이었다. 어머니는 시장 가격보다 더 많은 비용을 지불하는 것, 노동 시간을 덜 지키는 것, 긴장을 덜 하는 것 등을 모두 자기 탐닉으로 여겼다.

어머니, 아버지 못지않게 비어트리스 포터의 성장에 영향을 미친 사람은 스펜서였다. 그는 포터 집안의 딸들 모두의 해방자였다. 그는 그들을 글로스터의 숲으로 데려가 따분한 교실의 구속에서 해방시켜주었다. 비어트리스의 삶에서 그는 해방자인 동시에 최초의 지적 스승이기도 했다. "그는 내가 혼자 공부할 땐 격려해주었고, 내가 그리스 철학자나 독일 철학자에 대해 멋대로 쓴 유치한 글을 끈기있게 읽은 후 다정하게 비판해주기도 했다. 나에게 '타고난 형이상학자'라며 기뻐하고 북돋아주었다. 그는 내게 엘리엇(George Eliot)을 닮았다고 말하기도 했다." 그녀는 스펜서를 통해 처음으로 사회제도를 유기체로 보게 되었고 사실의 유용성을 이해하게 되었다. 제도의 진화에 대한 관심을 일깨워준 사람도 스펜서였다.

처음 스펜서를 읽었을 때 그녀는 그를 사회과학자로서가 아니고 대안적 종교의 옹호자로 숭배했다. 그녀에게 신은 '알 수 없는 존재'이고 예언자는 스펜서였다. 열여덟 살 때 스펜서가 쓴 『사회통계』와 『제1원칙』을 읽은 다음, 일기에 『사회통계』를 길게 인용하고 나서 "누가 이보다 더 위대한 신조를 바랄 수 있는가!"라고 적었다. 그녀는 스펜서의 이론에서 '알 수 없는 존재'인 신을 찾고 처음에는 '미지의 위대함'이 주는 신비감에 행복해 했다. 그녀는 스펜서에게서 기성 종교에서와는 다른 종교와 과학의 만남을 보았다. 그러나 비어트리스는 결국 스펜서의 과학의 종교에 있는 어두운 면을 깨닫게 된다. 스펜서의 알 수 없는 신은 그녀에게 불충분한 위안이었다. "슬플 때나 아플 때 그 종교는 신도에게 황량하고 쓸쓸하기 그지없다……. 그것은 '고통받는 인류'를 위한 종교가 될 수 없다."

그녀의 소녀 시절의 강박관념 가운데 하나는 자신의 낭만적 환상과 이기주의적 야망에 대한 경계였다. 열한 살에 소설을 읽으면서 사상누각이라고 경계했으며 사교계에 드나들면서는 자신의 허영을 질타했다. 1872년 12월 23일 일기에서 그녀는 자신의 나태함에 대해 죄책감을 심하게 느낀다고 기록했다.

내게 이번 가을은 여러 가지 면에서 만족스럽지 못했다. 나는 거의 아무것도 배우지 않다시피 했다. 솔직히 말하면 아주 게으른 생활을 했다. 특히 사람들과 어울리기 전후에는 더 게을러졌다. 여기서 얻은 한 가지 교훈은 내가 극히 허영심이 많다는 사실이다.

솔직히 말하면, 나는 나 자신이 역겹다. 젊은 신사와 있을 때면, 그 무엇보다 신사의 주목과 사랑을 받으려고 별짓을 다 한다. 나는 하루 종일 내가 어떻게 보일까, 내게 어떤 태도가 어울릴까, 언니들보다 더 인기가 있으려면 무엇을 해야 할까만 생각한다. 중요한 것은 어떻게 해야 이런 허영심을 정복할 수 있는가이다. 허영심 때문에 내 마음속에서 온갖 나쁜 정념이 자라나고 착한 마음은 모두 억눌리기 때문이다.

비어트리스는 개인적 반성에서 나아가 런던 사교계를 직업병에 걸린 것으로 직접적으로 비판한다. "나는 개인적인 허영심이 런던 사교계의 이른바 '직업병'인 것을 발견했다. 나처럼 이런 식으로 육체적인 흥분 때문에 고통을 겪어본 사람은, 조울이 고통스럽게 교차하다가 런던 시즌이 끝날 무렵이면 소화불량과 불면증에 걸린다." 아들에게 대학이나 직업 훈련이 그런 것처럼 여성에게는 런던 시즌이 중요하며, '결혼'이라는 사업이 이루어지는 장소임을 지적했다. 객관적이고 날카로운 그녀의 사교계 분석은 당대 상류사회 사교계의 구체적인 모습을 알 수 있게 해준다.

그녀는 사교계의 열기에서 멀어지면서 자신의 허영심에 대한 해독제를 종교에서 찾는다. 그 계기가 된 것이 어머니의 죽음이었다. 어머니의 죽음으로 그녀에게 새로운 목적의식이 생기고 동시에 새로운 에너지가 생겼다. 본머스를 떠난 다음 그녀는 기도하는 습관을 가지게 되고 이 기도 덕분에 결혼에 이를 때까지 버틸 수 있었을 뿐 아니라 정신적·육체적 건강을 유지할 수 있었다고 썼다. 그녀의 기도와 부지런한 노동의 목적은 개인의 이익이 아니라 공동선이었다. 하지만 의무와 신앙은 1년 반 정도 지나자 완전히 소진되어버리고 우울증으로 끝난다. 이제 웹은 완전한 황량함과 인생이 끝났다는 느낌에 싸인다. 일부는 체임벌린과의 관계가 끝난 것과 연관이 있으나 이에 대해서는 직접적인 언급이 없다.

이 정신적 위기 후에 웹에게 노동은 다시 구세주가 된다. 신앙과 노동이 그녀 일기의 핵심어가 된다. 노동에 완전히 몰두하고 너무 피곤해서 일할 수 없을 땐 기도를 한다고 적고 있다. 개인적인 행복과 만족 대신 봉사와 노동을 목표로 설정한다. 그러나 이 목표는 아버지가 1885년 뇌졸중으로 쓰러지자 좌절되는 것처럼 보인다.

오늘밤은 혐오스러운 잿빛 바다와 해변에 부딪히는 파도의 모습, 그리고 나의 감정처럼 부딪치다 사라지는 파도를 바라본다. 그렇지만 파도는 끝없이 돌아온다. 그 뒤에는 절망의 깊은 바다가 있다. 희망도 없이 살아가는 28세! 육체적 에너지에 속았다가 다시 절망의 단조로움 속으로 빠지는 28세. 미래는 없고 단지 부서지는 감정의 연속일 뿐……

삶이 무섭게 느껴진다. 어떨 때는 내가 얼마나 지탱할 수 있을지 걱정되기도 한다. [1886년 2월 12일 일기]

금욕이 고통스럽고 자신이 개인적 관계든 유용한 활동이든 모두 성취할 수 없다는 느낌에 싸인다. "만일 죽음이 온다면 환영이다"라고 하며 그녀에게 인생은 늘 역겨웠다고 적었다.

3

『나의 도제시절』에서 생략된 것은 비어트리스의 심리적인 면이다. 체임벌린에 대한 짝사랑은 그녀가 소명을 찾던 기간 내내 지속되었다. 이것이 그녀의 에너지 뒤에 숨겨진 근원이었으며 그와의 관계가 좌절된후 지울 수 없는 정서적 왜곡을 경험하게 한다. 1883년 여름 체임벌린을 만났을 때 그녀는 25세였다. 언니인 케이트를 따라 이제 막 자선단체협회에 들어가서 숙녀 방문객으로서 빈민가의 환경을 약간 알기는 했지만, 동시에 어머니가 돌아가신 후 하이드 파크 옆에 있는 대저택의 여주인 역할을 하던 시기였다. 당시 체임벌린은 47세로 아내를 잃고 재혼하려는 상태였다. 그는 마흔도 되기 전에 버밍엄의 시장이 되었고, 시의 개혁 프로그램을 시작했으며, 가장 유명한 하원의원이었다. 글래드스턴 (Gladstone) 아래서 통상위원회 회장을 역임했고 자유당 내에서 영향력 있는 급진파 대변인으로 출세가 보장되어 있었다. 그들은 그해 여름 몇 번 만난다. 그녀는 그에게 이끌렸지만 그의 성실성을 확신할 수는 없었다. 그가 정직하게 사고하고 성실하게 실천하는지, 단지 야망을 실현하기 위해 정치를 하는지 알 수 없었다. 그녀는 『나의 도제시절』에 개인적인 고민을 생략한 채 정치가로서 그의 개인적인 결점만을 간단하게 언급하고 있다.

체임벌린과 결혼한다면, 비어트리스는 결혼과 봉사 가운데 택일해야 했다. 결혼을 생각하고 그의 집까지 방문해 그의 가족을 만나고 또 자신의 집 파티에 그를 초대하기도 했다. 그러나 아버지는 그에게 적대적이었으며, 더 중요한 사건은 두 사람이 여성의 지위에 대해 논쟁을 벌인 일이었다. 그와의 결혼은 그의 절대적 우위에 굴복하느냐 하는 문제로 집약되었다. 다시 체임벌린의 새 집을 방문했을 때 비어트리스는 사치스런 그의 집에 거부감을 느끼다가 시청에서 그의 연설을 듣고는 다시 그에게 이끌리는 등 이성과 감정의 갈등을 계속 반복한다. 비어트리스는 그를 볼수록 그와의 결혼이 불행으로 끝나리라는 것, 즉 그의 삶에 흡수되어 일생 동안 그에게 종속되리라는 것을 직감한다. 1884년 후반부에 이러한 애매한 관계 때문에 그녀의 내면적인 갈등은 더 심해진다. 그녀는 일에만 헌신하겠다고 결심했다가 다음 순간 후회와 절망에 빠진다. 그녀는 이스트 엔드 일에 에너지를 집중하고자 노력한다. 거기서 집세 징수인, 경제와 철학 책을 독서하며 이런 노력이 체임벌린에 대한 감정이 솟을 때마다 해독제 역할을 해주길 기대한다. 그러나 그의 사랑에 대한 갈망 역시 강렬한 충동으로 남아 있었다. 그녀의 갈등은 마침내 그녀 편에서 체임벌린에게 고백함으로써 끝난다. 하지만 그는 18개월 동안이나 그녀를 쫓아다니다가 막상 그녀가 고백하자 친구로 남자고 말한 후 곧 다른 여자와 약혼한다. 그와의 관계는 비어트리스에게 고통스러운 좌절의 경험으로 그녀에게 영원한 상흔으로 남았다.

비어트리스가 시드니 웹을 처음 만났을 때 그는 집단적 통제와 행정에 대해 신념을 지닌 사람으로 보였다. 비어트리스가 시드니에게 보낸 편지를 보면 "다른 사람은 사랑했지만 믿지는 않았다. 당신은 믿지만 사랑하지는 않는다"는 것이었다. 『나의 도제시절』에는 이러한 의심이나 심리적인 갈등에 대해 아무런 언급이 없지만 일기나 편지를 보면 두 사람의 관계가 순조롭지만은 않았음을 알 수 있다. 시드니는 행복과 직업적인 성취를 양립시킬 수 있다고 비어트리스를 설득했으나, 그녀는 자신이 노동의 도구로 단련되어 있으니 단순히 친구로만 지내자고 한다. 3개월 정도 형식적인 관계가 지속되었으나 마침내 그녀는 결혼하면 덜 외로울 뿐 아니라 효과적으로 일할 수 있으리라는 것을 받아들이게 된다. 이것은 그녀에게는 이상한 도박이었다. "세상 사람들은 놀랄 것이다. 한때 총명했던 비어트리스 포터가…… 사회적 지위도 없고 재산은 더욱더 없는 못생긴 작은 남자와 결혼하다니 이상한 결말이라고 여길 것이다……. 우리의 결혼은 동료애──공동의 신념과 공동의 일──에 기반을 둔 것이 될 것이다." 그러나 그 결혼은 옳은 결정으로 증명되었다. 그녀는 결혼으로 공적인 역할과 사적인 행복을 동시에 성취할 수 있게 되었다. 공과 사가 하나가 되고 아내이며 동시에 사회적인 일을 하는 것이 가능해졌다. 비어트리스는 직업인으로뿐 아니라 여성으로서도 힘든 도제시절을 거쳤고, 마침내 34세에 놀라울 정도로 흡족한 동반 관계를 시작하게 된다.

4

비어트리스의 공적인 영역의 활동은 자선단체협회 일에서 시작된다. 그녀에게 자선단체협회는 그것의 신조뿐 아니라 빈민의 삶을 직접 관찰하는 경험을 제공한다는 점에서 매력적이었다. 그러나 실제로 활동을 해본 후 실용적인 이유로 협회 원칙에 의문을 던지게 된다. 많은 경우에

협회의 기준은 자의적이었다. 범죄 가능성이 있는지, 늘 술을 마시는지, 부지런하고 점잖고 절약하는지 등은 판단하기가 어려울 뿐 아니라 가장 도움이 필요한 사람이 도움을 받지 못하는 경우도 종종 발생했다.

가장 도움받을 자격이 있는 경우에도 돈과 자선만으로는 효과적으로 도울 수 없는 경우가 많았다. 만성적인 질병을 앓고 있다거나 장기적으로 돈이 많이 드는 치료가 필요할 때 환경을 완전히 바꾸기 전에는 전혀 희망이 없는 경우도 많았다. 실제로 도움받아야 할 수많은 사람들을 배제할 수밖에 없었다. 도움이 필요한 사람들 모두에게 각각 적절하게 대응하자면 자선단체로서 감당할 수 없는 엄청난 비용이 들어가기 때문이다……. 그러나 성격상 결함이 있거나 끝없이 도와주어도 영원히 자립할 수 없는 사람——즉 영원히 자립할 가능성이 없는 사람들('자선으로는 구제해줄 수 없기 때문에')——은 아무리 도덕적으로 깨끗하고 자격이 있어도 모두 구빈법의 처분에 맡기게 되었다.

그녀는 아마추어 탐정 역할을 해야 한다는 느낌을 떨쳐버릴 수 없었다. 비어트리스가 도달한 결론은 자선단체협회의 활동이 사회적 불평등을 해결하는 데 효과가 없다는 것이었다. 빈곤은 개인의 인격 문제가 아니라 노동이나 경제의 구조와 연관되어 있으며 심지어 아편중독자나 방탕한 빈민들조차 개인적 결함 때문만으로 그렇게 된 것은 아님을 깨닫게 되었다.

1885년부터 비어트리스는 단순히 숙녀 방문객이 아니라 캐서린 빌딩의 집세 징수인 겸 매니저로 일한다. 캐서린 빌딩은 자선단체협회에서 자선을 효과적으로 펼치기 위해 위탁을 받아 거주자를 관리하고 있었다. 징수뿐 아니라 입주자 선정까지 그녀의 일이었다. 그들은 집세를 계산했을 뿐 아니라, 입주자가 제때에 집세를 내도록 재촉하고, 술취한 입주자에게 추방하겠다고 위협하고, 집세를 제대로 안 내거나 행동이 올바르지 않은 사람을 내쫓는 일을 해야 했다. 1885년에는 17명이 비행으로 추방되었고, 10명이 집세 미납으로 추방되었다. 하지만 자발적으로 이 건물에서 나간 사람도 56명이나 되었다. 그 이유는 건물의 시설이 노후하고 살기에 불편했기 때문이다.

각 통로에는 규모와 크기가 같은——마지막 방만 다른 방에 비해 작았다——방이 다섯 개 있었다. 모든 방은 단조롭고 빨간 수성페인트로 '장식'되어 있어서 정육점을 연상할 정도로 불쾌하게 보였다. 마치 감옥처럼 동일한 형태를 띤 이 아파트에는 노동력을 줄일 수 있는 도구도 없고…… 싱크대와 수도는 회랑과 계단 사이의 바닥 공간에 있었다(방 60개에 싱크대 세 개와 수도 여섯 개가 고작이었다). 나무로 된 가리개 뒤에 홈통 식으로 만든 변기가 여섯 개 있는데 세 시간 간격으로 물로 씻겼다. 그러나 전체적으로 볼 때 남녀 할 것 없이 수많은 사람이 사용하는 여섯 개의 변기, 특히 600명 이상이 밤낮 할 것 없이 사용하는 변기가 눈에 띄는 곳에 위치한다는 것이 단점이라고 하겠다.

사회조사 측면에서 보면 자선단체협회의 방문보다는 집세 징수가 훨씬 나은 도제 수련 기간이었다. 건물의 입주자들은 집세 징수인을 그들의 조사자나 탐정이 아니라 일상생활의 일부로 받아들였고, 여성 집세 징수인을 익숙한 인물, 즉 출석 점검관이나 전당포 주인처럼 여겨서 입주자 편에서 의심하거나 특별한 감정을 갖지 않았다.

그녀는 집세 징수인 역할을 하면서 빌딩 거주자들의 삶과 노동에 대해 연구했다. 찰스 부스(Charles Booth)와 합류하기 전에 이미 그녀는 사회조사자로서의 면모를 보여주었다. 그녀는 친구들에게 보여주기 위해서 두 편의 글을 썼는데, 하나는 사회적 해결책에 관한 것이고, 또 하나는 추상적인 정치 경제학의 한계를 넘어선 것이었다. 이 두 글은 사회과학의 시각에서 사회문제에 접근하려는 웹의 욕망을 보여준다. 그녀는 리카도 같은 사람의 경제이론과 당시 잡지에 유행이던 빈민의 삶에 대한 선정적인 묘사를 넘어서고자 했다. 그녀는 또한 1886년 2월 『펠 멜 가제트』(*Pall Mall Gazette*)에 실업에 대한 글을 싣기도 했다. 캐서린 빌딩 거주자의 일, 임금, 역사, 가족에 대해 기록해두었는데 그 기록과 개인적으로 쓴 두 편의 글이 실업에 대해 쓴 이 글의 기초자료가 되었다.

1885년 가을부터 웹은 캐서린 빌딩 거주자에 대해서 기록했었다. 단순히 집세 지분에 대한 것이 아니라, 간단한 사례 연구 모음이었다. 여기에 포함된 항목은 그녀가 무엇에 관심을 가졌는지 보여주고, 그녀의 조사와 인터뷰가 체계적이었음을 시사한다.

1. 가족 수: 살아 있는 사람과 죽은 사람 전부
2. 가족 구성원의 직업: 정규직 또는 비정규직
3. 수입: 일, 자선, 저축으로부터의 수입
4. 인종: 영국 또는 외국
5. 런던 출생 또는 런던 토박이
6. 이주 이유
7. 과거의 근처 거주지
8. 캐서린 빌딩의 어디에 주거?
9. 종교
10. 예배 참여
(과거 역사와 현재 특징. 떠나거나 쫓겨난 이유)

웹은 입주자들이 얼마나 벌고, 무슨 일을 하고, 어떻게 일을 하고, 어디 출신이고, 무엇을 믿는지 알고 싶었다. 만일 그들이 이곳을 떠나거나 추방된다면 그들의 '역사'에서 그 이유를 찾고 싶어했다.

『펠 멜 가제트』에 실린 「이스트 지역 실업자에 대한 숙녀의 견해」는 그녀의 개인적인 발전을 이해하는 데 중요하다. 이 글에서 그녀가 처음에는 국가 개입에 얼마나 반대하는 입장이었는지가 드러나고 페이비언이 되기 이전까지 그녀가 가지고 있던 긴장이 엿보인다. 그녀의 글에 나타나는 긴장은 한편으로 이스트 엔드의 실업의 구조적 이유를 이해하려는 욕망과 다른 한편으로는 실업의 도덕적 원인에 대한 관습적인 믿음이 공존하기 때문이다. 이 글에서 그녀가 주장하는 바는 실업자를 위한 공공근로가 실업문제를 더 악화시킨다는 것이다. 이 공공근로가 농촌에서 인구 유입을 자극해 실업을 악화시킨다는 것이다. 유입된 노동자들은 잘못된 기대로 실망을 맛보고 자신이 국가에 일자리를 요구할 수 있다고 믿게 된다는 것이다. 더욱이 런던으로 온 이 노동자들이 도시의 악에 부패되고 타락하는 '유한계급이나 기생계급'이 되어 사회에 부담이 된다는 것이다.

자선단체협회의 일에 한계를 느낀 비어트리스는 본격적으로 찰스 부스의 이스트 엔드 조사에 참여하게 된다. 당시 이스트 엔드 지역은 환경이 점점 더 악화되고 있었으며, 자선사업가, 전문적인 사회사업가, 주택 및 위생 개혁가, 중간계급 사회주의자들에게 초미의 관심사였다. 디킨스(Charles Dickens)의 『올리버 트위스트』(*Oliver Twist*)나 『황량한 집』(*Bleak House*)에 묘사된 빈민가의 모습에서 변한 것이 거의 없었다. 30년 동안 인구는 두 배가 되었고 임대료는 올라갔으며 과밀한 인구로 콜레라, 디프테리아, 장염, 결핵 등 치명적인 전염병과 범죄, 음주, 부도덕이 만연했다. 정규적인 자리를 제공할 공장이 없는데다 비단 직조업과 선박 수리업이 쇠퇴하여 노동자들은 비정규적인 일자리에만 의존하고 있었다. 경기 불황은 1873년에 시작하여 1879년에 절정을 이루었다. 이스트 엔드의 사업은 가구점, 제과점, 구멍가게, 양복점 등이었고 문지기, 배달부, 건축 노동자 등 비숙련공들은 일당이나 시간당 임금을 받고 있었다. 의류업에서는 건당으로 임금을 지불했다. 점잖은 중간계급에게 이곳은 무슨 일이 일어날지 모르는 불안과 근심의 장소였다. 1889년 저널리스트인 심스(George Sims)가 쓴 글을 보면 "그곳의 열병과 더러움이 부유한 사람들의 집에 퍼질 것이다. 그곳의 무법 무리가 행진하여 파리에서 폭도들이 준 교훈을 우리에게 맛보게 할 것이다"라고 적혀 있다. 아직도 파리 코뮌의 기억이 생생한 때였다.

그러나 누구도 이스트 엔드의 고통의 원인이나 사실조차 일관성 있게 파악하지 못했다. 계급간의 의사 소통이 단절된 상태였기 때문이다. 사람들은 런던의 어두운 면에 대해 검은 아프리카에 대해서만큼이나 무지했으며, 아프리카를 아는 것과 같은 방식으로 이스트 엔드에 대한 정보를 얻었다. 신문의 선정적인 보도, 개혁가들의 팸플릿, 성직자·조사자들의 보고서가 당대인이 얻을 수 있는 정보의 전부였다. 1874년 그린우드(James Greenwood)는 이스트 엔드에 대한 몇 권의 책 가운데 첫 권을 출판했는데 제목이 『런던의 야수들』(*The Wilds of London*)이었다. 그리고 1880년 이후 이스트 엔드의 상황이 좋지 않아 중간 계급의 불안이 심해지자 그 지역에 대한 사회적 탐색이 유행했다. 모리슨(Arthur Morrison)의 『타고의 아이』(*Child of Tago*), 런던(Jack London)의 『심연의 사람들』(*People of Abyss*)이 그 예다. 그리고 『나의 도제시절』의 일부는 이런 범주에 속한다. 비어트리스는 이스트 엔드에서 일한 지 40년 만에 이 자서전을 썼지만, 이 자서전의 후반부에서는 타워 힐 너머에 있는 지옥에 대해 리포터로서 받은 인상을 생생하게 기록하고 있다.

이스트 엔드에 대한 부스의 조사는 1886년에 시작되었다. 부스는 사용가능한 통계가 없기 때문에 스스로 조사할 수밖에 없었다. 그는 조사가 진행됨에 따라 가난이 생각보다 광범위하다는 것을 알게 되었다. 그가 한 조사의 의의는 최초로 사회구조 연구에서 질적 방법과 양적 방법을 결합한 데 있다. 양적 방법은 센서스 보고서, 임대료, 숙소 크기, 생활 조건에 대한 학교 이사회 방문자들의 보고서 등이었다. 질적 방법은 개개 사례의 개인적 관찰과 그에 대한 전체 통계의 상호 대조로 이루어졌다. 비어트리스는 1886년 봄 부스의 사회조사에 참여해 그 후 2년간 함께 일했다. 이 조사의 결과물은 1889년 부스가 출판한 『이스트 런던』 (*East London*)에 실렸다. 이 경험으로 웹은 사회문제에 대한 새로운 관점을 갖게 되었다. 이제 그는 정통적인 개인주의와 전혀 다른 입장에서 사회문제에 접근하게 되었다. 조사결과 나타난 증거와 조사 작업 과정에서 겪은 개인적 경험으로 그녀의 정치적 입장은 변화했고 계급적 편견이 극복되었다. 1887년 10월 『19세기』에 이스트 런던의 부두생활에 대해 기고한 글을 보면 비어트리스는 「이스트 지역 실업에 대한 숙녀의 견해」(1886)에서 엿보이는 극단적인 개인주의적 관점에서 멀어지고 사회문제에 대한 집단주의적 접근에 가까워지고 있다. 고용인과 고용주둘 다 제멋대로인 개인주의 때문에 고통을 받고 있으며, 여론이나 공장법의 제재를 받지 않는 것이 문제라는 것이 이 글의 요지였다. 여기서 웹은 스펜서와 정반대 입장에 서게 되었다. 통제되지 않은 개인주의와 경쟁은 통제되어야 한다는 것이었다. 그녀가 내놓은 해결책은 노동자와 자본가 대표로 구성된 공공 트러스트(Public Trust)에서 부두를 통합·운영하는 것이었다.

웹은 부두 연구에 만족하지 않고 이어서 고혈착취 체제를 연구하기 시작한다. 이스트 엔드의 양복점에 취업하기 전 실제 노동자들의 삶을 체험하기 위해 그녀는 바컵(Bacup)으로 갔다. 그녀는 존스 양으로 가장한 후 그곳의 노동자들과 자유롭게 어울렸다. 그녀는 특히 남자 노동자들과는 자기 계급의 남성들보다 더 자유롭게 의사소통할 수 있음을 알게 되었다. 나중에 이런 장면, 남자들과 어울려 담배를 피우며 여유롭게 대화하는 장면은 노조 지도자나 협동조합 지도자와의 모임에서 반복된다. 위장 취업을 하면서 그녀는 일종의 성적 평등을 얻게 되었다. 아버지에게 보낸 편지에서 그녀는 "이 사람들(바컵의 노동계급 주민들)을 이해하는 유일한 방법은 그들의 믿음을 받아들이고 그들의 입장에서 상황을 이해하는 것, 그러고 나서 그들의 물질적·정신적 삶에 대해 비판적으로 반대하지 않고 이해하는 것"이라고 썼다. 이스트 엔드의 유대인 양복점에 위장 취업했을 때 그녀는 조사 대상인 사람들의 행동을 침범하지 않고 노동자들을 연구할 수 있었다. 그녀는 그들 가운데 하나가 되어 계급 분할을 넘어섰으며, 전혀 비판적이지 않은 어조로 노동자들을 묘사한다. 그들의 생활에 대해 유머, 공감, 관용 넘치는 묘사를 하며 그녀 또한 그들의 공감을 얻게 된다. 그녀가 제대로 일을 못해 쫓겨나려는 순간, 그녀가 울려고 하자 다른 노동자들이 위로한다. 모시즈 부인 (Mrs. Moses)은 안경 너머로 표정이 변하면서 개인적인 감정 쪽으로 기울더니 결국 그녀가 계속 일할 수 있게 허락해준다.

『19세기』에 실린 글에서는 착취와 유대인 이민에 대한 기존의 관점을 비판할 뿐 아니라 사업규제와 노동자의 자발적 조직의 필요성을 밝히고 있다. 그녀는 외국인 노동자와 영국인 노동자 사이의 갈등에서 착취체제가 생긴 것은 아니라는 점을 강조한다. 유대인 노동자가 없는 곳에서도 착취노동이 발생하며 착취산업에서 유대인은 오히려 소수라고 밝혔다. "지배적인 직종을 조사해보면 착취구조가 대도시냐 시골 지역이냐에 상관없으며 유대계 노동자들은 전체 노동자의 일부일 뿐이고 특정 상품의 제작에만 한정해 있으며 서로 경쟁하지 않는다."

그녀는 착취를 돈버는 수단이나 산업구조의 특별한 형태가 아니고 특별한 고용상황으로 결론을 내린다. 생계를 겨우 유지할 정도의 소득, 쉬지 않고 계속 일하는 장시간 노동, 고용된 사람뿐 아니라 대중의 건강도 위협하는 위생상태가 고용상황이라고 정의한다. 이러한 조건이 법률과 노동자의 조직으로 통제되지 않는다면 노동자들은 가까스로 생존할 수 있는 임금만을 받게 된다. 착취가 가능한 것은 ① 수요에 비해 공급이 많고, ② 여성과 유대인에게 특히 적용되는 무한히 낮은 생활수준, ③ 규제의 부재 때문이라고 보았다. 그녀는 노동자의 자발적인 조직이든 공장법이든 집단행동과 국가개입이 필요하다고 확신하기에 이르렀다. 비어트리스는 단순히 통제되지 않는 개인주의의 해로운 효과를 지적하는 데서 나아가 분명하고도 완벽하게 반개인주의적인 제안을 한다. 즉 완전경쟁의 통제와 노동자의 권리보호가 필요하다는 것이다.

이러한 그녀의 인식은 도시 빈곤에 대한 당대의 신화를 파괴한 것이었다. 그녀는 무조건적인 자선이든 조건부 자선이든 간에 자선은 수혜자에게 도움도 해도 되지 않는다고 했다. 비어트리스가 보기에는 자선단체협회의 주장대로 자선이 빈민들을 타락시키는 것이 아니었다. 그리고 협회의 원칙대로 자선을 통제한다고 하더라도 빈곤이나 빈민의 불행에 어떠한 영향도 미치지 않았다. 이러한 결론은 자선단체협회의 주장을 전면으로 반박하는 것이었다. 이러한 결론에 이른 것은 부스의 조사에 참석한 덕분이기도 하지만, 그녀에게는 부스보다 한걸음 더 나아간 면이 있다. 부스는 국가가 보건교육에 개입해야 하고 극빈층은 런던 교외로 가서 국가의 하인으로 사회주의적 공동체를 형성하여 살아야 한다고 주장했다. 반면, 비어트리스는 노동자 조직을 확대해야 할 뿐 아니라 공장법을 더 광범위하게 적용해야 한다고 역설했다. 부스는 자립하지 못하고 다른 노동자에게 악영향을 끼칠 소수에게만 사회주의적 조치를 적용해야 한다고 했다. 반면, 웹은 모든 노동자에게 영향을 미치는 노동과 삶의 조건 자체가 변화되어야 한다고 했다. 또 부스는 현재의 성격을 결정하는 데만 효과적일 뿐 원인과 과정을 드러내지 못한 데 비해 비어트리스는 좀더 근본적으로 구조와 구조의 변화를 집중적으로 부각시켰다.

공시적인 연구가 사실을 밝혀낼 때 한계를 갖고 있다는 점도 인정해야 한다. 일정 기간을 두고 엄격한 분류방식에 따라 반복·조사하지 않을 때, 과거에 무슨 일이 일어났는지 찾아낼 수가 없으며 미래에도 어떻게 진행될지 전혀 예측할 수 없다……. 경험 많은 연구자들은 역사적인 연구방법이 꼭 필요하다는 것을 알고 있다. 주어진 기간 내에 어떻게 성장하고 어떻게 쇠락해가는지, 그 과정을 관찰할 때라야 비로소 현재 모습을 발전과정 속에서 이해할 수 있기 때문이다. 이렇게 과거와 현재의 과정을 폭넓게 이해함으로써 우리는 변화를 가져올 방법에 대해 통찰력을 얻게 된다.

스펜서적인 변화와 진보에 관심을 둠으로써 비어트리스는 단순한 경험주의를 뛰어넘는 사회분석을 시도할 수 있었다. 이제 그녀는 조사자로서 관찰하는 동시에 개혁가로서 사회문제를 해결하고 싶어했다. 『대영제국에서의 협동조합운동』(*The Cooperative Movement in Great Britain*)은 사회관찰, 역사적 방법, 정치적 해결을 결합하려는 이러한 노력의 결실이다.

이스트 엔드의 경험으로 비어트리스는 자유방임주의적인 자본주의는 그 속성상 빈부 격차가 날 수밖에 없다는 결론에 이른다. 이스트 엔드의 조사가 웹에게 개인주의의 파괴적인 측면에 대해 확신을 갖게 해주었다면 바컵의 경험은 도시 노동계급의 삶과 대조되는 대안적 삶의 가능성을 보여주었다. 바컵의 노동자에게 '집단적 규제'는 육체적인 건강과 안락한 삶을 넘어서는 것 이상의 효과가 있었다. 그로 인해 바컵 시민은 도덕성을 지킬 수 있었다. 집단 행동으로 노동자들은 효과적인 민주주의를 구현하고 노동자들의 자치가 가능해졌다. 바컵 공동체의 도덕적·사회적 삶은 두 제도, 즉 교회와 협동조합에 의존하고 있었다. 그녀는 이스트 엔드의 주민들이 집단적인 규제 및 집단적인 협상을 하고 협동조합을 이용해 집단적으로 소비하게 될 경우 육체적·정신적 혜택을 누릴 수 있다고 믿었다.

웹이 본격적으로 영국에서 협동조합운동을 연구하기 시작한 것은 1889년부터였다. 그녀는 사회조사를 통하여 사회문제에 대한 정치적·종교적 해결책을 모색하고자 했지만 이 당시까지 웹은 아직 경제적·정치적 문제에 대한 사회주의적 해결책에 대해서는 편견을 가지고 있었다. 그 결과 사회주의자의 강연이나 이론적 팸플릿에는 관심이 없었고, 대신 19세기에 영국에서 진화한 생산·소비 협동조합 연구에 집중했다. 협동조합운동을 이해하는 웹의 기본 틀은 사회의 진화였다. 그리고 협동조합운동의 도덕적인 힘을 이해하면서도 실용적인 성공에는 회의를 품고 있었으나, 마침내 로치데일 파이어니어즈(Rochedale Pioneers)에게서 그 답을 찾았다. 그는 근대 소비자 협동조합운동의 창시자로 1844년 회원 28명과 함께 소규모 식료품 협동조합 가게를 시작했다. 고객이 조합 회원이 되어 경영에 참여하고 실제 비용과 판매 가격 차이에서 오는 이익을 고객에게 돌려주는 것이 그의 기본 구상이었다. 파이어니어즈는 방 한 칸으로 된 식료품 가게에서 시작했으나 1851년에 이르면 영국 북부와 스코틀랜드 중부에서 130개의 협동가게로 확대되는 대대적인 성공을 거두었다. 웹은 이 성공의 이유가 고객의 특정한 욕구에 맞추는 정책, 즉 고객이 자신들이 필요하거나 사고 싶은 것을 사게 해주는 데 있다고 보았다. 처음부터 이윤을 위한 생산이 아니라 사용을 위한 생산이고 생산자로서의 노동자가 아니라 소비자로서의 노동자며, 이들의 통제 아래서 생산이 이루어진 것이 가장 중요한 성공 요인이라고 분석했다.

협동조합에서 실제 고객의 특정한 욕망에 맞추는 것이 가장 중요한 일임에도 불구하고 파이어니어즈의 모델로는 협동주의자들이 생산의 질을 향상하거나, 임금을 올리거나, 가격을 낮추는 일이 어려움을 웹은 깨달았다. 이런 결점을 보완하기 위해서는 노동조합이 필요하다는 것이 웹의 생각이었다. 협동조합, 즉 협동주의자들의 중앙조직에는 130개의 협동협회가 포함되어 있어서 규모상 국가처럼 운영되고 있었다. 이러한 규모의 조직을 보고 웹은 협동조합이 시민·정부를 위한 하나의 시민 정부 모델이 될 수 있다고 생각했다. 그녀는 시를 하나의 큰 협동조합 단위로 보고 바컵의 공동체 통제와 로치데일 파이어니어즈의 집단적인 기업이 시 중심주의(municipalism)로 확대될 수 있다고 보았다. 비어트리스는 타인머스의 연설에서 생산자와 소비자가 자발적으로 연계해서 '협동국가'의 이상을 실현하지 못하는 곳에서는 국가 사회주의나 시 사회주의가 필요하다고 역설했다. "경제적인 관점에서 보면 시나 국가 자체도 시민을 위한 상품과 서비스를 마련해주는 하나의 소비자 협회이기도 하다. 단지 자발적인 회원이 아니라 강제적인 회원에 토대를 두고 있을 뿐이다." 웹은 계급 갈등 대신 생산자와 소비자의 갈등을 상정했다. 웹의 미래 사회주의 국가 모델은 협동조합이며, 시 중심주의라는 개념은 소비자 협동조합과 국가 사회주의의 중간 단계로서 매우 중요하다고 생각했다.

페이비어니즘은 여러 단계의 발전 과정을 거쳤다. 최초의 페이비언들은 사이비 종교적이고 유토피아적인 지향을 지니고 있었다. 처음에는 1884년 '신생 동료애'라는 집단으로 시작했으며 이들의 목표는 정신적·

사회적 재생을 추구하는 것이었다. 그다음 단계에서 페이비언들의 관심은 추상적인 경제이론의 연구였다. 이때 중추적인 역할을 한 것이 '칼 마르크스 클럽'이었다. 클럽 회원들 각자가 마르크스의 『자본론』을 읽었다. 이때 이해한 바는 각자 달랐으나 마르크스는 페이비언들이 다음 단계로 나가는 데 추동력이 되었다. 1886년 이후 페이비어니즘은 또 새로운 단계에 이른다. 추상적인 경제이론 대신 역사와 조사, 사회적 사실 수집이 관심의 대상이 되었는데, 이 단계에서 시드니 웹이 페이비언 협회의 중심 인물이 되었다. 그는 페이비언들에게 이론에서 멀어지라고 권유했으며 페이비언들은 시드니 웹의 지도 아래 영국 역사를 읽고 구빈법을 연구하고 일종의 사회조사에 착수했다. 1887년 시드니의 '사회주의자를 위한 사실'이 『페이비언 트랙트』(Fabian Tract)로 출판되었다. 페이비언들은 역사와 사회조사에 관심을 둠에 따라 시 중심주의자가 되었고 시드니 웹은 특히 런던 시의회에 관심을 보였다. 이는 국가 사회주의에 대한 대안이기도 했다. 시의 장악은 국유화로 가는 길을 마련해주었으며 1880년대 말 페이비언의 공식 정책에 철도, 운하, 광산의 국유화와 가스, 상·하수도, 전차, 시장의 시유화가 포함되어 있었다.

 이들은 사회발전의 다음 단계로 사회주의를 제시했다. 이때 사회주의는 중간 계급 지식인들이 만든 혁명, 계급투쟁, 마르크스, 노동계급 운동에서 분리된 중간 계급을 위한 사회주의였다. 이들은 혁명 대신 진화론에 바탕을 두고 사회발전을 구상했다. 비어트리스가 시드니 웹의 「사회주의의 역사적 기초」라는 『페이비언 에세이』(Fabian Essays)에 실린 글에서 흥미를 느낀 것은 역사적 발전이 점진적일 수밖에 없다고 보는 입장에 대해서였다. 이 에세이의 중심에는 끊임없이 진화하는 국가라는 생각이 자리 잡고 있었다. 사회유기체는 끊임없이 성장하고 발전하지만 이 새로운 질서가 불연속적으로 이루어지는 것이 아니라 점진적으로 이루어진다는 것이 그의 글의 핵심이었다. 시드니 웹이 주장하는 유기체로서 사회라는 개념은 스펜서의 언어였다. 웹에게 모든 중요한 유기적 변화는 ① 민주적이어야 하고, ② 점진적이며 갈등을 일으켜서는 안 되고, ③ 대중에게 도덕적으로 간주되어야 하고, ④ 합법적이고 따라서 평화적이어야 한다는 것이었다.

비어트리스 웹에게 1889년은 중요한 해다. 그녀는 협동조합운동에 대한 책을 썼을 뿐 아니라, 시드니 웹의 글이 포함된『페이비언 에세이』를 읽었고 런던 부두 파업을 목격했다. 부스와 공동조사 이후 부두 노동자들에 대해 부도덕하며 집단행동을 할 수 없다고 결론을 내린 비어트리스에게 부두 파업은 충격적이었다. 그녀는 공동체 정신이 비정규직 런던 빈민들 사이에도 있음을 확인했을 뿐 아니라 집단적인 국가를 향한 사회진화가 자신의 생각보다 빠른 속도로 진행되고 있음을 인정하게 되었다.

1890년에 비어트리스는 드디어 시드니 웹을 만난다. 페이비언이며 그녀의 친구이던 하크네스(Margaret Harkness)가 시드니 웹을 소개한 것이었다. 그 후 몇 달 사이에 그를 통해 그녀는 쇼(Bernard Shaw)를 포함한 다른 페이비언들을 소개받았다. 그러나 비어트리스는 페이비언들을 소개받기 전에 이미 자신이 사회주의자라고 선언했었다. 그녀는 이미 노조 지도자들, 모든 종류의 협동주의자들, 부두 노동자들, 런던 사회주의자들을 알고 있었으며, 이런 만남 가운데 희미하게 당대 사회가 사회주의 공동체로 발전해가는 경향을 보았다. 이미 그녀는 중립적인 사회조사자에서 사회주의자가 되어 있었다. 그녀는 훈련과 계급적 편향에도 불구하고 사회주의자가 되었으며, 1891년 공식적으로 페이비언 협회에 가입했다. 이때 그녀는 자기 이름의 첫 글자만 명단에 들어가게 했는데, 이는 페이비언주의자로의 개종이 가족과 불화를 일으킬까봐 염려해서였다.

어린 시절부터 비어트리스에게 필요한 것은 자신이 속할 수 있는 공동체였다. 그녀의 어린 시절의 삶은 한곳에 뿌리를 박지 않은 것이었다. 그녀는 바컵의 노동계급 공동체, 소비자 협동주의 공동체 그리고 시와 국가의 집단적인 통치에서 자신이 추구한 것을 발견했다. 페이비어니즘은 비어트리스의 지적 전통을 완전히 훼손시키지 않은 채 그녀의 욕구를 만족시켜주었다. 페이비어니즘은 비어트리스처럼 자신의 지적·정치적 과거와 단절하고 싶지는 않지만, 개인적·사회적 재생의 비전을 고수하려는 사람들에게 아주 매력적이었다.『나의 도제시절』은 개인적인 고뇌의 기록일 뿐 아니라 당대 역사를 전형적으로 드러내주고 있다. 그녀의 '신조와 직업'의 추구는 당대의 역사적 현상으로 설명할 수 있다. 여성의 지위변화, 이스트 엔드의 빈곤에 대한 새로운 사회조사, 세기말의 사회주의 부흥 등 그녀의 삶은 당대의 핵심적인 쟁점을 생생하게 드러내고 있다.

이 책은 한국학술진흥재단의 '동서양명저번역' 과제 지원을 받아 번역할 수 있었다. 1, 2, 7, 8장은 조애리가 초역을 3, 4, 5, 6장은 윤교찬이 초역을 했고 두 사람이 공동으로 교열과정을 거쳤다. 공역과정에서 상호 교열이라는 기술적 과정뿐 아니라 웹의 사상에 대한 논의를 통해 협동의 든든함을 경험했다. 수정된 원고의 타이핑이라는 지리한 과정을 맡아준 카이스트 장한별 조교와 최종 교열을 도와준 백은숙 님께 이 자리를 빌려 고마움을 표한다.

나의 도제시절

일러두기

1. 이 책은 Beatrice Webb, *My Apprenticeship*, Cambridge University Press, 1979를 번역한 것이다.

2. 원서의 단락이 지나치게 길 경우 독자가 읽기에 편하도록 행을 나누었다.

3. 원서에서 이탤릭체로 쓴 것은 고딕체로 표기했다.

4. 독자의 이해를 돕기 위해 원주 이외에 옮긴이주를 넣고 '―옮긴이'라고 표시했다.

들어가는 말

한 사람의 개인사에는 일상 너머 긍정적 자아와 부정적 자아 사이에 갈등이 존재한다. 이 갈등을 잘 해결하면 우리는 정서적으로 안정된 조화로운 인간이 되어 사적인 일과 공적인 일 모두에서 일관되게 행동할 수 있다. 사람들은 이러한 갈등 때문에 어떤 때는 자유의지를 믿고, 어떤 때는 결정론에 이르며, 또 어떤 때는 초조해 하다가 무력증에 빠지기도 한다. '죽느냐', '사느냐'를 고민하기도 하고, 설교나 강연을 들어보기도 하고, 무신론자였다가 다시 신앙을 찾기도 한다. 때로는 섹스 문제, 모성애나 부성애 문제에 집착하기도 하며 그 결과 행복한 결론에 이르기도 하고 비극적인 결말을 맞기도 한다. 또 때로는 직업윤리에 대해 고민할 수도 있다. 거래에서는 얼마나 정직할 것이냐는 문제에 휩싸일 수 있고, 정치가들이라면 어디까지 진실을 말하고 어디까지 혼자 알고 있어야 하는지에 대해 고뇌할 수밖에 없을 것이다. 변호사들의 경우 먹고살기 위해 자신의 의뢰인과 판검사들의 상반된 주장 사이에서 타협점을 찾으려고 갈등하기도 한다. 세월이 지나면서 이러한 갈등이 사라지는 것처럼 보이지만, 사람에 따라서 갈등은 지속되면서 주제만 변하는 경우도 있다.

또 한편으로는 갈등 없이 완벽하게 실용주의자이자 기회주의자가 되는 사람도 있다. 이들은 옳고 그름이라는 궁극적인 문제에 대하여 고민하는 사람들을 비웃는다. 그러나 특별히 운이 좋아 스스로 직업을 택할 수 있는 사람이 있는가 하면, 선택의 여지없이 평생 원치 않는 일을 하며 살아야 하는 사람도 있다. 가사를 돌보든, 시장에서 장사를 하든, 과학실험을 하든, 공무원으로 재직하든, 어떤 경우든 심층적인 갈등은 외부적 활동에 반영된다.

나 역시 소녀 시절부터 노년기까지 의식 속에서 이러한 갈등을 끊임없이 반복했다. 그런 갈등을 통해서 나는 하나의 소명을 선택하게 되었고 지금은 그 소명을 실천하고 있다. 이런 갈등은 나의 일상적인 가정생활, 사회생활, 직업생활에 거의 결정적인 영향을 미쳤다. 긍정적 자아와 부정적 자아 사이의 이 끊임없는 갈등은 나의 경우 서로 긴밀하게 연관된 두 가지 문제로 귀착되었으며, 그에 대한 해답이 나의 사적 행동 및 공적 행동의 지침이 되었다. 첫째는 사회조직학이 기계공학이나 화학처럼 존재할 수 있을까? 그리고 이 사회조직학이 앞으로 일어날 일을 예측하고, 그에 대응하여 직접 적절한 행동을 하거나 다른 사람들을 설득하여 앞으로 일어날 일을 변화시킬 수 있을까 하는 것이다. 두 번째는 그러한 사회에 관한 학문이 존재한다면, 이 사회를 우리의 이상에 맞게 재조직하기 위해 과학적 능력만 있으면 되는가? 아니면 과학 못지않게 종교나, 지적 호기심이나, 아울러 정서적 신념도 필요한가 하는 것이다. 이 책에서 나는 이 두 가지 문제에 대해 가설적인 해답을 모색할 것이다 ——즉 나의 노동철학과 인생철학을 밝힐 것이다. 나는 특별한 재능도 없고 철학적 훈련을 받은 적도 없기 때문에 개인적인 경험이라는 소박한 형태로 내 신념을 표현하게 될 것이다.

제1장 품성과 환경

　이 장에서는 내가 어떤 사회조사 방법을 사용했는지 밝히겠다. 우선 나의 예리하지 못한 관찰과 능란하지 못한 추론에 대해 쓴 후, 노트 필기, 녹취, 기존의 제도를 관찰하고 나아가 실험하는 기술에 대해 설명하겠다. 어떤 조사 방법을 적용했는지 보여주기 위해 일기에서 여러 쪽을 인용하겠지만 자서전을 쓸 욕심이나 의도는 전혀 없다. 하지만 나의 과학적 연구 주제는 사회 자체이며 주요 연구 방법은 사회적 교섭의 관찰이다. 그러므로 학자로서 일부러 자료를 수집했다기보다는, 내 스스로 겪은 성장 단계들, 즉 어린아이, 독신 여성, 아내, 시민으로서 내가 겪은 경험을 대부분 살려두었다.

　물리학자, 화학자, 생물학자와는 달리 사회학자는 독특하게 환경의 산물이다. 사회학자에게는 출신 배경과 부모, 성장 당시 속한 계급과 그때 가졌던 사회에 대한 통념 그리고 자신의 동료이거나 자신을 이끌었던 사람들의 특징과 학식 등이 시간의 순서나 친밀도 못지않게 아주 중요한 자료다. 어떤 사람에게 특별하게 주어지는 기회 또는 두드러지게 드러나는 무능력, 관찰이나 추론을 할 때 나타나는 독특한 관점들은 사회적 · 경제적 상황에서 기인하는 것이다——간단히 말해, 무엇인가 새로운 것을 발견하고자 할 때 사회학자는 어쩔 수 없이 편견을 가질 수밖에 없다. 따라서 그의 업적을 연구할 학생들은 그 학자의 편견에 대해 먼저 알아야만 한다. 그래야만 그러한 편견에 영향을 받지 않고 객관적으로 연구할 수 있게 될 것이다. 한 개인에 대해 연구할 때, 더욱이 어린 시절과 청년기를 관찰할 때 우선 삶을 지배한 신념을 집중적으로 검토하고 그다음으로 기법에 대해 살펴보아야 한다. 사실 기법은 신념에서 비롯되기 때문이다. 아니, 어쩌면 신념을 잃은 후에야 기법이 생겨난다고도 할 수 있다.

그런 연유로 나의 도제시절 이야기가 너무 길고 자기 중심적일 수도 있을 것이다. 그런 느낌이 든다면, 연관성이 없어 보이는 부분은 뛰어넘고 읽어도 괜찮다. 내 가족사는 기이할 정도로 산업 발전기인 19세기의 한 전형이다. 할아버지인 리처드 포터는 요크셔의 소작농 아들이었다. 그는 농업 외에도 타드카스터에서 양곡상을 해서 돈을 버셨다. 외할아버지인 로렌스 헤이워스(Lawrence Heyworth)는 랭커셔 로젠데일(Rossendale)의 '가내 수공업자' 출신인데, 이들은 18세기 마지막 10년 동안 생겨난 신식 공장의 '노동자'였다. 그러나 할아버지와 외할아버지 두 분 모두 개척적이고 열정적이었던 분이 틀림없다. 두 분은 모두 급속하게 부유한 산업자본가가 되었다. 할아버지는 맨체스터의 목면 도매상인이 되었고, 외할아버지는 리버풀에서 남미와 교역하는 무역상이 되었다. 두 분 다 비국교도였고, 정치적으로는 급진주의자였으며, 1832년 개혁법 이후에는 국회의원이 되었다. 두 분 모두 코브던[1]과 브라이트[2]와 절친한 친구이고, 반곡물법 동맹을 열렬히 지지했다.[3]

---

1) 코브던(Richard Cobden, 1804~65). 곡물법 폐지 동맹의 지도자로서, 자유무역을 옹호했다―옮긴이.

2) 브라이트(John Bright, 1811~89). 곡물법 폐지 동맹의 대표적인 선동가이자 연설가. 1843년 하원의원에 취임했으며 글래드스턴 정부에서 요직을 맡았다―옮긴이.

3) 리처드 포터(Richard Potter)는 위간(Wigan) 선거구에 출마했고 1832년 국회의원에 재선출되었다. 로렌스 헤이워스는 1847년 더비 국회의원이 되었다. 타드카스터의 포터가에 대해서는 내 여동생인 조지아나(Georgiana Meinertzhagen)가 쓴 『보습에서 국회까지』(From Ploughshare to Parliament)를 참조하라.

나의 아버지

아버지는 새로 창립된 런던대학을 졸업했다. 유니테리언교의 지도자였던 할아버지는 이 대학의 창립자 가운데 한 분이시기도 했다. 아버지는 변호사 자격증을 따긴 했지만 변호사가 될 생각은 없었다. 아버지는 수년 동안 건강이 악화되고 있던 할아버지를 돌보는 한편 런던 정치가들의 사교 모임에 드나들었다. 할아버지가 돌아가시자, 젊고 매력적인데다 재산이 충분했던 아버지는 여유로운 생활을 즐겼다. 아버지가 어머니를 만난 곳은 로마였다. 아버지는 고모와 유럽 여행 중이었고, 어머니는 외삼촌과 함께 로마 여행 중이었다. 그들은 로마에서 사랑에 빠져 결혼했으며, 해리퍼드셔에 정착해 **불로소득**으로 살았다. 그곳의 사교계에 드나들며 유한한 생활을 할 생각이었다. 그러나 다행스럽게도 부모님과 나의 형제자매들은 이 변화 없는 환경을 벗어날 수 있게 되었다. 1847~48년의 경제 위기로 아버지가 유산을 거의 다 날린 것이다. 35세가 되었을 때 아버지는 급속하게 늘어나는 가족의 생계를 책임질 수단을 강구할 수밖에 없게 되었다. 그 당시 외할아버지는 성공적으로 철도 사업을 하고 있었는데, 아버지를 대서부철도회사 사장자리에 앉혔다. 그리고 아버지의 학교 친구인 프라이스(W. E. Price)[4]도 글로스터에 있는 유서 깊은 목재 사업을 동업하자고 제의했다. 이런 유리한 입지에서 출발하여 아버지는 자본가가 되었다.

사업

아버지의 수입은 대부분 글로스터, 그림스비, 배로 등의 목재장에서 나왔다. 그러나 아버지는 이렇게 돈만 버는 것으로는 만족할 수 없었다.

---

4) 프라이스 씨는 아버지가 돌아가실 때까지 아버지의 가장 절친한 친구였다. 그는 신중하고 과묵하며 배려 깊고 못생긴 편이었다. 그는 수년 동안 중부철도회사의 회장이셨고 글로스터의 자유당 의원이었다. 그의 손자인 필립 프라이스는 소비에트연방에서의 모험과 공감으로 유명하다. 그는 1923년과 1924년 선거에 좌파의 노동당 대표로 출마했다.

아버지 생각에는 매일 사무실에 출근하여 틀에 박힌 일을 하는 게 공장에서 노동하거나 광산에서 일하는 것과 마찬가지로 천박해보였다. 일단 사업을 시작하자 아버지는 곧 위험부담이 큰 사업에 손을 대었을 뿐 아니라 사업 수완을 발휘했다. 처음 2년 동안 아버지는 글로스터에 있는 사무실에서 열심히 일하며, 목재업에 필요한 기술을 습득했다. 크림전쟁이 일어난 첫해 겨울 날씨가 혹독하게 추워진 바람에 아버지의 목재업이 성장할 수 있는 첫 번째 기회가 찾아왔다. 아버지는 처음에는 영국 측을, 그다음에는 프랑스 황제를 설득하여 목재장에 쌓여 있던 잡목으로 오두막을 짓게 했다. 아버지의 이러한 지혜로 수많은 군인들이 혹한에서 살아남았으며, 회사는 6만 파운드의 수익을 올렸다. 그 후로 아버지는 회사를 운영하고 투자하는 데 전력을 기울였다.[5]

---

5) 심슨(M. C. M. Simpson, 나소 시니어Nassau Senior의 딸)이 쓴 『여러 사람의 추억』(Many Memoirs of Many People), 170∼171쪽에 인용된, 미발행된 나소 시니어의 1855년 2월 7일자 일기를 보면, 아버지는 영국보다는 프랑스 정부가 오두막집을 다루는 데 훨씬 유능하다고 생각했음을 알 수 있다.

"쥔느(Jeune)의 이야기에 따르면, 포터가 뉴캐슬 공작(Duke of Newcastle)에게 편지를 보냈으나 3주간 답장을 받지 못했다. 그는 다시 편지를 써서 왜 답장이 없느냐고 물었고 그쪽에서 편지를 받지 못했으니 다시 한 번 보내달라는 답장을 받았다. 마침내 한참 후에야 전쟁부에서 목재를 사기로 결정해서 목재를 기차로 사우샘턴으로 보냈다. 그러나 군수품부와 계약을 체결했으나 그 목재가 종착역에 도착했을 때는 이미 계약기간이 만료된 상태였다. 그래서 다시 지연된 끝에 목재를 선적하기 위해 재계약이 체결되었다. 그러나 이 계약기간도 목재가 부두에 도달할 즈음 만료되었다. 목재를 배에 선적하기 위해서는 재계약을 해야 했고 또 지연되었다. 그는 그 순간에도 목재가 발라클라바 이상 못 갔을 것이라고 믿었다. 루이 나폴레옹(Louis Napoleon)은 상 클라우드로 사람을 보내 프랑스 군대에 목재를 보내줄 수 있는지를 포터와 상의했다. 루이 나폴레옹과 두 시간 만에 계약이 체결되었다. 남은 문제는 어떻게 하면 더 빨리 계약을 실행하느냐였다. 이 일은 토요일에 이루어졌다. 편지로 하면 월요일 전에 글로스터에 도착할 수 없었다. 루이 나폴레옹은 시종을 불러, 15나폴레옹화를 주고 그에게 24시간 내에 글로스터로 가라고 명령했다. 포터가 호텔로 가 계약서를 상세하게 써서 돌아오겠다고 하자 루이 나폴레옹은 그 자리에서 당장 계약서를 쓰자고 했다. 나폴레옹은 두 시간 정도 나갔다 올 테니 돌아오면 모든 것을 준비해놓으라고 했다. 포터는 루이 나폴레옹의 방에 두 시간 동안 혼자 있으면서 서 아버지는 대서부철도회사 사장이었고, 10년 동안, 즉 나의 소녀 시절 동안 캐나다의 대트렁크 철도회사의 사장이기도 했다. 그는 수많은 회사의 책임자이거나 간부였다. 별의별 사업이 다 있었다. 어떤 회사는 오래 갔고, 어떤 회사는 곧 문을 닫았다. 사업에 성공을 거두기도 하고, 실패하기도 했다──허드슨 베이(Hudson Bay) 회사나 네덜란드 라인 철도회사처럼 어마어마한 회사도 있었고, 기차용 천막이나 신호등 제조회사 같은 시시한 회사도 있었다. 아버지와 아버지의 친구들──그 가운데는 계약의 귀재인 톰 브라시(Tom Brassey)도 있었다──이 터키 정부에게 특허를 따 수에즈운하에 맞먹는 시리아를 관통하는 그랜드운하 공사를 하려고 했다. 이런 운하를 만들면 종교적인 성지가 잠길 뿐 아니라──이것은 사소한 문제였다──40년이나 걸린다고 엔지니어들이 보고하자 이 사업을 포기했다. "포터의 재산을 불려주기 위해서 40년을 기다릴 수는 없지." 브라시가 퍼크스(Perks)와 와트킨(Watkin)에게 한 말이었다. 배로-인-퍼니스와 미국 사이에 소무역을 할 계획도 있었다. 이 계획에 대해서는 추밀원에서 소가 병을 옮긴다는 이유로 반대

류를 검토했다. 계약서는 두 시간 내에 준비되었고 일요일에 글로스터에 도착했다. 월요일 오전 6시가 되자 목재를 나를 인부가 모두 고용된 상태였다." 금전 관계를 처리하는 문제에서는 아버지 이야기는 정반대다. 영국 정부는 대금을 즉시 지불한 반면, 프랑스 정부에는 여러 차례 대금 지불을 요청했는데도 응답이 없자 아버지가 몸소 파리로 갔으나 그 일을 담당하는 장관을 만나보지도 못했다. 과중한 은행 채무로 아버지 회사의 재정은 파산 직전이었다. 그 후 곧 아버지의 친구인 톰 브라시가 똑같은 일을 하게 되었는데, 그는 외국 정부를 다룬 경험이 풍부했다. "친애하는 포터 씨, 당신은 정말로 순진하오! 프랑스 은행으로 가서 1,000파운드 수표를 현금으로 바꾸시오. 문지기에게 20프랑을 주면 아무 문제없이 장관실까지 갈 수 있고, 그다음 장관에게 가서 500프랑을 내놓으시오. 그러면 아무 문제없이 돈을 받을 수 있을 거요. 그렇게 하지 않으면, 그 돈을 결코 받지 못할 거요. 당신 돈을 받아주기 위해 대영제국이 프랑스와 전쟁을 벌이지는 않을 거요!" 아버지는 그 충고를 받아들였다. 장관을 만나자 500파운드를 내밀었다. 그 돈을 호주머니에 넣은 후 장관은 파리가 괜찮냐고 상냥하게 물은 후 즉시 대금을 지불하는 데 필요한 서류에 서명했다. 아버지는 종종 사업상 동료 가운데 더 신중한 사람들에게 특정 상황에서 어떻게 행동하겠느냐고 묻곤 했다.

했다. 아니면 아버지 말씀대로, 식량 자유무역을 막기 위해서였는지도 모르겠다. 몇몇 문제는 재정적이라기보다는 도덕적인 문제였다. 아버지가 사장직을 지키기 위해 대륙횡단철도 이사들의 재정적 '비행'까지 덮어주어야 하는지, 그대로 사장직을 유지해야 하는지에 대해 격렬하게 토론하던 일이 생각난다. 그 토론 결과 결국 아버지가 사장직을 사퇴하는 것으로 결론이 났다. 또 다른 캐나다 철도회사가 사장직을 제안했지만 그는 이번에는 면밀히 검토하고 거절했다. 회사 창립자가 토지 매입 시 부정거래를 한 것 같아 보여서였다.

그러나 아버지가 항상 상업윤리만 따른 것은 아니었다. 영국 정부처럼 독일 정부 역시 매수할 수는 없었지만, 대부분의 다른 외국 정부의 국회의원이나 관료들은 거리낌없이 '서비스'에 대해 뇌물을 받았다. 물론 투자해서 이익을 보기도 하고 손해를 보기도 했다. 웨일스 석탄 광산을 부적절한 시기에 사고팔아서 크게 손해를 보았다. 아버지는 배리 독스(Barry Docks)의 주식 가치를 알고 사람들이 몰려들기 전에 그 주식을 사서 큰 이익을 보았다. 자주 손해를 본 이유는 지나치게 낙천적인 기질과 직원들에게 너무 관대한 것, 무엇보다도 감독과 통제를 너무나 싫어하는 아버지의 기질 때문이었다. 반면 새로운 합의를 잘 이끌어내는 재능은 아버지가 사업가로 성공하는 기반이 되었다. 사실 그는 계획은 잘 세웠지만 제대로 실행하지는 못했다. 그는 또 인간적인 매력이 넘치는 데다 목소리가 아주 좋았다. 의지가 강하고 목적 의식이 분명했으며, 언변도 뛰어났다. 그는 상대방의 목적과 대립하는 것처럼 보이지 않으면서도 원하는 것을 모두 손에 넣었다. 더욱이 그는 좋은 거래는 쌍방에 득이 되어야 한다는 유대 속담을 믿을 뿐 아니라 가끔 인용하기도 했다.

이윤 창출의 윤리

사회를 관통하는 신념을 모색하면서, 나는 아버지의 행동이 보여주는 자본주의 기업윤리에 대해 생각해보았다. 아버지는 충실하고 믿을 만한 동료였다. 그는 일생을 동업자들과 가깝게 지냈으며, 다른 자본가들은 늘 그와 협조했다. 그는 결코 동료를 떠나지 않았으며 늘 공을 부하들에게 돌렸다. 그는 예전의 적이라도 어려움에 처하면 용서했다. 그러나 그는 행동, 사고, 느낌의 기준을 늘 개인적 친분에 두었으며 일반적 원칙의 잣대를 대지는 않았다. 아버지는 늘 "친구는 네가 잘못해도 너를 지원해줄 사람이다. 진정한 친구라면 네 아들을 위해 과분한 자리라도 마련해준다"라고 힘주어 말씀하셨다. 또한 그는 그 외의 행동에 대해서는 도덕적 허영이라며 비웃었다. 그래서 아버지는 자기 회사의 이익보다는 가족과 친한 친구의 행복을, 국가의 번영보다는 회사의 이윤을, 세계 평화보다는 우리 민족의 우위를 중시했다. 물론 순위를 이렇게 정한 것은 아버지가 살고 있는 나라의 법칙과 그의 친구들의 관례에 따른 것이었다. 아버지가 생각하는 옳은 행동은 주변 정서에 쉽게 물드는 것으로 때와 장소에 따라 달라졌고 물론 확고부동하지 않았다. 그래서 영국에서라면 절대로 하지 않을 행동을 그는 미국에서 했다.

빅토리아 시대 중반의 전체적인 기업 분위기는 고정된 도덕적 기준에 적대적이었다. 미국 철도회사 사장, 국제적인 재정가, 회사 설립자와 청부업자들은 강한 특성과 매력적인 품성을 겸비한 재주꾼들이었다. 그러나 그들을 긴밀하게 묶어주는 토대에는 개인적 권력과 개인적 사치를 혼합한 공통된 이상이 있었다. 즉 그들은 상당히 수준 높은 여가활동을 누렸다. 이들의 전형적인 삶은 미국 기차의 귀빈석에 타고, 우아한 주택에 제대로 된 가구를 갖추고 살며, 프랑스 요리사를 고용하여 풍성하게 먹고, 사치스러운 고급 포도주와 술을 마시는 것이었다. 그들은 기차 선두에 달리는 귀빈칸에 타거나, 관리들이 어디서나 나타나 굽실대는 것, 정치 '보스들'과 말도 안 되는 협상을 벌여 의회에서 토지 법령을 통과시키는 것 등을 통해 자신들의 위세와 권력을 드러냈다——전체적으로 말하면 분위기가 도덕적이었다고는 할 수 없었다. 아버지는 이러한 비도덕적인 환경 속에서 나름대로 분투했다.

아버지는 집안의 여자들과 주치의가 권하는 식이요법에 어린애처럼 순종했다. 물론 어떤 때는 말 안 듣는 것을 즐기는 어린애처럼 식이요법을 무시하기도 했다. 아버지는 외국에 갈 때 꼭 딸들을 데리고 갔는데, 이는 무의식적으로 불쾌한 사람들과 만나는 것을 피하기 위해서였다. 세속적인 죄와 투쟁에 있어서(아버지는 결코 자만심, 잔인함, 악의 유혹을 받지 않았다) 아버지는 두 명의 강력한 보호자——아내와 신——가 있었다. 어머니는 청교도였고 금욕적이었으며 아버지는 무미건조한 유니테리언의 교리 가운데 성장했다. 따라서 우상 파괴적인 지적 분위기에서 자라기는 했지만, 아내나 딸들 몇 명과는 달리 신이 세상을 지배한다는 것 그리고 성령과 교감할 수 있다는 것을 굳게 믿었다. 그는 규칙적으로 예배에 참석해서 성찬을 받았고, 밤낮으로 기도했다. 믿을 수 없어 보이겠지만 성인이 된 다음에도 그는 할머니 무릎에서 배운 기도를 밤낮으로 했다——"자비하시고 온순하신 예수님, 이 어린아이를 돌보아주소서."

사업가의 정치

대영제국의 시민으로서 아버지의 성장과정은 빅토리아조 자본주의의 정치적 발전을 전형적으로 보여준다. 고조할아버지는 타드카스터의 농부이자 상점을 운영하는 상인이었다. 미국 독립전쟁 당시 영국군의 승리를 대환영하지 않았다 해서 토리당원들이 고조할아버지 가게의 창문을 부수기도 했다. 할아버지는 맨체스터에서 면 도매업을 하셨는데, 피털루 학살 당시 반군에서 주도적인 역할을 하셨다. 그는 1832년 개혁법을 통과시킨 하원의원이었고 휘그당 정부의 활발한 활동을 지원해준 평화주의 급진 그룹의 일원이었다. 경제적으로는 자유무역을 지지했다. 그러나 아버지가 급진주의자셨는지는 확실치 않다. 1860년대에 아버지는 개혁 클럽을 떠나서 칼튼에 합류하셨다. 아버지는 디즈레일리[6]의 1867년 개혁 입법을 '사기'라고 격렬하게 비난했으며, 오랫동안 이 일

---

6) 디즈레일리(Benjamin Disraeli, 1804~81). 영국의 정치가이자 소설가. 대표작으로 『시빌』(*Sybil*, 1845)이 있다—옮긴이.

에 대해 격분했다. 아버지는 그 당시 수입 10파운드 이하의 가장에게까지도 보통선거권을 확대시키는 것에 반대하셨다. 그는 여성 가장도 여기에 포함되는 것으로 이해했으며, 여성들이 남성보다 보수적임을 직감했다. 아버지는 정치적 신념에서 노골적으로 민주주의를 비난했다. 원래 이런 확신을 가지고 있었으나 미국 제도를 보자 이 확신이 더 확고해졌다. 아버지는 수상이든 판사든 고위 정부 관리든 하원의원이든 모두 유한계층 출신이어야 한다고 생각했다——물론 재산을 상속받은 사람이면 더욱 좋다고 생각했다.

아버지는 미국의 정치적 부패의 원인이 그들이 근로소득자든 금융자산가든 생존경쟁을 넘어 국가 번영에 힘쓰는 세습 유한계층이 없기 때문이라고 말했다. 그는 이러한 유한계층 대신 무산 대중이 선출한 정치가가 정치를 하고 특정한 금융기관이나 산업체에서 수입을 얻는 것이 더 큰 재앙이라고 여겼다. 아버지는 "미국 지도자들은 노동자처럼 무지하며 동시에 회사 사장처럼 뇌물을 먹는다"라고 비판하기도 했다. 그러나 그는 늘 새로운 세력과 타협했으며, 일단 자신의 정치 프로그램을 사회 환경에 맞추어나갈 준비가 되어 있었다. 수입이 아주 낮은 사람들까지 보통선거권을 얻게 되자, 그는 노동자 계급의 교육에 열의를 보였다. "우리는 공장주들을 교육해야만 한다. 딸들을 보내서라도 대중을 교육해야만 한다"라고 주장하기도 했다. 이런 발언은 보수주의자들에게 충격적이었고 급진주의자들은 분노했다. 어머니와는 달리 그는 추상적 원칙인 정치경제학을 쓸데없는 것이라고 생각했다. 또한 그는 할아버지의 오랜 친구이신 코브던과 브라이트를 장황한 논리와 상투적인 도덕으로 자신들과 다른 사람들을 속이는 광신자 정도로 간주했다. 그리고 아버지는 물가가 변동해도 곡물세를 동결시켜야만 농민들을 안정시키고 보호할 수 있다고 생각했으며, '절대 평화주의'에 대해 경험 있는 사업가로서 '무역은 국가 이익을 따르는 것'임을 알고 있었다.

자주 집을 비우시기는 했지만 우리 집에서 아버지는 중심 인물——가정의 빛이자 온기라고 할 수 있었다. 차도에 자동차 소리만 들리면 딸들이 현관문으로 달려가던 일이 생생하게 떠오른다. 아버지는 어머니를 숭배했고 딸들을 사랑했다. 아버지는 내가 아는 사람 가운데 유일하게 여자가 더 우월하다는 것을 진심으로 믿었다. 그리고 마치 정말 그런 것처럼 행동하셨다. 그렇지만 딸 아홉 명이 모두 반페미니스트가 된 것은 정말 역설적이다! 그는 사업상의 일을 모두 아내와 딸들에게 털어놓았다. 아니면 어쨌든 그렇게 보인 것일 수도 있다.

사업을 가장 중시하기는 했지만, 아버지는 시와 드라마와 역사와 관념철학을 사랑했다. 그는 이탈리아어로 쓰인 단테,[7] 셰익스피어 (Shakespeare)의 연극, 플라톤(Platon)의 관념철학을 열심히 공부했다. 그는 우리에게 18세기의 풍자 작가들, 프랑스의 백과사전파, 제인 오스틴(Jane Austen)과 새커리(Thackery)의 소설을 이해할 수 있도록 가르쳤다. 그는 버크[8]와 칼라일[9]과 뉴먼[10]을 광신적으로 숭배했다 ——정신세계가 상이한 이 이상한 트리오를 보면 그가 순수하게 이성적으로 판단해서라기보다는 감정적으로 이끌렸음을 알 수 있다. 그는 늘 딸들을 동등하게 대하며 이야기했다. 그는 우리가 아주 어렸을 때에도 우리와 토론했다. 주제는 사업뿐 아니라, 종교, 정치, 성이었고 항상 자유롭고 솔직하게 토론이 진행되었다. 내가 13세 때 『톰 존스』[11]를 읽어도 되겠느냐고 아버지께 자문을 구했던 일이 생각난다. 아버지는 "어쨌든 읽고 싶으면 읽어라. 18세기의 관습과 예의가 어떤 것이었는지 잘 알게 될 거다. 필딩은 남성다운 영어를 썼단다. 네가 아들이면 그 책을 추

---

7) 단테(Dante, 1265~1321). 이탈리아의 시인으로 『신곡』의 저자―옮긴이.

8) 버크(Edward Burke, 1729~1881). 영국의 정치 사상가. 미국 독립을 옹호하고 토리당을 공격했으나, 프랑스혁명에 대해서는 비판했다―옮긴이.

9) 칼라일(Thomas Carlyle, 1795~1881). 영국의 사회비평가이자 역사가로 산업화로 급변하는 영국 사회를 예리하게 분석하여 당대에 큰 영향력을 지녔다. 대표작으로 『의상 철학』 등이 있다―옮긴이.

10) 뉴먼(John Henry Newman, 1801~90). 영국의 신학자이자 저술가. 후에 추기경이 되었다―옮긴이.

11) *Tom Jones*, 1749. 필딩(Henry Fieding)의 소설―옮긴이.

천해야 할지 망설였을 거다. 하지만 착한 여자아이는 뭘 읽어도 괜찮단다. 여자아이가 인간성에 대해 더 알면 알수록, 그녀 자신이나 주변 남자들에겐 더 좋은 일이지"라고 자신의 생각을 덧붙이셨다. 아마도 아버지의 이런 '개방'적 사고를 토대로 한 양육 덕택으로, 나는 성에 대해 별 호기심을 갖지 않았던 것 같다. 성이라는 주제에 대해 호기심보다는 지식이 더 많았다.

아버지는 황야와 산의 아름다움, 거친 바람, 변화하는 구름, 바다의 색깔 등을 좋아했다. 그러나 그의 독특한 매력은 이해심이 많다는 것이었다──그는 식구들의 슬기로움과 인성을 지나칠 정도로 잘 이해했다. 우리 딸들은 아버지가 어머니의 변덕 때문에 너무 오랫동안 고통받는다고 생각했고, 어머니는 아버지가 딸들을 너무 자유분방하게 풀어준다고 생각했다. 사랑하는 아내와 딸들의 말을 순순히 들어주고, 스펜서의 말대로 고귀한 상냥함을 지니고 있는 것은 사실이었지만 그는 또한 가족의 운명을 떠맡고 통제했다. 어머니는 아버지께 맞추어 살았다. 아버지는 오고 싶을 때 오고, 가고 싶을 때 갔다. 딸들은 여러 가지 유혹을 받았지만 아버지가 인정하는 남자들과 결혼했다.

나의 어머니

내가 어머니의 존재를 인식하기 시작한 것은 어머니가 마흔이 다 되어서였다. 그리고 다른 자매들이 장성해 모두 집을 떠난 말년에 이르러서야 어머니와 서로 친해졌다. 내가 네 살 때 외동아들이 태어났는데 이 일은 어머니에게 최고의 기쁨이었다. 내가 일곱 살 때 그 동생이 죽었는데 이것이 어머니에게 가장 비극적인 슬픈 사건이었다. 남동생의 출생과 죽음으로 나는 어머니의 관심도 보살핌도 받지 못했다. 그리고 남동생이 죽은 지 얼마 안 돼 막내 여동생이 태어나자, 어머니는 이 아이에게서 상처받은 마음을 위로받을 수 있는 출구를 일부 찾았다. 이로써 어머니와 나는 완벽하게 분리되었다. 내가 아직 어릴 때 어머니는 일기에 이렇게 썼다. "아이들 중 비어트리스만 지적인 면에서 평균 이하다." 아마 이렇게 생각하셔서 내게 그다지 무관심했던 것 같다. 어린 시절이나 청소년기에 본 어머니의 모습은 아버지와 사업 문제를 의논하거나 자신의 방에서 책을 읽는 모습이었다. 내게 어머니는 늘 피해야 할 장애물이었고 털어놓고 말해서는 안 되는 사람이었다. 그리고 나는 어머니에게 방해받지 않고 내 계획대로 일하기 위해서 늘 주시하고 항상 내 쪽에서 어머니 비위를 맞추었다. 결국 나중에 알게 되었지만 우리는 취향이 같았고 동일한 문제를 고민하고 있었다. 그래서 우리가 서로 사랑하지 않은 것은 더욱 슬픈 일이었다. 어머니는 중년이 될 때까지도 마음속 깊이 나처럼 은밀하게 정치평론가가 되려는 야심을 품고 있었다.

어머니의 삶의 여정은 아버지보다 훨씬 더 힘들었다. 어렸을 때부터 혼자 되신 부유한 외할아버지의 무조건적인 사랑과 숭배를 받고 자라서 어머니는 정서적인 면에서 큰 결함을 갖게 되었다. 외할아버지는 외삼촌들에게 어머니를 예쁘고 착하고 영리한 신동으로 여겨야 한다고 강요했다. 다행히도 어머니가 내내 행복하고 제대로 된 성품을 유지할 수 있었던 것은 아버지 또한 무조건적으로 어머니를 흠모했기 때문이다. 어머니와 아버지는 아버지가 돌아가신 날까지 연인이었다. 하지만 지적인 면에서는 어머니에게 일련의 실망이 이어졌다. 어머니는 아버지와 아주 가까운 지적인 친구가 되려 했고 가능하면 지적인 성취를 이루는 가정생활을 꿈꾸어왔다. 그녀는 집에 소녀 시절이나 신혼 초처럼 늘 뛰어난 지식인들(루이스George Cornewall Lewis와 쥔느 박사Dr. Jeune가 생각난다)이 드나들리라고 생각했다. 그들처럼 여유 있는 지식인의 삶을 살리라는 어머니의 비전은 불로소득이 사라진 것과 함께 무참하게 무너져버렸다. 다시 부유해졌을 때는 아이들이 주렁주렁 달리고 남편은 사업에 매달려 늘 멀리 떨어져 있어 지적인 삶은 이미 불가능했다.

분열된 성격

그러나 어머니가 가장 큰 환멸을 느낀 것은 아이들에 대해서였다. 어머니는 남자들과 함께 남자 손에서 자랐다. 그런데 딸을 아홉이나 낳고 외동아들을 잃게 된 것이었다. 더욱이 딸들은 어머니가 재능을 높이 사거나 인정할 만한 그런 아이들이 아니었다. 어머니 자신은 '학자이자 귀부인' 교육을 받았으나 딸들은 그런 교육을 거부했고 나아가 귀족적인 관례를 따르지 않았다. 딸들은 틀림없는 포터가 자손으로 히브리어를 읽고 음악을 사랑하는, 키가 크고 피부가 검은 유대인 할머니의 자손들이었다——이 친할머니는 인생 말년에 정신병원에 갇혀 계셨다. (그녀는 유대인들을 이끌고 예루살렘으로 가는 망상에 사로잡혀 있었다. 그리고 실제로 파리까지 가기도 했다. 아! 슬프게도 그녀는 혼자였고 망상과는 달리 유대인은 한 명도 따라오지 않았다.) 우리가 태어났을 즈음에 친할머니는 늘 망나니로 언급되었다.

그러나 이러한 불리한 환경 외에도 어머니는 분열된 성격을 타고났다. 그녀는 내면적인 평화를 누리지 못했다. 관상을 보면 성품의 부조화가 잘 드러났다. 옆모습을 보면 못생기지는 않았지만 그렇다고 우아하지도 않았다. 코는 유난히 우뚝 솟은데다 콧마루는 호전적인 느낌을 주었다. 윗입술은 옆으로 길었고, 얇은 입술을 꼭 다물고 있었다. 턱과 턱선은 강해 보였다. 크기는 하지만 머리 모양이 예쁜데도 이런 이목구비는 전체적으로 딱딱한 인상을 주었다. 이런 옆모습을 보면 어머니는 영락없이 가차없고, 지배적이며, 광신적일 수 있는 오지랖 넓은 여자였다. 그러나 정면으로 보면 그런 해석이 터무니없는 중상모략임을 보여주었다. 여기서 가장 중요한 특징, 즉 그녀의 성품의 정수를 잘 드러내는 것은 눈이었다. 그녀의 눈은 부드러운 개암빛 갈색으로 크고 깊었으며, 속눈썹이 길게 드리워져 있었다. 속눈썹 위의 눈썹은 섬세한 부드러운 곡선으로 속눈썹을 돋보이게 했다. 밝게 빛나면서도 음영이 깊은 눈 속에는 부드러운 공감과 지식에 대한 추구가 결합되어 있었다. 이런 아름다운 눈동자에 더해 어머니는 멋진 부드러운 머리에 쉽게 붉어지는 깨끗한 피부, 작지만 빛나는 이, 저음의 미성, 예쁘장한 몸짓, 가느다란 긴 손을 지니고 있었다. 어머니는 분명히 고혹적인, 어쩌면 영감을 불러일으킬 수 있는 여성이었다. 나는 1884년 버밍엄에서 있었던 정치 데모에서 만난 브라이트에게 "제 외할아버지이신 로렌스 헤이워스는 아실 거예요"라고 말했다——어머니가 돌아가신 지 3년 후였다. "로렌스 헤이워스라고 했소? 물론이죠. 그럼 당신이 로렌시아나 헤이워스의 딸이오? 그 아름다운 자태와 표정 때문에 남자들이 죽을 때까지 잊지 못할 여성이죠." 잠시 후 그가 이렇게 덧붙였다. 〔1884년 3월 16일 일기〕

자아 발전에 대한 신념

어머니와 가깝게 지내던 수년 동안, 서로 다른 이미지를 주는 옆모습과 앞모습에서 나타나는 분열은 의식에서도 나타났다. 그녀의 의식은 인간과 우주의 관계뿐 아니라 무엇이 옳은 행동인지에 대해서도 끊임없이 논쟁했다. 그녀의 영혼은 한편으로는 신비주의적인 위안과 정통 종교의 도덕적 규율을 갈구했다. 그녀는 그리스어로 쓰인 성서와 교회의 성자들에 대해 몇 시간씩 연구했다. 그러나 다른 한편 외할아버지에게서 우상을 전혀 믿지 않을 정도의 강한 지성을 물려받았다. 내가 아주 어렸을 때 외할아버지는 아담과 이브가 에덴동산에서 서성일 때는 어슬렁거리는 돼지에 지나지 않았는데, 선악과를 먹었기 때문에 그의 자손들이 들짐승 신세를 면했다고 말씀하시는 것을 듣고 깜짝 놀랐던 게 기억난다. 어머니가 고민한 문제는 아무리 선악과 더미에 주둥이를 파묻고 있다 해도 인간이 돼지를 넘어섰는가 하는 것이었다. 즉 쾌락추구와 고통회피만으로 인간의 본능, 충동, 동기를 모두 포괄할 수 있는가, 그리고 그것만으로 인간의 본분을 다하는 것인가 등으로 고민했다.

어머니는 스미스[12]와 맬서스,[13] 특히 시니어[14]의 열렬한 제자로, 강

---

12) 스미스(Adam Smith, 1723~90). 『국부론』의 저자로, 당대의 경제이론을 혁신적으로 변화시켰다—옮긴이.

13) 맬서스(Thomas Robert Malthus, 1766~1834). 『인구론』의 저자로, 인구가 기하급수적으로 늘어 산술적으로 늘어나는 식량공급이 따라오지 못할 것이라 예측했다—옮긴이.

14) 시니어(Nassau William Senior, 1790~1864). 옥스퍼드대학의 정치경제학 교수로 『에딘버러 리뷰』(*Edinburgh Review*) 등의 잡지에 중요한 정치적 에

경한 공리주의 경제학자들에게서 교육을 받았다. 중년에 그녀는 자신의 친구인 슈발리에(Michel Chevalier)[15]의 논문 가운데 몇 편을 번역했다. 슈발리에는 정통 정치경제학의 프랑스 판을 대표하는 사람으로, 자기 이익 추구에 대한 교리적 믿음을 서투르게 흉내낸 사람이었다. 어머니는 자신이 주장하는 바를 엄격하게 실천했다. 어머니는 시간과 돈의 절약을 토대로 삼아 수입을 흠잡을 데 없이 지출했다. 그녀는 하인들이 묵는 곳에 절대로 드나들지 않았으며 자신의 하녀 외에는 어떤 하인에게도 말을 걸지 않았다. 그녀는 늘 대리인을 내세웠다. 딸 하나하나가 어머니의 대리인이 되었다. 딸들은 어머니에게서 가장 잘 규제된 수요에 맞추어 가장 싸게 공급하는 계획을 세우고 그것을 실행하는 훈련을 받았다. 그녀의 이론에 따르면 시장가격보다 더 비싸게 주고 사는 것, 노동시간을 줄이는 것 또는 평균 이상으로 긴장을 풀어주는 것——가격이나 시간이나 긴장도가 관련 당사자들의 건강과 행복에 유해하다 해도——은 태만한 행동이었다. 자연의 법칙을 어기는 이러한 행동은 개인과 공동체에 재앙을 가져올 수 있다는 것이었다.

이와 유사하게 어머니는 사회적 지위를 개선하고, 자신보다 못한 사람들을 무시하고, 사회의 최고 단계까지 올라가는 것이 시민의 본분이라고 믿었다. 이 문제에 대해 그녀는 스펜서와 완벽하게 일치했다. 아마

세이를 기고했다—옮긴이.

15) 어머니의 친구이신 슈발리에는 자기 친구인 텐(Taine)에게 어머니를 이렇게 묘사했다. "나는 시골 저택에 초대를 받았는데 여주인이 나보다 그리스를 더 잘 알고 있음을 안 후 사과하고 항복했다. 그러자 그녀는 장난기가 발동하여 내 영어를 그리스어로 썼다. 이 여성 헬레니스트가 세속적이며 멋쟁이기까지 한 점을 주목하라. 더욱이 그녀는 딸 아홉, 유모 둘, 가정교사 둘, 거기 어울리는 하인을 잘 거느렸을 뿐 아니라 수많은 방문객을 맞이했다. 이 모든 상황 속에서도 잘 가꾸어진 이 저택은 완벽하게 질서정연했다. 결코 시끄럽거나 부산스럽지 않았다. 마치 기계가 저절로 움직이는 것 같았다. 이런 기능과 이런 대조의 집합을 보면 다시금 여러 가지를 곰곰이 생각하게 된다. 프랑스에서는 여자가 인형이 아니면 더 이상 여자가 아니라는 것을 너무 쉽게 믿어버린다"(H. Taine, W. F. Rae trans., *Notes on England*, 1872, 93쪽).

요새 사람들은 빅토리아 시대 중반의 전형적인 중간 계급 남녀들이 이런 신념을 얼마나 진지하고 열광적으로 옹호했는지 모를 것이다. 예이츠[16]에 따르면 "소를 너무 싸게 팔면 지옥에 간다"라는 속담은 아직도, "벨파스트의 종교에서 큰 몫을 차지하고 있다."[17] 이것은 경건한 척하는 19세기 상업주의의 배수진이기도 하다. 어머니는 절대로 위선적이지는 않았으며, 이러한 이론으로 일관되게 인간성과 인간의 행동이 설명되지 않는다는 것을 깨달았다. 이런 깨달음에 이른 것은 산상수훈이나 아니면 밤이나 낮이나 그녀가 읽던 『크리스트를 따라서』(Imitation of Christ) 같은 신비주의적 욕구 때문인 것 같다. 인생 말년에 그녀는 일체 사교적인 접촉을 하지 않고 딸들이 알아서 런던 사교계에 나가거나 친구들을 집에 초대하게 했다. 단지 친구들의 이름을 묻는 등 집안의 여주인으로서 예의상 아는 척하기 위해 필요한 정보만 알려고 했다. 나이가 든 후 어머니는 더 이상 자신의 의지를 가족에게 강요하려고 하지도 않았다. 그리고 애처로울 정도로 점점 불어나는 손자와 손녀들을 더 중시했다.

어머니는 점점 더 공부에 심취했다. 그러나 자신을 괴롭히던 문제를 풀 수 없다고 포기하고 이 언어, 저 언어를 배웠고 특히 문법을 익히는 데 집중했다. 각국의 문법을 엄청나게 모았을 뿐 아니라 기이하게도 다른 외국어로 쓰인 외국어 문법을 수집했다. 예를 들면 프랑스어로 쓰인 그리스 문법, 이탈리아어로 쓰인 라틴 문법, 독일어로 쓰인 히브리어 문법, 스칸디나 반도에 있는 나라들의 언어로 쓰인 스페인 문법 등이었다. 아마도 일석이조가 경제적이라는 원칙에 따라서 이렇게 했을 것이다. 그녀가 어느 정도 인생을 평화롭게 이해하고, 아니 더 나아가 인생의 재미를 느낀 것은 바로 매일 이러한 정신 활동을 규칙적으로 해서였다. 어머니가 갑작스레 돌아가시기 몇 달 전 정해진 시간에 일정한 자갈길을

---

16) 예이츠(John Butler Yeats, 1839~1922). 영국의 초상화가로 유명한 20세기 시인. 윌리엄 버틀러 예이츠의 아버지다—옮긴이.

17) 존 버틀러 예이츠 지음, 『초년의 기억들』(Early Memories), 48쪽.

함께 산책했다. 그때 그녀는 "죽기 전에 12개국 언어를 배울 거야"라고 웃으며 의기양양하게 말했다. 이러한 자화자찬을 마친 후 사랑스럽게 나를 바라보면서, 어머니 자신은 실패했지만 나는 꼭 훌륭한 작가가 될 것이라고 말했다.

이 새로운 예기치 않은 예견의 결과였는지, 어머니의 성품 속에 있는 미묘할 정도로 강력한 자질 때문이었는지, 어머니는 살아 계신 동안보다 돌아가신 후에 내게 더 영향을 미쳤다.

어머니께서 날 위해 얼마나 큰 일을 해주셨는지 모르겠다〔어머니께서 돌아가신 지 몇 달 후 가책을 느끼며 쓴 글이다〕. 좋은 습관 가운데 많은 부분을 그녀에게서 배운 것이다. 그리고 압박감이 사라지자 내가 그녀의 성품에 큰 영향을 받았다는 것을 깨달았다. 그 압박감도 건전하고 올바른 방향으로 날 인도하기 위한 것이었지만 단지 내가 눈치가 없었을 뿐이었다. 눈치라. 눈치가 빠르면 더 쉽게 다른 사람들의 애정과 배려를 얻지만, 그 자체가 도덕적이거나 지적인 자질의 범주에 들어가는 것은 아니다…… 수많은 시련을 겪으면서 어쩌면 영원히 도달할 수 없을지 모를 목표를 향해 매진할 때, 어머니와 그녀의 지적인 동경과 그녀의 분투를 더욱더 생각하게 되었다. 우리 모두 어머니의 그러한 분투에 대해 쓸데없는 짓이라고 너무 쉽게 말했지만 그것이야말로 나의 모든 야심의 원동력이었으며 내가 좀더 사랑을 베풀고 좀더 나은 행동을 하도록 박차를 가해주었다. 〔1882년 8월 13일 일기〕

6년 후 나는 아버지를 돌보기도 하고 한편으론 부스의 『런던 사람들의 삶과 노동』(Life and Labor of the People in London)에 기고할 글을 쓰고 있었다. 그 당시의 일기는 나의 지적 노력이 어머니의 추억과 얼마나 긴밀하게 연관된 것인지 보여준다.

이즈음 [나는] 계속 어머니를 생각한다. 때로는 어머니가 옆에 계신다는 느낌이 너무 강해서 교감하고 싶은 생각이 들 정도다. 어머니가 살아 계신 동안에 우리는 서로에 대해 너무 몰랐다. 이상하게도 이즈음에야 어머니를 사랑한다. 어머니가 마침내 나를 알아주고, 내 외로움을 달래주고, 내 노력을 격려해준다는 느낌이 든다. 그녀는 이제 내가 독차지할 수 있는 어머니인 것 같다. 다른 사람들은 남편과 자식이 있지만 내게는 일과 간헐적인 우정밖에 없다. 그래서 어머니께서 내 옆에 계시면서 나를 지켜주고 내게 도움의 손길을 뻗치려고 하는 것 같다…… 나는 인생의 남은 전투를 씩씩하게 치를 수 있다. 그리고 전투가 끝날 때 그녀가 쭉 내 곁에 함께 있었음을 알게 될 것이다. [1888년 일기]

집안의 성자

어머니와 떼어 생각할 수 없고 여러 면에서 그녀를 보완해준 인물로 일생 동안 어머니의 하녀이자 말벗이었던 마사 잭슨(Martha Jackson, 후에 마사 밀스Mills)이 있다. 외할아버지는 어머니의 로마 여행에 동행시키기 위해 그녀를 고용했으며, 그 후 마사는 로마에서 어머니와 아버지의 사랑을 지켜보았다. 그녀는 어머니가 결혼할 때에도 어머니를 따라왔으며, 그 후에는 언니들의 유모가 되었다. 그래서 사람들은 그녀를 '다다'라고 불렀다. 다다는 내가 아는 유일한 성자였다. 그녀는 아이들이든 하인이든, 착한 사람이든 못된 사람이든, 대가족의 모든 사람들의 어머니였다. 아버지가 갈등을 겪고 스트레스를 받을 때 조언을 구하는 사람도 마사였다. 어머니가 조언을 청하지 않는데도 시의적절한 조언을 하고 비난을 받지 않을 사람도 마사뿐이었다. 그녀는 어머니가 시킨 일을 하면서, "포터 부인, 저라면 그렇게 하지 않겠어요. 그렇게 하면 골치 아픈 일만 더 늘어날 거예요"라고 말했다. 그러나 자기 말을 어머니가 듣지 않아도 상관없다는 태도였다. 어머니가 고집을 부리거나 자신이 옳다고 강하게 주장하면, 마사는 반쯤 믿지 못하겠다는 태도로 냉정하게 침묵을 지키다가 부드럽게 상대방이 약자라거나 어쩔 수 없어서 그 랬을 것이라며 상대방의 입장을 대변해주곤 했다. 아니면 마사는 어떻게 하면 실용적으로 모두에게 이롭게 문제를 풀 수 있는지에 대하여 신중하게 제안하기도 했다. 마사가 이렇게 포용력이 있고 자비롭기는 했지만, 그녀를 속이기는 쉽지 않았다. 60년 전의 한 장면이 내 기억 속 깊이 새겨져 있다. 한 어린아이가 비겁한 거짓말을 한다. 마사는 잠시 침묵을 지키다가 내 거짓말에 대한 유일한 반응으로 이내 사랑과 장난기가 섞인 시선을 보낸다. 아이는 잘못과 거짓말이라는 두 가지 죄를 고백하지 않고 이 상황에서 빠져나올 수만 있다면 다시는 거짓말을 하지 않으리라고 결심한다.

마사는 성자였지만, 인간이기도 했다. 그녀는 자신의 행복을 지키는 일에는 실수를 저질렀다. 중년에, 아마도 그녀는 끊임없이 애정을 주기만 하고 애정을 받지 못하는 데 지쳐서 결혼했다. 상대는 철도회사 경비원이었다가 집사일을 맡은 밀스였다. 그는 작고 통통한 체격에 정직하고 유순했으며 늘 침례교 목사가 되고 싶어했다. 수년 동안 그는 부유한 늙은 주인을 모시는 집사였으며 독립할 재산을 모을 생각으로, 그의 부인이 우리 집에 머무는 것을 묵인했다. 밀스의 늙은 주인이 죽자, 우리 집에 큰 재난이 밀어닥칠 수밖에 없었다. 어머니와 마사가 나서서 밀스를 우리 집 집사로 채용했다. 조용하고 품위 있는 아내가 없었다면, 그는 우리 집에서 찬밥 신세였을 것이다. 아내인 마사는 집안 식구들을 모두 돌보고 보호하듯이 자신의 남편도 돌보고 보호했다. 그러나 그녀는 자신이 일생일대의 큰 실수를 했다는 것을 알고 있었다. 젊은 하인들이 '결혼하는 것'에 대해 의논하면, 그녀는 날카롭게 신중하라고 경고했다. 밀스는 우스꽝스러운 허풍쟁이에다가 터무니없게도 자신의 목소리에 도취되어 있었다. 석탄을 한 통 더 가져다달라고 부르면, 밀스는 방 가운데 서서 언제나 큰 소리로 부탁한 말을 반복하면서 과장된 어휘를 써가며 평을 덧붙였다. 현학적인 단어와 어구를 오용한다는 점에서 그는 말러프롭 부인[18]의 희화화된 모습이었다. 그는 아마추어로서 성경의 수사를 나름대로 번안해 인용하며 설교했는데, 듣는 사람이 얼마나 아느냐에 따라 감동적인 유창한 말로 들릴 수도 있었고, 단지 말도 안 되는 소리로 들릴 수도 있었다. "입만 닥치면 밀스도 아무 문제가 없을 텐데." 크리스마스 날 저녁식사를 하다가 헌신적인 그의 아내가 환멸을 느끼며 이렇게 말했다.

마침내 이 부부는 은퇴한 뒤 저축과 연금으로 몬머스셔 지방의 농가에서 살았다. 아버지는 말년에 나와 이곳에서 여름을 보냈다. 밀스는 이 외로운 언덕 꼭대기에서 자신의 소명을 찾았다. 그는 자신의 화려한 연설을 재미 삼아 들으러 오는 얼마 안 되는 노동자들을 허물어져 가는 침례 교회로 인도했다. 마사는 그를 위해 빨래를 하고 요리를 하고 옷을 고쳐 주고, 성경을 읽고, 현관문을 열어주고 닫았다. 그리고 그녀는 사랑하는 가족의 한두 사람이라도 오기를 끈기 있게 열심히 기다렸다. 그러는 동안 다행히도, 내가 다른 장에서 말하겠지만, 마사는 내가 최초로 관찰·실험할 수 있는 계기를 마련해주었고 또 '보호자'가 되었다. 어머니가 돌아가신 후, 그녀는 바컵의 면공장 노동자인 내 사촌들 집에 나를 데려가 그녀의 '젊은 친구인 존스 양이고 웨일스에서 온 농부의 딸'이라고 소개했다. 방문 중에 나는 그녀 역시 내게 친척이 됨을 우연히 알게 되었다.

종교적 정신

마사가 내게 베푼 선물 가운데 가장 오랫동안 큰 영향을 미친 것은 종교적 정신이다. 종교의 기원을 둘러싼 어머니와 스펜서[19] 사이의 끝없는 논쟁을 들은 직후에는 마사의 신앙, 즉 침례교 신앙은 야만적이진 않

---

18) 말러프롭 부인(Mrs. Malaprop). 셰리단의 극 『경쟁자들』에서 리디아의 아주머니이자 보호자로 말을 엉뚱하게 쓰는 것으로 유명하다—옮긴이.

19) 스펜서(Herbert Spencer, 1820~1903). 진화철학의 창립자. 진화라는 하나의 원칙에 기초해 모든 지식을 통합하고자 했다. 물리적 세계에뿐만 아니라 원리에도 진화의 원칙을 적용하고자 했다—옮긴이.

아도 원시적으로 보였다. 그녀는 보상이나 예정설을 믿어 영원한 벌에 대해 전혀 의심하지 않았으며, 구약과 신약이 문자 그대로 옳다고 굳게 믿었다. 청교도로서 그녀는 구교를 계시록의 '간음한 여인' 같은 존재라고 생각했다. 그녀는 겸허하게 그리고 의문의 여지없이 신앙에 충실했다. 그녀는 종교가 온전한 마음의 상태, 즉 사랑이 넘치는 나사렛 예수의 마음 상태를 반영한다고 굳게 믿었다. 그것은 기이할 정도로 비인격적인 사랑이었다. 그렇게 말해도 된다면, 그것은 사람 자체나 사람의 특징을 대수롭지 않게 여기는 평등주의적인 선행이었다. 그 사람이 매력적이든 소름 끼치든, 신분이 높든 비천하든, 천재든 박약아든, 고귀하게 희생적이든 비열하게 이기적이든 그녀는 누구에게나 사랑을 베풀었다. 그녀는 어떤 사람이 사랑을 믿든 안 믿든 사랑이 필요한 사람에게는 동정과 보살핌을 베풀었다.

그녀의 종교에서 보면, 성격상 결함이나 환경의 장애는 이 생에서 다음 생으로 가는 천로역정에서 어쩔 수 없이 발생하는 우연한 사건에 지나지 않는다. 그녀는 모든 사람에게 인내심을 갖고 계속 사랑을 베풀어야만 이러한 결함이 극복되거나 해결될 수 있으며, 소위 '사실에 직면'해야만 줄어들리라고 생각했다. 그녀는 자신이 정신적·물리적 어려움을 겪는 사람들을 도운 일에 대해 결코 떠벌리거나 감상에 젖지 않았다. 그녀의 동정심에는 늘 유머, 균형감, 그 상황에 대한 공정한 이해가 섞여 있었다. "당신 처지만 있는 게 아니고 다른 사람 처지도 생각해야죠." 그녀의 미소와 빛나는 눈동자는 이런 말을 하는 것 같았다. 그녀는 좀체로 자신의 종교적 경험을 말하지 않았고, 우리를 신교의 특정 종파로 개정시키려 하지도 않았다. 그러나 그녀는 자신에겐 곧 종교인 마음의 상태가 외부에 있는 성령, 즉 우주에서 작용하는 사랑의 정신에 의해 창조·유지된다는 것을 굳게 믿었으며, 그녀와 친한 사람들은 모두 그러한 믿음을 익히 알고 있었다.

벽난로가의 철학자

인간 가치 척도의 반대편 극단에, 가정의 성자와 극심한 대조를 이루는——지적으로는 그녀보다 탁월하지만 정서적 통찰력은 그녀에게 훨씬 못 미치는——우리 가족의 가장 오래되고 가장 친한 친구가 있었다. 그는 끊임없이 모든 것을 이성적으로 설명하려 드는 철학자였다. 스펜서의 『자서전』(*Autobiography*) 중 리버풀 근처에 있는 외할아버지 댁에서 그가 우리 부모를 처음 만난 장면을 묘사한 부분을 인용하겠다. 이는 우리 가족의 멋진 초상을 보여주기 위해서가 아니라, 미래의 철학자가 젊은 시절 친구들에 대한 깊은 이해심을 가졌을 뿐 아니라 자신의 재능에 대해 겸손했음을 입증할 수 있기 때문이다.

헤이워스(비어트리스의 외할아버지)와 나는 대화를 많이 나누었다. 대체로 서로 공감하는 바가 많았다. 그는 특히 개방적이었고 생각이 깊은 사람이었다. 명목상 신도였으나, 나와 마찬가지로 신앙심은 깊지 않았다……. 그러나 그의 딸과 사위——포터 씨 부부——와의 만남은 아주 즐거웠다. 그들은 결혼한 지 얼마 안 되었는데 내가 본 사람들 가운데 가장 멋진 부부였다. 헤이워스 양이 아주 뛰어난 재원이라고 말했는지 모르겠다. 과거 얼마 동안 아주 호기심에 차 그녀를 한번 만나보았으면 한 적이 있었다. 토머스(Thomas) 아저씨께서 그녀를 아주 높이 평가하셨기 때문이기도 하고, 가끔 신문에 그녀의 이름이 한두 번 언급된 적이 있어서이기도 했다. 그녀는 아주 열광적으로 곡물법 폐지 데모를 지지했고, 몸소 유인물을 나누어주거나 그 문제에 관해 여러 사람들과 토론을 벌였다.

태도나 전반적인 외양으로 보면 그녀가 그렇게 독립적인 성격이리라고 추측하기 힘들다. 그녀는 완벽하게 여성적이었고 뛰어나게 세련되고 우아한 태도를 지니고 있었다. 그러나 골상학자가 본다면 특이한 성격이라고 할 것이 분명했다〔여기에 그녀 두상의 옆모습과 일련의 추측이 이어진다〕.

포터 씨는 감탄을 금할 수 없는 사람이었다. 그는 정말 사랑스러운 사람이었다. 그는 확실히 진지했고, 태도 때문이 아니라 사람 자체 때문에 정이 가는 사람이었다. 그는 고귀하게 사고——물론 민주적 사고였으며 다른 면에서도 균형이 아주 잘 잡혀 있어서 생각만 해도 절로 즐거워지는 그런 사고——하고 있었다. 그런 그의 사고와 얼굴은 완벽하게 일치되었다. 이목구비는 그리스인 같으며, 표정은 골상학자가 기대하는 것과 정확히 일치했다.

그는 아주 시적으로 보였다——셸리[20]를 열렬하게 숭배했고 셸리가 단연 당대 최고의 시인이라고 생각했다. 그 점에 있어서 나는 완전히 그의 의견에 동의했다. 사실 우리는 대화의 주제마다 뜻이 맞았다. 이런 사실에 흐뭇해 하면서도 나의 성품과 대조적으로 너무나 아름다운 그의 성품을 보자, 과거 오랫동안 내 자신이 못마땅했지만, 이젠 나 자신에 대한 불만이 더욱더 심해졌다.[21]

---

20) 셸리(Percy Bysshe Shelley, 1792~1822). 영국의 대표적인 낭만주의 시인으로, 그의 시세계는 억압과 부당함에 항의하고 더 나은 세계를 열정적으로 지향하는 것으로 특징지어진다—옮긴이.

21) 스펜서, 『자서전』 1권, 1904, 260~261쪽. 스펜서는 덧붙인다. "이렇게 시작된 우정은 두 사람이 모두 죽을 때까지 계속되었다. 이 우정은 내 삶의 흐름을 엄청나게 바꾸어놓았다. 그는 아직도 자식들과 손자를 통하여 내게 영향을 미치고 있다." 그리고 여기에 내가 아버지를 묘사한 일기의 일부가 있다. 이것은 어머니가 돌아가시고 2년 후에 쓴 것이다.

"그의 본성은 아주 단순하고, 그의 동기는 투명하고 복잡하지 않았다—모든 것이 하나로 귀착되었다—자신의 식구를 행복하게 만들고자 하는 욕망. 어제는 어머니께 구애하던 시절 로마에서 쓴 일기를 읽어주심. 현재와 똑같은 마음. 선한 것과 아름다운 것에 대한 무조건적인 존경. 냉소주 또는 분석하거나 자격을 따지려는 욕심 없음. 사업 경력상, 사업 문제에서는 신중하고 날카로운 생각과 행동을 발전시켰지만 인간 전반에 대해서는 그런 식으로 냉소적으로 폄하하는 수도 있을 것이다. 그러나 그의 본성은 전혀 변하지 않았다. 이런 생각과 행동은 적자생존에서 살아남기 위해 습득한 것이고 친한 친구 사이에는 결코 그렇지 않았다. 그에게는 본능적인 느낌이 가장 중요했다. 사랑하는 자기 가족의 행복이 걸려 있다면, 그는 모든 것을 포기하고, 어느 정도는 자존심까지 포기할 것이다. 내가 아는 한 그는 가장 이기적이지 않은 사람으로 자

그날 이후 스펜서는 아버지의 열렬한 숭배자이자 어머니의 지적인 동료가 되었다. 24세의 청년이 자신보다 몇 살 연상의 매력적인 여성과 몇 시간이고 대화를 나누는 것은 놀랄 일이 아니다. 정말 놀라운 것은 아버지가 그의 지적인 사고를 완전히 무시하는데도 그 철학자가 계속 아버지를 숭배 아니 거의 흠모한 점이다. 그가 쓴 글에 대해서든, 그가 하는 말에 대해서든, 그의 지적인 면에 대해서든 아버지는 무관심했다. 그러나 늘 쾌활하고 인정이 많았던 아버지는 벽난로가의 철학자를 딱하게 여기면서도 충심으로 사랑했다. 아버지는 그와 산책을 하고, 낚시도 하고, 건전한 충고도 하고, 함께 믿는 이런저런 '경제적 법칙'의 예가 될 만한 사업 이야기를 해주기도 했다. 상당히 회의론자인 그가 일요일에 일부러 교회 가는 사람들을 거슬러가며 산책을 하겠노라고 대담하게 선언하자, 아버지께서는 "그래봐야 소용없어. 스펜서, 그래봐야 소용없어"라고 좋게 말했다.

아버지가 지식인들과 어울리기를 즐겨했던 것을 고려하면 스펜서식의 특이한 사고를 싫어한 것이 더욱 주목할 만한 일이었다. 아버지는 지식인들과 사귀기를 즐겼다. 그는 헉슬리,[22] 틴들,[23] 마티노[24] 등과 이야기하는 것을 좋아했다. 아버지는 친구인 제임스 안소니 프루드의 요청으로 칼라일과 오후에 한두 번 같이 산책한 적이 있었는데, 그는 산책 중 경외감에 찼고 산책이 끝난 후 우리에게 칼라일의 말 한마디 한마디를 그대로 되풀이했다. 그러나 스펜서의 '통합철학'은 알 수 있는 것을 다루든 알 수 없는 것을 다루든 견딜 수 없이 지루해 했다. 그는 스펜서의 철학이 말도 안 된다고 생각하셨다. 나는 아버지께 스펜서가 주장하

의식에 차 있지도 않았다."〔1883년 5월 16일 일기〕
22) 헉슬리(Thomas Huxley, 1825~95). 사상가로 종교, 교육, 철학 진화론에 대한 그의 사상은 19세기 사상에 큰 영향을 미쳤다―옮긴이.
23) 틴들(John Tyndall, 1820~93). 왕립 학술원의 자연사 교수 및 원장을 역임했으며 과학과 신학의 관계에 대해 1874년에 한 연설이 큰 논쟁을 불러일으켰다―옮긴이.
24) 마티노(James Martineau, 1805~1900). 영국 유니테리언파 신학자―옮긴이.

는 '구조와 기능에서 이질성과 확실성 증가의 법칙'에 관심을 갖게 하려고 애쓴 적이 있었다. 그러자 아버지는 내게 이렇게 대답했다. "말뿐이야. 애야, 말뿐이야. 내 경험으로 어떤 기업은 점점 더 다양하고 복잡해지며, 어떤 기업은 더 단순하고 획일화되고, 또 어떤 기업은 파산하기도 한단다. 전반적으로 결국 어떤 하나의 과정이 있어야 한다고 기대할 이유가 없단다. 스펜서의 지성은 원료 없이 마구 움직이는 기계 같아. 그래서 점점 지치는 거야. 불쌍한 스펜서. 그는 본능이 부족해——너도 지성 못지않게 본능이 중요하다는 걸 알게 될 거다." 그러고 나서 아버지는 수첩을 뒤적이며 좀더 동정심에 찬 어조로 덧붙였다. "언제 그와 낚시할 시간을 낼 수 있는지 봐야겠다——불쌍한 사람"이라며 스펜서도 아버지가 자신의 사상에 관심이 없음을 알고 있었던 것 같다. 그는 젊은 부부를 방문한 일을 이렇게 적고 있다. "포터 부인은 나 못지않게 논쟁적이었다. 가끔 저녁에 부인과 토론을 시작하면 너무 오래 계속되어서 주로 듣기만 하던 포터 씨는 포기하고 먼저 잠자리에 들었다. 우리는 끊임없이 논쟁했다."[25]

허버트 스펜서: 초상

그를 생각하면 깎은 듯이 반듯하지만 일찍 벗겨지기 시작한 머리, 꼭 다문 긴 윗입술, 강인해보이는 턱, 고집스럽게 꼭 다문 입, 바싹 붙어 있는 반짝이는 작은 회색 눈동자, 오똑한 로마인 코가 떠오른다——전체적으로 머리가 크고 여윈 멋진 몸매, 점점 가늘어져서 작고 예쁘장한 손과 발로 이어지는 몸매를 지배하고 있었다. 그는 늘 아주 깔끔하긴 한데 이상하게 눈에 튀는 옷을 입고 있었다. 이 철학자의 딱딱한 태도와 정확하고 분명한 언어는 탁월했을 뿐 아니라, 어떤 우아함까지 깃들어 있었다. 그는 현학적인 용어로 평범한 일을 예로 들어 자신의 통합철학을 정교하게 설명했는데, 보통 사람들에게는 약간 멍청해 보이는 것 같았다. 하

---

25) 스펜서, 『자서전』 1권, 1904, 311쪽(1846년 26세경).

지만 과학적 사고에 갓 입문한 초보자에게는 그가 일상적인 일을 관찰하며 이렇게 독창적으로 심오한 논리를 펼치는 게 아주 인상적이었다.

그러나 어린 시절 내게 가장 뚜렷한 인상을 남긴 일은 그의 갑작스러운 변신이었다. 그는 어린이나 약한 사람을 대할 때면 웃으며 온화한 표정을 짓다가 갑자기 부들부들 떨며 화를 냈다. 눈은 분노에 불타고 거의 쉰 목소리를 냈다——이런 변신은 자신이나 다른 사람의 개인적 권리가 짓밟힐 때 나름대로 '의견을 밝히는' 태도였다. 우리 아이들에게는 이 철학자가 늘 해방자였다. 그의 즐거운 공리인 '순종은 바람직하지 않음'은 아이들에게 가정교사나 선생들의 방식을 철저하게 비판하게 함으로써 더욱 빛을 발했다. 스펜서는 이들을 '비지성적 방식으로 부적합한 사실을 가르치는 어리석은 사람들'이라고 불렀다. 어머니는 이런 비판에 불편해 했으며, 수년 동안 우리 공부를 지도해온 여선생님은 화를 냈다. 규율을 비판하는 스펜서의 장황한 설명을 입을 꼭 다문 채 듣던 여선생이 말했다. "오늘 아침 스펜서 씨와 나가도 좋아. 그리고 스펜서 씨 말대로 하고 싶은 대로 해." 가정교사의 말대로 '바람직하지 않은 순종'을 해서 그런지, 반란의 교리에 순순히 따라서 그런지, 어린 악마들은 눈을 빛내며 웃음을 머금고, 그 철학자를 근처 숲의 나뭇잎으로 가득한 웅덩이에 힘껏 밀어넣고 꼼짝 못하게 했다. 좀더 크고 더 교활한 아이들은 시든 자작나무 잎으로 그를 괴롭혔다. "이 집 아이들은 무례해요"라고 『인간과 국가』(*Man versus the State*)의 저자는 어머니의 내실로 걸어 들어오며 말했다. 그러나 대부분 그는 우리의 절친한 친구였다. 우리는 '현재 교과과정'인 역사, 외국어, 음악, 그림에 대해 비난하고, '과학'을 옹호하는 그의 의견에 전적으로 동의했다——이때 과학은 그와 함께 화석, 꽃, 물속의 곤충들을 찾아 시골을 돌아다니는 것을 말했다. 이것들은 살아 있는 것이건, 손상된 것이건, 죽은 것이건 곧 즉석에서 만든 어항, 상자, 스크랩북으로 들어갔다. 나는 이런 생물이나 무생물 수집에는 관심이 없었다. 그의 현미경을 통해서 보는 것이나 사지를 당겨서 절단하는 일 어느 쪽에도 관심이 없었다. 그의 저작을 본격적으로 연구하기 오래전부터 매력을 느낀 것은 그의 이론을 지지해줄 예를 수집하는 방법이었다. '직접적인 관찰을 통해 알게 된 사실이나 책을 읽다가 알게 된 사실'을 바탕으로 원리들이 형성된 것이 아니었다. 『자서전』에 재미있게 잘 설명되어 있지만 그는 어떤 '전반적인 의미'를 지닌 사실, 즉 우주에 관한 '일관되고 조직된 이론'을 구축하는 데 직간접적으로 도움이 되는 사실에만 주목하고 그에 대해서만 숙고했다.

그의 도제가 되다

그러나 내가 그의 친구가 되었을 즈음에 이 '제1원리들'은 단지 가설이 아니라, 생명의 진화에 관한 고도로 발달된 교조적인 신념이 되어 있었다. 이제 남은 일은 이 원리 또는 '법칙'이 수정을 형성하는 데서부터 민주 국가 내에서 당을 운영하는 데 이르기까지 자연 과정 전체를 설명할 수 있다는 것을 입증해줄 만한 예를 풍부하게 드는 것이었다. 사실 스펜서는 궤변 속에 빠져 있었다. 한동안 내가 그의 도제로서 배운 것은 이 궤변이었다. 아니면 내가 공범자였나? 나는 때로는 그의 인정을 받기 위해, 때로는 단지 그의 정신이 어떻게 작동하는지에 대한 호기심에서 그의 이론에 들어맞는 예들을 찾기 시작했다. 그리고 그런 예를 관찰할 수 없을 때는 만들어내기도 했다. 그의 지성과 게임하면서 배운 것이 관찰하는 법만이 아닌 것은 말할 필요도 없다——그는 이 세상에서 속이기 쉬운 사람 가운데 하나였고, 결코 내 이야기가 정확한지 꼼꼼히 따지지 않았다. 중요한 것은 내가 수집해온 예가 그가 설명하고자 하는 '법칙'에 들어맞느냐였다. 이것은 사실 삶의 새로운 형태를 발견하고 묘사하고자 하는 과학자의 작업이라기보다는 판례를 다루는 영국 변호사에게 필요한 훈련이었다. 그가 가르친 것은 진실이 아니라 사실의 연관성이었다. 이것은 여자들에게는 드문 재능이며, 엄청난 자료를 처리해야 하는 사회조사자에게는 이루 말할 수 없이 중요한 재능이었다. 그 자료가 문서이든, 사람들의 행동 관찰이든, 중요한 사실이든 중요하지 않은 사실이든, 연관성이 없는 자료든 그런 것은 문제가 되지 않았다. 내 일기

중 1887년 헉슬리 교수와 나눈 대화를 보면, 스펜서의 지적 과정에 대한 나의 이러한 이해가 옳음을 알 수 있다. 그 당시 나는 스펜서의 부탁으로 그의 전기를 대필할지(그와 공동집필할지) 고려하던 중이었다.

나는 헉슬리에게 스펜서가 당대의 산발적인 이론을 모아 사회진화론이라는 하나의 이론으로 결합시켰다는 생각을 개진했다. "그렇진 않소. 스펜서는 당대의 이론을 모르오. 의식에서 이론을 만드는 거요. 그가 새로운 사상을 창조한 적은 없지만, 가장 독창적인 사상가요. 그는 결코 독서를 하지 않소. 단지 자신의 이론을 설명하는 데 도움이 될 사실을 수집할 뿐이오. 그는 대단한 설계가요. 구성 요소 중 새로운 것은 하나도 없지만, 그렇다고 그것들을 다른 데서 빌려온 것도 아니오"라고 헉슬리가 말했다. 그리고 우리는 또 한 가지 점에서 다른 입장을 보였다. 내가 아는 스펜서가 겸손한 사람이라고 하자, 헉슬리 부자는 펄쩍 뛰었다. 그들이 본 바에 따르면 스펜서는 뛰어나고 정의로운 사람으로 자신이 존경하거나 좋아하는 사람들이 비판하거나 불리한 사실을 말하면 기꺼이 받아들이지만, 대부분의 사람을 우매하다고까지 생각한다는 것이다. 아마도 그 말은 사실일 것이다. 나는 헉슬리 교수에게 내가 그와 공동집필하는 것이 잘못 판단한 것이냐고 물었다. "오, 그렇지 않소. 공동집필에 진정 필요한 것은 공감할 수 있는 친구요"라고 그 위대한 사람은 온화하게 말했다. 스펜서의 일기를 보면 이에 대해 그가 어떻게 생각했는지 알 수 있다. 스펜서의 특징을 아주 잘 보여주는 이야기이기도 하다.[26]

---

26) 1887년 5월 6일 일기. 이 위대한 과학자를 잘 알지는 못하기 때문에, 어쩌다 우연히 관찰한 것이 별 가치가 없긴 하지만, 이 일기의 다음 부분이 독자의 흥미를 불러일으킬지 모르겠다. "대화를 나누는 중에 내가 관심이 있었던 것은 스펜서에 대한 헉슬리의 의견이 아니라, 헉슬리 자신에 대한 설명이었다……. 뚜렷한 인생 목표가 없었음에도 그가 젊은이로서 어떻게 힘을 느꼈으며, 자신

영웅주의의 한 사례

스펜서의 『통합철학』이 나의 직업관이나 삶을 지탱해주는 신념을 발전시키는 데 얼마만큼 기여했는지는 다음 장에서 이야기하기로 하겠다. 여기서는 젊은 나와 이 사상가의 변함없는 애정과 도움이 내게 얼마나 도움이 되었는지부터 말하겠다. 갈수록 서로 견해 차이가 나긴 했지만 우리 우정은 그가 죽은 1903년까지 지속되었다. 어른 중에서 내가 늘 몸이 약한 사실에 관심을 보인 사람은 스펜서뿐이었다. 그는 내 병엔 이 약, 저 약이 좋다며 추천해주기도 했다. 그는 내가 혼자 공부할 때 격려해주었고, 내가 그리스 철학자나 독일 철학자에 대해 멋대로 쓴 유치한 글을 끈기있게 읽고 다정하게 비판해주기도 했다. 나를 '타고난 형이상학자'라고 기뻐하며 용기를 북돋아주었다. 그는 내게 "엘리엇[27]을 닮았

이 재능이 있는 분야에서 지도자가 되리라는 것을 어떻게 확신하게 되었는지를 이야기해주었다. 그 이야기는 헉슬리를 잘 설명해준다. 그는 사람들의 지도자였다. 그가 특히 소질이 있는 것이 과학인지가 의심스럽다. 그는 진실을 사랑하는 사람이었고, 건설보다는 파괴에서 더욱더 만족감을 느꼈다. 그는 무슨 일에든 생각과 감정과 의지를 쏟아부었다. 그는 생각이나 감정을 드러내지 않았다. 그의 어린 시절은 아주 슬펐고, 그는 자신을 통제하여 과거를 회상하는 대신 미래를 내다보았다. 그가 남자든 여자든 아이든 다른 사람에게 이야기할 때 그는 정말로 주의를 집중했다. 그는 다른 사람의 생각과 감정 속에 몰입하고 그에 반응한다. 그렇지만 그에게 다른 사람은 모두 그림자에 지나지 않는다. 그는 더 이상 다른 사람들을 생각하지 않고 자기가 살고 있는 관념의 세계로 빠져든다. 헉슬리는 연구하지 않을 때는 이상한 일을 꿈꾼다. 그의 두뇌 속에 살고 있는 미지의 사람들과 길게 대화를 나눈다. 그에게는 광기가 있다. 그는 일생 동안 우울증에 시달렸다. '성공이 부질없는 짓임을 나는 늘 알고 있었다. 내가 성취한 것에 만족한 적이 없다.' 그에게는 현실에 대한 열광도, 조용히 사실을 발견하려는 끈기도 없다. 오히려 가눌 길 없는 열렬한 정복욕에 차 있다. 그는 정복된 땅 자체보다 정복이라는 사실 자체를 사랑한다. 결국 그의 성취는 그의 능력에 미치지 못한다. 헉슬리는 과학 사상가라기보다는 인간으로서 더 위대하다. 그와 정반대 인물이 스펜서다."

27) 엘리엇(George Eliot, 1819~80). 본명은 에반스(Marian Evans). 스트라우스의 『예수의 일생』을 번역하고 『웨스트민스터 리뷰』의 부편집장을 역임했다. 1857년 소설가로 등단한 후 당대 최고의 소설가로 꼽힌다. 대표작으로 『미들마치』(1872), 『플로스 강변의 물방앗간』(1860)이 있다―옮긴이.

다"고 말하기도 했다. 그는 늘 내게 과학자가 되라고 독려했으며 사회조사에 관한 최초의 논문을 출판할 수 있도록 『19세기』(*Nineteenth Century*) 편집장인 놀스(Knowles)에게 말해주기도 했다.

이런 개인적 친절보다도 젊은 학생에게 더 중요한 것은 그가 보여준 영웅적인 예다. 그는 물질적인 부유함과 육체적인 안락을 무시하고 인간의 진보에 도움이 된다고 생각하는 과업을 완수하기 위해 계속 분투했다. 나는 이 독특한 사람과 30년 내지 40년 동안 교류하는 가운데, 끝없이 그의 도움을 받았다. 그럼에도 내가 할 수 있는 일이라고는 스펜서와의 우정을 묘사한 일기 한두 편을 보여주는 것밖에 없다.

스펜서 씨의 방문은 늘 흥미로웠다. 그는 나의 낡은 생각을 다 쓸어내고 새로운 생각을 불어넣은 후 떠났다. 그리고 내가 얼마나 지성이 부족한지와 아울러 끊임없이 솟아나는 문제와 씨름할 능력 또한 얼마나 부족한지 적절하게 깨닫게 해주었다——그리고 나의 불행한 하찮은 연구가 상대적으로 얼마나 쓸모없는지에 대해서도. 〔1881년 9월 일기〕

하루 종일 스펜서와 사적인 이야기를 나누었다. 그는 일밖에 모르는 슬픈 운명이었다. 불쌍한 사람. 그의 고립에는 뭔가 애처로운 면이 있었다. 그는 거미처럼 살고 있다. 이론이라는 거미집 가운데 앉아서 사실을 낚아챈 후 다시 이론이라는 거미집을 지었다. 일에만 몰두해 있는 그의 모습은 슬프다. 그는 고립된 채 어떤 일을 수행하지만, 그 일이 끝나면 살아 있는 알맹이는 세상이 모두 가져가고 그에게는 빈 껍데기만 남는다. 주위를 둘러보고 사람들을 지켜보면, 인생에서 '본능'이 얼마나 중요한지 알 수 있다. 특히 지적 능력이 떨어지는 노년에는 본능이 더욱더 중요해진다. 본능적인 감정이 결핍된데다 본능이 개발되어 있지도 않은 노년은 황량할 뿐이다. 스펜서는 마치 자기 위치를 충분히 깨닫고 종말, 그에게 다가올 절대적 종말을 기다리고 있는 것처럼 포기한 표정을 짓고 있다. 그가 즐거움을 주는 '감각'을 복잡하게 밝혀내려는 모습을 보면 우스우면서도 애처롭다. 도대체 감각이 감정을 대신할 수 있다고 여기다니. 아! 그의 의식 속에는 감정을 불러일으킬 '원인'이 없었다. 하지만 그도 깊이 느끼기는 하지만 다만 그런 능력이 잠자고 있으며 고슴도치 털 같은 변덕스러운 생각에 덮여 있을 뿐이었다. 이런 겉모습을 보고 누가 접촉하고 싶겠는가! 다른 사람은 그에게 혐오감을 느끼는지 모른다. 그러나 나는 그의 문제를 알고 있다. 문제는 바로 정신적 기형이다. 지적인 능력은 과다하게 발달되었는데 공감과 감정 같은 자질은 아주 미약하게 발달되어 기형이 되어버린 것이다. 이런 기형은 동정을 사기도 하지만 그렇지 않을 때에는 혐오감을 불러일으킨다. 내가 잘 아는 사람들 중 스펜서만큼 형용할 수 없이 슬픈 삶을 산 사람은 없다. 그는 행복에 관한 한 행복이 무엇인지 알지도 못한 채 살다 죽었다. 〔1884년 5월 5일 일기〕

지성의 확대

스펜서는 '에반스 양[28]' 사건을 민감하게 의식했다——그는 내게 자신에 대해 언급된 부분을 읽어보고 그들이 어떤 관계로 보이는지 알려달라고 진지하게 부탁했다. 나는 크로스[29]가 나타나 두 사람은 아무 관계도 아니라고 해주면 얼마나 좋을까 하는 생각을 잠시 했다. 대수롭지 않아도 될 문제에 지나치게 관심을 보이는 데서 그의 편협함이 드러났다. 그런데도 그의 이러한 진실함 때문에 그들의 우정이 영원히 지속된다고 엘리엇은 말했다. 그는 자신이 사람을 따져보고 사람에 따라 다르게 말하거나 다른 어투를 사용하지는 않는다고 말했다. 그는 단지 자신의 생각을 정확하게 표현하고 싶을 뿐이라고 했다——그는 어떻게 하면 다른 사람이 가장 잘 이해할까에 대해서는 관심

---

28) 조지 엘리엇. 스펜서와 친구 이상의 관계라는 소문이 있었으나, 스펜서는 이를 강력하게 부인했다—옮긴이.
29) 크로스(John Cross). 한때 엘리엇의 후원자이자 연인—옮긴이.

이 없다고 했다.[30] 〔1885년 1월 일기〕

불쌍한 스펜서. 나는 그의 『자서전』 초고를 읽으면서, 자신의 맥박을 느끼고 자신의 감각을 분석하는 데 몰두한 그의 삶에 대해 생각했다. 그에게는 오로지 자신밖에 없었다. 그를 전부로 생각해줄 가까운 친구도 없었다. 말년의 아버지에게처럼 다정함이나 즐거움을 줄 사람이 그에게는 없었다. 자신이 희생당하고 있다는 사실을 느끼지 못한 것이 이상했다. 〔……〕 "그리고 얼마나 희생만 하고 계신지 모르세요?" "체험해보지 못한 다른 형태의 사고, 감정, 행동을 동경해본 적은 없으세요?" 내가 그 문제에 대해 직접 물어보자 "한 번도 사랑에 빠진 적이 없어"라고 그는 대답했다. 정말 이상했다——지적으로는 그렇게 완벽하면서 다른 면은 전적으로 결핍되어 있다니——그는 그저 꼿꼿하게 진리만 사랑하는 사람이었다. 어떤 때 애처롭게 이런 말을 하기도 했다. 그 스스로도 자신이 감정 면에서 약하지 않나 또는 우정을 맺을 능력이나 오랫동안 관계를 유지할 능력이 없는 게 아닌가 하는 생각이 든다고 했다. 아마도 자신이 이 한 가지 사상을 완벽하게 하는 일에만 끊임없이 신경을 쓰기 때문이 아닌가 하는 생각이 들기도 한다고 했다——그는 그 사상이 지고한 가치가 있음을 결코 의심하지 않았다. 〔1886년 6월 9일 일기〕

그는 『자서전』에 썼다. "나는 1887년 11월에 비어트리스 포터 양의 초대로 겨울 동안 본머스[31]에 있는 그들의 집에서 함께 겨울을 보내기로 했다. (내 친구 포터도 이제는 병자가 되었다.)"

---

30) 엘리엇이 스펜서를 사랑했다는 것은 누구나 다 아는 비밀이었다. 그녀가 죽었을 때 스펜서도 수많은 구애자 가운데 한 사람임을 암시하는 기사가 신문에 났다. 스펜서는 진실을 밝히면 어떻겠냐고 아버지께 의논했다. 아버지는 "스펜서, 그런 짓을 하면 영원히 저주받을 거야"라고 대답했다.
31) 영국 남부에 있는 도시로 해변 휴양지—옮긴이.

내가 1887년 크리스마스날 쓴 일기다. "현재 내 외부 환경은 너무 슬프다. 아버지는 여전히 다정하지만 정신은 급속도로 흐려지고 있다. 그런 아버지와 함께 있는 것은 횡설수설하는 질문에 대답하는 것 이외엔 아무런 의미도 없다. 〔……〕 내가 경외하고 고마워하지만 한편으로 딱하게 여기는 아래층 철학자 역시 이상한 병으로 몸과 마음이 아파 의자에 가만히 앉아 몸도 마음도 꼼짝 못하는 눈치다. 어제나 오늘이나 변화가 없고 나아지는 기미가 없다. 그는 자신의 『철학의 체계』(System of Philosophy)를 마칠 욕심으로 기운이 돌아오길 끈질기게 기다리고 있다. 나는 그를 도와줄 수 없다. 그의 방에 앉아서 독서하거나 쓰거나 가끔씩 몇 마디──재미있는 일화나 이따금 떠오르는 생각──말을 하는 게 고작이다. 어제는 그의 방에 앉아 있는데, 갑자기 신음이 들렸다. '아프세요?' 불쌍한 노인이 신음하며 말했다. '아니다. 갑자기 짜증이 나서 그래. 왜 또 하루를 더 살아야 하는 거지?' 나는 그 질문에 대답할 수 없었다." 〔1887년 12월 일기〕

그는 『자서전』에 이렇게 적고 있다.[32] "장소를 바꾸고 사랑하는 사람들 곁에 있으니 훨씬 나아졌다. 그리고 1888년 1월 말에 나는 런던으로 돌아왔다. 한 달 동안 매일 애서니엄[33]을 드나들고 있으며, 당구를 칠 정도로 건강이 회복되었다. 그리고 늘 그러하듯이 재난이 닥쳤다." 〔기타 등등〕

그를 위해 대필해주다
그러나 내가 그를 위해 대필하게 된 것이 이 일기에서 가장 중요한 일일 것이다.

---

32) 스펜서, 『자서전』 2권, 1904, 412쪽.
33) 런던에 있는 클럽 이름─옮긴이.

스펜서를 방문했다. 그의 상황에 가슴이 아팠다. 절망적이었다. 그는 스스로 자신이 먹을 수도, 일할 수도, 말할 수도 없다고 생각했다. 잠시 이야기를 나눈 후 나가 있다가 한 시간 후에 보자고 했다. 중요한 사업상 이야기를 그때 하자고 했다. 다시 돌아왔을 때 그는 흥분을 누르고 있었지만 과민한 상태에 있었다. 그는 내게 사회조사를 계속해줄 대리인으로 A. C.나 B. C.를 추천하겠는지 물었다. 그러고 나서 그는 내게 또 다른 사람을 위임하는 것에 대해, 즉 '비어트리스 포터에게 대필을 맡기는 문제'에 대해 상의하고 싶다고 했다. 나는 깜짝 놀랐다. 그러나 그는 완전히 마음을 정한 것 같았다. 누군가 자신을 사랑하는 사람이 자신의 일생에 대해 써주기를 원하고 있는 게 분명했다. 또한 그가 날 믿어주는 것에 감동했다. 물론 그에게 문학적인 면에서 나보다 더 적합한 사람이 있을 것이라고 말하기는 했지만, 그가 어떻게 느끼고 있는지 잘 알 수 있었다. 그는 자신의 인생이 너무나 외롭고 쓸쓸해 사람들이 자신을 여성의 헌신과 사랑이나 아이들의 애정을 원하는 인간이 아니라 사고 기계로 회상하리라는 것을 본능적으로 느끼고 있었다. 불쌍한 노인. 그는 천재의 형벌을 감수하고 있었다. 그에게는 한 가지 기능이 과도하게 발전해서 성격 전체가 뒤틀려 있는 것이었다. 〔1887년 4월 22일 일기〕

"B. 양──정말 빨리 답장을 주어 고마워." "답장이 오는 데 적어도 며칠이 걸릴 줄 알았단다. 네게 일을 위임하고 24시간 안에 확정짓겠다는 편지를 받았으니 말이야. 이렇게 빨리 조건을 달지 않고 결정해주어 고마워." 그가 1887년 4월 24일에 보낸 편지다.

"맡은 일에 대해서는 걱정하지 마. 나는 정말 만족하고, 사실 너 이상 적합한 사람이 없다고 생각한단다. 내 친구 롯(Lott) 이외에는 나에 대해 너보다 잘 아는 사람은 없어. 그리고 만일 그가 그 일을 한다고 해도 나에 대해 너보다 더 잘 그릴 수 있으리라고는 생각하지 않아. 그도 너 못지않게 진지하고 안목이 있지만, 통찰력은 너만 못해.

더욱이 나는 너의 비판에서 예술가적 본능이 번득임을 감지했어. 특히 무엇보다도 넌 언제 분위기를 바꿔야 할지 늘 알고 있어."

"내 서기가 아픈 어머니를 보러 가야 한다고 해서 이만 써야 할 것 같다. 편지를 맺기 전에 마지막으로 네 건강이 염려스럽구나. 요즘 갑자기 네 체중이 많이 준 것은 심각한 증세야. 제발 일을 줄이고 일하기 전에는 꼭 아침을 많이 먹어라. 아침을 안 먹어도 별탈 없이 일할 수 있는 건 아주 건강한 사람들뿐이니까——영원한 애정을 보내며.

스펜서

임명이 취소되다

그러나 1892년 초 내가 대표적인 사회주의자[34]와 약혼을 공표하자, 대필 임명이 취소되었다.

어제 약속하고 우리는 애서니엄에서 만났다. 개인적으로 그는 내게 다정하고 상냥했다. "축하한다는 말을 할 수가 없어——그러면 거짓말일 테니." 그리고 잠깐 침묵. "가족도 인정했는데요"라고 내가 말했다. 그러고 나서 그를 반대할 이유가 없으며, 그는 자신이 능력 있고 의지가 굳은 사람임을 입증했다고 말했다. "그가 저와 결혼한 걸 보세요, 스펜서 선생님——그것만 봐도 의지가 강한 사람인 걸 알겠죠." "물론이야." 그 철학자는 신음을 내며 말했다. "바로 그게 내가 걱정하는 거야——둘 다 의지가 굳으니까 서로 충돌할 게 틀림없어." "그는 상냥하고, 어떤 면에서는 형이나 아들로도 훌륭한 사람인데요." 나는 조용히 그러나 단호하게 말했다. 그리고 그에게 그가 얼마나 가정적인 사람인지 열심히 설명했다. 그러나 곧 그가 걱정하는 진짜 이유가 드러났다.

---

34) 시드니 웹(Sidney Webb, 1859~1947). 페이비언 협회에서 주도적인 역할을 했다—옮긴이.

"내가 편지에서 말한 개인적인 문제——자서전 대필——가 난관에 봉착한 것 같구나. 누구나 다 아는 유명한 사회주의자와 연관을 맺는 것이 영 신경 쓰이거든——내가 그 사회주의자와 연관을 맺지 않고 단지 너와의 친분으로 그 일을 맡긴 것이라고 아무리 항변해도, 사람들은 갖가지 추측을 다 할 거야. 남들의 이목이 두렵구나."

나는 그에게 공감하며 말했다. "스펜서 선생님, 저도 전적으로 동의해요. 제가 대필하는 일을 포기해야 한다는 건 충분히 알겠어요."

"하지만 난 어떻게 하지. 전에 생각했던 알렌(Grant Allen)은 페이비언주의자가 되어버렸어. 내 과거를 잘 알면서 동시에 문학적인 재능도 있고 올바른 의견을 가진 적임자가 없어." 그가 하소연하듯이 말했다.

"콜린스(Howard Collins)는 어떠세요? 그는 건전해요. 그 사람 정도면 충분하지 않나요?" 기계적인 사고방식을 지닌 디모데로 다시 돌아간 이 불쌍한 노인을 생각하면서 내가 말했다.

"그러면 괜찮을 거야——하지만 너처럼 재미있게 주제를 다룰 재능은 없지."

"하지만 말씀만 하시면 어떤 식으로든 제가 그를 도울게요. 그렇게 하면 제 이름을 걸지 않고도 도울 수 있을 거예요."

그 철학자는 안도의 한숨을 쉬며 의자에 기대었다. "그렇게 되면 아주 괜찮을 거 같아——내가 원하던 게 바로 그거야——전기는 그의 이름으로 나가지만 네가 회상 부분을 더해주고 이야기를 잘 배열해주면 좋겠어. 해결책이 아주 만족스럽군." 그는 상당히 유쾌해 하며 이 말을 반복했다.

"스펜서 선생님, 제가 최선을 다해 도와드릴게요. 콜린스 씨와 저는 아주 좋은 친구잖아요. 둘이 아주 잘 할 수 있을 거예요."

이것으로 그와의 만남은 끝났다. 그는 자신의 명성이 훼손당하지 않으리라는 생각에 만족했고, 나도 그에게 자식의 도리 비슷한 것을 다했다는 생각으로 마음이 편해졌다. [1892년 2월 일기]

일생 동안의 우정

내가 사회주의자와 결혼하기는 했지만, 다행히도 그 일로 그와의 우정이 손상되지는 않았다.

올해 들어 두 번째로 브라이턴[35]에 있는 불쌍한 노인을 방문했다. "귀납 추리를 믿는다면, 악령에 쫓긴다고 믿어버릴 지경이야. 그리고 누가 알겠나?" 그는 한탄했다. 그는 이상하게 겸손한 어조로 덧붙였다. "언젠가 진실이 밝혀지겠지. 아마 그럴 거야." 그가 가끔 만나던 한두 사람이 여자들과 시시덕대는 바람에 이렇게 그의 명성이 훼손되다니! [1899년 2월 16일 일기]

그가 죽기 직전과 직후에 쓴 마지막 일기가 있다.

런던을 떠나기 직전 사흘을 브라이턴에서 보냈다. 어느 날 아침 스펜서의 비서가 노인이 몹시 편찮으시다는 전갈을 보내와 브라이턴으로 가는 기차를 탔다. 오랜 친구인 그에게 혼자 죽음을 맞게 할 수는 없었다. 헌신적인 비서와 상냥한 가정부는 어쩔 줄 모르고 있었다. 의사는 그가 오래 살지 못할 것이라며, 지시는 따르지 않고 멋대로 고집만 부려서 그를 편안하게 해줄 수 없다고 했다. 그들은 그가 날 보고 싶어할지 모르겠다고 했다. 하지만 비서가 내가 왔다는 말을 전하자, 날 보고 싶어했다. 그 불쌍한 노인은 곧 세상을 떠날 것처럼 보였다. 아프고 지쳐 우울해 하는 그의 모습을 보자 가슴이 아팠다. 나는 그의 이마에 입맞춤하고, 손을 잡았다. 이런 애정 표시에 그는 아주 기뻐하는 것 같았다. "이건 작별 인사군, 내 오랜 친구여. 아니면 내 젊은 친구라고 해야 하나? 어느 게 더 맞는 말이지?" 그가 살짝 미소를 지으며 말했다. 그러고 나서 몹시 이야기하고 싶어하는 것 같았다. "차라리 죽었으면 하고 바라는 게 비관론이라면, 그렇다면 난 비관론자다."

---

35) 영국 중남부 서식스(Sussex) 주에 있는 도시—옮긴이.

그가 우울한 어조로 말했다. "하지만 선생님의 저작은 후손들에게 낙관론을 갖게 할 거예요." "그렇게 말해주니 고맙구나." 그는 고마워하며 말했다. "그래, 인간성은 발전할 거야——우리는 발전을 추구해야 해." 그의 목소리는 점점 더 열기를 띠었다. "떠나기 전에 다시 와줘 ——오늘은 이만 좀 쉬고 싶어."

그는 나의 방문에 흥분했다. 그는 비서에게 거의 격정적인 짧은 메모(불행하게도 잃어버렸다)를 받아쓰게 했다. 그것은 자신이 회복될 가망이 없다는 소리를 듣거든 나더러 와 자신의 곁에 있어달라고 간청하는 내용이었다. 그가 며칠 이상 버티지 못하리라고 생각했기 때문에 나는 다음 날 돌아와 근처의 호텔에 머물렀다. 그를 한두 번 더 보았다. 그때마다 그는 사회의 미래에 대해서 말했다. 불쌍한 노인! 그에게는 노사 협조와 성과급 지급이 모든 문제에 대한 적절한 해결책——산업 평화가 시작되고 군사주의의 쇠퇴를 가져오는!——처럼 보였다. 그가 다시 기운을 회복하자 아주 쇠약할 때는 사라졌던 삶의 욕망이 되살아났다. 그리고 그는 자신을 자극하는 사람은 함부로 만나지 않았다. 이제 그는 기운을 더 회복하고 정말 오래 살 것처럼 보였다. 아마도 그가 자신을 보전하는 데 너무 신경 쓰지 않고 어떻게든 매 순간 최대한 이용하려고만 한다면, 그는 행복하게 임종을 맞이할 수도 있을 것이다. [1903년 6월 일기]

스펜서에게서 우울한 편지가 왔다. 즉시 그를 보러 갔다. 나는 우리가 형식만 다를 뿐 근본적으로는 일치한다는 것을 재삼 확인했다. 그는 자신의 명성과 영향력에 대해 극도로 예민했다. 자신이 중심에서 물러나 이젠 더 이상 중요시되지 않고 있다는 것을 알고 있었다. 나는 그를 달래듯이 말했다. "선생님의 사고와 가르침이 우리 가슴속에 살아 있어요, 스펜서 선생님. 우리가 인식하지 못하는 대기처럼 말이에요. 그리고 선생님이 더 이상 그러한 대기가 되어줄 수 없을 때는 위인으로 남을 거예요." "그런 말을 들으니 기분이 참 좋군." 그러면서 그는 미소를 지었다. 나는 그가 숙명에 저항해 싸우는 것을 포기하고 남은 인생을 받아들여야 함을 암시하려고 애썼다. 그는 거의 분노에 차서 말했다. "왜 내가 포기해야 하지? 내가 포기하면 얻는 게 뭐야. 죽음만이 기다리고 있는데——그건 단순한 부정이야. 아니야." 그는 아주 우울해 하며 덧붙였다. "난 단지 이런 상태와 죽음 사이를 하릴없이 헤매고 있을 뿐이야. 가능하면 고통을 조금 겪으려고 하는 것뿐이야. 이젠 더 이상 이야기도 못하겠어. 이야기를 계속 하니까 속이 거북해지는군. 안녕——다시 보자."

인생에서 계속 최악의 것만 얻으면서 인생 전체를 거래로 보는 것은 비극적이다. 하지만 이 불쌍한 노인의 뇌리에는 계약이라는 개념——보수——이 너무나 깊숙하게 박혀 있다. 그래서 병과 죽음조차 그에게는 자연이 저지른 더러운 사기극처럼 보였다. 〔1903년 7월 3일 일기〕

내 오랜 친구는 오늘 아침 (나중에 쓴 것임) 평화롭게 세상을 떠났다. 올 가을에는 런던으로 돌아와 있어서 나는 거의 매주 브라이턴으로 내려갔다——지난주에는 월, 금, 토요일을 거기서 지냈다. 나는 그의 육체적 불편과 정신적 우울에 대해 이기심을 보이면서 다정하게 달래주려고 애썼다. "내 오랜 사랑하는 친구여, 같이 빵을 먹자구나." 이 마지막 방문 동안 그는 나를 이렇게 불렀다. 그는 월요일에 말했다. 그리고 포도를 침대 옆에 놓고 같이 먹자고 고집을 부렸다. 그가 다시 말했다. "너와 나는 목적이 같아. 서로 방법이 다를 뿐이야." 토요일에는 의식이 아주 명료했으며 그는 내게 다정하게 작별을 고했다——그러나 그는 혼자서 죽기를 원했으며, 더 이상 애써 정신적으로 노력하고 싶어하지 않았다. 곧 죽음이 다가올 것을 기다리고 알고 있었던——그것을 원하기도 했던——이 마지막 달에 그는 더 너그러워지고 자신의 불행에 관해 덜 왈가왈부했다. 그가 자신에게 해로운 생활방식을 계속 고집했던 것, 집안 돌아가는 일에 짜증을 부린 것, 그가 비관적 사고에 지배당했던 것 등을 생각하면 슬픈 종말이었다. 정말이지 그의 마지막 20년은 슬펐다. 그는 아편과 자기도취에 빠져 있었으며, 모든 인간의 삶을 냉혹한 거래로 생각하는가 하면 이런 근시안적 시각으로 모든 것을 왜곡되게 보며 나날을 보냈다. [……] 그래도 몸에 안 좋은 음식과 마약 복용으로 생겨난 짜증과 하찮은 자만심 그리고 자신의 철학에 관한 한 고집스럽게 집착하는 겉모습을 떼어놓고 생각하면 스펜서는 정말 끈기있게 진실만을 추구했던 또 다른 모습으로 나타난다.

그는 진실은 도달할 수 있는 것이며, 열심히 추구한다면 진실이 인류를 위안하고 개선할 수 있다는 절대적인 믿음을 지니고 있었다. 그는 암묵적으로 자신이 인류의 미래를 위해 살아야 하며, 자신의 위안이나 쾌락, 성공을 위해 살아서는 안 된다고 가정하고 있었다. 자신이 인식할 수 없거나 이해할 수 없는 것은 부정해버리는 태도를 버리고 진지하게 자신의 한계——어쩌면 이성적 힘의 부족——를 인정했다면, 그가 조금이라도 겸손했다면 그는 정말 우리에게 영감을 주는 훌륭한 인물이었을 것이다. 사실 그는 **평범하게** 사는 사람들에겐 큰 빛이었으나, 인생에서 큰 위기를 겪거나 슬픔이나 유혹 앞에 무너져본 사람들에게는 위안이 되지 못했다. 과연 그 빛이 그 자신에게는 존재했을까? 그는 깜깜한 어둠 속에서 넘어져 다치고, 고통을 당한 채 혼자 큰 소리로 울며 자신의 독단에 빠진——거의 자포자기한 채 도도한 지적 자만심만 있는——상태였다. 거듭 말하지만, 그에게 나타나는 이런 이상한 결함과 고집은 모두 반짝이는 작은 보석을 감싸고 있는 추하고 뒤틀린 장식과도 같다. 임종 때 이런 장식이 떨어져 나가면 영원히 빛나는 진실만 남을까? 그는 선택받은 사람에 속할 것이다.

오늘 아침에 다음 장을 쓰기 위해 서류를 정리하는데, 그 노인 생각이 뇌리를 떠나지 않았다. 그가 오랫동안 친구로서 내게 잘해주었던 일들이 하나하나 떠올랐다. 어린 시절 끊임없이 나를 사랑해준 사람은 그밖에 없었다——아니, 지적 훈련을 하고 보살필 만하다고 생각해서 나를 선택해준 사람은 그밖에 없었다. 그러나 스무 살이 될 때까지 그는 내게 지적으로 그다지 큰 영향을 미치지 않았다. 스무 살이 되어서야 처음으로 그의 저작을 체계적으로 연구하기 시작했다. 사실 그때까지 나는 그의 철학을 이해하지 못했다. 하지만 내가 직접 그와 이야기를 나누거나 그와 어머니 사이에 길게 이어지는 즐거운 토론을 듣기만 해도 내겐 자극이 되었다. 대화 속의 사실들 자체에 대한 호기심과 이러한 사실들 아래 있는 원칙과 법칙을 발견하고 싶은 열망이 마구 솟아났다. 그는 모든 사회 제도들을 마치 식물이나 동물처럼 보라고 했다. 즉 제도는 관찰되고, 분류되고 설명될 수 있는 사물이며, 충분히 알기만 하면 어떻게 행동할지는 어느 정도 예측할 수 있다고 가르쳤다.

어머니가 돌아가신 후에——정신적 활기가 넘치던 처음 몇 년 동안 ——나는 『제1원칙들』을 읽고 생물학, 심리학, 사회학에 대해 그가 일반화한 개념들을 쭉 연구했다. 이러한 일반화로 내 정신이 계몽되었다. 예를 들면 기능적 적응이라는 개념은 내가 후에 발전시킨 공동 규제에 대한 신념의 기초가 된 중요한 개념이다. 나는 일단 이스트 엔드의 삶, 협동조합, 공장법, 노동조합을 관찰하면서, 사회조직에 과학적인 방법을 적용하게 되었고, **자유방임주의적 편향을 완전히 떨쳐버리게 되었다**——사실 자유방임주의에 대한 다소 격렬한 반작용 때문에 아주 괴로웠던 것은 사실이다. 그리고 후에는 그의 계몽의 결정판인 종교나 초자연주의에 대한 견해까지도 버리게 되었다. 그 대신 다른 견해, 그 못지않게 불가지론이기는 하나 내가 정신주의를 의심하는 것 못지않게 유물론을 의심하는 견해를 받아들였다——미지의 위대한 신의 목소리에 귀를 기울이고 비물질적인 세계에 마음의 문을 열었다——그리고 기도했다. 아마 내가 인생을 다시 살거나, 현재 내게 지배적인 사고를 기준으로 한다면 나는 국교도일 것이다. 나는 스펜서의 영향을 크게 받다가 나중엔 거기서 벗어난 우리 세대 남녀의 전형적인 예다.

그의 모범이 내 행동에 미친 영향은 해명하기가 더 어렵다. 계속적인 성공에 힘입어 우리 노력은 가속도가 붙었고 동지애는 더욱 확고해져 갔다. 그리고 나는 그의 사심 없는 노력에 감탄하며 충심으로 그와 더불어 일할 수 있었다. 또한 일상생활에서 보이는 그의 인내나 고귀한 신념은 그 후 그와의 암울한 시기를 버티어낼 수 있게 해준 토대를 구축해주었다. 하지만 그의 말년에 그를 지배한 변덕, 의심, 사소한 짜증과 분노를 보고(아마 부당하게) 다양한 형태의 공리주의를 부정하게 되었는지도 모르겠다. 그리고 나아가 삶의 과정이 아니라 그것의 목적에 과학적 방법을 응용하려는 시도를 모두 더 혐오하게 되었는지도 모르겠다. 스펜서가 더 높은 수준의 행동과 감정에 도달하는 데 실패했기 때문에, 나는 인간 존재의 목적이나 명분을 과학으로 실현하는 것은 불가능하다는 사실을 더욱 확고하게 믿게 되었다. 〔1903년 12월 8일과 9일 일기〕

가정

아버지, 어머니, 집안의 성자와 난롯가의 철학자를 연대기적으로 묘사하다 보니 어린 시절과 청년 시절 내 주변 환경에 대해 얘기하는 것을 잊어버렸다. 이제 다시 내 주변 환경에 대한 얘기로 돌아가겠다.

코츠월드 언덕에 있던 임대한 집은 아버지의 주요 사업장——글로스터[36) 시에 있는 제재소와 사륜마차 제작 공장——에서 14.5킬로미터 떨어진 곳에 있었다. 나는 이곳에서 태어나 자랐다. 그 집은 가정적인 면에서 빅토리아조 중반 자본가 집안의 전형이었다. 앞 건물과 뒷건물이 명확하게 나뉘어 있는 그 집은 겉모양새가 볼품없어 집이라기보다는 어떤 기관(지금은 지방 병원임)처럼 보였다. 앞 건물은 남서향으로, 화단과 아름다운 세번계곡을 내려다보고 있었다. 층계에는 온통 카펫이 깔려 있었으며 침실과 거실에는 엄청나게 크지만 소박해 보이는 마호가니

---

36) 영국 서남부의 도시로 글로스터 주의 수도—옮긴이.

가구와 가죽 소파가 있었다. 그리고 이 집에서 '가장 멋진' 곳은 응접실과 어머니의 내실이었는데, 그곳은 마치 1851년 대박람회[37]를 떠올릴 정도로 화려하게 장식되어 있었다. 앞 건물에는 어머니와 아버지가 살았고 특별한 손님이 머물기도 했다. 도서실과 서재에는 언니들이 자주 드나들었으며 커다랗고 빛이 잘 드는 식당에는 온 식구가 모여 점심을 먹었다. 거의 북향인 뒷건물은 월계수 덤불, 하인들의 마당, 마구간, 넓은 부엌에 딸린 정원 등을 굽어보고 있었다. 아무것도 깔지 않은 돌계단을 지나면 긴 침실 복도가 나타났다. 똑같은 모양의 방들과 똑같은 가구가 있었다. 우리 집에서 일한 지 꽤 된 고참 하인들이 사는 방과 신출내기 하인들이 사는 더 큰 방 사이에는 판석이 깔린 보도가 있었다. 부엌과 설거지방과 식료품실을 지나 돌이 깔린 마당을 지나면 세탁실이 나타난다. 이 뒷건물에는 주간·야간 유아실, 하인들의 마당과 마구간을 굽어보는 커다랗고 황량한 교실, 가정교사의 침실, 하나뿐인 목욕탕, 그리고 덧붙이면, 아버지의 당구장과 흡연실이 있었다.

그러나 우리 식구가 모두 이곳에서 늘 살진 않았기 때문에 흔히 고향집에 부여하는 그런 의미를 이 집에 부여할 수는 없다. 그 당시 아버지 사업이 잘 되었으므로 들뜬 기분이 우리 가정을 지배하고 있었다. 해마다 이른 봄이면 우리는 가구를 모두 갖춘 집이 있는 런던에 가서 살았다. 그리고 다음엔 웨스트모랜드(Westmorland)에 있는 러스랜드 홀(Rusland Hall)로 갔다. 이 집은 배로에 있는 제재소 때문에 임대한 집이었다. 와이계곡 위에 삐죽 올라온 오래된 낡은 저택 주위에 있는 작은 집은 한창때인 젊은 사람들로 북적였다. 좀더 나이 든 사람들은 글로스터 지방의 '집안 파티'를 즐기곤 했다. 다만 아버지의 잦은 출장이 집을 가장 불안정하게 한 요소였다. 그는 철도회사의 사장이자 공장 사장으로서 캐나다, 미국, 네덜란드 등으로 딸들 중 둘을 데리고 여행했다.

---

37) 대박람회(The Great Exhibition). 영국의 수정궁에서 개최된 만국대박람회ㅡ옮긴이.

사회적 환경

우리 가족은 끊임없이 많은 사교 모임을 했다. 하지만 시골에서든 런던에서든 가장 가까이 사는 이웃들과는 교류하지 않았다. 우리는 어떤 동업자 조직이나 교회에 속하지 않았다. 급진주의자로 성장했으나 보수주의자가 된 아버지는 기부금을 위한 파티에 가서 넉넉하게 돈을 내는 것으로 그만이지 그 이상은 지방 정치에 참여하지 않았다. 글로스터셔에 살 때 여우 사냥을 하던 비슷한 생활 수준의 지주나 부유한 주민으로 구성된 '군 사교계'라는 사회 집단이 있었다. 그러나 뚜렷한 자극 없이 사교에만 취했던 이 모임은 여러 가지 이유로 중단되었다. 어떤 때는 귀족이나 남작 같은 사람들이 높은 사회적 신분을 지나치게 내세워서, 또 어떤 때는 은퇴한 공장주나 상인들이 어마어마한 돈을 과시해서 모임이 깨졌다. 또는 글로스터셔 주교나 사제장이 폭넓은 교양을 과시하거나 아주 이질적인 의견을 내서 관계가 깨지기도 했다. 그러나 글로스터 목재상인 우리 가족과 군 사교계는 늘 느슨하고 애매한 관계를 유지했다.

내가 성장하면서 우리는 더 자주 이사하게 되었고 그로써 고정된 관계는 완전히 무너졌다. 내가 교류한 세계들 사이에는 사실 연관이 없었다. 나는 우리 가족과 연관된 일련의 사람들을 끝없이 만났다——이들은 의미없는 군중으로 내 삶에 빨리, 그리고 전혀 기대하지 않게 끼어들었다가 사라졌다. 하인들은 왔다가 사라졌다. 가정교사들도 왔다가 사라졌다. 모든 종류의, 모든 계층의 사업가들, 미국 철도회사 사장에서 스칸디나비아 반도의 임업자, 대영제국 회사의 창립자에서 지방의 지배인, 기술자까지 모두 왔다가 사라졌다. 끊임없이 변하는 '런던 사교계'의 친구들도 왔다가 사라졌다. 모든 학파의 사상가, 종교가, 문학자, 과학자들이 오갔다. 여러 지방 출신의 구혼자들이 언니들에게 구혼하러 왔다가 사라졌으며, 그 결과 소녀 시절에 7명의 형부를 두게 되었다. 이들은 모두 서로 다른 사업을 하고 서로 다른 직업적·정치적 인맥을 가져왔다. 이들 덕분에 나는 사회에 다양한 인간 유형이 있다는 사실에 눈을 뜨게 되었다. 우리의 사교 관계는 이웃, 직업, 종교 또는 인종에 뿌리

박고 있는 것이 아니었다. 그것은 일련의 영화, 깊이 없이 표면적인 인상만 남기며 현란하게 다양한 장면을 잠시도 쉬지 않고 보여주는 자극적인 영화 같았다. 이렇듯 현재 세상을 즐겁게 해주려는 최고의 시도——어디에나 있는 영화——는 목전의 이윤 창출을 목적으로 삼는 현대적 기업 이미지를 얼마나 잘 표현해주는가!

명령하는 계급

그러나 이 영화에 전혀 드러나지 않는 삶의 유형이 있다. 그것은 노동의 세계다. 물론 나는 노동의 세계와 친숙하다. 아버지와 대화를 나눌 때 노동이라는 추상적인 용어는 신비스러울 만큼 자본과 짝을 지어가며 튀어나왔다. 그리고 단어는 서재 책상 위에 놓인 회사의 기술 잡지와 보고서에도 계속 나타났다. 그리고 거기엔 내가 이해하지 못하는 이런 말들이 쓰여 있었다. "물 풍부함 그리고 노동자 온순함" "노동 임금은 자연스러운 수준으로 떨어졌다." "노동 임금을 인위적으로 올리는 것은 물을 억지로 언덕 위로 끌어올리는 것과 같다. 수압이 낮아지면 언덕 아래로 물이 떨어지는 것처럼 임금도 떨어진다" 등등. 물과 물의 방식에 대한 이러한 언급은 현재 역사책에 나오는 노동계급에 대해 내가 가지고 있던 개념을 이상하게 물리적·기계적으로 왜곡한 것이었다.

정말, 나는 한 번도 노동을 다양한 종류의 개별적인 남녀로 상상한 적이 없었다. 내가 사회과학에 관심을 갖고 사회조사자로 훈련을 받기 전에는 노동은 추상적인 개념일 뿐이었다. 노동은 산술적으로 계산할 수 있는 사람들의 무리를 뜻했다. 개인은 다 똑같은 개인일 뿐이었다. 아버지 회사의 자본이 모양, 무게, 색깔, 가치에 있어 똑같은 금화들로 구성된 것과 마찬가지로 노동자 개인 하나하나가 똑같아 보였다. 다만 가치의 경우 '자본이 물을 먹었을 때'는 다르다고 아버지께서 설명했다. 다시 이 신비스러운 물에 대한 언급! 물이 가장 단순하고 가장 쉽게 다룰 수 있는 요소라서 물에 비유하냐고 나는 물었다.

노동의 세계에 대한 이러한 무지가 계급 의식, 우월한 신분 귀속감을 뜻하는 것일까? 이런 질문은 솔직하게 대답할 가치가 있다. 사실 내게 부자라는 우월감은 전혀 없었다. 오히려 어머니의 공리주의적 지출(나폴레옹 전쟁[38] 동안 산업 권력으로 상승한 가족에게서 전형적인 특징인 분별력 있는 절약)로 포터가의 딸들은 자신들이 '가난하다는 느낌을 지니도록' 양육되었다. 형부 중 한 분은, 조촐한 아침상에서 예상외로 많은 은행 잔고를 보고 투덜거렸다. "포터가 딸들은 부자로 살면서 편하게 살 줄도 모르고, 그럴 욕심도 없네." 분석적으로 말하면 부자로 살면서 남보다 더 힘이 있음을 의식하긴 했던 것 같다. 살아가다 보니 내가 습관적으로 명령하는 사람이지, 다른 사람의 명령을 수행하는 사람은 아니라는 것을 알게 되었다. 어머니는 내실에 앉아 명령을 내렸다──그 명령은 반드시 즉시 실행되어야 했다. 아버지는 기질상 훨씬 귀족적이고 호인이긴 했지만 일생 내내 명령을 했다. 증권 브로커에게는 주식을 사고 팔라고, 변호사에게는 계약서를 준비하고 법적인 절차를 밟으라고 명령했다. 제재소 운영에서는, 무엇을 새로 사고 팔지 그리고 운송료와 운송 시설에 대해 철도 회사와 어떻게 새로운 합의를 할지에 대해 최종 결정을 내리는 형태로 관여했다. 아버지가 대륙 지도를 펼쳐놓고 토론을 시작하면 나는 완전히 매료되었다. 철도를 이쪽으로 낼지, 저쪽으로 낼지, 역이나 교차로를 정확하게 어디에 설치할지, 기차를 인근 도시에서 이용하려면 어떤 토지를 구입해야 할지, 숲이나 탄광이나 광산을 개발할지, 아니면 다음 세대가 이용하도록 내버려두어야 할지에 대해 격렬한 토론이 벌어졌다.

그러나 내가 보기에 이러한 결정은 이런 시설을 이용하게 될 많은 사람의 욕망이나 필요를 고려하거나 윗사람들과 상의하지 않고 내려지는 것 같았다. 간단히 말해 회사의 이윤만을 고려할 뿐이었다. 또한 나는 주주회의를 보고(얼마나 호기심에 차 주주총회 준비를 지켜보았고 얼

---

38) 나폴레옹 1세 치하의 프랑스가 주로 영국, 프로이센, 오스트리아, 러시아와 단속적으로 벌인 전쟁─옮긴이.

마나 당황했던가!) 사람이 관련되었다는 것은 신화에 지나지 않음을 알게 되었다. 중요한 것은 주주가 아니라 주식뿐이었고, 다른 형태의 자본과 마찬가지로 주식은 쉽게 조작될 수 있었다. 그리고 형부들이 하나, 둘 우리 가족에 합류하자 그들 또한 명령을 내렸다. 시골 신사들은 영지와 의회에서, 공장주들은 공장에서, 선박 소유주는 대양에 있는 선박에서 명령을 했다. 또한 시의 재정담당자는 화폐 시장에 외국 정부 차관을 들여올지 말지에 대해 재무성의 장관으로서 국회의원에게 명령을 했고, 외과 의사와 변호사는 전문 직종에서 명령을 내리는 위치로 나가고 있었다. 내 이야기를 미리 하는 것이 되겠지만, 나는 어머니 임종 자리에서조차 명령만 내렸지 명령을 받지는 않았다. 이렇게 명령을 내리는 분위기에서 자라났으므로, 내가 신분의 징표를 지니고 있는 것은 놀라운 일이 아니다.

내가 사회조사를 하기 위해서 보잘것없는 유대인 가게에서 양복 바지를 만들 때 일이다. 내가 엉망진창으로 만들어놓은 단춧구멍을 보고 하청업자의 아내가 하청업자에게 하는 말을 들었다. "저 애는 바느질은 젬병이에요. 저 앨 계속 쓰려면 차라리 하청 노동감독직을 맡기는 게 낫겠어요——목소리나 태도를 보니 그런 힘든 일은 능히 해낼 거 같아요." 아아! 세상에. 착취자(이 정도 비꼬는 표현은 정당화되리라)를 위해서 타고난 것이든 습득한 것이든 특히 '일거리를 나누어주고' '일거리를 수합하는' 일에 적임자로 인정을 받다니!

런던 사교계

런던 사교계에서 오면 기업을 경영하는 남성들은 열정적으로 모험을 추구한다거나 권력에 집착하는 경향을 보인다. 남성 세계를 보완하는 여성 세계로는 매년 열리는 '런던 시즌'과 그것이 상징하는 모든 것이 있다. 이런 유형의 일시적으로만 지속되는 사교적 만남이 아직도 있는지 모르겠다. 아니면 20세기 들어 여성에게 대학 교육과 전문직이 개방된 후 기업가와 전문직 남성의 딸에게 이런 세계가 차츰 사라져버렸는

지도 모르겠다. 그러나 1870년대와 80년대 부유한 부모들은 아들을 대학교육을 시키거나 전문직 훈련을 받게 하는 것과 딸들을 런던 시즌이나 그 아류인 저택 방문이라도 시키는 것이 맞먹는다고 생각했다. 이것도 전혀 근거 없는 것은 아니다. 그 당시 여성은 자립적으로 생계를 꾸릴 수 없었고 그런 여성이 자신보다 사회적 계층이 높은 남자와 결혼하는 것이 부모나 딸 자신에게 유일한 소명이었을 것이다. 바로 이 사교 생활을 위해 중산층과 상류층의 딸들은 자기 시간의 거의 반 그리고 에너지의 반 이상을 쏟아부었다. 그 사교 생활이 개인적 지출 기준을 결정하고, 여성이 지켜야 할 예절이 무엇인지 결정하며 그 모임에서 인기가 있느냐 퇴짜를 맞느냐가 그 여성이 사회적으로 이상형인지를 결정하는 잣대가 되었다. 내가 사회조사를 할 수 있게 된 원동력은 바로 런던 사교계를 경험함으로써 생겨난 개인적 편향 때문이었다. 유한계급의 사회적 가치에 대한 아버지의 신념을 넘어서지는 못했지만, 그래도 그 편향 덕분에 계급에 대한 고정관념을 무시할 수 있게 되었다.

네 개의 내부 집단

훌륭한 사회학자라면 으레 그래야 하듯이, 나도 비판 대상인 사회를 정의할 수 있을까? 내가 특권적인 입장에서가 아니라 런던 사교계에 속한다고 생각하는 평범한 우중의 일원으로서 이 사회를 관찰한 것은 과연 이런 목적에 덕이 될 수도 해가 될 수도 있다. 특별한 관찰자적 관점에서 보면 런던 사교계는 잡다하고 불확실한 구성원들로 이루어진 가변적인 대중으로 보였다. 사교계는 기본적으로 외곽——외곽을 측정할 수도 없지만——이 아니라 중심이나 중심들에 의해서 규정된다. 영국의 중심은 지배계급 내부에 존재하는 일정한 지배적인 힘을 대표·집약하는 사회집단으로 이루어져 있다. 우선 법원이 있다. 법원은 국가의 전통과 관습을 대표한다. 그다음 내각과 이전 내각이 있다. 내각은 정치권력을 대표한다. 다음으로 돈을 대표하는 수수께끼 집단인 백만장자 재정가들이 있다. 마지막으로 경주 그룹이 있다——그것을 승마클럽이라고 하던가? 이런 문제——스포츠를 대표하는——는 잘 알지 못한다. 이런 중요 집단의 구성원들을 접대하거나 이들의 접대를 받는 사람들이 런던 사교계에 속한다고 할 수 있다. 이 네 종류의 내부 집단은 서로 겹치기도 한다. 1870년대, 80년대에는 유명한 사람들이 그랬다. 예를 들면 웨일스[39] 왕자인 에드워드는 지겹도록 따라다니는 꼬리표가 말해주듯이 더비 경마[40]에서 대상을 수상했으며 로스차일드와 결혼했고 아직 대영제국이던 시절 대영제국 수상이 되었다. 이 상호 교차하는 네 집단을 둘러싸고 결속하는 것은 기이하게 단단한 물질——영국 귀족제——이었다. 한 외국 외교관이 언젠가 내게 '이 세상에서 가장 유능하고, 가장 활기차고, 가장 저속한 집단'이 영국 귀족계급이라고 말한 적이 있다. 귀족이 끊임없이 추락하고 재생하는 것을 이렇게 표현한 것이다. 대부분 다음 세대의 아들딸들이 사회적 신분에서 떨어져나가 평민들 속에 파묻히거나 그 언저리로 밀려나기도 한다. 그러나 대영제국과 미국의 신흥 부자들은 결혼이나 귀족 계급으로 동화되거나, '여당'과 '야당'에 선거 자금을 대기 위해 돈만 많고 정신은 비열하고 예절은 엉망인 대부호들에게 명예를 팔기도 한다. 그러나 결혼과 돈을 통해 구토지귀족이 아무리 확대되어도, 그들은 법원을 포위하거나 독점하지 못했으며 내각에서는 이미 소수가 되었다. 또한 그들은 사냥터나 경주장에서는 우위를 점했지만, 끊임없이 변화하는 국제 금융가 집단에는 거의 끼지 못했다.

19세기 말 의식적으로 런던 사교계에 소속감을 느끼려고 그 의식을 행하고 그 유행을 따르는 사람들은 전문 경영인들이었다. 즉 오래된 은행가 가문이나 양조업자. 이들은 종종 퀘이커교도의 후손으로 제일 먼저 쉽게 사교계의 우위를 점했다. 그다음으로 대규모 출판업자가 한두 명 있으며 주변에 선박업자, 철도회사나 다른 대기업 사장들, 가장 규모가 큰 은행가들이 있었다——아직까지 소매업자는 없었다. 신분이

---

39) 영국의 서남부 지역. 면적은 20,791제곱미터—옮긴이.

40) 런던 근처의 엡슨 다운스에서 매년 5월 마지막 또는 6월 첫 수용일에 세 살짜리 말로 하는 경마—옮긴이.

높고 재산이 많은 사람들로 이루어진 커다란 바위 여기저기에 지식인이나 특출한 인물이라는 보석이 박혀 있었다. 즉 전 세계에서 온 교양 있는 외교관들, 유명한 변호사들, 유력 일간지 편집자들, 국교회와 천주교의 절충을 따르는 학자들, 정부 각료들 중 뛰어나게 '멋진' 사람들이었다. 그리고 과학, 문학, 예술계의 스타들이 있었다. 이들은 사치스러운 생활을 누릴 뿐 아니라 사교적인 재능과 점잖은 인품으로 명사들과 어울리기도 했다. 이 이상하게 이질적인 군중에 때때로 화제를 불러일으키는 '명물'이 더해지기도 했다. 이들은 온갖 종족, 온갖 직업 출신으로, 시즌에 낄 수 있는 임시 입장권을 지니고 있었다. 이 입장권은 엄격하게 임시적이었고 또한 단기적인 것으로 악명이 높았다.

결혼이라는 사업

이제 런던 시즌과 시골 저택 생활에서 가장 중요하며 최우선적인 특징에 대해 이야기하겠다. 런던 시즌은 다른 공동체들이 갖는 여가나 사교적인 관계와는 다른 점이 있다. 여기 드나드는 여자들과 남자들 중 몇몇은 현실적인 쾌락을 삶의 주요 목적으로 삼는다. 내가 남자들 중 **몇몇**이라고 표현한 것은 사교계에 자주 드나드는 무능한 남자들의 비율——경제적인 의미에서——이 현 내각과 이전 내각에 의해 지배되느냐 아니면 승마나 운동에 지배되느냐에 따라 다르기 때문이다. 내가 아는 사람들(런던과 대저택 무도회에서 단지 파트너이기만 했던 사람들은 제외한다. 왜냐하면 당시에 춤이나 추러 다니던 사람들은 대부분 멍청이였기 때문이다)은 모두 정치, 행정, 법, 과학이나 문학에서 활발하게 활동하는 사람이었다. 내가 이름만 아는 승마 집단에서는 전문가들은 투기꾼이든 예술가든, 출판업자든, 코치든, 기수든, '사교계'에 끼지 못했다. 경제적 예속이란 면에서 스포츠 세계의 전문가들은 다른 오락 제공자——산지기, 정원사, 요리사, 장사꾼——와 크게 다를 바가 없이 여겨졌다. 그러나 여자들 사이에는 그런 구분이 없었다. 애스퀴스(Asquith) 부인은 회고록——솔직함 때문에 사회학자들에게 큰 가치가 있는——

에서 이런 사실을 매우 강조하며 아주 생생하게 털어놓고 있다. 승마, 춤, 희롱, 옷 빼입기——간단히 말해서 즐겁게 해주고 즐기는 것——상품이나 서비스를 생산하는 것이 아니라 소비하는 것이 처녀 시절의 핵심이었고 결혼 후에는 중요한 부분이 되었다. 그런데 나의 처녀 시절 경험도 이와 유사하다. 나는 처음 런던 시즌에 나갔던 때의 일을 생생하게 잘 기억하고 있다. 끝없는 유흥으로 다소 들뜬 상쾌한 기분, 낮 내내 그리고 밤늦게까지 지속되는 정신적·육체적 에너지 소진, 궁정 알현, 로 거리[41]에서의 승마, 방문, 점심과 저녁, 춤과 서로 반함, 헐링햄 놀이와 애스컷 경마,[42] 아마추어 연극과 쓸데없는 사이비 자선. 이런 무의미해 보이는 활동 속에는 하나의 목적이 있었다. 결혼이라는 사업이 그것이었다. 그 일은 부모나 다른 중매쟁이들에 의해 때로는 점잖고 은밀하게, 때로는 냉소적이며 노골적으로 이루어졌다. 또한 여흥에 여흥이 더해지면서 사람들은 속도가 빨라지고 광적으로 되어 마구 떠들어대며 강박적으로 더 과감하게 개성을 드러내려 했다. 나는 개인적인 허영심이 런던 사교계의 이른바 '직업병'임을 발견했다.

나처럼 이런 식으로 육체적인 흥분 때문에 고통을 겪어본 사람, 즉 고통스럽게 조울이 교차하면서 약간의 거짓말을 해대고 잔인해지기까지 한 경험을 한 사람은 런던 시즌이 끝날 무렵이면 소화불량과 불면증으로 건강을 해쳤다. 사고와 행동의 불일치에서 오는 정신적 역겨움, 자신이나 다른 사람에 대해 품게 되는 냉소로 인하여 성실한 노동에 대한 신념이 모두 파괴되어버렸다. 이런 무책임한 소녀 시절이 지나간 후 나는 주부이자 여주인이 되었다. 그러나 쾌락 추구는 엄연히 하나의 일, 따분하지만 공을 들여야 하는 일이라는 사실도 알게 되었다. 유흥을 위해서는 거창한 계획을 세우고, 수많은 고용인을 지휘해야 하며, 사소한 문제에 대해 수없이 결정을 내려야 했다. 런던에서 파티를 열기 위해 나는

---

41) 로(The Row). 하이드파크에 있는 승마 길—옮긴이.

42) 애스컷(Ascot). 매년 5월 둘째 주 버크셔 주 애스컷 시에서 열리는 경마—옮긴이.

집을 고르고, 말과 마차를 옮겨오고, 파티에 어울리는 옷들을 구매하느라 골머리를 썩여야 했다. 그리고 저녁 식사, 춤, 야유회, 주말 파티를 위한 음식과 기타 물품을 준비해야 했다. 친척이나 친구 중에 더 부유한 사람들은 사슴을 기르는 숲이나 사냥터를 가진 사람도 있었는데, 그것까지 활용하려면 더 많은 장비와 조직이 필요했다. 이 일은 종종 집안 여자들 몫이었다.

개인적 권력이라는 우상

어쨌든 런던 사교계에 입문하여 보았을 때, 엄청나게 여러 요소가 섞여 있는 런던 사교계나 시골 저택 파티는 사회에서 말하는 귀족제와는 많이 달랐다. 거기에는 고정된 신분의 장벽이 없었다. 그리고 사실상 신분이나 교육 정도, 개인적 부나 매력을 이유로 사람들을 배제하지도 않았다. 예절, 도덕, 지적 재능에 대해 까다롭지도 않았다. 대영제국과 마찬가지로 런던 사교계도 차츰 넓이 나가고 있었다. 겉보기에 외국인에게 런던 사교계는 여유 있고 너그럽고 선량하며 모든 것을 받아들이는 것처럼 보였다. "런던의 저녁 파티에서는 누가 옆에 앉을지 모른다"고 앞서 언급한 바 있는 외교관은 탄식조로 말했다. 그러나 영국 지배 계급의 깊은 무의식 속에는 본능적으로 누가 이 거대한 사교 클럽의 회원이 되느냐를 시험했다. 하지만 이 시험의 내용을 지원하는 사람도 몰랐고, 자기도 모르게 시험 대상이 된 사람은 더더욱 몰랐다. 시험이라는 것은 어떤 형식이든 다른 사람에게 권력을 행사하는 것이다. 가장 분명하고 가장 쉽게 측정할 수 있는 권력은 재력이라는 힘이다. 따라서 상당히 부유한 가문은, 정말 정신박약아 정도이거나 법적으로 문제 있는 정도만 아니라면, 최상층까지 출세할 수 있다. 또한 딸을 내각의 수상이나 귀족과 결혼시킬 수도 있고, 때가 되면 작위까지 받을 수 있다. 한 번은 지성이나 인품이 전혀 뛰어나지 않은 외국 출신의 백만장자에게 왜 파리나 베를린이나 빈이 아니라 영국에 정착했냐고 물어본 적이 있었다. 그는 재빠르게 "영국에서는 사회적 평등이 완벽하기 때문이오"라고 대답했다.

그의 말은 곧 사실로 입증되었으며, 나는 그것이 무슨 뜻인지 알게 되었다. 에드워드 왕[43]과 그의 측근들이 이 백만 장자의 궁전 같은 저택에 왕림하는 영광을 베푼 것이다. 그러나 재력은 품격 있는 사교계에 들어가는 통과증이 되는 여러 유형의 권력 중 하나일 뿐이었다. 대기업 경영자는, 자신이 대자본을 소유하고 있지는 않지만, 귀족의 아들에게 좋은 직장과 대륙 횡단 기차 무료승차권을 제공해주고 그 대가로 영국 귀족과 개인적인 친분을 맺을 수 있다. 귀족 중에는 이런 호의를 바라는 사람이 얼마든지 있기 때문이다. 이 지체 높으신 분들과 개인적으로 교류하는 영광을 얻기 위해 갖추어야 하는 권력은 물론 좁은 의미의 권력은 아니다. 노동당이 다수당이 되기 30년 전에도 선거권 획득으로 가능해진 노조 민주주의의 지도자들을 환영하려는 욕망을 보인 엘리트 정치·사회 집단이 분명히 있었다. 그러나 노조 지도자들은 매우 엄격했고, 사람 사귀는 일을 삼갔으며, 청교도적이기까지 했다. 그들이 자칫 사교계의 올가미에 걸려들었다가는 수천 명의 노조원 대표 지위에서 탈락되는 순간 즉시 버림을 받았을 것이다.

　권력에 대한 숭배는 어떤 한 유형의 사람을 버리고 다른 유형의 사람을 택하는 데도 나타난다. 예를 들면 1870년대 사교계에서는 큰 신문이나 잡지 편집자들, 즉 교양이 높고 학식이 풍부한 사람들이 환영받았다. 그러나 내가 사교계를 드나들던 시절만 해도 편집자들은 사라지고 대신 백만장자인 신문사 사주들이 환영을 받았다. 이 소유주들은 재치나 지혜, 기술도 없었고 전혀 전문가다운 사람들이 아니었다. 이는 최근에 일어난 일이다. 매우 파격적으로 나쁜 예는 좋은 집안의 교양 있는 남녀가 남아프리카 백만장자들에게 굽신거리며 사귀는 것이었다. 이 남아프리카 부자들 중 몇은 예절도, 도덕도 없었다. 그리고 이들은 매력이나 세련됨을 기준으로 본다면 1870, 80년대 런던 사교계에서 돈의 힘을 대표

---

43) 에드워드 왕(King Edward). 에드워드 7세로 1900~14년에 영국을 통치했다. 그 당시 영국이 번영을 구가했다―옮긴이.

하던 베어링(Baring)가나 글린(Glyn)가, 러벅(Lubbock)가, 호어(Hoare)가나 벅스턴(Buxton)가, 또는 로스차일드가에 버금가는 정도였다. 이런 타락하고 천박한 가치 체계보다 더 부도덕한 것은 개인의 성향이나 만나는 기간을 전혀 고려하지 않는다는 점이었다. 일시적인 우연한 상황에 의해 우정을 도모하는가 하면 또 쉽게 저버리기도 했다. 우아하게 감사를 표시하고 끈질기게 친밀감을 표시하다가도, 세속적인 기준으로 볼 때 실패를 하면, 가혹할 정도로 곧 냉담하게 돌아서기 일쑤였다. 이런 식의 인간 관계는 해로운 냉소주의를 낳기 때문에 부도덕한 것이었다. 특히 여성들간의 관계는 더욱더 그러했다. 거물급 정치인과 결혼한다는 소문이 돌자마자 곧 초대가 쇄도하다가, 그 소문이 사실이 아닌 것으로 밝혀지면 우스꽝스러울 정도로 재빨리 초대가 취소되었다. 또 이와 유사하게 유명한 남편이나 아버지가 죽으면 호의에 넘치던 사교계 인물들이 그의 아내나 딸들의 일에는 관심조차 보이지 않았다.

이런 무의식적인 권력 추구는 훨씬 더 애매한 형태로 나타나기도 했다. 개개인은 사교계 나름의 관습에 따라 그 사람의 사회, 정치, 산업에서 권력의 정도에 따라 세밀하게 나뉘었다. 왕족 출신의 공작 부인이 변변찮은 남편을 제치고 권력가인 후작과 늘 함께 다녀도 전혀 흠이 안 되며 사교계의 인정을 받았다. 그러나 스미스 부인이 그렇게 가정을 버리고 방탕한 생활을 하면 사교계에서 완전히 추방되었다. 재정적인 비행도 똑같이 차별을 받았다. 백만장자는 과거에 좀 잘못된 일을 했어도 모두 눈감아주었다. 그러나 지식이 부족하거나 순전히 운이 없어서 파산한 경우인데도 그 상황에는 관심을 보이지도 않고 파산자를 쳐다보지도 않았다.

눈에 보이지 않는 증권 거래

런던과 시골에 있는 여주인들 사이에 눈에 보이지 않는 일종의 증권 거래가 있는 것처럼 보였다. 여기서 증권이라는 것은 사회적 명성을 말하는 것이다. 인정을 받느냐 무시를 당하느냐는 수단과 관계없이 결과에 달려 있다. 어떤 증권들은 최상급이다. 뛰어나게 부유하면서도 진짜 귀족이나 왕족인 사람들이 최상급 증권에 속한다. 이들의 가치는 어떤 일이 있어도 '위협'받거나 '비난'받지 않았다. 그러나 겨우 정치적 리셉션에 끼거나 덜 알려진 집에서 열리는 파티에 모여드는 어중이떠중이들의 사회적 가치는 예기치 않게 급상승했다가 급락한다. 이것은 화폐 시장에서 유명하지 않고 위험하기만 한 '산업체'의 주식과 마찬가지다.[44] 바로 이러한 사회적 지위에 대한 불확실성 때문에 '사교계에 끼기'를 원하는 사람들은 온갖 추악한 방법을 다 동원한다. 『펀치』[45]에서 그렇게 자주 희화화된 각양각색의 사람들이 연출하는 "동물원 풍경, 옷, 음식, 포도주, 꽃에 엄청난 돈을 쏟아붓는 경쟁이 있었다. 그리고 서로 공통점이 전혀 없는 사람들을 초청하는 관행도 있었다. 이들이 원하는 다른 손님을 끌어들일 수 있기 때문이다. 지배 집단의 가장 재능 있는 양심적인 구성원들까지도 런던 사교계의 이런 경쟁적인 요소의 영향을 받았다. 이런 외부적 압력 못지않게 사교계 쪽에서도 압력을 행사했다. 이제 저속한 것은 압력 자체이지 누가 압력을 행사하느냐가 아니었다. 좋은 가

---

44) 처칠(Winston Churchill)이 쓴 『랜돌프 처칠 경』, 1906, 1권, 74쪽에 따르면, 공작의 아들들도 상당한 권력이 있는 사람, 예를 들면 다정하고 우호적인 대접을 받다가 웨일스의 왕자인 에드워드 같은 사람들에게 노여움을 사면, 갑자기 냉담한 무관심의 대상이 될 수 있다. "그러나 1876년," 랜돌프 경의 아들이자 전기 작가가 설명한다. "그의 생애와 인격을 변화시키고 음울하고 강인한 사람으로 만든 사건이 일어났다. 강력하고 무모하게 당파 싸움을 하는 형의 싸움에 연루되어 랜돌프 경이 저명인사를 아주 불쾌하게 만든 적이 있었다. 사교계는 더 이상 그에게 미소를 짓지 않았다. 강력한 적들은 그에게 모욕을 주려고 안달했다. 그는 민감하고 자부심이 강했기 때문에 모든 냉담한 대접을 모욕으로 받아들였다. 런던은 그에게 혐오스러운 장소가 되었다. 불화는 8년 동안 계속되었다. 8년 사이에 원래 명랑하고 다정한 성격이 엄격하고 비통한 성격으로 바뀌었다. 그는 소위 '사교계'를 몹시 경멸하게 되었으며 신분과 권위에 대해 적대감을 가지게 되었다." 현재와 같은 민주주의 시기에 읽어보니 이러한 가치 체계가 진정 구식으로 보인다!

45) 펀치(Punch). 삽화가 많이 들어간 주간지. 1841년부터 발간되었다. 처음에는 진보적인 잡지였으나 점차 온건해졌다—옮긴이.

문 사람들은 사람들에게 직접 말이나 행동을 하는 것이 아니라 섬세한 형태의 무례한 표정으로 압력을 가했다. 즉 프루스트[46]의 말을 인용하겠다. "친근하게 굴고 싶지 않은 사람들, 갑자기 깊은 심연으로 물러서는 눈길로 똑바로 난 길의 끝에 당신이 있다는 듯이 쳐다보는 사람들이 짓는 먼 곳을 바라보는 표정"을 지었다. 이러한 표정은 빌링스게이트[47]의 욕설 못지않게 우정, 즉 우호적인 태도가 끝났음을 잘 보여준다. 하지만 사회적으로 뛰어난 남녀들, 사교상 아는 척해야 하지만 이미 싫어진 사람들에 대해 이러한 보호색, 즉 거리를 두어 당혹스럽게 만드는 표정과 몸짓을 한다고 해서 누가 이들을 비난하겠는가? 이런 환경에서조차 오염되지 않은 채 살 수 있는 성자에 가까운 사람도 있을 것이다. 남녀노소가 한방에 섞여 살아도 도덕적으로 고결한 이들이 있듯이 말이다. 하지만 진정한 성자는 그가 가난하건 부자건 인간이라는 종의 희귀한 변종이다.

기독교의 쇠퇴

이런 것이 내가 자란 사회적 환경에서 사람을 대하는 태도다. 지배적인 충동은 부자의 탐욕도 사치스러운 생활도 아니다. 물론 이 두 감정이 존재하기는 하지만, 권력에 대한 욕망이 지배적이다. 우주에 대한 태도 ——즉 형이상학적 분위기——는 더욱 묘사하기 힘들다. 굳이 이유를 들면 그 시기가 하나의 형이상학에서 다른 형이상학으로 급격하게 전환된 시기여서 그렇다. 뒤돌아보면, 바로 이 19세기의 마지막 10년은 기독교 교회와 불가지론 사이의 분수령이었다. 기독교 교회는 여태껏 영국 문명을 지배해왔다. 그러나 20세기의 첫 10년 동안 과학적 유물론에 깊이 영향을 받은 불가지론이 전통과 계시에 기반을 둔 모든 종교를 잠식했다. '기업 윤리'를 지니고 국제 무대에서 활동하던 기업가들 사이에서

---

46) 프루스트(Marcel Proust, 1871~1922). 프랑스의 소설가. 대표작으로 『잃어버린 시간을 찾아서』가 있다―옮긴이.
47) 런던의 수산시장. 이곳 상인들이 험한 욕설을 쓰는 것으로 유명하다―옮긴이.

자란 내 경험에 비추어 볼 때 기독교 전통은 이미 1870년대와 80년대에 천박해지고 약해졌다. 그것은 이미 재정립이 불가능한 깨진 상태였다. 사실 시골에 머물 때면 우리 부모님도 규칙적으로 교회에 가는 신도였다. 아버지는 글로스터셔, 웨스트모랜드, 몬머스셔 교구의 교회에서 교훈적인 설교 읽기를 즐기셨다. 아버지는 신교도로 성장했으며, 정식으로 국교도 신도가 되는 세례를 받지도 않은 사람이었다. 그런 사실을 알면서도 신부가 아버지를 신도로 받아들이고, 게다가 평신도인 아버지께 부자라는 이유로 예배에서 적극적인 역할을 맡겼다. 이 사실은 정통 종교가 전반적으로 쇠퇴하고 있음을 보여주는 징후다. 개인적인 믿음이나 효심에서 또는 사랑하는 아버지와 함께 교회를 오가며 산책하는 것이 좋아서 우리 자매 중 한두 명은 주일마다 교회의 가족석에 앉아 있었다. 그러나 국교에 대한 숭배는 여기서 끝났다. 여기에는 어떤 강요도 압력도 없었다.

런던 시즌 동안 아버지는 일요일 아침 딸들을 한 부대 이끌고 종교적이거나 형이상학적인 이슈들에 관해 가장 멋진 연설을 할 사람을 찾아나섰다. 그리고 같은 맥락에서 케이플(Monsignor Capel)이나 리든(Canon Liddon), 스퍼전[48]이나 보이세이(Voysey), 마티노나 해리슨(Fredric Harrison)의 연설을 듣기도 했다. 또 런던 공원을 지나 집으로 돌아오는 길에서는 목사나 연사의 종교식 수사나 변증법적 정교함에 대하여 토론하기도 했다. 가족간의 대화에는 집으로 오는 신간과 잡지에서부터 이질적인 손님들에 대한 것까지 주제가 무궁무진했다. 고전문학이나 현대문학에 이르기까지 때로는 고상한 법률 보고서나 하찮은 기술 잡지에 실린 내용까지도 화젯거리가 되었다. 심지어는 종의 기원에서부터 최근의 외교적 문서까지, 가끔은 성도착증과 환율에 대한 얘기까지 터놓고 자유롭게 토론하는 분위기였다.

절약이 몸에 배어 있는 어머니였지만 책이나 잡지, 신문을 구독하는

---

48) 스퍼전(Charles Haddon Spurgeon, 1834~92). 영국 침례교 목사—옮긴이.

일에는 거리낌없이 돈을 썼다. 우리 집 서재에는 늘 책이 빼곡이 채워져 있었다. 우리는 아우구스티누스[49]의 『고백록』, 루소[50] 등을 꺼내 읽기도 했고, 해세트사에서 온 모파상[51]과 졸라[52]의 최근 소설, 콩트[53]나르낭[54]의 어려운 책도 읽었다. 또한 우리는 런던 라이브러리나 머디사에 동양 종교에 관한 책을 주문하기도 했으며 나의 경우 '황색 문학'이라고 할 이질적인 여러 책을 고르기도 했다. 이렇게 누구의 간섭도 받지 않고 우리 스스로 책을 고르거나 친구나 아는 사람의 추천을 받기도 했다. 내가 아버지께 우리가 읽고 싶은 책을 도서관에서 금서로 지정했다고 불평하면 아버지는 "음, 그 책을 사"라고 자동적으로 말씀하시곤 했다. 우리가 살았던 급변하던 그 당시 사회에 나타난 여러 가지 엄청난 다양성은 인격을 훼손하기도 했지만 또한 편견을 해체하고 독단을 파괴하기도 했다.

아버지는 성직자에게 약했다. 아버지는 그 당시 글로스터셔의 주교이던 엘리코트 박사(Dr. Ellicott)를 그중 좋아하셨다. 그때 런던에서는 매닝 추기경이 귀한 손님이었다. 우리 가족과 가장 친하던 사람은 단연 스

---

49) 아우구스티누스(Augustinus, 354~430). 중세 최고의 신학자. 그가 방황한 시절과 기독교로 개종한 과정이 『고백록』(*Confessions*)에 나타난다—옮긴이.

50) 루소(Jean Jacque Rousseau, 1712~78). 프랑스 철학자. 문명이 불평등, 나태, 사치로 인간을 타락시키므로 원시적인 순수함으로 돌아가자고 주장했다. 사후에 출판된 『고백록』은 섬세하고 솔직한 세부 묘사로 획기적인 개인적 회고록이 되었다—옮긴이.

51) 모파상(Guy de Maupassant, 1850~93). 프랑스의 소설가. 플로베르의 제자로 자연주의 작가 중 대표적인 인물이다—옮긴이.

52) 졸라(Emile Zola, 1840~1902). 프랑스의 대표적인 자연주의 작가. 대표작으로 『제르미날』(1885) 등이 있다—옮긴이.

53) 콩트(Auguste Comte, 1798~1857). 프랑스 철학자로 실증주의 사회학의 시조. 인간 지식은 신학적 단계, 형이상학적 단계, 실증적 단계의 세 단계를 거치며 이것은 인간의 정신 발달에도 적용된다고 보았다—옮긴이.

54) 르낭(Earnest Renan, 1823~92). 프랑스 철학자. 기독교의 탄생과 확산을 설명하는 데 과학적·역사적 방법을 적용. 특히 그의 『예수의 생애』(1863)는 성경을 비판적으로 검토하는 동시에 예수를 상상적으로 제시하고 있다—옮긴이.

펜서로, 그는 늘 종교의 기원에 대해 어머니와 논쟁했고, 교회 만능주의나 그런 성향의 저작들을 조롱하고 멸시했다. 이런 다양한 형이상학적인 경험을 절충적으로 즐기는 것을 제외하고는 우리 집의 분위기는 독특하게 자유로운 사고방식이 지배했다.

골턴[55]과 후커 경,[56] 헉슬리와 틴들, 한편 스펜서가 매년 개최하는 야유회에는 루이스[57]가 왔고 가끔 엘리엇도 왔다. 이렇듯 사람을 만나는 데 어떠한 식의 제한도 두지 않는 것은 지적인 면에서만은 아니었다. 글로스터셔의 우리 집 근처에는 '사악한 백작'이라는 애칭으로 통하는 사람이 살고 있었다. 청교도인 어머니는 꿋꿋하게 그 집에 발을 들여놓지 않았다. 그러나 내가 '사교계에 입문한 지' 몇 주 되지 않았을 때, 아버지와 함께 그 사람의 집을 방문했고 그가 "신사 숙녀 여러분, 돈을 거세요"라고 외치는 소리를 들었다. 눈치 없이 그 집에서 빠져나와 사교계의 기혼 남성과 단둘이 오랫동안 산책할 때면 적절한 때 이야기를 다른 데로 돌려가며 아주 안전하게 산책할 수 있었다(당시에는 여성이 산책할때 흔히 이렇게 남성이 동반했다). 언급한 바 있는 내 '목소리와 태도', 책만 들먹이는 대화 덕분이었다.

지적 혼란

정말이지 우리는 끊임없이 격변하는 시대에 살았다. 우리는 이 세상과 내세에서 인간의 의무와 운명에 관한 우리 시대의 온갖 가설을 받아들이며 동시에 의문을 제기했다. 이 의문 제기에는 당대에 가장 특징적인 두 가지 가정이 담겨 있었다. 하나는 자연과학이 모든 문제를 해결할

---

55) 골턴(Francis Galton, 1822~1911). 영국의 과학자이자 유전학자—옮긴이.

56) 후커(Joseph Hooker, 1817~1911). 영국의 철학자. 다윈의 진화론을 지지했다—옮긴이.

57) 루이스(George Henry Lewes, 1817~78). 영국의 저술가이자 문학 비평가. 엘리엇의 남편으로 그녀의 소설 작업을 격려했을 뿐 아니라 사상적으로도 그녀에게 큰 영향을 미쳤다—옮긴이.

수 있다는 것이고, 또 하나는 초보적인 교과서 몇 권만 읽으면 누구나 나름대로 철학자이자 과학자가 될 수 있다는 것이었다──이것은 이전 세대 사람들이 법을 성문화하여 깔끔한 작은 지침서를 인쇄할 수 있다면 누구나 법률가가 될 수 있다고 생각했던 것과 꼭 같은 원리다. 나는 이처럼 혼재된 형이상학과 모순된 유한계급의 삶을 살아왔다. 따라서 내가 지적 사고에 파묻혀 지낸 최초 15년을 기술을 배우는 일이 아니라 내 삶의 지침이 될 신조를 찾는 데 바친 것은 그다지 놀랄 일이 아니다.

제2장 신조를 찾아서(1862~82: 4세부터 24세까지)

나는 아홉 명의 딸 중에 여덟 번째였다. 어린 남동생이 죽은 후 집안에는 그림자가 드리워졌다. 그 가운데 나는 아주 특이하게 어린 시절을 하인들 속에서 보냈으며, 그에 대해 늘 하인들에게 감사하고 있다. 학대라거나 억압을 받은 기억은 없고 그냥 방치된 채 자랐던 것 같다. 나는 단지 무시당했을 뿐이다. 어쨌든 나는 어린 시절 별로 간섭을 받지 않고 대가족 안에서 자유롭게 살았다.

나의 어린 시절

어린 시절하면 유아실 문밖에 놀란 채 발가벗고 서 있던 기억이 늘 처음 떠오른다. 남동생 유모인 아주 유능하고 단정한 여자가 있었는데, 그 유모가 나에게 옷을 던져주었다. 바로 그날 아침에 정확하게 무슨 일이 일어났는지 기억이 안 난다. 언니들을 가르치던 프랑스어 가정교사와 영어 가정교사는 교실에 있기는 내가 너무 어리다고 생각했다. 결국 내 피난처는 세탁실이었다. 그 세탁실은 아주 크고 빛이 잘 들었다. 헌신적으로 나서서 날 돌보아준 사람은 세탁실에서 제일 높은 하녀였다. 그녀는 친절하고 영리했으며 일도 잘했고 교회도 열심히 다녔다. 이제는 그녀도 여든이 다 된 지금도 여전히 내 친구다. 세탁일인 월요일에는 내 친구와 그녀의 단짝 그리고 조수들이 김이 모락모락 피어오르는 세탁실에서 비누 거품에 손을 담그고 일하고 있어서, 그곳에 들어갈 수가 없었다. 그러나 화요일 오전부터는 마음대로 세탁실을 드나들 수 있었다. 여기서 나는 덜 마른 식탁보와 침대보를 몸에 말은 채 몽상에 잠겼다. 그렇지 않으면 다림질대 위에 앉아 하녀들을 모아놓고 다리를 흔들면서 커서 수녀가 되겠다고 재잘거렸다. 내가 좋아하는 또 다른 장소는 건초 창고였다. 사람 좋은 마부가 허락해준 덕분에 마부실에서 사다리를 타고 그 건초 창고로 건너가곤 했다. 내 곁에는 내 추종자이자 내 사랑하는 친구인 덩치 큰 고양이가 그르렁거리며 따라다녔다. 바깥으로 나가면 덤불들 사이에 나만의 '비밀' 장소가 있었다. 그곳에서 나는 돌과 나무 막대기들을 이리저리 옮겨놓았다. 숲에는 즐겨 가는 동굴이 있었는데, 동굴 속에 흐르는 시냇물을 흙탕물로 만들어놓곤 했다. 난 늘 공상하는 것을 즐겼다. 공상 속에서는 무시당하던 아이가 죽어가며 극적으로 다른 사람들을 용서하는가 하면 연인들이 사랑을 호소하는 행복한 비전이 이어졌다.

내가 언제 어떻게 책 읽는 법을 배웠는지는 기억나지 않는다. 정식으로 철자법을 배우기 훨씬 이전부터 나는 계속 책을 읽었다. 도서실, 서재, 교실 책꽂이에 꽂혀 있는 수많은 책들이나 집안 여기저기 흩어져 있는 잡다한 팸플릿, 잡지, 신문 중 마음내키는 대로 아무거나 골라 읽었다. 공상하며 백일몽에나 빠지는 것보다는 독서가 건전한 대안이었지만 육체적 건강에 그다지 좋은 습관은 아니었다. 정말이지 거의 쉬지 않고 책을 읽는 바람에 병에 걸렸다. 신경통에 걸리는가 하면, 소화불량, 안질에서 폐렴에 이르는 온갖 종류의 염증에 시달려 때로는 불행한 느낌이 들었다. 그러나 아플 때 육체적인 고통보다 더 힘든 것은 세 끼 밥을 먹고 잠들었다 일어났다 하는 것 외에는 아무것도 할 수 없는 따분함이었다. 가장 괴로운 일은 밤에 잠을 자지 못하는 것이었다. 이렇게 따분하게 고통을 받으니 그 대안으로 클로로포름을 사용하겠다는 막연한 생각에 클로로포름 작은 병을 훔쳐서 몰래 감춰두었는데, 어느 날 보니 마개가 열려 있고 내용물이 다 날아가버려[1] 몹시 놀랐던 기억이 생생하

---

1) 1884년 일기에 이렇게 썼다. "전체적으로 내 어린 시절은 그다지 행복하지 않

다. 그리고 내겐 계속 영국, 프랑스, 독일인 가정교사가 있었는데 그들은 꽤 괜찮았다. 나는 그들 대부분을 좋아했고 그들도 나를 좋아했다. 그러나 몇 주나 몇 달 정규 수업을 받고 수학이나 문법을 가지고 씨름을 하다보면, 늘 아프곤 했다. 그러면 주치의는 "공부 절대 금물, 야외 운동 늘릴 것, 가능하면 환경을 완전히 바꿀 것"이라는 처방을 내렸다. 언니들이 모두 '사교계에 나가고' 막내 여동생을 위한 유아실 가정교사가 필요해지자, 더 이상 내게 정식 교육을 시키는 일은 없어졌다.

나의 일기

이때쯤 나는 스스로 교양을 갖추기 위한 방법을 고안했다——나는 자유롭게 선택한 책을 읽고 노트에 읽은 것을 발췌하고, 요약하고, 비판했다. 이 유치한 서평에다 이따금 기분이 내키면 개인적 결함에 대한 고백이나 나 자신이나 주위 사람에게 벌어진 일에 대한 생각을 덧붙이기도 했다.

외롭고 영리한 어린아이는 대부분 자신의 느낌이나 생각을 쓰는 습관을 갖게 된다. 아마도 고통스러운 감정을 떨쳐버리기 위해서이거나 아니면 특별히 자기 표현을 즐겨서일 것이다. 이러한 습관이 타고난 기지나 독창적인 관찰력 그리고 독특하게 단어를 사용하는 재능과 결합되면 쉽게 문학이 될 수 있다. 그러나 내게는 그런 재주가 없었다. 우리 집에서 언니 중 한두 명은 예술적 재능이 있었다. 그들과 달리 나는 춤이나 연기, 그림이나 음악, 산문이나 시에 재능이 없었다. 내게는 지치지 않는 지적 호기심과 그 두 배나 되는 의지력이라는 천부적인 재능이 있었

았다. 병과 애정 결핍, 거기서 비롯된 신경증, 신경질, 적대감 등으로 불행했다. 덤불이나 나무 그늘 아래 비밀 장소, 숲에 나뭇잎이 가득 채워진 웅덩이, 채석장 돌 틈 사이에서 몇 시간이고 있었다. 내게 행복한 순간은 이런 나만의 장소에 앉아 사랑 장면과 임종 장면을 상상하거나 내게 결핍된 친밀감과 다정함을 꿈꿀 때였다. 그러나 우울하고 화가 나거나, 허영심에 상처를 입거나, 거짓말이 후회되어 몹시 괴롭거나, 끊임없이 육체적으로 고통에 시달려서 불행한 때가 더 많았다. 그리고 아주 외로웠다." [1884년 4월 8일 일기]

다. 나는 고집을 부려선 안 될 일에는 본능적으로 고집을 부리지 않았다. 따라서 일단 고집을 부리면 아주 효과가 있었다. 이러한 기질은 '양보함으로써 이기는' 유형인 의지가 강한 사람에게 나타나는 것인데 나는 이러한 기질을 아버지에게서 물려받았다. 이스트 런던에서 유대인들 속에 살게 되었을 때, 이것이 유대인의 특성임을 알게 되었다. 하지만 지적 호기심이 강하고 목표에 집중하는 자질은 어린아이나 적령기의 처녀에게 그렇게 매력적인 것은 아니었다. 따라서 흔히들 이런 자질을 숨기기 마련이다. 또 이런 자질이 있다고 해서 저절로 유려한 문학적인 표현이 나오는 것도 아니다.

일단 사회조사자로서 일을 시작했을 때 나는 노트에 다른 사람들의 성격이나 대화 그리고 몸짓이나 행동을 기록하게 되었다. 사실 그것은 인간의 행동을 기록한 것이며 이 기록은 그 자체로도 흥미롭다. 일기도 조사자에게는 작업 도구 중 하나가 되어버린다. 다음 장들에서 이러한 기록을 종합적 노트 필기라고 이름 붙였다. 그것은 역사적 작업의 기초가 되는 분석적 노트 필기와 구분 짓기 위해서다. 그러므로 사회조사자의 기법——예를 들면 '면담'과 '조직 운영 관찰'——을 묘사하기 위해 일부를 발췌하겠다. 그러나 조사자가 되기 이전에 쓴 글들은 객관적인 사실이 아니라 주관적인 경험을 기록한 것이다. 그 글들에는 독특한 가정 환경 덕에 매우 다양한 정신적 환경에서 자란 예민한 아이인 내 모습이 잘 드러나 있다. 내가 겪은 다양한 환경은 19세기 말 4반세기의 특징인 종교적 감정과 사회적 사고, 사업상의 공리와 정치 이론을 총망라한다. 그리고 가장 믿을 만한 증거로 나의 조야하고 무식한 글들을 망설이지 않고 인용하겠다. 이 글들은 출판하기 위해 쓴 것이 아니고 어린아이가 그저 생각을 정리하고 감정을 표현한 것이다.

죄의 고백

확실히 여자아이들의 경우 도서 선정하는 데 교육은 신경을 쓰지 않는다[10세 무렵 노트 반 장 정도에 쓴 것이다]. 예를 들어 어린이용

책이나 권장 도서만 읽는 것이 허락되는 아홉 살이나 열 살 정도 된 여자아이를 생각해보자. 스콧[2]의 소설이 재미있고 매력적인 이야기로 추천된다. "스콧의 책이라면 무해하다"라고 조언자는 단언한다. 하지만 책을 읽는 목적은 지식을 얻기 위한 것인데, 소설은 차라는 〔'자라는'을 잘못 쓴 것이다〕 어린이에게 적절한 심심풀이며 상상력을 키워주지만 계속 이런 지식을 주입하면 대다수 아이들의 정신이 파괴된다. 〔……〕 그들은 쓸데없는 생각(아홉 살이나 열 살 된 아이들은 거의 또는 아무 생각 없이 배운다)만 하게 된다. 사랑하는 장면을 그려보거나, 자신을 늘 완벽하고 매력적인 여주인공이라고 상상하는 듯 헛된 망상에 빠진다. 나 자신의 경험에 따르면, 그런 쓸데없는 생각이 정신적 성장에 심각한 장애가 되었다. 혼자 있을 때면 늘 이런저런 공상에 빠지곤 했다. 나는 이런 습관의 포로가 되어서 좋은 결의를 하려 해도 늘 백일몽에 빠지곤 했다.

올 가을에는 여러 가지로 불만스러웠다〔위기의 나이인 14세, 1872년 가을에 고백한 것이다〕. 나는 거의 아무것도 배우지 않다시피 했다. 솔직히 말하면 아주 게으른 생활을 했다. 특히 사람들과 어울린 전후에는 더 게을러졌다. 여기서 얻은 한 가지 교훈은 내가 극히 허영심이 많다는 사실이다. 솔직히 말하면, 나 자신이 역겹다. 젊은 신사와 있을 때면, 그 무엇보다 신사의 주목과 사랑을 받기를 원하며 별짓을 다 한다. 나는 하루 종일 내가 어떻게 보일까, 내게 어떤 태도가 어울릴까, 언니들보다 더 인기가 있으려면 무엇을 해야 할까만 생각한다. 중요한 것은 어떻게 해야 이런 허영심을 정복할 수 있는가다. 허영심으로 내 마음속에서 온갖 나쁜 정념은 자라나고 착한 마음은 모두 억눌리기 때문이다. 내가 생각할 수 있는 유일한 방법은 아예 신사

---

2) 스콧(Walter Scott, 1771~1832). 스코틀랜드 출신의 소설가. 역사 소설의 창시자로 19세기의 역사 소설가뿐 아니라 브론테 자매, 개스켈, 엘리엇에게 큰 영향을 미쳤다—옮긴이.

들과 어울리지 않는 것이다. 현재로서는 내가 유혹에 이길 만큼 착하지도, 신앙심이 깊지도 않다. 신앙심에 대해서 말하면 나는 나 자신을 어떻게 생각해야 할지 모르겠다. 신앙을 가지고 있지만 늘 내 신앙과 반대로 행동한다. 내가 어리석은 행동을 하거나, 허영심에 가득 차 있을 때면 내 마음속에서 이런 소리가 들린다. "지금 당장은 무슨 말을 하든 무슨 짓을 하든 상관없을 거야. 신이 있는지도 모르겠지만, 결혼하거나 노처녀가 된 다음에 그때 가서 생각하면 될 거야." 그리고 더 나쁜 것은 끊임없이 이러한 생각에 기초해 행동하게 된다는 것이다. 그 가운데 신앙심은 줄어들고 있다. 내가 엄청나게 세속적이고 허영심에 차서 예수님과 분리되는 것 같다. 더 이상 예전처럼 열심히 기도를 할 수 없다. 나는 유혹에 빠지지 말게 해달라고 기도하면서도 스스로 유혹에 빠져든다. 그렇게 하고 나서 혼자 기도에 응답이 없다고 불평한다. 신앙을 어떻게 지켜야 할지 몰라서 계속 신을 믿을 수 없다. 나는 아주 아주 사악하다. 예수님이 다시는 내 말을 들어주시지 않을 것이다.

허영심, 모든 것이 허영심이다. 내가 큰 잘못을 저지르고, 주님을 대수롭지 않게 여겨온 느낌이다. 계속 이렇게 살다보면, 변덕스럽고, 어리석고, 신앙심을 잃은 여인이 될 것이다. 아침에 깰 때마다 이런 확신 때문에 현기증이 나고 밤마다 불행하다. 사교계에 나가기[보다] 오히려 모든 쾌락을 포기하는 게 유일한 방법이다. 사실 그것은 어려운 일인지도 모른다. 아니, 어려운 일임을 안다. 그래도 그래야만 한다. 그렇게 하지 않으면 신앙심의 불꽃마저도 다 사라져버릴 것이다. 불꽃과 함께 현세에서 착하고 유용한 여인이 될 가능성도, 내세에서 주님과 함께할 가능성도 사라져버릴 것이다. 신이여 제가 결심을 지킬 수 있게 도와주소서. [1872년 12월 23일]

비어트리스 포터

언니들의 추종자에게 다음 런던 시즌에 하원의 숙녀 참관석에 갈 수 있는 표를 샀다. '사교계를 벗어나겠다'는 이 경건한 결의가 이런 행동에 얼마나 영향을 미쳤는지 모르겠다.[3] 하지만 몇 시간이고 논쟁을 들으면서 시간을 보낸 것이 생각난다. (선거권을 둘러싼 대논쟁을 들은 후로 생각된다)——글래드스턴을 혐오했고 디즈레일리에게 실망했다. 한번은 혼자 이륜마차를 타고 새벽에 프린스 가든에 있는 집 문을 연 것이 생각난다. 이때 무지무지하게 배가 고팠던 기억도 생생하다.

미국 여행

그해 가을과 겨울 아버지 그리고 케이트 언니와 함께 미국 여행을 했다. 내가 규칙적으로 노트에 일기를 쓰는 습관을 갖게 된 것도 바로 이 신나는 여행에서였다. 그 후 반세기 너머 현재까지(1926) 계속 일기를 쓰고 있는데 바로 그때 처음으로 쓰기 시작한 것이었다. 당연히 나이아가라 폭포, 요세미티 계곡, 캘리포니아 간헐천의 아름다움과 경이로움에 대해 쓰고 있지만 내가 정말 관심이 있었던 것은 내가 만난 사람들과 그들의 삶의 태도였다. 도시는 오직 한 도시에 대해서만 자세히 묘사했는데 솔트레이크 시(유타)에 대해서였다. 그곳의 일부다처제에 호기심

---

3) 내가 8세 때 어머니께 보낸 다음 편지를 보면 알 수 있듯이 우리는 어렸을 때부터 정치와 정치인에 관심이 많았다. 아마 1866년 글로스터셔의 보궐선거에 출마한 두 정치인에 대해 쓴 편지인데——어머니가 내 박식함에 감명받길 바라고 쓴 편지인 듯싶다——대문자로 장식된 긴 단어들은 어떤 신문에서 베낀 것이 분명하다. "어제 보수당 후보 두 명이 여기 왔습니다. 그중 한 명은 키가 작고 옷을 뻬 입고 있었습니다. 물개 털로 가장자리를 댄 코트를 입고 있었습니다. 부츠에는 은고리가 달려 있었고 손은 온통 반지로 뒤덮여 있었습니다. 그는 아주 맵시 있는 푸른 타이를 하고 있었습니다. 그는 또한 자신이 이탈리아어와 프랑스어를 완벽하게 구사한다고 했습니다. 그는 피아노를 치고 노래를 불렀습니다. 아버지께 시위가 무슨 뜻인지 묻는 것을 보니, 모르는 단어가 많은 것처럼 보였습니다. 그리고 리즈 소령은 선거결과 후보지명이 무슨 뜻인지 아버지께 물었습니다. 리즈 소령은 아주 키가 크고 뚱뚱했습니다. 구레나룻과 콧수염을 기르고 있었고 외눈 안경을 끼고 있었습니다. 그 안경을 통해 모든 사람에게 호기심을 보이며 뜯어보았습니다."

이 생겨서였다. 여행 일기가 지겨운 것은 익히 알려진 바이고 미숙하고 경험이 부족한 사람이 썼을 때는 더욱더 그렇겠지만, 열다섯 살 난 소녀가 인간과 세상을 어떻게 보는지 전체적인 윤곽을 알 수 있는 일기를 몇 편 보여주겠다.

우리는 G[4]가 결혼한 지 이틀 후인 9월 13일 영국을 떠났다. 별로 특별한 사람들을 만난 것은 아니지만 미국까지 가는 동안 즐거웠다. 괜찮은 사람들은 브래드퍼드 씨(Mr. Bradford), 홀 박사(Dr. Hall), 샤프 박사(Dr. Sharp), 풀먼 씨(Mr. A. Pullman), 미스 홈스(Miss Holmes), (놀스 씨Mr. Knowles도 언급해야겠지만, 배에서 우리는 거의 인사도 나누지 않았다). 브래드퍼드 씨는 미국인으로 화가였다 ——북극 탐험가며 레 박사(Dr. Rae)[5]의 친구이기도 했다. 그는 작지만 열정적인 남자였다. 그는 전혀 냉소적이지 않았다. 모든 사람에게서 선량하고 아름다운 면만을 보았다. 그가 모든 사람을 친절하게 배려해 사람들은 모두 그를 좋아했다. 케이트 언니는 그와 아주 친해져서 둘이서 팔짱을 끼고 계속 갑판 아래위를 산책했다. 그 두 사람은 서로에게 크게 호감을 갖고 있으며 사람이나 사물에 대해 같은 생각을 하는 게 분명했다. 나는 케이트 언니가 그런 식으로 영리한 사람을 골라내서 동등한 입장에서 이야기하는 것이 부러웠다. 홀 씨는 뉴욕에 사는 감리교 목사였다. 아마 그는 내가 가장 자주 본 사람인데다 가장 좋아했던 사람이므로 육체적·정신적 면에서 그를 자세히 묘사하겠다. 그는 키가 컸고 이목구비는 큼직큼직하며 이마가 넓었다. 잘생긴 편은 아니었으나 아주 인상적이었다. 그의 얼굴은 정신을 반영하는 것처럼 보였다. 말을 하지 않을 때는 아주 차분했다. 그는 거의 어린아이 같은 신앙과 사랑을 드러내는 소박하고 차분한 표정을 짓고

---

4) 넷째 언니인 조지아나로 1873년 9월 마이너차겐(Daniel Meinertzhagen)과 결혼했다.
5) 여행 전인 1873년 런던 시즌에 내가 친하게 지낸 북극 탐험가.

있었다. 그러나 연설하거나 다른 사람에게 진지하게 말할 때는 전혀 다른 사람처럼 보였다. 그의 얼굴은 위엄을 갖추고 있으면서도 열정적으로 보였다. 미소가 좀 특이했다. 그 미소를 보면 늘 아널드 박사가 떠올랐다——하지만 함께 지내기에 아널드 박사는 내 영웅의 반만큼도 매력적이지 않다. 아널드 박사는 완고하고 비타협적인 견해를 지닌데다 내가 보기에는 자비심이 부족해보였다. 박사의 태도가 아주 친절하고 부드러워서 그렇지 만일 그렇지 않았다면 우리같이 자유분방하게 자란 사람은 그를 싫어했을 것이다. 그 후 뉴욕에서 홀 씨의 설교를 들으러 갔다. 내가 가장 감명받은 것은 그가 든 아름다운 비유였다. 그는 자신의 종교적인 견해를 모두 자연으로 설명했다.

화요일, 10월 7일(시카고)—오웬 양이 와서 우리를 마차에 태워 드라이브를 시켜주었다. 도시 주변을 간단히 둘러본 다음, 그녀의 아저씨 댁에 가서 점심을 먹었다. 아저씨는 G.T.[6]의 대리인이었다. 그들은 영국에서라면 젠트리 축에도 끼지 못할 사람이었다. 그러나 이 아가씨들의 옷차림이나 태도는 우아하고 점잖았다. 같은 계층의 영국 아가씨들에게서는 찾아보기 힘든 자질이었다. 점심식사 후 우리는 공립학교를 방문했는데, 아주 흥미로운 곳이었다. 이 학교에서는 온갖 계층의 아이들이 다 같이 교육을 받고 있었다. 평범한 흑인 여자아이가 옷을 잘 차려 입은 은행원 딸들과 함께 앉아 같은 수업을 받는 게 정말 흥미로웠다! 전교생은 1,100명으로 여러 학급이 있었고 각 학급에는 여자 담임선생이 있었다. 이 여자 선생들은 아주 똑똑하고 친절해 보였다.

수요일, 8일—아침 열시에 시카고 떠남. 사랑하는 아버지를 떠나게 되어 아주 슬펐다. 아버지의 회색 모자가 마침내 시야에서 사라지자

---

6) 캐나다의 그랜드 트렁크 철도회사의 약자. 아버지가 이 회사 사장이었다.

아주 우울해졌다. 그날 우리가 지나온 시골 풍경 중에는 흥미로운 게 전혀 없었다. 거대한 인디언 옥수수 농장이 이어졌고 그 중간에 2~3킬로미터되는 초원이 띄엄띄엄 나타났다. 저녁에는 미시시피 강 위를 지났다. 그 강은 멋졌다. 낮에 보았으면 더 좋았겠지만.

목요일, 9일(오마하)—이곳과 오그던[7] 사이에는 초원에 지핀 불과 들개 외에는 흥미로운 게 전혀 없었다. 오마하를 떠난 그날 저녁에 가장 멋진 불꽃을 보았다. 불꽃은 아름다웠다. 때로는 지평선 위에서 촛불이 일렬로 서 있는 것처럼 빛나기도 하고, 때로는 대도시 전체가 불난 것처럼 눈이 부실 정도로 활활 타오르기도 했다.

샌프란시스코, 10월 24일—오후에 리소(Richot)[8]와 함께 클리프 하우스[9]에 갔다. 우리는 발코니에 앉아 바위 위로 나온 물개를 보았다. 물개들이 아주 귀여워서 스케치해두었다가 나중에 기차 안에서 다시 손질했다. 스케치에 대해 말하면, 정말 화가가 되고 싶은 열정에 사로잡혔던 때가 있었다. 요세미티에 갔을 때, 그전에 레이크 지역[10]에 갔을 때도 정말 화가가 되고 싶었다. 랭커셔[11]에서 기차를 타고 오는 내내 빛과 그림자의 여러 효과를 곰곰이 보면서 화가가 되는 공상을 했다. 그 당시에는 자연을 약간만 그릴 수 있다면, 교육이나 연습은 필요 없을 것 같았다. 또 꿋꿋하게 인내심을 지니고 그림에 헌신하면,

7) 미국 유타 주 북부에 있는 도시—옮긴이.

8) 아버지께서 캐나다에 머무시는 동안 우리를 돌보아주라고 보낸 귀빈차의 프랑스계 캐나다 요리사.

9) 클리프 하우스(Cliff House). 샌프란시스코의 바닷가에 있는 유명한 식당—옮긴이.

10) 호수지방. 영국 잉글랜드 서북부, 컴벌랜드, 웨스트모랜드, 랭커셔 세 주에 걸쳐 있는 호수가 많은 산악지방. 경치가 좋고 특히 워즈워스의 시로 유명하다—옮긴이.

11) 영국 서북부에 있는 주로 면적 4,864평방킬로미터이고, 주도는 칸카스터—옮긴이.

성공적인 화가가 될 듯했다. 하지만 이제 그 열기가 식고 나니, 그 결심을 실행한다는 것이 얼마나 어렵고 불가능한 일인지 알겠다. 내가 인내심을 갖고 한다 하더라도, 그림에 열중할 시간이 있겠는가? 그리고 취미로 그림을 그리고 싶지는 않았다. 어쩌면 언젠가는 어떻게 시간을 낼 것인가 하는 어려운 문제를 풀게 될지도 모르겠다.

중국인 지역

그날 저녁 나, 아서,[12] 놀스 씨는 리소와 콜 씨의 안내로 중국인 지역에 있는 중국인 극장에 갔다. 떠나기 직전에 키티 언니가 몸이 좋지 않아 안 가는 게 나을 것 같다고 했다. 사실 키티 언니는 요세미티 이후 계속 상태가 좋지 않았다. 그래서 우리는 그녀를 쉬라고 돌려보낸 후 출발했다. 우리 모두 중국 연극을 아주 재미있어 했다. 무대 배경도 없었고, 배우들은 맡은 역의 대사를 하지 않을 때는 관객 속의 친구들과 웃고 농담을 했다. 배우가 나올 때마다 엄청난 징소리가 났다. 배우가 연기하는 동안에도 징소리가 울려 퍼지는 바람에 귀가 멍멍했다. 그런 장소에는 5~6분 이상 머무는 게 불가능했다. 소리가 너무커서 귀가 멍멍했고 존 차이나맨[13]과 그렇게 가까이 있는 것도 썩 유쾌하지는 않았다. 극장은 중국 사람들로 붐볐다. 유럽인이라고는 표검수원밖에 없었다. 이 연극들은 수세기에 걸쳐 내려온 것으로, 실제로 중국의 여러 왕조의 역사이기도 했다.

화요일, 10월 27일(샌프란시스코)—오전 내내 요세미티 사진을 구하러 다녔다. 오후 네시에 래섬(Latham) 씨가 와서 우리를 자신의 시골저택으로 데리고 갔다. 나는 너무 피곤해서 말도 할 수 없었다. 게다가 기차를 타고 가는 내내 왠지 나는 아주 수줍었다. 저택에 도착하자

---

12) 매리 언니의 남편인 아서 플레인. 그도 우리와 함께 여행하고 있었다.

13) 종종 경멸적으로 중국인을 지칭한다. 특히 미국·오스트레일리아의 중국인 이민을 칭한다—옮긴이.

응접실로 안내되었다. 거기에는 래섬 부인과 친구인 워싱턴 양(Miss. Washington)이 앉아 있었다. 래섬 부인은 아주 예뻤다. 첫눈엔 미인인 듯했지만, 하나하나 뜯어보니 그다지 매력적이진 않았다. 우아한 자태를 갖추고 있었고, 크고 검은 눈이 아름답고, 피부도 깨끗했고, 코도 입도 적당했다. 그러나 이목구비 어디를 뜯어봐도 지성이나 인품은 엿보이지 않았다. 그녀는 17세까지 엄격한 부모 밑에서 '집 안에'만 있다가 성숙해지자 갑자기 사교계에 데뷔했고 아주 어려서 래섬 씨와 결혼했다고 했다. 돈과 지위만 보면 정말 멋진 부부였다. 래섬 씨는 완벽할 정도로 친절한 호인이지만, 거의 아버지뻘 정도로 나이가 많았다. 래섬 부인처럼 젊은 여자가 사치스러운 삶에 빠져 남편의 응접실에 앉아 예쁘고 우아하게 보이기만 할 뿐 전혀 살림도 하지 않고 아무런 관심거리도 없는 것은 정말이지 보기 좋지 않았다.

그녀의 친구인 워싱턴 양은 다른 류의 사람이었다. 외모는 한마디로 말하자면 작고 별 볼일 없었다. 하지만 코가 예쁘고 눈은 부드럽고 지적으로 빛나서 아름다웠다. 그녀는 고아였다(워싱턴 대통령의 증손녀였다). 그리고 래섬 부인과 여러 해 동안 좋은 친분관계를 유지하고 있었다. 그녀는 모든 사람과 모든 일에 관심이 있었다. 전체적인 분위기로 보면 래섬 부인보다 오히려 워싱턴 양이 멘튼 파크의 여주인 같았다. 래섬 씨의 집은 멋졌고, 취향이 돋보이는 가구로 꾸며져 있었다. 돈에 구애받지 않고 가구를 들여놓은 표시가 났다. 정원은 미국 정원치고는 아주 예쁜 편이었다. 그러나 영국 보통 집의 정원만도 못했다. 래섬 씨는 다음 날 아침 일찍 나갔고 우리는 샌프리스코까지 가는 네시 기차가 올 때까지 그 집에 머물렀다. 그날 저녁 내내 나 혼자서 짐을 쌌다. 키티 언니는 짐을 쌀 상태가 아니었다.

모르몬 도시

11월 1일 토요일-12시 30분 솔트레이크에 도착했다. 무슨 일을 해야 할지 결정하는 데 한 시간 정도 허비했다. 여러 사람이 있었지만 아무도 나서서 무슨 일을 하려 들지 않아서 정말 난감했다. 기다리다가 케이트 언니와 나는 점심을 주문했다. 어쨌든 식사부터 하고 일정을 정해야겠다고 생각했다. 식사 후 우리 모두 사진사에게 갔다. 블랙웰 씨가 2시 30분에 아서를 방문할 것이라고 했기 때문이다. 나는 블랙웰 씨를 소개받은 적이 없었다. 리소는 브리지 씨가 G.T.의 경영을 맡기 직전의 경영 책임자의 아들이라고 귀띔해줬다. 예상외로 그는 아주 좋은 젊은이였다. 생기발랄하고 다방면에 관심이 많았다. 그는 우리가 무조건 재미있게 지내야 한다고 단호하게 말했다. 그는 우선 우리를 자기 집으로 데려갔다. 거기에 엠마(Emma) 광산의 멍거 씨(Mr. Munger) 초상화가 있었다. 거기서 우리는 성막[14]과 사원으로 갔다. 화강암으로 되어 있는 그 사원은 아직 공사 중이었지만 완성되면 아주 멋진 건물이 될 것 같았다. 그리고 이 성막은 내가 이제껏 본 것 중 가장 눈에 띄는 건물이었다. 그것은 모두 목재로 되어 있었고, 지붕은 널빤지로 되어 있었다. 안으로 들어가자 내부는 아주 소박하고 단순해보였다. 건물의 한쪽 끝에는 높이 쌓아놓은 제단이 있었고, 제단의 중앙에 브리검[15]의 의자가 있었다. 아래쪽으로는 그의 아들딸들이 앉는 곳으로 그들은 성가대였다. 그의 아내들은 회중 사이에 흩어져 앉는 것으로 지정 좌석이 없었다. 건물 내의 다른 곳은 나무 의자들로 채워져 있었고 빙 둘러가며 회랑이 있었다. 그리고 미국에서 두 번째로 좋은 오르간이 있었는데, 이것은 유타에서 만들어진 것이었다.

우리는 성막을 본 후 마차를 몰아 군 주둔지로 갔다. 그곳에서 블랙웰 씨는 우리를 데리고 먼로 장군 부부를 방문했다. 이 부부는 검소하게 살고 있었다. 먼로 부인은 날염포로 된 하인복을 입고 청소하고 있었는데, 우리를 보고 깜짝 놀라 청소하는 날이라 그런 차림을 하고 있다고 해명했다. 장군은 아주 좋은 사람처럼 보였으나 그에게 말을 걸

---

14) 성막(Tabernacle): 유대인이 약속의 땅을 향해 광야를 헤매었을 때 이동식 성소로 쓴 데서 유래했다—옮긴이.

15) 브리검 영(Bringham Young, 1801~77). 미국 모르몬교 지도자—옮긴이.

기회는 없었다. 군 주둔지는 솔트레이크 시의 언덕 위에 있었다. 그곳에서는 웅장한 시내 전경이 한눈에 들어왔다. 솔트레이크 시는 광대한 평야 중앙에 있고 (호수 쪽을 제외하고는) 아름다운 두 개의 산맥으로 둘러싸여 있었다. 산꼭대기에는 1년 내내 눈이 내려 있었다. 집집마다 과수원과 정원이 있었기 때문에 위에서 내려다보면 도시와 교외가 온통 숲처럼 보였다. 숲 사이에 집들이 점점이 흩어져 있었다.

그리고 예배당의 커다란 지붕은 나무나 집과 강한 대조를 이루면서 도시 전체를 지배하는 상징적인 중심이었다. 저녁에 블랙웰 씨가 식사를 하고 우리를 극장에 데려갔다. 「이방인」과 「푸른 눈의 수잔」을 상연했는데 연기는 엉망이었다. 특히 할러 부인 역과 이방인 역을 맡은 배우가 서툴렀다. 연극이 엉망이었을지언정 연극 자체는 아주 즐거웠다. 첫째, 우리의 동반자인 블랙웰 씨가 아주 즐거운 사람이기 때문이었던 것 같다. 실용주의인 놀스 씨와 향수병에 걸린 아서만 보다가 그를 보니 기분이 전환되었다. 불쌍하게도 놀스 씨는 이 연극을 좋아하지 않았다. 새로 등장한 블랙웰 씨 때문에 그의 존재가 가려졌다. 그리고 다른 모르몬교도 여성들을 바라보는 것도 재미있었다. 몇몇 여성은 아주 쾌활하고 친절했으나 대부분 침울한 분위기였다. 그들은 마치 자신들이 타락했다고 느끼는 것 같았다. 다음 날 아침 우리는 길거리를 한참 산책했다. 아름다운 날이었고 모든 것이 사랑스럽고 밝게 빛났다.

솔트레이크시티는 영국이나 미국의 어느 도시와도 비교할 수 없었다. 내가 아는 어느 도시와도 달랐다. 길은 아주 넓고, 길 양쪽에는 20~30킬로미터 떨어진 산에서부터 끌어내려 온 맑은 물이 아름답게 흐르고 있었다. 바로 이 물을 이용해 브리검 영과 얼마 안 되는 추종자들이 사막을 기름진 농장으로 바꾸어놓았다. 그 물이 흐르는 곳에는 식물이 자라고 있었고 그 물이 더 이상 흐르지 않는 곳에는 신기하리만치 쑥만 자라고 있었다. 집들은 대부분 나지막했고 프랑스식이었으며, 흰색 칠이 된 목재집으로 문과 덧문은 초록색이었다. 그래서 이

도시가 신선하고 순수해보였다. 특히 (아까 말했듯이) 집집마다 정원과 과수원이 있었다.

성막은 솔트레이크시티에서 가장 중요한 건물이었다. 그다음으로는 브리검이 소유한 '사자'와 '벌집'이라고 이름 붙은 두 채의 집이 이목을 끌었다. 그리고 브리검이 가장 사랑하는 마지막 아내인 아멜리아(Mrs. Amelia)를 위해 지은 아주 예쁜 빌라가 눈길을 끌었다. 그의 나머지 아내들은 두 집 중 한 집에 살거나, 그 집 주위의 정원 옆의 작은 집에 살고 있다. 그의 아내 중 우리가 본 사람은 열일곱 번째 아내인 일라이자 영뿐이었다. 그녀는 그와 헤어진 후 현재 미국 전역을 돌아다니며 모르몬교를 설교하고 있었다. 그녀는 워커 호텔에 머무르고 있었는데 멀리서 보면 아름다우나 가까이에서 보면 천박해보였다.

우리는 오후에 사도 중 한 명인 앤슨 프랫(Anson Pratt)의 설교를 들으러 갔다. 그는 모르몬 교리를 처음으로 창시한 사람이기도 했다. 여름 동안에는 예배당에서 예배를 보았지만 목재 건물이어서 난방을 할 수가 없었다. 따라서 겨울에는 그곳을 사용할 수 없기 때문에 각 구역 집회소에서 일요 집회를 열었다. 우리는 열세 번째 집회소로 갔다. 회중은 주로 노동자들이었다. 그들은 아주 열심히 집중해서 예배를 드리고 있었다. 예배드리는 사람 중 특히 여자들은 기가 죽어 있었다. 마치 자신들이 남자들보다 열등하다는 것을 늘 염두에 두고 있는 것처럼 보였다. 예배는 찬송가로 시작되었다. 그리고 아주 영리해보이는 사람(사제)이 일어나서 기도를 낭송했다. 기도 자체는 아주 좋았다. 하지만 겸손한 탄원이라기보다는 "우리는 우리에게 권리가 있는 것을 원할 뿐이다"라는 어조의 기도였다. 그리고 성찬용 빵이 돌려졌고, 다시 찬송가를 부른 후 앤슨 프랫이 일어나서 설교를 시작했다. 케이트 언니는 그 설교를 다음 날 적어두었다. 그래서 나는 그녀의 기억에 도움을 받아 그 메모를 내 일기에 옮겨 적었다.

여행 친구들

이제 우리 일행이 헤어질 때가 되었다. 나는 우리 관계를 다시 한 번 생각해보았다. 아서는 아주 상냥하고 선량한 사람이다. 그러나 여행 동반자로는 좋은 편이 아니고 가끔씩 불쾌감을 줄 수도 있다. 그는 너무나 침울하고 매사 불만이다. 심지어 사람들이 어떤 광경에 열광하는 것도 못 견딘다. 어느 나라에 가더라도 적극적인 관심을 보이지 않는다. 그러나 그에 대한 이런 불만에도 불구하고 영국을 떠날 때에 비하면 이젠 아서가 친한 오빠처럼 느껴진다. 그의 결점을 알지만, 그래서 오히려 그가 좋다. 물론 케이트 언니와 나는 그의 최악을 보았다고 해도 지나친 말이 아니다. 함께 있을 때면 그는 늘 짜증을 내곤 했다. 짜증과 우유부단함이 그의 가장 큰 단점이다. 또 놀스를 보자. 그는 귀족적인 형부와는 정반대이다. 못생기고 선량하고 순수한 사람이다. 모든 것을 실용적으로만 보는 그에게 감수성이나 시적인 면은 전혀 없다. 그래서 재미있는 사람이라고 할 수는 없다. 그는 자신이 관심 있는 석탄산업 같은 것 말고는 화제가 없었다. 케이트 언니와 내가 여행 중 문학이나 정치 이야기를 하면 그는 대화에 끼어들지 못했다. 그는 또한 바깥 경치를 봐도 아무런 감흥이 나지 않는 것 같았다. 그 대신 사소한 기계적인 것만을 언급했다. 그러나 그는 이런 점을 보완해줄 만큼 완벽한 성격으로 어떤 상황에서도 친절하고 포용력이 있었다. 그는 언제나 주어진 상황을 최대한 이용했다. 여행이 끝나갈 즈음 우리는 그에게 약간 피곤해졌다. 오마하에서 그가 우리를 떠나자 오히려 즐거웠다.

여기서 갑자기 일기가 끝나고, 우리의 즐거운 여행도 끝난다. 시카고에서 나는 반쯤 의식을 잃었는데, 아버지와 조지 풀먼 씨가 기차 밖으로 데려간 사실이 어렴풋이 기억난다. 급한 나머지 언니가 이 두 사람에게 도움을 요청했다. 그 후 6주 내내 언니는 혼자서 헌신적으로 나를 간호했다. 나는 성홍열과 류머티스 열을 앓았을 뿐 아니라, 뉴욕으로 떠나기 전날 운 나쁘게도 홍역에 걸렸다. 1873년 미국에서 쓴 일기 중 마지막 일기다.

> 12월—뉴욕을 떠나기 전날이다! 아버지와 케이트 언니는 저녁식사를 하러 나갔다. 그래서 스스로를 돌아볼 시간을 갖게 되었다. 더 넓은 세상을 볼 수 있으리라고 흥분해서 스탠디시에 있는 집을 떠나온 후 꽤 오랜 시간이 흘렀다. 그때 언니들은 우리에게 키스하고 눈물을 흘리며 작별 인사를 했고, 양쪽에 늘어서 있던 결혼식 하객들은 재미있다는 듯이 우리를 보았다. 내가 변했나? 하고 자문했다. 만일 변했다면 더 나빠졌을까 아니면 더 나아졌을까? 집에 도착하면 내가 어떤 수준에 이르렀는지 알게 될 것이다. 그것이 대가족의 장점이다.
>
> 집에 가서 하고 싶은 일 중 한 가지는 매기 언니와 더 친해지는 것이다. 지금까지 나는 자매들과 너무 소원했다. 게을러서이기도 하고, 솔직하지 못해서이기도 했다. 사랑스러운 키티 언니. 나는 키티 언니를 아주 좋아하게 되었다. 그녀는 너무나 친절하고 헌신적이었다. 왜 집에선 사이좋게 지내지 못했는지 모르겠다.[16]

자기 교육

미국 여행이 끝나자, 나는 다시 자아 계발을 시작했다. 일기장은 주로 내가 읽은 책의 발췌문이거나 서평으로 이루어졌다.

> 이제 나는 열심히 공부하고 있다. 『파우스트』(*Faust*)[17]를 번역하고

---

16) 케이트 언니는 어린 시절부터 쭉 고통받는 사람들과 가난한 사람들에게 헌신했다. 그즈음 그녀는 '사교계'에서 물러나 이스트 런던에서 옥타비아 힐 아래서 집세 징수인으로 일하겠다고 요구하고 있는 중이었다—이 요구는 1875년 받아들여졌다.

17) 괴테(1749~1832)의 극작품. 최고의 지식을 얻기 위해 메피스토펠레스에게 영혼을 팔게 되는 파우스트의 이야기를 다루고 있다—옮긴이.

티엑(Tieck)의 소설을 읽고 있다. 『파우스트』는 너무나 방대한 양이었지만 때론 아주 아름다웠다. 심하게 불경스러운 서문을 제외한다면, 어느 선량한 작가라도 현대의 철학자에 대해 풍자했을 법한 내용이다. 『파우스트』는 인간 지식의 정점에 도달했으며 그러한 지식이 인간을 행복하고 만족스럽게 해주는 데 얼마나 부족한지를 보여준다. 그는 처음에 자살을 결심한다. 하지만 부활절 아침에 울리는 교회 종소리와 성가대의 노래 그리고 청년 시절 행복했던 부활절의 추억과 즐거움, 종교적인 충동과 감각 때문에 자살을 포기한다. 내가 판단컨대 이 작품은 타소[18]의 작품보다 훨씬 더 강력하다. 물론 타소를 우러러보지도 좋아하지도 않지만 말이다. 요즈음 음악에는 손을 놓다시피했다. 피아노 연습과 음계 연습을 반 시간 정도 하긴 하지만 어머니가 좋아하는데다 또 완전히 그만두기는 싫어서이기도 하다. 그림은 내가 몹시 하고 싶은 일이다. 이제는 미첼 양[19]에게 셰익스피어를 읽어주러 가기 전에, 미술학교 책에 있는 패턴 가운데 하나를 복사한 후, 그것을 컴퍼스와 자로 고치곤 한다. [……] 이번 주를 보낸 방식이 마음에 들지 않는다[2주 후에 기록한 것이다]. 내 의무를 수행하는 데 극히 불규칙적이었다. 해야 할 공부를 소홀히 했다. 종교적 의무도 게을리 했고 늦게 일어났다. 전체적으로 생활에 전혀 체계가 없었다. 이제 더욱 규칙적으로 생활하고, 일찍 자고, 일찍 일어나야겠다. 피아노 연습도 하고 그림도 부지런히 그려야겠다. 그렇지 않으면 결코 성공할 수 없을 것이다. 가끔 독일어를 하는 대신 일주일에 두 번 정도는 바울의 생애를 읽는 것도 나쁘지 않을 것이다.

어제저녁에 아버지가 오셨다. 그랜드 트렁크 회사 모임과 국회 해산문제로 아버지께 힘든 한 주였다. 안된 일이지만 그랜드 트렁크 회사는 다시 침체기를 맞고 있다. 이렇듯 만성적으로 침체기를 갖는 회

---

18) 타소(Tasso, 1544~95). 이탈리아 시인—옮긴이.
19) 여동생의 유아실 가정교사로 나는 그의 정신을 계발하는 일에 열성이었다.

사가 재기할 수 있을까? 이런 일을 하며 아버지는 지쳐간다. 그랜드 트렁크 회사만 아니라면 아버지가 국회에 나가 나라를 위해 좋은 일을 하실 수 있을 텐데. 나는 정치에 대해서는 전혀 문외한이다. 정치에서는 무엇이 '옳고' 무엇이 '그른지' 알 수 없다. 심정적으로는 급진주의자들에게 공감한다. 그들은 아주 열성적이지만 아직은 그들의 시대가 오지 않은 것 같다. 정치에 대해 전혀 아는 바가 없으면서 정치에 대한 의견을 쓰면서 시간을 낭비하다니.

때때로 나는 무언가를 써야만 하는 의무감에 짓눌린다. 나의 엉터리 같은 왜곡된 생각을 누군가의 가슴에, 아니면 내 자신의 가슴에라도 퍼부어야 하는 것처럼 느낀다. 나는 밀러[20]의 책에 매료되어 있다. 그는 야생 상태를 사랑하고, 이방인의 관점에서 문명세계를 증오한다. 나는 문명이 이런저런 국가에 미친 영향, 즉 진보에 대한 부분만 읽었다. 이 사람이 대담하게 나서서 문명은 타락이며 야만인이 문명인보다 더 선량하고 현명하다고 선언하는 것을 들으니 기분이 묘했다. 그것도 미국인이 말이다. 이런! 미국 여행 후 내게 신세계가 열렸다. 신세계를 오래 바라보았고, 그렇게 오래 바라보자 또 다른 세계가 보고 싶어졌다. 〔1874년 1월 13일 일기〕

미국 여행은 용광로 속에 있는 인간성에 대해 눈을 뜬 계기가 되었으며 사실 "과학적 지식이 더 쌓여 신앙을 받아들이기가 더 어려워졌다." 이러한 어려움은 1872년 가을부터 시작되었다.

나는 확고한 신앙을 갖기 위해 진정으로 노력하고 있는 중이다〔스탠디시에서 런던으로 떠나기 며칠 전에 쓴 것이다〕. 내 자신에게 맞는 신앙은 다른 사람에게 물어보아야 아무 소용이 없다. 내 스스로 성경을 읽고 성경에 따라 산 사람과 그렇지 않은 사람을 나누어 검토하고

---

20) 밀러(Joaquin Miller, 1839?~1913). 미국 시인—옮긴이.

연구해야 한다. 의심하는 것은 죄가 아니지만, 의심이 들 때 왜 의심하는지 그리고 정말 의심할 이유가 있는지 최선을 다해 규명하지 않는다면, 그것은 죄다. 그렇게 하지 않는다면 죄다. 바로 아무도 의심하지 않기 때문에, 즉 모든 사람이 너무 게을러서 검토하거나 증명할 수 없어서 기독교가 중세에 그렇게 부패했던 것이다. 나는 스스로 신앙을 만들어야만 한다. 신앙을 가질 때까지 연구하고 또 연구해야 한다. 〔1874년 4월 4일 일기〕

사교계의 여학생

그러나 나의 외로운 공부는 런던 시즌 때문에 끝났다——어떻게 끝났는지는 글로스터셔에 정착한 얘기를 할 때 다시 쓰겠다.

오랜만에 일기를 쓴다. 4월 4일 이후에는 쓰지 않았다. 바로 그때 런던 시즌의 소용돌이가 시작되었다. 이제 여학생인 나도 그 소용돌이에 휩싸였다. 런던에서는 아주 즐거웠다. 그렇게 짧은 시간에 그렇게 유쾌한 적은 없었다. 하지만 때때로 아주 불행하기도 했다. 매일 새로운 흥분을 느끼는 사람은 다음 흥분거리를 찾을 때까지 어떻게 시간을 보내야 할지 모른다. 연극은 즐거움과 흥분의 절정이었다. 나는 구경꾼에 지나지 않았지만, 연극을 조직하는 것 자체가 아주 즐거웠다. 연극이 상연되기 전 주의 엄청난 흥분, 200명이나 되는 관객 앞에서 두 번이나 케이트 하드캐슬(Kate Hardcastle) 역을 해야 한다는 걸 생각만 해도! 그러나 그런 일은 결코 일어나지 않았다. 막을 올리려 할 때 매기 언니가 나타나 내 월계관을 빼앗아 갔다. 춤, 오! 춤은 얼마나 즐거웠던가. 숙녀로서 춘 첫 번째 춤이었고 춤을 출 때마다 두세 명의 파트너가 나타났다. 아, 허영! 허영! 불행하게도 나는 허영에 지배되었다. 내 자신에 대한 묘사는 당분간 이것으로 충분하다. 런던 시즌이 우리 가족 구성원들에게 어떤 영향을 미쳤을까? 조지 언니가 작년에 그랬듯이 블랑시(Blanche) 언니도 시즌 초반에 가장 이목을

끌었다. 〔1874년 8월 3일 일기〕

네 명의 미혼인 언니들에 대한 사랑과 다정하면서도 약간은 비꼬는 설명이 이어지고, 비판적인 인물평 그리고 흠모하게 된 몇몇 남성에 대한 기록으로 끝이 난다. "그 신사는 진지하고 맹렬했으며 시즌이 끝날 무렵에는 아주 우울하고 질투심에 차 보였다." 그중 한 사람에 대해 이렇게 표현하고 있다.

런던에서의 현란한 생활로 몸도 마음도 지쳤다. 그리고 1874년 가을 스탠디시에서 어머니, 언니, 동생과 함께 보냈다(아버지는 두 딸과 함께 캐나다를 방문하고 있었다). 나는 건강이 아주 나빠졌을 뿐 아니라 아주 불행했다.

지금 어머니, 블랑시 언니, 나 이렇게 세 사람만 있다. 불쌍한 어머니. 어머니는 시원찮은 목발에 의지하고 있는 셈이었다. 블랑시 언니는 귀엽긴 했지만 실용적이지 않은데다 좀 따분하다. 나는 어머니 말씀으로는 너무 어리고, 제대로 교육을 받지 못한데다 가장 큰 결함은 변덕이 심해서 친구가 될 수 없는 것이라고 한다. 그러나 나는 용기를 갖고 더 나은 사람이 되기 위해 노력해야 한다. 무엇보다도 자만심, 나의 가장 나쁜 단점인 자만심을 버려야 한다. 내가 자만심을 버리지 못하면 결코 더 나아질 수 없을 것이다. 이 결점을 치유할 수 있는 유일한 방법은 영혼과 정신을 종교에 바치는 것이다. 그런 점에서 내가 정통 종교 바깥에서 살아온 게 극히 유감이다. 불행히도 나는 자라면서 선을 의심하는 것이 죄라고 생각하지 않았다. 그러나 교리에 대한 내면적인 의심을 버릴 수 없다. 그러므로 내 나름대로 확고한 믿음을 발견해서 그 믿음에 따라 행동하도록 애써야겠다. 그것이 가장 중요한 일이다. 신이여, 제가 그렇게 할 수 있도록 도와주소서! 〔1874년 9월 일기〕

12월경에 이르면 나는 자폐적으로 되어 불행의 심연에 빠졌다.

일기를 쓰는 데서 얻을 수 있는 가장 큰 이점은 자신을 반성할 수 있으며, 다른 사람에게 말할 수 없는 감정을 털어놓을 수 있다는 것이다. 올 가을에는 변변치 못하게 나 자신 외에는 생각할 수 없었다. 이것이 가장 건강하지 못한 정신 상태라는 것을 알고 있다. 늘 몸이 아프다. 그로써 여러 가지 일을 할 수 없고 그것이 정신 건강에도 악영향을 미치고 있다. 아프다 보면 늘 불만스럽고 침울하게 마련이다. 올가을처럼 침울한 적은 없었다. 처음으로 인생이 이렇게 불행할 수도 있다는 것을 알았다. 그러나 우리에게 죽느냐 사느냐를 선택할 권리는 없다. 우리는 다만 어떻게 하면 최상의, 가장 유용한, 가장 행복한 생활을 하느냐만을 생각해야 한다. 나는 진정한 행복은 전심전력을 다해 다른 사람을 행복하게 해주는 데 있다는 결론에 이르렀다. 공부하는 데 쓸 수도 있는 소중한 시간을 이렇게 낭비하는 내 자신이 실망스럽기는 하다. 그러나 내가 이 병을 잘 다스리고 끈기있게 잘 참아내면, 똑같은 시간을 할애해서 정신을 개선하는 것보다 훌륭한 인격을 갖게 될 것이다. 그리고 인생에서는 지성보다 인격이 더 중요하다.
〔1874년 12월 일기〕

종교적 경험

병이 심하게 악화되었다. 다음 런던 시즌이 시작되기 전에 본머스에 있는 인기 있는 여학교에 '특별기숙학생'으로 정착했다. 여기서 혼자서 공부하고 종교적인 명상을 했다. 이 학교에서 비로소 나는 전통적인 기독교에 귀의해 마음의 안정을 찾을 수 있었다. 이제 견진성사를 받고 정식 신자가 되기로 했다. 학교는 '고교회파'[21]를 따랐지만, 나는 '저교회파'[22]에 더 끌렸다. 아주 저명한 복음주의 설교자인 엘리엇 씨(후에 윈

---

21) 'high church.' 교의 · 의식을 중시하는 영국 국교의 한 분파—옮긴이.

저의 참사회 의원)가 정신적 지도자가 되었으며, 견진성사에 대비하도록 도와주었다. 다음 일기는 그 학교에서 지낸 9개월 동안의 종교적 체험에 대해 기술하고 있다. 이 일기를 읽어보니 여전히 속죄의 교리가 장애물이었다는 것을 알겠다. 내게는 그 교리가 비합리적이라기보다는 부도덕해보였다.

부활절 저녁——어제 처음으로 성체를 받았다. 지난 한두 달은 아주 엄숙한 기간이었다. 나는 진정한 기독교인, 즉 예수 그리스도의 진정한 제자이자 추종자가 되어 평생 그분만을 따르기로 맹세했다. 내가 신과 인간 앞에서 한 맹세를 잊지 않도록 신이여, 도와주소서! 그리고 이제 나는 위대한 성체를 받으려고 한다. 성체는 예수님 자신이 지상을 방문한 것을 영원히 기억하는 수단이다. 성체로 내가 더욱 강해지길! 그러나 아직도 완전히 이해하지 못한 것도 많다. 예를 들면 속죄의 교리다. 인간이 지은 죄 때문에 무고한 사람이 죽어야만 한다는 것, 그리고 그 의인이 자발적으로 죽어서 사악한 구원 불가능한 망나니들을 구원한다는 것은 생각조차 하기 싫다.

나는 예수 그리스도가 이 세상을 구원했다는 것을 확실히 믿는다. 그러나 죽음이 아니라 설교로 예수 그리스도가 세상을 구했다고 믿는다. 그의 설교를 모두 살펴보아도 그의 죽음에 의해서가 아니라 그에 대한 믿음과 그의 설교에 의해 우리가 구원을 얻으리라고 한 것 같다. "그리고 이것이 영생이다. 그들은 유일한 신께서 보내신 예수 그리스도로 알 것이다." "나를 믿는 자는 영생을 누리리라." "영혼은 다시 살아날 것이며, 육체는 아무것도 얻는 것이 없느니라. 너희에게 전하는 말이 성령이요, 생명이니라." 마지막 말은 생명의 양식으로서 그분의 육체에 관해 길게 말한 후 이어지는 말이다. 하지만 그의 사도들은 모두 속죄를 구원의 교리로 믿었고 예수 자신도 한 번 성체 성사[23]라는

---

22) 'low church.' 교의 · 의식을 중시하지 않는 영국 국교의 한 분파—옮긴이.

제도를 통해, 속죄를 위대한 진리로 제시한 것 같다. 〔1875년 3월 27일 일기〕

그러나 내 자신이 충분히 도덕적이지 못한 것이 문제였다.

나는 대단한 각오로 허영과 혼미의 세계에서 빠져나왔다. 그러나 곧 말도 안 되는 소리나 해대는 사교계에 발을 들여놓았다. 내 자신이 정말 실망스러웠다. 사교계에서는 문자 그대로 터무니없는 소리나 해댄다. 일요일 아침 성사 때 맹세를 새롭게 하고 나서 이렇듯 경박스럽게 말하는 죄를 짓다니 끔찍했다. 내게 일요일은 일주일 중 가장 성스럽지 못한 날이 되었다. 종교에 대한 관점에서는 설리반 씨 일가[24]와 같은 견해를 가질 수 없었다. 오 자비심, 진정한 자비심을 가질 수만 있다면! 그래서 이해하지 못한다고 비웃거나 조롱하지 않고 오히려 이해하려 애쓰고 존경할 수만 있다면! 나를 도와줄 수 있는 사람은 신밖에 없다. 나는 너무 나약하고, 너무 허영심에 차 있고 너무 쉽게 자만심에 빠진다. 〔1875년 7월 일기〕

〔여름 휴가 후〕 스탠디시를 떠날 때 생각했던 것보다 슬펐다. 지난

---

23) 성체 성사(Lord's Supper)는 최후의 만찬을 기념하는 성사를 말한다―옮긴이.
24) 아버지의 오랜 친구들 중 나와 산책을 '인가받은' 사람은 두 사람이었다―설리반 장군과 그레이 장군이었다. 그레이 장군은 예의바른 태도와 폭넓은 교양으로 즐거운 기억을 남겼고, 설리반 장군은 광신적인 청교도이기는 했지만 명랑한 아일랜드 노인이었다. 설리반 장군 가족이 엘리엇 씨의 교회에 참석했기 때문에 일요일이면 이들과 함께 있곤 했다. 그러나 내가 특히 좋아한 친구는 스털링 하우스에 사는 오스카 베링거(Oscar Beringer)였다. 그는 여학생들에게 음악을 가르쳤고, 후에 피아니스트로 명성을 떨쳤다. 내게 '음감'은 있으나 음악적 재능이 없는 것을 알고 그는 피아노를 가르치는 대신 그 시간에 자신이 좋아하는 음악을 연주한 다음 그 의미를 설명해주었다―몇 년 후 독일에서 음악회와 오페라를 들으며 6년을 보내게 되었을 때 이것도 '음악 교육'의 한 유형이라는 것을 이해하게 되었다.

2주 동안 아주 즐거웠고 건강 상태도 썩 좋았다. 하지만 본머스에서는 더 건강했으면 좋겠다. 그리고 절대로 건강을 해칠 정도로 놀거나 공부하진 말아야겠다. 특히 먹는 것에 신경을 써야겠다. 유대 역사와 영국법을 공부하는데 두 과목 모두 재미있다. 영국법을 택한 이유는 그것이 유대 역사와는 정반대여서, 다른 종류의 근육을 쓰게 되기 때문이다. 사고에서 자기 중심적으로 되지 않도록 노력해야지. 스털링 하우스에서 내 생활은 철저하게 고독하고 고립된 생활을 하다보면 자기 중심인 사고에 빠지기 쉽기 때문이다. 나는 일요일마다 일주일 동안 공부할 것에 대해 간단하게 계획을 세우고, 그것이 내 건강을 해칠 정도인지 아닌지 검토하겠다. 또한 무엇보다 내가 스털링 하우스에 있는 다른 학생들보다 우월하다는 생각을 하지 말아야지. 나는 주제에 대해 이성적으로 판단하도록 양육된 반면, 다른 여학생들은 믿음을 받아드리도록 교육받았을 뿐이다. 두 체계는 저마다 장단점이 있다. 내가 가장 꺼린 것은 남의 험담에 끼어드는 것이다. 이것은 쉽지 않은 일이었다. 다른 여학생들과의 만남에서 거리를 두어야 하기 때문이다. 〔1875년 9월 19일 일기〕

성경 공부

오늘 아침에 성사를 드리러 갔으나 실망했다. 성사가 내게 이로우리라는 것을 안 믿는 것은 아니지만, 어째서인지 이해도 되지 않고 감사의 마음도 생기지 않는다. 국교 성사 때는 끊임없이 그리스도의 속죄에 대해서 말하는데, 그 부분이 너무나 괴롭다. 이젠 교리를 믿을 수 없고 혐오스럽기까지 하다. 내 견해로 성찬은 이래야만 한다. 첫째, 그것은 너 자신이 그리스도의 교회에 속한다는 것을 너 자신과 인류와 신 앞에 진심으로 시인하는 것이다. 둘째, 참회가 있어야 하고 더 나은 사람이 되겠다는 표시가 있어야 한다. 셋째, 성찬은 성스러움으로 가는 디딤돌이 되어야 한다. 나는 내가 좀더 진실해지길 바란다. 나는 끊임없이 새빨간 거짓말을 하는 끔찍한 잘못을 저지르고 있다.

이 굴레를 벗어날 수 있도록 신이여, 도와주소서. 나는 성경 공부를 할 때 구약만 읽는데, 그것이 옳은 일인지는 모르겠다. 하지만 구약에 등장하는 예언자들의 마음속에 빛나는 빛을 봄으로써, 그리스도의 말씀을 통해 드러나는 신의 영광과 위대함을 더 잘 이해할 수 있을 것 같다. 〔1875년 10월 3일 일기〕

오늘 또 거짓말을 했다. 그날그날 거짓말할 때마다 X표를 해서 거짓말한 것을 표시하는 습관을 키우겠다. 거짓말은 확실히 가장 해로운 습관이다. 〔1875년 10월 4일 일기〕

또 한 주가 흘렀다. 독서는 아주 순조롭게 진행되고 있다. 조용히 공부하는 것만으로는 그다지 많은 걸 기대할 수 없을 것 같다. 하지만 더 진실해지고, 자만과 허영을 경계하고, 남에게 잘 보이기 위해서 말하는 것이 아니라 확신에서 우러난 말을 하도록 애쓰자. 오! 다음 성사를 드릴 때까지 더 진실해지고 허영심이 줄어들길. 〔1875년 10월 10일 일기〕

지난주에는 아주 규칙적으로 독서를 했다. 하지만 이번 주에는 그렇게 하기가 어려울 것 같다. 벌써 머리가 아파 누워 있는데, 두통이 심해질 것 같다. 〔1875년 10월 18일 일기〕

엘리엇 씨의 아름다운 설교. 그 설교를 듣자 내가 아주 사소한 발전에 자족하고 있다는 사실을 자각하게 된 것 같다. 좀더 열심히 공부해야겠다. 행동이나 대화에서 더욱더 진실해야겠다. 남자들의 흠모를 원하지 말아야 하고 허영심을 줄여야 한다. 육체적으로나 정신적으로 조금 뛰어나다고 해서 자만해서는 안 된다. 공부에 너무 진척이 없다. 이렇게 별로 일을 하지 않은 것에 대해 때때로 자신이 실망스럽다. 〔1875년 10월 31일 일기〕

내가 이렇게 이야기를 마구 늘어놓는 것도 허영과 자만심 때문이다. 이렇게 지나치게 과장하는 이유도 나나 내 주위 사람들에 대해 이런저런 방식으로 좋게 생각해주었으면 해서다. 정말 진실해지려면 아주 작은 행동이나 말에서 그래야만 한다. 〔1875년 12월 9일 일기〕

내일 엘리엇 씨를 만나러 갈 예정이다. 솔직히 말해 그를 만나는 게 좀 두렵다. 용기가 없어서 그렇다. 종교를 공부하는 학생이 평생 종교를 연구한 분께 충고와 설명을 듣게 된 것은 아주 큰 혜택이다. 〔1875년 12월 16일 일기〕

속죄의 교리

그 두려운 만남이 끝났다. 나는 너무나 과민해져서 하고 싶은 말을 다 못했다. 목사님 맞은편에 앉아 종교 교리에 대해 토론한다는 것이 나 같은 여학생에게 쉬운 일은 아니었다. 엘리엇 씨는 성경에 담겨 있는 속죄의 원리를 믿어야 한다고 했다. 왜냐하면 우리가 신에 대해 그리고 신이 인간을 어떻게 보는지에 대해 알 수 있는 방법은 성경을 통해서라고 했다. 그러고 나서 그는 사도서가 복음서만큼 절대적으로 믿어지지 않냐고 물었다. 나는 그렇다고 했다. 복음서는 그리스도의 말씀이지만 사도서는 그의 제자들이 쓴 글이기 때문이라고 했다. 사도들 중 많은 사람이 직접 그리스도의 가르침을 받기는 했지만, 그들이 한 말이 그리스도의 권위를 가질 수는 없다고 대답했다. (바울의 사도서간을 공부하면서, 그가 자신의 말에 얼마나 권위가 있다고 주장하는지 유심히 보아야겠다.) 마지막으로 그는 크로퍼드(Crawford) 박사가 쓴 속죄에 대한 책을 빌려주었다. 집에 돌아올 때 나는 현재의 열의를 그대로 간직하고 종교를 열심히 연구하겠다고 결심했다. 나는 '사교계에 나가기'를 원하지 않는다. 흔들림 없이 꿋꿋하게 그 결심을 실행할 수 있으면 좋겠다. 실제로 우리 집안에서는 우리 가족 중에서 누군가가 더 사교계에 나가길 원하지는 않는다. 이미 너무 여러 명의

딸이 사교계에 나와 있다. 내 인생의 목표가 종교를 이해하고 따르는
게 되었으면 좋겠다. 사교계에 나가는 것이 내게 유익한 일이 되려면
우선 두 가지 큰 단점을 극복해야 한다. 그것은 나만을 흠모하기를 바
라는 것과 거짓말을 하는 것이다. 신앙이 좀더 확고해진 다음에 사교
계에 나가겠다. 〔1875년 12월 18일 일기〕

'사교계에 나가지 않겠다'는 결심은 글로스터셔의 파티와 무도회에
몇 번 나가자 무너져버렸다. 18세가 되면 흔히 사교계에 나가는 우리 계
급의 소녀들이 대개 하는 승마, 춤, 남자 사귀기, 옷 빼입기 등의 일에
언니들과 함께 몰두했다. 뚜렷하게 하는 일도 없고 개인적인 책임감도
사라진 삶이었다. 삶의 목적이라곤 공들여 돈을 쓰며 결혼 기회를 노리
는 것밖에 없었다. 이렇게 경박하게 이 파티 저 파티를 돌아다니던 중에
평생 처음으로 언니 한 명과 아주 친해지게 되었다. 마거릿 언니는 바로
위의 언니인데 나보다 네 살이 많았다. 마거릿 언니는 우리 집 딸들 중
지적으로 가장 뛰어났다. 가족에게는 다정하고 희생적이지만 가족 외의
사람들에게는 냉소적이던 말괄량이 언니는 영문학, 불문학, 독문학의
신간을 모조리 읽었다. 그리고 고전 작품이든 현대 작품이든 자유주의
적이고 우상 파괴적인 것이든 모두 닥치는 대로 읽은 후 재치 있게 자기
것으로 만들었다. 사교계 같은 위험한 결혼 시장에서 그녀는 내게 가장
멋진 친구였고, 긴 승마와 산책, 독서와 토론에서 가장 자극적인 지적
동반자가 되었다. 그녀와 함께였기 때문에, 런던 사교계 순회, 시골 저
택 방문, 해외 여행 사이사이에 글로스터셔나 웨스트모랜드의 따분한
시간을 재미있게 보낼 수 있었다.

올 가을 얼마 동안은 아주 달콤했다〔1878년 가을에 쓴 것이다〕. 우
리 세 자매는 매우 자주 만났다. 특히 매기 언니와 나는 어떤 사상이
나 생의 목적에서 완벽하게 일치했다. 우리는 함께 멋진 작은 동산을
즐겁게 등산하기도 하고, 『현대 화가들』(Modern Painter)[25]의 앞 두

권을 함께 읽기도 했다. 우리가 만일 서로 외로운 노처녀로 남는다면 함께 스케치 여행도 가고 독서 여행도 가자고 했다.

오늘 아침 매기 언니가 떠났다.[26] 너무나 슬펐다. 우리는 완벽하게 친했고, 모든 면에서 서로 일치했다. 그녀와 함께 있으면, 다른 사람을 사귀고 싶은 마음이 사라졌다. 이곳에서 우리는 정말 즐거웠다 ──함께 독서하고, 산책하고, 이야기하고, 잤다. 그런데 이제 그녀가 가버리자 쓸쓸한 공허감이 남았다. 서운하긴 하지만 사랑하는 언니가 즐겁게 여행한 후 더 행복해지고 더 만족해서 돌아왔으면 좋겠다. 아마 그럴 수 있을 것이다. 나는 계속 노력해야 한다──결코 도달할 수 없는 목적을 향해 나아가야 한다. 아! 용기를, 친구여. 〔1879년 10월 일기〕

신앙의 쇠퇴

1870년 런던 시즌이 다가오고 지나갔다. 그와 함께 미약한 내 기독교 신앙마저 사라졌다. 불안하고 허망한 사교계 활동, 그로써 느끼는 자기혐오와 다른 사람들의 삶의 태도에 대한 경멸, 이런 것들은 믿음을 키워나가는 데 좋은 토양은 될 수 없었다. 그리고 만일 갑작스러운 지성의 반란이 없었더라도 내가 충실한 기독교인으로 남았을지는 의심스럽다. 하지만 바로 그 몇 달 동안 지적인 호기심에 불타던 나는 사교계 사람들의 사고틀과는 좀 다른 당시 런던 사교계 바깥의 관습을 더 벗어난 사람들 그리고 런던 사교계의 좀더 교양 있는 사람들의 정신을 자극한 사상의 흐름에 휩쓸려 들어갔다. 이 지성의 운동들은 서로 연관도 없고, 어떤 점

---

25) 5권으로 이루어진 러스킨(John Ruskin, 1819~1900)의 작품. 당대 작가인 터너의 작품에 대한 예찬으로 시작하여 중세와 르네상스 시대의 회화에 이르기까지 광범위한 주제를 다루고 있다─옮긴이.

26) 1879~80년 겨울 동안 마거릿 언니와 케이트 언니는 캐넌과 바네트 부인과 스펜서와 함께 이집트를 여행했다(『캐넌 바네트의 생애』*Life of Canon Barnett*를 읽어보면 이 여행에 대한 재미있는 설명이 있다. 1권, 226~256쪽).

에서는 서로 모순되기도 했지만 모두 전통적인 기독교에는 반대했다.

이러한 흐름 중 가장 혁명적인 것은 극동 종교의 도입으로 시작되었다. 그것이 대안을 마련해주는 것처럼 보였기 때문이다. 고대 문화가 20세기의 새롭고 이상한 변종인 신비주의 속에 반영될 수밖에 없었다. 신비주의는 현대 중앙유럽과 미국에서 유행했고 그보다는 덜하지만 스칸디나비아반도와 대영제국에서도 유행했다. 이보다 더 광범위하게 퍼져 있고, 더 깊이 영향을 미친 것은 당시에 '과학교'라고 불리던 것이었다. 그것은 빅토리아 중반 과학이 이루어낸 위대한 발견과 연관되어 있는데다 사회의 경영과 아주 밀접하게 연결되어 있었다. 이것은 자연과학적 방법으로, 즉 그 방법만으로 인간과 인간의 관계, 인간과 우주의 관계에서 생겨나는 모든 문제를 해결할 수 있다고 믿는 종교였다.

지난 6개월 동안 정말 내 종교가 바뀌었다. 1년 전에는 상상할 수도 없을 정도다. 지금 돌이켜 생각해보니 본머스에서 보냈던 그 해에 신앙을 고수하기 위해 진리를 향한 본능을 억누르려고 했지만 그럴 수 없었다. 그리고 이제야 아름다운 옛 신앙이라는 사슬에서 풀려나온 것 같다. 그러면 뭔가 더 고귀한 것을 향해 오를 수 있을까? 아니면 이제 막 해방된 노예처럼 어디로 가야 할지 몰라 두리번거리거나, 친절한 주인에게서 해방되어 더 나쁜 상태로 빠지진 않을까? 아니면 예전보다 더 불안해 하며 죽음이나 고통을 지켜보아야 할까? [1876년 8월 16일 일기]

브라이언 호지슨

사상이든 문학이든 그것이 아무리 형이상학적인 일반적 진리를 다루고, 그것이 아무리 고전적인 책이더라도 내 마음속에서는 어제의 사건과 내일의 문제와 밀접하게 연관되어 있었다. 이것은 나뿐 아니라 내가 함께 자란 주변 사람들의 특징이기도 했다. 전 인도 공무원이자 산스크리트어 개척자가 피상적인 동양 사상 연구를 지도해주었다. 그는 글로스터셔에서 이웃에 살던 호지슨[27]이었다. 호지슨 씨는 늘 사냥을 하러 다녔고 국제적인 명성을 지닌 학자라기보다는 시골 양반을 자처하는 사람이었다. 그는 그 당시 여든 살이 다 되었지만 항상 명랑한 노인이었다. 기독교와 앵글로색슨족의 우월성을 믿는 점에서 분명히 그는 이교도는 아니었다. 정말이지 그는 너무나 겸손해서 반역자가 될 수 없는 사람이었다. 그러나 그가 서구 문명이 동양 문명보다 우월한가 하는 문제를 제기하도록 젊은 연구자를 부추긴 것은 사실이다. 물론 그의 지적 탐구에 약간의 악의가 섞여 있지 않은 것은 아니었다. 그는 뛰어난 학자였지만 공식적으로는 실패한 정부 관료였기 때문이다. 1823~43년 위기의 시기에 네팔에 주재 사무관으로 있으면서 그는 다스려야 할 관내 사람들의 언어, 문학, 종교를 완전히 익혔고, 자신의 돈으로 훌륭한 고대 불교 경전도 수집했다. 이 경전들에 대해 프랑스와 독일 학자들이 관심을 가졌고 마침내 영국에서도 관심을 갖게 되었다. 하지만 주로 동인도 회사의 교육정책을 마구 비판해 공직에서는 출세하지 못했다. 그가 비판한 교육정책은 총독과 통관부에서 승인한 것으로 정부 보조금으로 운영되는 학교에서는 영어만 써야 한다는 것이었다.

그 당시 캘커타에서 가장 지배적인 지적 영향력을 휘두르던 사람은

---

27) 전성기의 호지슨(Brian Houghton Hodgson, 1800~94)은 동양의 언어, 종교, 관습을 연구하는 아주 뛰어난 학자 중 한 명이었다. 영국에서는 거의 알려지지 않았지만 세계적인 명성을 지닌 학자였다. 1816년 헤일리버리(Haileybury)대학에 있다가 인도로 건너가서 네팔 근처에 있는 쿠마온의 부행정관이 되었고 1820년에 네팔인으로 인정받았다. 그는 거기에 23년 동안 머물렀고 1833년 주재 사무관이 되었다. 그는 어려운 임무를 성공적으로 수행했으나 결국에는 가장 독재적인 총독이던 엘렌버러(Ellenborough) 경의 노여움을 사서 1843년 직위해제되었다. 그러자 호지슨은 공무원직에서 은퇴했다. 학회지에 수없이 많은 논문이 실렸으며, 그 외의 주요 저서는 다음과 같다. 『불교신자의 종교와 문학 해설』(1841), 『코호, 보도 그리고 디말 사람들』(1847), 『네팔과 티베트에 관한 에세이』(1874), 『종교적 주제에 관한 소논문들』(1880). 그는 『국가 전기 사전』에는 빠졌으나, 마침 그가 죽었을 때 1차 부록이 나와 부록에는 실렸다. 1896년 헌터(W. W. Hunter) 경이 쓴 그의 짧은 전기가 있다.

우리 시대 최고의 연설가, 매콜리[28]였다. 비과학적인데다 성급한 지성인이었던 그가 보기에는 오직 두 가지 중 하나를 선택해야 했다. 하나는 영어를 쓰고 셰익스피어와 성경, 공리주의 윤리, 상업화된 행정을 배우는 것이다. 나머지 하나는 산스크리트어로 된 고대 경전, 페르시아 시, 아랍 철학, 터무니없는 신화와 지나치게 섬세해서 그가 보기에는 우스꽝스럽기까지 한 형이상학을 선택하는 것이다. 매콜리는 유명한 의회 의사록에서 다음과 같이 말했다.

우리가 현재 해결해야 할 문제는 간단하다. 우리가 이 언어[영어]를 가르칠 수 있는데, 누가 보아도 비교가 안 되는 책 한 권도 없는 언어를 가르쳐야 하는 것은 문제다. 유럽의 과학을 가르칠 수도 있는데, 유럽 과학과 다르고 누가 보아도 더 못한 학문을 가르치고 있다. 우리는 건전한 철학과 진정한 역사를 옹호해야 하는데, 공적 자금을 투입해가면서 영국 기숙학교 여학생마저 비웃을 의학 원리를 계속 가르치고 있다. 키가 15미터나 되는 왕이 3만 년을 통치한 예가 많은 그런 역사, 설탕 바다와 버터 바다로 구성된 지리를 계속 가르치게 될 것이다.[29]

"하지만 왜 방언이 안 되는가?" 카트만두의 현명하고 박식한 행정가는 계속 고집을 부렸다. 이 질문 속에서 그는 매콜리의 생생한 연설이 하나의 대안을 억압하는 오류를 범하고 있음을 암시하고 있다. 그런데 문화나 민족이 다른 지배자가 추상적 논리에서나 인간적 공감 문제에서 특히 이런 실수에 빠지기 쉽다고 가르쳐준 사람이 바로 호지슨이었다. 지배자들은 습관적으로 바람직한 목적에 도달할 수 있는 많은 대안을

---

28) 매콜리(Thomas B. Macauly, 1800~59). 영국의 역사가 · 저술가 · 정치가—옮긴이.

29) 트리벨리언(Trevelyan)의 『매콜리의 생애』(*The Life of Macaulay*) 2권, 402쪽 참조.

꼼꼼하게 탐색하지 않는데, 여러 대안을 살펴보아야 식민지인들의 뿌리 깊은 전통과 습관 그리고 이상과 조화를 이룰 접근 방법을 발견할 수 있다는 것이다. 그러나 애석하게도 고대의 시와 원주민의 관습에 능통한 이 사람은 훌륭한 웅변가가 되지 못했다. 그는 자신의 방언, 즉 영국의 관료 사이에 통용되는 영어, '청서 영어'[30]조차 잘 구사하지 못했다. 청서 영어는 관습적인 것이나 평범한 것에서 벗어나면 절대로 안 되었다. 그는 지방 잡지에 보낸 일련의 긴 편지에 자신의 영혼을 쏟아부었다. 그 편지들은 얄팍한 8절판 책으로 출판되었다. 이 이상한 책, 즉『방언의 탁월함 또는 국교주의자에 대한 답변, 인도인들의 교육에 대한 네 통의 편지』(*Preeminence of the Vernanculars, or the Anglicists answered being four letters on the Education of the People of India*)는 지혜로운 행정과 철학적 통찰을 담은 보고서다. 그러나 이 책은 복잡하고 현학적인 문체[31]로 되어 있고 인도와 영국 고전을 광범위하게 언급하고 있어서 나처럼 교양이 부족한 사람은 읽기가 힘들었다.

---

30) 영국 의회기록이나 정부보고서를 청서라고 한다―옮긴이.

31) 호지슨에 대해 쓰다가 조셉 후커 경이 그에 대해 묘사한 글을 접하게 되었다. 추측하건대 이 과학자 역시 나 못지않게 그를 이해하기 힘들다고 생각한 것 같다. "나의 친구 호지슨은 최고의 불교학자로, 히말라야에서 며칠을 두고 그와 불교에 대해 논의했다. 그러나 그의 지식이 너무 심오해서 나 같은 초보자로서는 이해하기 힘들었다. 내게 그의 저서들이 있다. 그는 논지보다는 자료 수집으로 더 학문 발전에 기여한 것 같다."『조셉 돌턴 후커 경의 생애와 편지』(*O. M. , G. C. S. I.*), 레너드 헉슬리, 2권, 433쪽.
그리고 이 저자가 1848년 호지슨에 대해 묘사한 것이 있다. 그가 네팔 주재사무관을 어떻게 그만두게 되었나에 대해 다르게 설명하고 있다. "호지슨은 특히 점잖고 기분 좋은 사람이었다. 그러나 그는 병약해보였다. 그는 이마가 넓고 이목구비가 섬세하고 또렷한 미남이다. 그가 즐겨 입는 털코트를 입고 독수리 깃털이 달린 스코틀랜드 보닛을 쓰면, 눈에 띄는 미남이었다. 그는 영리한 사람으로 사악하고 냉소적일 수도 있다. 그는 엘렌버러 경(인디아에서 가장 콧대 높은 귀족)에게 대놓고 '바보에 멋쟁이'라고 하며(예의상 할 말은 아니지만, 사실은 사실이다) 그가 작위를 받은 것을 비난했다. 엘렌버러 경은 호지슨에게 새대가리라는 별명을 붙였고 그를 네팔에서 쫓아냈다. 그가(오클런드 경이 바라는 대로) 라자를 강금해서였다. 간단히 말해서 엘렌버러 경과 호

호기심으로 그 책을 훑어보았지만 이내 당황했고 오히려 그에게 빌린 다른 책들을 재미있게 읽었다. 그리고 그가 쓴 네팔과 티베트의 언어, 문학, 종교에 대해 쓴 복잡하지만 계몽적인 논문들을 읽었다. 또한 프랑스인인 생틸레르(Saint Hilaire)와 번아우프(Burnouf)가 쓴 그의 저작에 대한 해설서와 나 같은 미성숙한 학생에게는 더욱 매혹적인 빌의 『중국 성경』(*Chinese Scriptures*)과 윌리엄스(Monier Williams)의 인도 사상과 문학에 관한 책들도 여러 권 읽었다.

불교

나는 이 책들을 읽은 뒤 호지슨과 이야기를 나누었다. 그 후 그의 저서나 사고를 더욱 잘 이해하게 되었다. 그리고 나자 내게서 곧 교회와 성경만이 인간 정신 속에 있는 종교적 충동의 탁월한 구현이며, 사실, 과학적 유물론에 대한 유일한 대안이라는 믿음이 사라졌다. 시적인 비유와 정교한 논리를 지닌 힌두교는 영원한 고대 문명에 뿌리를 둔 심오한 정신세계를 지니고 있으며 수백만의 사람이 그 종교를 믿고 있었다. 그 앞에서는 유대인들의 야만적인 여호아와, 왕들의 비열한 행동, 열띤 웅변과 주로 최근의 사건들을 서술한 유대와 이스라엘 부족 예언자들의 행동마저 시시해보였다. 옳을 수도 있고 그를 수도 있지만——내가 어떤 전제를 옹호하는 것은 아니며 단지 빅토리아 시대를 사는 10대 소녀의 정신 상태를 묘사하고 있을 뿐이다——내게는 부처나 불교 철학이 예수나 신약의 가르침보다 논리적으로나 윤리적으로 더 훌륭해보였다. 석가모니가 보여주는 장엄한 초월적 인간형, 인간적인 기쁨이나 슬픔에서 초연해 소위 인간성을 결여하고 있는 것이 내게는 매력적이었다. 육체적 본능을 의도적으로 부인하고 세속적인 것들을 계속 피하는 금욕주의가 어떤 식으로든 정당화된다면 영원히 세상과 육체를 버려야 하지

지슨 사이의 싸움은 경이 그 나라를 떠날 때까지 격렬하게 계속되었다"(같은 책, 1권, 262쪽).

않을까? 가능하면 기도와 명상으로 억제된 초보적 기능을 계발하여 순수한 정신에 도달하려고 애써야 되지 않을까? 스님이나 힌두 성인과 달리 기독교의 교회가 일시적인 왕조나 국가 사이의 싸움에 연루되기도 하고 정신적인 힘과 세속적인 권력을 모두 거머쥐려고 했던 것은 나사렛 예수(바울에 의해 해석된)가 세상에 대해 타협적인 태도를 지녔기 때문이 아닐까? 더 나아가 부처의 형이상학은, 적어도 피상적으로 볼 때, 현대 과학과 유사했다. 궁극적인 원인에 대해 부처가 펼치는 불가지론은 스펜서의 불가지론보다 더 완벽했다. 교회는 조야하기 이를 데 없는 영원한 축복이나 영원한 저주를 주장한다. 그러나 이와는 달리 카르마[32] 교리는 인과관계의 영원함과 힘의 영속성을 믿는다는 점에서 현대 과학의 가정과 잘 들어맞는 것처럼 보였다. 카르마 교리에서 말하는 영혼의 윤회조차도 인간이라는 종이 다른 생명체에서 진화했을 거라는 진화론을 일찍이 예견한 것처럼 보였다. 끝으로 개성을 제거함으로써 무조건적인 축복에 이를 수 있다는 열반이라는 신비스러운 개념이 상상력을 사로잡았다. 자본주의의 본거지에 살며, 런던 사교계의 유흥에 둘러싸인 상태에서, 사람들의 의식 속을 들여다보거나 행동을 관찰했을 때 인간성이란 것을 믿을 수 없었다. 그렇다고 내가 불교나 힌두교로 개종한 것은 아니다. 다만 기독교에서 멀어졌을 뿐이다.

종교의 실체

불교 국가를 자처하는 나라에서 불교가 권력을 갖지 못하는 것이 이제 이상해보이지 않는다[나는 수백 페이지의 발췌와 요약 끝에 이렇게 써놓았다]. 위대한 교리는 잘못된 것이다. 즉 인간의 삶의 목적이 주로 이기적이기 때문에 그것을 악이라고 규정한 후 그 악을 없애야 한다고 주장하는데, 이는 인간의 가장 근본적인 부분을 인정하지

---

32) 카르마(Karma). 업, 즉 현세 또는 내세에서 필연적인 응보를 스스로에게 초래하는 것—옮긴이.

않는 것이므로 잘못된 교리다. 이 교리는 삶 그 자체가 악이고 또 계속 악일 것이라는 생각에서 출발하기 때문에 욕망은 좋은 욕망이든 나쁜 욕망이든 억제해야 한다. 그들은 무의 상태——아니 오히려 우주의 지고한 초인격성——에 들어가기도 전에 죽음이 자신들을 지배할까봐 먼저 죽음을 택한다. 인간의 능력을 제대로 발휘하지 못하게 하는——수동적인 덕목은 모두 지키라고 하지만——종교가 어떻게 인간을 소생시키거나 발전시킬 수 있겠는가? 어떤 고대 종교든지 뿌리 깊은 미신적인 이기심이 있다. 그리고 바로 이 작은 씨앗은 처음에는 도덕이라는 이름에 가려지지만 궁극적으로는 종교 자체를 서서히 무너뜨린다. 인간은 진보함에 따라 자신이 우주의 미미한 일부일 뿐이라는 사실을 깨닫게 된다. 그리고 인간은 겸손하게 자연의 법칙을 이해하려고 노력해야 하며, 자신과 관련되어 있는 그 법칙과 조화를 이루고 살아야 한다. 인간이 초자연적인 보상을 바라거나 희망할 수는 없다.

그러나 불교가 비록 오류에 기반을 두고 있기는 하지만, 아주 아름다운 도덕과 관용과 시를 하나의 교리로 모았다. 이런 것은 좀더 실증적인 기독교 신학에서는 찾아볼 수 없는 것이다. 불교는 이런 신비함을 신성하게 지키고 있다. 바로 이런 점 때문에 현대 사상가들이 불교에 매료된다고 생각한다. 〔1877년 9월 13일 일기〕

나는 동양 철학자들의 형이상학론을 읽고 위대하고 신비로운(며칠후에 다시 말하겠다) 진리에 큰 충격을 받았다. 그들은 어떤 가설로도 만물의 기원을 설명할 수 없음을 직관적으로 아는 듯하다. 그리고 그들은 말로 표현할 수 있는 절대진리가 어떤 것인지 설명한다. 그들은 현실이라는 상대적 진실 아래 있는 절대적인 현실이 무조건적인 진실이라고 말한다. 〔1877년 9월 16일 일기〕

'과학교'

이처럼 전통적인 종교——기독교의 근본철학뿐 아니라 불교의 근본
철학까지——를 모두 거부하기 쉬웠던 것은 1876년 가을 들어서였다.
그 해 가을에 나는 영혼의 안식처에 도달했다고 생각했다. 그 안식처는
충동을 부인하지 않고도 우주를 통제하는 힘을 우러러볼 수 있는 곳, 순
수 이성의 가르침에 따라 삶의 방향을 잡을 수 있는 곳이었다. 또한 이
곳은 가장 젊고 가장 비타협적인 추종자에 의해 과학교라고 명명되었
다. 신은 알 수 없는 존재이고 예언자는 스펜서였다. 그리고 기도는 사
라져야 하지만 숭배는 남았다. 내가 스펜서와 이토록 친하면서도 18세
이전에 그의 책을 읽지 않았다는 사실이 정말 놀라웠다. 내 일기의 1876
년 11월이라는 날짜 밑에 『사회통계』(*Social Statics*)에서 발췌한 구절
이 보이는데, 이상하게도 사회통계 책의 어떤 판본에서도 이 구절을 찾
을 수 없다. 그렇지만 절대 내가 지어낸 구절은 아니다! 우주의 진화에
관한 이 유려한 구절을 인용한 이유는 내게 그 당시 그것이 상당히 설득
력이 있었기 때문이다. 물론 그 후엔 나 역시 믿지 않게 되었지만. 정말
이지 스펜서 자신도 결국 자연과학이나 자연의 힘의 작용 속에서 근본
적인 선의가 존재한다는 증거를 찾을 수 없었던 것 같다. 『통합 철학』[33]

---

33) 스펜서가 말년에 당대 과학 논쟁에 대해 언급한 것에서 추론해보면 그는 물리
  학자들이 내놓은 더 새로운 가설에 아주 당혹스러웠던 것 같다. 하지만 나는
  이런 문제에 대해 알지도 못하고, 관심도 없었기 때문에 왜 그렇게 당황했는
  지 이해하지 못했다. 내 물음에 대한 대답으로 내 친구인 러셀(Bertrand
  Russell)은 다음과 같이 설명했다.
  "그가 열역학 제2법칙이 함축한 의미를 깨달았는지는 모르겠다. 만일 그랬다
  면 그가 어쩔 줄 모르는 게 당연하다. 그 법칙에 따르면 만물은 획일적으로 이
  질성을 (증가시키는 것이 아니라) 감소시키면서 모든 것을 획일적으로 만들고
  사멸시킨다. 에너지는 불균등하게 집중되었을 때만 유용한데, 그 법칙에 따르
  면, 에너지는 균등하게 확산되는 경향이 있다. 스펜서가 늙었을 때쯤 이 법칙
  은 낙관론자들을 불안하게 만들었다. 반면, 그의 낙관론은 늘 근거가 없는 것
  이었고, 따라서 그의 비관론 역시 근거가 없는 것이었다. 아마 둘 다 생리적인
  이유 때문이었는지 모르겠다"(러셀이 1923년 6월 4일 비어트리스 웹에게 보
  낸 편지에서).

을 연구할 때 얻은 영감에서 나온 신념을 잃게 되면서 스펜서 자신은 말년에 정신적으로 불행했는지도 모르겠다.

베이컨[34]의 표현처럼 '자연을 섬기며 해석해본 사람'이라면 누구나 정치적 모략꾼들이 서툰 계략으로 존재의 위대한 법칙을 무시하는 광경을 보고 정말 비탄에 잠길 것이다. 자연을 해석하는 사람은 사물의 외관을 보지 않고 그것을 지탱하는 은밀한 힘을 찾는다. 꾸준한 연구 끝에 애초에 존재하던 혼란된 현상이 일반적인 법칙의 모습을 갖추고 희미하나마 거대한 계획의 윤곽을 드러낸다. 어떤 사고도, 어떤 우연도 없어지고, 그 대신 모든 곳에 완벽한 질서가 존재한다.

이들은 어떤 행동을 보더라도 동일한 주요 원칙이 가장 세밀한 세부 사항까지 지배하고 있음을 안다. 성장은 멈추지 않는다. 그것은 비록 완만하기는 하지만 아주 강력하다. 급속하게 윤곽이 뚜렷해지기도

홍미롭게도 다윈 역시 자연 만물과 인간의 가치 체계 사이에 상응관계가 있다는 이 이상한 낙관론에 동조했던 것 같다. 라이엘(Charles Lyell)에게 보낸 편지에서 그는 이렇게 썼다.

"당신이 자연도태와 '개선'을 대조할 때, 삶의 환경과 연관해서 보면 각 종의 도태는 그 종의 개선을 함축한다는 사실을 늘 간과하는 것 같습니다. 모든 도태는 늘 개선이고 이로운 것입니다. 내가 생각하기에 개선은 모두 기능에 맞게 탁월하게 적응된 부분이나 기능을 택하는 것이다. 각 종이 개선되고, 형태의 수가 증가함에 따라, 전체적으로 본다면, 다른 형태의 유기적 생활 조건은 점점 더 복잡해질 것이다. 다른 형태는 개선될 필요가 있고, 개선되지 않으면 멸종할 것이다. 이 개선 과정은 다른 직접적인 개선 원칙이 개입될 때까지 계속될 것이다. 이 모든 것이 단순한 환경에 적합해진 일정한 형태와 조화를 이루는 것 같다. 이 형태는 변화되지 않고 그대로이거나 퇴보한 형태로 남는다. "만일 내가 2판을 낸다고 한다면, '자연도태와 일반적인 결과로서 자연 개선'에 대해 반복해서 말할 것이다"(『찰스 다윈의 생애와 편지』 2권, 177쪽, 1887년판).

34) 베이컨(Francis Bacon, 1561~1626). 영국의 철학자. 모든 지역의 범주를 과학적으로 분류하는 가운데 특히 자연계의 지식과 초자연계의 지식을 구분하고 전자를 옹호했다. 자연의 신비는 구체적인 관찰에서 전반적인 이론에 이르는 기계적인 영역에 의해 밝혀질 수 있다고 보았다—옮긴이.

하고, 때론 전체적인 윤곽만 나타나기도 한다. 이들은 이러한 변화 속에서 섬세하지만 저항할 수 없는 힘을 본다. 그 힘은 이론이나 계략이나 편견을 넘어서서 사람들과 정부를 계속 지탱해준다. 그 힘은 토지 제도를 고사시키고, 국가 문서를 단숨에 못 쓰게 만들고, 오랫동안 존경받던 권위자들을 마비시키기도 하고, 가장 완강한 법을 파괴한다. 그 힘 때문에 정치가들은 말을 번복하고, 예언자들은 수치심을 느끼며, 소중하게 여겨지던 관습은 매장되고, 선례들은 폐기된다. 그 힘은 사람들이 그것을 의식하기도 전에 만물에 혁명을 일으키고 세계를 더욱 고등 생명체로 채운다. 늘 완벽을 지향하는 강력한 운동——완벽한 발전과 더 순수한 선을 지향하는 강력한 운동——이 있다. 산과 계곡이 있어도 지구가 둥글게 보이듯이, 사소한 예외와 퇴보가 있어도 이 운동은 보편적이다. 학생은 악 가운데에서조차 꿈틀대는 선의를 보는 것을 배우게 된다. 그러나 그는 무엇보다도 사물의 내재적인 완결성과 복합적이면서도 단순한 원칙에 감명을 받는다. 매일매일 더 큰 아름다움을 보게 된다. 새로운 사실이 나타날 때마다 이미 인식하고 있던 법칙이 더 명확해지고, 생각지도 못했던 완벽함이 드러난다. 그는 끊임없이 사색해 좀더 높은 조화를 발견하고, 더 깊은 믿음을 갖게 된다.[35] "이보다 더 큰 믿음을 바랄 수 있겠는가!"〔내가 이 발췌문의 끝에 붙인 감탄이다.〕

그다음 일기에는 유명한 구절이 적혀 있었다. 앞의 것과 동시에 베낀 것이 분명했다. 그 구절은 지금은 『제1원칙』 1부 끝에 나오지만, 원래는 『사회통계』 초판들에 있던 것이다.

그러므로 현명한 사람은 정신적인 믿음을 일방적으로 고찰하지는 않을 것이다——즉 그것을 정책적으로 계산하거나 간과할 수 있는 것

---

35) 『사회통계』, 스펜서.

으로가 아니라 모든 행동을 지배하는 최고의 권위로 간주할 것이다. 또한 그는 상상할 수 있는 최고의 진실을 당당하게 표현하고 순수한 이상주의를 구현하기 위해 힘쓸 것이다. 어떤 일이 생기더라도 그 자신은 이 세상에서 정해진 역할을 할 것이며——자신이 목적하는 바를 이룰 수 있다면——잘 해낼 것이다——그러나 그렇지 못하더라도 ——잘할 것이다. 물론 이룬 만큼 잘하지야 않겠지만. 〔1876년 11월 일기〕

무책임했던 소녀 시절 6년 동안(1876~82) 나는 과학교를 믿어보려고 했지만 뭔가가 결핍되어 있음을 알게 되었다. 어떻게 믿음을 갖게 되었으며 또 어떻게 믿음을 버리게 되었는지는 정확하게 기억나지 않는다. 애써 기억하려다 보면 논리적 비약과 인위적인 감정이 생겨난다. '사후 약방문격'의 오류를 피하기 위해서는 그 당시 일기를 인용하는 편이 훨씬 나을 것이다. 하지만 소녀의 주관적인 생각을 나열해놓으면 그것 역시 의미를 잘못 전달할지 모른다. 일기에는 외부 생활보다 숨겨진 내면이 더 강조되기 때문이다. 마음속 깊이 어디에선가 인간의 의무와 운명에 대해 긍정적 자아와 부정적 자아가 끊임없이 투쟁한다. 하지만 이따금 일상적인 생활의 소음을 뚫고 이 투쟁의 소리가 들릴 뿐이다. 일기는 주로 육체적 본능과 개인적 허영에서 비롯된 욕망이나 가족간의 애정 그리고 우정——그리고 무엇보다도 지적 호기심이라는 커다란 파도가 전하는 신나는 메시지——에 대한 것들이다. 일기를 보니 봄과 여름엔 승마, 춤, 놀이, 옷 빼입기에 대부분의 에너지를 쏟았다. 또한 6년 중 6개월은 독일 문학을 읽고 독일 음악을 들으면서 라인란트 (Rhineland)에서 보냈다. 또 6개월은 교회와 화랑을 드나들며 이탈리아 예술에 빠지기도 하며 이탈리아에서 보냈다.

그리고 우리 집에도 신나는 일이 일어났다. 케이트 언니가 옥타비아힐 밑에서 도제 수업을 받은 후 화이트 채플에서 집세 징수인이 된 것이었다. 언니와 런던에 머물면서 나는 최초로 빈민들이 겪는 가난의 의미를 알게 되었다. 언니 셋은 결혼했다. 마거릿 언니는 결혼 후에도 여전히 다정했지만 늘 언니와 함께 지낼 수 없었기 때문에 친한 친구를 잃은 느낌이 들었다. 친한 친구처럼 지내던 언니가 결혼한 대신 어머니와 지낼 시간이 많아졌고 어머니께 급속하게 친밀감을 느끼게 되었다. 이에 대해서는 제1장에서 언급한 바 있다.

잡다한 독서

그 당시 일기에는 이런 사건들보다는 수없이 많은 잡다한 독서가 언급되어 있다. 나는 웨스트모랜드와 글로스터셔에서 지낸 외로운 가을과 겨울 동안 소설, 전기, 역사, 정치학 책을 읽었다. 이것저것 손에 닿는 대로 책을 많이 읽었는데도 문학에 대해서는 이상할 정도로 무식했다. 정신적 결함 때문에 시는 전혀 알 수 없었다. 사람 중에 색맹이 있는 것처럼 나는 시맹이었다. 이런 정신적 결함은 우리가 알고 있는 것보다 훨씬 많은 것 같다. 리듬, 압운, 운율, 사실 어떤 형태의 것이든 '단어의 마술'을 이해할 수 없었다. 나는 시를 힘들게 일상적인 산문으로 번역한 뒤 단어가 정확한지, 모든 비유가 적합한지 따져본 후에야 그 의미를 이해할 수 있다. 그러나 이런 식으로 하다보니 시의 원래 의미가 사라졌다. "단어들이 의미를 가지고 있다는 데 어려움이 있다. 그래서 시인은 어느 정도 의미를 통제하고 감정을 표현할 기회를 갖기 위해 단어를 운문과 운율로 뒤트는 것이다."[36] 한 힌두 시인이 시에 대해 표현한 이 말

---

36) 발췌문의 남은 부분은 이렇다. 그의 말은 내가 시를 이해하는 데 겪는 어려움을 정확하게 표현했다. "하지만 시인은 어떤 문제를 설명하기 위해서 시를 쓰는가? 가슴속에서 느낀 무언가를 밖으로 표현하려고 할 때 시라는 형태를 띠는 것이다. 그래서 누군가 시를 들은 후 이해가 안 간다고 하면, 나는 난처해진다. 누군가 꽃의 향기를 맡은 후 이해가 안 간다고 하면, 그에 대한 대답은 다음과 같을 것이다. 이해할 게 뭐 있어. 그건 단지 향기일 뿐인데. 계속 고집을 부리면서, 그건 알겠는데 이 시는 도대체 뭘 의미하는 거야? 하고 묻는다면, 화제를 바꿔버리거나 아니면 향기는 보편적 환희가 꽃 속에 드러난 형태라고 더 난해한 말을 하는 수밖에 없다." (텍스트에 인용된 말이 이어진다) [……] 그는 계속 말한다. "이 감정의 표현은 근본적인 진술의 서술이나, 과학

이 상당히 신선한 감동을 주었다. 그래서 라신[37]과 코르네유[38] (어머니가 강요해 읽은 작가들이다. 어머니는 내가 이 작가들의 작품을 읽으면 내 프랑스어 문체가 좋아지리라고 생각하셨다)를 읽을 때 인물과 사건에 대해 작가 스스로도 잘 모른다는 생각이 들었다. 또한 그들이 운율을 맞추어 쓴 2행 시구가 내게는 우스꽝스러워 보였다. 당시 많은 사람들의 우상이던 테니슨(Tennyson)은 더욱더 견딜 수가 없었다. 그의 감상적인 이미지들이 이해할 수 없는 엉터리로 보였다. 그리고 아버지가 우러러 마지않던 셰익스피어 작품도 몇몇 구절을 제외하고는 지겨웠다.

괴테의 영향

내가 읽으려고 시도했던 위대한 작가들 중에서 내 마음을 사로잡은 사람은 괴테뿐이었다. 그의 책에 빠져 있던 몇 년 동안 그는 내게 마치 친구처럼 느껴졌다. 나는 그의 작품을 통해 풍부한 경험과 지식을 쌓게 되었고, 새로운 개인적 도덕, 예술과 과학의 관계, 예술과 과학, 삶의 행동의 관계에 대해 진정으로 새로운 비전을 갖게 되었다. 그리고 괴테 외에는 그리스 고전의 번역에 감명받았다. 1년 중 가장 좋은 때 이런 책들을 읽게 되었다. 특히 투키디데스[39]와 플라톤을 읽었다. 이 작품들은 분명히 내 정신을 변화시켰다. 라틴 작가들의 번역물 중에는 마르쿠스 아우렐리우스[40]만 기억이 난다. 〔"그는 그리스어로 썼는데" 하고 다른 사

적 사실이나, 유용한 도덕적 교훈이 아니라 눈물이나 미소처럼 내면에서 일어난 일을 표현한 것일 뿐이다. 거기서 과학이나 철학이 얻을 게 있다면 환영이지만 그를 위해 시가 존재하는 것은 아니다. 나룻배를 타고 가다가 물고기를 잡을 수 있다면, 당신은 행운아다. 그렇다고 해서 나룻배가 고기잡이배가 되지는 않는다. 그리고 나룻배의 노 젓는 사람이 고기를 잡지 않는다고 해서 그를 비난해서는 안 된다"(『나의 추억』, 라빈드라나트 타고르, 1917, 222쪽).

37) 라신(Jean Racine, 1639~99). 프랑스의 극작가. 어리석고 맹목적인 인간 열정을 주제로 한 비극 작품을 여러 편 썼다─옮긴이.

38) 코르네유(Pierre Corneille, 1606~84). 프랑스의 극작가로 프랑스 고전 비극의 창시자다─옮긴이.

39) 투키디데스(Thucydides, 기원전 460~400). 고대 그리스 역사가─옮긴이.

람이 소리친다! "현학자 같으니!"라고 내가 대꾸한다.] 그의 책은 종교 수행서로 쓰기에 『예수의 모방』보다 나았다. 루크레티우스[41]의 냉담한 위트나 엄격한 논리는 어떤 때는 매력적이고 어떤 때는 지겨웠다. 프랑스 작가 중에는 특히 디드로,[42] 볼테르,[43] 발자크,[44] 플로베르,[45] 졸라들이 내가 알고 싶은 것을 가르쳐주었다. 영국 작가 중에는 특별히 좋아하는 작가가 없었다. 나는 늘 주제에 관심이 있었으며 작가의 개인적 관점이나 문체는 중시하지 않았다. 나와 개인적으로 전혀 관계없는 회의록이나 특정 도시와 관련된 지방법에 관한 서류 뭉치가 난해한, 재치가 돋보이는 독창적이고 완벽한 어떤 글보다 더 쉽고 매력적이었다. 내가 그런 회의록이나 서류를 계속 읽는 걸 보면 스스로 이런 유의 글에도 얼마나 끌리는지 알 수 있다. 나이 들면서 갖게 된 전혀 예측하지 못한 한 가지 즐거움은 주제와 상관없이 정교한 문학을 좋아하기 시작한 것이다.

불가지론

다음 일기들은 날짜 순서대로 여기저기 흩어져 있던 5~6년 동안의 일기를 모은 것이다. 그리고 종교적 신비주의의 타당성에 대한 부정적 자아와 긍정적 자아의 논쟁을 적어놓은 것으로 보아도 좋다.

---

40) 마르쿠스 아우렐리우스(Marcus Aurelius, 121~180). 스토아 철학자 · 저술가—옮긴이.

41) 루크레티우스(Lucretius, 기원전 97?~54?). 로마의 시인, 철학자—옮긴이.

42) 디드로(Denis Didrot, 1713~84). 프랑스의 철학자이자 문학자. 과학적 경험주의를 발전시켰다. 대표적인 문학 작품으로 『라모의 조카』(1761)가 있다—옮긴이.

43) 볼테르(Voltaire). 본명은 Françoise-Marie Arouet(1694~1778). 프랑스의 대표적인 계몽 철학자이자 문학자. 그의 대표작인 『캉디드』(1759)는 삶의 기본적인 악에 대한 이성적인 비판을 담고 있다—옮긴이.

44) 발자크(Honoré de Balzac, 1799~1850). 프랑스의 대표적인 리얼리즘 소설가. 대표작으로는 『인간 희극』이 있다—옮긴이.

45) 플로베르(Gustave Flaubert, 1821~80). 19세기 프랑스의 대표적인 소설가. 대표작으로 『보바리 부인』(1857)과 『감정교육』(1869) 등이 있다—옮긴이.

이 글은 일기로 시작하지만 책의 발췌와 요약으로 끝난다. 지식이 늘어가면서 나 자신에 대한 문제는 그다지 심각하게 고려되지 않는다. 기독교는 자신의 구원만을 원하기 때문에 사람을 더욱 이기적으로 만든다. 사실 이 새로운 종교가 이런 결점을 갖고 있을지라도 내겐 의미가 크다. 새로운 종교로 내 사고의 지평은 자아라고 하는 아주 작은 세계에서 거대한 전체로 옮아갔다——개인은 거기서 아무 역할도 하지 못한다. 단지 미래에 대해 침묵하며 아주 미미한 존재로 남을 뿐이다. 인간은 동물이나 식물과 달라 보일 뿐이지 종류가 달라진 것은 아니다. 이러한 종교를 믿는다고 흔쾌하게 공언하기 위해서는 고귀한 성품이 필요하다. 그리고 그 종교가 제시하는 이상은 세계의 어떤 위대한 종교의 이상보다도 고귀하다. 〔1877년 9월 13일 일기〕

스펜서 씨의 『제1원칙』은 분명히 내 감정과 사고에 커다란 영향을 미쳤다. 그것으로 나는 아주 행복하고 흡족하다. 〔……〕 나는 아직도 그의 생각, 위대한 신비에 대한 그의 경외심을 존경한다. 과학이 아무리 발전해도 인간성보다 더 큰 아름답고 고양된 의식은 없다고 당당하게 확신하는 것을 존경한다. 사람들은 늘 정통 종교가 사라지면, 어떤 아름다움도, 어떤 신비도 남지 않을 것이며, 설명 가능한 평범한 것만이 남으리라고 생각해왔다——그러나 과학이 새로운 발견을 한다고 해도 위대한 미지의 신에 대한 경이로움은 더 커지고 위대한 진실 역시 더 잘 이해될 것이다. 〔1878년 12월 15일 일기〕

그러나 과학교에도 어두운 면이 있다. 슬플 때나 아플 때 그 종교는 신도에게 황량하고 쓸쓸하기 그지없다. 삶을 끊임없이 고통으로 느끼는 사람에게 해줄 말은 한 가지밖에 없다——자살. 삶을 더 이상 견딜 수 없고, 존재의 작은 불꽃을 꺼도 된다면——평화롭게 떠나라. 즉 존재하기를 멈추어라. 이것은 끔찍한 생각이다. 그것은 '고통받는 인류'를 위한 종교가 될 수 없다. 인간이 행복하고 충만해서 비이기적으로 될 그러한 때가 올지 모른다. 아니 그러한 때가 오리라고 믿는다. 그러나 그러한 때가 오려면 수없이 많은 세월이 흘러야 한다. 불행을 겪는 수많은 세대의 사람들이 자신들이 오랫동안 슬픔과 고통을 보상해줄 내세를 달라고 소리칠 것이다. 〔1878년 3월 8일 일기〕

나이가 든 후 나는 열아홉 살 때 어떤 종교를 믿었는지 궁금해질 수도 있겠다. 그래서 어떤 믿음을 갖고 있는지 대강 서술하겠다. 내세나 우주의 창조자가 있다는 것을 믿을 만한 충분한 증거가 있는지 모르겠다. 현재로서는(나 자신의 대담함이 약간 두렵지만) 기독교가 다른 종교보다 어느 정도 훌륭하기 하지만 탁월한 종교는 아니라고 믿는다. 그것은 인간 정신의 자연스러운 산물이다. 개인 각자는 자신의 구원을 얻으려고 애쓰며 영원한 지복에 도달하기 위해서 선행하며 맹목적으로 기독교를 믿는다. 그러나 이러한 믿음은 개인만을 생각하는 지극히 이기적인 부도덕한 교리다. 내세만을 바라보는 시각이 사라져야 종교가 진실로 비이기적이 되리라고 믿는다. 그러나 분명히 종교는 인류가 지상에 발을 디디면서부터 있었고, 이제야 종교에 대한 객관적 눈을 갖게 되었다. 지상의 후손에게는 밝고 영광된 날들이 펼쳐져야 한다. 〔1878년 3월 31일 일기〕

괴테는 독자에게 사상과 행동의 무한한 자유에서 오는 행복을 강조하고 싶었던 것 같다. 괴테에게 자유는 열정을 마음대로 쏟아내고 지성을 구속해서 오히려 그 정당한 활동까지 막는 방종을 의미하는 것이 아니다. 또한 괴테는 아동 교육이나 인생에서 악을 억누르다가 선까지 억누르는 것보다 인성 전체를 계발하는 일──고상한 이상을 기대하려면 잡초가 다소 자라도 내버려두는 것──이 낫다는 원칙을 반복한다. 살다보니 인생에는 두 갈래 길이 있는 것 같다. 좀더 고귀하고 순수한 삶을 향한 노력, 즉 내면의 악을 억누르고 침묵하게 하는 것이 그 하나다. 그렇지만 꾸준히 현명하고 고상한 것만을 응시하고 전력을 다해 더 나은 자아 계발을 하는 데 집중하면서 약간의 실수나 가끔 악에 빠지는 것을 개의치 않는 것도 또 하나의 방법이다. 이 두 가지를 모두 할 수 있는 정신적 힘을 지닌 사람은 많지 않다. 괴테는 더 나은 자아 계발의 자유를 택하라고 한다. 개개인은 인생에서 정말 자기에게 맞는 일을 평생 직업으로 선택하고 다양한 분야에 관심을 쏟으며 열린 마음과 정신을 가져야 한다.

이런 일을 발견할 때까지 우리는 상승과 하락을 반복하며 헤매야 한다. 어떤 곳도 너무 낮다거나 더럽다고 여겨서는 안 된다. 어느 사회도 너무 질서가 없고 변덕스럽다고 간주해서는 안 된다——어쩌면 오히려 최하층 사회에서 당신에게 중요한 진실을 전수해줄 사람을 만날 수도 있다. 〔1878년 12월 14일 일기〕

곰곰이 생각한 결과 나는 이런 결론에 이르렀다——수많은 사람들이 신앙에 의지해 힘겨운 삶을 살아가고 있는데, 내가 오랫동안 신앙을 갖지 않아서 불행한 것일까? 정말 신앙이 없어서 행복하지 않은 것일까? 아니면 내가 교육을 받지 않은 교양 없는 사람이었으면 지나칠 수도 있는 사소한 일을 계속 부여잡고 우울해 하기 때문인가? 선량한 기독교인이면서 돈이나 허영심이나 탐욕 때문에 안절부절못하는 사람들을 보면 저마다 '이상한 면'을 가지고 있음을 알 수 있다—— 그러나 겉으로 드러난 상처를 가진 환자는 치유할 수 없는 내면의 상처를 가졌다고 불평하는 사람들보다 더 행복한 것 같다. 내면의 상처를 가진 사람들은 전 인류가 상처를 가지고 있다고 생각한다.

인류가 언젠가 사라지고 우리가 존재할 목적이 없어진다면 그리고 그 먼 미래가 개인을 압도하는 완벽한 해체로 끝난다면 인생은 살 가치가 없다——대부분의 인류가 살 가치가 없다——는 것을 반쯤 무의식적으로 믿게 된다. 〔1879년 3월 30일 일기〕

천주교

이번 일요일 아침에 느낀 것을──성 피터 성당에서 조용히 미사를 보면서──글로 쓸 수 없다. 감정이 너무 벅차서인 듯하다──하지만 나는 그로써 진심으로 하늘에 계신 아버지께 기도했던 날들을 후회하며 회상했다. 불가지론자에게 받아들여지는 천주교 이론을 정리해보려고 했다.

인성은 환경에서 연유하며 우리는 그것을 잘 다루어야 한다. 인성은 정서적인 면과 지적인 면 두 부분으로 나뉜다. 내가 지적·논리적 지식을 총동원해 도달한 결론은 이렇다. 지식이라는 것은 상대적이거나 현상적인 것밖에 알 수 없다. 그리고 무엇인지 모르지만 절대적인 어떤 것이 있어야만 한다. 그러나 그것이 무엇인지 모르더라도 그에 대해 생각하고, 고려하고, 따져볼 수는 있다. 그 문제는 스펜서의 논리로는 해결할 수 없다. 이성적으로 생각할 때 나는 그에 대해 부정적인 결론을 내리게 된다. 나는 앞 일에 대해 아주 암울하게 느낀다. 또한 내가 하려고 결심한 일을 하기에 나의 논리적 능력이 정말 부족하다는 느낌이 든다. 한편 현재의 결정이 최종 결정이라고 생각하지도 않는다. 그러나 나는 또 다른 능력──정서적 능력──을 지니고 있다. 이 능력은 내가 한층 고양되고 좀더 고상한 순간에 나를 지배한다. 이 정신은 끊임없이 저 너머 아주 절대적인 곳에 신앙과 더불어 충심으로 신앙을 바칠 대상이 있다고 주장한다. 때때로 그것은 '위대한 신비'의 형식으로 나타난다. 이 위대한 신비를 나의 논리적 능력으로 고찰해보고 싶지만 논리적 능력으로는 해석할 수 없으며 더욱이 감정의 대상이 될 수도 없다. 나아가 이것은 위대한 이상, 즉 아름다움이나 완벽함에 대한 플라톤의 이념을 가리킨다. 그러나 플라톤의 이념은 사색의 대상은 될 수 있지만 숭배의 대상은 될 수가 없다. 마지막으로 절대적인 신앙의 대상인 위대한 창조주가 있다. 그는 기독교의 신이며 멀리 떨어져 있는 어떤 대상이 아니라 지극히 인간적인 모습을 하고 있으며 우리와 하나가 된다. 천주교도와 신교도 모두 인간과 흡사한 모습을 한 신을 믿는 것이다.

그러나 사실 신교도들은 자신의 이성이 우위에 있다고 선언한다. 그들은 자신들의 종교가 합리적이라서 논쟁으로 신앙을 옹호할 수 있다고 믿는다. 원래 신교에서 성경이 절대적으로 옳다고 선언한 것은 사실이다——그러나 성경은 아주 다양한 형태이므로 모순된 여러 주장을 독단적으로 펼치는 것처럼 보일 수 있다. 성경 속에 나타나는 모순된 서술들을 풀어 하나의 전체를 만들어내는 일에 개개인이 중개자가 될 수 있다는 게 신교의 생각이다. 그러나 수많은 성경 저자들이 신의 영감을 받았다며 서로 다른 주장을 한다면 여러 주장을 완전히 검토할 때까지 신교도들 역시 안심할 수 없을 것이다. 모든 것은 인간들이 결정하지만 인간이 절대적으로 옳다고는 감히 주장할 수 없다. 이런 식으로 논리를 유추하는 과정에서 특정 문제에 대한 결론이 무엇이든 이제 성경은 절대적으로 옳은 것이 아니다. 그는 성경을 비판적인 시각으로 보며 그의 이성, 즉 논리적 진실에 대한 감각이 진정한 안내자이자 도덕적 표본이 된다. 만일 그가 현대 과학이나 철학을 접하고 충심으로 진실을 추구하면, 결국 다소 회의적인 결론에 도달할 수밖에 없을 것이다.

그러나 천주교에서는 이 문제를 다른 각도에서 접근한다. 우리의 본성이 지적인 면과 정서적인 면으로 나뉘어 있는 것은 사실이다. 물론 지적 또는 논리적 능력으로 어떤 결론에 도달할 수밖에 없는 것도 사실이다. 그럼에도 정서적 본성은 이런 결론을 받아들이면 조화로운 삶이 깨지기 때문에 그것을 받아들일 수 없다——천주교 신자는 일상생활의 사소한 허영심과 당혹감을 떨쳐버리게 될 것이다. 그리고 자신이나 자신의 영광을 위한 사소한 투쟁에서 벗어나 완벽하게 지혜롭고 아름다운 누군가를 숭배하고 흠모하는 데서 평안을 느낄 것이다——또한 이렇듯 숭배하면서 내면에서는 그 이상이 강화되고 나아가 그것이 그의 인생 전반에 영향을 미칠 것이다. 그러나 그의 이성은 그러한 숭배를 인정할 수 없다고 완강하게 거부할지도 모른다. 하지만 개인적인 정신만이 자신을 안내해줄 유일한 권위라고 생각하려면 정서적 감정 능력보다 논리적 추론 능력이 우위에 있음을 인정해야만 한다.

천주교는 삶에 조화를 가져다줄 수 있다. 그러한 조화가 없으면 인생은 불완전한 것이 되고 목적을 상실하게 된다. 성당은 자신이 최고의 이성이라고 선언한다. 성당은 또한 우리에게 해석을 부탁하지 않는다. 성당은 신부라는 나름의 중개자를 제공하며 그 중개자가 개인과 시대에 적합하게 교리를 해석한다. 이성 자체의 권위를 부인하는 것이 아니라 개인의 이성에 주어지는 권위를 부인하는 것이다. 그리고 본성을 만족시키지 못했다고 입증된 문제에 대해서만 천주교가 해석해준다. 우리가 무엇이 옳은지 결정할 책임이 있다면 도덕적인 결론을 따라야 할 것이다. 그러나 천주교에 합류하면, 종교적인 문제에 대한 결정을 큰 조직에 의지할 수 있다. 그 조직은 수세기에 걸쳐 자신의 삶과 사상을 종교적 이상의 이론과 실천에 바친 사람으로 구성되어 있다.

불가지론자가 자신의 본성이 충분히 계발되지 않아 정서적인 종교 없이 살아갈 수 없다고 느낄 때 이 문제에 관해서만은 거대한 종교의 권위에 복종해야 하지 않을까? 이것은 어떤 자연의 현상을 이성적으로 검토했으나 과학자와 다른 결론에 이르렀을 때 거대한 과학자 조직의 권위를 인정하는 것과 같은 일이 아닐까?

더욱이 천주교 의식은 아름다웠다. 이러한 지적(어쩌면 도덕적) 자살의 유혹은 신앙 없는 삶을 견디지 못하는 사람에게는 물리칠 수 없는 것이었다. [로마 : 1880년 11월 14일 일기]

신성한 성찬

날짜 순서대로 또 다른 일기를 보니 그 당시 내가 이끌렸던 유일한 기독교 교파는 천주교였음을 알 수 있다.

그들의 집에서 『존 잉글선트』(*John Inglesant*)[46] ── 가장 독창적인 작품 ── 를 읽었다. 구절구절에서 위대한 힘이 느껴졌다. 특히 흥미로웠던 것은, '성찬을 드리는' 기독교의 관행과 같이 내가 가장 공감하는 기독교 단계에 관한 것이었다. 작가는 내면적 순결을 중요시하며 스스로 끊임없이 정결하고 순결하며 완전한 인간이 되고자 한 것이 분명했다. 인간은 '신을 위해 지어진' 사원으로 신성한 지고의 성찬이라는 상징을 받아들이기에 적합한 대상이라는 것이다. 미사의 성찬은 두 가지로 볼 수 있다. 엄격한 신에 대한 감사와 인간의 가장 위대한 특성, 즉 공동선을 위해 개인 자신을 희생하는 힘을 상징을 통해 위엄 있게 표현하는 것이다.

신부가 순수할 수만 있다면, 천주교는 얼마나 어마어마한 힘을 가질 것인가! 모든 인간을 하나의 열망으로 결합하는 무한한 선의 상징 앞에 몸과 마음을 모두 엎드리고 위대하고 신비스러운 기쁨에 차는 것은 심리적으로 얼마나 신기한 일인가! [1882년 일기]

여성은 불가지론에 빠져 살 수 없다. 그것은 우리 심성의 한 가지 측면, 즉 이성적인 면만의 산물인 신조다. 불가지론을 받아들이면 엘리엇이 정서적 사상이라고 칭한 기능을 계속 부인하며 살아야 하지 않을까? 그리고 이 기능의 지배를 받아 행동하게 될 때, 최고의 순간에 은밀하게 그것을 안내자로 인정할 때 느끼는 이것. 다시 말해 기도에 대한 우리의 열망, 기도에 따른 행복감과 고양감은 무엇을 의미하는 것일까? 왜 이성적 기능을 정신 중에서 절대적으로 옳은 우두머리로 간주해야만 하는가? 가장 위대한 작품 속에서 인간 정신의 역사를 살펴보면 어떤 시대에는 가장 위대한 논리가 다른 시대에는 오류임이 증명된다. 반면에 옛 시인과 철학자가 정서적으로 고찰한 영감을 주

---

46) 헨리(Joseph Henry, 1834~1903)가 쓴 역사소설로 17세기의 신앙과 종교를 둘러싼 음모를 다루고 있다─옮긴이.

는 말에는 우리 모두 여전히 공감할 수 있다. 논리로만 보면 플라톤은 지금 어디에 있는가? 그의 논리는 지금 보면 장황하고 유치해보인다. 하지만 그의 신념에 찬 진술을 읽으면 곧 겸손해지고 경이로움에 벅차 그의 제자가 되고 싶어진다. 그처럼 우리 또한 장황하게 늘어놓은 후 우리의 결론이 결정적이라고 주장하는 어리석은 모습을 보이지는 않는가? 그러나 정서적인 기능이 우리보다 우월한 어떤 것에 대한 갈망, 동경, 명료한 인식을 준다고 할지라도 이를 공식화하거나 체계화할 수 없는 어려움이 있다. 나아가 또 다른 어려움은 정서적 기능이 우리에게 모든 종교 체계 속에 있는 도덕적 경향을 보게 해준다는 데 있다. 나 역시 대부분의 사람들과 마찬가지로 도덕적으로 옳지 않은 것이 있다고 느끼는 데서부터 기독교 신앙이 흔들렸다. 종교적 교리 중 일부의 도덕성을 의심하게 되면 그 외의 다른 부분도 이성적으로 따지게 된다. 그리고 이것은 천주교에 귀의하려고 할 때 더욱 해당되는 이야기다. 무엇이 옳은지에 대한 지각 역시 억눌러야 할 것이다. 〔1881년 2월 2일 일기〕

이 장〔조지 헨리 루이스의 『철학적 역사』(*History of Philosophy*)〕에는 재미있는 주장과 예가 많이 있다. 하지만 내가 보기에 아! 그의 인간관은 전혀 설득력이 없다. 나의 논리적인 기능은 내 오성의 다른 부분에게 이 철학을 따르라고 명령했지만 내 정서적인 부분은 늘 거부한다. 더욱이 불가지론적 진화철학은 우리 삶의 기초가 되는 사고 체계를 제시한 것이라기보다는 잘못된 사고를 제거한 것처럼 보인다. 이 철학은 현재 우리가 불멸, 즉 인류보다 더 고귀한 존재를 믿는 근거를 모두 파괴한다. 하지만 미래에 인류가 어떤 위대한 발견을 할지 어떤 사상적 진보를 이룰지 감히 우리가 어떻게 측정할 수 있겠는가? 현재로서는 이 철학이 인간의 삶을 암울하게 만드는 게 사실이다. 그리고 이기주의가 크면 클수록 비인격체인 우주는 더 암울해보인다. 바로 이러한 어두움 때문에 아직도 마음속에서 인간적 공감의 빛을 더욱 명확하게 불태워야 하는지도 모르겠다. 나아가 육체적·정신적 건강을 지킬 수 있는 환경을 연구하고 그를 위해 계속 노력해야 되는 가보다. [1881년 9월 22일 일기]

어머니의 죽음

우리 모두 아버지와 함께 그 아름다운 예배[어머니의 장례식 다음 날 일요일]에 참석했다.

나는 사랑하는 사람의 죽음이 무엇인지 경험했고 죽음을 기다리고 지켜보기까지 했다. 그 결과 슬픔을 위로해주고 행동할 수 있는 힘을 주는 종교를 절실히 원하게 되었다. 내세는 거의 믿지 않았다. 어머니가 돌아가시는 것을 지켜보면서 죽음이란 몸과 영혼이 최종적으로 해체되는 것——우리가 영혼이라고 부르는 그러한 인성이 끝나는 것——임을 느꼈다. 이것은 본능적인 확신이었다. 이런 거대한 문제는 이성적으로 설명할 수 없다. 그러나 이른바 불멸에 대한 불신은 줄어들었지만, 마음속에 새롭게 기적적인 믿음——선에 대한 믿음——신에 대한 믿음——이 생겨났다. 나는 기도해야만 한다. 기도를 하면 기분이 훨씬 나아지고 세속적인 안위를 더 쉽게 포기하고 의무에 몸과 마음을 다 바치게 된다.

분명히 신의 몸과 피인 성찬은 우리 모두 애써 도달해야 하는 희생의 가장 위대한 상징이다. 우리는 아마 그러한 상징을 통해서 고귀한 불멸성을 얻는 것인지도 모른다. 이런 정신으로 나는 성체성사를 받아들였다. 이것은 6년——다소 황량한 유물론의 시절——만에 처음 있는 일이었다.

이성적으로 나는 여전히 불가지론자다. 그러나 일단 모호한 관념론에서 벗어났다. 더욱이 시련과 슬픔에 차 분투하던 시절에 이러한 종교적인 느낌의 도움을 받았다. 이 느낌을 어떻게 발전시킬 수 있을지는 모르겠다. 나는 내 본성 전체보다 이 느낌이 더 우월한 것임을 인정해야 하는지도 모르겠다. [1882년 4월 23일 일기]

어머니의 죽음으로 나의 사고와 행동에 새로운 세계가 열렸다[한 달 후에 쓴다]. 처음 내면적인 의식이 깨어난 후 서서히 커가던 확신은 이 새로운 경험으로 더욱 확고해졌다. 세상은 지옥 같은 혼란이거나 아니면 모든 생명이 선을 구현하는 것임을 믿게 되었다. 죽음이나 질병 그리고 불행을 두려워하는 것은 우리의 비전이 불완전하기 때문이다.

나와 가깝고 내가 사랑한 사람이 죽었다고 해서 알려지지 않은 채 사라져가는 우리 주위의 수많은 사람들의 죽음보다 더 슬프진 않았다. 가까운 사람에 대해 더 큰 슬픔을 느끼지 않는 이유는 '이 모든 것'이 너무나 슬퍼서 개인적인 고통이 더해져도 슬픔이 더 커질 수 없어서일 것이다. 아니면 우리가 그 의미를 추측하고 받아들일 수만 있다면, 죽음과 불행에조차 행복에 가까운 성스러움이라는 신비로운 의미가 있어서일 것이다. 이런 결론에 도달하자 내 본성 중에서 사고하는 기능은 실용적인 기능에게 지시를 내렸고 부분적으로나마 다시 종교에 귀의하게 되었다. 행동의 결과 축적된 경험에서가 아니고 순수하게 사고를 통해 이런 결론에 이른 것이 만족스러웠다. 그러나 아직도 문제는 있었다. 나는 어떻게 무슨 목적으로 살 것인가? 만일 '모든 것'에 똑같이 슬퍼한다면 세속적인 사소한 행복은 무슨 가치가 있을까? 육체적 소멸만 믿는 것은 비실용적이다. 우리의 생명과 우리의 본성이 우리가 다루어야 할 사실들이며 그것들이 어떤 하나의 원칙을 따라야만 한다고 생각한다.

만일 신비스러운 선에 대한 본능적인 믿음이란 것이 정신이 꾸며낸 허구일지라도 의도적으로라도 이러한 착각에 사로잡혀 정말 불행한 모습을 외면하고 살아가는 것이 더 행복하지 않겠는가? 어쩌면 이런 부정적인 기초 위에 삶의 방향을 잡는 것은 어려운 일일 것이다. 사실 직접적인 모순이 없어야만 내면적인 믿음을 갖게 된다. [1883년 1월 2일 일기]

힘의 원천인 기도

종교적 신비주의의 유효성에 대한 부정적 자아와 긍정적 자아 간의 오랜 논쟁은 기독교 신앙에 복귀하는 것으로 끝나지 않았다. 그렇다고 이성적으로 인간과 교감할 수 있는 정신적인 힘이 있다는 것을 인정하는 것으로 귀결되지도 않았다. 이 논쟁은 살면서 올바르게 행동하기 위해 기도하는 것, 그리고 내 성격을 다스리기 위해 기도하는 것으로 끝났다. 무신론자인 친구가 한 번은 내게 기도한다는 것이 정확히 무슨 뜻이냐고 물어보면서 어떻게 기도가 이루어지는지 말로 표현할 수 있다면 설명해달라고 했다. 타고르(Tagore)가 시에 대해 말한 것처럼 단어 자체가 의미를 지니고 있는 게 문제다. 아니면 내 식으로 말하면 단어는 주로 지적인 의미를 지니고 있다. 그런데 기도로 전달하려는 말은 시에서보다 더욱더 이성적인 것과 멀고 감정적이다. 종교는 사랑이지 결코 논리가 아니다. 바로 그렇기 때문에 전 인류 역사에 걸쳐서 기도의 원인이나 결과는 더 고상하며 더 영구적인 건축, 음악과 밀접하게 연관되어 있다. 또 기도가 시, 그림, 자연의 경이로움, 모성, 사랑, 죽음 등과 같은 위대한 정서적 신비와 연관된 이유도 바로 종교가 사랑이기 때문이다. 문자화된 말이라는 어색한 매체를 통해 표현해야 한다면, 나는 믿음을 다음과 같이 표현하고 싶다(그러나 아마 실패할 것이다). 인간의 영혼이 수단이나 과정과 구분되는 목적이나 목표를 발견하는 것이 바로 기도다. 즉 기도는 만물에 스며 있는 정신적인 힘과 교감하는 것이다. 과학은 인간의 운명을 결정하는 데 실패했다. 과학은 삶의 파괴자에게나 보존자에게나 그리고 인류를 증오하는 사람에게나 사랑하는 사람에게나 모두에게 자신을 제공한다. 그러나 '사물에 질서'를 부여할 때 과학적 사고와 무관한 선택된 결말에 이르는 마술 또는 신비주의적인 직관에 의존하면, 미신을 믿게 되고 보통 재난을 당하게 된다.

그러나 나는 중년이 되어서야 이러한 형이상학적 안식에 도달했다. 어머니의 죽음(1882년, 24세)과 아버지의 죽음, 내 결혼(1892년, 34세) 사이의 10년이라는 기간——사회조사자로서 기술을 습득하고 팽팽

한 긴장과 역경 속에서도 끊임없이 지적 노력을 한 가장 중요한 시기
——에 내가 살아남을 수 있었던 것은 기도 덕분이었다. 비교적 육체적
으로 건강하고 정신적으로 정상일 수 있었던 것도 기도 덕분이었다.

제3장 직업의 선택(1882~85: 24세부터 27세까지)

인간의 속성에 관한 풀리지 않는 한 가지 숙제는 개인의 업적을 평가할 때 선천적 성격과 후천적 교육, 타고난 성향과 사회적 환경의 요인 중 상대적으로 어느 것을 더 중시하느냐의 문제다. 인간의 자만심을 만족시켜주는 대답은 "모든 작가는 자기만의 천재성을 지녔고, 자신이 가장 탁월한 분야로 나아가게 해주는 신비한 영감을 갖고 있다"는 상상이다. 17세기에 이러한 대답을 한 사람이 생각하듯이, 그 당시에는 '타고난 영감이라는 요소'는 개인적 재능과는 구분되는 천재적인 작가에게만 있는 것으로 여겨졌다. 즉 이들은 개인적인 노력이나 다른 작가를 모방해서가 아니라 '타고난 소질에만 의지하는' 작가들이다.[1]

---

1) 『어휘와 숙어』(*Words and Idioms*), 스미스(Rogan Pearsall Smith), 1925, 98쪽. 이 흥미로운 책에서 끌어온 작가의 구분은(1634년에 출판된 알렉산더 경의 『애나크라이시스』에서 이 부분을 인용했다) 자연을 직접 관찰하고 독창적으로 사유하는 작가와 다른 작가를 모방하는 작가의 구분이며, 또한 독창적인 예술이나 학문의 지식과 책에서 얻은 지식의 구분을 뜻하기도 한다. 그러나 이 장에서 제시하는 구분은 이런 구분과는 조금 차이가 있다. 이것은 자신의 자연스러운 성품이나 취향을 따르면서 동시대 사람들에게 자신의 업적을 각인하려는 작가들과 의식적이든 무의식적이든 속된 표현으로 '시장의 냄새'를 맡고는 당시의 지적 분위기가 요구하는 것을 만족시키려는 작가 간의 구분이다. 내 경우는 전자처럼 본능적인 요구에 따르는 편에 속한다고 할 수 있다. 내가 궁금해 하는 것은 특정한 일을 좋아하느냐 그렇지 않느냐의 문제가 아니라 과연 이 일을 할 필요가 있는지, 그리고 과연 내가 이 일을 할 수 있는지의 문제다. 이러한 일을 하는 데 나의 대안책은 조달업자의 역할에 흥행인의 역할을 더하는 것이다. 즉 다른 사람에게 내가 하기 어려운 부분이나 유쾌하게 여기지 않는 부분을 하게

내 경우 이러한 문제에 대한 답은 분명하다. 사회현상을 연구하는 직업을 선택할 당시 나는 한마디로 재능이 전혀 없었다. 대부분의 사회학적 방법론을 좋아하지 않았고 적성도 맞지 않았다. 적어도 가장 핵심적인 방법론의 경우에 이러했는데, 예를 들어 나는 역사연구자들에게 반드시 필요한 속독 재주도 없었고 원문 판독 능력도 없었다. 오랜 연습과 끈기로 이러한 재능을 습득할 수 있었을 뿐이다. 메모를 기록하는 훌륭한 방법을 시도하기는 했지만 구제불능인 악필은 말할 것도 없고 그대로 옮겨야 할 발췌문을 풀어 쓰는 뿌리박힌 습성 때문에 이러한 훌륭한 시도도 짜증나는 결과만 낳고 말았다. 숫자의 경우에는 이보다 더 심각해서 수학적 숫자든지 통계적 숫자든지 간에 나에게는 차라리 물을 술로 바꾸라고 하는 게 나을 뻔했다. 케임브리지대학 출신 수학 1급 합격자였던 우리 교구 목사님의 지도 아래 대수학의 기초를 정복하고자 했던 고통스러운 노력도 결국에는 내 평생 처음이자 마지막으로 유령을 보는 결과만 가져왔다.

대수학과 유령

어머니가 돌아가신 해(1882) 가을에 언니 매리 플레인은 웨스트모랜드에 있는 집에서 같이 머물고 있었다. 동생을 걱정하는 마음에서 그녀는 나의 공부에 대한 열정이 행복하고 성공적인 결혼생활에 장애가 될까봐 염려했다. 조지 언니가 "비어트리스가 말하는 지성인가 뭔가, 대체 그 애가 개발하려는 게 뭐야? 무슨 소용이 있는 거야? 그 애나 모두에게 별 쓸모도 없는 거지. 젊거나 늙은 철학자에게 자랑하기 위해서 그러는 것 아냐"[1882년 4월 17일 일기]라고 매리 언니에게 말했다고 한다. 지능개발이 결혼에 전혀 도움이 되지 않는다는 생각(과연 올바른 여자가 남편감으로 철학자를 선택하겠는가?)에 자극 받아 매리 언니는 어느 날 내 방으로 건너와서는 기초대수학 문제를 푸느라고 헝클어진 미리에

하는 것이다. 그래서 연구비서를 고용했다.

지저분한 얼굴을 한 채 더러운 잠옷 차림을 한 나에게 "예쁜 숙녀로 클 수 있는 사람이 여류학자가 되려고 하는 것은 언어도단이야"라고 칭찬 반 책망 반의 어투로 말했다. 나는 즉시 "여기는 내 방이고 내 시간을 쓰는 거니까 즉시 나가줘"라고 소리쳤다.

아침식사 후 나는 집 안에서의 비난에 개의치 않는다는 것을 보여주기 위해 식구들간의 대화시간에 수학과 씨름을 재개했다. 조금 지난 후 다시 문이 스르르 열리더니 언니가 들어와 말없이 책망하는 표정으로 다시금 나를 타이르는 모습이 보였다. 나는 화가 치밀어 올라 "방에서 나가줘"라고 소리쳤고, 이내 문은 닫혔다. 그때 내 의식 속에 언뜻 지나친 언니는 항상 입던 기성복이 아니라 진한 푸른 점이 있는 하얀 플란넬 망토를 두르고 있었다. 그 옷은 우리가 독일에 함께 머물 때 언니가 입고 있던 옷이라는 생각이 떠올라, 책을 덮고는 황급히 아래층으로 내려갔다. 집사에게 "언니 지금 어디 있어요?"라고 묻자, 집사는 "아버지와 같이 밖에 나가시고 안 계시는데요"라고 대답했다. 다음 한 시간 동안 나는 신경쇠약으로 지쳐 조간신문을 읽는 둥 마는 둥 하며 홀에 앉아 있었다. 혹시나 언니에게 불행한 일이 생길까 두려워서 벌벌 떨고 있었다. 언니는 살아서 다시 집에 나타났고 내가 누그러진 표정으로 열렬하게 환영하자 반가워했다. 나는 성질을 부린 게 부끄럽기도 하고 그 문제를 다시 끄집어내고 싶지 않아서, 그 후 몇 년 동안 내가 뉘우친 이유를 언니에게 말하지 않았다.

수학적인 능력도 없이 수학에 매달렸으나 정신적 고통 속에서 석 주를 보냈다. 대수학 기호나 숫자는 나에게 실체가 없는 것같이 보였다. 사실인지 허구인지도 분간이 되지 않을 정도였다. 당연히 수학이 두뇌의 최고 기능이라는 말도 믿지 않게 되었다. 물론 가장 중요한 주제를 해결하는 필요한 수단은 될 수 있겠지만. 〔1882년 11월 4일 일기〕

옆에서 남편이 "당신이 필요로 했던 것은 개인교사가 아니라 반려자였어"라고 말하기에 나는 "직업도 선택하기 전에 어떻게 반려자를 구할 수 있겠어요"라고 되물었다.

사회학자의 소질이 없는 나

내가 살았던 당시의 사회 환경에서 부각되었던 면——이러한 면이 내가 읽었던 책을 통해서든, 내가 교제했던 사람들을 통해서든, 내 삶의 윤곽을 형성시킨 집, 사회·정치적 사건을 통해서든——과 이에 대한 나의 반응을 몇 자 기록해보겠다. 나의 타고난 자질과 단점이 무엇이든지 간에, 또한 지적인 호기심과 나를 표현하고자 하는 압도적인 충동을 감안한다고 해도, 지금 돌이켜보면 내가 사회 제도의 역사와 그 작동에 대해 탐구하게 된 것은 아마도 사회적 환경의 무게 탓인 것 같다.

어머니가 돌아가시기 전에 나는 지적인 연구자로서 명성을 얻겠다는 은밀한 야망을 품고 있었다. 나는 남들이 읽을 수 있는 책을 쓰길 원했지만, 무엇을 써야 할지는 몰랐다. 내 취향과 기질(자질이라고는 않겠다)을 따랐더라면 사회학 분야의 연구자는 되지 않았을 것이다. 내 일기에서 알 수 있듯이, 내가 종종 끌렸던 심리를 묘사하는 소설가나 아니면 (30년 후에 태어났더라면) 특정한 상황에 처한 남녀 개개인의 정신 구조를 연구하는 과학적인 정신분석가가 되었을 것이다.

1882년 이후 내 일기에는 친척이나 친구의 태도와 도덕의식 그리고 그들의 모습에 대한 분석적인 글이 등장하기 시작한다. 이러한 글을 쓴 이유는 발췌문이나 서평처럼 교육적인 목적 때문이 아니라 단지 쓰는 것 자체가 즐거워기 때문이다. 또한 중요한 점은 이러한 삶에 대한 묘사가 항상 개인과 어떤 특정 사회 제도——대기업, 국회, 교회나 법 또는 의학과 관계된 직업——간의 관계에 초점을 맞추었다는 것이다. 그 예로 빅토리아 중엽의 영국 국교 내에서 인간의 저급한 속성을 드러내주는 모습이 담긴 일기 두 편을 제시하고자 한다.

살아가는 모습

식탁 건너편에 앉은 세 젊은이와 이야기하다. 이들은 품위가 없다기보다는 평범하다고 하는 편이 적절한 표현일 것이다. 어쨌든 이 세 사람은 차례대로 품위 없고, 더 품위가 없고, 정말로 품위가 없었다 (이 글은 1882년 여름 아버지와 여동생과 함께 스위스로 여행 갔을 때 기록했다). 다음 날 아침 우리가 침대에서 게으름을 피우고 있을 때 아버지는 빙하지대에서 이들 품위 없는 사람들과 하루를 보내는 것으로 일정을 잡았다고 말씀하셨다. 나는 "어쨌든 인간에 대해 관찰할 수 있을 거야"라고 동생에게 말했다. 안개와 비가 내리는 가운데 음울한 빙하지대에 반시간이나 있자 이들이 나타났다. 나는 둘 중 더 품위 없는 경박하고 거친 아일랜드인과 함께 있게 되었다. 다른 두 사람처럼 이 사람 역시 교회의 기둥이었다. 나는 곧 그의 신임을 얻게 되었다. 그의 말투가 자신의 모습을 특징적으로 보여주기에 여기에 그의 말을 기록한다.

"저는 1년 반 동안 독일에 있는 학교에 다녔지요. 끔찍한 곳이었어요. 교장선생은 영원한 벌 등의 거짓 교의를 떠들어댔어요……. 이러한 것들은 똑똑한 사람들에게서 배워야 하거든요. 저는 영국에 오자마자 그곳에서 배운 모든 것을 머리에서 지웠어요. 성직을 받지 않으려 했어요. 머리 쓰기가 싫었거든요. 저는 한곳에서 석 달 이상 머물지를 못해요. 하나뿐인 제 형님도 평생 사고나 치며 사셨어요. 전쟁이 터지면 어느새 그곳에 가 계셨죠. 가히 천부적이셨어요. 마지막으로 들은 소식은 호주에서 원주민을 추적하는 기마 경찰단에 계시다는 것이에요. 저희 가족은 대개 이렇지요."

"어떻게 시험을 통과하셨어요?"라고 나는 물었다.

"저는 운이 좋았어요. 책도 읽지 않고 강의도 대충 꾸려가고 토론도 대충 하면 되거든요. 시험관들은 우리가 책에서 읽은 것보다는 자신들이 한 이야기를 되풀이하면 좋아하거든요."

"설교는 어떻게 했어요?"

"캐논 플레밍 씨에게 제대로 교육받았지요. 그분 앞에서 설교하는 것이라 상당히 떨렸어요."

"교리는 상관 안 하시나요?"

"아니요. 무엇엔가는 기대야 하는데, 저는 직유적인 표현이 많은 것을 좋아하지요. 더 깊게 가고 싶지만 제가 사는 히어포드 지역은 맹한 면이 있답니다. 교구목사는 일하기를 좋아하지요. 저같이 젊은 사람에게는 힘들어요. 도착한 지 사흘 만에 그와 그의 가족이 어디론가 가버려서 제가 일을 맡았죠. 견진례를 받을 사람이 스물네 명이나 됐어요. 머리가 나빠서 외우게 할 수도 없었어요. 정원과 가축이 없었다면 난 미쳐버렸을 거예요. 이쪽 사교계는 대개 지역 목사들로 구성되어 있었는데, 저는 그들이 싫었어요. 왜냐하면 젊은 사람이 지칠 때까지 잡아놓고는 이렇게 살아라, 저렇게 생각하라 등등 설교를 늘어놓거든요. 교구목사님과 그 식구들은 저에게 정말 친절했지요. 다섯 명의 딸을 포함해서 모두 귀가 먹었는데요, 면전에다 확성기 같은 것을 대고 설교해야 했어요. 그는 정치적으로는 뛰어난 사람이에요. 그에게서 정치관을 배웠어요. 오래된 토리당원이라 설교 때에 정기적으로 정치 연설을 했어요. 어느 날인가, 꽤나 오래 목소리를 가다듬고 코를 푼 후, '깡패인 브래드러[2]가 의사당에서 쫓겨났다는 것을 형제들에게 고하게 되어 진심으로 기쁩니다'라고 말하더군요. 이 지역의 의사가 한때 자기 집에 머물라고 권했지만 같이 지내기 힘든 사람이어서 안 된다고 말해야 했어요. 그 교구에 있을 때 그 사람 때문에 한바탕 소동이 난 적도 있어요."

"무슨 난리예요?"라고 호기심이 발동해서 물어보았다. "그 사람과 사이가 틀어진 것은 아니고요?"

"아니에요! 그이를 만나면 인사하고 이야기해야 하지요——안 하면

---

2) 브래드러(Charles Bradlaugh, 1833~91). 영국의 자유주의적 정치운동가—옮긴이.

안 되거든요."

가파른 곳을 올라가느라고 잠시 쉬었다.

"직업이 마음에 드세요?"

"글쎄요, 좋아했던 것은 바다로 나가는 것이었어요. 그러나 너무 늦었지요. 사무직은 머리가 못 따라가고요. 아버지도 성직에 계셨고 삼촌 다섯 분이 전부 교회에 계셨어요. 젊은 목사 지망생을 많이 아는데요, 몇은 꽃에 빠지고, 몇은 사이클링에 빠지고, 몇은 가금류를 키우지요. 몇 명은 임종 시에 정말 당황스럽더라고 하더군요. 무슨 말을 해야 할지 모르기 때문에 자칫 심각해지곤 하거든요"라고 아일랜드인은 말하면서 언뜻 슬픈 표정을 지었다. "고통과 죽음을 본다는 것은……."

잠자리에 들려고 하는데, 아버지가 T교구의 목사 부인과 함께 들어오셨다. 이 부인은 소박한 차림에 목회자처럼 보였다. 독수리 같은 콧날에 얼굴빛이 창백했고, 냉정한 회색 눈과 입이 모두 한쪽으로 몰린 모습이었으며 경건한 분위기를 풍겼다. 점잖은 옷차림에 모자를 쓰고 있었다. 그녀는 대체적으로 만족스러운 삶을 보내고 있으며 내세에서의 자신의 위치에 대해서도 확신하고 있는 듯한 표정을 짓고 있었다. "이전부터 알고 지내지 못한 것이 아쉽네요"라고 친절하게 말하면서 그녀는 특정 어휘에 힘을 주어 말하면서 말을 끌었다. "여기에는 이상한 부류도 많아요. 어젯밤에 여기서 훌륭하게 생긴 청년과 대화를 나눴어요. 근데 그 잘생긴 청년이 어떤 사람인 줄 아세요?" "글쎄요." "비국교도 목사였어요! 물론 대화를 그만두었지요. 그 사람들은 이상한 생각을 하고 있고, 사회적 위치에 대해 민감하답니다. 국교도 목사의 부인인 저로서는 대화를 하다보면 자연히 그 사람들 비위를 건드리게 되어 있거든요." 속으로는 왜 기분을 건드려야 하는지 의아해 하면서도 "물론, 그렇죠"라고 나는 대꾸했다. "오늘 아침에는 숙녀처럼 보이는 젊은 여자와 같이 벤치에 앉아 있었는데, 글쎄 이 여자가 어디에서 온 줄 아세요?" "몰라요, 어디인데요?" "버밍엄에서 왔다더군요." 동조라도 하듯이 나도 "세상에!"라고 대꾸했다.

이쯤에서 우리는 같이 앉아 글로스터셔의 배일 가족과의 친분에 대해 이야기하기 시작했다. "유쾌한 사람인 P씨[3]와 똑똑한 네 딸을 다 잘 알지요. 딸들이 모두 미혼이라니 안됐어요." 그제야 우리는 의견의 일치를 보았다.

이웃이 자신보다 사회적 신분이 조금 높을 때, 이들을 가볍게 깎아 내리지 않을 사람이 있겠는가? 분위기가 무르익자 우리 주제는 교육으로 바뀌었다. 목사 부인은 "기업하는 사람들, 변호사들, 이러한 계층 사람의 딸들이 분리주의 목사에게서 교육받는다는 게 슬퍼요. 그 애들이 정상적인 종교교육을 받을 리 만무이지요"라고 말을 이었다. "제 남편도 전적으로 자신이 주관하는 교회 고등부를 시작하려고 해요. 믿음이 있는 탁월한 여선생을 두 명 구해놨거든요. 제가 보기에는 이곳의 고등교육은 아주 마땅치 않아요. 이곳 교육에 대해 어느 부인이 애들이 공부에 밀려서 매일 기도할 시간은 없고, 교육 수준은 높다고 하더군요. 학생들이 스스로 최근의 새로운 사상에 대한 서적도 종종 구해 읽는다는군요. 이곳의 많은 고등학교에서 모든 계층 사람이 같이 교육받는데요——교육의 질이 너무 좋아 사회적 지위가 괜찮은(돈은 없지만) 부모들이 이곳으로 딸들을 보낸다고 해요. 그런데 그들은 정작 딸들 옆에 누가 앉아 있는지를 까마득하게 모르고 있어요!"〔1882년 6월 일기〕

아버지의 비서

어머니의 죽음은 내 삶을 근본적으로 바꾸었다. 인생의 방향을 설정하는 데 남에게 의존하거나, 가정상황이라는 짜인 틀 속에서 연구와 여행, 우정과 연애 등의 일정을 끼워 맞추었던 종속적인 위치에서 벗어나, 나 자신뿐 아니라 남의 행동까지도 결정하는 권위자로 바뀌었다. 항상 옮겨다니는 대가족의 우두머리가 된 것이다. 계속 집을 옮겨다녔지만

---

3) 이 장과 다음 장에서는 언급되는 사람들의 이름을 종종 생략했다.

어디에 있든 우리 집은 결혼한 일곱 자매와 그들의 식구들로 차 있었다. 또한 도시에 있든 시골에 있든 아버지와 자매들 그리고 내 친구들을 대접하는 분주한 안주인 역할을 해야 했다. 그러나 이러한 판에 박힌 역할보다 더 중요한 것은 내가 아버지의 의논 상대가 되었을 뿐 아니라 어린 동생의 실질적인 보호자가 되었다는 사실이다.

책임과 권위가 주어지는 이러한 위치가 아버지의 기질 때문에 내게는 더 버겁게 느껴졌다. 아버지에게는 부모로서 단점이라 할 수 있는 기질이 하나 있었다. 그것은 자신이 사랑하는 사람들이나 동거인들의 성격과 지능에 대해서 과대평가하거나 지나치게 관대하다는 것이었다. 나는 아버지의 낭만적인 기질에 적합한 딸은 아니었지만 일의 판단이나 거래의 정확성에서는 분명히 완벽한 신뢰감을 주었다. 이는 부분적으로는 아버지의 모든 것에 동참하는 개인 비서로서의 신뢰감에 기인하기도 했다. 큰 거래가 있을 때면 나는 가장 핵심적 역할을 하는 실무자들 사이에 오간 기록되지 않은 다양한 '암묵적인 사항'을 상세히 기억해냈다. 시간이 지나면서 나는 대화에서 수집한 일련의 복잡한 사항들을 이해하고, 기억하고, 후에 다시 기록하는 것이 바로 사회학자의 탐구 방법 가운데 하나라는 사실을 깨닫게 되었다. 사회학자로서 면담기술을 익힌 것은 바로 아버지의 비서업무에서 비롯된 것이다.

내가 여주인 역할을 하게 되자 아버지는 집안 수입의 상당부분을 왜, 어떻게, 어디에 지출할지를 내게 맡겼다. 한번은 만약 내가 '결혼을 원치 않는다면' 공적으로 아버지의 동업자가 되겠느냐고 물어보신 적이 있었다. 이렇듯 2~3년 동안 나는 **연금 수령자들**이 개인적인 자유라고 부르는——제한을 받지 않고 마음껏 돈을 쓸 수 있는 자유——것을 체험했다. 노동자들은 자신들은 상품과 서비스를 생산하는 데 반해 권력을 지닌 유한계급 남녀들이 그것을 소비한다고 느꼈다. 이러한 엄청난 자유와 권력에서 비롯된 것인지는 몰라도 이와 더불어 나는 육체적·정신적으로 더욱 활력이 넘치게 되었다. 연구에 몰두하다 곧이어 정신적 피곤이나 병으로 시달렸던 핏기 없던 소녀에서 체계적·지속적으로 여러 가지 일을 동시에 해나가는 진정 활기 넘치는 여자로 바뀌었다. 어떤 때는 상호 모순적인 일을 진행하고 일인다역을 하며 정신적 압박감을 느끼면서도 끝까지 활기차게 일을 완수했다.

패딩턴에서 오는 길에 런던 거리를 지나다가 이상한 힘을 '느꼈다.' 이런 느낌은 남들과 경쟁해 자신에 대한 평가를 수정해본 적이 없거나 자기 세계 속에서만 안주해온 사람들이 느끼는 감정이었다 〔1년 동안의 작업을 정리하면서 기억해낸 것이다〕. 내가 유심히 보기만 한다면 거리에 가득 찬 사람들이 자신들의 내면의 역사를 모두 이야기해줄 것 같았다. 다시금 마치 하늘 위에서 이 세상을 내려다보는 새처럼 인간들을 개관할 수 있을 것이라는 헛된 희망이 펼쳐졌다. 이런 생각은 환상처럼 윤곽이라도 잡으려고 하면 이내 다시 사라지고 말았다. 나는 일에 대한 힘과 의욕이 별안간 솟는 것을 느꼈다. 뮈렌의 쾌적한 분위기 때문인지는 몰라도 여름 내내 나는 의욕이 '충만'한 상태로 지냈다(피가 넘치는 것이 정서적 충만의 원인이다! 스펜서의 말이다). 도덕적이든지 지적이든지 간에 '충만' 상태의 원인은 천재나 일반인에게 모두 같은 것이 분명하다. 그러나 그 결과는 완연히 다르다. 이것은 정신적인 소외를 의미한다. 특정 계급에 속한 평범한 개인에게 부과되는 의무에서 탈피해서 쓸모 있는 일을 할 능력이 있는지를 자문하는 것이다.

만약 허영심에서 실수를 저지를 경우 잘못에 대한 벌은 크다. 이로써 조롱받기 쉬우며 더 나쁜 것은 상대적으로 쓸모없다고 확신하게 되는 것이다. 이러한 위기 상황에서는 냉소주의까지 가세해 자기 비하를 부추긴다. 평범한 사람의 경우 업적이——생각이든 행동이든——지속적인 효과를 지닐 수 있을지는 의문이다. 만약 이런 사람이 대표자가 되더라도 그는 단지 수단에 그치고 만다. 이런 사람은 주위에 많이 있다. 만약 그가 대세를 거부한다고 해도, 인간 성향의 도도한 물결을 돌리는 것은 역부족이다. 내가 즐거나 할 일을 게을리 하고 있을 때 다정하게 흔들어 깨워준 친절한 사람들이 있었다. 그들 덕분에 나는 꿈에서 깨어났다. 수학도 늘 나를 적절하게 정신 차리게 만들었다. 이것은 혼자서 자신의 능력을 측정하는 데에 쓰일 수 있는 좋은 측정단위다. 올해 초 새해 결심은 실제 삶에 나를 헌신하겠다는 것이었다. 그리고 만약 에너지가 남는다면 "그 에너지로 분명히 내가 좋아하는 것을 할 수 있을 것이다."

글쓰기에 대한 야망

바위 조각이나 막대기와 뿌리 등을 정성껏 묘사하듯이 인간을 세밀하게 연구하는 것은 흥미로운 일이다. 지난 6개월 동안 그림에 투자하여——비록 이룩해놓은 것은 없지만——색감과 형태에 대한 감수성을 키울 수 있었다. 그해 겨울의 흰 나뭇가지나, 당근과 무의 색감 변화가 나를 얼마나 즐겁게 해주었는지 잊을 수 없다. 자연에서 가장 불결한 것도 자신만의 아름다움을 가지고 있으며 우리에게 흥미를 제공해준다. 사람들과 같이 살아나갈 것이기 때문에 만나는 사람들을 묘사하려는 시도는 흥미진진할 것이다. 그림 연습으로 사람들의 특징을 더 섬세하게 이해할 수 있게 된 것이다.

우리는 대부분 우리 생각과 느낌 또는 인상을 표현하고 싶은 욕망이 있다. 여자들은 일반적으로 음악이나 회화를 선택하지만, 글의 내용을 가지고 과장하지 않는 한 글쓰기도 허세만은 아니다. 언어는 실제 삶에서 영향을 미칠 수 있는 평범한 수단이라는 장점도 있다. 글쓰기가 인간의 사고를 키워준다는 커다란 혜택이 있다는 사실을 차치하고라도, 표현의 명료성과 개연성이 사람의 마음과 성격과 연관되어 있다는 사실 또한 이에 못지않게 중요하다. 대략적으로 말해 지난날 읽고 소화한 책의 수가 자신의 해낸 일과 동일하다고 하겠다.

오늘날 '주지주의'가 좋다는 주장이 심하게 과장되어 있는지 아닌지는 판단하기 어려운 문제다. 현 시점에서는 지적 교육이 모든 악을 제거할 수 있다는 생각에는 반대 의견이 있다고 본다. 모든 것에 관심을 갖지만 별 도움을 주지 못하는 사람들이 이 사회를 우울하게 만든다. 과연 인간의 교양이 행동하는 힘을 증가시키는가? 힘은 증가시킬 수 있지만 욕망을 줄이는 것은 아닌지. 〔1883년 1월 3일 일기〕

충돌하는 의무들

우선적으로 해결해야 할˚것은 내가 시간과 에너지를 바치는 두 가지 과제를 어떻게 조화시키는가 하는 문제다. 한편에는 빅토리아 시대에 맞는 가정적인 여성성이라는 코드에 의해 지탱되는 가족간의 사랑이 있고, 다른 한편에는 창조적인 사고와 문학적 표출에 대한 꿈틀대는 욕망에 끌려 사물의 본질을 탐색해보려는 나의 호기심이 있다. 가족과 관련된 일과 중 몇 가지는 당연한 것이기도 했다. 거래하거나 여행할 때 아버지의 동료가 되는 것은 지속적인 즐거움이 되었을 뿐 아니라 교양 교육이기도 했다. 동생의 주기적인 건강 악화 역시 내 의무감을 증가시켰을 뿐 아니라 개인적인 측은지심도 키워주었다. 그러나 여성의 의무와 관련해 내가 인정하기 싫은 억설도 있었다. 당시의 코드는 미혼 여성의 시간과 에너지는——특히 집안을 책임지는 여성일 경우——집안 구성원을 위해 봉사하는 데 쓰든지, 자신이 속한 사교 모임에서 남을 즐겁게 하는 데 쓰든지, 아니면 스스로 즐기는 데 써야 하는 것으로 여겨졌다. 이러한 견해와 함께 '훌륭한 결혼'을 통해 자신의 평생 대작을 완성함으로써 미혼시기라는 도제시절을 끝낼 권리가 있다는 주장도 있었다. 결혼함으로써 부유한 부인들과 함께 지낼 수 있게 되고, 결국에는 가문의 전체적인 영향력을 키우게 되는 것이다.

모든 코드에는 이를 판단하는 재판관이 있는데, 내 경우에는 똘똘 뭉친 일곱 명의 자매와 또 평가자로 대기하고 있는 이들의 남편이 있었다. 다행히도 이들은 너그럽게 조사하고 고발하는 친절한 배심원들이었다. 그러나 다른 법률 위반자나 마찬가지로 나도 이들의 사법적 지배를 피하거나 배제하려 했다. 아버지와 동생의 건강과 행복 그리고 가족의 수입과 관련해서는 가족 배심원들이 개입할 수 있는 권리를 충분히 인정했다. 그러나 나를 발전시키고 표출하기 위한 야망이나 계획과 관련한 것은 슬며시 집안 내 토의에서 빼버렸다. 그 대가로 얻은 것은 소외와 외로움이었다.

　이러한 내적 갈등과 함께 (아마도 나의 이기주의 때문이겠지만) 자매들의 사랑을 점차 잃고 있음을 알게 되었다. 물론 꼭 비판을 받아야 할 것도 있지만, 어떤 것들은 괜한 것도 있을 것이다. 지나치게 민감하게 반응할 필요는 없지만, 이성적으로 대처하고자 한다면 자신의 목적의 정당성과 완전성에 대해 분명하게 확신하고 있어야 한다. 〔1882년 12월 일기〕

　나의 시간과 에너지에 대한 모순적인 요구는 아침 다섯시부터 여덟시까지 내 방에서 지적인 작업을 하고 나머지 시간은 집안일과 사교적인 일을 하는 습관을 키움으로써 곧 해결되었다.

　매일 아침 스펜서의 『심리학』을 읽다. 조용히 연구하는 세 시간 동안이 하루 중 가장 행복한 시간이었다. 다만 한 가지 문제가 지속적으로 발생했다. 내 취향에 맞는 연구가 내 야망을 자극하지만 곧이어 자신의 모자람이 부끄러워졌다. 평범하게 영리한 사람들과 만나도 곧 열등감을 느꼈다. 그렇지만 모자란다고 해도 한 분야에 헌신하기만 한다면 나도 무엇인가 할 수 있을 것이라고 생각했다. 대개의 평범한 사람들은 이따금 자신의 재능에서 가능성을 발견하지만 다른 자질이 부족하기 때문에 이를 개발하지 못한다. 모든 새로운 지식의 알갱이들이 거슬리는 미지의 영역으로 영토를 넓혀갈 때 왜 우리는 알려고 혼신의 힘을 기울이는 것일까? 인간들의 지식의 총합을 늘린다고 해도(평범한 사람들에게는 이것조차 불가능하겠지만) 우리에게 무슨 소용이 있을까? 최근 들어서는 이를 악물며 에너지를 소진시켜야 하는 인간의 지식보다는, 인간의 인격을 더 발전시켜야 할 때다. 아마도 인간의 사상과 이것이 낳은 철학은 개인적 만족과 수모 차원을 넘어 인간의 마음을 도약시키고, 우리의 측은지심을 키우고, 우리의 지적 활동이 안전밸브를 통해 무사히 표출되게 함으로써 인간의 도덕적인 발전에 영향을 미칠 것이다. 남의 일에 관심을 보이면서 자신의 의무를 소홀히 하는 사람보다 활발하면서도 아무 일도 하지 않는 사람들이 이 사회에 더 해롭다. 하잘것없는 내 작업에서 가장 괴로운 것은 작업 소재——내 사고가 지닌 하찮은 주관성——가 시원치 않다는 점이다. 현명한 사람을 만날 때마다 나는 고통스럽게 이것을 의식하게 된다. 작업이라고 할 것도 없는 내 일이 너무 미숙해서 더 나은 척, 더 전문가인 척할 필요가 있는지도 모르겠다. 그러나 내가 할 작업은 실제적인 일인데, 나같이 하찮은 사람이 전문가인 척할 필요가 있을까? 성공하고자 하는 그러한 위험한 야망을 없앤다면, 내가 연구에 투자하는 몇 시간은 그로써 육체적으로 건강해졌다는 것으로 정당화될 수 있다. 혈액순환에 직접적인 영향을 미쳐서인지 아니면 이러한 일이 간접적으로 가져오는 자기만족 때문인지 나는 일 덕분에 건강을 유지할 수 있었다. 탈진은 도덕적으로나 육체적으로나 내게 어울리지 않는다. 나는 내 기질에 맞게 살면서 건강을 유지해야 한다. 〔1883년 1월 일기〕

사회적 야망

다음 일기는 런던에서 독립적인 여주인이라는 새로운 위치에서 보낸 1년 동안 쓴 것이다. 이 일기는 자기 계발과 표현하고 싶은 욕망과 전통적인 가정적 요구 사이의 갈등에서 내가 느낀 압박감과 긴장감을 보여준다. 사회적 야망과 개인적인 허영심 때문에 그 고통은 더욱 심했다.

사교계에 나가 그곳에서 성공하는 것을 목표로 삼아야 할까, 아니면 단지 의무적으로 요구되는 것만 하고 지난 아홉 달처럼 나만의 사생활을 유지해야 할까? 〔런던 집을 소유하기 전날 나 스스로에게 물었다.〕 대체적으로 답은 사교계 쪽으로 기울었다. 그것이 시대의 흐름을 타는 것이고 남들의 비위에 맞추는 것이다. 부분적으로만 신경을 쓸 일에 온 힘을 기울이는 것이었다. 이것은 기회를 만드는 것도 아니고 단지 잡기만 하면 되는 것이었다. 또한 위험 부담도 적고 즐거운 사람들과 함께 이미 잘 다져져 있는 길을 걷는 것과 같았다. 목적지도 그리 멀지 않았고, 그곳에 이르기 위해 특별한 힘이 필요한 것도 아니었다. 그리고 마지막으로 이것을 선택하면 주제넘게 내 자신을 내세울 필요도 없기에 더욱더 이 선택이 끌렸다.

그러므로 다음 다섯 달 동안 나는 사교적 본능을 개발하는 데 정성을 쏟았다. 나의 수호신이 거짓이나 위선 같은 저속한 것에서 나를 보호해주리라 믿었다. 나는 사람들을 더 잘 알기 위해 남녀 사이를 찾아다녔다. 그리고 열등한 사람들의 마음에 우리에게는 없고 우리가 이해하지 못하는 것이 무엇이 있을까 상상하면서 그들의 모습을 겸손하게 지켜보고 관찰했다. 새로운 사람을 만날 때마다 다른 사람을 완전히 알려고 하는 내 노력이 역부족이라는 확신이 커갔다. 애정을 품고 대해도 마찬가지였다. 상대방에 대한 이해심이 없으면 그 사람의 외부적 행위를 유도하는 내적 움직임을 이해할 수 없게 되기 마련이다. 이해심 또는 흔히 **동정심**이라고 여겨지는 것은 인간을 분석하는 데 유일한 도구가 된다. 인간의 속성을 이해하고 묘사하는 사람은 모두 이러한 도구를 지녔음이 틀림없다. 물론 지적인 자질, 즉 분석적 상상력이 있어야만 도구가 완벽해진다——이는 개인이 지닌 복잡한 사고력과 동기의식에 기인한다. 그러나 이러한 면이 높은 수준에 이르지 못하면, 타인을 제대로 통찰할 수 없게 된다. 자아와 자아의 작동에 대한 관심보다 타인에 대한 이해를 우위에 놓을 때 타인을 통찰할 수 있게 된다. 그러므로 남에게 좋은 인상을 남기려는 취향을 억누르고 느낀 대로 받아들이기로 한 결심을 더욱 확고히 하기로 했다. 기록하지 않고 어느 정도 기간이 지나면 기억이 희미해지기 마련이므로, 받아들인 것을 즉시 정리하기로 했다. 〔1883년 2월 22일 일기〕

집 앞쪽에 있는 서향의 침실[런던의 프린스 게이트에 정착했을 때 쓴 글이다]. 오후에는 여기에 앉아 대도시의 번잡스러움에 방해받지 않고 박물관과 정원 뒤편으로 서서히 석양이 지는 모습을 보았다. 들리는 것이라고는 살찐 말들이 가볍게 달리는 소리와 푹신한 마차가 굴러가는 소리뿐이었다. 우리는 편안하고 만족스럽고 적적한 가운데 허영심을 만족시키기도 하고 억누르기도 하면서 호화스러운 생활을 하고 있었다. 아버지는 기차회사의 합병계획을 검토하고 조직하는 일에 몰두하셨다. 일을 추진하는 사람들이 아버지와 함께 일하려 했고 아버지 이름을 빌리려 했다. 프라이스 장관이 오늘 오후에 방문했는데, 넌지시 '우리'라는 표현을 쓰곤 했다. 아버지는 일에 몰두하셨지만 어머니의 죽음에 따른 고통으로 말없이 쓸쓸한 슬픔에 싸여 계셨다. 이따금 오는 슬픔이지만 지속적으로 찾아오는 고통이었다.

죽음보다 더 끔찍한 것은 서서히 소멸되는 에너지가 주는 깊은 고통이었다. 일에 몰두하는 황금기가 지난 사람들에게는 누구에게나 지속적인 일에 대한 에너지가 소멸되게 마련이다. 우리는 인간의 본성에 대한 연구에서 어려운 삶에 대한 연구로 나아가야 하고 여기에 지대한 관심을 쏟아야 한다. 인간의 정신적 조직에는 무언가 끔찍한 것이 있다. 자의식이 이것을 밝혀주고 소멸이라는 어두운 배경이 이를 둘러싸고 있다. 런던의 번화가를 걸으면서 계속 나를 지나쳐가는 주름이 깊게 파인 사람들, 이따금 일과 고통, 울화로 얼굴이 일그러진 사람들을 보고, 이 모든 욕망과 고통, 다양한 감정과 사고가 힘과 물질로 이루어진 조건일 뿐이며 파멸될 허깨비라는 생각을 하게 된다. 이때 끊임없이 절망감에 사로잡혀 무엇을 원한다거나 무엇을 하고픈 힘이 마비된다. 나는 무력증에 빠진다. 가끔씩 관찰하고 조사한 사람들이 지닌 구조와 기능의 다양성이 맥빠진 호기심을 불러일으킬 뿐이다. 나는 따뜻한 동정심 대신 냉혹한 관찰력만 갖게 된다. 하지만 이런 태도는 엄격하게 떨쳐버려야 한다. [1883년 2월 일기]

사교계의 여자들

하원의장 댁에서의 성대한 파티. 이런 파티가 하나 둘 평생 지속될 것이다. 누구에게나 기분 좋게 대한다는 것이 어렵다는 걸 알게 되었다. 무슨 말을 해야 할지 모르게 된다. 나는 대체적으로 옥스퍼드가의 사람들, 그중에서도 여자를 선호한다. '숙녀들'은 자신을 표현하지 않는다. 우리 계급 남성이 정신적으로 가장 우월하다고 생각해야 할까? 사교계 여성의 일상은 다를 수 있을까? 사교계 여성의 일상이 그다지 매력적인 것이 무엇일까? 지적인 여성이 이런 식의 사회제도 속에서 결혼을 바랄 수 있을까? [1883년 3월 1일 일기]

L여사를 방문하다. 그녀는 서민 출신으로 준남작과 결혼했다가 거대한 유산을 받게 된 여성이었다. 그녀는 모든 능력이 돈에 매몰되어 무미건조한 사람이 되었다. 프린스 게이트에 저택이 있는데, 저택은 '진품' 도자기와 가구로 꾸며져 있으며 이로써 집이 대체로 음산하고 육중한 느낌을 주었다. 그녀는 조그만 체구에 예쁘고 가냘픈 모습으로 병약한 표정을 하고 있다. 겉모습과 매너에서는 무언가 저급한 세련미가 느껴졌다. 그녀 옆에는 화려하게 차리고 야무져 보이는 평범한 여인이 앉아 있었다. 하인에 관한 대화에 끼게 되었다. 인사가 오간 후에 대화가 이어졌다.

L여사: "연봉 250파운드와 부수입, 본인이 음식재료를 살 수 있는 권한을 주고, 그리고 일요일을 쉬게 해달라고 했던 지난번 요리사에 대해 B여사에게 말하고 있었어요. 친절하고 정중한 사람이었어요. 사실 그는 우리 집에 오래 있다가 2년 전에 떠났어요. 그러나 요즈음 하인들이 건방진 것하고 정직하지 못한 것은 말도 못해요. 지난번에는 우리 요리사가 매주 14파운드 상당의 버터를 빼돌린 거예요.

"세상에! 그런 망측스러운 일이 있어요!"라고 내가 말했다.

L여사: "그렇지만 확인은 불가능하답니다. 식료품은 소매상인이 도맡아서 하거든요. 그런데 어떻게 확인할 수 있겠어요."

B부인: "더 나쁜 것은 얼마를 지불하든지 간에, 결국 이것에 대해 신경도 못 쓰지만, 원하는 대로 부릴 수 없다는 거예요. 게다가 집사뿐 아니라 하인까지 매일 밤 외출하는 게 말이 돼요? 결국 집사도 아니고 하인도 아니고 집안의 꼬마가 커피를 나르게 하는 게 맞는 일입니까?"

L부인: "그 일 이후에 두 사람 다 관두겠다고 하더군요. 그러나 말씀하신 대로 주인으로서 어려움이 있어요. 어제 비로소 울즐리 부인이 우리 집에 와서는 가넷 경──울즐리 경 말입니다──흉을 보고 갔어요. 그녀가 정말 벨을 눌렀대요. 울즐리 경에게 하인이 오거든 그가 얼마나 나쁜 짓을 했나에 대해 어떻게 말해야 하는지까지 말해주고는 2층으로 올라갔대요. 그랬더니 울즐리 경이 하인에게 화로에 석탄을 더 넣으란 말만 했다는 거예요!"

B부인: "정말이에요!" (수개월 전에 그녀를 방문했던 스페인 대사를 안으로 들일 것인지 생각하느라고 잠깐 말을 멈추었다. 그녀는 나중에 결국 그렇게 했다.) "지난주에 크리스티 경매에서 저 상자를 구입하셨죠. 남편 말로는 죄다 쓰레기라고 하더군요. 물론 그 상자만 제외하고요." 〔1883년 3월 11일 일기〕

내 삶은 상호관계가 전혀 없는 두 부분, 즉 사고를 요하는 부분과 적극적으로 참여해야 하는 부분으로 확연하게 나뉘었다. 〔한 달 후의 기록이다.〕 이것은 서로 다를 뿐 아니라 거의 충돌하는 두 가지 꿈을 동시에 실현하는 일이기도 했다. 시간과 에너지를 계속적으로 조율해 나감으로써 둘 사이의 타협을 이룰 필요가 있다. 내 유일한 희망은 내 이상적인 꿈이 외부에 알려지지 않는 것이다. 그렇지만 외부에 알려질까봐 부끄러워하는 내 진실, 실은 이것이 나를 지배하는 내부적인 힘이다. 다행스럽게도 외부적인 여건들이 나의 두 번째 꿈을 지지하기 때문에 아마도 두 꿈 사이의 균형은 꽤 괜찮은 셈이다. 사람들 사이를 다니며 그들과 아무 일도 없듯이 같이 대화를 나누면서도 내 **진정한**

삶이라 할 수 있는 사고와 문제들을 언급하지 않는다는 것은 실로 진기한 경험이라 하겠다. 이러한 문제를 추구하고 해결하는 데 내 모든 열정이 소비된다. 이러한 이중적인 삶의 동기와 이와 더불어 내가 살고 있는 외부세계와 내 가족에게까지 이러한 것을 숨긴다는 것이 마치 현실이 아니라는 느낌을 갖게 한다. 안 좋은 점은 이렇게 이 생활에서 저 생활로 급하게 왔다갔다 하는 데 많은 에너지가 소비된다는 점이다. 다행한 것은 이러한 불확실성이 오래 지속되지 않는다는 사실이다. 내 환경과 기질이 궁극적으로 내게 어떤 직업을 갖게 하든지 간에 이러한 상황에서 이룩한 내 작업 역시 유용하게 쓰일 것이다. 언젠가는 베일을 젖히고 나의 잠재성의 좁은 한계를 제대로 볼 수 있게 될 것이다. 〔1883년 4월 24일 일기〕

아무것도 아닌 것 가지고 법석을 떠니 우습기도 하다. 저녁식사 후 담소를 나눌 때 내 머리회전은 전혀 작동되지 않는다. 『인간의 능력에 대한 탐구』(*Enquiry into Human Faculty*)에서 골턴(Francis Galton)은 '지난 일을 뒤적이는' 인간의 마음에 대해 언급하지만, 런던의 사교계 생활에서 인간의 작은 뇌가 하는 일은 새로운 느낌에 대해 수다 떠는 일이 대부분이다. 사람들은 대화에 광적으로 빠지면서 혼란에 빠지게 된다. 이 재잘거림은 심지어 혼자 있을 때도 소곤대는 어조로 계속 진행된다. 우리가 만났던 사람들이 눈에 보이지 않는 무대 위에서 서성대면서, 그나마 우리에게 남아 있는 시간과 에너지를 빼앗아버리고 만다. 포용력이 진정 많은 사람들이라면 사교적인 대화에 흡수되지 않고 오히려 이것을 휴식으로 받아들일 수 있을 것이다. 그러나 한편 이것이 휴식이 되려면 이것을 작동시키는 정교한 장치에 연루되지 말아야 한다. 그러므로 (끝없이 이어지는 듯한) 모임에 참석하고 이상하게 다양한 사람들과 가끔 만나다보니, 모두 나보다 경험도 많고 능력도 뛰어나다. 그에 비해 나의 보잘것없는 정신은 쓸모없고 부적절하다. 체계적이지 못하고 혀로만 떠들어싸거나, 아니면 생기 넘치는 대화도 내 머리 '안에서'만 이루어진다. 무엇을 읽거나 사색하는 것이 불가능하다. 일련의 사고는 미지의 경험이다. 사람들이 말하거나 움직이는 그림들이 연속적으로 이어진다. 내 정신은 잠시 개성을 상실하고 다양한 배경에서 온 남녀의 모습을 반영하는 거울로 변형된 것 같다. 보잘것없는 자아가 그 그림들 사이로 들락거린다……. 분명 '사교'가 승리했고 내가 추구하는 것은 실패한 것이다……. 말을 자제함으로써 품위를 갖출 수 있다〔식사 모임을 한 번 더 한 후 이것을 깨닫는다〕. 즐겁게 어울릴 수 있길 바랄 뿐이다……. 그나마 사람에 대해 알게 되고 유심히 관찰할 수 있다면 그만이다. 자기의 가족 구성원 외에 다른 사람들을 관찰하는 것은 어쩔 수 없이 부분적일 수밖에 없다. 그것마저도 자신의 개성 때문에 또한 자신을 비춰보는 척도로 다른 사람들을 바라보기 때문에 제대로 진행되지 못한다. 〔1883년 5월 5일 일기〕

조지프 체임벌린

18일에 있었던 재미있는 만찬. 휘그당 귀족 한 사람이 한쪽에 있었고 다른 쪽에는 체임벌린이 있었다. 그 귀족은 자신의 관심사를 말했고, 체임벌린 씨는 열정적으로 다른 사람들——대중——의 마음을 사로잡는 것에 대해 이야기하고 있었다. 그는 지적인 열망의 지배를 받으면서 목적의식이 강하지만 자신을 제어하지 못하는 이상하고 흥미로운 인물이다. 스펜서는 체임벌린에 대해서 이렇게 말한다. "의도는 좋지만 해를 많이 끼치고 있고 앞으로도 끼칠 사람이다." 체임벌린은 스펜서에 대해 이렇게 말한다. "다행스럽게도 대부분의 사람들에게 그의 글은 이해되지 않는다. 그렇지 않았다면 그의 삶이 많은 해를 끼쳤을 것이다." 둘은 서로 증오하지는 않지만 근본적으로 서로에 대한 반감이 있다. 왜 그럴까? 스펜서의 생각이 어떻게 작동하는지는 알 수 있지만 체임벌린의 열정은 전혀 이해할 수 없다. 그렇지만 활동적인 사람을 움직이는 힘은 대개 합리적이지 않다. 철학자들은 세상에 영향은 미치겠지만 대중의 본성이 변하지 않는 한 결코 이 세상을 지배하지 못할 것이다. 그런 후에 철학자들은 더 조용한 영역으로 나아갈 것이라고 생각한다. [1883년 6월 일기]

여섯 달 후에 쓴 다음 일기는 체임벌린이 급진당 당수였을 때 받은 느낌을 기록했다. 독자들에게 흥미로운 내용이 될 수도 있을 것이다.

그는 나에게 자신의 정치 역정에 대해 이야기해주었다. 자신의 신조가 인생 경험과 남에 대한 이해심을 바탕으로 생겨났다고 했다. 다수를 이롭게 하자는 희망이 점차 자신의 성향을 지배하는 열망이 되었다고 했다. "지금까지는 가진 자들이 자신들의 이익을 위해 이 나라를 지배했어요. 나는 그들이 소원을 성취했다고 치켜줄 겁니다. 그러나 이제는 노동하면서도 가진 것이 없는 자들을 위한 시간이 오고 있다고 믿습니다. 제 인생의 목적은 이 다수에게 더욱 나은 삶을 만들어주는 것입니다. 그 과정에서 많이 가진 소수의 삶이 불쾌해도 할 수 없지요. 예를 들어 미국을 보세요. 교양 있는 자들은 그곳 생활이 야만적이라고들 해요. 고급스럽게 교육받고 입맛을 들인 사람들에게는 마음에 들지 않겠지요. 그렇지만 보통 노동자들에게는 끝없이 마음에 드는 곳이지요……."

한 사람의 정치적인 신조는 자신의 정신적·육체적 기질에서 나온 것이므로 그 자신과 같다고 하겠다. 체임벌린은 결코 논리적인 사람도 아니고 객관적으로 남을 관찰하는 사람도 아니다. 인증된 사실이나 제대로 사고된 어떤 원칙에서 그는 자신의 의견을 조심스럽게 끌어오지도 않는다. 그는 대중의 욕망이라고 여기는 것을 표현하는 사람이 되고자 한다. 그의 힘은 특정 계급 사람들의 욕망을 직관적으로 이해하는 데서 나온다. 또한 눈에 보이는 현실적인 관심사와 같이 섞여 있는 통에 이러한 욕망을 인식하지 못하는 대중에게도 이를 일깨워준다. 여기서 그의 힘이 나오는 것이다. 이러한 욕망이 과연 정상적인 것인지 그리고 이것을 충족하는 것이 영국 정치의 건강성이나 행복감과 일치하는 것인지에 대해서는 아직 내게 어떠한 견해가 있다고 말할 수 없다. 체임벌린은 엄청난 개인적인 능력을 지녔다. 그의 영향력은 그가 대변한다고 하는 계층이 지닌 상대적인 힘에 달려 있다고 할 것이다.

기질상 그는 광신자이거나 독재자다. 많은 사람의 빈곤과 부족함에 대한 깊은 동정심과 이를 수정하려는 열망이 정치적 행동을 종교적인 십자군 운동으로 바꾸어버렸다. 그는 자신이 정의를 대변하고 반대파들은 불의를 대변한다고 스스로 설득하지만, 그의 이러한 진정한 열정은 반대파를 뭉개버리려는 열정과 공존하며 다른 사람들의 목을 밟으려는 또 다른 욕망이기도 하다. [1884년 1월 12일 일기]

정치적 시위의 모습

다음은 앞의 일기 몇 주일 후에 버밍엄에서 벌어진 정치적 시위에 대한 묘사다.

우리 아래로 수천 명의 사람들이 빼곡히 서 있다. 튼튼한 칸막이가 홀을 나누었다. 새로운 사람이 들어오거나 마음 약한 사람이 뒤로 돌아가려면 전체가 좌우로 요동해야만 했다. 하원의원 중에서 인기 있는 사람이 자리할 때는 군중의 환호가 들렸고, 이웃하는 선거구의 국회의원이나 다른 지방위원회 대표가 연단에 자리할 때는 우호적인 환영의 소리가 터져나왔다.

악대가 연주를 시작하자 버밍엄의 세 위원이 입장했다. 브라이트 의원이 입장해 어린이들과 자신의 오랜 친구와 동료들의 손자, 손녀들 앞에 잠시 머물자 따스한 지지의 박수가 터져나왔다. 소심한 모습으로 비틀거리며 들어온 노령의 먼츠 씨가 브라이트와 체임벌린 사이에 앉았다. 그의 평범하고 약한 모습은 강한 인상을 풍기는 두 사람 사이에서 어울리지 않고 우스꽝스러웠다. 마치 형체 없는 진공상태로 보였다. 이 도시에서 지도자로서 사랑을 받는 체임벌린은 귀청이 떨어질 것 같은 환호를 받았다. 버밍엄의 시민들은 '우리의 조(Joe)'를 외쳤고 그를 추켜세웠다. 그가 버밍엄을 이 세상에서 가장 위대한 정치적 중심지 가운데 하나로 만들지 않았던가?

나는 연설가로서의 브라이트에게는 실망감을 느꼈다. 그러나 한편, 엄해보이는 노인이 말하는 옛 토리당의 죄목에 대한 이야기는 무언가 동감할 수 있는 고상한 면이 있었다. 그는 서서히 연단 아래 있는 군중을 잊은 채 과거의 강한 세력과 맞서고 있는 듯한 모습이 되었다. 사람들은 흥미와 존경심을 가지고 이야기를 경청했다. 한 사람씩 시선을 돌려 둘러보면 이 많은 사람이 마치 한 사람의 영향력으로 생명력을 부여받은 모습을 하고 있었다. 사람들의 공감대를 불러오는 매혹적인 힘은 바로 여럿이 하나가 될 수 있다는 것에서 기인한다.

먼츠 씨가 흔한 정치적인 토픽으로 오락가락하다가 온건하다는 비난과 급진당의 정책에 헌신적이지 않다는 비난에 대해 자신을 옹호하는 이야기를 하자 군중은 다시금 뿔뿔이 흩어졌다. 외부적인 힘으로 군중을 하나로 엮었던 미묘한 유대감은 깨지고, 웃음과 큰 조롱소리가 옆으로 퍼져나갔다.

"필립, 더 크게 해" "다른 훌륭한 사람에게 양보해" "계속 해" 등의 엇갈리는 소리와 그를 빨리 끌어내리려는 비난 투 어조가 섞여 나왔다. 여러 부류의 군중이 자신들의 다양한 성격을 보여주었다. 시간이 흐르면서 뒤에 있던 사람들은 점점 산만해지기 시작했고, 앞에 있던 사람들은 다음 연사의 얼굴에 시선을 집중했다. 체임벌린은 생각에 잠긴 듯한 모습이었다. 그의 얼굴에는 자신의 마음을 다스리려고 노력하는 표정이 역력했다. 이 표정이 과연 의도적인 것인지, 자발적인 것인지는 모른다. 연단 아래 있는 유연한 군중의 마음에다 자신의 개성을 각인하고 그들을 지배하려는 강한 욕망에서 그런 표정을 지은 것일 수 있다. 아니면 그를 신뢰하는 대중이 필요로 하고 열망하는 것에 대해 진정으로 공감하고 그들을 도울 수 있다는 자각에서 그런 표정이 나온 것일 수 있다.

정치의 대가

그가 서서히 일어서 조용히 사람들 앞에 나서자 그의 얼굴과 형체가 다른 모습으로 변했다. 사람들은 광적으로 열광했으며, 이러한 감정을 표출하기 위해 모자, 수건, 심지어 코트까지 열정적으로 흔들어 댔다. 발코니에 앉아 있던 수백 명의 특권계층 사람들도 일어섰다. 한순간 시끄러운 환호가 들리고 매번 다시 새로운 환호가 시작되는 사이 틈틈이 바깥에서 공감을 표시하는 사람들의 환호가 들렸다. 노동당의 극좌파 사람들은 기대감에 벅찬 사람들의 환호가 조그만 소리로 잦아들 때까지 조용하게 앉아 있었다. 그의 목소리가 들리자 그들은 모두 하나가 되었다. 그의 표현이 담아내지 못하는 따스한 감정을 그는 자신의 어조로 담아냈다. 모든 생각과 감정, 사소한 아이러니와 조소의 어조가 군중의 얼굴에 그대로 나타났다. 마치 사랑하는 사람의 말을 귀담아듣는 여인의 모습이었다. 완전하게 반응하고 모든 것을 받아들였다. 누가 자기의 연인과 논쟁을 벌이겠는가? 현명한 자는 자신의 뜻을 주장하고, 따스함과 쓰라림으로 추궁하고, 비위에 맞게 간을 맞추면서 이따금 윤리적 감정에 호소하지 않는가? 지금의 정치인들이 교육받은 자들이 하는 '의회'의 싸우기식 논쟁을 혐오하면서 교육받지 못한 자들 식의 사고에 대해 확실한 애정을 표시하는 것은 당연하다고 하겠다. 복잡한 현상은 아예 무시하고 훌륭한 표현으로 일반적인 원칙을 포장하고 흉내 내면서 열정적인 신념과 의지력으로 호소하는 것이 시대의 지배적인 추세라는 것은 놀랄 만한 일이 아니다. 특히 머리가 아닌 가슴에 욕망을 자극받는 대중에게 궁극적인 호소력과 감동적인 힘이 달려 있는 때에는 더욱 그러하다.

약 스무 명의 지방위원회 위원들이 그날 저녁식사를 즐겼다. 대표자는 격정을 억누르면서 조용히 앉아 있었다. 그는 사람들이 동감을 표시하는지 무관심한지에 대해 섬세할 정도로 민감했고 외지에서 온 사람에게도 신경을 썼다. 충실한 그의 추종자들은 당의 전략과 원칙 등 지역 문제를 논하다가 이따금 존경 어린 시선으로 그를 쳐다보았다.

지도자로서 그리고 통솔자로서 그의 권력은 이 도시에서의 그의 위치로 증명되었다. 아침과 저녁 그리고 밤에 지도자의 식탁에서 겸허하게 먹고 마시는 그의 많은 추종자의 모습에서, 그리고 그들간 또는 그와 대화하는 모습에서 그가 조직에서 갖는 권위가 절대적임을 알 수 있었다. 그는 어떠한 계급간의 구별도 인정하지 않았으며, 이뿐 아니라 다른 모든 문제도 그가 속해 있는 강한 그룹에 의해 지탱되었다. 그들은 켄릭 가문과 체임벌린 가문으로 버밍엄의 귀족과 부호계급 출신이었다. 그들은 사회적 지위나 부와 교양에서 이 지역 사교계보다 한 급 위였다. 그러나 그들은 대표적인 시민으로서 이 도시의 정치적·교육적 삶의 문제에 적극적이고 지도적인 역할을 했다. 체임벌린-켄릭 가문에는 영원한 노래가 있었는데 이것은 버밍엄의 사교계가 영국의 어느 단체보다도 타고난 지성과 충실함 그리고 적극성에서 한 수 위라는 내용이다. 이러한 믿음은 각료들이나 그들의 안사람들이 응접실에 모여서 같은 주장을 한다는 점에서 사회적으로 넓게 인정받는 확실한 주장이었다. 가족이나 주위 환경에서 겪은 내 경험으로 보아도 동기의 순수성과 열정은 두드러지게 나타났다.

그를 선출한 자들의 헌신 역시 부분적으로는 그의 진지한 충성심과 이에 대한 그들의 애정에서 비롯되었다. 그렇지만 도시 전체가 그의 독재적인 지배에 예속된 것은 여러 부류의 사람을 다루는 그의 권위적인 능력에서 비롯된 것인데, 그는 고압적으로 멋대로 예속을 강요했다. 그의 열정이 지닌 마술적인 힘으로 사람들은 그에게 헌신했다. 나머지 사람들도 교묘하게 그들의 관심을 대변하거나 그들의 약한 점을 생각해줌으로써 조정해나갔다.

협회의 몇몇 회원들을 다루는 데——특히 슈나도스트 씨에 대한 그의 태도에서 나는 이러한 면을 보았다——그는 "그렇게 하든지 아니면 나가 죽든지" 하는 식으로 권력을 행사했다. 남을 이끄는 그의 두 번째 힘은 바로 그의 매력인데, 어느 정도는 친한 친구와의 사적인 대화에서 보이기도 하지만, 대개는 선거구 내에서의 공적인 관계에서 보인다. 그에 대한 시민들의 열광에서 보이는 감정적인 성격이 이를 증명한다. 체임벌린이 삶에서 느끼는 행복도 이러한 힘 덕분이고 시민들에 대한 그의 공감이나 그의 이기심 역시 감정적인 힘 덕분이다. 과연 이러한 힘이 그의 개성이 지닌 즉각적인 영향력의 차원을 넘어 어떤 하나의 형태로 발전해나갈 수 있을지가 그의 앞날의 영광을 결정해줄 것이다. 현재는 그의 열정의 일부이겠지만 쓰디쓴 그의 증오심과 멸시로 나타나는 것을 제외하고는 아직은 그의 말에서 이 힘이 표현되지 않는다.

그의 외교적 능력은 분명하며 이것은 의회에서 그가 국가적인 또는 지역적인 일을 다루는 데에서도 보인다. 〔1884년 2월 일기〕

런던 사교계가 준 병

도시의 사교계 소용돌이 속에서〔1883년 시즌이 끝날 무렵에 정리한 것이다〕, 나의 보잘것없는 피상적인 지식과 내가 지닌 동물적인 면 모두 함께 고무되었다. 과거의 좋은 시절에 나를 움직였던 삶의 동기, 즉 내 삶의 목적도 흐려지게 되었다. 모든 것이 불확실해졌고, 나는 만족감을 회복하기 위해 이곳저곳으로 방황했으며 '훌륭한 동기의식'은 점차 사라졌다. 기껏 습득한 경험도 기묘한 현실상황으로 계속 당혹스러워졌다. 우리가 판에 박힌 행동을 강요받지 않을 때 우리의 정신생활에서 무언가를 받아들이려고 노력하는 기간을 갖게 된다. 우리는 이러한 기간에 우리가 후에 행동으로 옮기기 위한 자료들을 수집하게 된다. 어쨌든 이 당시 생활은 대체로 즐거웠지만 마음 한쪽 깊숙이 전반적인 불만족이 함께했다. 이것저것 메모하는 습관이 유용한지에 대한 의심, 조그만 일에 즐거워하는 내 성격에 대한 멸시 그리고 이제까지 무시하거나 중요하지 않은 찰나의 것으로 여겨졌던 감정이

아직 남아 있다는 사실에 대한 놀랍고도 불쾌한 감정이다. [1883년 6월 3일 일기]

여기까지가 빅토리아 여왕 통치시기에 이른바 '사교계'라고 불려지곤 했던 것에 대해 내 일기가 담고 있는 마지막 내용이다. 내 기억에 남아 있는 이 불유쾌한 집단에 대한 모습, 상위 약 만 명 정도 되는 사람들 ──결국 제1차 세계대전에 의해 마침내 종말을 고했다고 하는── 의 마음상태와 행동양식은 이 책의 제1장에서 제시했다. 내가 런던과 시골에 살 때 집안의 여주인으로서 지낸 2년 동안에 나를 가장 실망시켰던 이 집단의 특징은 이들이 지닌 비꼬는 듯한 뻔뻔함이다. 이 특정 그룹은 개인적인 권세를 지녔거나 지녔다고 여겨지는 사람들에게 구애했으며 또한 이들이 각광을 받지 못하게 되면 냉혹하고도 신속하게 멀어졌다. 게다가 시시각각 오르락내리락 하는 이들의 허영심은 저속한 거짓으로 남을 즐겁게 하고 자신을 즐기는 하나의 '직업병'이 되어버렸다. 이러한 분야에 내가 천성적으로 약하다는 사실을 깨닫고 유혹에서 멀어지는 것이 더 용기 있고 훌륭한 일이라고 생각했다.

그렇지만 나와 다른 사람들의 성향에 대한 이러한 불만족이 이러한 사회적 역할에서 나를 서서히 멀어지게 한 유일한 이유는 아니다. 1884년에서 1885년까지 나는 여가 시간에 런던의 이스트 엔드에서 집세 받는 일을 했다. 이때 당시의 시대정신이 나를 사로잡았다. 나는 남는 에너지를 모두 응용사회학에 대한 훈련과 기초 자료를 수집하는 데 집중했다. 다시 말하면, 사람들의 노동과 삶의 질을 높이기 위해 사회구조의 형성과 작동에 대해 연구하기 시작한 것이다.

지금(1926) 되돌아보면, 두 개의 탁월한 원칙, 두 개의 마음의 우상이 빅토리아 중기의 시대적 사상과 감성 속에서 하나로 합쳐진 것 같다. 우선 관찰과 실험, 가설과 증명의 지적 통합이라는 과학적 방법에 대한 신뢰가 있었고, 이것에 의해 속세의 모든 문제가 해결될 것으로 믿었다. 과학에 대한 믿음과 덧붙여서 새로운 의식이 생겨났다. 바로 자기희생이라는 감정이 신의 영역에서 인간의 영역으로 넘어온 것이다.

과학 예찬론

세계대전이라는 쓰라린 경험이 준 깊은 환멸감 속에서 우리는 과학의 방법과 결과가 끔찍한 목적에 활용될 수 있다는 것을 깨닫게 되었다. 특히 야만적 본능과 저속한 동기로 부추겨지고 유도될 때, 과학만이 인간의 불행을 없앨 수 있다는 70년대와 80년대 식의 독창적이고 활기찬 발상에 대한 순진한 믿음은 더욱 받아들이기 어렵게 되었다. 이러한 광적인 믿음은 아마 부분적으로 영웅주의에서 비롯되었을 것이다. 과학자들은 당시 영국 지성계를 이끄는 자들이었으며 이들은 지적 명성에 따라 천재로 부각되었다. 또한 그들은 당시의 자신만만한 투사들이었으며, 신학자를 완파하고 신비론자들을 당황하게 했다. 또한 그들의 이론을 철학자에게 강요했으며 그들의 발명을 자본가에게 그리고 그들의 발견을 의학자에게 추궁했다. 그들은 예술가를 꾸짖었으며 시인을 무시하고 정치가의 역량에 의심의 눈초리를 보냈다. 과학방법론 예찬은 지성인에게 한정되지 않았다. 인구밀집 지역인 노동자 구역에도 '과학 회관'(Halls of Science)이 등장했다. 과학적 물질주의와 '철학의 산물'(Fruits of Philosophy)[4]의 겁 없는 주창자인 브래드러가 이 시기에 가장 인기 있는 선동가였다. 교회와 정부의 고위관계자에게 처벌받고 추방되고 고발되면서도 그는 자신의 명성과 대중의 폭넓은 지지를 등에 업고 하원에 압박을 가해 마침내 의원에 대한 신학 검증제도를 없앴다. 70년대와 80년대는 영국의 무산계급 전부와 일부 엘리트들이 대륙의 같은 계급들처럼 종교에서 이탈되는 판국이었다. 과학의 우상화를 보여주기 위해 1872년에 출판되어 넓게 읽힌 소책자의 한 구절을 인용해보

---

4) 놀턴(Charles Knowlton)의 저서명. 이 책은 당시에 임신조절을 주장해 파문을 일으켰다—옮긴이.

자. 폭넓은 교양과 정열적인 충실함을 가지고 저자는 과학을 인간의 지성과 동일시하고 있다. 이 책자는 고전이 되었으며 이 땅과 하늘에서 인간의 지성이 창조자이며 만물의 조물주로 지배하는 세계를 예견했다.

그의 승리[순수한 지성이라고 여겨지는 인간의 승리]는 아직은 미완성이며 아직 우리에게 도래하지 않았다. 어둠의 왕자가 아직 이 세상의 많은 곳을 지배하고 있으며, 곳곳에 전염병이 퍼져 있고, 죽음이 아직 승리하고 있다. 그러나 빛의 신——지식의 정신, 신적인 지성——이 서서히 이 행성에 퍼지고 있으며 하늘에까지 오르고 있다……. 연옥인 이 지구는 곧 나태한 기도와 기원이 아닌 인간 스스로의 노력과 인간을 오늘에 이르게 한 정신적인 업적에 의해 낙원이 될 것이다. 신의 은총 덕에 인간은 동물의 왕이자 대기의 지배자가 되었고, 실험과 관찰에 의해 인간을 스팀과 전기의 유일한 통치자로 만든 발명과 발견이 이루어진 것이다……. 과학에 의해 인간은 자연의 작동법을 확인하게 되었으며 자연의 위치를 대신하면서 인간을 위해 그것을 활용하게 될 것이다. 삶의 복잡한 현상을 제어하는 법칙을 이해하게 될 때, 우리는 유성과 일식 그리고 행성의 움직임을 이미 예견하듯이 미래를 예측할 수 있을 것이다……. 우리는 우리 외부에 존재하는 악의 힘을 정복할 뿐 아니라 우리 내부의 적도 정복하게 될 것이다. 우리는 하위계층 동물에게서 물려받은 저속한 본능과 성향을 억압할 수 있을 것이며, 대신 자신의 마음에 있는 법에 따르며 내부의 신성을 숭배하게 될 것이다. 게으름과 어리석음은 증오의 대상이 될 것이다. 여자들은 남성의 동반자가 되고 아이들의 선생이 될 것이다. 전 세계는 원시부족이 통합되었던 식으로 통합될 것이고 모두 하나로 생각하고 느끼고 행동하게 하는 정서에 통합될 것이다……. 우리가 취한 이 몸은 낮은 동물에 속하지만 우리의 정신은 이미 이를 벗어나 동물적인 것을 경시하고 있다. 우리가 알 수 없는 방법에 따라 우리 몸이 과학에 의해 변형될 때가 올 것이며, 우리에게 이것을 설명한다고 해도 지금은 이해하지 못할 것이다. 마치 미개인이 전기와 자석, 스팀을 이해하지 못하는 것과 마찬가지일 것이다. 질병은 퇴치될 것이며 쇠퇴의 원인도 제거될 것이다. 영원히 사는 것이 개발될 것이다. 지구가 좁아지게 되면 행성과 행성, 태양과 태양을 나누어놓은 공기 없는 공간을 지나 다른 공간으로 이주하게 될 것이다. 지구는 우주의 모든 곳에서 순례자가 찾아오는 성지가 될 것이다. 인간은 완벽해질 것이며 자신이 창조자가 될 것이다. 그러므로 세속적인 사람들이 신으로 모시는 자가 될 것이다.[5]

과학적인 방법

이른바 현대적인 서구의 과학이라고 하는 특정한 정신활동에 무조건 의지하는 현상은 내가 자라온 지적 환경——내가 읽은 책이나 내가 가깝게 알고 지내는 사람들——에서 가장 강력한 힘으로 작용하고 있었다. 젊은 시절에는 마음의 문을 열어주는 핵심적인 문구가 있게 마련이다. 루이스의 『철학 역사』의 긴 요약문 또는 발췌문이 1881년 일기에 기록되어 있다. 루이스가 주장하는 요지는 모든 형이상학은 "방법 자체가 지닌 성격 때문에 고통스러운 미로에서 영원히 방황할 수밖에 없도록 저주받은 것이며, 그 안의 정해진 꾸불꾸불한 공간에서 출구를 찾지 못한 선임자들의 발자취를 따라가는 지친 구도자를 만나게 될 것이다"라는 내용이다. 형이상학적 사고의 비극적 실패와는 달리 현대과학의 진보는 눈부신 문구 속에 칭송되고 있다. "앞으로, 앞으로 그리고 강하게 더욱 강하게 발명의 경이로운 조류는 흘러가고 있다." 그리고 과학적 방법에 대한 그의 정의가 이어지는데, 이 정의는 당시에도 나에게 확신을 주었고 지금도 내게 설득력을 지닌다. "진실은 사고의 질서와 현상의 질서 간의 대응이며 하나는 다른 하나의 반영이다. 사고의 움직임은 사물

---

5) 1872년에 출판된 리드(Winwood Reade)의 『인간의 순교』(*The Martyrdom of Man*), 421, 422, 425쪽. 최근에 Rationalist Press Association에서 신판이 출판되었고, 서론에 레게(F. Legge)가 쓴 작가에 대한 짧은 전기가 수록되었다.

의 움직임을 뒤따른다. 이러한 상응구조는 절대적이지는 않으며 마음의 구조에 따라 상대적일 수 있다. 그러나 우리는 주어진 상황에서 현상의 외부적 질서 속에 발생하는 변화를 분명히 예측할 수 있을 때 이러한 상대적인 정확성에 만족할 수 있다." 이것이 바로 인간의 지성이 획득할 수 있는 '독특한 기술'이며 이러한 예측 가능한 비약적인 정신적 능력에 의해 삶의 게임에서 승리할 수 있다. 이 삶은 한 개인이 아닌 인류의 삶에서의 승리이며, 이 점이 내 상상력을 매료시켰다.

프랜시스 골턴

그렇지만 인간의 지성이 지닌 독특한 가치를 깨닫는 것과 기술을 정복하고 이를 적용하는 데 필요한 자료를 얻는 것 사이에는 아직 거리가 있다. 집안의 환경상 나는 당시 여자에게 열려 있던 몇 안 되는 대학의 문을 두드릴 수 없었다. '포터 가문의 여자들'이 어린 시절부터 커가면서 대학교육의 특권의 일부를 누려온 것은 사실이다. 우리는 평등한 대화적 관계를 통해 재능 있는 사람들과 교류해왔으며 사업과 정치뿐 아니라 과학자와 철학, 종교의 사상적 지도자들과 교류했다. 특히 스펜서와의 교분으로 우리는 매달 그 유명한 '엑스 모임'의 만찬에 같이 모이는 저명한 과학자 그룹과 친하게 되었다. 다른 과학자보다도 유달리 내 마음에 이상적인 과학자로 남아 있는 사람은 헉슬리나 틴들, 후커나 러벅[6]도, 나에게 친구이자 철학자이며 나를 지도했던 스펜서도 아니었다. 그는 골턴[7]이라는 과학자였다. 나는 그를 유심히 관찰했고——일방적으로 듣기만 해서 미안했지만——그의 말을 경청했다. 희미한 기억을

---

6) 러벅(John Lubbock, 1834~1913). 영국의 은행가, 인류학자—옮긴이.

7) 골턴과 그의 부인은 조지 언니와 형부인 마이너차겐과 가까운 사이였다. 러틀랜드 게이트에 있는 언니 집에서 그들을 처음 만났다. 그 후 이들은 프린스 가든에 있는 우리 집을 드나들었다. 그는 특히 마거릿을 아꼈고, 마거릿은 그에게 우리 집의 내력을 보여주는 차트를 주었다. 그는 가족사를 다룬 책에 이 내용을 포함시켰다. 피어슨(Karl Pearson) 교수는 『프랜시스 골턴의 생애』에서 그의 사상의 흐름과 연구방법에 대해 재미있는 설명을 했다.

되살리면 지금도 완벽한 육체적 · 정신적 균형을 유지하던 키가 훤칠한 그의 모습이 떠오른다. 말끔하게 면도한 얼굴과 신비스러운 미소를 띤 얇고 꼭 다문 입, 긴 윗입술과 강인한 턱 그리고 마치 자신의 모든 것을 주재하는 듯이 보이는 두드러진 검은 눈썹과 날카로운 유머와 함께 그의 사색적인 회색 눈이 빛나고 있었다. 나를 매료시킨 것은 골턴의 모든 것을 감싸는 듯하면서도 공평한 자선행위였다. 그렇지만 이제 막 과학적 방법에 열광적으로 빠진 나에게 골턴의 재능 중 가장 관심을 끈 것은 지성을 가지고 각각 다른 세 과정을 통해 도달한 그의 지적 능력이다. 그것은 첫째, 사물에 대한 지속적인 호기심과 흔하든 흔하지 않든 개개의 사실에 대한 빠른 이해, 둘째, 연속적으로 추론할 수 있는 천부적인 능력, 셋째, 앞의 두 가지 능력보다 더욱 놀랄 만하고 내가 도저히 따라갈 수 없는 것으로 자신이 수집하거나 다른 학자들이 제공한 많은 자료를 통계적으로 처리함으로써 자신의 가정을 수정하고 확인하는 그의 능력이었다.

그러나 저명한 사람들과의 사교적 대화가 아무리 자극을 주고 고무적이기는 해도, 런던의 만찬이나 시골 별장 방문 시 했던 이런저런 대화는 대학의 연구실이나 병동에서 전문가의 지도 아래 이루어지는 체계적인 실험과 관찰을 대신할 수는 없었다. 그나마 여자들에게 개방된 이러한 교육도 나처럼 복잡한 집안일을 많이 맡은 사람에게는 어울리지 않았다. 그러므로 이 장 초입에 기록했듯이, 대수학과 기하학을 내 힘으로 공부하고자 했지만 결국 허깨비를 보는 것으로 끝나고 말았던 것처럼 내가 보기에도 내 노력은 측은했다. 또한 이외에 런던에서 아버지와 동생을 위해 가사를 보는 틈틈이 시간을 내어 한편으로는 여자 과학 선생님의 지도로, 다른 한편으로는 이름이 알려진 외과의사였던 크립스(William Harrison Cripps)[8]의 지도로 생리학을 즐겼다. 크립스는 내

---

8) 블랜치 언니의 남편으로 후에 런던에 있는 성 바돌로뮤 병원의 선임 외과의사가 되었다. 그는 암을 연구해 확인되지 않은 간상세균이 특정 지역, 거리, 거주

형부로 현미경으로 암을 조사할 때 가끔 이에 동참했다.

크립스와 표본을 준비하는 것이 아침의 첫 작업이었다〔다음은 현미경 작업 기술에 대한 묘사다〕. 그의 『직장의 인두편도증』을 통독한다. 기술적 용어들과 주제에 대한 무지 때문에 애를 먹다. 생리학 연구에는 분명하고 확실한 두 가지 방향이 있다. 첫째, 특정 기관의 조직이 어떻게 현재의 모습을 취하는지에 대해, 둘째, 현재의 실제구조에 대한 연구다. 진화의 매 과정을 볼 수 없다면, 현재 구조에 대한 완전한 지식이 '진화'에 대한 연구에 선행되어야 한다. 〔1883년 4월 22일 일기〕

시원한 바람이 불고 양쪽에 푸른 나무가 있는 런던의 외딴 곳에서 서늘한 방에 즐겁게 앉아 있다〔과학 선생과 함께 한 수업을 기록하려 한다〕. 우리 앞의 테이블 위에는 도표와 여러 가지 해부 표본이 놓여 있었다. 해부하는 것이 괴롭다기보다는 정말 즐거웠다. 해부할 때는 개성을 잊고 사물의 구조를 알아내려고 애쓰게 된다. 이 구조는 영원한 것이며 어느 한 가지 표상에 좌우되지 않는다. 이러한 삶과 죽음에 대한 연구는 항상 깊고 당혹스러운 비애감이 들게 한다. 어떤 이에게는 슬픔을 주고 다른 이들에게는 반은 슬프고 반은 즐거운 구경꾼의 흥미를 느끼게 한다. 비천한 동기와 갈등하는 이해관계로 얽힌 하찮은 투쟁을 벗어나게 한다는 점에서 즐겁지만, 우리의 열망에서 동기를 앗아가고 우리의 애정에서 지속성을 앗아간다는 점에서 한편 슬프기도 하다. 이러한 연구는 나에게 숙명론을 강화시켜주었다. 토튼엄코트가를 사람들과 밀치고 당기면서 허겁지겁 내려가다가 그들의 얼굴에 있는 단호한 투쟁의 표정, 약한 자기주장의 표정, 불만족스러운 노력의 표정을 보자, 각각의 운명이 '먼 과거'에서 생긴 조건들에 지

지에 집중되어 있다고 결론지었다. 많은 증거가 있는 결론이었다.

배된다는 확신이 물밀듯이 내게로 밀려왔다. [1883년 5월 일기]

허버트 스펜서의 충고

다음 해 가을에 철학자요 친구인 나의 선생이 이런 내용의 편지를 보냈다. "너의 현미경 작업에서 예를 들어 나뭇잎의 흡수기관, 식물의 뿌리와 씨앗 등으로 탐구의 방향을 정하길 바란다(『생물학』 뒷부분에 이에 대한 지적이 있지만 아무도 이 작업을 하지 않았다). 확실한 목적을 갖고 있을 때 작업에 흥미가 생기게 되고, 재미도 있고 훈련도 된다. 크리스마스 즈음에 나에게 보여줄 것이 있기 바란다." [1883년 10월 8일, 스펜서의 편지]

그러나 이러한 권고도 있었고 과학적 방법에 대한 훈련으로서의 자연과학이 가치가 있음을 깨닫기는 했지만, 자연과학의 주제는 지겨웠다. 나는 바위나 식물, 땅벌레나 동물, 심지어 두발짐승으로 분류되는 인간의 구조에 별 관심이 없었다.

수수께끼 같은 심리학

내 관심을 끌고 호기심을 불러일으킨 것은 사람들이었다. 진부한 표현을 쓰자면 '영혼'을 지닌 것으로 간주되는 인간, 그들의 과거와 현재의 삶의 모습, 그들의 생각과 감정 그리고 계속 변하는 그들의 행동이었다. 이런 연구는 아직은 대학의 실험실에서는 인정되지 않았고 인간의 다양한 경험을 다루는 학문적 연구에서도 다루어지지 않았다. 한마디 덧붙이면, 심리학——심지어 책에서 볼 수 있는 '심리학'——에서 멀어진 것은 당시에 떠돌던 교과서의 무익함 때문이었다. 특정 상황에 반응하면서 다방면으로 변화해가는 사람들의 마음에 대한 정확한 묘사 대신 책에는 정신에 관한 추상적이고 인위적인 정의밖에 없었다. 이러한 정의는 사람의 정신적인 삶에 들어맞지도 않고 작가 자신의 마음이 이상적으로 반영된 것에서 끌어온 가정일 뿐이었다. 작가 스스로 자신의 정신적 움직임을 이상화해서 추론적으로 뽑아냈을 뿐이다. 즉 고차원적 종족이라는 우월 의식이 있는 자가 이끌어낸 이상일 따름이었다. 또한 스스로 보편적이라고 여기는 보기 드문 추론 능력에 대한 근거 없는 믿음일 뿐이었다. 성급하기는 하지만 나는 심리학적이고 추상적인 이야기는 형식논리학의 삼단논법만큼이나 우리 주위 세계에 대한 정확한 정보를 주지 못한다고 간주했다.

인간 성향의 복잡함, 동기를 둘러싼 다양함과 복잡한 모습, 이성의 모습을 한 본능의 반란, 인간의 에고 의식이 사회환경에 미치는 다양한 모습, 또 이와 반대로 사회환경이 에고 의식에 미치는 모습에 대한 자세한 묘사를 보기 위해서 나는 필딩[9]이나 플로베르, 발자크[10]나 브라우닝,[11] 새커리[12]나 괴테[13] 같은 소설가나 시인에게 눈길을 돌려야 했다. 진실에 대해 말하는 소설 분야에서 사실이나 사실에서 끌어온 결론에 대한 확인은 불가능한 일이었다. 늦게나마 놓쳐버린 기회에 대해 후회한 것이 있다면 그것은 현대심리학에 대한 관찰이나 실험의 기간을 갖지 못한 채 사회연구가로 성장한다는 점이다. 문학작품을 둘러보면서 나는 이러한 작가들을 선택했다. 이것은 호기심을 만족시키거나 삶에 대한 관심을 넓히기 위해서가 아니라 사회 속에서 인간 본성을 발견하기 위한 도구를 갖추기 위해 의도적으로 선택한 일이다. 1881년 가을에서 1882년 봄에는 많은 영국, 프랑스, 독일 그리고 그리스 철학자들의 번역서를 읽기 위해 지침서로 루이스의 『철학의 역사』를 활용했다. 어머니가 돌아가신 그 해 여름에는 1년 넘게 『통합 철학』을 체계적으로 연구했다. 그러나 작가의 안내에도 불구하고 나는 '의심하는 토마스'[14]로

---

9) 필딩(Henry Fielding, 1707~54). 영국의 소설가. 주요 저서는 『톰 존스』―옮긴이.
10) 발자크(Balzac, 1597~1654). 프랑스의 문학자. 대표작 『인간희극』―옮긴이.
11) 브라우닝(Robert Browning, 1806~61). 영국 빅토리아조 시인―옮긴이.
12) 새커리(Thackeray, 1811~63). 19세기 영국 소설가―옮긴이.
13) 괴테(Goethe, 1749~1832). 독일 고전주의 소설가. 대표작 『젊은 베르테르의 슬픔』―옮긴이.
14) 예수의 12사도 중 의심이 많던 제자인 도마―옮긴이.

남고 말았다. 물론 비참하게 나약한 토마스이기는 했다.

복잡한 사회과학

다음의 일기들은 날짜순이 아니다. 과학적인 방법을 신뢰하던 당대 상황에 대한 나의 반응, 그리고 이어서 사회와 관련된 인간 본성을 분석하는 데 과학적인 방법을 적용하기 위해 씨름하려는 나의 노력을 보여주는 순서로 제시된다.

스펜서 씨가 어제 집에 왔었다. 그러고는 『애서니엄』15)과 모즈리에게 띄우는 서신을 남겨놓았다. 모즈리는 자신이 어린 시절 스펜서 씨의 부친에게서 스펜서의 생각과 유사한 생각을 얻었다고 언급함으로써 스펜서 씨를 모욕했다. 모즈리에 답하면서 그는 자신의 진화이론을 분명하고 단호하게 말했다. 어렴풋하게 이해했지만 나중을 위해 여기에 옮겨놓는다. 〔1882년 8월 3일 일기〕〔다음은 그 내용이다.〕

알프레드16)와 나는 스펜서의 철학 약력을 가지고 오랫동안 논쟁을 벌였다〔열흘 후에 쓴 일기다〕. 이 문제를 잠자리에까지 가지고 가서 두 시간 더 몰두했다. 결국 아래층으로 뛰어 내려가 『제1원리』에 빠져들자 기분이 좋아졌다. 이후 매일 아침식사 후 이 책을 계속 읽어나갔다.

기분 좋은 이른 아침 햇빛이 비치는 언덕을 쳐다보면서 안개와 그림자가 섞이면서 언덕과 나무에 신비한 즐거움이 펼쳐진다〔글로스터셔 집에 머물 때의 기록이다〕. 스펜서를 제대로 읽고 있고 수학과 기하학을 제대로 연구하고 있다는 생각이 분명하게 들었다. 그러나 작

---

15) 19세기 런던의 주간 문예평론지—옮긴이.
16) 테레사의 남편. C. A. 크립스(지금은 파무어 경이다)이며 크립스의 동생이다.

품 읽기는 그만큼 확실하지 않았다. 성취욕에 대한 어리석은 허영심과 욕심 때문에 엄청난 분석능력을 지닌 발자크에 대한 글과 프랑스 문학을 읽고 싶은 유혹에 빠졌다. 심리학 연구가 인간을 동물과 구분해내는 초보 연구수준을 넘어 발전하면, 이 위대한 작가들이 분석해낸 인간 본성에 대한 연구가 인간의 정신적 삶을 다루는 학문에도 활용될 것이다. 그러나 나는 본능적으로 이를 체계적으로 연구해야 한다고 느꼈다. 역사연구라는 정도를 피하려는 어떤 시도도 결국 충돌하는 목적의식으로 마찰만 가져올 것이다. 〔1882년 7월 일기〕

과학적인 방법을 인간의 본성 연구에 적용하는 것은 문제가 있다. 이 문제는 항상 나를 노심초사하게 만들었다. 아직도 의심은 풀리지 않았다. 순수하고 오염되지 않은 객관적 방법이 인간의 정신연구에 적용될 수 있을까? 예를 들어 자신이 지니지 않은 정신적 특징과 의미를 과연 객관적으로 정확히 예측할 수 있을 정도로 관찰해낼 수 있을까? 사회생활의 단면을 해석하기 위해서 스펜서와 다른 사회학자들이 동물기관과 사회기관을 비교하는데, 이것이 내게 또 하나의 장애물이다.

〔관찰과 입증〕이라는 객관성은 인간의 성격과 마음을 다루지 않는 모든 학문에서는 가능하다〔쇼펜하우어의 철학을 길게 개략한 글에서 기록한 내용이다〕. 사실 이것도 조건부로 가능하다. 동물의 지성이 인간의 지성과 정도의 차이만 있지 종류가 다르지 않다는 점을 인정한다면 동물의 지성의 성격을 논할 때도, 특정한 주관적인 요소가 개입하게 마련이다. 이를 인정하지 않으면 논의 자체의 근거가 없어지게 되고 우리는 단지 동물의 순수한 육체적 현상만 연구하게 된다. 인간의 지성을 분석할 때, 주관적인 요소가 객관적인 요소를 앞서게 된다. 우리의 느낌과 생각, 의지 등의 복잡한 실체를 구성하는 요소들은 인간의 인식 안에서만 발견되고 연구될 수 있기 때문이다. 길고 복잡한 것이 감안된 추론, 이것이 모든 다양한 경험과 연계됨으로써 이끌어

낸 신뢰할 만한 결론 그리고 정확한 예측에 바탕을 둔 확신을 통해 우리는 이러한 요소들이 우리 마음속에 존재하고 있다고 주장하게 된다. 우리의 생각, 느낌 그리고 행동 속에 있는 이러한 요소들은 객관적이고 주관적인 경험을 섬세하게 교류함으로써 정확하게 조합된다. 생각과 느낌을 이해하는 데는 어떠한 철저한 관찰도 [이와 관련된] 개인의 생각과 느낌이 결여된 공간을 채울 수 없다. [……] 정신적인 면을 소유해야만 이러한 것의 이해가 가능하다.[17] 학생들이 관심을 갖고 출발하는 주제는 학생 자신의 도덕적 · 지적 수준에 따라 규정된다. 나에게는 이러한 사실을 완전히 이해하는 것이 엄청난 의미를 지닌 것으로 보였다. 예리한 지성의 배경 뒤로 심리학자나 사회학자에게는 필요한 무언가가 있다. 이들은 이러한 다양한 정신적인 힘을 경험해보았을 것이고, 이들의 실행을 예측하거나 그 기원이나 성격을 찾아내려고 시도했을 것이다…….

이러한 복잡성에 대한 비약적인 연구발전은 논쟁의 핵심으로 등장하는 동물기관과 사회기관의 비유가 지닌 정당성을 약화시킬 것으로 보인다. 그렇다고 해서 진정 복잡한 문제를 다루기에 앞서, 비교적 단순한 문제에 이러한 문제를 적용할 때에도 진화라는 위대한 법칙의 작용에 대한 철저한 지식 자체가 필요없다거나 이를 활용할 수 없다

---

17) 해즐릿(William Hazlitt, 1778~1830. 영국 낭만주의 시기의 비평가—옮긴이)이 쓴 셰익스피어에 대한 글에서 따온 다음 인용구는 심리학자들의 경우 자신들이 분석하고자 하는 생각이나 감정을 경험할 필요가 있음을 확인시켜주는 듯하다. "셰익스피어의 두드러진 특징은 그만의 특유한 자질과 다른 심성과 교감할 수 있는 힘을 지녔다는 데에 있다. 사상과 감정의 세계를 내부에 담아내고 있으며 특정한 편견이나 배타적인 편향성도 없다는 점이다. 그는 어느 누구와도 같지 않지만 동시에 다른 모든 사람과 유사하다. 그는 이기적이지도 않고, 자신이 무이기도 하지만 동시에 다른 모든 것도 되며, 모든 능력과 감정을 소유하고 있다. 그는 충돌하는 열정과 사고의 움직임을 통해 본능적으로 모든 인식 가능한 부분을 따라갈 수 있다. 그는 '지난 시대와 오늘을 반영하는' 마음을 지녔다. 모든 유형의 사람들도 그 안에 있다"(『영국시인들에 대한 강의』, 윌리엄 해즐릿, 71쪽, World's Classic Edition, 1924).

는 것은 아니다. 한 사회의 과거나 미래의 발전에 관한 진정한 이론에 이르기 위해서는 삶의 하등단계에 대한 자연의 기초적인 작동에서 이끌어낸 기존 이론을 예시해주는 사회적 현상뿐 아니라, 위대한 사회 기관 그 자체를 꾸준하게 연구해야 한다(현재의 역사적 지식으로는 측정할 수 없을 정도로 어려운 과정이다). 동물진화에 대한 꼼꼼한 연구는 우리가 추구해야 할 방법을 가르쳐줄 것이다. 또한 분류와 추론의 과정을 훈련시킬 것이고, 우리에게 많은 예시와 제안을 제공할 것이다. 그리고 나아가 사회를 구성하는 단위의 성격에 대한 선행연구의 실질적인 면을 형성해주는 데 필요할 것이다. 〔1884년 10월 일기〕

다시 문학 작품으로 돌아갔지만 허약한 건강 때문에 중단되었다. 아홉 살 때 아동들이 읽는 책에 꼼꼼하게 메모하기 시작하면서부터 내 삶은 배움과 사색의 투쟁이었다. 나는 여기에 모든 육체적인 안위마저 희생시켰다. 지속적인 작업이 시작되면 기능이 평균 이하로 떨어지고마는 시원치 않은 내 몸과, 헤라클레스와 같이 덤벼드는 내 집요한 성격을 생각하면 나는 다시 한 번 혼란스러워진다. 왜 인간은 이상을 추구하는 이러한 야망과 용기와 인내를 갖고 태어나면서도 이를 수행하기에는 빈약한 힘밖에 없는 것일까? 심지어 무엇을 이룩하기에는 내 육체적 능력이 너무 빈약하다는 사실을 알고 있는 지금 이 순간, 내 이상적인 생각으로는 가능하다고 여기는 어떠한 업적에 대한 평가도 멈추어야 한다고 생각하는 이 순간에도, 내게 평화롭고 만족스러운 유일한 삶은 지속적인 탐구의 삶이다. 사물의 성질에 대한 끊임없는 질문, 인간이라는 이상한 동물의 정체, 그리고 어디서 오는지는 모르지만 그를 움직이게 하는 법칙에 대해 의문을 품는다. 기나긴 빈곤과 투쟁의 세월에 대한 결론이 나오든 말든 과거를 조망해보고자 하는 꿈과 이를 통해 미래를 보고자 하는 꿈은 아직도 나를 매료시킨다. 노력하고 고통을 참으면서 나는 현실적인 결핍을 극복해 나갔고, 마치 수전노가 동전을 부여잡듯이 이를 움켜잡았다. 이따금 내가 모은 몇 안 되는 사실들을 쏟아놓는다. 그나마 그중 얼마는 가짜이기도 하다. 그러나 마치 수전노가 금화를 계속 만지듯이 이 사실들을 계속 곱씹는다. 내 앞에 지식의 세계가 놓여 있다고 여기면서, 그리고 내가 인간의 운명의 끈을 엮을 수 있다고 여기면서. [1884년 10월 24일 일기]

인류교라는 종교

과학과 과학적 방법에 대한 믿음에 대해서는 그만 언급하기로 하자. 그것이 분명 빅토리아 중엽의 시대정신 중 가장 독창적이고 가장 돋보인 요소임에는 틀림없다. 그러나 실질적으로 과학적인 추론은 그 자체가 목적은 아니었다. 이것은 주어진 목적을 달성하기 위한 수단이었다. 내 생각에 이들은 삶의 목표를 제공할 수도 없었고, 하지도 못했다. 이것이 해준 것은 선택된 목적이 이루어질 수 있도록 방향을, 그것도 유일한 방향을 보여준 것이다. 이제 인간의 지성은 어떤 목적에, 어떤 목적을 위해, 그리고 어떠한 주제로라는 문제를 새롭게 다루어야 한다. 여기서 나는 빅토리아 중엽의 두 번째 요소에 이르게 된다. 마치 천에서 실보다 날실이 먼저인 것처럼 지성의 움직임에 방향성과 힘을 주는 것은 바로 감성이었다. 영국에서 자기를 종속시키는 일이 의식적으로, 공개적으로 신에서 인간으로 이전된 것은 19세기 중엽이라고 생각한다. 이러한 감성 변화의 시발점을 추적하는 것은 재미있는 일이다. 모든 사람이 자유롭고 평등하게 태어났으며 삶에 대한 평등한 권리, 자유와 행복 추구권을 갖는다는 미국 민주주의의 원칙에는 이러한 생각이 얼마나 담겨 있을까? 미국의 유명한 도덕 운동 지도자가 한 말이 생각난다. "자유시민으로서 나는 나를 포함한 모든 사람이 복종하고 존경심을 표해야 할 독재적인 초월적 실체의 존재를 부인한다. 이것은 독립과 평등이라는 미국적인 의미를 손상시킨다." 이성의 신을 숭배한다는 프랑스 혁명의 '자유, 평등, 박애' 사상 속에 신의 세계가 가고 인간의 세계가 도래한다는 생각이 얼마나 담겨 있을까? 우리는 영국 공리주의의 전형적인 정치적 표어에서 '인간의 새로운 임무'에 대한 새로운 해석을 발견한다. 공리주의는 인간 노력의 목표로 최대다수의 최대행복을 주장한다. 오언[18]의 삶과 작품에서 더욱 낭만적인 색채를 띤 '인간 본성이 지닌 최고의 선의에 대한 존경'을 본다. 이는 '사회라는 성당'(social cathedral)에서 '사회 선교사'(social missionaries)에 의하여 공포된 '사회 성경'(social bible)이 되는 것이다.

내가 살았던 특정한 사회적 · 지적 환경에서는 이러한 흐름이 과학예찬을 '인문학이라는 종교'와 연계한 콩트에서 정점을 이룬다. 그는 이 둘의 연계를 인간 지성의 최고의 발전 단계로 보았으며, 신학 자체와 형이상학 자체에 반대했다. 나의 경우 콩트의 주장을 알고 있는 사람들과 우호적인 교류를 하면서 독서의 방향이 잡혔고 내용이 보충되었다. 당시 학생이던 나는 이름이 알려진 콩트의 예찬자나 그의 영국 제자들의 글을 잘 알고 있었다. 나는 루이스의 지도를 받았다. 특히 밀의 『자서전』을 즐겨 읽었고, 그의 『논리의 체계』와 『정치경제의 원리』를 힘들었지만 꾸준하게 읽었다. 엘리엇의 소설은 우리 집안에서 재미있게 읽히고 토론되었다.

프레드릭 해리슨 부부

해리슨[19] 집안과 꾸준히 우호적으로 사귀지 않았다면 마거릿과 나는 런던 도서관에 콩트의 책을 주문하지 못했을 것이다. 그들은 런던의 저녁 만찬과 클리브든 우드(Cliveden Woods)에서의 야유회 그리고 우리

---

18) 오언(Robert Owen, 1771~1858). 영국의 사회개혁자―옮긴이.

19) 해리슨(Frederic Harrison, 1831~1923). 옥스퍼드대학 석사, 법학박사. 케임브리지대학 명예문학박사. 애버딘대학 법학박사. 영국실증주의협회 회장(1880~1905), 노동조합의 왕립위원회 회원(1867~69), 1862~1919년 사이에 열두 권 이상의 저서를 출판했고 많은 논문과 연설문, 소개서와 서문을 썼다. 런던대학 법학과 국제법 교수(1877~89), 런던 구의회 의원(1889~93).

시골 별장에서의 주말 파티에서 만난 사람들이다. 이후 이들은 런던에서 알게 된 사람에서 진정한 친구로 바뀌었다. 특히 이들은 나의 첫 저술활동을 북돋아주었으며, 후에 나의 평생 반려자를 맞이해주었던 사람들이다. 그러나 처음에는 그들도 그저 사교계 사람들로만 보였다. 이들 부부는 바람직하지 못하고 심지어 해롭다고 여겨지는 사람들과 겁 없이 교제하고 이단적인 견해를 가졌는데도 유복하고 매력적이라는 이유 때문에 정치적 모임의 어엿한 회원이 되었다. 이 모임은 편협한 단체나 유행을 따르는 모임과는 달랐다. 1880년에서 1886년까지 글래드스턴 집권기에 이들은 특히 눈에 띄었다. 그들은 떠오르는 급진적인 정치인이나 기자 그룹들과 개인적인 우정을 쌓았다. 재주 있는 작가들, 성공한 변호사들, 성취욕에 불타는 소수 정치인들과는 달리 그들은 자신의 가치 척도에 따라 사람을 선택했다. 한번 선택한 이상 그들이 친구라고 여긴 사람들 때문에 명성을 얻든 악명을 얻든 간에 관계를 지켜나갔다.

화려한 대중연설가이자 고집스러운 강연자 그리고 다재다능하고 같이 마음을 나눌 수 있는 대화 상대자인 해리슨은 한편 항상 새로운 사상을 받아들이고 인정받지 못한 지식인을 고무해주는 공공심이 투철한 시민이자 독창적인 사상가로도 유명했다. 나에게 직업노동주의와 공장입법의 경제적 타당성을 설명해준 것도 그였다. 그는 중세 사회제도에 대한 평가절하를 반대하라고 가르쳤고, 그의 극단적인 '실증주의'에도 불구하고, 중세의 가톨릭 교회와 장인 길드가 이루어낸 업적을 강조했다. 빛나는 검은 눈, 틀어올린 머리와 조각 같은 모습 그리고 우아한 옷차림을 한 그의 부인은 인본주의라는 종교를 설파하는 설교자에게 적합한 배우자였다. 항상 진실한 배우자로서, 그녀는 그의 강의 한마디 한마디를 경청했고, 좌담 석상에서는 세련된 조언을 해주었다. 그가 없을 때는 재미있는 이야기로 친구들을 즐겁게 했다. 그녀는 자애로운 선의의 말투와 가끔 꼬집어내는 재치를 섞어서 정치적이고 문학적인 인물들에 대한 이야기를 유쾌하게 펼쳐나갔다.

어떤 대화

런던 도서관에서 빌려온 책에 대한 이야기로 돌아가기로 하자. 어머니가 돌아가시기 두세 해 전인 1879년 가을에 웨스트모랜드 들판에서의 한 장면이다.

각각 스물한 살과 스물다섯 살의 젊은 두 여자가 러스랜드 늪지대를 가로질러 짙은 안개 속을 짧고 낡은 우의를 입고 걷고 있었는데, 샌드위치와 담뱃갑으로 우의가 불룩 튀어나온 모습이었다. 그들은 콩트에 대해 활발하게 논의하고 있었다. 언니인 마거릿은 여섯 시간을 읽었고, 동생은 두 시간을 읽었기에, 언니가 토론에서 주도적인 역할을 했다. 인간 지성의 세 가지 발전 단계는 별다른 반대 없이 받아들여졌다. "그런데 이것이 버클의 변덕스러운 확대된 생산이론과는 어떻게 부합되지?"라고 동생 비어트리스는 반추한다. 그녀는 이제 막 버클[20]의 『영국문명사』에 대한 요약을 마쳤고, 그 내용을 자신 외에 그 누구에게도 보여주지 않는 노트북에 기록해놓았다. 그들은 쉬기 위해 빗물이 떨어지는 돌벽에 도착했다. 담뱃불을 붙이려다가 실패한 마거릿은 다정하게 웃는 표정에 검은 눈을 반짝이고 가는 고동색 머리카락을 바람에 날리면서 계속 비판해나갔다.

"끔찍하게 아는 체하는 늙은이, 지겨운 프랑스인이지. 콩트와 볼테르의 문체에는 엄청난 차이가 있어. 그의 생각 몇 가지는 재미도 없고, 다른 몇 가지 역시 말도 안 돼. 그의 정신 능력이 나는 싫어. 인간 지성의 앞문으로 종교를 내쫓고, 왜 다시 노예들의 출구로 몰래 종교를 들여오는 거야?" 그녀는 더욱 통렬한 어조로 말을 이었다. "콩트가 그리는 인간은 모두 노예 같아. 남자가 여자를 따른다고? 여자는 차치하고라도 도대체 왜 다른 사람을 숭배하라는 거야? 결국에 여자 역시 자기 삶도

---

20) 버클(Henry Thomas Buckle, 1821~62). 자연과 인간정신으로 보는 역사관을 주장했다―옮긴이.

없이 집안의 노예로 전락하고 만다고. 그가 노동자를 제 위치에 올려놓았다고! 아량도 넓으셔라. 물론 그들에게 잘해주려면 그들 생각을 해야겠지. 그렇지만 그들도 데모만 하지 말고 복종할 줄도 알아야 해!"

비어트리스가 성냥켜는 기술로 담뱃불을 붙여 언니에게 주는 사이 잠시 침묵이 흘렀다〔칠월인가 어느 이른 아침에 시골집 정원에서 무도회의 파트너에게 배운 기술이다〕. 그녀는 담배에 불붙인 채 편안하게 이야기를 계속해 나갔다.

"은행 자본가들이 이 세상을 지배한다는 생각이 더 낫지. 바클리 가문, 벅스톤 가문, 아니면 호레스 가문 등이 강력한 사람이 될 수 있지. 아버지가 우리나 우리 자매들을 결혼시키려는 사람들처럼, 멍청하기는 하지만 확실하거든."

"그런데 왜 은행가들이야?"라고 동생이 되묻는다. "기차 회사의 의장, 선박주, 아니면 목재상인은 왜 안 되지? 기계, 원료, 무역통로에 대해 은행가들이 무엇을 알겠어? 언니가 좋아하든 안 하든 선거권을 더 확장하려는 노동계층도 있어야 하는 거 아냐."

약간은 천진한 경멸조로 "애, 노동자는 안 돼. 돈이 중요한데 은행가들이 이것을 갖고 있잖니. 머리가 아니라 돈이야"라고 마거릿이 말했다. 그리고 더욱 확신에 차 목소리를 높여 말을 이었다. "비어트리스야, 이 세상을 지배하는 것은 신용, 바로 신용이야. 사람들은 은행가의 돈을 빌려 써야 해. 아니면 파산한다고. 내가 이것을 무수히 봤단다. 베어링과 그린이 캐나다의 기차건 때 아버지를 앞선 것을 기억하지. 결국 안 되잖아. 아버지는 머리는 있지만 자본이 없었던 거야. 결국 사표를 낸 사람은 그들이 아니라 아버지였잖아."

오랜 침묵이 흘렀다. 비어트리스는 '돈'과 '신용'을 같은 뜻으로 쓰는 언니가 이해되지 않았다. 그녀는 생각에 잠겼다. "아버지는 신용의 양은 자본가의 마음 상태에 달려 있다고 했지. 하지만 이것과 현실이 항상 맞아떨어지지 않기에 기업이 흥했다가 망했다가 하는 거라고 했지. 돈은 다른 상품처럼 하나의 상품이지만, 이것은 특별하게 쓰이고 법적인 지위를 갖고 있는 점이 다르지"라고. 그러고는 환한 미소로 "비어트리스 야, 수표가 돈인지 신용인지 생각한 후 나에게 알려다오"라고 덧붙이셨 지. 그런데 애석하게도 "결국 나는 답을 드리지 못했어."

몸을 돌려 담에서 내려온 마거릿은 "가자, 비어트리스. 점심식사 전에 도착해야 해. 배가 고프구나. [……] 분명한 것은 앞날에 대한 환상적인 이야기들은 전부 말도 안 된다는 것이야. 아무도 이 세상에 무슨 일이 벌어질지 몰라. 우리가 관심을 갖는 콩트가 제시한 근본 문제는 우리가 지금 이곳에서 더 나은 세상을 만들기 위해 서로 앞을 막고 서로에게 장 애가 되면서 사느냐, 아니면 공동의 이익을 위해 각자의 길을 가는 거냐 의 문제야. 물론 집안일도 마찬가지야. 사람들은 아버지와 어머니, 남편 과 아내, 자식, 형제와 자매를 보살펴야 해. 거기서 멈추지만, 혹시 시간 과 여유가 있다면, 자매들의 애들까지 보살펴야 할지 모르지." 마거릿은 가볍게 독선적으로 말했다. "삼촌과 숙모, 사촌도 안 되지. 그들은 동업 자보다 나을 게 없어. 혹시 런던에서 어쩌다 만난 사람보다는 조금 나을 까! 인간의 봉사정신 그리고 인문학이라는 종교라고? 세상에, 그게 무 슨 뜻이니? 단지 잘못된 종교일 따름이야. 축복해주실 주교님도 안 계시 는 종교잖아."

마거릿의 부정적인 자아는 이렇게 말했다. 약 40년 후, 전쟁터에서 한 아들을, 감옥에서 양심범인 다른 아들을 잃은 어머니로 슬픔을 겪었던 그녀의 긍정적인 자아는 적으로든 친구로든 인간의 우애를 굳게 믿게 되었다. 그리고 약해지는 힘을 모아 감옥 개혁에 투자했으며 큰 성과를 거두었다.[21]

---

21) 마거릿은 1880년에 서머셋셔의 해스펜 출신인 홉하우스와 결혼하여 7명의 자 녀를 두었다. 막내아들은 전쟁터에서 사망했다. 그녀는 남편과 다섯 아들을 남겨두고 1920년에 세상을 떠났다. 말년에 그녀는 장남인 스티븐―그는 퀘이 커 교인으로 재산권을 거부했다―이 양심적 절대주의자라는 이유로 전쟁 기 간에 투옥되면서 감옥 개혁에 앞장섰으며, 이를 위해 『시저에게 보내는 호소 문』을 출판하기도 했다. 감옥실태에 대한 그녀의 조사는 홉하우스와 브록웨이 와 공동으로 『오늘날의 영국의 감옥』이라는 보고서로 출판되었다. 이 보고서

어릴 때 일이라 인간에 대한 경외심을 비판했던 언니의 독선적인 평가에 내가 얼마나 동의했는지는 기억이 안 난다. 해리슨과 그밖의 대표적인 콩트주의자와 친분이 있었지만 나는 인본주의 교파에 참여하지는 않았다. 그러나 5년 후 나 자신을 교화할 목적으로 콩트의 다음과 같은 말을 나의 새 노트 서문에 대문자로 인용했다.

"윤리적인 존재로서의 조화로운 삶은 이타주의 이외의 어떤 바탕에서도 불가능하다. 이타주의만이 최고의 진실한 삶을 영위하게 해준다. 타인을 위해 사는 것이 인간을 완전한 존재로 만들어주는 유일한 수단이다."

"위대한 신이라고 할 수 있는 인간성을 회복하기 위해 우리는 모든 의식적인 요소를 개인이건 집단이건 인본주의로 나아가야 한다. 우리의 사고는 인간에 대한 인식에, 우리의 감정은 박애에 그리고 우리의 행동은 이를 실천하는 데 전념해야 한다." 〔1884년 일기〕

어느 콩트주의자의 연설

해리슨 가족과 저녁을 같이 하고 시내에 있는 실증주의자의 모임에 갔다. '타인을 위한 삶'이 해리슨의 연설요지였다. 그는 콩트주의가 질시와 비난을 받는 것을 비통해 했다. 그는 실증주의만이 오늘날의 일종의 진실한 종교라고 역설했다. 모든 종교와 분파가 인간을 위해 봉사하고 있건만 이러한 사실을 인식하려 들지 않는다고 주장했다. 그의 연설은 한편 무에서 억지로 종교를 만들어내려는 용맹스러운 시도로 보였다. 어쩌면 앞뒤가 바뀌어 머리를 돌려 꼬리를 숭배하려는 불쌍한 인간들의 측은한 시도같이 보였다. 실상 우리는 실증주의자들이다. 인간을 위한 봉사를 삶의 주된 원리로 삼고 산다. 그렇지만 인

는 영국 감옥 개혁 개선책을 많이 담고 있으며, 실제로 국회제정법에 의해서가 아니라 내무성의 소리 없는 변화를 통해 결실을 많이 거두었다.

간을 위해 살려면 우리가 영원히 추구하는 초인적인 힘에서 영감을 받을 필요가 있다. 〔1889년 3월 15일 일기〕[22]

〔1884년 일기에 기록한 내용이다.〕 사회적인 문제가 오늘의 가장 중대한 문제이며, 종교를 대신하고 있다. 나는 굳이 이 문제를 푼 척하지 않는다. 문제를 푸는 것은 거의 기질 문제로 보인다. 그렇지만 가장 시원찮은 사람도 특정한 경향이 있고, 도덕적·지적 양심을 가지고 있게 마련이다. 만약 우리가 자신의 특정한 정신 구조를 고의로 무시한다면, 우리는 병들고 왜곡된 성격이라는 벌을 받게 되고, 우리 안에 있는 신념을 믿지 못한 채 생을 마감하게 될 게 분명하다. 〔……〕 사회적인 행동에는 한층 더 높은 동기의식이 요구된다. 〔……〕 사회개혁가는 타협하지 않는 이상가라고 공언한다. 그는 사회복지를 위해 일한다고 엄숙하게 선언한다. 대중의 여론에 바탕을 둔 그의 권위는 대중이 그의 정직한 목적과 이해력을 신뢰하는 데에서 나온다. 만약 자신의 이익을 위해 사실을 조작하거나 왜곡하고, 진실에 대한 욕망보다 권력에 대한 추구가 더 크게 되면 그는 자신이 진정 충성을 다해 봉사한다고 공언한 사회에 대해 반역자가 되는 것이다. 〔1884년 4월 22일 일기〕

이제 19세기의 마지막 25년 동안에 당대의 시대정신이 사회활동에 미쳤던 영향에 대해 정리하는 것은 그만두기로 하자. 1883년에 25세의 여자였던 나에게 분명했던 것은 이 시대정신이 분명한 결론을 내려주었다는 점이다. 나는 신에 대한 봉사에서 인간에 대한 봉사에 헌신하기로 방향을 바꾸었다. 또한 나는 과학적인 방법에 대한 당시의 믿음에서 빠져나와 사회봉사에 가장 희망적인 형태가 사회조사자란 직업이라는 결

---

22) 몇 년 후의 글을 여기에 집어넣은 것은 이 글이 왜 내가 '인류교'에 동참하지 않았는지를 보여주기 때문이다.

론에 도달했다. 동시대의 많은 사람도 동일한 결론에 이른 것처럼 보였다. 당시 신문이나 잡지, 연극이나 소설, 자선단체나 학식 있는 단체의 보고서 등 출판물을 보면 개인적인 관찰과 통계적인 계산에 의거하여 다양한 사람들의 삶과 노동을 자세히 묘사하는 것이 대표적인 특징이었다. 사람들이 사회적인 상황에 새롭게 관심을 집중하게 된 것은 지적 호기심이나 박애주의 정신보다는 새로이 보통선거권을 부여한 민주주의에 대한 두려움에서 비롯되었다. 그러나 이것은 같은 상황을 또 다른 관점에서 보는 것이다. 왜냐하면 가장 극단적인 사회주의자들도 사심 없는 사회봉사에 대한 열정과 능력이 전체 시민 사이에 점점 늘어나는 추세와 더불어 주도면밀한 과학적인 사회조직이 구성되는 것에 미래에 대한 희망이 있다고 주장했기 때문이다.

첫 단계

과학적인 탐구라기보다는 감상적인 여정일 수도 있었지만 사회조사가로서 첫발을 내디딘 것은 1883년 가을의 일이었다. 책을 연구하면서 내가 느낀 것은 인구의 5분의 4에 해당하는 노동자 계급에 대해 전혀 알지 못한다는 사실이다. 지난해 런던에 있을 때 나는 자선기구단체에 참여하여 빈민촌인 소호지구를 방문한 적이 있다. 그렇지만 술과 범죄로 뒤틀려 있는 이러한 극단적인 빈곤의 경우를 임금노동자 계급을 보여주는 정당한 예로 간주할 수는 없었다. 이것은 마치 런던의 유한계급이 하는 일이나 사고가 지주계급과 상업계급을 대표할 수 없는 것과 마찬가지였다. 그들의 가정과 작업장에서 정상적인 노동자 가족을 보면서 그 계급을 제대로 형상화할 수 있는 기회를 찾기는 쉽지 않았다. 또한 주기적인 빈곤과 생계의 불안정성을 제대로 이해할 수 없었고, 실제로 이러한 상황이 국민의 일부에만 존재하는지도 도저히 정확하게 알 수 없었다. 과연 노동자들은 내가 줄곧 외치듯이 개화된 자들이라고 말할 수 있을까? 그들의 소원은 무엇이고, 그들의 교육 정도는 어떠할까? 그리고 자치능력은 어느 정도일까? 관리능력에 대한 훈련과 문학적인 교양이 없다면 과연 어떻게 이 계급이 비국교회 성당, 널리 퍼진 우호단체, 비난받는 상인조합 그리고 협동조합이라는 이상한 형태의 상점으로 복잡하게 얽힌 조직을 시작하고 유지하는 것일까?

감상적인 여정

사회적으로 평등한 상황에서 내 평생 처음으로 친척 중에서 임금노동자 가족을 만났다는 사실 때문에 나의 감상적인 여정은 낭만적인 색채를 띠게 된다. 어머니 가문인 헤이워스 집안은 랭커셔와 요크셔의 수공업자 가문에서 시작되었다. 18세기 마지막 사반세기 동안에 장인 숙련공들은 공장 소유주나 상인으로 바뀌었고, 많은 사람들은 노동자라는 새로운 계급으로 흡수되었다. 나의 외할아버지 로렌스 헤이워스는 장인 계급에 속했으며, 그는 역직기 기능공 가정에서 성장한 예쁜 사촌과 결혼했다. 어머니가 어린 시절에 이미 결핵으로 돌아가셨기 때문에 더욱이나 전혀 알지 못하는 이 외할머니는 바컵 시의 가난한 사람들과 가까운 사이였다. 외할아버지께서는 다다라는 별명을 지닌 덕스럽게 생긴 나이 먹은 간호사인 마사 밀스에게 집안을 돌보게 했다. 그녀는 어머니와 삼촌과 함께 대륙여행에 동행했고 어머니의 결혼도 지켜보았으며 어머니가 돌아가실 때까지 어머니 곁을 지켰다. 이러한 배경 설명을 하고 이제부터 내 일기와 바컵 방문 기간에 아버지에게 보낸 편지에 대해 언급하고자 한다.

우리가 스탠디시 정원을 산보하거나 러스랜드 산보길을 따라 걸을 때 나는 어머니의 바컵 생활에 대한 옛날이야기를 여러 번 들었다.

마지막으로 이야기를 들은 것은 어머니께서 갑작스럽게 돌아가시기 수주일 전인 3월의 어느 날 스탠디시 정원에서였다. 봄이 다가오는 향긋한 냄새와 모습들 그리고 산뜻한 소풍을 지금도 기억한다. 어머니가 자주 말씀하셨기 때문에 잘 알고 있는 이야기를 듣고 있었다.

어머니는 날씨가 좋으면 맨체스터 상점에 가기 위해 좋은 옷을 입곤 하셨던 할아버지에 대해 말씀하셨다. 할아버지께서 남들에게 잘 보이고 싶으실 때에는 할머니에게 새 모자와 좋은 코트를 가져오시게 하셨다는 이야기와, 할머니께서 등이 곧은 의자에 곧추앉아 네 아들에게 조언을 주시곤 하셨다는 이야기. 한밤중에 할머니께서 침대 옆에 앉아 하느님께 기도하시곤 하셔서 어스름한 달빛이나 동이 틀 무렵에 깜짝 놀라 할머니를 쳐다보시곤 했다는 이야기 등이었다.

어머니가 외할아버지를 따라 바컵을 처음 방문했을 때의 이야기다.

아버지와 딸은 긴 마차여행을 끝내고 바컵에 도착했다. 아버지가 어린 헤이워스를 잠자리에 들게 하자 그녀는 "저녁을 먹고 싶어요. 저녁 먹고 잘래요!"라고 말했다. 저녁을 안 먹고 잠을 잔다는 것은 어린 소녀에게 벌을 받는 것으로 여겨졌다. 난간 너머 모자를 쓴 키 큰 사람이 "밥을 먹게 내버려두게나" 하고 외쳤다. "사라 양, 이 애를 데려가서 우유 적신 빵을 주어요. 곧 불이 지펴질 거야." 당당한 모습의 어린 헤이워스는 부엌으로 안내되었고 사라 양은 그녀를 식당에 앉히고는 불을 지폈다. 그러나 당당했던 그녀도 이곳의 낯섦 때문에 곧 울음을 터뜨리고 말았다. "자러 갈래요. 아빠에게 가고 싶어요."

3월의 어느 날 이후, 18개월이 지났다. 동생인 로즈버드와 다다 그리고 나는 아고드(몬머스셔에 있는 집)의 편안한 거실 벽난로 옆에 앉아 있었다. 나는 다시 바컵 생활에 대한 이야기를 듣고 있었다. 그러나 예전과 같은 이야기가 아니고 성당과 주일학교의 모습, 직조공 마을의 기도모임으로 가는 지저분한 길에 대한 설명이었다.

나는 벽난로 불빛에서 시선을 돌려 "다다 아줌마, 아키드 가문의 몇 사람들이 분명히 우리 친척이라지요?"라고 물었다. 마사 밀스는 손을 무릎 위에 올려놓으면서, "글쎄, 존 아키드라는 갈대로 발을 만드는 사람이 있었지. 지금은 쉬고 있어. 할머니의 조카란다. 그에게 형제가 둘 있는데, 제임스는 수로 작업 책임자이고, 윌리엄은 조금은 색다른 사람으로 별로 하는 일이 없었지. 그리고 애쉬워스 부인인 아키드 양이 있었어. 내가 네 어머니에게 오기 전에 옷 제조 공장에서 그녀에게 일을 배우고 있었지. 그녀는 공장을 소유한 제임스 애쉬워스라는 부자와 결혼했어. 지금은 미망인이고 돈에 인색하다고 소문이 났어. 내가 말한 이들 이외에는 더 이상 할머니의 친척이 없는 것으로 알고 있어. 아니면 내가 모를 수도 있고."

"다(다다)," 나는 벽난로 석탄이 빨갛게 타는 모습을 지켜보면서 밀스 부인을 불렀다. "다음번에 정말 바컵에 가고 싶어요." "갈 수 있지. 기다릴 이유가 없잖아"라고 그녀는 답했다. "그곳에 있는 내 친구들이 포터 양이 나와 같이 오는 것을 보면 놀랄 거야. 그들은 상류사람들에게 익숙지 않거든. 너 때문에 그 사람들이 위축될지도 몰라." "그래요!"라고 나는 말했다. 방문계획에 흥이 나고 즐거워진 나는 "제가 포터 양이 아니고 몬마우스 근처에 사는 존스 양이라는, 어느 농부의 딸이라고 하면 되잖아요"라고 그녀에게 말했다.

나의 노동계급 친척들

그리고 놀랍게도 신앙심이 돈독한 밀스 여사는 나의 '거짓 없는 사기극'에 동의해주었다.

1883년 11월의 비 내리는 어느 날 밤이었다. 밀스 부인과 존스 양은 울퉁불퉁한 포장길을 따라 불빛이 어두운 바컵의 뒷거리를 걸어가고 있었다. 이곳은 외진 곳으로 보였다. 공장들의 소음과 빛이 사라진 다음 수공업자들이 사는 마을을 압도하는 이상한 침묵이 흐르고 있었다. 노동자들은 큰 목소리로 일 마무리를 하거나 불 옆에서 구운 사과를 먹고 있었다. 조그만 돌다리 위에 서 있을 때, 밀스 부인은 "저곳이 어웰 테라스 성당이에요"라고 말했다. 우리는 자그만 돌다리 위에 서 있었고, 그 밑으로는 어웰 강이 즐겁게 흐르고 있었다. 나는 부서진

질그릇 조각이 쌓여 있고, 오래된 장화와 기계가 있는 곳을 넘어 가파른 산 경사를 쳐다보았다. "그 옆은 교회 관사인데, 관사 청지기인 존 애쉬워스가 살고 있고, 저희가 같이 묵을 곳입니다." 존스 양은 강조하는 어조로, "저를 아가씨라고 부르지 마세요. 용기를 내요. 거짓말을 해야 합니다. '무슨 일을 하든지 진실로 하라'는 사도 바울의 말을 기억하세요."

1883년 11월로 기록된 아버지에게 보낸 편지의 내용이다.

[첫 번째 편지]──아침 여섯시 반에 바컵에 도착해서 어두운 뒷길을 따라오다가 오래된 교회에 닿았습니다. 나이 먹은 청교도인과 그의 딸이 우리를 반갑게 맞아주었고, 그곳에 머무는 동안 안전하고 편안하게 지내도록 축복기도를 해주었습니다. 맛있는 차와 집에서 만든 버터 바른 빵을 먹고 나자, 밀스 부인을 환영하기 위해 여러 어르신이 방문하셨습니다. 그들은 그녀를 대우해주었는데, 왜냐하면 그녀가 그들에게는 대단한 숙녀였기 때문입니다. 그녀는 나를 노골적으로 "이 마을 모습과 공장을 보기 위해 온 존스라는 농부의 딸입니다"라고 소개했습니다. 그러자 그들은 실제적인 면이나 정신적인 면에서 나의 '무지를 일깨우기' 위해 나에게 관심을 보이기 시작했습니다. 나는 이들 매력 있는 기술자와 소자본가의 세계로 받아들여졌고, 부드러운 성격의 존 아키드와 친해지게 되었습니다. 그는 아키드 가문 사람들의 전형적인 기질인 우울증으로 고생하고 있었습니다. 헤이워드 할머니의 오빠와 언니는 자살로 생을 마감했고, 가족의 두세 사람이나 자살 충동으로 고생했다고 합니다. 우리의 비관적 세계관도 여기서 왔나 봅니다. 오늘 아침에는 그가 나를 바컵까지 동행해주었습니다. 그곳에서 저는 할머니가 살다가 돌아가셨다는 로즈 코티지와 윌로 코티지를 보았습니다. 뱅크사이드와 펀힐을 따라 헤이워스와 오메로드 가문의 집들이 있었습니다. 우리는 존 우디드와 그의 부인 그리고 그의

아들(다 아줌마의 사촌입니다)과 식사를 했습니다. 그러고는 세상에서 선한 것을 취하는 가능한 방법들에 대한 신실하고도 날카로운 이야기가 담겨 있는 따뜻한 여담을 들었습니다. 노동자들의 삶을 알기 위해서는 그들 가운데 살아야 합니다. 저를 그들의 일원으로 완전하게 받아주는 것을 보고 놀랐습니다. 제가 기대했던 것보다 흥미로웠고, 제 자신이 이런 모험을 했다는 사실이 진정으로 기뻤습니다.

면직공들 사이에서

[두 번째 편지]──아주 만족스럽게 지내고 있습니다. 일기 쓰는 것은 꿈도 못 꿉니다. 시간도 없고 쓸 만한 장소도 없습니다. 여기 사람들은 하루 종일 '같이' 지냅니다. 일자리를 잃은 면직공들이 서로의 집에서 이야기를 나누면서 지냅니다. 이 집 역시 성당 다니는 사람들이 모이는 장소이고 빈민 구빈관들이 구빈세를 배분하는 장소로 쓰이고 있습니다.

바컵은 조그만 수공업 마을입니다. '신사 계급이었던 이전의 젠트리' 계급은 사라지고, 지금의 수공업자들은 자수성가한 사람들로 옛 사람들보다 훨씬 탐욕적인 사람들입니다. 휘터커 가문이 지금도 땅을 소유하고 있고 돈을 수거할 때만 가끔 나타나기 때문에 이곳 사람들의 원성을 사고 있습니다. 오메로즈 가문과 헤이워스 가문은 '진정한 젠트리'로 통하지요. 존 아키드는 어제(현재 하는 일이 없습니다. 어제 6킬로미터 정도를 같이 산보했습니다) "로렌스 헤이워스 씨는 자기 하녀와 결혼한 사람 가운데 한 사람인데요, 그 하녀가 바로 제 숙모입니다. 사람들 말에 따르면 그녀는 보기에 상당히 말랐다고 해요." 그녀의 가문이 어떻게 되었느냐고 묻자, "그는 포터 부인 외에는 들은 바가 없어요. 사람들 말로는 그녀는 능력 있고 활동적이었다고 해요. 당신이 바로 그런 모습이네요, 존스 양. 마치 여자라기보다는 같이 대화를 나눌 수 있는 남자 같아 보여요"라고 그가 답하더군요.

그들은 아직 저에 대해 아무런 의심도 하지 않습니다. 나이 먹은 노동자들은 저를 감탄하는 표정으로 쳐다보면서, '아버지에게 도움을 줄 튼튼한 몸'을 가졌다고 말합니다. 젊은이들은 놀라움과 두려움으로 저를 쳐다본답니다. 어느 눈치 빠른 어르신이 낌새를 채고 저에게 아버지가 혹시 귀족이 아니냐고 묻기에 단지 정직한 농부라고 말했습니다. 그러자 그는 나에게 가축에 관해 묻는 등 농사일에 대한 저의 지식을 캐묻더군요. 그러다가 마침내 포기하고는 남부에 내려가면 '아버지와 이야기를 나눌 수 있겠냐'고 말씀하시더군요. 그러고는 웨일스의 아가씨들이 모두 나처럼 '하얀 이와 빛나는 머릿결'을 가졌냐고 물었습니다. 그는 우리가 '보통 주중에도 힘든 일을 하지 않는' 것으로 생각했습니다. 이 어르신은 저에게 노동자들이 소유한 공장이 실패한 것에 대해 말씀하시면서 운영자들이 뇌물을 받고 같은 돈으로 저질 상품을 사는 경향이 있으며, 노동자위원회가 '이에 대해 어떻게 말하는지'에 대해 설명해주었습니다.

그들의 일상생활

많은 공장이 문을 닫았습니다. 여기 장사는 어느 때보다 경기가 안 좋습니다만 비교적 가난한 편은 아닙니다. 일자리가 없는 사람은 이런저런 직업을 얻을 수 있는 큰 도시로 진출합니다. 우리와 같이 대화를 나누던 어르신의 부인은 통통한 분이셨는데, 대부분 랭커셔 말투를 사용해서 알아들을 수 없습니다. 그날 저녁 그녀는 수줍어하면서 자기도 '담배를 피곤 했다'고 하시더군요. 그래서 저는 담뱃갑을 내놓고는 웨일스 담배를 동료들에게 제공했습니다. 같이 이야기하기에 재미있고 '괜찮은 사람'으로 인정받아 노동자들과 함께 앉아 묵묵히 담배를 피우는 제 모습을 아버지가 보셨다면 아마 크게 웃으셨을 거예요. 담배 덕분에 분위기가 좋아지자 나이 든 분들이 자신의 삶의 과정에 대해 이야기하셨습니다. 자신들이 일했던 여러 가지 직업에 대해 이야기했고, 몇 분은 다른 여러 부인에 대해 이야기했어요. 그들의 정직함에 놀랐고 사람과 사물을 보는 친절한 시각에 또 놀랐습니다. 그들은 인간이 천성적으로 착하다고 인식했고 '어떠한 법도 이것을 바꿀 수 없다'고 말했습니다. 존경스러운 이들 노동자들은 정치에는 전혀 관심이 없었습니다(투표권도 없었지요). 그들은 이 세상과 다음 세상에서 어떻게 사는지에 관심이 있었습니다. 그들의 대화는 주로 사람들과 종교에 관한 것입니다. 우리가 머물고 있는 집의 나이 든 분과 그의 딸은 제가 청교도인의 삶을 더 친근하게 볼 수 있게 해준 사람들이었는데, 이 주제에 관한 많은 역사책만큼이나 가치가 있었습니다. 저녁에는 항상 기도했는데, 제 발음이 정확하다고 해서 낭송자로 지명되었습니다. 이 사람들과 편안하게 지낼 수 있다는 사실과 이분들이 나를 대화를 나눌 수 있는 여자로 여기면서 그들의 마음을 열어놓는 것이 신기했습니다.

나는 정치가들이 이들을 위해 입법하려면 이들 다양한 계급의 사람들과 함께 지내면서 그들의 생각과 소망을 알아내야 한다고 생각합니다. 이른바 대표정부에서는, 더 게으른 사람들의 소망을 대표하고 성취시켜줄 수 있을 것 같아 보입니다. 이 게으른 사람들은 시간과 에너지를 쓸 일이 없기 때문에 난동을 부리고 사회에 적응을 잘 못하기 때문에 상황을 바꾸려고 합니다. 물론 이러한 편협한 근거로 모든 것을 일반화하려는 것은 불합리한 일입니다. 그러나 이들 노동계급과 함께 지내면서 보고 듣는 것이 우리에게 옳을지도 그를지도 모르는 커다란 구조적인 변화를 실행에 옮기기에 앞서 조금 더 인내심을 가지고 그들을 관찰하는 것이 좋겠다라는 생각을 하게 할 것입니다. 박애주의자는 자칫 독립적인 노동계급이 존재한다는 사실을 간과하기 쉽습니다. 그들이 감상적으로 '민중'이라고 언급할 때, 그들은 '무능한 사람들'을 뜻합니다. 이러한 정치인이 후자에게만 관심을 두는 것은 진정 애석한 일입니다.

[세 번째 편지]──방금 아버지의 편지를 받아보았습니다. 맨체스터에서 월요일에 뵙겠습니다. 절대 이곳으로 오지는 마세요. 밀스 부인

은 사실이 밝혀지면 그들이 나를 그냥 놔두지 않을 거라고 했어요.

나를 따뜻하게 접대해준 소중한 사람들이고 저를 자신들의 일부로 받아주었기 때문에 이들에게 제 실체를 알려주는 것은 잔인한 일입니다.

오늘 아침은 편안한 시골집에서 식사를 했습니다. 집주인은 방직공인데 세 아들도 방직일을 하고 있습니다. 오후에는 친구들이 자기들 공장 두세 곳에 데려가서 저를 그곳의 경영자에게 소개해주었습니다. 경영자와 같이 협동조합을 둘러보면서 오후를 보냈습니다. 아버지가 조합을 운영하시기를 원하기 때문에 이곳의 조합운영을 알아보라고 저를 이곳에 보냈다고 했습니다. 그러자 그는 저를 회계실로 데려가 장부도 보여주고 모든 것을 설명해주었습니다. 이곳은 노동자들이 소유하고 그들이 운영하고 있습니다. 이곳 회원들은 여기서 어느 정도를 소비해야 하고, 배당금은 구역별로 지불됩니다. 물론 배당금이 충분히 쌓일 때까지는 지불되지 않는다고 합니다. 이러한 방식으로 이중으로 운영을 검사하고, 주주는 배당금을 받고, 소비자는 싸고 좋은 물건을 구입합니다. 그리고 그가 언급하듯이, "여자들이 이런 일을 정확하게 한다"고 합니다. 20년 전에 시작되었는데 이익이 12.5퍼센트 이하로 내려간 적이 없다고 합니다. 자본금에 대해 노동비용은 5퍼센트 정도 되고, 모두 100파운드 이하로 투자할 수 있으며, 가입비인 3실링 6펜스만 내면 회원이 될 수 있습니다. 경영자는 저에게 노동운영위원회와의 마찰을 구체적으로 설명하면서 제가 관심을 두었던 대개의 협동조합 방직공장이 실패하는 이유를 설명해주었습니다. 이에 대해서는 그와 같이 권련을 피우면서 이야기를 나누었습니다.

우리는 다른 집에서 차를 마시고는, 독실한 집주인에게 조금은 지루한 '정신의 양식'을 들어야 했습니다. 광부인 그는 이렇게 말했습니다. "하느님께서 석탄을 땅속 깊이 **묻으심**으로써 모든 일을 합당하게 하셨습니다. 만약 그렇지 않으면 여인네들이 석탄을 모두 캐가서 아무것도 남겨놓지 않았을 것이기 때문입니다." 제가 경건하게 있는 모습을 보셨으면 웃음이 나왔을 거예요. 어제는 주일학교에서 나이 드신 어느 선생님을 구해드리기까지 했습니다. 한 대담한 여인이 우리 죄의 책임이 아담에게 있다고 그에게 질문을 하기에, 제가 그녀에게 "부모님을 '좋아하지' 않으시냐"고 되물음으로써 전혀 다른 결론이 나게 이끌었습니다. 떠날 때, 그 선생님께서 제 손을 잡으시더니 혹시 "제가 바컵에 머무는 동안 해줄 수 있는 일이 없겠냐"고 물으시더 군요. 이곳 사람들을 이해하는 단 하나의 방법은 당분간 그들의 믿음을 따르면서 그들의 관점으로 보아주는 것입니다. 그러다보면 (어떤 비판적인 반대시각에 치우치지 않고) 이들의 정신적·물질적 삶의 모습을 정확하게 알게 됩니다. 이들의 단순한 경건함과 세상일에 대한 무지에는 어떤 매력과 편안함이 깃들어 있는 것 같습니다.

이들의 '물질적 삶'과 관련해서는 저는 이따금 육류가 그리워질 때가 있습니다. 식사는 주로 귀리 케이크와 치즈 그리고 우리가 가지고 온 버터로 합니다. 웨일스 여자들은 모두 담배를 피운다고 설득해놓고는, 매일 저녁 부엌 불가에서 흔들의자에 앉아 권련을 피운답니다. 집주인이 첫날 담배를 받아들고는 "한 모금 피우고 나중에 오랫동안 피워야겠어" 하더니 정말 한두 모금 피운 후, 불을 끄고는 다음 날에 피우시려고 벽난로 위 구석에다가 조심스럽게 놓아두었습니다. 그리고는 "좋은 것을 너무 많이 낭비하면 못써요. 돈이란 쉽게 써버리는 것이거든"이라고 말했습니다. 이들의 수입은 일주일에 1파운드이기에, 이웃의 도움이 없었다면 우리는 먹을 것도 별로 없었을 겁니다.

부유한 사촌

내일은 애쉬워스 부인 댁에 간다고 합니다. 돈은 많은데 너무 인색해서 모두 그녀를 싫어한답니다. 그녀에게 돈을 상속받는 자가 아무도 없기에 모두 그녀가 죽으면 그 돈이 어디로 갈지도 모른다고 합니다. 마차의 세금도 안 내려고 마차 바퀴를 떼어논답니다. 그리고 필요할 때만 달고 다닌다고 그녀의 사촌들은 말합니다. 언젠가 정육점에서 만난 적이 있는데, 우리가 친절하게 인사하는데도 그녀는 고개를 까닥하더니 악수조차 하지 않더군요. 이번에도 그녀의 오만한 태도가 기대됩니다.

애쉬워스 부인 댁에 방문했던 것에 대해 두 가지 기억나는 것이 있다. 돈이 많은 그녀는 웨일스 농부의 딸에게 깊은 인상을 심어주려고 오래된 친척들——헤이워스 할아버지, 할아버지 형제들, 그의 아들들과 손자들——의 사진을 꺼내놓았다. 다행스럽게도 그녀는 포터 가문 사람들의 사진은 가진 것이 없었다. 그녀는 1892년에 유언도 없이 세상을 떠나고 말았는데, 그녀의 죽음은 이곳 바컵의 면직 숙련공들의 때묻지 않은 도덕적인 양심을 보여주는 계기가 되었다. 유언장 없이 운명했기에 8만 파운드 이상이 동등하게 가까운 친척 사이에 배분되었다. 살아남은 두 그룹의 친척들이 있었는데 한 그룹은 한 주에 20실링도 벌지 못하는 열한 명의 임금노동자였고, 다른 그룹은 비교적 부유한 우리 헤이워스 할머니의 부유한 자손들이었다. 유일한 딸인 어머니가 이미 돌아가셨기에 아무도 상속받을 사람이 없었다. 열한 명의 노동자가 함께 모여 기도한 후, 돌아가신 분의 가까운 친척들에게 갈 기대하지도 않던 유산을 자기들끼리 독점적으로 분배하는 것은 형평성이나 기독교적인 우애에도 맞지 않는다고 결론 내린 후 자신들과 약 30명이 넘는 다음 세대의 자손들——그들의 부모들도 애쉬워스 부인의 사촌들이기에——이 나누어 가졌다. 결국 법적 상속자였던 열한 명은 각각 몇백 파운드만 받게 되었다. 그들은 혹시나 돌아가신 어머니의 자손들과 또 나누어 가질 생각에서 이 소식을 헤이워스 형제들에게도 통보했다. 말할 것도 없이 이들 '부유한 사람들'은 '법은 법, 재산은 재산'이라는 명분으로 당연히 이를 거부했다. 이렇게 얻은 돈을 돈 많은 조카들과 나눌 이유도 없듯이 굳이 자신들에게 전혀 기대하지 않는 자선단체에 이 돈을 기부할 일도 없다고 생각한다.

협동조합의 상점

[세 번째 편지의 연속]——나는 성당과 학교에서 하루를 보냈습니다. 식사 후 비국교도 목사님이 방문하셔서 그와 이야기를 나누었습니다. 예배 후 궐련을 피우러 이곳에 오신 거지요. 그는 신도들 사이에 설교 시간에 정치적·사회적 문제에 대해 다루어달라는 부탁이 점차 늘고 있다고 말씀하셨습니다. 목회자로서는 사람들의 마음에 들게 설교하기가 어려운 주제라고 합니다. 특히 노동자 조합이 있는 구역에서는 독립적이고 자유로운 사고를 하는 사람들이 많다고 합니다.

이 지역 전체에서는 협동이 잘 되고 있습니다. 상점들도 사람들에게 값싼 물품을 제대로 공급하고, 은행도 후한 이자를 지불하는 등 모든 것이 순조롭습니다. 저는 비국교 교회의 가운데에 있는 셈인데요, 게다가 제 집주인이 교회 청지기이기에 여기 오는 모든 목회자들을 즐겁게 해준답니다. 그래서 내부 운영에 대한 이야기를 듣습니다. 같은 교파라도 각각의 교회는 자신들의 문제를 스스로 해결해 나간다고 합니다. 비용 등의 문제를 논하기 위해 남녀 모두 참가하는 월례 모임이 있습니다. 실상 각 교회는 하나의 자치기구인 셈입니다. 회원 개인의 문제는 본인에게 맡기지만 교회 문제는 같이 풀어갑니다.

자치기구 내에서 이러한 교회들이 노동자 계급의 사람들을 교육하는 데 얼마나 훌륭한 일을 하는지 정말 놀랍습니다. 민주주의 체제가 앞으로 점점 더 사회주의적 경향을 띠는 것을 방지하는 최상의 방법은 지역 정부에 달려 있다고 생각하지 않을 수 없습니다. 지역 행정을 돌보는 데 존경받는 노동자가 정치적인 문제를 고려하게끔 하면 될 것입니다. 의회는 너무 멀리 있는 셈이에요. 실용적이고 근면한 사람들은 의회가 '쓸모없다'고 말하면서 '말주변이 좋은 사람들'에게 맡기면 된다고 말합니다. 이들은 자신들이 경험한 적이 있는 지역문제는 잘 알고 있고, 정확한 감각으로 실제적으로 일처리를 합니다.

분명 진정으로 성공적인 노동자들은 사유재산의 권리에 대해 본질적으로 보수적인 입장을 취하며 중앙 정부가 간섭하지 않기를 원합니다. 아직 종교적 정서가 이들을 사로잡고 많은 사람의 삶의 바탕을 이루고 있습니다. 하지만 독실한 이 지역 사람들은 젊은 세대들이 사고와 정서의 대상을 다른 데에서 찾고 있다고 다들 말합니다.

정치사상은 이론적인 노선을 타기보다는 실질적인 노선을 취하는 것이 중요하다고 저는 생각합니다. 공동체의 각 단위에서 작은 규모로 실험을 해봅니다. 운영자는 실험의 어려운 점이나 장애를 접하고 이를 극복해야 합니다. 이곳의 교육받은 이들은 단순노동으로 소진되지 않는 많은 여분의 에너지를 갖고 있습니다. 이 에너지들은 종교적인 통로가 닫히게 되면 다른 곳으로 흐르게 됩니다. 이는 사회적·경제적 문제 또는 추상적으로 제기된 정치적인 토론에서 **실용적인 해결책을 제시하거나** 이론적인 정치에 대해 순전히 지적인 훈련을 하는데 쓰일 수 있을 것입니다.

거칠게 이런저런 생각을 이야기해서 죄송합니다. 그냥 떠오르는 대로 메모한 내용들입니다. 저는 여기서 보고 듣는 것에 관심이 많습니다. 젊은 여성으로서 '계급'을 무시하는 것은 대담한 일입니다. 그러기에 더욱 이 일이 언급되지 않기를 바랍니다. 저는 제가 원하는 방향으로 남자들을 이끌 수 있을 정도로 남자들을 이해합니다. 그렇지만 제가 이러한 힘을 지녔다는 사실을 모든 이가 이해해주는 것은 아닙니다. 이러한 힘이 없으면 무익하고 어리석은 모험이 될 겁니다. 저는 아키드 형제 두 분을 더 만났습니다. 그들은 손이 섬세하고 예쁜, 우울해보이는 사람들이었습니다. 우리 가족에게 관심이 많더군요. 제가 '저택과 아름다운 정원 그리고 상당히 부유한 사람들과 결혼을 할 수 있는 유명한 포터 가문의 딸'이자 '모든 것을 알고 싶어하는 활동적인 소녀'라는 사실을 알게 된다면 그들은 정말 기절할 거예요. 그들은 저에게 뭔가 이상한 점이 있다는 사실을 분명 느끼고 있을 겁니다. 어쨌든, 제가 떠날 즈음이면 '웨일스 여자'에 대해 이들이 했던 생각이 다 쓸모없게 될 겁니다.

종교, 하나의 현실

동부 랭커셔의 직조공들과 함께 지내면서〔몇 달 후에 기록했다〕 나는 그들의 종교적 신념의 깊이와 현실적인 면에 깊은 인상을 받았다. 종교적 신념이 생존을 위한 투쟁에 쓰이는 에너지 외의 모든 에너지를 몽땅 흡수해버렸다. 간단한 동물적인 본능이 만족되면, 육체적이든 지적·윤리적이든 나머지 힘을 전부 종교에 바치는 것 같았다. 심지어 사회적인 교제도 종교적인 공감대 위에서 다같이 힘쓰는 종교적인 노력에 기반을 두고 있었다. 내 흥미와 관심을 끈 것은 바로 이런 하나됨이라는 생각 그리고 투명한 삶이라는 생각이었다. 얼마 동안 이런 생활이 런던의 대도시 생활에서 비롯된 복잡한 정신적 활동——우리 행동을 마비시키기도 하고 우리 생각을 산만하게 만드는 활동——과는 대조적으로 보였다.

이러한 하나됨이라는 생각은 버밍엄의 급진파에서도 찾을 수 있는데, 이들에게도 눈에 뜨이게 동기의 단순함과 진지함을 볼 수 있었다. 이곳에서는 정치적 신념이 종교적인 신념을 대신한다. 핵심적인 신념에 의심을 품는 것을 용납하지 못한다는 점에서 정치나 종교나 마찬가지다. 성경은 내재적인 모순으로 급진파의 경우보다 개별적 차이를 허용할 수 있고 독점적인 해석을 선호하지 않을 수 있다. 하이네[23]는 50년 전에 "영국인에게 종교에 대해 이야기하면 그는 광신도가 되고, 정치에 대해 말을 걸면 세속적인 사람이 된다"고 말했다. 바컵과 버밍엄에서의 내 짧은 경험에서 볼 때, 종교에서 만족감을 찾았던 이러한 영국인의 심성이 이제는 정치에서 만족을 찾는 쪽으로 변해가고 있다. 체임벌린 씨에게 이에 대해 말하자, 그는 "나도 동감입니다. 그리고 이러한 경향을 좋아합니다"라고 답하면서, "종교가 인간 심성의 열정을 흡수해버린다는 데 악감을 지니고 있었습니다"라고 덧붙였다. 만약에 이것이 그의 견해라면, 그가 런던 사회의 냉소적이고 다양한

---

23) 하이네(Heinrich Heine, 1797~1856). 독일의 시인—옮긴이.

정치적인 견해보다는 자신의 확고한 신념 아래 적대세력에 대항할 수 있는 힘을 모을 수 있고 공감할 수 있는 분위기를 찾는 것도 당연하다고 하겠다.〔1884년 3월 16일 일기〕

이 이야기를 끝내기 위해 이제부터 런던의 이스트 엔드에서 사회조사자가 된 이후 1886년부터 1889년 사이에 이루어졌던 바컵 방문과 관련된 일기와 편지를 소개할 것이다.

3년이 지났고 존스 양은 다시 바컵을 방문했다. 이제 마음과 몸이 전성기를 지났고 예전의 친구들도 그녀를 거의 알아보지 못했다. 이제는 익숙해진 직조공들의 삶도 예전의 신선함이 덜했고 모험도 예전의 매력을 상실했다. 신분을 속인 것에 대한 양심의 가책은 예전보다 더했다. 그렇게 그녀는 그들과 함께 지내면서 그들의 대표적인 삶의 모습을 예의 관찰했지만 맥없는 우울함에 시달렸다. 활기차고 가정적이고 독실했던 청교도 아저씨는 이미 돌아가셨다. 친절하고 다정했던 아저씨가 생전에 우울했던 아키드 가문 속으로 영원한 휴식을 취하러 돌아간 것이다. 아이들은 신중한 청년으로 성장해 있었다. 옛 도시는 황량한 높은 언덕 위에 변하지 않은 채 서 있었다. 근무연장까지 하면서 바쁘게 돌아가는 공장들은 계곡에 자리 잡고 있었고, 2층으로 된 오두막집들은 비포장길을 따라 언덕 여기저기에 흩어져 있었다. 세련된 분위기를 풍기는 도회적인 신축 건물 뒤에는 낡은 옛 숙소들이 아직도 서 있었다. '조합'의 상점들은 흉한 모습을 드러낸 채 서 있었다. 모든 종파의 스무 개 정도의 교회, 교구 교회 그리고 '젠트리 계급이 세운' 교회가 예전의 위치에 서 있었고 아직도 붐비고 있었다. 바컵의 삶은 아직도 종교적이었다. 직조공들의 집안으로 숨어 들어간 과학 서적은 아직 '삶의 서적'을 몰아내지는 못했다. 젊은이들은 교회에 다니고는 있었지만 더 이상 주일학교에서 가르치거나 성경공부를 하지는 않았다. 그들은 조합의 도서관에서 빌려온 책에 흥미를 느꼈다. 하느님에 대한 대화 역시 헌신적인 믿음의 정신으로 차 있지는 않았다. 그렇지만 도시적인 삶이나 산업에도 불구하고 바컵 시는 정신적으로는 여전히 '이전 세계'에 속했다. 현대적인 삶이 지닌 복잡함에 대해서는 알지 못했고, 단조로운 하루 생활은 손으로 천을 짜던 한 세기 전과 유사했다. 대도시의 불안한 야망, 복잡한 동기 그리고 끝없는 상상력은 바컵 사람들의 유순한 마음에 자리 잡지 못했다. 그들은 조그만 마을에서 하는 일에 만족했다. 심지어 맨체스터도 답답하고 '집 같지 않다'고 느꼈다.

나는 직조공들의 삶에 흥미를 느꼈다. 연장근무만 없다면 작업은 몸과 마음을 다 건강하게 했다. 일을 하는 직조공 옆에 앉아 빠르게 돌아가는 기계, 남녀 직공들 그리고 아이들의 우정 어린 모습, 걱정 없는 모습, 공동 관심사를 쫓는 모습——임금을 잘 받고 돈을 잘 버는 일이 주는 행복감——을 바라보고 있으니 긴장된 두뇌 노동자, 게으르고 과식하는 부자, 압박받는 가난한 자들이 알 수 없는 행복감이 여기 있구나 하는 생각이 들었다. 젊은 남녀들은 서로 교제하고 서로 동료 노동자 또는 같은 교회의 신도로 알고 지낸다. 이들은 어린 시절부터 서로 보고 자라왔으며 항상 같이 지내왔다. 육체적·정신적으로 서로 끌리게 되면 결혼했다. 종교적인 대중여론은 일하지 않는 사람과 나쁜 짓을 하는 사람들을 무겁게 압박했으며, 이러한 추방의 과정, 즉 습관적인 실업자와 일을 안 하는 사람을 제거해버리는 과정이 이 작은 마을에서 분명하게 드러난다. 이것은 런던의 이스트 엔드가 유인하는 힘과는 정반대다. 여기는 사랑과 흥미라는 자원이 없는 사람들은 끌어들이지 않는다. 꾸준하게 일하지 못하거나 계속하지 않는 자들에게는 일을 주지 않는다. 한편 운이 없거나 억울한 실패는 따뜻하게 대접해준다. 이곳 사람들은 저 세계를 염두에 두면서 자신이 속한 위치가 아니라 미래의 천국에서 자신이 속할 위치——선함과 헌신으로 쟁취한 위치——를 염두에 두고 다른 사람을 판단한다.

자유방임주의의 몰락

근무시간 외 작업은 필요없이 힘을 소모하게 만들고 노동자에게서 더 많은 것을 빼앗아 가며 고용주에게도 더 적은 혜택을 가져다준다. 이것은 몸을 지치게 하고 마음을 녹슬게 하는 육체적인 고역이다. 이것은 사람들에게 입맛을 잃게 하고 술을 마시고 싶은 강한 욕망이 솟게 한다. 결국 이것은 사람들을 사회적 교제와 공동관심사에 적합지 않은 사람으로 만드는 야만적인 행위가 된다.

이런 사람들은 너무 적게 먹고, 무엇보다 잠도 적게 잔다. 성장하는 소년들은 여섯 또는 일곱 시간밖에 자지 않고, 이들을 깨우는 어머니들은 시간을 맞추려고 밤새 깨어 있으며 가장 늦게까지 앉아 있다 가장 마지막에 잠자리에 든다. 시간 외 작업은 여자와 아이들에게는 금지되어 있다. 이것은 공장 입법과 이에 근거한 감사 덕분이다. 이런 상황들을 내부에서 들여다보면 **자유방임주의가 몰락하게 된다**는 것을 알게 된다. 노동자는 시간 외 작업을 거절할 수 없다. 그럴 경우 그는 작업장을 잃게 된다. 이들은 앞으로의 삶에 지워지는 계속적인 긴장의 의미에 무지하기 때문에 거절하려 들지 않는다. 이러한 시간 외 작업이 주는 나쁜 결과는 노동계층에만 한정되는 것이 아니다. 두뇌 노동자들은 이에 더 민감하다. 노동계층은 이것을 치유할 수 있지만 두뇌 노동계층은 치유할 수 없다. 공장 일은 쉽게 중단될 수 있지만, 보고서와 상담 그리고 연구 등은 중단될 수 없기 때문이다. 그럴 수만 있다면 훨씬 더 행복할 것이다. 〔1886년 10월 일기〕

아버지께 보낸 편지, 1886년 10월

[첫 편지]──독감에 걸리기 전에 아버지께 편지를 띄웠어야 했는데, 그만 그러지 못했습니다. 지금은 머리가 텅 빈 것 같습니다. 1년에 한 번은 꼭 감기에 걸리는데 항상 이즈음이에요. 그래도 이번 방문 기간에 감기에 걸린 것은 불운입니다. 아직은 사람들과 만나지 못할

정도로 심한 것은 아닙니다. 제가 머물고 있는 집의 아키드 부인은 얼굴이 밝고 체구가 조그만, 요크셔에서 온 미망인입니다. 그녀는 저 덕분에 다시 사람들과 만날 수 있는 핑계가 생겼다고 기뻐한답니다. 우리는 이웃집을 방문하면서 시간을 보내고 있습니다. 오래된 친구들이 저를 즐겁게 해주어야 한다고 고집을 부립니다. '존스 양'은 이 지역에서 인기 있는 사람입니다. 런던에서의 경험 이야기가 그녀가 식사하는 집에 많은 청중을 끌어들였습니다. 나는 이곳 사람들의 삶——특히 그들의 따스한 성실성과 같이 행동하려는 힘——에 점점 매료되고 있어요. 그들은 마치 노동계층에서 선발된 사람들 같습니다. 아니면 이곳 사람들이 돈을 주고받는 대부분의 계층 사람들보다 더 정제된 순수한 동기나 감정을 지닌 것 같습니다. 여기에는 저속함이 전혀 없고, 한 적이 없는 것을 한 척하지도 않고, 이웃보다 더 잘살려고 투쟁하지도 않습니다. 제가 살았던 곳 중 종교적인 신념이 생각과 행동을 이끌고, 개인과 공동체의 삶에 걸쳐 근간이 되는 곳은 이곳뿐입니다.

비국교도 공동체의 종교적 사회주의는 특히 놀랄 만합니다. 여기서는 각각의 집단이 개인이 복종해야 하는 법칙을 만들고, 이를 지키지 않으면 따돌림을 당합니다. 모든 종파가 진정으로 합심해서 일합니다. 영국 국교만 예외입니다. 이는 행실이 안 좋아 비난받는 목회자 때문입니다. 개인적 윤리에 대한 심사가 엄격해서 바컵에 있는 이상 남녀 모두 여기서 벗어날 수 없습니다. 여기서 질 나쁜 노동자나 성품이 좋지 못한 사람들이 대도시로 이끌리는 것의 이면을 볼 수 있습니다. 이스트 엔드에서는 그런 사람들을 끄는 힘을 볼 수 있는 반면 여기서는 그런 사람들을 배제하는 힘을 보게 됩니다. 우선 생산성 있는 산업에 의지하는 소도시에는 남아도는 일거리가 없습니다. 규칙적으로 노동하지 않으면 일을 할 수 없게 됩니다. 교회와 조합에 좌우되는 사회에서는 질이 안 좋은 사람들은 사회적으로 추방됩니다.

조합은 모든 회원에게 공짜로 즐거움과 흥미를 제공하며 예금계정 제도를 통해 상호보험회사의 역할을 해줍니다. 여기의 노동조합주의는 강하지 않습니다. 자본가 계급이 없기에 여기에는 계급 개념도 거의 존재하지 않습니다. 기업이 아닌 공장들은 노동자들이 소유하고 노동자들과 관련되어 있습니다. 많은 노동자가 조합공장에 주주로 참여하기 때문에 임금을 내려야 한다는 인식이 있으며 여론도 이에 호응합니다. 그래서 소유하지 못한 사람들도 고용주 입장에서 공평하게 일을 보게 합니다.

어제는 서너 명의 직조공이 이곳에서 담배를 피우면서 담소하다가 지금은 노동자들이 가장 많은 혜택을 본다고 말하더군요. 바컵의 주민들 사이에는 불만스럽거나 불안한 감정이 없습니다. 왜냐하면 실질적인 사회적인 평등이 있기 때문입니다. 그래서 상스러운 모습을 전혀 볼 수 없습니다. 이들의 종교적인 감정이 밀어닥치는 과학 문화에 침식당하면 어떻게 될지 염려됩니다. 지금은 협동조합과 교회가 같이 가지만, 독실한 신자들은 반은 무의식적으로 점점 세속화되어가는 조합이 기도모임이나 성경모임의 매력적인 대안이 되고 있음을 깨닫고 있기 때문입니다. 모든 감정과 도덕적인 모든 자치능력이 어느 방향으로 향할지 궁금합니다.

지방정부

제가 볼 때, 개인의 행동을 억제하는 힘을 지닌 강한 지방정부가 안전망이 될 수 있습니다. 또한 아주 작은 영역에서 노동자에게 선거철뿐 아니라 일상생활에서 진정한 역할을 할 수 있게 해주는 겁니다. 그들 스스로 자신과 이웃의 삶을 적극적으로 관리하는 것이 전혀 알지 못하는 일에 대해 이야기하거나 이론화하는 것보다 덜 위험하기 때문입니다. 그들은 생각하기보다는 행동하도록 교육받아왔습니다. '권위적인 정치'에 대해 그들은 별로 아는 것이 없습니다. 그들은 어떻게 하면 월급을 깎을 수 있나만 생각하고 있습니다.

라부체르 씨가 가장 인기 있는 사람인 것 같습니다 — '조합'이나 '교회' 지도자로 삼을 만한 사람이 아닌데도요.

좀 살 만한 계층은 체임벌린 씨를 계속 지지하는 것 같아 기쁩니다〔아버지는 열렬한 '조합주의자'입니다〕. 소수의 자유당원들은 그가 노망이 들었다고 공공연하게 이야기하기도 합니다.

내일 감기가 좀 나으면 직물상의 딸과 맨체스터 상인에게 상품을 사러 가려 합니다. 매리 언니에게 아버지가 어떻게 여행을 마치셨는지 저에게 알려주라고 하세요. 제 주소는 바컵 시, 토니 래인, 엔젤가 5번지, 존스 양입니다.

[두 번째 편지]——내일은 올드햄으로 이동하기 때문에 오늘이 여기에서 마지막 날입니다. 날씨가 거칠고 안 좋아서 감기가 낫지 않습니다. 저의 하루 일과를 알려드리고자 합니다.

아침 5시 반에 "윌리, 윌리, 정신차려. 첫 벨이 울렸어"라는 아키드 부인의 기분 좋은 목소리와 함께 아침이 시작됩니다. 윌리는 헤이워스 할머니를 좋아하는, 푸른 눈이 예쁜 막내아들입니다. 그는 침대 시트 직조공의 조수이며 한 주에 5실링을 버는 15세짜리 소년입니다. 지난주에는 임금이 4실링 9펜스로 삭감되어서 일을 그만두겠다고 협박하기도 했습니다. 그러자 아주머니가 공장을 관두면 '돈이 떨어질 것'이라고 말했지요. 장남인 타이터스도 같은 시간에 작업장(글자 그대로 '켈트' 공장)에 갑니다. 아주머니는 두 아들이 출발하기 전에 '차 한 잔'을 타줍니다. 그러고는 월터가 여덟시에 조합에 있는 작업장으로 출발할 때까지 성경책을 앞에 두고 씨름합니다(그녀는 글을 배우지는 못했습니다). 월터는 둔하고 뚱뚱한 소년입니다. 그는 예쁜 타이에 관심을 쏟습니다. 우리는 8시 반에 아침을 먹는데 이때는 타이터스와 동료 일꾼이 함께 버터 바른 빵과 티케이크 그리고 진한 차를 먹습니다. 타이터스는 착하고 예민한 청년입니다. 음악을 좋아하고 여자친구들을 좋아하고 조합에서 빌린 과학책을 많이 읽습니다. 야간학교에서 공부를 잘해 상도 받는답니다. 동료 일꾼은 서른일곱 살의 노처녀입니다. 그녀는 "결혼할 기회가 있었는데 그만 놓쳤고 아직 다른 사람을 못 찾고 있다"고 밝게 말합니다(저도 이러한 정서에 동의합니다).

어제는 머리에 숄을 두르고 그녀와 함께 공장에 갔습니다. 그들이 일하는 동안 한 시간 정도 이야기를 나누었습니다. 그들은 행복한 사람들이었고, 말수는 적지만 사교적입니다. 남녀가 편안하게 같이 교제하는데 상스러움이라고는 찾아볼 수 없습니다. 남자들은 결혼에 대해 "자신만의 여자친구를 구하지 못하면 친구가 없는 것이다"라는 정서를 갖고 있습니다. 젊은 남녀들은 블랙플로 일주일 동안 여행을 가기도 하고, 이따금 싸게 런던 여행을 떠나기도 합니다. 여자도 숙련된 일을 제외하고는 남자만큼 돈을 벌기 때문에 남자가 우월하다는 선입견도 없습니다. 규칙적인 노동, 좋은 공장 기계, 많은 남녀 동료 일꾼들은 작업시간만 길지 않다면 인간에게 가장 행복한 운명처럼 보입니다. 공장의 조사관들은 여자들과 아이들의 시간 외 노동이 있을까봐 주시합니다. 이번 주에는 두 숙련공이 40파운드의 벌금을 받았습니다. 직조공들은 남자의 시간 외 노동도 금지되어야 한다고 느끼고 있습니다. 저도 그렇다고 생각합니다. 최근에 타이터스가 여덟시까지 일한 적이 있는데 무척 지쳐 보였습니다. 여분으로 한 일의 양에 비해 그들이 힘을 너무 소진하는 것처럼 보였고, 이로써 건전한 노동이 힘든 고역으로 변해버립니다.

외로운 여인

어제는 오랜 친구인 엘리스 애쉬워스와 같이 점심을 했습니다. 그녀는 얼굴이 거칠고 예쁘지 않은 편이지만 마음은 따뜻한 40세의 독신녀입니다. 우리가 지난번에 머물렀던 나이 든 청교도인의 딸입니다. 그녀는 방이 두 개인 오두막에 혼자 살면서 공장에서 일합니다. 그리고 아버지(모든 일에서 그녀를 이끌었던)에 대한 추억과 자신의 쓸쓸한 외로움을 달래기 위한 독실한 종교적인 감정에 매달립니다. (따뜻하게 나를 끌어안더니) "여기 빈 의자에 앉아요, 존스 양. 아버지를 좋아한 사람을 만나니 정말 기뻐요"라고 말하면서 반가움 때문인지 그녀의 거친 표정이 밝게 변하더군요. 그녀는 랭커스터 사투리로 말하기 때문에 저도 가끔 알아듣지 못한답니다. 그녀는 간단한 생각도 성경에서 예를 들어 설명하고 말도 성경에서 끌어옵니다. 그녀는 나에게 헌신적이며 항상 나를 극찬합니다. 한편, 또 다른 '외로운' 여성 노동자라는 사실에 나에게 강한 동료의식을 느낍니다. 그녀는 나를 소개하기 위해 오늘 '새로운 대학교육을 받은' 목사님과 옛 친구들을 초대했습니다. 그녀에게는 축제일과 다름없습니다. 목사님은 '갓 대학을 졸업한' 사람이었고, 신중한 표현과 지루한 연설조로 말씀하시는 분이었는데, '신의 부름을 받은' 구식 목사님 대신인데 꼭 더 나은 대안도 아니었습니다. 그는 별반 교육받은 것은 없이 품성 덕에 지도자의 위치에 오른 분입니다. 설교가라기보다는 정치가 같은 그는 천박하고 현실성이 없는데다 끝없이 말만 늘어놓고 사실을 도외시하는 그런 사람이었습니다. 그는 말재주로 사람들에게 영향력을 행사했지만, 사람들은 반무의식적으로 그가 '진실한 것'을 놓치고 있다고 느낍니다. 사람들은 "더 이상 예수님의 말씀을 느끼게(feel) 해주는 그런 평범한 사람이 없다"는 사실을 슬퍼합니다. 게다가 그는 속물근성까지 있어서 마치 글래드스턴이 자신의 친한 친구인 것처럼 말하고 다닙니다. 그러나 그는 '랭커셔' 출신이 아니고 웨일스 사람입니다. 그의 부인과 처제는 유한계급을 흉내 내며 점잔 빼는 사람들입니다. 그가 단순하고 명료한 많은 직조공에게 지루하게 말을 늘어놓고 격정적으로 손을 흔드는 제스처를 하는 모습을 보면 '열등한 동물'이 무엇인지 느끼지 않을 수 없습니다. 저는 그의 '고등교육'이 보여주는 천박한 지식이 다른 사람까지 그렇게 만들까봐 겁이 납니다.

'오늘 일정'을 끝냅니다.

우리는 대개 집에서 양고기와 감자를 먹습니다. 그리고 매일 밖으로 나갑니다. 세시경에 나가서 여섯시까지 머뭅니다. 어떤 때에는 모두 다른 집에서 쉬기도 합니다.

사람들은 정말로 친절하고 집들은 안락하고 가구들이 제대로 갖추어져 있었습니다. 차 맛도 탁월했습니다. 밀가루 음식에 익숙하지 않은 사람들에게는 다소 힘들고, 함께 나누는 대화도 얼마 지나면 우리처럼 계속 새로운 것을 찾아다니는 불안한 사람들에게는 다소 지루하게 느껴지기도 하지만, 이 사람들과 같이 지내면서 말로 표현하기는 어렵지만 노동계급의 삶에 대한 어떤 깊은 통찰력을 얻었습니다. 직접적인 사고, 솔직한 노동, 따뜻한 감정이 있었고, 무엇보다도 종교가 영국 사람되기에 어떤 진정한 역할을 하는지 배웠고, 비국교도인에게서 자치정부를 만드는 기술과 사람들의 능력을 키워나가면서 봉사하는 법을 배웠습니다. 이 사람들을 강한 정신적인 유대로 하나로 묶고 지탱해주며, 외롭고 소외된 사람에게는 따스한 기운을 불어 넣어주는 종교적인 신념이 이제 소멸될 운명에 처했다는 사실이 슬픕니다. 육체적 휴식이 없으면 좌절하고, 실패하고 마는 이들의 기계적인 삶에는 지적인 것보다 다른 것이 필요합니다. '고차원적 사고'는 이 능력을 가진 자에게는 가치가 있겠지만 육체적인 에너지가 부족한 이곳 사람에게는 이해될 수 없는 것입니다.

지적인 문화는 적극적이고 성공한 사람들에게는 휴식을 제공해주지만 지치거나 실패한 자들에게는 휴식을 제공하지 못합니다. '예수 안에서의 삶'과 또 다른 세상에 대한 희망이 이들의 살기 위한 투쟁에 편안함과 고상함을 가져다줍니다. 이 세상의 좋은 것에 대한 멈추지 않는 열망이 '다음 세상'에 대한 기대로 잠잠해지고, 실패가 성공에 대한 천한 염원을 가져다주는 대신에 '신의 은총을 받는 수단'이 됩니다.

불쌍한 매리 언니, 아버지께 이 편지를 읽어드렸어야 하다니!

두 번째 방문의 마지막 날 밤에 나는 사촌들에게 내 정체를 얘기했다. 나는 그들이 기분 상할까봐 걱정했는데, 오히려 그들은 즐거워했다. 그들이 나에 대해 알게 될 때까지 내가 정체를 밝히지 않았다는 사실에 오히려 즐거워했다.

아키드네 가족들 —— 어머니와 아들 —— 은 나와 함께 지내고 있다 〔1년 후의 일기〕. 그들은 진실하고 신앙심이 깊은 기독교인이며, 나는 이들 랭커셔 사람들을 사랑한다. 나는 그들에게 런던 시내를 구경시켜주었다. 그들은 영국 박물관에 끝없이 놓여 있는 책들을 보고 기뻐했다. 『남아프리카 농장』의 저자인 올리브 슈라이너도 여기에 머물고 있는데, 그녀는 남을 동정할 줄 아는 아주 매혹적인 사람이다. 타이터스 아키드는 그녀에게 마음을 빼앗겼다. 그녀의 행동과 대화가 지닌 매력이 직선적이고 소박한 성격을 지닌 순진한 랭커셔 청년의 마음을 앗아간 것이다. 그는 존경하는 마음으로 부드럽게 그녀를 쳐다보았고, 그녀가 하는 모든 말을 경청했다. 〔1887년 10월 4일 일기〕

〔1889년에 바컵을 방문했을 때의 기록이다.〕 오래된 친구들과 함께 그리고 그들의 따스한 단순함과 함께. 타이터스 사촌은 따스하고 겸손한 모습의 동료 일꾼인 젊은 여자와 결혼했다. 그녀는 하루의 대부분을 그와 같이 일하지만, 종종 자기만의 일을 하기 위해 휴가를 내기도 한다. 타이터스는 신문과 잡지를 읽고, 음악 교육을 받으면서 기술 학원에 나가고 있고, 젊은 부인은 바느질을 하고 이웃을 방문하면서 여가 시간을 보낸다. 그보다 '큰 일'은 시도하지 않는다. 그녀는 시어머니를 따뜻한 정으로 모시면서 남편을 존경한다. 〔1889년 4월 바컵에서의 일기〕

청교도 역사의 한 페이지
〔첫 방문 이후에 생각해보니〕 바컵에 머무를 때가 마치 청교도 역사의 한 페이지 속에 들어가 사는 것 같았다. 한 가지 생각에 지배받고, 예수님께 헌신하고, 이 세상에 대한 관심이나 투쟁이 없고, 하느님을 위해 모든 일상을 맞추는 그러한 실제 모습을 보았다. 나는 개화된 사

람들이 사라지고 있다고 생각하는 강력한 종교적 동기를 보았다. 나는 사회 속으로 스며드는 영향력을 보면서 이러한 분위기가 사라진 공백을 무엇으로 채울 수 있을지, 또한 어떤 강한 동기요소가 이 자리를 대신할 수 있을지 걱정스러웠다. 〔1884년 2월 일기〕

바컵에서의 모험은 나의 자기 발전에 결정적인 전환점이 되었다.

사람과 사물에 대한 매일매일의 실제적 관찰이 책과 거실 좌담에서 수집한 사실들을 대체했다. 분명히 바컵 여행은 올바른 선택이었다. 이러한 관찰의 혜택을 얻기 위해 나는 법적·상업적 문제에 대한 지식을 더 얻어야 하고, 실제적으로 부족한 점을 알기 전에 정부이론을 이해해야 한다. 이제 나의 모든 에너지를 쏟아부어야 할 분명한 대상을 찾아나설 시간이 되었다. 〔1884년 1월 24일 일기〕

주사위는 던져졌고 할 일은 선택되었다. 시대상황이 나를 압박하고 시대정신이 나를 격려하면서 나는 사회구조를 연구하는 자가 되기로 마음먹었다.

제4장 당시의 논쟁거리

사회적인 환경이 개인의 활동에 결정적인 영향을 미친다고 한다. 내 경우에는 직업 자체를 선택할 때보다 조사대상을 선택할 때 사회적인 환경이 더욱 직접적이고 확실한 영향을 미쳤다.

과밀 가정이나 지친 임시 부두노동자 또는 노동조건이 열악한 기업의 낮은 임금과 장시간의 노동, 불결한 환경 등에서 나타나는 빈곤층의 주기적인 극한 상황을 나의 첫 연구주제로 삼게 된 이유가 무엇일까? 집세 징수 자원봉사로 하루에 여섯 시간을 일하는 케이트 언니와는 달리 나는 자선 정신에서 빈민층으로 이끌린 것은 아니다. 나는 '최악의 상태'에 마음이 이끌려 시도한 것은 아니다. 나에게 대중의 삶에 즉각적인 관심을 기울이게 한 것은 기업 활동과 정치적 동요 그리고 학구적 추론이 활발하게 요동치는 가운데에서 벌어지는 인간의 마음 상태에 대한 관심이었다.

새로운 전망

1880년대와 90년대에 내가 아는 사람들과 친지들 모임에서 끊임없는 논쟁을 불러일으키고 정기간행물과 책에서 뜨겁게 다루던 두 가지 논쟁거리가 있었다. 하나는 대중의 빈곤이 갖는 의미에 관한 것이었고, 나머지 하나는 다수의 고통을 상쇄하는——아니면 치유하는——방법으로 정치적·산업적 민주주의가 바람직한가 또한 실질적 효과가 있는가의 문제였다. 다수의 빈곤이 국가의 부나 문명발전에 필연적인 조건인가? 만약 다수가 가난하고 무지하다면 과연 이들에게 노동조합주의라는 무기를 맡긴다거나, 선거권을 부여해 엄청난 부와 광활한 연방을 지닌 대영제국의 정권을 통솔하게 하는 것이 바람직하거나 안전한가의 문제였다.

이 책의 첫 장에서 나는 내 어린 시절과 젊은 시절에 다양한 우리 집안의 모습에서 '노동의 세계'가 포함되지 않은 이유에 대해 서술했다. "어떠한 연유로 '노동자'라는 용어가 수학적으로 계산될 수 있는 인간 집단 그리고 서로 차이가 없는 동질적인 구성원 집단이라는 추상적인 어휘가 되었는지" 그리고 "풍부한 물과 유순한 노동력은 기업-운영자의 보고서에 등장하는 전형적인 문구"가 되었는지를 설명했다.

그러나 앞으로 설명하겠지만 당시 영국의 여론이 변화하고, 기업상황과 우리 집안의 관계가 변하면서, 닫혔던 내 눈도 크게 뜨이게 되었다. 1879년에 아버지는 10년 동안 재임하셨던 캐나다의 그랜드 트렁크 철도회사의 회장직을 사임하고, 다시 영국의 기업운영에 적극적으로 참여하시게 되었다. 아버지처럼 외국에서 온 철도운영자에게는 캐나다 대륙에서 접한 백인과 황인, 갈색인과 흑인 등의 모든 이민 인종에게서 느낀 노동자의 개념이 그저 인간 로봇 정도로 여겨진 것이 당연했을 것이고 아마도 그럴 수밖에 없었을 것이다. 영국의 상인 또는 제조업자 그리고 이들 뒤에 서 있는 투자가들은 1879년과 1885년 사이에 강력한 힘을 행사하는 노동조합의 공장폐쇄와 동맹파업에 직면하게 되었다. 쟁의 협상자라는 동등한 입장에서 노동자 대표와 만나게 되면서, 그리고 정권을 대표하는 하원의 구성원으로 이들을 접하게 되면서, '노동자'라는 용어는 추상적인 어휘가 아니라, 불안하고 독선적이고 손해를 끼치는 사람으로 보였다. 이제 그들은 무시할 사람이 아니라 연구할 대상이 되었다. 어머니의 화장대 위에 임금기금설을 찬성하거나 반대하는 소책자들이 보이기 시작했다.

한편 아버지는 어리둥절한 표정으로 칼라일의 『과거와 현재』(*Past and Present*)에서 깨달음을 얻으려 했고, 런던의 이스트 엔드에서 집세 징수일로 자원봉사를 하던 케이트 언니의 경험에 관심을 보이기 시작했으며, 집안 모임에 끌어들인 동업자인 옥타비아 힐과 새뮤얼 바네트와 헨리에타 바네트 부부의 이야기에 관심을 표명하기 시작했다. 이즈음에 정치적인 성향의 형부 세 명이 우리 집의 구성원이 되었다. 마거릿 언니와 1880년에 결혼한 홉하우스는 후에 서머싯의 의원이 되고 주 의회와 사계법원의 의장이 되었다. 그는 홉하우스 가문, 패러 가문, 애크랜드 가문과 스트래치 가문 같은 지방의 신사계급이나 공무를 맡는 사람들이 그러하듯이 교양 있는 취향과 사회적인 의무에 대한 감각을 우리 집에 불어넣었다. 1881년에 테레사 언니와 결혼한 크립스는 성공한 젊은 법조인이자 유명한 논법가로 인생에 대해 관대하고 호의적인 전망을 지녔다. 그는 처음에는 보수당원이었으나 전쟁과 '제국주의적 자본주의'에 대한 혐오감 때문에 파무어 경이란 이름으로 노동당과 사회주의 운동으로 전향했다. 그러고는 1924년에 단명하고 만 노동당에 가입했다. 나는 그 형부와 논쟁하기를 즐겼다.

마지막으로 우리 집에 합류한 사람은 나이가 가장 많고 셋 중에서 영향력이 가장 큰 사람이었다. 코트니는 당시에 글래드스턴 정부에서 재무장관을 지냈으며 자선사업을 하던 케이트 언니를 만나 1883년에 결혼했다. 그는 우리의 대화에 많은 지식을 불어 넣어주었고 완벽한 지성과 초인적인 공평무사함을 보여주었으며 나아가 엄청난 기억력을 지녔다. 이들 부부는 광범위한 사람들과 정치적·문학적 관계를 맺어가면서 우리 집을 끌고 가는 새로운 중심이 되었다. 나에게 직접적인 중요한 의미를 지닌 일은 나의 사촌 매리 부스와 그의 남편인 찰스 부스와 맺은 우정인데, 그들의 삶과 노동에 대한 탁월한 탐구에 대해서는 다음 장에서 언급할 것이다. 나에게 자극을 주었던 이 모든 사람은 새로운 사상과 정서가 피어나던 당시 나를 정치의 세계, 박애주의의 세계와 통계적인 조사 등 더 넓은 세계로 연결해주는 '연결선'이었다.

정치의 세계

승승장구하던 1880년부터 1885년까지의 글래드스턴 정권 첫 해에 글래드스턴 씨는 로즈버리 경에게 "의회 내에서 벌어지는 일보다 밖에서 벌어지는 일이 훨씬 더 중요해지는 것 같습니다"[1]라는 요지의 편지를 썼다.

새로운 정치형태

그러나 실상 글래드스턴 내각이 이끌던 하원에서는 새로운 움직임이 거의 눈에 띄지 않았다. 약 반세기 동안 영국의 정치는 휘그당과 토리당의 끊임없는 대결이었기에, 한편에서는 특권과 보호정책을 위주로 하는 지주계급이, 다른 한편에는 경제적 이득을 추구하기 위해 기업의 제한 없는 자유를 주장하는 자본주의 옹호층이 있었다. 이와 더불어 비국교도와 국교도의 평행선을 달리는 갈등이 있었다. 이따금 선거권을 확대해달라는 요구가 있었고, 선거권을 행사하기 위한 조건으로 어느 정도의 사회적 위치 또는 재산이 있어야 하는지, 또 다수당의 권력을 제어하기 위해 어떠한 대책을 세워야 하는지 등의 문제를 놓고 두 당 사이에 열띤 논쟁이 있었다.

1880년에 선출된 하원을 대표하는 이들은 주로 이러한 부류의 사람들이었다. 기억해야 할 것은 그 해의 일반선거는 국내 문제를 젖혀놓고 주로 국외 문제에 대해 다소 감정적이고 심지어 종교적인 입장이 지배적이었다. 공공지출을 증가하는 문제와 세금을 실질적으로 축소하는 것이 유일한 국내 문제였다. 부분적으로는 지도력의 부재와 운의 부재로 의회는 브래드러주의[2]와 아일랜드 문제, 트란스발[3] 공화국 문제 그리

---

1) 1880년 9월 16일자로 글래드스턴 씨가 로즈버리 경에게 쓴 편지.『윌리엄 이워트 글래드스턴의 생애』(존 몰리 지음), 3권, 4쪽에서 인용했다.
2) 영국의 사회개혁가이자 하원의원인 브래드러의 개혁안. 그는 의회에서 성경에 서약하는 의식에 반대하여 당시에 종교논쟁을 불러일으켰다―옮긴이.

고 이집트 문제 등의 늪에 빠져 허덕이고 있었다. 이 문제 모두 영국 투표층의 생각이나 필요와는 무관한 문제들이었다.

그러나 글래드스턴이 인식한 대로, 이미 새로운 형태의 정치에 대한 조짐이 보이고 있었다. 랜돌프 처칠 경은 다양한 성향의 세 명의 동료의원——밸푸어, 울프, 존 고스트——과 함께 토리당 조직을 열성적으로 자극하고 있었다. 이들은 이따금 솔즈베리 경⁴⁾을 위협하기 위해 전국 방방곡곡에 선거조직을 만들어놓았다. 체임벌린은 이미 막강한 급진파 선거구를 통솔하면서 '고세율과 건강한 도시'라는 대담한 원칙 아래 버밍엄을 관리하고 있었다. 그는 세금을 '노동도 하지 않고 방적일도 하지 않는' 자들이 지불해야 할 몸값으로 여겼다. 새로운 각료로서의 역할을 수행하면서 그는 성인의 투표권과 자유로운 비종교적 교육을 주장했으며, 광산일과 공장일보다 농업을 선택한 자들에게 3에이커의 땅과 소 한 마리를 줄 것을 요구했다.

1885년 2월 노련한 정치가인 글래드스턴은 액턴 경에게 쓴 글에서 "요즈음 서서히 드러나는 새로운 움직임이 있는데, 제가 보기에 걱정스러운 방향으로 진행되고 있습니다"라고 말했다. "인기 있던 '토리당의 민주주의'라는 생각이 자유주의가 아닌 것만큼이나 저를 키워준 보수당도 더 이상 민주주의가 아닙니다. 실상 이보다 더합니다. 선동정치입니다. 사랑이나 자유를 음미하게 해주는 선동정치가 아니라 예전의 보수주의의 품위를 지켜주고 법을 준수하는 평화적인 경제법칙을 포기하도록 하는 선동정치입니다. 분노한 감정을 선동하고 더러운 계급간의 이해라는 원칙에 집요하게 빌붙어서 연명하고 있는 선동정치입니다. 예전의 보수주의를 더 잘 지켜주는 것은 오늘날의 자유주의입니다. 훨씬 잘 지켜주고는 있지만 좋은 방향과는 거리가 멉니다. 이들이 선호하는 생각은 소위 구성작용(construction)이라는 것으로, 개인기업을 정부의

---

3) 트란스발(Transvaal). 남아프리카공화국 북동부에 있는 주—옮긴이.

4) 솔즈베리(Lord Salisbury). 글래드스턴 내각 때 대표적인 보수주의자. 자유주의 개혁에 반대했다—옮긴이.

손아귀에 두자는 것입니다. 자유주의나 보수주의 모두 저에게서 멀어지고 있습니다. 실은 벌써 오랫동안 그래왔지요."[5] 이 늙고 지친 정치지도자는 몇 년 후에 바로 이 사악한 구성작용을 일컬어 '돌팔이 사회치료사의 전망'으로 낙인찍는다.

신속하게 늘어난 풍요로움 가운데서 자라고 철학적 근원주의와 원론적인 정치경제주의의 교육을 받은 세대 사이에서 왜 국가 개입에 대한 요구가 대두된 것일까? 과밀한 도시지역에 몰려 있거나 여기저기 산재한 땀 흘리며 일하는 노동계급이나, 시골의 빈민지역에 거주하는 농업노동자나 가정주부들에게서 이 주장이 나온 것이 아니다. 당시에 노동조합을 결성하고 자신들의 협동상회를 운영하는 소위 노동계층의 귀족이라고 불리던 면직공이나 기능인, 광부들에게서 이런 주장이 나온 것도 아니다. 애스퀴스 씨가 1924년 선거에서 소위 '사회주의의 독'이라고 비난했던 노동계급에서 나온 것이 아니다. 산업혁명이 가져온 빈곤과 굴욕감에 대한 노동자층의 반란──혁명을 흉내 내는 돌발적인 폭력──은 20년대와 30년대 그리고 이것이 이상화되었던 차티스트 운동[6]이 있었던 40년대에 한껏 진행되었다. 비교적 번영을 누린 50년대와 60년대에 이르면 19세기 초에 있었던 혁명적인 전통은 대부분 사라졌다. 1880년대에 이르러서는 이러한 이야기는 자신들의 일화를 이야기하기 좋아하는 노인네들의 낭만적인 옛이야기가 되었다. 주기적인 빈곤과 질병 가운데 태어나 자라난 빈민가 사람들은 야만적인 무감각에 빠져들었고, 기술직에 있는 좀더 운 좋은 사람들은 기술조합에 묻혀서 코브던이

---

5) 1885년 2월 11일자로 글래드스턴 씨가 액턴 경에게 보낸 서한. 『윌리엄 이워트 글래드스턴의 생애』(존 몰리 지음), 3권, 1903, 172~173쪽. 이미 1877년에 하원에서 고셴은 각료로서 다음과 같이 연설했다. "이렇게 말하면 좋지 않은 소리를 들을 수 있겠지만, 분명한 것은 하원에서 정치경제학이 물러나고 대신 자선정책이 그 자리를 대신했습니다"(『고셴 경의 생애』 1권, A. D. 엘리엇 지음, 1911, 163쪽).
6) 19세기 중엽 영국의 노동자 계급을 중심으로 전개된 보통선거권 요구 운동─옮긴이.

나 브라이트, 브래드러의 '행정 허무주의'로 전향한 상태였다.

죄에 대한 인식

정치적 동요의 출발점은 지성인과 부유한 자들 사이에서 새롭게 인식된 죄의식에서 찾을 수 있다. 우선 오스틀러,[7] 샤프츠버리[8] 그리고 채드윅 등이 주도한 박애주의적이고 실제적인 차원의 인식, 다음은 디킨스, 칼라일, 러스킨[9] 그리고 윌리엄 모리스[10]에 의한 예술차원과 문학차원에서의 인식 그리고 말년의 밀[11]에 의한 분석적이고 역사적이며 서술적

---

7) 오스틀러(Richard Oastler, 1789~1861). 영국의 사회운동가—옮긴이.

8) 샤프츠버리(Shaftesbury, 1801~85). 노동자 계급에 관심을 보인 영국의 정치가—옮긴이.

9) 러스킨(John Ruskin, 1819~1900). 영국의 비평가, 인도주의를 옹호한 사회사상가—옮긴이.

10) 모리스(William Morris, 1834~96). 정치활동에 관심을 보인 영국의 시인—옮긴이.

11) 『자서전』(*Autobiography*, The World's Classics Edition, 195~196쪽)에서 밀은 사회주의로의 전향을 다음과 같이 설명한다. "당시에 나는 정치·경제학파의 가능성을 사회적 배치의 면에서 바탕을 개선할 수 있는 정도로 보았다. 사유재산과 유산 상속은 나나 사회주의자들이나 공히 법이 보장해서는 안 될 것으로 보았다. 장자상속권 등을 없앰으로써 이러한 제도가 낳는 불공평을 감소시키는 정도에서 사회주의를 받아들였다. 여기서 한걸음 더 나아가 불공평을 없애겠다는 생각—이를 치유할 방안이 있든 없든 간에—을 했으며, 몇몇의 소수만 부자로 태어나고 대다수는 빈민으로 태어나기 때문에 인구증가를 자발적으로 억제하는 교육을 통해서만이 빈민층의 규모가 줄 수 있다고 생각했다. 한마디로 나는 민주주의 신봉자였지 사회주의자는 아니었다. 그러나 교육이 계속적으로 비참한 상태인 지금 나와 내 처는 더 이상 예전처럼 민주주의자가 아니다. 우리는 무지와 이기심과 다수의 야만성을 두려워한다. 궁극적인 개선에 대한 우리의 바람은 우리를 민주주의자를 넘어 사회주의자로 속하게 만들었다. 우리가 힘을 모아 사회주의가 저지르는 개인에 대한 사회의 횡포를 거부하는 한편 사회가 더 이상 게으른 자와 부지런한 자로 나뉘지 않는 시대를 희구하고 있다. 일하지 않는 자는 먹지도 못한다는 법칙이 가난한 자뿐 아니라 모두에게 공평하게 적용되기를 바란다. 노동성과의 구분이 더 이상 출신성분에 좌우되기보다는 평등이라는 원칙에 따라 이루어지는 시대가 오기를 희망한다. 또한 인간이 자기의 이득만을 추구하기보다는 자신이 속한 사회

인 차원의 인식, 마르크스와 그의 추종자들에 의한 인식, 월리스[12]와 헨리 조지,[13] 토인비[14]와 페이비언 협회[15]의 인식을 들 수 있다. 여기에 킹슬리,[16] F. D. 모리스,[17] 부스,[18] 그리고 신학적 차원에서 매닝 추기경을 추가할 수 있다. 당시에 토인비 홀(Toynbee Hall)의 창시자이며 화이트채플에 있는 세인트 주드의 교구목사였던 바네트[19]가 종종 언급했듯이, "죄의식이 진보의 출발점이었다."

사회주의자의 고발내용

죄의식이라고 말할 때, 나는 개인적인 의식을 말하는 것이 아니다. 샤프츠버리 경의 가택에서 일하는 농업노동자는 도체스터 어느 지역의 노동자보다 나은 것이 없었고, 러스킨과 윌리엄 모리스의 집은 값나가고 아름다운 것들로 가득 차 있었다. 밀 역시 사회주의자가 되고 나서도 검소하지만 안락한 삶의 방식을 바꾸지 않았다. 하인드먼[20]은 고급스러운

와 공유하기 위해 노력하는 시대가 오기를 희망한다." 다음은 사회주의에 대한 밀의 의미심장한 정의를 담고 있기에 강조체로 인용했다. "다가올 시대의 사회문제는 개인의 위대한 행동의 자유를 지구의 모든 자원에 대한 공동 소유권과 연계시키는지, 그리고 공동 노동의 혜택에 모두 어떻게 공평하게 참여하느냐에 있다."

12) 월리스(Wallace, 1823~1913). 다윈을 옹호한 영국의 진화론자—옮긴이.

13) 조지(Henry George, 1803~81). 영국의 소설가, 여행가—옮긴이.

14) 토인비(Arnold Toynbee, 1852~83). 영국의 사회개혁가, 경제학자—옮긴이.

15) 1884년에 설립된 부르주아 사회민주주의적 사상단체—옮긴이.

16) 킹슬리(Charles Kingsley, 1819~75). 영국 성공회 신부이자 소설가. 다윈의 진화론을 지지한 최초의 목사이며 현대과학과 기독교 교리 사이의 화해를 모색했다—옮긴이.

17) 모리스(F. D. Maurice, 1805~72). 유니테리언파(派) 목사의 아들로 태어났으나 영국 국교도가 되었다. 그리스도교 사회주의 운동에 공명하여 킹슬리 등과 지도적인 역할을 했다. 1853년 필화사건으로 대학에서 퇴직하고, 다음 해 런던에 노동자 대학인 워킹멘스대학을 설립해 평생을 노동자 교육에 힘썼다—옮긴이.

18) 부스(Booth, 1829~1912). 구세군을 창립한 영국의 종교가—옮긴이.

19) 바네트(Samuel Barnett, 1844~1913). 영국의 사회사업가—옮긴이.

20) 하인드먼(Henry Mayers Hyndman, 1842~1921). 영국 사회민주연맹의 창

웨스트엔드 클럽 회원들이 그러했듯이 의상에 신경을 썼다. 죄의식은 개인적 차원이 아니라 계급 차원의 인식이었고 집합적인 인식이었다. 놀랄 만한 규모로 집세, 이자 그리고 이윤을 산출한 산업구조가 대영제국의 대다수 주민에게 인간다운 생계와 견딜 만한 상황을 제공해주지 못한다는 불안감이 점차 확신으로 변해가고 있었다. 1840년대에 칼라일은 "영국은 풍요로움으로 가득 차고 모든 방면에서 인간이 필요로 하는 것을 다양하게 생산하고 공급하지만, 영양실조로 죽어가고 있다"[21]고 말했다. 40년쯤 뒤에 부동산 가치에 세금을 부과하자고 주장한 미국 학자는 "진보와 빈곤의 연계는 우리 시대가 풀어야 할 가장 큰 수수께끼"라고 주장했다. 또 "이 문제로부터 세상을 혼란스럽게 한 산업적·사회적·정치적 문제들이 발생했고, 정치나 자선사업 또는 교육이 이 문제를 물고 늘어졌지만 결국 허사였다……. 현대의 진보가 가져온 모든 부가 거대한 재산가를 만들거나 사치를 증가시키고 가진 자와 못 가진 자의 차이만 양산한다면 진보는 거짓이 되고 영구적일 수도 없으며 이에 대한 반작용이 생겨날 것이다"[22]라고 주장했다.

윌리엄 모리스와 하인드먼은 1884년에 다음과 같이 말했다. "공식 통계에 따르면 우리 국민 대다수가 빈곤 상태에 있으며 공장주민 대부분이 계속 육체적 노화현상을 겪고 있다. 또한 농업 노동자는 영양섭취가 부족해 질병에서 벗어나지 못하고 있다. 나아가 대도시나 시골지역의 임금노동자의 가계상황도 마찬가지다. 정당 지도자들은 이러한 상황에서는 빈민을 위한 문명화 작업이 적어도 두 세대 이상 걸리며 이러한 끔찍한 상황을 치유할 수 있는 방법이 강구되어야 한다는 것을 깨달았다. 이러한 상황에서는 음주, 방탕, 악, 범죄가 발생하게 마련이다. 나쁜 음식에서 오는 소화불량, 불충분한 연료에서 기인하는 만성감기, 지저분

설자─옮긴이.

21) 『과거와 현재』, 토마스 칼라일 지음, 1쪽.

22) 『진보와 빈곤, 산업불황의 원인 탐구와 빈곤의 증가와 부의 증가의 원인과 대처방안』, 헨리 조지 지음, 1883, 6, 7쪽.

한 환경과 즐거운 일이 없는 데서 오는 우울증이 빈민층을 술집으로 내몰게 된다. 심지어 정상적인 사람조차 종종 삶을 즐길 수 있는 교육 기회를 얻지 못하고 있다. 알코올 중독자나 정상적인 사람, 선한 사람이나 악한 사람 모두——만약 어린 시절부터 방종 상태에 젖어 있을 수밖에 없는 사람을 악한 자로 부른다고 한다면——그들이 다룰 줄 모르는 새로운 기계들이 계속 도입되는데다 발생할 때마다 오래 지속되고 계속 반복되는 경제위기로 생계유지가 불투명한 상태에 놓이게 된다. 결과적으로 우리 주위에는 삶과 생산의 완전한 무정부상태만이 남게 된다. 부를 창출하는 노동력을 공급하는 계급의 희생을 바탕으로 질서와 도덕 그리고 안락과 행복, 교육은 대체로 생산수단을 소유한 계급에만 존재하게 된다."[23] 2년 후 매닝 추기경은 "한 방에 전 가족이 기거하고 심지어 여러 가족이 기거하는 이러한 주거상태는 지속될 수 없다"고 선언했다. "부의 축적이나 개인과 계층의 부의 증가는 우리 민족의 도덕적 상태가 치유되지 않고는 불가능하다. 이러한 토대 위에서는 어느 영연방 국가도 존재할 수 없다"[24]고 덧붙였다.

아널드 토인비

계급의식에서 비롯된 죄에 대한 의식은 공개적인 참회를 불러왔고, 나아가 평등한 토대 위에서 수단과 권력을 신중하게 부여하는 새로운 사회조직을 갖게 했으며, 개인적 차원의 헌신적인 봉사도 뒤따랐다. 최근의 참회 중에서 가장 고상하고 특별했던 경우는 때이른 죽음 전야에 토인비가 털어놓은 고백이었다. 그는 벅찬 어투로 참회와 더불어 대다수 영국 국민을 위해 더 나은 삶이 있기를 희망하면서 다음과 같이 고백했다. "부유층뿐 아니라 우리 중산층 역시 당신들을 저버렸습니다. 정의 대신 우리는 동정심을 베풀었고 동정심 대신 비현실적인 곤란한 충고만

---

23) 『사회주의 원칙 요약』, 하인드먼과 모리스 지음, 1884.
24) 『노동의 권리』, 매닝 추기경 지음, 1887년에 재출판되어 재판됨. 『매닝 추기경의 생애』에서 재인용, 에드먼드 셰리던 퍼셀 지음, 2권, 647쪽.

늘어놓았습니다. 그러나 분명 우리는 변화할 것입니다. 당신들이 이것을 믿기만 한다면, 우리 중 많은 사람이 당신들을 위해 살아갈 것입니다. 분명히 그리고 신중하게 말하지만 당신들은 죄를 저지른 우리를 용서해주어야 합니다. 우리는 가슴 아프게도 우리도 모르게 죄를 지었음을 고백합니다. 우리의 죄를 사해준다면, 아니 그렇지 않다고 해도, 우리는 당신들을 위해 살아갈 것이고 당신들을 위해 우리의 삶을 헌신할 것입니다. 우리가 관심을 두는 것은 공적인 삶이 아닙니다. 공적인 삶은 비참하고 헛된 논쟁과 개인적인 질투 그리고 비통한 시간 낭비일 뿐입니다. 피할 수만 있다면 누가 그런 삶을 원하겠습니까? 우리 제군들은 분명 당신들을 도울 것입니다. 당신들을 위해서라면 명예나 사회적 지위보다도 더욱 귀한 것도 기꺼이 포기하겠습니다. 우리가 소중히 여겼던 책과의 삶, 우리가 사랑했던 사람과의 삶도 포기하겠습니다. 우리는 대신 당신들에게 한 가지만 기억해달라고 부탁할 것이 있습니다. 우리는 당신들이 물질적인 문화, 더 나은 삶 그리고 당신들이 더 나은 삶의 가능성에 눈뜨고 그러한 삶을 영위할 것이라는 희망과 믿음 속에서 당신들을 위해 일할 것을 약속합니다. 그러나 물질적인 문명을 얻게 되면 이것이 그 자체로 끝이 아니라는 것을 기억해주시기 바랍니다. 나무나 식물처럼 인간도 이 땅에 뿌리를 내리고 있습니다. 그리고 나무나 식물처럼 하늘로 뻗어가야 합니다. 당신들이 동료를 사랑하고 위대한 이상을 간직한다고 한다면 우리는 당신들을 도우면서 행복감을 느낄 것입니다. 만약 그렇지 않다면 우리가 아무 보상도 받지 못하는 게 될 것입니다."[25]

　개인주의를 신봉하는 자들을 분노케 하고, 토리당 지주들과 휘그당 자본가들 그리고 보수적인 전문 인력의 평정심을 흔들어버린 것은 신앙심이 깊은 동료나 자선을 베푸는 고용주가 아니다. 이단적 사상가나 현란한 수사학을 늘어놓는 글쟁이들이 제시한 산업혁명에 대한 추상적인

---

25) 토인비, 「진보와 빈곤: 헨리 조지에 대한 비판」, 런던 뉴먼 가에 있는 세인트 앤드루스 홀에서 1883년 1월 18일에 있었던 「영국에 있는 조지 선생」이라는 연설원고.

또는 역사적인 분석 때문도 아니다. 대학교수나 감상적인 성직자가 신경질적으로 퍼붓는 말 때문은 더욱 아니다. 그것은 토리당이든 휘그당이든 정부가 바뀔 때마다 그리고 의회가 새로 시작할 때마다 개인기업에 대한 정부규제가 더욱 확장되고, 중앙과 시 정부의 권한이 더욱 확대되었기 때문이다. 그리고 무엇보다도 빈곤층의 혜택을 위해 부유층에게 더 많은 세금을 부과시키기 때문이다. 경험적 사회주의의 이론과 실제에 대한 반감이 절정에 이른 것은 1880년부터 1885년 사이의 글래드스턴 정권에서였다. 이 정권은 실은 급진주의와 새로운 사회주의 사이에 있는 '누구의 소속도 아닌 땅'으로 불려도 적절한 듯 보였다. 모든 각료가 연로한 개인주의자들과 새로운 사회주의자의 척후병들이 파놓은 참호를 넘나들고 있었고, 다음 세대에 자유당 정치의 대표적인 특징으로 등장하게 될 사회적·경제적 문제들을 '아무런 생각 없이' 대하고 있었다. 그러므로 경험적 사회주의자들과 철학적 급진주의자들 사이에 전투가 치러지고 승패가 결정된 곳은 의회도 아니고 내각도 아니었다. 사회주의적인 법의 제정과 행정이 매년 증가한다는 사실이 개인주의자들의 세력이 서서히, 지속적으로 쇠퇴한다는 것을 의미했지만, 실상 논쟁은 정기간행물과 선전물, 소책자 그리고 왕립위원회와 정부의 여론위원회의 보고서나 기록 등에서 진행되고 있었다.

'다가오는 노예주의'

당시에 기존의 질서——지나가버린 질서라고 해도 좋을 듯싶다——를 옹호하는 자의 선두에는 내 오랜 친구인 스펜서가 있었다. 그는 80년대 초반에는 영국의 위대한 철학가로서 최고의 명성을 얻고 있었다. 『입법자의 죄』 『새로운 토리주의』 『다가오는 노예주의』 『위대한 정치적인 미신』 등의 도전적인 제목의 글들을 1884년 판 『당대 평론』에 실었고, 몇 달 후에는 『인간 대 정부』에도 글을 실었다. 그는 당대의 입법제도를 비판으로 분석하면서 개인주의적 경제학 윤리의 타당성이 축소되는 것과 절묘하게 연계시켰다. 또한 개인적 자유에 대한 신념을 저버린 자유당(Liberal Party)을 신랄하게 공격했다.

　다음 글은 그가 겨냥하는 비난의 핵심을 보여주고 있다. "신속히 늘어가는 독재 수단들이 개인의 자유를 지속적으로 축소하는 경향이 있다. 그리고 이것을 이중의 방식으로 진행하고 있다. 시민들에게는 전에는 제약받지 않았던 행위에 대한 규제가 점차 늘고 있으며, 싫으면 하지 않을 수 있던 행위를 이제는 억지로 해야만 한다. 이와 동시에 자신이 원하는 대로 소비할 수 있었던 수입의 일부가 축소되고 공공기관에서 쓸 목적으로 시민들에게서 빼앗아 가는 부분은 증가되면서, 무거운 공공의 짐이 점점 더 개인의 자유를 억압하고 있다. 〔……〕그러므로 대개의 경우 시민들은 억압적인 정권이 확대될 때마다 직간접적으로 이전에 누리던 자유를 빼앗기게 된다.[26]

　스펜서는 분노에 차서 다시 한 번 묻는다. "왜 자유주의는 권력을 갖게 되면서 점차로 강압적인 법을 제정하는가? 다수에 의해 직접적으로 하든, 아니면 다수 반대파에 도움을 줌으로써 간접적으로 하든, 왜 자유주의는 점점 더 시민의 행위를 강압하는 정책을 채택하여 결과적으로 자유롭게 행사되던 시민의 행동 범주를 줄이고 있는가? 다수의 이익을 획득하기 위한 예전의 방법이 역전되어 다수의 이익처럼 보이는 것만 추구하는 사상이 확산되어가는 혼란을 어떻게 설명할 수 있단 말인가?" 그는 18세기와 19세기 초반에 걸친 휘그당과 토리당의 두드러진 정책들을 정의하면서 말한다. "두 당을 비교하면, 한 당은 주민에 대한 통치자의 억압적인 권력에 저항하고 이를 축소하고자 한 반면, 다른 당은 이를 유지하고 증가시키려 했다. 이러한 두 당의 차이는 그 의미와 중요성에서 다른 모든 정책간의 차이를 능가하는 차이며 두 당의 초기 활동에 이미 나타나 있었다." 그는 당시 자유주의가 타락하는 원인을 민주주의적 제도의 타당성에 대한 잘못된 신념에서 비롯된다고 보았다. "과거의

---

26) 『사회학 통계, 인간 대 정부, 축약되어 재판됨』, 허버트 스펜서 지음, 1892, 271, 290쪽. 이 책 서론에서 스펜서는 이미 1860년에 정치적 민주주의에 내재하는 사회주의의 경향을 예견했다고 밝혔다.

가장 큰 정치적인 미망은 신성한 왕의 권력이었다. 오늘날의 가장 큰 정치적 미망은 신성한 의회의 권력이다. 어느 사이에 한 사람의 머리 위에 기름을 붓던 제도가 여러 사람의 머리 위에 기름 붓는 것으로 바뀌었으며, 이들에게 신성이 부여되고 더불어 이들이 제정한 법에도 신성함이 부여되었다. 〔……〕 과거의 자유주의의 기능은 왕의 권력에 제한을 가하는 것이었으나, 앞으로의 자유주의의 진정한 기능은 의회 기능을 제한하는 것이 될 것이다."[27]

'전반적인 너저분함'

오! 불쌍한 자유주의자들이여! 살아남은 성난 급진주의자들은 소규모의 사회주의자 선발대를 저지하기보다는 이른바 정통 정치경제학의 후방 참호 속에다 글래드스턴 정권을 몰아넣기를 염원하고 있다. 이 두 경쟁적인 열광주의자들은 보수주의의 거실에서 귀염을 받았으며 개인주의자들이 연단에서 찾는 상대자가 되었다. 자신의 훌륭한 논집인 『곤경에 처한 한 정치인의 영혼』에서 무소속위원인 냉소적인 허버트는 "어쨌든 나는 기쁜 마음으로 르윈의 사회주의자들의 수나 권력의 증가를 긍정적으로 기대하고 있음을 선언한다"고 말했다. "그들의 도움 덕에 지금의 향수냄새 풍기는 거짓 분위기에서 벗어날 수 있다면 기분 좋은 일이 될 것이다"라고 그는 덧붙였다. "진정한 사회주의자는——잡종이나, 토리당의 민주당 의원, 글래드스턴파 위원들 또는 기독교 급진혁명파, 아니면 자신들을 뭐라 부르든지 간에 이들은 사회주의자가 아니다——심지어 그들이 '무력'을 선호하는 부류라고 해도, 신념을 지니고 있다. 나는 진정한 사회주의자가 쏜 총에 맞아 숨진다고 해도——아니면 경우에 따라 내가 그를 쏜다고 해도——그 대가로 현대의 정치가들과 결별할 수 있다면, 이를 진정 기쁘게 받아들일 것이다. 현대의 정치가들은 직물을 팔 때마다 1센티미터씩 속여 팔아먹는 직물상의 조수 뒤에

---

27) 『인간 대 정부』, 277, 279, 369, 403쪽.

숨어서 점잖을 빼며 인사를 나누는 사람들이다. 시간이 앞당겨져 빨리 우리가 이러한 전반적인 너저분함에서 구제되길 바란다! 만약 '생활지침으로서의 정의'나 관용 그리고 '은혜로운 소식' 같은 표현들이 단 한 번이라도 쓰레기 구덩이에 처박힌다면, 나는 다시 자유롭게 숨을 쉴 것이며 직설적인 어투로 다음과 같이 말하는 자에게 고맙다고 할 것이다. '당신은 소수이고 우리는 다수입니다. 우리가 권력을 지녔고 즐거움을 만끽하려 합니다. 당신도 가능하다면 지키십시오, 우리도 가능하다면 취할 것입니다'라고."[28]

집에 있는 오베론 허버트

이즈음에서 막간을 틈타 뉴 포레스트 자택에서의 허버트[29]의 모습이 담긴 일기(남편은 관계없는 내용이라고 말한다)를 보기로 하자.

2월의 어느 날 우리는 숲과 황야를 질러 걸어 내려갔다. 그 사람과 큰딸, 그리고 나는 대자연 속에 있는 집으로 향했다. 〔……〕 숲 속의 공터에서 경사가 늪지 쪽으로 기울어지면서 목장과 넓은 황야가 갈라졌다. 적적함이 감싸고 있었다. 거친 조랑말, 눈길을 끄는 아일 해협의 가축 그리고 야생 사슴 등이 공유지에서 자유롭게 거닐고 있다. 나무 울타리가 이들을 신성한 숲 속의 저택으로부터 막아놓았다. 가장 높은 지역에는 이상할 정도로 빨간색으로 도색된 건물이 위치한 지역이 있었다. 두 개의 큰 별장과 다양한 작은 옥외화장실이 아무런 건축학적 계획 없이 서로 구분되지 않은 채 모여 있었다. 통로나 길 또는

---

28) 『곤경에 처한 한 정치인의 영혼』, 오베론 허버트 지음, 1884, 183~184쪽.
29) 허버트(Auberon Herbert, 1838~1906). 카나본 백작 3세의 삼남, 와이트 섬의 보수당 후보(1865), 버크셔의 자유당 후보(1868), 노팅엄에서 당선(1870), 은퇴(1874). 스펜서의 세 명의 피신탁인 중 한 명. 『곤경에 처한……』 외에 『시험에 희생당한 교육』(1889), 『자유를 위한 소원』(1891), 『국가에 의한 강제의 옳고 그름』(1885), 『자유의지를 추구하는 자의 신념』(1908)이 있다.

문도 없었다. 안으로 들어가려면 방문객이 나무 말뚝 아래를 통과해야 한다. 그러나 큰 별장 안으로 들어서자, 편안했고 특별한 취향도 느껴졌다. 거실바닥은 맨바닥으로 깨끗하게 손질되어 있었다. 여기저기에 따스한 색상의 양탄자가 가로질러 깔려 있었고, 나무벽의 단조로움은 이따금 동양풍의 주름진 장식으로 돋보였다. 식당에는 오래된 숲 벽난로가 서민계층의 권리인 것처럼 그대로 놓여 있었는데, 이 집이름이 그러하듯 '고택'인 이 집에서 유일하게 옛 모습을 간직하고 있었다. 이 집은 반원 형태를 취했는데 많은 이탄과 나무가 타고 있는 벽난로에서 굴뚝이 곧게 뻗어 있었다. 또 다른 거실과 객실 그리고 부엌과 양쪽 입구에 있는 식품저장실이 1층의 전부였다. 위층에는 침실세 개, 가족 거실이 있는데, 거실은 박공형태이며, 지붕으로 연결되는 사다리가 있었다. 마무리가 안 된 듯하고 거친 듯하지만 그 자체로 매력이 있고, 편안함과 우아함이 함께 배어 있었다. 가난보다는 세련된 특이함이 보였다. 큰 별장 주변에 모여 있는 옥외화장실은 아직 공사가 끝나지 않은 상태였다. 마구간에는 아예 '폐마'라고 편하게 이름 붙은 다양한 종류와 모습의 조랑말 다섯 마리가 있었는데, 낮에는 모두 들판에 나가 있다. 다행히 이곳의 정적을 깨뜨릴 만한 야단스러운 닭은 보이지 않았고, 불결한 모습의 오래된 리트리버 종의 개가 있었고, 서너 마리 생기 있고 살찐 고양이도 가축에 포함되어 있었다. 이보다 작은 별장에는 하녀가 세 명 있었고, 한때 '셰이커교도'였던 두 남자가 말이나 소를 관리하고, 물을 길어오고, 나무를 패는 등 모든 일을 돌보았으며, 바깥 문명세상과 연락을 맡았다.

이 집의 주인인 허버트 씨는 키가 크고 허리가 구부정했다. 쉰 살인데도 벌써 머리가 하얗게 세었고, 얼굴과 전체 모습에 육체적으로 쇠약한 기운이 보였다. 그의 자세나 태도, 목소리는 훌륭한 교육에서 나오는 정중함과 예민함이 배어 있다. 사람이든 동물이든 동료에 대한 사랑이 엿보이는 지적 몽상가의 표정을 짓고 있었으며, 눈가에는 진정한 연민이 배어 있고 얼굴선에 지난날의 고통의 모습이 있었으며,

현재에는 묵묵하게 체념을 받아들이는 모습을 찾을 수 있다. 위대한 영국 귀족의 막내아들로 태어나 귀족 계층의 놀이와 일상 속에서 성장했고, 공립학교, 대학교, 군대, 운동과 경주 그리고 정치로 인생역정이 연속적으로 진행되었으며, 그 뒤로는 늘 저택과 화려한 런던의 응접실을 드나들었다. 그러나 그의 선택은 그쪽이 아니었다. 그는 자신과 같은 취향을 지닌 같은 출신 계층의 여자와 결혼했지만 둘 다 귀족적인 취향의 틀로 빠져들기를 거부했다. 시골 농장에 정착한 후 이들은 자신들의 양심에 따라 살아왔다. 이들의 거취에 대한 이야기가 런던 사교계에도 들려왔다. 셰이커 거주지, 강신술과 영매 찾기 등의 집시 행각이 떠돌았고 심지어 하인들과 함께 식사한다는 이야기도 들려왔다. 지성계는 이따금 『격주 잡지』나 『타임스』에 실린 그의 멋진 글에 매료되었고, 정치인들은 솔직한 대화체로 잘 쓰인 『곤경에 처한 정치인의 영혼』에 당황하기도 하고 이를 즐기기도 했다. 이 글은 실은 정치인들의 필요성을 부인할 목적으로 쓰인 글이었다. 일반적으로 그는 19세기의 돈키호테처럼 삶의 전투장에서 이탈하여 자신이 상상해낸 이상한 귀신과 싸우는 미친 사람으로 받아들여졌다. 그의 이름이 주는 투박함 때문에 그는 존재하지 않는 인물로 여겨질 수 있는 그런 인물이었다.

사랑하던 부인이 죽은 후, 열세 살과 일곱 살 된 두 딸과 중등학교에 다니던 아들이 이 외로운 사람과 함께 살고 있다. 딸들은 회색 겉옷 차림에 털실로 짠 양말과 두꺼운 가죽 신발 차림이었다. 큰딸은 따스한 용모에 까만 눈 그리고 표정이 계속 변하는 덩치가 크고 허술한 모습이었는데, 어떤 때는 평범하게 보이고 어떤 때는 아름다워 보였다. 항상 단순함과 진솔함 그리고 사랑을 끄는 연민의 표정을 짓고 있었다. 동생은 꽉 다문 입술과 단호한 인색함을 보이는 회색 눈에 침착해보이는 아이였다. 머리를 젓는다거나 눈을 반짝임으로써 단호하거나 목적이 뚜렷한 성격을 말하고 있었다. 명랑한 성격에 총명하고 예사롭게 보이지 않는 옥스퍼드 학생이 가정교사로 머물고 있었다. 대자연의 품에서 모든 인간과 교제를 끊은 채 이 세 사람은 살아가고 있었다. 나이 들고 죽음을 맞이해야 하는 한 사람과 기쁨과 고통, 성숙한 숙녀로 성장하는 모험과 부담을 함께 진 두 딸과 같이……

역에서부터 22킬로미터 정도 걸은 후, 우리는 피곤함을 느꼈다. 점심을 먹은 후, 우리는 석탄과 나무가 타는 난로 옆의 편안한 의자에 푹 기대 커피를 마시고, 담배를 피웠다. 종교적인 심성의 개인주의와 과학적인 사실 찾기가 논쟁을 벌였다. 서로 어울리지는 않았지만 서로 용인하는 분위기였다. 허버트 씨는 장난기 있는 말로 "마치 진단을 내리기 위해 증상을 조사하는 젊은 외과의사처럼 지친 우리 사회를 바라보는 사람이야말로 영혼을 상실한 여자와 마찬가지지요. 바로 도덕적인 법칙이 우리 행동을 인도해야 하고, 사회생활에서 유일한 도덕적 명제가 모든 사람이 능력을 발휘할 수 있는 자유로운 행동이라는 것을 모르겠습니까?"라고 나에게 말했다. [1888년 2월 8일 일기]

뉴 포레스트에서 허버트 씨 가족과 같이 지낸 이틀[아홉 달 후에 쓴 일기다]. 우거진 작은 숲을 걷거나 작은 지붕 서재에서 그와 오랜 시간 대화를 나누었다. 서재에서 나눈 대화는 밤까지 이어지기도 했다. 부드러운 성품에 훌륭한 교육을 받은 사람이지만 다시 보면 약한 모습도 눈에 띄었다. "나는 평생 충동적인 환상을 품곤 했습니다. 남자나 여자에게 푹 빠졌다가도 완전치 않은 모습을 발견하면 그들에게서 곧 멀어지지요. 계속 이상을 꿈꾸지만 다시금 실망을 한답니다. 모든 이상주의자처럼 저도 약간은 비인간적인 면이 있습니다."

그의 독특한 삶에는 일상적인 삶의 부담을 싫어하는 이기주의적인 면도 있다. 계속 접촉하지 않고는 남에게 영향을 주지 못한다는 것을 그의 삶의 역정이 증명하고 있다. 여자인 나에게도 그의 제안은 분명 비합리적으로 보인다. 목적을 성취하기 위한 방법이 부적절해보인다. 그러면서도 매혹적이고 독특한 성격을 소유하고 있으며, 최고의 도덕적인 아름다움도 갖고 있다. 물론, 마음 한쪽에는 가끔 자신조차 속이는 이기주의도 엿보인다. 그에게는 남성적인 면과 육체적인 강건함이 부족한 편이다. 이러한 단점이 음울하거나 진실하지 못한 감정으로 이끌리지 않도록 하는 것은 투명한 솔직함이 있고 '세속적인 면'이 없다는 점에 기인한다.

나는 산보와 경치를 즐겼고, 세련되고 지적으로 총명한 사람과 지속적으로 우정을 쌓을 수 있다는 사실을 즐겼다. 그의 이상주의는 신선했고 나는 이것이 진실이기를 바랐다. 〔1888년 12월 14일 일기〕

나의 신념 고백

내가 보기에, 철학적 급진주의자와 사회주의자 또는 사회주의 의식을 지닌 정치가 사이의 논쟁 결과는 내가 런던에 사는 한 친지에게 보내려고 썼던 편지 초안에 가장 잘 드러나 있다. 이 편지는 결국 미완으로 끝나, 날짜도 없고 서명도 없는 채로 1884년 7월의 일기에 포함되고 말았다. 40년이 지난 지금, 이 편지는 주제넘고 잘난 척하던 내 모습과 견해 그리고 사회기관의 운영에 대해 조사하기 시작하던 초기에 내가 지녔던 반민주주의적이면서 반집단주의적이었던 내 모습을 우연하게도 잘 보여주고 있다.

당신에게 『인간 대 정부』를 보내드립니다. 잘 이해하지도 못하고 이해하기를 원하지도 않았던 사회문제에 대해 당신과 논쟁을 벌인 것을 후회하고 있습니다. 그렇지만 신에 관해서든 인간에 관해서든 이러한 문제에 대해 불가지론자의 상태로 남는 것도 슬퍼해야 할 일입니다. 이러한 상태가 지적인 성향인 이 시대 보통 사람들의 운명인 듯 보입니다.

사회적인 문제를 해결하기 위해서는 다른 어느 분야에 일하는 것보다 더 많은 지적 능력이 있어야 하고 편견에서 더 자유로워져야 한다고 봅니다. 저는 무지한 견해를 계속 증폭시킴으로써 지혜를 얻을 수 있다는 민주주의식 이론을 도저히 이해할 수 없습니다! 평등론자들은 이렇게 말합니다. "대중의 정치적 본능이 현명한 자의 정치적 논리보다 진실하다." 그러나 이 '대중'이라는 우상을 보기 위해 우리 주변에 있는 구성원들 개개인의 심성을 살펴보면 이들이 대개 세 그룹으로 나뉜다는 사실을 알게 됩니다. 첫째, 잘살기 위해 투쟁하는 데 모든 것을 바치고 다른 것에는 무관심한 사람들, 둘째, 전혀 이해하지도 못한 채 정치적 견해를 어느 당의 신조로 여기는 사람, 마지막으로, 정치적으로 볼 때 좀더 전망이 있는 대부분의 노동계층으로 이들은 현재의 상태에 만족하지 못하지만 세상의 더 나은 것들에 대해 공평한 몫을 갖기를 희망하는 그룹입니다. 우리는 각자의 견해가 다를 수 있지만 배분을 지배하는 법칙이 존재한다는 것에 동의합니다.

즉각적인 해결을 바라는 이들 불만족한 사람들이 이러한 법칙의 핵심에 다다르게 될까요? 고통을 없애려는 필사적인 갈망만 있고 약에 대한 지식도 없다면 환자나 그 친구에게 이를 치유할 만한 약을 추천할 수 있을까요?

당의 연설가들이 이들에게 전달하는 연설, 특히 이들을 즐겁게 하는 데 성공한 연설의 내용을 근거로 대중의 정치적 지식을 판단해보건대, 이들의 지식이 높다고 평가할 수는 없을 것입니다.

과학자 집단이나 통찰력이 있는 사업가가 지적으로든 물적으로든 자신들의 관심을 끄는 주제에 대해 질문을 받는다고 가정해도, 개인적 취향, 사실과 원칙에 관한 독선적인 이론, 철학적 이론, 거창하지만 막연한 도덕적 정서 그리고 한편으로는 개인적인 헌신, 다른 한편으로는 자기의 이기심에만 호소하는 이러한 정서, 열정, 편의주의가 마구 섞인 정치가들의 주장을 용납할 수 있겠습니까?

그리고 만약 우리가 실제로 한 인간에서 이론가로 관심을 돌린다면, 우리는 더욱 불편해집니다. 이론가로서 스펜서는 콩트가 이른바 유물주의라고 부른 죄를 범한 것처럼 보입니다. 그는 하위 학문의 법칙을 상위 학문의 주제에 적용했고, 결국 그의 사회이론은 사회적 사실을 증명해주는 생물학적인 법칙이 되고 말았습니다.

그는 유기체에 대한 비유를 사회적인 법칙의 근거로 삼았지만 사회라 불리는 '존재'의 기능과 인격체라고 불리는 '존재'의 기능을 동일시하는 비유는 증명되지 않은 전제가 될 뿐입니다.

비유기체를 지배하는 법칙으로 유기체의 성격을 묘사할 수는 있을 것입니다. 하지만 이러한 경우 유기체에 대한 이러한 유추는 양쪽 다 문제가 발생합니다. 스펜서는 사회도 자연적으로 성장하기 때문에 방해받아서는 안 된다고 주장합니다. 이렇다면 정부도 그가 언급하듯이 자신의 감각기능을 만족시키기 위해 '자연스럽게 분화된 기관'으로 볼 수 있습니다. 이러한 결론은 곧 국가 사회주의로 발전될 수도 있지만, 논리적으로 국가 내에서 벌어지는 모든 일——유기체의 죽음도 포함해서——은 자연스러운 것이라는 순수한 필연론으로 발전될 수 있습니다.

내가 지성을 갖춘 남자였다면 정치적인 행동이나 이론화 작업을 신념이 있는 사람에게 맡기고, 사회의 다양한 계층에서 벌어지는 일을 제대로 올바르게 제시하고 연구할 것입니다. 특히 조직의 자발적인 성장에 대해 그 탄생과 죽음을 지배하는 법칙을 발견하기 위해 노력할 것입니다.

나는 다른 학문의 법칙에서 사회법칙을 유도해낼 수 있다고 보지 않습니다. 또한 대중의 마음속에 이에 대한 직관적인 인식이 있다고도 믿지 않습니다. 단지 신중하게 준비한 자료를 가지고 연구하는 위대한 사람들만이 이 법칙을 발견할 수 있다고 봅니다. 이 자료들은 아직도 수집되고 분류되어야 한다고 생각합니다.

후손들의 정신적·물질적 행복을 바라는 한 시민으로서 나는 최근에 부적절하게 고안된 후 등장한 이론의 냄새를 풍기는 거대한 실험들이나 국가차원의 교육과 여러 분야에 걸친 국가의 개입에 반대합니다. 이것은 사회적인 독소 사항 중 가장 위험한 것입니다. 이 둘 다 대중이 자발적으로 생각해낸 욕망의 결과가 아니라, 대중이 겪는 고통과 불편함을 막연히 구제하고자 노력하는 가짜 사회학자의 조잡한 처

방인 것처럼 보입니다. 〔1884년 7월 일기〕

정치 분야의 불가지론

다음은 약 3개월 후에 쓴 것인데 형부인 C. A. 크립스와 토론한 후 쓴 일기로 나를 덜 인식하면서 좀더 깔끔하게 쓴 글이다. 내 마음에 항상 남아 있는 문제——과연 사회과학은 가능한 학문인가? 그리고 만약 그렇다고 한다면 추론된 결론은 대중정책을 인도하는 등불로 받아들여질 수 있을 것인가?——에 대해 이를 인정하는 자아와 부인하는 자아 간의 뿌리 깊은 논쟁을 보여주기에 여기에 첨부한다.

알프레드 크립스와 같이 지내다. 건강이 악화되어 조금 우울하기는 하지만 여전히 매력적인 테레사는 결혼생활에 행복해 하고 있다. 알프레드는 법조계에서 승승장구하고 있다. 토지를 구입하고는 이 나쁜 날씨에도 여가로 농장 일을 하겠단다! 그는 '학자나 신사'로서가 아니면 절대 정치계에는 입문하지 않겠다고 한다. 그는 대중을 이끄는 그런 사람은 아니다. 그의 견해는 대중의 욕망을 대신하지도 않는다. 그의 견해는 단지 도덕이라는 최고 원칙에서 정부의 법칙을 뽑아낸 결과물일 뿐이다. 현재의 정치 상황에 대한 그의 이론은 지금의 추세가 본능을 따르고 원칙은 무시한다는 것이고, 대중이 원하는 것은 옳다는 잘못된 믿음에 기인한다는 것이다. 그는 원칙을 믿고 정치학을 학문으로 만들 수 있는 가능성을 믿는다. 그와 같이 교육을 많이 받은 사람들은 정치적 행위도 원칙에 지배받아야 한다고 생각한다. 그러나 문제는 모두 동의하는 원칙이 없다는 것이다. 그러므로 이들은 원칙을 실행할 자신들의 당을 조직하지 못한다. 철학적인 급진주의가 표방하는 원칙에 대한 반발이 있었는데, 많은 독단적인 요소를 지닌 원칙이었다. 〔……〕 〔이 원칙은〕 인간의 동등한 권리 등과 같은 형이상학적 원칙과 정치경제학적인 원칙이 이상하게 혼합된 형태다. 사실에서 원칙을 끌어온 것은 맞지만, 서로 관련과 연계가 전혀 없는 사실들을 포함하기 위해 함부로 원칙을 적용하고 있다.

이러한 상황을 심사숙고하다 보면 우리는 정치적인 견해를 갖는다는 것이 힘들다는 것을 알게 된다. 우리가 기껏 할 수 있는 것은 왜 어떤 일이 벌어지고 그 결과는 무엇인가 하고 예측하는 것이 아니라 실제 벌어지는 일이나마 제대로 보려고 노력하는 것이다. 심지어 이러한 소박한 노력도 힘도 기회도 별로 없는 나 같은 관찰자에게는 쉽지 않다. 사회라고 하는 거대한 유기체 내에는 아마도 겉으로 드러나는 정치적인 삶에 등록되어 있지 않은 변화――정치적 기구의 활동 외부에서 성장하거나 파괴되는 변화――가 진행되고 있는지도 모른다. 선하든 악하든 이러한 변화는 인내심을 가지고 관찰하는 사람, 정서적으로 아주 예민하고 훌륭한 교육을 받은 지성과 사회현상의 과거와 오늘에 대한 해박한 지식으로 무장한 사람이 발견할 수 있다. 사회과학에는 타고난 재능이 있는 사람이 필요하다. 〔1884년 11월 6일 일기〕

박애주의의 세계

상승하는 박애주의 운동

70년과 80년대의 정치의 세계는 박애정신의 세계와 긴밀하게 연계되어 있다.[30] 보수당이든 자유당이든 의회에 있는 사회개혁주의자들은 모

---

30) 내가 살았던 시대에 벌어졌던 런던의 사회변화 중에서 개인적인 기부가 '사라진 것'보다 더 두드러진 변화는 없었다. 부유층이 빈곤층에게 기부한 총액――메이어 경의 기금, 점심 대접, 숙소 제공 등을 포함해서――이 어느 정도 줄었는지 확인할 길이 없다. 한편 병원, 대학, 기타 기관에 대한 자선행위는 증가했다. 70년과 80년대에 개인 차원의 기부가 박애주의자들의 관심을 끌었을 뿐 아니라 정당에 관계없이 의회로 스며들어와 정부에 영향을 행사했다. '자선단체협회'는 첫째, 개인 차원의 기부에 반대했고, 둘째, 분별없는 기부습관을 냉정한 원칙으로 대치하는 와중에 정치인에게 자선단체와 관계를 맺는 것을 불가능하게 만들었다. 자선단체협회가 주도한 '개화된 자선'과 의회 간의 분리

두 대도시나 지방도시의 자선가들이나 공공심이 투철한 사람들의 모임에 속해 있었다. 이 모임에서는 부자에게서 빈민에게로 자선의 선물이 흘러가도록 했다. 바로 이 시대에 좀더 깨인 박애주의자 가운데에서 이른바 박애주의에 대한 반발운동이 일어났다. 이들은 무소속위원들의 저항이나 철학자들의 논쟁보다 그 억제력에서 더욱 강하게 반발했다. 왜냐하면 이들의 주장은 사실에 기반을 두고, 빈곤의 문제를 다루는 데 대안을 채택했기 때문이다.

자선단체협회

여기에 내 친구이자 적이기도 했던 자선단체협회(Charity Organization Society)를 언급해보기로 하자. 이 기관은 빅토리아 중기 시대가 낳은 가장 전형적인 사회단체였다. 후에 내가 자선단체의 다음 세대 주자들과 경쟁하는 정치·경제적 이론의 선전가가 되었을 때, 우리는 서로의 입장을 위해 치열하게 싸웠다. 그러나 이 당시 나의 도제시절(1883~87)에는 '자선단체협회'가 단선적이지만 진솔한 노력을 한 것으로 보였다. 빈곤층을 구제하는 데 이들은 부유한 유한계급 시민들이 제공한 재정적 원조와 개인 봉사 차원으로 빈곤을 구제하던 방식에 과학적인 관찰과 실험, 추론과 증명의 방법을 도입했다.

1883년 봄 처음으로 이 협회와 우연하게 만나게 되었을 때 이 협회의 지도자급은 이미 1869년부터 활동하고 있었으며, 대표적인 인물은 옥타비아 힐,[31] 바네트, 프리맨틀[32]과 최근에는 모임의 간사였다가 대표

는 20세기에 들어와서 노동당의 부흥과 함께 완전하게 분리되었다. 이들은 자선이 아니라 평등에 의한 사회구축과 대중 전반에 대한 과학적으로 확인된 혜택이라는 원칙을 바탕으로 활동했다.

31) 옥타비아 힐(Octavia Hill, 1838~1912). 당시에 사회개혁과 박애주의 정신으로 적극적으로 활동했던 매슈 대븐포트 힐과 그의 딸들과는 관계가 없다. 힐의 형부인 모리스(C. E. Morris)의 저서인 『옥타비아 힐의 생애』(1913)를 보라. 또한 『자선단체 리뷰』의 1912년 9월과 10월판에 실린 C. S. 로취 경의 「옥타비아 힐 양」을 보라. 그녀는 1884년 노동계층의 주거환경을 다룬 왕립위원

자가 된 로취[33]라는 젊은 사람이었다. 이들 초기 주창자들은 도덕적인 열정과 지적으로 완벽하다고 알려진 사람들이었다. 협회의 우선적인 목표는 수많은 이질적인 자선단체들이 중복적으로 지원하는 일을 막는 것이었다. 빅토리아 중기의 관점에서는 칭찬도, 비난도 많이 들었던 이 단체가 공개적으로 선언한 세 가지 원칙이 있는데, 그 원칙들은 나름대로 가치가 있다. 첫째, 부유한 계층 사람들의 개인 차원의 꾸준하고 지속적인 봉사, 둘째, 지원받은 개인적인 수혜자나 간접적으로 혜택받은 사람들에게 최종적인 결과에 대해 개인적인 책임 묻기, 셋째, 이러한 봉사를 실행하고 이에 대한 책임을 완수하기 위한 유일한 방법으로 상처받은 사람이나 방황하는 사람들 각자에게 맞는 과학적인 방법 적용하기 등이

회에 증거자료를 제시했다. 또한 1893년에는 노인 빈민층에 대한 자료도 제시했다. 1905년부터 1909년까지 구빈법과 곤궁구제법을 다룬 왕립위원회의 회원이었다.

32) 프리맨틀(W. H. Fremantle)은 세인트 메리레본 성당의 목사였으며, 후에 리폰구의 사제장이 된다.

33) 로취(Charles Stewart Loch, 1849~1923). 인도 판사의 아들로 건강이 악화되어 약 40년간 맡아오던 서기직을 그만두고 1915년에 기사작위를 받았다[로취가 법학박사 학위를 수여받자 『옥스퍼드 잡지』(Oxford Magazine)의 편집장은 "그가 그렌알몬드와 배리올에서 교육받았다는 것은 중요하지 않다"고 썼다]. 자선기관협회의 서기직으로 임명되면서 그의 삶이 시작된다. 심지어 협회 자체가 그의 서기직 임명과 함께했다고 말할 수 있다. 그는 원칙을 세웠고 유형을 만들었다. 그가 동참한 후, 협회는 자선기관간의 협조와 노동자층의 단결을 가져오려는 약간은 유토피아적이지만 찬양할 만한 일을 하게 된다. 이후 이 단체는 빈민구제에 관한 모든 일에 현명한 조언을 제시하는 창구역할을 했다. 그러나 보편적인 신뢰는 얻었지만 많은 사람이 싫어했다. 우군은 적었고 황야에서 외치는 소리로 여겨졌지만, 이 단체는 자신들의 발언기회를 얻어냈다. 그 내용은 다음과 같다. 독립심은 인간이 소유한 모든 것 가운데 가장 소중한 것이다. 독립심에 상처를 주는 것은 가장 큰 해를 끼치는 것이다. 독립심을 키우는 것이 진정한 자선이다. 품성이 삶의 모든 것이다. 국가는 무분별한 자선행위와 함께 악을 행하는 것이 된다. 이러한 것들이 이 단체를 요약해준다." 그는 많은 왕립위원회와 조사위원회에서 일했고 많은 글을 출판했다. 대표적인 작품은 『자선과 사회생활』(1910)이다. 그가 한 일에 대해 공감하려면 1923년 4월판 『자선단체 리뷰』를 보라.

다. 이렇게 함으로써 수혜자 개인과 그가 속한 빈민층의 모습과 환경에 실제로 어떠한 일이 벌어지는지를 정확하게 예측할 수 있고 나아가 더 많은 도움을 줄 수 있다는 것이다. 남편의 삶에 대한 글에서 바네트 부인은 이 협회 초창기에 옥타비아 힐과 바네트의 심리 상태를 정확히 묘사하고 있다. "사회적인 상황을 개선하는 유일한 방법이 개인들을 다시 일으켜세우는 것이라 여기면서, 옥타비아 힐은 가난한 자나 상처받은 자에게 보조금을 주는 것은 그들의 인격을 모독하는 것이라고 주장했다. 그들을 독립하도록 이끎으로써 가난에서 벗어나게 해주어야 하며, 존경의 표시로 보조금 대신 인위적인 직업이라 할지라도 이들에게 직업을 주어야 한다"[34]고 생각했다. 다음은 이 협회 위원회의 한 위원이 바네트 부인에게 보고한 글이다. "힐 양이 가난한 여자에게 돈을 줄 수 없는 이유를 설명하면서 자상한 충고를 하는데, 탁자 끝에서 직업 신청자들 옆에 앉아 있던 어느 노신사가 그 여자의 손에 6펜스를 쥐어주었다. 후에 바네트 씨에게 이런 행위를 해명해달라고 요청받은 후, 그 노신사는 자신의 태만에 대해 흐느끼기까지 했습니다."[35]

빈곤의 원인인 자선

이러한 사소한 일화를 통해 우리는 이 협회의 창시자들이 주도한 운동의 사고나 감정이 모두 얼마나 전복적이었는지를 알 수 있다. 19세기의 소박한 기독교 신자에게는 자선행위가 본질적으로 종교적인 경험이었고 신에 대한 사랑과 구세주 명령에 복종한다는 것을 표시하는 것이었다. "당신에게 손을 벌리는 모든 자에게 아낌없이 줘라", "가진 것을 모두 팔아 가난한 자에게 줘라" 등의 말씀은 신을 위해 살기로 마음먹은 성인에게는 적합하지만 가정을 책임져야 할 가장으로서는 실천하기 힘든 조언이었다. 그렇지만 어쨌든 개인의 소유를 공동의 소비를 위

---

34) 바네트 부인이 쓴 『캐넌 바네트, 그의 인생, 일 그리고 친구들』 1권, 35쪽.
35) 같은 책, 29쪽.

해 조건 없이 헌납하는 것은 이상적인 행동으로 생각되었고, 신적 차원의 연민이라는 귀중한 선물로 생각되었다. 정통 기독교인에게 무조건적이고, 무제한적인 자선의 정신은 주어진 목적을 성취하기 위한 과정이 아니라 그 자체가 목적이었다. 그것은 개인이 이 우주를 통괄하는 최고의 사랑의 정신과 교감할 수 있는 주요 통로이자, 하나의 마음상태였다.[36]

그렇다면 빅토리아 중기의 이러한 개화된 박애주의자들의 마음상태와 이에 따른 행위가 이런 기독교 정신과 얼마나 정반대가 되는지 알 수 있을 것이다. 새롭게 박애주의를 실천하는 자들에게는 "당신에게 손을 벌리는 모든 자에게 아낌없이 줘라"는 식의 행위는 자기만족의 속된 형태가 될 뿐이었다. 19세기 초반에 혁명적인 새로운 자선사업을 창시한 스코틀랜드의 차머스(Robert Chalmers)는 "자주 반복되는 속 좁고 신중치 못한 관대함 때문에 많은 감상적인 자선가들이 모든 곳에다 독을 살포하고 있다"고 혹독하게 비판하면서 이러한 자선행위를 윤리 항목에서 제외해버렸다. 이러한 원칙을 펼쳤던 초기 실천자들은 이렇게 언급했다. "교육받은 사람들이 할 일은 도움을 주는 큰 자선단체를 교육하고 (교육할 수 있다고 한다면), 몇 세기 전에 우리 선조들이 그랬듯이 이들을 벌주는 것입니다. 그러나 무엇보다도 탁발승은 감옥에 처넣고 보조금을 뿌리는 잘못된 행위에 대해서는 약한 질책을 하거나, 심지어 칭찬해주는 정부의 위선을 제거해야 합니다. 만약 이러한 범행에 대해 합당

---

36) 자선 그 자체를 목적으로 보는 생각은 기도와 금식에 견줄 만한 바람직한 마음자세이고 지금도 로마 가톨릭 신자에게는 성당 신부들의 가르침에서 비롯되는 지배적인 견해다. 오리겐(Origen)은 『고대 교회의 기독교적 박애정신』을 쓴 역사가가 죄 사함은 우선 세례에 의해, 다음은 순교에 의해, 세 번째는 자선에 의해 얻어질 수 있다고 기록했다고 주장한다. 성경에 쓰여 있듯이, 기도와 자선은 처음부터 함께 묶였으며 마음의 내적 순교를 밖으로 표현하는 행위였다. 알렉산드리아의 클레망(Clement)은 신도들에게 누가 합당하고 누가 부당한지를 판단하지 말라고 경고했다. "따지기 시작하면서 누가 자선의 수혜자인지 아닌지를 시험하게 되고, 결국 하느님의 진정한 친구를 놓치게 되는 우를 범할수 있다"(『고대 교회에서의 기독교적 박애정신』, G. 얼혼 지음, 121~150쪽).

한 처벌을 한다면, 그리고 여러분이 이러한 무차별적인 자선가들에게 수갑을 채울 수 있는 방안을 제시해준다면, 약속건대 다음과 같은 필연적인 결과를 만들어놓겠습니다. 빈곤이 퇴치되거나 감소되고, 빈곤비율이 축소되고, 감옥이 텅 비게 될 것이며, 술집이 감소할 것이고, 정신병원이 덜 붐빌 것이며, 인구증가가 감소될 것이고, 살기 좋은 영국이 될 것입니다."[37] 1874년에 바네트가 밝힌 좀더 합리적인 발언을 들어보기로 하자. "무분별한 자선이야말로 바로 신이 영국에 내린 저주 가운데 하나다. 우리가 관찰한 결과를 좀더 강력한 말로 표현하면, '가난한 자가 자신이 받은 보조금 때문에 굶어죽는다'고 할 수 있다. 이 지역 주민들은 국가가 창피해야 할 정도인 집에서 살고 있다. 이러한 상황에 살면서 이들은 끊임없이 마음이 여린 사람들과 접촉하게 되고, 한 사람에게 6페니, 다른 사람에게 몇 실링 그리고 여기저기서 옷과 먹을 것을 지원받는다. 하지만 이런 자선은 이들이 노력하지 않는다면 아무 의미가 없다. 이들이 절약하지 않고 나쁜 마음을 갖는다면 이런 배려도 소용이 없다. 이러한 자선의 결과로 가슴에 피를 흘리게 되는 상황만 지속될 뿐이다. 사람들은 일할 방법도 절약할 방법도 배우지 못하게 된다. 결국 '구빈원'을 통한 빈곤구조나 자선가의 도움이 하느님이 우리에게 가르쳐준 섭리를 방해하는 결과를 낳고 만다."[38]

규제되는 자선행위

대도시에서 대중의 빈곤이 대부분 무분별하게 이따금 주어지는 도움——구원의 형태든 구빈법의 형태든——에서 비롯되었다는 믿음——또는 강박관념일 수도 있는——에 모두 동의하는 것은 아니었지만, 60~70년대에 빈곤 문제에 관심 있는 지배계층 구성원들은 대개 공통적으로 이러한 믿음을 받아들였다. 이러한 믿음은 개인적인 관찰과 역사적 교

---

37) 가이(Dr. Guy), 워커(Walker)의 『원본』(*Original*), 239쪽; 『런던의 사회사업, 1869~1912』(헬렌 보즌켓Helen Bosanquet 지음, 6, 7쪽)에서 재인용.

38) 바네트 부인이 쓴 『캐넌 바네트, 그의 인생, 일 그리고 친구들』 1권, 83쪽.

훈 그리고 정치경제학자의 결론에서 비롯된 것으로 보인다. 계몽된 빈민층 노동자가 볼 때 분명한 것은 아무렇게나 무작위로 지원되는 보조금이 보통 사람들의 일하고자 하는 욕망을 죽이고, 수혜자나 수혜가능자에게 기만, 노예근성, 탐욕을 키워준다는 것이다. 더 나쁜 점은 보조금을 받는 지역으로 실업자나 불완전한 고용자나 고용할 수 없는 자들이 유입된다는 사실이다. 이렇게 되어 일도 제대로 하지 못하는 타락한 남녀들이 대도시 빈민층으로 유입된 것이다. 이들은 아이들과 새로 도착하는 자들의 사기를 꺾어놓고 점점 구걸과 질병, 비행의 깊은 나락으로 서로 끌어들이게 된다. 이에 대한 역사적인 증거도 충분하다. 우리는 1834년에 있었던 구빈법 개혁이 성공했다는 말을 자주 들어왔다. 일할 수 있는 사람과 그 가족에게 원외 구제를 즉각 중단하자 게으르고 다루기 힘들었던 사람들이 근면하고 유순한 마을의 구성원으로 변했다는 것이다. 이들은 지방 농부들과 지주가 제공한 낮은 임금을 받으며 일을 꾸준하게 했고 성직자들의 통솔을 받아들였다. 당시의 추상적인 경제학자들에게도 보조금 정책이나 구빈원 정책이 이중의 악을 행하는 것으로 보였다. 한편으로 빈민층에게 일을 하지 않도록 부추기고, 다른 한편으로 더 근면한 사람들에게는 자신들의 노동에 대한 대가로 지불되는 임금기금이 줄어드는 피해를 겪게 한다는 것이다. 모든 종류의 보조금이 임금노동자층에 끼친 폐해에 대한 이런 모든 연역적 · 귀납적 증거 뒤에는 '못 가진 자' 때문에 세금을 부과당하는 것에 반대하는 '가진 자'들의 무의식적인 편견도 한몫했다. 같은 맥락에서 의식 있는 부유한 계층 구성원 사이에서 자선단체를 시작한 사람들의 원칙이 쉽게 받아들여졌다는 사실 역시 별로 놀랄 일이 아니다.

자선에 대한 논쟁은 자선행위를 어떻게 할 것인가가 아니라 해를 끼치는 자선행위를 중단하는 쪽으로 의견이 모였다. 그렇지만 헌신적인 개혁가들은 대다수 부유층과는 달리 여전히 빈민층 구제에 그들의 삶을 바치려 했다. 그들은 자신들의 순진함을 이용하려는 사람들이 그럴싸하게 꾸며낸 이야기에 속지 않으려면 선례를 완벽하게 조사하는 일이 가장 시급하다고 생각했다. 상황을 조사하고 빈민들이 진정으로 필요로 하는 것이 무엇인지 알아냈을 때 과연 자선사업가들이 어떤 행동을 취할 수 있을지가 관건이었다. 그들은 늘 합리적임을 자처하는 '빈민의 친구들'이지만 직접 일에 부딪히자 어떤 노선을 취해야 할지 몰랐다. 우선 태만과 악행으로 나쁜 상황에 빠진 이들을 골라내는 것이 필요했다. 개화된 자선은 '합당한 자'에게만 행해져야 한다는 것이다. 나머지 사람들은 구빈법의 처분에 맡겨야 한다고 생각했다. 하지만 실제적으로 이렇게 경계를 긋는 것은 어려운 것으로 밝혀졌다. '자격이 있느냐', 없느냐로 나뉠 수 있는 사람은 극소수였기 때문이다. 불행한 가족사를 검토한 후 그 가족 구성원이 특정한 악이나 범죄를 저지르지 않고, 꾸준히 금주를 실천하고 근면, 성실, 절약(자격이 있는 사람들로 분류하는 기준)했다고 자신 있게 판단하기가 아주 힘들었다.

더욱이 이처럼 자격을 기준으로 분류한다는 것이 진정한 혜택의 필요성에 따라 구분하는 것과 아무런 연관이 없음이 밝혀졌다. 가장 도움받을 자격이 있는 경우에도 돈과 자선만으로는 효과적으로 도울 수 없는 경우가 많았다. 만성적인 질병을 앓고 있다거나 장기적으로 돈이 많이 드는 치료가 필요할 때 환경을 완전히 바꾸기 전에는 전혀 희망이 없는 경우도 많았다. 실제로 도움 받아야 할 수많은 사람들을 배제할 수밖에 없었다. 도움이 필요한 사람들 모두에게 각각 적절하게 대응하려면 자선단체로서는 감당할 수 없는 엄청난 비용이 들어가기 때문이다. 결국 자선단체협회는 자격이라는 기준을 포기할 수밖에 없었다. "지원자가 자격이 있느냐가 아니라 우리가 도와줄 수 있느냐가 기준이다"[39]라는 이야기가 들렸다.

---

39) 결정 원칙, 『자선단체협회 보고서』 5호, 1905년 7월에 발간된 개정판에서 인용했다. 초판본을 구할 수 없었다.

이중으로 저주받은 자선

‘적합하지’ 않은 사람, 즉 빠른 시일 안에 본인이나 가족이 자립할 수 있는 사람은 구제 대상에서 제외되었다. 그러나 성격상 결함이 있거나 끝없이 도와주어도 영원히 자립할 수 없는 사람——즉 영원히 자립할 가능성이 없는 사람들(‘자선으로는 구제해줄 수 없기 때문에’)——은 아무리 도덕적으로 깨끗하고 자격이 있어도 모두 구빈법의 처분에 맡기기로 했다. 이러한 원칙이 모든 개인적 박애사업에도 강요되었다. 하지만 이러한 원칙이 궁핍한 자의 친구라는 책무감과 충돌하게 된다. 동굴 같은 빈민의 집에 불쑥 들어가서 가족 한 사람, 한 사람의 행동과 수입에 대해 꼬치꼬치 캐물은 후 친절하게 공감을 표시하고 나서 최종 결정을 내리게 되는데, 도움을 받아야 마땅할 정도로 궁핍하지만 적절한 도움을 주지 못하는 경우나, 자립 가능성이 전혀 없다고 판단되어 도움을 줄 수 없는 경우가 많았다. 이 ‘빈민의 친구들’이 개인적으로 도와줄 수 없는 사람들에게 열어줄 수 있는 유일한 문은 ‘1834년의 원칙에 따라’ 형벌적인 규율이 있는 구빈원뿐이었다. 자격이 없는 빈민뿐 아니라 자격이 있는 빈민들까지 구빈원에 들어가게 되어 있었다. 많은 사람이 빈민들에게 봉사하고 우정을 베풀기 위해 빈민촌에 들어갔지만 그들은 어느새 아마추어 탐정으로 변해 어떤 경우 빈민을 사기꾼으로 판결하고 처벌하기도 했다. 따라서 빈민가 사람들은 공인된 법률 집행인들보다 이 빈민의 친구들을 더 의심하고 증오하기도 했다.

자선단체 개척자들은 자기도 모르게 끔찍한 사실을 발견하게 되었다. 자본주의 문명의 잔치에서 내부를 감추고 있던 중세적인 자선이라는 포장이 뜯겨나가자 비극적인 진실이 드러난 것이다. 소수의 ‘가진 자’와 다수의 ‘가지지 못한 자’로 분열된 사회 어디서든 자선은 이중적으로 저주받은 행위라는 사실이다. 자선은 베푸는 사람과 받는 사람을 모두 저주한다. 미셸(Louise Michel)의 말을 빌리면 그러한 상황에서 “자선은 거짓이다.” 개인이건 집단이나 인종이건 정서적인 면이 없으면 인간관계가 맺어지지 않는다. 동지애와 평등 의식이 없어지면 무례함이나 질투나 '분노'를 접하게 된다.

자선단체협회의 편협한 분파주의

자선단체협회의 이론과 실천은 계몽적임을 자처하는 사람들간에는 통용되었지만, 자발적으로 자선을 베푸는 사람들 사이에서뿐 아니라 기독교 교회에서조차 별로 인정을 받지 못했다. 자선단체협회는 거대도시에 산재한 다양한 자선단체들을 새로이 정비하려 했으나 목적을 달성할 수 없었다. 교회나 병원 그리고 고아원과 빈민들에게 의식주를 마련해주는 어떤 기관도 자선단체협회와 관계를 맺으려 하지 않았다. 그들은 자선단체협회를 기독교가 행하는 자선을 부정하며 자신의 방법만을 강요한다고 생각했다. 자선단체협회는 모든 다른 자선단체를 통합해 쓸데없는 경쟁과 유해한 중첩을 막겠다는 취지에서 출발했으나 오히려 그 자신이 가장 배타적인 분파가 되었다. 자선단체협회에서는 다른 자선단체의 활동(예를 들면 구세군의 활동)을 대부분 인정하지 않고 비난하기까지 했다. 동시에 개인적으로도 이 '빈민의 친구들'은 다수의 인적 자원을 확보하지도, 돈을 많이 모금하지도 못했다. 인적 자원이나 돈이 많았다면 자신의 원칙을 충실하게 따르면서 엄청난 빈곤에 적절히 대처할 수 있었을 것이다. 하지만 상황이 그렇지 못했다.

자선단체협회는 한발 더 나아갔다. 빅토리아조 초기에 이미 빈곤 구제를 떠나 빈곤 그 자체를 개인이 해결할 수 없으며, 공공기관에서 떠맡아야 한다는 사실에 대해서는 공감대가 형성되었다. 자선단체의 선구자인 차머스 역시 한편으로는 시혜자와 구빈법 당국자의 원외 구제[40]를 강렬하게 비판했지만 그럼에도 공공지원이 필요하다고 강력히 주장했다. 그는 필요하다면 무료로 보편적인 아동 교육을 실시해야 한다고 말했다. 그리고 병원이나 가정에 있는 환자나 노약자를 모두 치료해줘야 하고 외과 시술까지 공적 자금으로 지원해줘야 한다고 생각했다. 그리

---

40) 구빈원 밖에서 이루어지는 빈민구제─옮긴이.

고 이 가운데 가장 주목할 만한 것은 그러한 도움이 필요한 노인들 모두에게 연금과 양로원을 마련해주어야 하는데, 이 경우에는 사적으로 지원하는 것이 낫다고 했다. 엄청난 규모의 1834년 구빈법 보고서 작성에 큰 역할을 한 채드윅은 구구빈법의 무차별적이며 부적절하고 무조건적인 원외 구제 때문에 거대한 빈곤 대중이 생겼다고 설명했다. 하지만 1834년 구빈법을 몇 년간 시행한 결과 빈민을 타락시키는 사적 자선을 금지한 것이 아무리 훌륭한 일이라고 해도 여전히 빈곤문제는 근본적으로 해결되지 않았으며, 특히 구제 자격이 있는 사람들의 생활환경은 전혀 개선되지 않았다는 사실을 알게 되었다. 채드윅은 원외 구제와 사적 자선을 금하는 것에 상당한 열의를 보인 것과 마찬가지로 10년도 안 되어 다시 또 새로운 주장들을 펴나갔다. 그는 하수시설, 도로, 상수공급, 공원, 주택개선, 병원 등을 마련하는 일에 시가 적극적으로 나설 것을 강력하게 주장했다.

그러나 자선단체협회는 이런 선구자들의 경험을 잊고 있는 것 같았다. 자선단체협회의 지도자들은 충동적인 자선을 제한한 분파주의적 강령을 택했을뿐더러 국가나 시가 활동을 확대하는 것에 반대했다. 그들은 학교에서 아동 교육, 의료 혜택, 노령 연금에 대해서도 마찬가지로 강력하게 반대했다. 차머스나 채드윅의 정신에 따른 공공대책만이 빈곤계층이 재생산되는 것을 영구적으로 막는 효과적인 예방책임을 아무리 설득해도 이들은 막무가내였다. 그리하여 옥타비아 힐과 로취와 그들의 추종자들은 근면, 정직, 절약, 효도 등을 빈민들에게 교육하는 일에 주력했다. 그들은 가끔 지나가는 말이나 암시로 기존 지배계급이 도덕적이 되어야 하며 세습되는 부와 권력을 자발적으로 선행에 써야 한다는 말을 했을 뿐이다.

확산된 사고

예외적인 경우에만 개인적 자선을 제한하는 원칙과 필연적으로 연관된 것은 아니지만 이와 같은 맥락인 정부의 자유방임주의 원칙의 공통

기반이 무엇인지 아는 것은 별로 어렵지 않다. 존경할 만한 이 자선단체 협회의 지도자들은 자신들의 개인적 결함을 잘 알고 있었는지 모르겠지만, 그들에게는 소위 '집단적 죄의식'[41]이라는 것이 전혀 없었다. 이것이 그들과 당대 사람들의 차이다. 그들은 현대 자본주의가 산업과 서비스를 조직하는 최상의 방식이라고 생각했다. 남의 일에 간섭하기 좋아하는 사람들이 자본주의의 흐름을 방해하지만 않는다면 사회 전체가 정말 풍요로울 뿐 아니라 최대한의 사회복지까지 누릴 수 있다고 생각했다. 부자에게나 빈민 모두에게 발생하는 생명이나 건강을 해치는 사고를 제외하고는 어떤 가족이든 근면, 절약, 정직, 금주를 실천하면 무덤에서 요람까지 복지 혜택을 누릴 수 있다고 가정했다. 따라서 그들은 사적인 돈이나 공적 경비로 육체 노동계급의 경제적 환경을 '인위적으로' 변화시켜 '자연스러운' 생존 경쟁의 가혹함을 덜어주려고 해봐야 오히려 문제가 악화된다고 주장했다. 이런 변화는 노동자 개인에게 살아가려는 의지를 저하시킬 뿐만 아니라, 더 나아가 틀림없이 계급과 인종의 상황을 악화시킬 것이라고 상상했다. 1880년대에는 정치 세계와 마찬

41) 자선단체협회의 갈등요인 중 하나는 그들이 방문하는 빈민들에 대한 사회적 · 정신적 우월감이다. 지금과 같이 더 민주적인 시대에는 「집에서」라는 글에 나타난 힐 양의 임대인을 대하는 태도는 이상하게 들릴 수밖에 없다. 바네트 부인은 이 장면을 약간의 아이러니를 섞어서 기술했다. "손님들이 수줍어하며 뒷문으로 들어오고 옥타비아 양이 이들을 지나치게 상냥하게 맞이하던 일이 기억난다. 미란다(Miss. Miranda) 양은 부자든 가난한 사람이든 모두에게 똑같이 명랑하고 다정하게 말했다. 힐 부인은 이질적인 친구들이 섞여 있는 것을 둘러보면서 기묘한 목소리를 냈다. 자부심과 즐거움과 관용으로 찬 약간 긁는 듯한 가르랑거리는 소리였다. 그리고 두 명의 해리슨(Harrison) 양〔주제 넘게 앞문으로 들어온 듯하다〕은 아름답고 관대하고 예술적인 아가씨들이었다. 한 명은 키가 너무 작고 뚱뚱했으며 나머지 한 명은 키가 크고 여위었다. 이들은 이중창을 했는데 결국은 웃음바다가 되었다. 모두 큰 소리로 오리 울음소리를 흉내 내면서 웃어댔다. 대븐포트 힐(Davenport Hill) 양도 거기 있었고, 모리스(C. E. Maurice) 씨, 콘스(Emma Cons) 씨, 에밀리 힐(Emily Hill) 씨, 바네트 씨 등이 있었다"(그의 아내가 쓴 『캐넌 바네트, 그의 인생, 일 그리고 친구들』 1권, 34쪽).

가지로 자선 세계에도 한 가지 중대한 문제가 확산되었다. 이것은 현재 상태의 자본주의 체계가 지속된다고 볼 것인가 말 것인가? 그리고 만일 지속되지 않는다면, 사람들의 사고체계를 통해 과연 자본주의를 개선할 수 있을 것인가 아니면 끝장나고 말 것인가였다.

새뮤얼 바네트

1886년 새뮤엘 바네트와 헨리에타 바네트가 계속적으로 강화되는 자선단체협회의 편협하고 경직된 독단에서 이탈한 것은 런던의 자선 세계를 흔들어놓았다. 그럼에도 이때에도 1874년의 무조건적인 자선에 대한 비난(위에서 인용)은 수정되지 않았다. 하지만 12년 동안 런던 이스트 엔드에서 몸소 비참한 생활을 하면서 바네트 부부는 차머스와 채드윅의 뒤를 따랐다. 그들은 규제하지 않고 무조건 베푸는 끝없는 자선보다 더 지속적인 뿌리 깊은 악이 있다는 것을 스스로 발견했다. 즉 규제되지 않은 무제한의 자본주의와 임대주 중심주의가 그것이었다. 그들은 기아도 해결할 수 없을 정도의 저임금과 비위생적인 주택에서조차 고혈을 짜내는 임대료가 문제임을 깨달았다. 이 비참한 거리의 주민들은 교육을 받는 것은 말할 것도 없고 세련된 여가를 즐기고, 자연, 문학, 예술 등을 접할 기회가 전혀 없음을 알게 되었다. 이들은 자선에 과학적인 방법을 적용해야 할 뿐 아니라 개인적인 봉사와 개인적인 책임감의 원칙이 사소한 시혜에서부터 고용주, 지주, 유한 계층의 행동에까지 모두 적용되어야 함을 깨달았다. 그들은 실제로 상대적으로 소수인 부유하고 신분이 높은 계층이 다수의 국민에게 경제적인 힘을 휘두르는 가운데 개인의 의지와 관계없이 적극적으로든 소극적으로든 죄를 짓게 된다는 사실을 인식하게 되었다.

이러한 인식을 토대로 그들은 학문적으로나 혁명적인 의미에서 사회주의자가 되지는 않았지만 일련의 사회주의적인 조치를 취하기 시작했다. 이 조치들은 모두 공적 경비의 증액과 공적 행정을 확대하는 것을 의미했다. 1883년 새뮤얼 바네트가 국가부담으로 보편적인 노동연금을 주는 것을 옹호한 것이 이 조치의 전형적인 한 예다——그리고 부스는 이 생각을 받아들여 노령의 빈민에게 연금을 주는 것이 얼마나 실용적이며 편리한 것인지를 아주 잘 보여주었다. 세인트 주드의 목사가 지속적으로 관심을 가진 일은 빈민에 대한 생필품 공급이 아니라 삶의 즐거움 제공이었다. 1892년 인터뷰에서 새뮤엘 바네트는 겸손하게 "법을 많이 바꾸고 싶지는 않다. 하지만 최상의 것을 무료화하고 싶다. 무료 목욕탕과 샤워장, 특히 무료 수영장이 훨씬 더 생겨야 한다. 그것들은 무료여야 하고 어느 지역에나 다 있어야만 한다. 책과 그림을 무료로 보여주어야 하며, 모든 사람이 공공도서관과 화랑을 자신의 거실처럼 드나들 수 있어야 한다. 남자, 여자, 아이들 모두 야외에 앉아 하늘과 노을을 볼 수 있도록 공원을 더 많이 만들어야 한다……. 우리는 최상의 즐거움이 무료로 제공되길 원한다. 덴마크에서는 여행 장학금을 주고 있고 우리나라 학교 당국자들도 그런 방향의 조치를 취하고 있는 중이다……. 가난한 사람들은 즐거운 활동을 할 돈이 없다. 그렇지만 그런 즐거운 활동이 없으면 사람들은 파멸한다."[42]

어떻게 하면 내 기억 속에 새겨진 새뮤엘 바네트와 헨리에타 바네트의 모습을 독자들에게 보여줄 수 있을까? 어떻게 하면 80년대 런던에서 활동하던 자선사업가나 사회조사자들에게 그들이 남긴 인상을 설명할 수 있을까?

우선 세인트 주드의 교구목사이자 토인비 홀의 창시자라는 말로 이야기를 시작해보자. 그는 키가 작았고 색깔이 전혀 어울리지 않는 낡은 옷을 입고 있었다. 그는 머릿결이 좋지 않아 부스스한데다 젊어서부터 머리숱이 없었다. 검은 눈은 작았으며 게다가 두 눈 사이가 바짝 붙어 있었다. 안색은 누랬고 숱이 적은 수염은 듬성듬성 나서 수염 흉내만 냈다. 바네트는 첫인상이 결코 좋은 편은 아니었다! 하지만 친해질수록 그에게는 눈을 뗄 수 없는 뭔가가 있었다. 그는 곁에 있는 사람들에게서 한

---

42) 그의 아내가 쓴 『캐넌 바네트, 그의 인생, 일 그리고 친구들』 2권, 12쪽.

발짝 물러나 예리하게 관찰하지만, 곧 상대방의 말에 공감하며 따뜻한 미소를 짓는다. 또한 그는 탐구하는 사람답게 거리를 두며 의아해 하는 표정을 짓다가 갑자기 예기치 않게 열광하거나 도덕적으로 분개하다가 다시 논쟁적인 지성인으로 돌아온다. 이렇게 그가 재빨리 자신의 태도를 바꿀 수 있는 것은 그 배경에 개인적인 허영심이 없는 지나칠 정도의 기독교적인 겸손함이 있어서다. 이것은 아마도 현대 심리학자들이 '열등 콤플렉스'라고 지칭하는 것에서 비롯되었을 수도 있다──이 '열등 콤플렉스'는 재능 많은 그의 아내를 대하는 태도에서 특히 두드러지게 나타났다.

그리고 이스트 엔드에서 일하는 동료들을 매료시킨 것은 그의 한없는 이해심이다. 나의 개인적 경험에서 볼 때도 이는 마찬가지다. 그는 상대방의 도덕적 곤경을 '기민하게 이해'한 후 그것에서 벗어나 다시 고상한 자아를 추구하도록 북돋아준다. 그러나 이 19세기 성인에게조차 성직자로서나 시민으로서 결함이 있었다. 그에게는 특별한 지적·예술적 재능이나, 설교자로서 사람을 끌어들이는 매력이나, 강연자로서의 유창함이 없었다. 그에게는 적절하게 단어를 선택하는 재주가 없었다. 그가 개혁안을 설명하면 까다로운 법률가들에게 멍청하게 보이기조차 했다. 그가 신앙을 도외시하며 계속 일하는 것을 보고 광신자들은 기계에서 꼭 필요한 연결고리가 빠진 것 같다고 생각했다. 자신이 지향하는 방향으로 나아갈 수 있는 공통기반을 찾기 위해 여러 관점을 수용하는 그의 방식

---

43) 바네트 부인은 그녀 특유의 솔직한 태도로 로취가 남편에 대해 다소 야박하게 그린 것을 그대로 인용한다──덧붙이면 그가 바네트와 열띤 논쟁 중에 한 말이다. "바네트 씨에게 진보란 일련의 반동이다. 그는 자선에 대해 현재의 사상과 일치하거나 아니면 약 몇 초 정도만 앞섰다고 할 수 있다. 새로운 관점을 강력하게 강조한 후, 그는 '스스로 등을 돌리고' 이전의 관점을 똑같이 강력하게 강조한다. 그는 한때는 원외 구제를 억제하고 절약을 장려해야 한다고 했으나, 이제는 겉모습만 새로 바뀐 원외 구제(노령 연금을 로취가 이렇게 표현하고 있다)를 선호하고 절약을 경멸한다"(그의 아내가 쓴 『캐넌 바네트, 그의 인생, 일 그리고 친구들』 2권, 267쪽).

을 보고 융통성 없는 경직된 사람들은 기독교 신자 같다고 느꼈다.[43] 그는 사실 삶의 목적이라고 생각한 것——각 개인과 사회 전체에 있는 고상한 정신 상태——에 너무나 집중한 나머지 이 목적에 도달하는 과정은 대수롭지 않게 생각했다. 그의 이런 결함은 한결같이 그만의 탁월한 특징에서 비롯된 것으로 보인다. 새뮤얼 바네트는 '마치' 사랑이라는 외부적 정신과 교감하며 사는 것 같았다. 그에게는 이 사랑의 정신이 사회를 지배하게 만드는 것이 삶의 목적이었다. 아무리 사악하고 어리석은 사람들에게조차 그는 '마치' 그들 한 사람, 한 사람을 불멸의 영혼처럼 대했다. "당신은 개인의 불멸을 믿어요?" 아내가 그에게 물어보았다. "그렇지 않은 삶은 상상할 수도 없는걸" 그가 대답했다.[44] 내가 어떤 말로 설명하는 것보다도 그가 젊었을 때 쓴 일기 중 한 부분을 보면 바네트의 심성을 가장 잘 이해할 수 있을 것이다. 아내는 그가 일기를 자신의 이상으로 삼고 늘 서랍에 넣어두었다고 말하곤 했다. "어떤 것이 최상인지를 차분하게 생각해보면, 곧 선이 답임을 알게 된다. 내가 선하다고 느끼는 것은 앙심을 품거나 불결한 것 그리고 탐욕을 자제하는 것이며, 오히려 그런 것들을 사랑으로 감싸는 것이다. 선은 권력보다 바람직하며 나는 그 선에 도달하기 위해 헌신하겠다. 나는 그와 반대되는 것을 모두 자제하고 나아가 선 자체에 대해 숙고하겠다. 지금까지 내가 선이라고 느낀 것은 단지 그림자에 지나지 않는다. 계속 본질적인 선이 무엇인지 알아내기 위해 애써야겠다. 어딘가 완벽한 선이 있으며 나는 그 선과 교감한다. 그것은 기도와 마찬가지다. 눈앞에 완벽한 인간의 모습이 나타난다. 그는 예수 그리스도다. 나는 그에게 몰입해서 날 완전히 그에게 맡긴다. 그와의 교감은 선에 이르는 데 가장 큰 도움이 되었다. 나는 예수 그리스도에게 기도하고 그를 통해 하느님 아버지께 다가간다."[45] 그는 미래에 대해 확고한 낙관론을 갖게 되었다. 자신의 지고한 관점으

---

44) 앞의 책, 379쪽.
45) 같은 책, 97쪽.

로 일상적인 사람들과 그들이 행하는 일을 보면서 그는 인간의 실제 모습에 대해 계속 실망하고 우울해 하기도 했다.

새뮤얼 바네트는 빅토리아조 중반의 시대정신을 대표하는 인물은 아니다. 그는 '원시적 기독주의'라고 칭하는 신비주의를 지니고 있었다. 그는 그리스도와 부처를 지배하는 충동이 옳다는 것을 진심으로 믿었고 개인의 특성과 관계없이 모든 인간에 대해 선의를 갖고 있었다.

아직 살아 있는 인물에 대해 쓴다는 것이 부적절한 일일까? 이런 생각이 드는데도 내가 이런 글을 쓰는 이유는 바네트 부부가 새로운 인간의 초기 유형이기 때문이다. 미래에는 이런 유형이 흔할 것이다. 이들은 반짝이는 한 쌍의 별과 같았으며, 누구에게서 나오는 빛인지 구별할 수 없이 똑같이 빛을 발하고 있다.

헨리에타 바네트

예쁘고 재치 있으며 유복하기까지 한 헨리에타 롤런드(Rowland)는 열아홉 살에 못생기고 보잘것없는 목사보와 결혼했다. 그 목사보는 세인트 메릴레번 교구에서 함께 일하던 동료였다. 그녀는 그를 흠모했고 사랑했으며 그와 더불어 가난한 사람들에게 봉사하기 위해 결혼하기로 했다고 했다. 여러 면에서 그녀는 남편과 정반대였다. 그리고 바로 이런 이유로 그는 남편을 보완했으며 남편 역시 그녀를 보완했다. 그녀에게는 전혀 '열등감 콤플렉스'가 없었다! 그녀는 활기찬 자신감, 아니 순진한 자신감——때로는 무례함에 가까운——에 차 있었다. 그녀는 친구와 동료들에게는 정과 사랑을 흠뻑 주었고 진심으로 대했다. 그러나 자신이 비판하는 사람들——예를 들면 무정한 부자들, 착취하는 고용주, 무지막지한 집세를 받는 집주인——에 대해서는 그런 사람들은 때려줘야 한다고 하면서 스스로 나서서 때려줄 태세였다. 그녀는 그렇게 해야 그들을 개선할 수 있다고 생각했다. 남편의 신비주의에 영향을 받았을 수도 있었겠지만, 그녀는 기질상 사실들을 합리적으로 해석했다. 그녀 행동의 토대가 되는 것은 정당함을 실천하는 어떤 힘과 혼연일체가 되는 것이 아니라, 인간에게 아니 주변 사람들에게 봉사하는 것이었다. 그녀는 남편보다 더 날카롭고 더 실용적으로 지성을 발휘하면서 이러한 소명을 실천했다. 그녀는 자신의 의도나 말을 직접적으로 표현했다. 많은 사람이 그녀를 숭배했지만 때때로 동료들 사이에서 경악을 불러일으키기도 했다. 그녀는 '남성적'이라 할 만큼 폭넓은 유머 감각을 지니고 있었다. 까다로운 사람들은 그런 유머를 싫어했지만 자신이나 타인의 인간성을 웃어넘길 수 있는 사람들은 그런 유머에 즐거워했다. 자선의 사업적인 측면 모두에서, 예를 들면 일의 추진, 광고, 협상, 실행에서 그녀는 정말 천재적인 재능을 발휘했다.

바네트 부부가 동료 자선사업가들에게 어떤 영향을 미쳤는지는 내 일기를 더 보면 좀더 자세히 알 수 있다.

바네트 부부를 방문했다. 이 방문으로 그들과 우정이 확고해졌다. 바네트 씨는 자신을 드러내지 않고 겸손하며 신앙심이 깊은 사람이다. 지적인 면에서는 넌지시 암시하는 경향이 있었다. 그리고 여자처럼 도덕적인 통찰력을 갖고 있었다. 그리고 다른 면에서 그는 강한 여자 같았다. 그는 진실하게 생각하기보다는 올바르게 느끼는 쪽으로 인간성을 개선하려고 열의를 보였다. 그에게는 무엇을 아느냐보다는 무엇이냐가 더 중요했다. 자신에게 큰 영향을 미친 것은 콩트, F. D. 모리스의 역사적 관점이라고 했다. 이들은 그에게 지적인 면보다는 인격적인 면에 더 큰 영향을 미쳤다. 지적인 면에서 보면 그는 체계적으로 일관성 있게 사고하지 못했다. 그에게 사고는 감정을 표현하기 위한 수단일 뿐이었다.

그는 내가 하는 일에 아주 공감하면서 날 도와주려고 애썼다. 그런 가운데 내 성격의 위험한 면을 예견했다. 그리고 이상할 정도로 온갖 암시를 하며 나의 사기를 걱정했다. 그는 도덕적 허수아비로 '옥스퍼드대학 교수'——인간적인 유대감이 없는 사람들——일상적인 사소한 일에 무관심한 사람들——를 들었다. 그는 아내에게 날 보면 옥타비아 힐이 생각난다고 했다. 그는 힐이 윗사람과 아랫사람 모두에게서 고립된 채 살았다고 생각했다. 이 말로 미루어 그가 내게서 어떤 장애물을 보는지 분명했다. 내가 생각하는 과민 에너지론에 대해 그에게 설명했다. 모든 사람은 모두 일정량의 재능만 가지고 태어났기 때문에 사소한 일에 에너지를 너무 많이 쓰면 큰일을 할 수 없다는 것이 내 이론이었다. 하지만 그는 이기적인 생각이나 이기적인 허상을 꿈꾸는 데 쓰는 시간을 다른 일에 쓴다면 이웃에 대한 의무를 다하고 사소한 일을 잘 처리하면서도 큰일에 에너지를 쓸 수 있다고 했다. 그 말은 사실이기도 하다.

바네트 부인은 적극적이고 진실하고 다정한 여성이다. 그녀는 자만심에 찬 것처럼 보인다. 그러나 남편이 자신보다 훌륭하다고 진정으로 믿고 있기 때문에 자만심에 찬 것은 아니다——남편이 다른 사람들보다 훌륭할 뿐 아니라(이것 또한 다른 형태의 자만심이기는 하지만) 자신보다 더 우월하다고 생각했다. 그녀의 끊임없는 활기, 다른 사람까지 신나게 만드는 에너지는 이루 말할 수 없이 남편에게 도움이 되었다. 그녀는 정말 용기 있고 진실한 여성이었다. 그녀는 열정적으로 공감했고, 열심히 남들을 칭찬했다. 그녀의 개인적인 인생 목표는 여성의 지위를 상승시켜 합당한 위치를 찾게 하는 것이었다. 즉 여성을 남자와 다르지만 남자와 **동동**한 위치에 이르게 하는 것이었다. 그녀가 짊어진 십자가는 불결과 싸우는 것이었다. 여성이 남성과 동등하지만 육체적으로 종속된 이유가 불결 때문이라고 생각했다. 남성과 결합되지 않은 여성은 아무것도 아니라는 일반적인 의견에 대해 그녀는 '신성모독'이라며 분개했다. 모든 개혁가처럼 그녀도 편협하고 자신의 신앙에 배치되는 사실을 인정하지 않았다. 나는 그녀에게 여성이 힘을 지녔다는 것을 납득시킬 수 있는 유일한 방법은 그것을 보여주는 것이라고 했다. 이를 실천하기 위해서는 강한 여성이 독신으로 남아야 한다고 했다. 그렇게 되면 여성의 특별한 힘——모성애——이 공적인 일에 쓰일 수 있을 것이다.

종교적인 신앙에서, 바네트 씨는 교조적이지 않은 기독교 신자인 반면 바네트 부인은 이상주의적인 불가지론자였다. 그리고 사회적 신념에서는 남편은 기독교 사회주의자였으며 아내는 지극히 개인주의자였다. 둘을 놓고 보면 아내 쪽이 훨씬 더 남성적이었다. 바네트 씨의 개인적인 목적은 사람들의 욕망을 높이는 것, 말하자면 좀더 고상한 취향을 계발하는 것이었다. 그는 빈민에게 생필품이 아니라 사치품을 제공해야 한다고 생각했다. 그는 내가 불안하게 여기는 정신적 긴장이나 그로 인한 우울증의 위험은 단지 허구라고 생각했다. 나는 약간은 병적인 내 성격 때문에 인류를 비관적으로 생각한다. 인척인 아키드 가문 사람들이 자살 충동을 느낀 것은 지적인 일에 몰두해서가 아니다. 그들은 지적인 일과는 관계가 없다. 나는 자살 성향의 체질을 물려받았고 그것이 다른 속성들과 연관되었을지 모른다. 어쩌면 자살 성향이 이런 다른 속성들과 공존하는지도 모르겠다.

바네트 부부를 방문한 후 나는 더욱 노력하게 되었으며 욕망을 버려야겠다는 결심을 다졌다. 그러나 나 자신의 그림자 앞에 똑바로 서서 바라보고 관찰하도록 노력해야겠다——그렇지 않으면 태양도 믿지 못하게 될 테니까! [1887년 8월 29일 일기]

해결되지 않은 문제

자선단체협회가 강력히 내세운 자발성의 문제와 새뮤엘 바네트와 헨리에타 바네트가 보여준 경험적 사회주의 사이의 논쟁에 대해 곰곰이 생각해보았다. 그 결과 자선사업가들이 수집한 사실들——헌신적인 남녀들이 자선을 요구하는 수많은 빈민을 상대로 매일 분투하며 알아낸 사실들——로부터는 부유함의 한복판에 빈곤이 자리 잡고 있다는 현상에 대해 명확한 결론에 이를 수 없다고 보았다. 이러한 빈곤은 실제로 어느 정도로 퍼져 있으며 어느 정도 심한 것인가? 가난한 사람들과 그들 가족의 잘못으로 설명될 수 있는 것인가? 이것이 그들의 태만이나 범죄, 노동 기피, 실용적인 절약 부족으로 설명될 수 있는 것인가? 부자들이 경솔하게 자선을 베푸는 바람에 이런 온갖 비행이 더 심해지는 것인가? 자선을 받을 자격이 있다고 인정되는 사람들을 대상으로 보았을 때 이스트 런던 지역에만 나타나는 가난인가? 이것이 특히 병들었거나 일시적으로 실업상태인 특정 가족에게만 해당되는 것인가? 아니면 사회주의자들이 거듭 말하듯이 그들 역시 영국 주민의 큰 부분을 차지하는 시민 대중인가? 그들도 금주를 실천하는 정직하고 능력 있는 일반 대중의 일부인가? 이런 시민 대중이 늘 만성적인 가난에 시달리며 가치 있는 문명의 혜택에서 제외되어야 하는가? 그 당시 내 마음상태는 인간의 출현에 대해 고민하고 있던 찰스 다윈이 던진 말로 가장 잘 표현할 수 있다.

사실에 대해 생각하면 할수록, 의심스러운 문제에 대해 추론하면 할수록, 점점 더 의심에 빠지게 되는 경험, 즉 당신이〔그는 조셉 후커 경에게 쓰고 있다〕굴욕감이라고 한 것을 종종 느꼈습니다. 그러나 미래를 생각하며 스스로 위로합니다. 그리고 이제 막 손을 댄 문제들이 언젠가는 해결되리라고 확신합니다. 우리가 새로운 지평을 열기만 하면 그 열매를 우리가 직접 수확할 수 없다 해도 어떤 식으로든 인류에 기여할 것입니다.[46]

나는 다음 장에서 바로 이러한 과정, 즉 수확을 기대하지 않고 광범위한 영역에서 '새로운 지평을 여는' 과정에 대해 묘사할 것이다.

---

46) 찰스 다윈이 후커(J. D. Hooker)에게 1859년 1월 20일 보낸 편지. 프랜시스 다윈이 쓴『찰스 다윈의 생애와 편지들』2권, 1887, 144쪽.

제5장 런던 시민들의 생활조건에 대한 거대한 조사작업

이제까지는 나의 지적 배경을 언급하기 위해 상호 밀접한 관계를 맺고 있는 정치 세계와 대도시의 박애주의 세계를 살펴보았다. 지금부터는 내 관심을 끌고 감탄을 자아내게 했던 거대한 조사작업에 대해 언급해보기로 하자. 나 자신은 이 일에 참여하는 도제로서 경미한 역할을 맡았다. 이 일에 참여한 것은 정치나 박애주의 때문이 아니라 과학적 호기심, 즉 풍요로움 속의 빈곤의 문제를 관찰과 추론 그리고 검증이라는 과학적 방법을 적용해 살펴보고픈 욕망에서 비롯되었다.

사람들은 대개 자신과 긴밀하게 관련된 사건의 경우, 그 의미를 과장하는 경향이 있다. 그러나 세상에서 가장 풍요롭다는 도시에 거주하는 400만 명이나 되는 사람들의 삶과 노동 조건을 살펴보는 거대한 시도는 사회정치학이나 경제학 분야에서도 하나의 이정표가 되는 작업이라 할 수 있다. 부스는 이 작업을 자신의 경비로 혼자 힘으로 해냈으며 17년 동안 작업한 끝에 전 17권의 책으로 출판했다. 이 작업 이전에는 어느 개인이나 사회주의자도 영국인의 삶을 정확하게 묘사할 어떠한 방법도 언급한 적이 없었다. 그러므로 이에 대한 사람들의 논쟁 역시 무의미했다. 만약 질적·양적 분석이 조화롭게 이루어지는 것이 사회연구의 필요조건이라고 한다면, 개별 세대와 사회 기구에 대한 엄밀한 관찰에서 얻어낸 자료를 통계적으로 검증한 부스의 면밀한 분석이야말로 사회학 연구에 없어서는 안 될 기초연구로 인정받아야 할 것이다. 전 세대의 조사자와 비교할 때 물론 그의 분석방법이 처음 시도된 것은 아니라 할지라도 사회학도들을 바른 탐색방법으로 이끄는 첫 이정표가 되었다. 그러나 불행하게도 부분적으로는 부스 자신의 겸손함 때문에, 그리고 결과물이 너무나 많아 부스는 다른 많은 성공적인 조사자가 하듯이 자신의 활동내용을 알리는 데에는 실패했다. 그러므로 나는 주저하지 않고 이 빅토리아인과 그의 작업을 내 글에 담아내려고 한다.

공공심을 중시했던 부부

부스의 부인[1]이 저술한 남편에 대한 짧고 겸손한 회고록을 통해 우리는 그의 어린 시절과 교육환경을 살펴볼 수 있다. 부스 가문, 플레처 가문, 크럼프턴 가문은 대개 리버풀의 상인이자 선주들이었고, 정치적으로는 자유당이나 급진당, 종교적으로는 유니테리언[2]이었다. 그는 형제자매들과 같이 성장했으며, 리버풀 왕립 학교에서 초등교육을 받았다. 이미 십대에 램포트와 홀트(Messrs. Lamport & Holt) 회사를 통해 사업 실무를 익혔다. 형제자매 그리고 사촌들과 지내면서 여가시간을 대개 공부나 토론 등으로 보냈으며 새로 형성된 버밍엄 교육 단체(Birmingham Education League)의 단원이 되어 비종교적 보통교육 계획에 대해 열정적으로 선전하기도 했다. 또한 노동자와 친분을 쌓아 리버풀 무역협회(Liverpool Trades Council)의 업무에 대해서도 알게 된다. 단순하면서도 열심히 살아가는 가문에서 성장한 그는 게임, 운동 또는 바람직하지 않은 종류의 쾌락은 별로 추구하지 않은 것 같다. 당시 '인류교'(Church of Humanity)의 주도적 회원이었던 두 사촌, 해리와 알버트 크럼프턴(Harry and Albert Crompton) 덕분에 콩트의 영향을

---

1) 『찰스 부스─회고록』(*Charles Booth–A Memoir*), 메리 부스 지음, 맥밀런. 1918. 선박주이자 상인이었던 부스는 후에 추밀원 고문관과 영국 학사원 회원이자 옥스퍼드, 케임브리지, 리버풀 대학에서 명예박사 학위를 받았다. 그는 찰스 재커리 매콜리(Charles Zachary Macaulay, 역사가의 형제다)의 딸이자 위건의 의원이었던 내 할아버지 리처드 포트의 손녀딸이기도 한 매리와 결혼했다.
2) 그리스도교의 정통 교의인 삼위일체론의 교리에 반하여 그리스도의 신성을 부정하고 하느님의 신성만 인정하는 교파─옮긴이.

받은 것으로 보아 철학분야에도 천착한 것으로 보인다. 실증주의와 이에 기반을 둔 사회이론에 대해 브리지스 박사(Dr. Bridges), 비슬리(Beesly) 교수, 프레더릭 해리슨 부부, 러싱턴 부부 등 당시의 주도적인 실증주의자들과 끊임없이 논쟁을 벌임으로써, 『회고록』의 표현을 빌리면 실증주의에 "완전히 매료되었기에 정식으로 실증주의에 매달리는 것이 시간문제인 것으로 보였다." 그러나 실제 이런 일은 벌어지지 않았다. 그는 "성격상 열정적이었고 만족할 수 없는 많은 것을 열망했으며 어떤 한 가지 형식적인 사상이나 주의에 쉽게 통합되지는 않았기 때문이다." 그는 1871년에 매력적이고 교양 있는 찰스 매콜리(Charles Macaulay)의 딸과 결혼했는데, 그녀는 우연하게도 내 사촌이었으며 그들이 처음 만난 곳도 다름 아닌 R. D. 홀트 씨[3]의 부인인 내 언니의 집이었다. 그는 자신의 형과 같이 시작한 선주회사를 운영하면서, 이른 아침부터 저녁 늦게까지 정치적 선전문을 작성하거나 끊임없이 독서를 해나가다가 건강을 해치게 된다. 결국 요양차 몇 년을 해외에 나가 있게 되고, 오랜 기간 독서도 하지 못할 정도로 무기력 상태에 빠지게 된다.

찰스 부스의 모습

사촌 매리가 남편인 부스를 처음으로 우리 집에 데려온 것은 그가 건강을 회복하던 70년대 말이었다. 당시 새로운 친척이 된 부스 씨가 어린 소녀에게 준 인상은 지금 생각해도 웃음이 난다. 40세 정도였던 그는 큰 키에 비정상적으로 말랐으며 마치 막대기에 옷을 걸친 듯한 모습이었

---

3) 로버트 더닝 홀트는 나의 큰언니인 로렌시나(Laurencina)와 1867년에 결혼했다. 그는 리버풀의 두 성공적인 선적회사를 운영한 유명한 가문의 5형제 중 막내였다. 이 가문은 시 행정에 큰 역할을 맡았고 지역 대학에 재정적인 후원도 했다. 형부는 1893~94년에 런던의 왕립위원회 회원이었다. 그는 아마도 자신의 의사와 관계없이 남작작위가 수여된 최초의 사람일 것이다. 농담투로 쓴 거절 편지가 로즈버리 경에 의해 인정하는 내용으로 오해된 결과였다. 사회적 불평등에 반기를 들었던 훌륭한 급진파였던 언니의 반대에 힘입어 그 역시 남작작위의 취소를 주장했다.

다. 얼굴색은 폐병에 걸린 소녀 같았고 앉아서 일하는 사람처럼 자세가 구부정했다. 유난히 돌출한 매부리코에 콧수염과 뾰족한 턱수염이 튀어나온 목젖을 거의 가릴 정도였다. 평평한 이마와 예의주시하는 듯한 큰 회색 눈이 전체적인 얼굴 모습을 지배했다. 그는 매력적이기는 하지만 분명 괴상한 생김새임은 분명했다. 아직도 내 기억에는 그의 야릇한 표정이 남아 있다. 식구들이 모두 모여 식사하는 자리에서 그는 '마치 웃음 띤 기념비처럼 꼼짝도 하지 않고' 식사하는 다른 사람들을 쳐다보면서도 식사예절을 지키기 위해 가끔 포크로 감자를 집거나 마른 과자를 우물거리기도 했다. 놀라운 것은 전혀 자의식이 없는 그의 모습이었다. 그는 상대가 무슨 생각을 하는지 그리고 왜 그러한 생각을 하는지를 알고 싶어했다. 또한 상대가 알고 있는 것이 무엇인지 그리고 어떻게 그것을 알게 되었는지를 알고 싶어했다.

이 유별난 사람을 일반적인 시각에 대비해보는 것도 흥미로운 일이다. 일반적으로 볼 때 그는 더 이상 젊은이가 아니었다. 인생에서 실패한 것도 성공한 것도 아니었다. 관습에 얽매이지 않는 그의 모습은 어리숙해 보이기도 하고 아니면 이상한 독특함을 보여주는 듯하기도 했다. 처음 보는 사람의 눈에는 마치 독학으로 공부하고 이상을 꿈꾸는 제도공이나 식자공으로 보이거나, 아니면 허버트식의 제멋대로 하는 귀족사회 구성원으로 보일 수도 있을 것이다. 아니면 대학교수 또는 말끔하게 면도하고 칼라를 두른 구교나 영국 국교의 깔끔한 목사로도 보였을 것이다. 옷만 갈아입힘으로써 라틴가(Quartier Latin)[4]의 예술가로 '분장'시킬 수도 있을 것이다. 겉모습이나 이상적인 성향으로 볼 때, 결코 강한 의지를 지니고 단계적으로 일을 추진하는 기업 총수로는 보이지 않았다. 특히 새로운 국가나 새로운 경영 확장에 대한 다른 사람들의 의도나 견해에 대해 자신의 독단적인 자세를 견지하면서 기업을 이끄는 사람으로 보이지는 않았을 것이다. 그렇지만 도전적이고 이윤을 남기는 성공적인

---

4) 파리 센 강 남쪽 예술가들이 모여 사는 지역—옮긴이.

기업이 바로 부스의 운명이었고 넉넉하게 쓸 수 있는 그의 수입 덕분에 자유롭게 자신의 권력을 행사하고 행동할 수 있게 된 것이었다.

그의 『회고록』을 통해 그가 사업경력이 있다는 사실은 알게 되었지만,[5] 그에게는 또한 과학에 대한 충동도 있었다. 바로 이러한 힘이 그에게 사회의 구조와 변화 연구에 관심을 갖게 한다. 다윈이나 골턴처럼 천재적 상상력이나 관찰, 실험, 추론 등에 의한 검증능력은 없었지만, 그는 과학적인 기질, 사물의 본질에 대한 호기심, 연구의 방향과 방법을 기획하는 독창성 그리고 무엇보다도 지식을 추구하는 집요함과 용기를 지녔다는 데에서 이들과 견줄 수 있다. 나아가 그는 동료나 부하직원들의 타당치 않은 의견이나 제안을 받아들일 줄 아는 특출한 면을 지녔다. 전성기에 그는 당시 주가를 올리며 당연한 것으로 받아들여졌던 맨체스터 자본주의의 자유무역 이론을 정면으로 반박하는 것을 즐기곤 했다. 그에게 사회조사자로서의 단점이 있다고 한다면 주어진 일련의 사실에 대해 별반 호응이 없는 설명들을 옹호하곤 했다는 점이다. 지적 호기심과 더불어 그는 인간이 할 수 있는 일에 대한 실증주의적 인식개념을 지니고 있었다. 한마디로 말해 그는 앞의 장에서 언급한 빅토리아 시대 중엽의 시대정신을 완벽하게 구현하고 있었다. 이는 다름 아닌 신의 정신에서 인간의 정신으로 전이된 희생정신과 더불어 과학적인 탐구방법에 대한 신뢰감이었다.

---

5) 이윤을 만들어내는 사업수완에 대한 그의 견해는 『회고록』에 기록되어 있다. "그는 사업이라는 것이 무미건조하다고 생각하거나, 정치적·문학적 또는 과학적 추구 등에 따라오는 흥미나 매력이 없다고 생각하는 사람들 때문에 놀라곤 했다. 그에게는 시계추처럼 움직이는 무역사업을 살아 움직이게 하는 힘, 중대한 사업의 새로운 분야에 따라붙는 위험성, 일을 성급하게 처리하거나 충분한 통찰력을 가지지 못함으로써 투자액을 상실한 실패 경험 그리고 무엇보다도 한 가지 목적을 위해 일하는 사람과의 만남, 실존적 현실과의 매 시간의 만남, 이 모든 것이 그를 사로잡고 즐겁게 한다고 말했다"(93쪽).
20년간의 사회조사와 성공적인 사업운영 이후에 그가 갖게 된 공영역의 전망에 대한 중요하고 잘 정리된 분석은 『회고록』, 「기업」의 장 93~103쪽과 「산업정책」의 장 155~171쪽에 기록되어 있다.

호의적인 사촌 부부

부스의 모습에 대한 묘사는 일기를 인용함으로써 끝맺고자 한다. 처음 알게 된 시절의 사촌부부에 대한 모습이 그려져 있다.

친구, 자매들과 함께 런던에서 마지막 여섯 주를 보내다. 부스의 집은 어둡고 답답했지만, 사람들은 매우 매력적이고 사랑스러웠다. 특히 가장 눈에 띄었던 매리는 표현력이 강했고, 훌륭하게 교육받은 교양 있는 여인이었다. 그녀는 남들을 이해하고 즐겁게 하면서도 동시에 그들에게 '매우 무지한 여자'라고 느끼게 할 수 있는 여자였다. 내가 볼 때, 그녀는 약간 편협해보이는 문학적 판단력을 지니고 있기도 했다. 너무 정확해서 독창적인 생각보다는 권위에 의지하는 듯한 느낌을 줄 정도였다. 아마도 이것은 그녀의 정돈된 마음자세와 권위를 존중하는 모습에서 오는 듯하다. 또한 바로 이 점이 그녀를 매력적인 여자로 만들곤 했다. 이러한 훌륭한 교양과 지성 외에 그녀는 정서적으로 격정적인 감정을 지닌 듯한 모습을 보이기도 했다.

부스는 편견에 이끌리지 않고 이성에 지배받는 강건하고 명쾌한 사람이었다. 그에게는 어떠한 악의나 약점을 찾을 수 없었다. 양심적이고 이성적이며 맡은 일을 다하는 모습이 그의 장점이었으며, 그 밖의 특징들은 남들은 알 수 없는 것들이었다. 나에게는 자신을 완전하게 통솔하는 그의 모습이 자못 흥미로웠는데, 이는 오랜 투병생활을 극복했기 때문으로 보였다. 그는 이기적이거나 냉소적이지 않았으며 건강하고 힘이 넘쳤다. 물론 나는 주로 이들 매력적인 부부의 토론을 경청하는 삼자적인 입장이었지만 어쨌든 이들과 즐거운 대화를 많이 나눌 수 있었다. 〔1882년 2월 9일 일기〕

풍요 속의 빈곤

매리가 기록한 『회고록』에는 부스가 조사대상을 설정하는 데 당시의 정치와 박애주의의 세계에서 논쟁거리로 부각되었던 사상과 느낌의 영향을 상당히 받았다고 되어 있으며, 부스 자신도 이를 인정했다고 되어 있다. 이 사실을 알고는 기뻤는데, 이미 앞의 장에서 언급했듯이 나 역시 탐구 영역을 선택할 당시 이러한 면들에 영향을 받았기 때문이다.

선박회사 분점을 열고 사업을 시작하기 위해 런던에 정착한 후, 부스는 이러한 새로운 물결을 인식하게 되었다.

사람들은 빈민층의 처지와 관련된 다양한 문제에 관심을 두었고 다양한 해법을 제시했다. 심지어 정반대의 해법도 제시했다[이 글은 『회고록』의 저자가 기록한 내용이다]. 러스킨의 저작과 옥타비아 힐의 노력 그리고 자선단체협회의 이론과 활동이 당시의 사상과 느낌을 뒤흔들어놓았다. 우호적인 마음에서 비롯되었지만 단순하고 사려 깊지 않았던 전 시대의 자선책은 비판의 대상이 되었다. [……] 어떤 사람들은 해결해야 할 악습이 바로 이러한 부주의와 자기만족이라고 하면서 이러한 악습이 가져온 결과를 해결하는 것이 오히려 더 많은 피해를 가져온다고 주장했다. 또 다른 한편에서는 빈민층의 이기주의와 악습이 부유층의 이기심과 악습의 결과라고 말하면서 부유층의 임무는 빈민이 품위 있게 생활하도록 하는 실질적인 환경을 만드는 것이라고 주장했다. 신선한 공기, 넓은 공간, 좋은 의복, 좋은 음식 등이 창궐하는 악습을 없앨 수 있다는 것이다. 어떤 단체는 "개인 차원의 자선을 자극해야 한다"고 주장하면서 "국가에서 지원하는 빈민이 바로 모든 악의 근원이다. 비율을 줄여야 한다"고 역설했다. 다른 그룹은 "자선행위를 없애라", "이 용어 자체가 타락을 가져왔다"고 주장했다. 이들은 "국가는 땀 홀리는 수백만의 백성에게 밥을 먹이고 집을 주어야 한다"고 말하면서 "빈곤한 사람들은 실제 노동을 하지 않으며, 그들은 게으르고 성질이 좋지 않은 부랑자들이다. 일하는 영국인은 결코 가난할 수 없다"고 주장했다. 부스는 이러한 다양한 주장을 들었을 것이고 이러한 질문에 대한 답을 찾으려 했을 것이다. 과연 영국인은 누구인가? 어떻게 생활하고 무엇을 원하는가? 좋은 것을 원한다면 과연 어떠한 방식으로 주어져야 하는가?[6]

사람들을 힘들게 만드는 것은 어쩔 수 없다는 자괴감이다[부스는 1887년 5월 왕립통계학회에서 발표한 타워 햄릿 주민들의 상황과 직업에 대한 글에서 이렇게 설명했다]. 임금노동자들은 어쩔 수 없이 자신의 일에 대한 가치를 알지도, 조절하지도 못한다. 제조업자들과 중간상인들 역시 어쩔 수 없이 경쟁의 한계 내에서만 일할 수 있다. 부유층은 근원을 찾지 못한 채 빈곤을 해결하려 하고, 법을 집행하는 자들 역시 법을 바꿈으로써 성공적으로 개입하는 것에 한계가 있기에 어쩔 수 없다. 이러한 어쩔 수 없다는 생각에서 사회주의 이론들이 발생하고, 인간의 무지를 들먹이며, 인간성을 무시하게 되고, 인간 존재의 근본적인 사실을 게을리 하게 되는 것이다.

이러한 자괴감에서 벗어나자면 인간의 문제가 정확하게 언급되어야 한다. 정론이건 아니건 정치경제학의 선험적 추론은 실체를 무시하기 때문에 실패한다. 모든 근저에는 실제 관찰된 사실과 동떨어진 일련의 주장이 있을 뿐이다. 우리는 현대 산업의 유기체적 모습, 노동의 교환, 능력의 활용, 욕망의 요구와 만족에 대한 진정한 모습에서 출발해야 한다. 내가 제안하고자 하는 것은 바로 이러한 가능성이며 이 글을 발표하는 것도 바로 이에 기여하고자 함이다.[7]

---

6)『찰스 부스-회고록』, 매리 부스 지음, 맥밀런, 1918, 13~15쪽.
7)『타워 햄릿 주민들의 상황과 직업, 1886~87』(*Conditions and Occupations of the People of the Tower Hamlets*), 찰스 부스 지음, 1887, 7쪽.

조사 범위

타워 햄릿과 해크니 학교위원회 구역인 런던의 이스트 엔드 지역이 우선 검토되었다. 그는 대도시의 4분의 1이 되는 이 지역을 선택했는데, 그 이유는 "영국에서 가장 빈곤한 인구층으로 구성되어 있으며, 많은 사람의 정신과 마음을 혼란스럽게 하는 풍요 속의 빈곤이라는 문제의 초점이 되는 지역이기 때문이다"[8]라고 기록했다. 넓은 지역에 대한 이러한 총체적인 모습을 통해 그는 "어느 주어진 한 시점의 모습을 그대로 옮기려 했으며, 독자들에게 상상력을 활용하여 살아 움직이고, 변화하고 꿈틀대는 모습을 보게 하려 했다"[9]고 언급했다. 그는 역사나 당대의 발전모습을 그리려고 하는 대신 주어진 시기의 단면도, 다시 말하면 전 영역에 걸쳐 공평하게 완벽하고 세밀한 모습을 그리려 했다. 변화무쌍하고 다양한 주제 가운데에서 그는 일련의 두 가지 사실에 집중했다. 첫째, 상대적 빈곤, 가난 또는 편안함, 둘째, 각 가정의 생계를 유지하는 다양한 생계수단의 성격이다. 동시에 두 가지 조사가 이루어졌고, 각각의 조사에 맞게 탐구 그룹과 탐구 방법이 있게 되었다.

런던 전체에 대한 조사의 전반적인 계획은 인구조사에 따라 런던을

---

8) 앞의 책, 4쪽. 1887년 5월 왕립통계학회에서 발표한 글이다.

9) 1886년에 시작된 이 거대한 작업은 수년에 걸쳐 여러 권을 출판하게 된다. 런던의 이스트 엔드 지역을 다룬 첫 권은 1889년에 출판되었다. 런던 중앙부와 남부지역은 1891년에 출판되었으며, 이 내용은 다른 결과물과 함께 1902~1903년에 새롭게 출판된 『런던 주민의 삶과 노동』(*Life and Labour of the People in London*)이라는 책에 재수록되었다. 이 출판물은 주제를 새로 정리했고 1891년의 인구조사에 의해 개정되어 총 17권이 되었다. 이 책은 「빈곤」(빈곤 1~4권이라 칭한다)에 대해 4권, 「산업」(산업 1~5권이라 칭한다)이 5권, 「종교적 영향」(이 부분은 가난과 산업과 연계해서 우연히 등장할 뿐 직접 다루지는 않았다)이 7권 그리고 「사회적 영향과 결론에 대한 글」이라는 제목이 붙은 『마지막 권』으로 구성되어 있으며 편리하게 나뉜 컬러 지도책이 포함되어 있다.

지역별, 직업별로 나누어서 접근하는 것이다. 각 지역은 지역조사에 의해, 각 직업 역시 직업별 조사에 의해 진행된다. 지역 탐구의 주된 목적은 사람들의 생활환경과 그들의 직업을 보여주는 것이다. 직업조사의 주된 목적은 어떠한 환경에서 작업하는지를 보여주면서 간접적으로 그들의 생활상을 다루는 것이다. 이러한 이중 방법은 서로의 결과에 대한 제어장치가 될 것이며, 각각 다른 연구에 도움을 줄 것이다.

조사 방법

과연 부스는 런던 시민의 삶과 노동에 대한 과학적 탐구를 완성하기 위해 어떻게 이 많은 다양한 영역의 자료를 얻어낼 수 있었을까?

통계적 토대

이 엄청난 작업 전체를 조망하면서 부분들을 정의해내는 통계적 토대는 1881년의 인구조사 수치에 의해 가능했으며, 이것은 1891년도에 이루어진 더욱 자세한 조사에 의해 수정·보충된다. 부스는 이러한 통계 문헌의 가능성과 한계에 대해 이미 알고 있었다. 왜냐하면 이미 1886년 이전에 그는 1841년부터 1881년 동안에 이루어진 일련의 인구조사가 보여주는 영국 국민의 직업에 관한 통계 수치를 힘들게 분석한 적이 있기 때문이다.[10] 이 연구는 얼마나 많은 사람이 생계를 유지하기 위해 어느 특정 시기에 어떤 직업을 갖는지, 그리고 다양한 직업과 용역에 걸쳐 시기에 따라 어떠한 식으로 인구분배가 이루어지는지를 조사했다. 호적등기소 소장들이 바뀌면서 사람과 직업에 대한 서로 다른 분류방법을 택하는 바람에 이러한 방법은 과학적인 결과를 산출하기에는 만족스럽지 못했다. 그렇지만 이러한 작업은 부스에게 통계수치를 쉽게 다루는 법을 알게 했고 통계 기관의 책임자들과 친하게 지낼 수 있게 해주었다.

---

10) 『왕립통계학회 논문집』 49권, 1886, 314~444쪽.

그러므로 연구 초기에 그는 1881년 인구조사의 통계수치와 더불어 다소 거친 분류를 포함하는 모든 기출판된 문서도 획득할 수 있었다. 또한 그는 호적등기소장의 배려로 호주 조사에 기록된 정확하기도 하고 부정확하기도 한 정보를 얻을 수 있었다. 1891년의 인구조사는 부스의 작업에 필요한 두 가지 문제에 대한 정보를 담고 있기 때문에 더욱 가치가 있었다. 우선, 방이 다섯 칸 이하인 세대주나 집소유주에게 현재 살고 있는 방의 수를 물었다. 런던에서는 이러한 정보가 인구조사원들에 의해 직접 시도되었다. 둘째, 집에 하인을 둔 세대주는 고용된 하인의 수를 기록하게 했다. 이렇듯 위부터 아래에 이르기까지 실질적이고 완벽하게 조사한 덕분에 부스는 빈곤층의 경우는 살고 있는 사람들의 수로 구분하고 부유층의 경우는 고용된 하인의 수로 구분함으로써 인구 전체에 대한 분류를 수정·확인할 수 있었다.

대규모 대리면담 방법

그렇지만 과학적인 탐구자가 볼 때 각각의 세대주가 주어진 양식에 기록한 자료는 단지 숫자적인 자료에 지나지 않았고 주어진 수치 역시 정확하다고 볼 수 없는 한계가 있었다. '질적'인 면에서는 심지어 직업에 대한 가장 초보적인 정보조차 쓸모없을 정도로 분명치 않을 때가 있었다. 고용주, 임금노동자, 그리고 월급을 받는 운영자들이 퇴직자와 일을 그만둔 사람들과 함께 '건축업자' 항목에 포함되어 있었다. 그러기에 개별 조사나 개별 관찰이 필수적일 수밖에 없는 셈이다. 이러한 연구는 다양한 사람들과 다양한 기관이 수행했다. 그러나 이러한 세부 조사는 이런저런 이유로 선택된 소규모 영역에 한정될 수밖에 없었다. 또한 어느 정도까지 여기에 속한 사람들이 구역에 사는 사람들을 대표할 수 있는지도 의문이었다. 자신이 수행한 조사를 다른 모든 영역과 공존하게 하고, 질적인 면과 수집된 양적인 면을 연계하기 위해 부스가 택한 새로운 방법은 통계적인 인구조사를 각 가정에 대한 개별 조사와 병행하는 것이었다. 전체 통계치를 개별 경우에 대한 개별 관찰로 그리고 개별 관찰로 얻은 개인적 자료를 전체 통계수치와 대조·확인함으로써 부스는 각 세대와 환경에 대한 질적·양적 조사를 할 수 있었을 뿐 아니라 400만 인구 전체를 다루는 틀 속에서 개인을 관찰할 수 있는 방법을 획득하게 되었다.

약 100만 세대를 다루는 이러한 거대한 작업은 아마도 어느 한 조사자나 어떤 평범한 연구기관이 10년 동안 한다고 해도 이루어낼 수 없는 방대한 작업이었다. 무언가 새로운 방법을 개발해야 했다. 부스는 이러한 방법을 개발했는데, 이것은 내가 이름 지은대로 **대규모 대리면담 방법**(Wholesale Interviewing)이었다. 그는 말하기를 "원래 생각은 내가 필요로 하는 사실이 누군가에게는 알려져 있다는 거였어. 그러므로 이러한 정보를 수집하기만 하면 된다는 거야"(『마지막 권』, 32쪽). 체임벌린은 빈곤층의 거주에 대한 증거자료를 왕립위원회에 제출하면서, 빈민 지역을 정리하는 계획을 준비하는 과정에서 학교출석을 관리하는 사람들이 가지고 있는 각 가정에 대한 완전한 지식이 유용하다는 사실을 버밍엄 의회가 알게 되었다고 말한 바 있다. 이러한 제언을 상기하면서 부스는 이스트 엔드 구역의 66명의 학교출석 점검관들을 개인별로 만나 며칠에 걸쳐 자신 또는 자신의 연구원들이 각 가정의 실상에 대해 제출한 자료를 이들과 같이 차분하게 검토할 기회를 얻게 되었다.

학교출석 점검관

먼저 작업이 완성된 타워 햄릿 구역에 대해 우리는 학교위원회에 속한 탐문자들에게 보통 19와 4분의 3시간의 일을 배당했다. 해크니 구역은 23과 2분의 1시간으로 증가되었다. 세인트 조지 인 더 이스트 구역은 1886년에 처음으로 작업을 마쳤을 때 60시간이 소요되었다. 이것이 수정되었을 때 83시간이나 소요되었다. 〔……〕 작업은 너무 거대했고 완성할 수 있을지 불투명했으며, 하나하나에 시간이 소요되었다. 〔그렇지만〕 이렇게 하지 않고는 아무것도 이룰 수 없었다. 이렇게 얻은 정보의 우선적인 가치는 그 규모의 크기에 있었다. 전체 인구가 조사대상이 된 것이다. 다른 기관들은 단지 특정 계급이나 특정 상황의 사람들만 다루었다. 이러한 정보가 더 정확할 수는 있지만 제한적일 수 있고 판단을 왜곡할 수 있었다. 이러한 이유로 학교위원회의 탐문자들에게서 얻은 정보들은 불완전하고 들쭉날쭉할지라도 사람들의 삶과 노동에 대한 모습을 아는 데에 탁월한 기초 역할을 했다(『빈곤』1권, 25~26쪽).

부스가 이러한 방법을 런던의 전 지역으로 확장하면서 400만 인구 전원이 대상이 되자 그는 학교출석 점검관의 면담과정을 간소화했다.

이스트 런던에 대한 특정지역 연구에서 도시 전체에 대한 연구로 확대되면서 사람들의 생활상에 대한 탐문방법 역시 바뀌게 되었다. 이스트 런던(이후에 센트럴 런던과 배터 시의 경우에도 마찬가지다)을 다룰 때에는 기초 단위가 가족이었다. 더 넓은 영역으로 확대되면서 기초 단위는 거리로 바뀌었다. 가장의 사회적 지위나 고용상태를 감안하면서 한 가족의 아이 수에 주목하는 대신 이제는 거리당 아동 수에 주목하면서 그들을 부모의 수로 나누고 직업에 대해서는 일반적인 특이사항만 기록했다. 그 결과로 생활환경에 근거한 인구의 분배는 유지되었지만 고용에 따른 구분은 폐기되었다(『빈곤』2권, 1쪽).

사실 확인

이렇게 수집된 정보는 인구조사 통계치수의 근본 틀에 끼워지고 호주조사가 제시한 부정확하거나 불충분한 정보를 수정하거나 확대하면서 부스가 언급하듯이 사회학 조사의 확고한 바탕이 된다.

그들[출석점검관]은 매일 사람들과 접촉하면서 학부모들에 대해 잘 알고 있었으며, 특히 빈곤층 학부모와 그들의 생활상을 잘 알고 있었다. 이 넓은 지역(런던 동부)의 거주민에 대해서 거리별, 가구별, 가족별로 묘사된 것을 보면 그 정보의 사실성을 의심할 사람은 없을 것이다. 이들 점검관의 조사지에 기록된 사람들의 구체적인 모습이 이들의 입을 통해 생생하게 전달된다. 자료의 풍부함은 말할 나위가 없다. 자료의 크기에 당혹스럽지만 더불어 양적으로 풍부한 가치가 없는 자료는 활용하지 않겠다는 내 결심 때문에 더욱 힘들었다. 믿기 힘든 이야기에 대한 자료들이 내 메모지의 구석구석에 엄청나게 쌓여 있고 이러한 자료를 이른바 '사실적'이라고 하는 내 상상력으로 활용할 수는 있었지만, 여기에 활용하고 싶은 마음은 없었다. 모진 가난과 굶주림, 술주정, 폭력, 범죄가 있고 아무도 이러한 사실을 부인하지 않는다. 그러나 내 목표는 빈곤과 비참, 타락상이 규칙적인 소득과 상대적 안락과 어떤 관계가 있는지를 수치로 보여주는 것이고, 또한 각 계층이 살아가는 일반적인 생활조건을 기록하는 것이다(『빈곤』 1권, 5~6쪽).

개인이나 세대를 실제로 관찰하려는 사람에게 통계학자가 줄 수 있는 전형적인 경고는 다음과 같은 것이었다.

제대로 판단하기 위해서는 두 가지를 염두에 두어야 한다. 우선 비율을 생각할 때는 숫자를 잊지 말아야 하고, 둘째 역으로 숫자를 생각할 때는 비율을 잊지 말아야 한다. 매일 현실을 경험하는 사람이나 개개인의 삶의 고통과 슬픔을 상상력으로 생생하게 떠올리는 사람들에게는 특히 후자가 더 어렵다. 그들은 이들과 같은 계층, 심지어 똑같은 사람들이 갖는 행복한 시간을 이들이 겪는 고통스러운 시간과 대비해보려 들지 않는다. 다른 계층을 계산에 넣거나, 대립되는 숫자를 합하거나 대차대조표를 만드는 일은 더더욱 하지 않는다. 고통을 산술적으로 계산하면서 이들은 더해나가기만 할 뿐 삭감하거나 나누지를 못한다. 세상을 움직이는 힘이 통계수치가 아니라 이러한 정서에 있는 것은 사실이다. 그러나 세상을 제대로 작동하기 위해서는 이러한 힘 역시 통계수치에 의해 인도되어야 한다(『빈곤』 1권, 179쪽).

면담에 수차례 참석하게 되면서 나는 부스나 연구자들이 출석점검관에게서 각각의 가정에 대한 포괄적이고 상세한 정보를 조금씩 얻어내는 방식에 매료되었다. 사실에 근거해 정확하게 이들의 메모장에 기록된 사실들이 이들의 증언에 의해 더욱 구체적으로 예시되고 확인되었다. 이 '부지런한 초보탐구자'에게 더욱 중요하게 보인 점은 바로 이 대규모 대리면담 방식과 출석점검관의 자연스러운 기록자료들이 개인적 편견이 작동할 수 없게 만들었다는 점이다. 200~300명이 되는 출석점검관들은 각각 개인적인 편견을 지니고 있었다. 낙천주의자, 비관주의자, 빈곤층에 동정심을 표시하는 '프롤레타리아' 계열도 있었고, 실업자는 고용할 수도 없는 자라고 폄하하는 계열도 있었다. 그렇지만 다양한 증인 그룹은 서로 편견을 상쇄해주었다. 마찬가지로 기질상 이들 면담자들에게 차이가 존재할 수 있다. 그렇지만 고의나 악의로 곡해하는 것이 아니므로 대도시의 골목골목, 각 가정의 개인에 대한 특정 사실을 추출해서 기록하는 어느 한 개인이 전체 사실들의 집합을 곡해할 만한 결과나, 심하게 곡해할 총합을 내놓을 수는 없다. 좋은 의미에서 연구자들은 실제 조사과정 동안 '나무를 대신해 숲을 볼' 수가 없었다. 그러므로 자신들의 기대에 맞게끔 전체 숲의 크기나 형태 가치 등을 미리 판단할 수 없었다. 다른 식으로 표현하면 연구자들이 자신의 취향에 맞게 전체 시민들의 삶과 노동에 대한 모습을 산출하기 위해 개개의 항목을 축소하거나 확대할 수 없었다는 것이다. 그러므로 최종 연구결과가 종종 개별 연구자가 기대한 결과와 모순이 생긴다거나 심지어 모든 연구가의 기대와 반대로 나타날 때도 있었다.[11]

　　인구조사 결과와 학교출석 점검관들에 의해 얻어진 정보는 수많은 다른 증거자료, 예를 들어 교사들,[12] 장인 주거 지역의 관리인들, 집세 징

---

11) "나는 이 연구가 분명 과장된 결과를 보여줄 것이라고 기대했고 실제로 그러한 결과가 나왔다. 그렇지만 실제 드러난 빈곤의 규모와 정도가 심했기 때문에 점차 더 이상 과장할 수 없게 되었다"(『빈곤』 1권, 5쪽).
12) "런던의 다양한 지역과 거리를 조사하는 데 우리는 많은 정보원을 활용했다.

수인들, 위생 감독관들, 빈민구제원들, 목회자들, 지역방문자들, 자선단체협회 그리고 다른 자선단체들에 의해 확장되고 확인되었다.

처음에는 우리 자신의 편견이 조사결과에 영향을 미칠 것이 두려워 아예 직접 방문을 삼갔다. 결과보고서가 나올 즈음에 나와 연구원들은 상상으로만 생각했던 지역을 방문하게 되었다. 그러나 후에는 자신감을 얻게 되면서 조사자들의 설명을 접하자마자 우리가 직접 거리를 방문하곤 했다(『빈곤』 1권, 25쪽).

부스는 마침내 노동계층에 대한 개인적인 관찰과 경험을 바탕으로 조사를 끝마쳤는데, 이 방식은 앞의 장에서 언급했던 랭커셔 면직 직공들과 같이 지낸 1883년의 내 개인적 경험과 유사한 직접적인 경험이었다.

세 시기로 각각 나누어 내가 알지 못하는 지역을 몇 주일씩 탐문했다. C. D. E 그룹에 속하는 사람들의 경우 하숙을 하면서 같이 생활했다. 하숙을 하고 같이 지내게 되면서 내가 만난 사람들과 친하게 되었고 자연적으로 많은 사람의 삶과 습관을 관찰할 수 있게 되었다(『빈곤』 1권, 158쪽).

그렇지만 사람들의 분류는 초등학교 학생들의 부모와 가정에 대해 말해준 교육위원회의 출석점검관에 의존했다. 이렇게 얻은 결과를 교사 입장에서 본 결과와 대조하는 것이 바람직했다. 교사들은 출석점검관과 같은 정보를 갖고 있지는 않았지만 아동에 대해 가장 잘 알고 있었다. 이들은 규칙적인 출석과 불규칙한 출석상황, 아동이 학교에 등교하는 상황, 등록금 납부 상황 등을 알고 있기에 이들의 부모에 대한 정보를 갖고 있었고 가정형편도 정확히 알고 있었다"(『빈곤』 3권, 195쪽).

주민에 대한 여덟 가지 분류방식

사람들의 분류

앞에 설명했듯이, 탐구의 주된 목적은 각각 비참함(misery), 빈곤함
(poverty), 비교적 편안함(decent comfort), 호사스러움(luxury)의
수준으로 살아가는 사람들의 수와 비율을 정확하게 얻어내는 것이었다.
그러나 사람들마다 다른 해석을 내리는 이 용어들로는 충분하지 않았
다. 그는 오랜 숙고 끝에 각각의 경우에 따라 여덟 가지 분류방식을 설
정했다. 그러고는 읽는 사람들에게 마음에 드는 수식어를 넣게 했다.
400만의 인구가 속하게 될 각각의 설명이 첨가된 여덟 가지 분류는 다
음과 같다.

1. 비정규 노동자, 실업자, 범죄자들이 속한 최하층
2. 임시노동자——'매우 빈곤'
3. 간헐적인 수입——'빈곤'
4. 규칙적이지만 작은 수입——'빈곤'
5. 정기적인 기본 수입——빈곤 바로 위층
6. 상위 계층 노동
7. 하위 중산층
8. 상위 중산층

'빈곤'과 '매우 빈곤'의 구분은 자의적일 수밖에 없다. '빈곤'의 경
우 규칙적이지만 일주일에 18실링에서 21실링 정도의 아주 적은 수입
이 있는 경우를 의미하고, '매우 빈곤'은 이보다 낮은 수입이 있는 사
람을 의미한다. '빈곤'한 사람은 생계수단은 있지만 우아한 생활을 하
기에는 부족한 경우이고, '매우 빈곤'한 사람은 영국의 보통 생활수준
에서 볼 때 생계수단이 충분치 못한 경우다. 내가 정한 '빈곤'의 의미
는 생활필수품을 겨우 구입하면서 살아가는 수준이고, '매우 빈곤함'

은 주기적으로 필수품이 부족한 상태를 말한다(『빈곤』 1권, 33쪽).

빈곤의 정도

이제 우리는 영국사람들의 삶과 노동에 대해 과학적인 조사를 시도한 부스의 주된 목적이 무엇인지를 알 수 있게 되었다. 수백만 가정을 여덟 가지 항목으로 분류함으로써 그는 런던 각 지역에 거주하는 전체 인구의 경제적·사회적 상황을 명확하게 평가할 수 있었다. 말할 것도 없이 학교 출석점검관의 관찰 아래 있는 80퍼센트에 해당하는 인구에 대한 분석이 20퍼센트에 해당하는 상층과 중하층 부류에 대한 조사보다 정확하고 완벽하다고 할 수 있다. 이들에 대한 조사는 고용된 하인의 수 이외에 알려진 정보가 없었다. 그렇지만 이러한 자료 부족은 그다지 중요한 사실은 아니다. 이 연구 자체의 목적이 전체 인구와 비교해 주기적으로 생필품이 부족한 상태로 살아가는 사람들의 수와 빈곤층에 속하는 사람의 수——즉 겨우 생존해나갈 정도의 수준——그리고 비교적 안락한 수준의 임금노동자의 수를 알기 위함이기 때문이다. 이러한 정보를 가지고 부스는 세 부류의 인구수가 차지하는 비율을 보여주는 표를 만들 수 있었다. 또한 이 80퍼센트에 해당하는 인구를 과밀 정도에 따라 분류하는 표를 만들 수 있었다. 다음 표에서 우리는 출석점검관이 행한 대규모 대리면담 방식과 여러 부류 사람들의 증언 그리고 부스 자신과 연구원들의 개인적인 관찰에 의한 확인작업에 의거한 100만 인구의 '호주조사'에 대한 방대한 분석이 보여주는 농축된 양적인 연구결과를 보게 될 것이다.

〈도표 1〉 세대당 수입에 따른 분류

『빈곤』 2권에서 전체 인구(당시에 4,309,000명으로 추정된다)가 다음과 같이 분류·설명되었다.

구 분	인구수	
A와 B그룹(극빈층)	354,444 또는	8.4%
C와 D그룹(빈곤층)	938,293 또는	22.3%
E와 F그룹(하인을 포함한 안락한 노동계층)	2,166,503 또는	51.5%
G와 H그룹('하위 중류', '중류', '상류층')	749,930 또는	17.8%
인구 합산	4,209,170	
구빈원 등 수용인	99,830	
전체인구 추정치(1889)	4,309,000	

〈도표 2〉 방수에 따른 분류

구 분		인구수		
빈민층	(1과 2) 방당 3명 이상	492,370		12.0%
	(3) 방당 2명 이상 3명 미만	781,615 또는 19.0%		19.5%
	일반적인 하숙집 등	20,087 또는	0.5%	
중간층	(4) 방당 1명 이상 2명 미만	962,780 또는 23.4%		
	(5) 방당 1명 미만	153,471 또는	3.7%	
	(6) 4방 이상	981,553 또는 23.9%		56.4%
	하인	205,858 또는	5.0%	
	큰 가게에 거주하는 사람 등	15,321 또는	0.4%	
상위층	(a) 하인 1명당 4명 이상	227,832 또는	5.5%	
	(b)에서 (h) 하인 1명당 3인 이하	248,493 또는	6.0%	12.1%
	하인이 있는 호텔이나 하숙집 거주인	25,726 또는	0.6%	
인구 합산		4,115,106		
구빈원 등 수용인		96,637		
전체 인구		4,211,743		

[『마지막 권』, 9쪽. 〈도표 2〉의 '하인'은 '상류층'(〈도표 1〉의 G와 H계층)이 고용한 사람들이다. 이들은 56.4%에 해당하는 '중간층'과 같은 사회계층이기에 여기에 포함시켰다.]

빈곤층의 물질적 · 사회적 환경

이러한 표는 사람들의 수입과 거주하는 방의 수 등에 의거한 생활수준을 보여주고는 있지만 다양한 공동체가 그 안에서 살아나갈 수밖에 없는 물질적 · 사회적 환경에 대해서는 아무런 정보를 주지 못한다.

빈곤, 파멸의 주범

현대 산업도시에서는 빈곤 그 자체가 말 그대로 사람들을 파멸로 이끈다. 햇빛이 비치고 통풍이 되는 인구 비밀집 지역에서는 부족한 식량과 의복이 거주민들을 질병이나 타락상태로 이끌지 않는다. 그러나 대도시의 밀집지역에서는 스모그를 뿜어내고, 해충이 들끓고, 악취가 나는 가운데에서 일하고, 먹고, 자고, 짝을 맺고 하는 백만의 헐벗은 남녀노소가 점점 더 타락해가는 물질적 · 사회적 환경에서 살 수밖에 없다. 이는 자신들의 잘못 때문만은 아니다. 이러한 타락 상황을 보여주는 양적 또는 통계적 수치는 없다. 우리가 스모그를 측정하고 해충과 오염가스를 측정한다 해도 그것이 거주민의 실질적인 비참함이나 정신적인 타락 수준을 말해주는 것은 아니다. 사회적 환경의 중요성을 인식한 부스는 수입과 방수에 대한 자세한 연구에다가 물질적 · 사회적 환경에 대한 연구를 첨가했다. 아직은 초기 단계라 할 수 있지만 이른바 사회의 지형도라 할 수 있는 공들인 글을 한두 편 소개하겠다.

안쪽으로 삥 둘러서 모든 공간은 건물로 들어차 있으며 모든 집은 식구들로 우글거렸다. 이러한 구조가 생기게 된 과정을 추적하는 것은 어렵지 않다. 아직도 많은 건물이 원래의 구조로 서 있고, 건물 사이에 죽은 식물이 있는 정원 자리에 지금의 조그만 움막들이 들어선 것이다. 방 세 개짜리, 두 개짜리, 한 개짜리 집들이 건물 벽에 기대 있거나 서로 등을 대고 있고 앞쪽으로 좁은 길이 나 있다. 양끝에 기둥이 있으며 길 가운데에는 하수통로가 있다. 뒤로는 조그만 공간을 활용한 마당이 있으며 거리 쪽으로 나 있는 건물 아래로 통로가 있다. 이것이 가장 가난한 부류의 집 형태다. 이러한 배치형태가 그러하기도 하지만, 이 조그만 공간은 종종 아이러니하게도 '정원'이라고 불리기도 한다. 그러나 이러한 감상적인 표현을 제외하면 '누구누구의 셋집'이라고 불린다. 사람이 거주한다는 의미에서의 집 또는 주거지, 소주택, 건물 심지어 마당으로도 불리지 않는다. 단지 '셋집'일 따름이다(『빈곤』1권, 30쪽).

아주 오래된 집에 여기저기를 판자로 대어서 전부 비슷한 모양을 하고 있다. 조그만 뒷마당에는 추가로 셋방을 지어놓았다. 대개 사람들로 만원이고 지저분한 상태다. 최근까지 집세 징수인이 위생검사 소장의 동생이었다고 한다. 왜 위생처리가 전혀 없었는지 짐작할 수 있다. 많은 방은 눈에 띄는 창녀들이 거주하고 있다(『빈곤』1권, 10~11쪽).

이 지역의 도로는 돼지, 카나리아, 토끼, 닭, 앵무새, 기니피그를 사고파는 사람과 새나 돼지를 가두어놓는 기구로 막혀 있다. 이 틈으로 조개 장수가 수레를 밀고 들어온다. 외곽으로는 이동식 사격 연습장과 파이프 떨어뜨리기 가게가 있다. 한편 마차 안에 한 사람이 서서 이스트 엔드의 스포츠광들에게 경마정보를 봉투에 담아 돌리고 있었다(『빈곤』1권, 67쪽).

셸턴 가는 양쪽으로 차가 지나갈 정도의 폭이다. 보도 가장자리 돌과 집 사이에는 한 사람 정도 다닐 공간이 있다. 사람들은 돌출해 있는 못에 옷이 찢길까 두려워 찻길로 다닌다. 약 40호 정도 되는 집들은 지하와 현관이 있고 3층으로 되어 있다. 대개 한 층에 방이 둘 있고 이곳에 거주하는 200세대는 대개 방 한 칸에서 생활한다. 약 0.7제곱미터 크기의 방에 부모와 여러 아이가 산다. 어떤 방들은 집 자체의 특수한 구조 때문에 매우 큰 편이기는 하지만 약 183센티미터 폭이기에 구석에 침대가 놓일 수밖에 없다. 그러나 대부분 칸막이가 설치되어 있지 않다. 칸막이가 없을 경우, 방문객이 있으면 침대에 있는 사람은 숨거나 침대보를 덮어야 한다. 수치심은 있을 수 없다. 만취상태와 결함, 욕설 등이 난무하고 폭력은 일반적인 현상이다. 심지어 살인도 저질러진다. 스무 가구 중 열다섯 집은 극도로 지저분하고 20실링이상 값어치가 나가는 가구가 있는 집은 거의 없으며, 어떤 경우에는 5실링 이하인 집도 있다. 해충이 들끓어서 밤에는 견디기 힘들 정도다. 많은 거주민들은 더운 날씨에는 잠을 자는 대신 옷을 입은 채로가장 해충이 없는 부분에 가 앉는다. 벼룩과 빈대 때문에 잠을 전혀잘 수 없는데 침대가 무슨 소용이냐고 이들은 반문한다. 방에 묵었던방문객은 이 해충들을 몸에 묻혀서 나가지 않으면 다행인 셈이다. [……] 거리에서 뒷문으로 통하는 통로는 전혀 청소되어 있지 않을뿐 아니라, 한 번도 청소된 적이 없다. 대부분의 문은 밤낮 할 것 없이열려 있고, 통로와 계단은 집 없는 사람들의 피난처가 된다. 이곳에아이 엄마가 아이를 안고 서 있거나 계단에 앉아 있고, 추울 때에는사람들이 모여 있다. 뒷마당은 쓰레기통이나 장 그리고 여섯 또는 일곱 집에 물을 공급하는 수도가 있는데, 쓰레기 또는 심지어 죽은 쥐가빠져 있는 물통이 있다.

열병이 거리를 휩쓸 때면 사망률이 높다. 이럴 때 정부가 개입하게되고 거리의 위생상태가 전보다 나아지게 된다. 건물들은 무너질 것같고 많은 집은 이미 기울어져 있다. 거리에서는 도박이 행해진다. 파수꾼이 있기는 하지만 경찰이 범죄자들을 체포하려고 하면 이들은 열려 있는 집으로 숨어버리고 긴박한 상황이 지날 때까지 숨어 지낸다. 일요일 오후나 저녁은 가장 번잡한 시간이다. 집의 입구마다 담배나맥주를 든 사람들로 가득 차 있고, 아이들은 걸어 다니면서 길 가운데하수통로에서 즐거움을 찾는다. 얼굴과 손은 이미 더럽고 발가락 사이로는 하수흙이 스며 나온다. 거리 가운데에서는 열다섯에서 스무 명 정도의 젊은이가 도박을 즐기는데, 이것이 이곳의 가장 보편적인 모습이다(『빈곤』 2권, 46~48쪽).

그러나 이 거리의 모든 사람이 도박과 음주에 탐닉하는 것은 아니다. 이러한 낙후한 환경이 이들에게 정부 자체나 우주 법칙 자체에 대한 반란의식은 아니라 할지라도 폭동의식 자체를 갖게 하는 것은 사실이지만, 많은 수의 존경할 만한 사람이 있는 것도 사실이다.

이층에는 최근까지 벽보를 붙이는 일을 하는 마음씨 좋은 아버지와 아들이 살고 있다. 이 아버지라는 사람은 무신론자로 이름이 자자했다. 그는 철길 아래서 자신의 믿음을 설파했으며, 신이 있다고 해도 분명 이러한 비참한 현실을 놔두는 괴물일 것이라고 떠들어댔다. 그는 심장병을 앓고 있는데, 담당의사는 언젠가 흥분하다가 철길 아래서 죽고 말 것이라고 말하곤 했다. 그의 방은 자유사상 관련 출판물로 가득 차 있다. 3층과 아래에 있는 다른 방에는 질서를 지키는 바른 사람들이 살고 있었다. 집 주인이 세입자에 대해 신경을 많이 썼다(『빈곤』 2권, 65쪽).

빈곤의 지형도

다음은 이 조사 중에서 가장 인상에 남는 부분이며, 모든 조사 중에서 가장 생생한 결과를 보여준다. 런던 주민들의 경제적·사회적인 모습이 조심스럽게 채색된 지도 위에 그려져 있고, 실제 정확한 자료에 의거해 일련의 거리 모습이 그려져 있다. 부스는 가족별로 차지하고 있는 방의 수에 의거해 각 거리에 살고 있는 주민들의 계층을 정확하게 분석했다. 80퍼센트에 해당하는 임금노동자에 대해 집에 거주하는 사람의 수와 가족별 수입 수준에 따른 수치를 얻어냈다. 나머지에 대해서는 가구별로 고용된 하인의 수를 계산해냈다. 거리 역시 각 세대처럼 여덟 가지 분류에 따라서 정확하게 구분할 수 있었다. 부스가 시간과 노동력을 아낌없이 투자한 덕택에 전체 대도시 사람들을 색깔별로 비참함, 빈곤함, 안락함, 호사스러움으로 구분하여 위치별·정도별로 지도 위에 그려낼 수 있었다.

약 3만 명 정도의 거주민 단위로 나뉜 런던 전체의 지도가 있고 각 지역의 빈곤 정도에 따라 색깔이 구분되어 있다. 이보다 더 큰 척도의 지도는 크게 네 부분으로 다시 나뉘어 각 거리의 성격까지 표시되어 있다. 그러나 이 지도는 대도시의 경계까지만 그려져 있다. 사회적 성격에 따라 다양한 색과 음영으로 표시된 거리들은 우선 메모장에 기록된 특정 사실에 기반하고 있다. 이 지도는 후에 학교위원회의 자료와 연구원의 노력에 의해 다시 작성되었는데, 그는 이를 위해 전 지역을 걸어다녔다. 이는 다시 각 조합의 구제담당직원과 자선단체협회 회원들이 점검했다. 검게 채색된 거리의 경우 다시 담당경찰에게 문의했다. 마지막으로 지역의 목회자들과 지역탐문자들과 면담하여 가장 빈곤한 지역을 조사했는데, 이들로부터 각 지역의 재미있는 구체적인 사실들을 접하게 되었다. 수정할 때마다 필요한 부분을 첨가했기에 이 지도는 상당히 정확하다고 하겠다(『빈곤』 1권, 16~17쪽).

직업에 따른 분류

한편 부스의 두 번째 계획도 동시에 진행되고 있었는데, 이것은 주민의 직업에 관한 사항으로 '어떻게 생활하는가'의 문제와 별도로 '어떠한 일을 하는가'의 문제와 관련된 것이다. 우선 런던의 이스트 엔드 지역과 관련되어 고용과 직장 상황에 대해 시범적으로 시찰을 했는데 여기에 나도 동참했다. 특히 런던의 부두와 선창가 그리고 당시에 '착취구조'라고 불리던 싸구려 의복, 신발, 가구, 담배 제작 공장과 특히 여성을 고용하는 공장에 주목했다. 이 연구보고서는 1889년에 끝나 1891년의 인구조사 이전에 출판되었다. 그리고 1902~1903년의 결정판에는

'산업' 분야가 아니라 '빈곤' 분야에 포함되게 되었다. 전체 주민의 직업에 관한 자세하고 체계적인 연구는 다섯 권으로 이루어진 『산업』부분으로 출판되었는데 나는 여기에는 참여하지 않았다. 이 부분에 대해서는 뭐라고 말할 처지가 못 된다. 그렇지만 부스의 탐구 방법에 대한 설명을 마치기 위해서 그가 진행했던 방식을 잠시 언급한다.

분류의 어려움

이번 연구 역시 인구조사가 제공하는 통계적인 자료와 개인적 관찰 그리고 다양한 관찰자가 제공하는 여러 가지 증거자료를 함께 활용하는 계획 아래 진행되었다. 그러나 애석하게도 호적등기소의 직업분류 방식은 100만 가정을 약 350개 이상의 '직업'이나 작업장으로 구분해놓았는데, '세대 일람표'에 있는 직업 용어가 대부분 애매하기 때문에 그 가치가 삭감되었다. 부스는 수백만의 일람표에 있는 직업관련 사항을 자신의 방식대로 재분류하는 엄청난 작업을 시도했다. 전체를 16개의 주 '산업'으로 구분하고 이를 다시 90개 정도의 하위부류로 나누었다. 〔……〕 16개 산업에 대해서는 고용된 사람을 위에서 아래까지 사회적 지위에 따라 정확하게 구분해놓았으며 방의 수에 따라 그리고 집의 하인 수에 따라 8개 등급으로 나누어 그 수와 분포도에 따라 그림표로 나타냈다. 사회적 지위에 따른 색인표는 세대별 수입 정도에 상응하는 '빈곤' 조사에 의해 다시 증명되었다. '산업별' 사회적 지위에 따른 도표가 일부 다양한 사실을 제공해주긴 했지만, 어떤 한 가지 '산업'에 포함되는 특정한 직업의 분류가 그룹 자체의 어떠한 '유기적' 성격에 대해서나 해결되어야 할 당면과제와 어떻게 조응하는지에 대해서는 논란이 있었다. 어떤 경우(예를 들어 '건축 산업'의 경우) 노동계층과 더불어 비교적 적은 수의 건설계약자와 설계사를 포함했는데도 도표는 중요한 의미를 지녔다.

그렇지만 극단적인 예로 공공용역이나 전문직업층의 경우에는 한 가지 '산업' 분류에 공무원, 의사, 법률가, 교사, 예술가, 종교인 외에도 청소부, 수도관련 고용인 등이 포함되었는데, 이러한 경우 전체 세대의 사회적 환경을 다룬 도표가 별다른 가치를 지니지 못한다. 부스의 생각은 협동하여 특정한 상품을 만들거나 특정한 용역을 만들어내는 직업을 한데 묶어 한 가지 '산업' 안에 분류하려고 한 것이다. 그는 각각의 상품과 용역을 생산하는 일에 고용된 사람들에게 어느 정도의 사회적 환경이 부여되는지를 찾으려고 한 것이다. 그러나 몇몇 확신 있는 비평가의 시각으로는 이러한 작업은 재정, 통상, 제조가 얽혀 있기 때문에 가능하지 않을 뿐 아니라, 가능하다고 해도 관련이 없는 직업에 고용된 사람을 포함하거나 이른바 '산업'별로 별개의 비용기준이 있기 때문에 과학적인 가치가 없다고 여겨졌다.

중요한 사실은 사회적 상황을 여덟 가지 등급으로 구분한 후, 비교적 유사한 90개의 하위구분[13]——예를 들어 목공, 시의 고용인 등——을 각각에 포함시켜 재구분했다는 점이다. 여기에 그림도표가 첨가되어 한 가지 직업에 고용된 사람들의 나이분포와 런던의 '고용인' 전체의 나이분포가 비교되어 있다. 이러한 도표와 그림에다가 개인별로 런던 출생인지 타지 출생인지에 대한 정보가 첨가되었다. 이외에도 특정 직업의 위치와 관리·경영 방식, 임금과 임금노동자가 수입을 얻는 다양한 방식, '고용되지 않은' 시간, 노동시간과 위생상태, 직장 내의 기관, 고용주나 공사감독, 무역조합 임원 그리고 관찰자의 개인적 관찰에서 얻어낸 무수한 자료도 보충되었다.

채택된 방식은 직업의 성격에 따라 다양했지만, 모든 다양한 통로를 통해 정보를 입수하려고 애썼다. 고용주, 직장의 노동조합 임원이

---

13) 그러나 재구성한 인구 통계수치가 보여준 하위구분이 너무 다양한 것들로 구성되어 있기 때문에 그 가치가 상쇄되었다. 예를 들어 의료행위를 하는 것과 관련된 표와 그림에는 내과·외과 의사, 간호사와 산파, 화학자와 약사, 의치 제조업자, 접골사가 포함되어 있다. 서로 수입, 사회적 지위, 기술의 정도와 교육의 성격이 다르기 때문에 사회적 환경에 대한 공통적인 기준을 제시하기가 거의 불가능하다.

나 개인 노동자 할 것 없이 접촉했다. 〔……〕 각 직장의 고용주에 관해서는 되도록 많은 사람을 접촉해 정보를 얻는 방법을 채택했다. 남녀 아이를 구분하지 않고 고용된 사람들에 대한 정보와 평균임금이나, 최저임금·최대임금에 대한 정보를 얻었다. 이러한 방법으로 매번 많은 응답을 받아냈으며 표로 만든 결과를 바탕으로 회사의 최상의 부류인 고용주가 일상적으로 받는 수입이 얼마인지 알 수 있을 것이다……. 산업의 부분마다 노동자들이 사업 목적으로 어떻게 조직되는가 하는 정도를 확인하려고 노력했다. 모든 직장조합이나 중요한 단체의 세세한 내용들을 알게 되었다. 그러나 조그만 단체는 추적하기가 어렵다거나 정보제출을 거부함으로써 누락되기도 했다. 개개 노동자들의 자료는 원하는 바에 못 미칠 수도 있다. 정보가 항상 쉽게 얻어지는 것은 아니기 때문이다. 그렇지만 가능한 경우 많은 정보를 포함해 자료에 생동감을 주었다(『산업』 1권, 27~28쪽).

나는 1886~87년 동안에 무역통계청에 수집되어 있던 런던의 많은 기업의 급여내역을 볼 수 있도록 허락되었다. 이 자료들은 대상 기업들이 주요 기업들이 아니었기 때문에 공개되지 않았던 자료들이다. 나는 내가 가진 수치와 통계청의 자료들을 비교·검토했다. 〔……〕 무역통계청은 1885년의 최대 그리고 최소 고용인원을 보인 주, 그 주에 지출된 총비용, 직업의 성격, 노동시간, 평균 주급에 대한 자세한 내용과 함께 1886년 10월 첫 주에 고용된 인원을 조사했다. 우리는 이 많은 내용을 조사할 수 없었기에 실제 주급(또는 가장 일이 많았던 주와 일이 적었던 주의 평균을 구한 급여)을 확인하는 데 만족했다. 그러므로 우리가 조사한 수치는 사실에 가까웠으며, 근무 초과와 미달을 감안한 반면, 통계청은 초과와 미달 시간 수를 감안하지 못한 채 주급을 계산했다(『산업』 1권, 28쪽).

사회과학의 선도자, 찰스 부스

앞장에서 우리는 부스의 조사계획에 대한 틀을 알아보았다. 이제는 불완전하나마 그가 완성한 결과의 가치에 대해 평가해보자.

방법의 귀재인 찰스 부스

과학적인 측면에서 볼 때 부스의 업적은 특정한 사실을 발견했다기보다는——물론 런던 주민의 삶과 노동에 대한 그의 조사가 정치와 자선 세계에 큰 파장을 가져온 것은 사실이다——특정 시대, 특정 지역에 속한 전체 주민의 삶의 모습을 묘사하는 적절한 방법을 만들어낸 데 있다. 왜냐하면 특정 주민에 대한 이러한 공시적인 설명에 의해서만이 서로 관계 속에서 어떠한 개별적인 모습을 볼 수 있기 때문이다. 이런 연구를 통해서 우리는 특정 지역 내에서 유별난 것으로 여겨지는 선과 악이 특별히 예외적인 것이 아니라는 사실을 알게 된다. 그러나 이러한 공시적인 연구가 사실을 밝혀낼 때 한계를 갖고 있다는 점도 인정해야 한다. 일정 기간을 두고 엄격한 분류방식에 따라 반복·조사하지 않을 때, 과거에 무슨 일이 일어났는지를 찾아낼 수 없으며 미래에도 어떻게 진행될지 전혀 예측할 수 없다.[14] 또한 실제로 반복되어 발생할 때에도 당대의 모습들에 대한 생생한 묘사나 서로 유사한 모습을 그려내는 것 자체가 현재 존재하고 있는 사회적 제도가 언제 생겨나서 언제 사라지는지에 대해서는 말해주지 못한다. 경험 많은 연구자들은 구조와 기능 밑에

---

14) 부스는 공시적 연구가 지닌 이러한 한계를 인식했다. "나의 주목표는 있는 그 대로 묘사하는 것이다. 어떻게 진행되었는지, 어디로 진행되고 있는지에 대해서는 우연히 조사된 경우를 제외하고는 조사하지 않았다. 제한적인 경우에만 가끔 과거와 비교되었다. 이러한 시각도 상당히 중요하기에 무시해서는 안 되지만 내 작업 범위를 넘어서기 때문이다. 〔……〕 이와 마찬가지로 지역정부와 구의회, 구빈법 관계자들 그리고 지역정부 위원회의 움직임이 어떠한 방식으로 삶에 영향을 미쳤는지를 조사하려고 시도는 했지만 관련된 정부조직의 원칙을 깊이 살펴본 것은 아니다"(『종교적 영향』 1권, 5쪽).

있는 과정이나 사회단체의 건강상태의 조건 등을 알기 위해서는 역사적인 연구방법[15]이 꼭 필요하다는 것을 알고 있다. 관련 단체에 대해 각각에 상응하는 문헌이나 당대 자료를 활용하고, 나름대로 면담방식을 지키며 특정 단체에 대해 지속적으로 개인적인 관찰을 해야 한다. 이에 더하여 규정 제정이나 일상적인 행정에서 어느 정도 여지를 줄 수도 있을 것이다. 주어진 기간 내에 어떻게 성장하고 어떻게 쇠락해가는지, 그 과정을 관찰할 때에야 비로소 현재 모습을 발전과정 속에서 이해할 수 있기 때문이다. 이렇게 과거와 현재의 과정을 폭넓게 이해함으로써 우리는 변화를 가져올 방법에 대해 통찰력을 얻게 된다. 그렇지만 모든 도구가 그러하듯이 모든 방법 역시 한계가 있는 법이다. 칼이 포크로 쓰이지 못한다고 해서 이를 버리진 않지 않는가!

한걸음 더 나아가 부스는 사회구조 연구에 양적 연구와 질적 연구를 어떻게 최고로 연계할 수 있는지를 보여주었다. 대규모 대리 면담방식(즉 면담 대상인 사람 개개인을 알고 있는 일단의 중개자들을 활용하는 방식)을 제대로 활용하고 개별적인 증언과 광범위한 영역의 각 부분에 대한 개인적인 관찰이 이를 증폭하고 확인함으로써 부스는 이전에 감히 시도할 수 없었던 광범위한 영역에 대한 질적인 검토를 성공적으로 마칠 수 있었다. 이러한 자료를 매번 시도되는 인구조사가 제시하는 개인에 대한 수치 자료와 연계하고 그가 고안해낸 사회상황에 대한 여덟 가지 분류를 끌어냄으로써 그는 질적인 연구에 정확한 수치 측정을 첨부했으며, 이제까지 시도되지 못하던 광범위한 영역에 대한 연구를 시도할 수 있게 된 것이다. 부스는 분명 통계학자의 한계를 넘어섰다. 내 판단으로 볼 때 그는 19세기 사회과학의 방법론에서 엄청난 성과를 성취

---

15) 나는 다른 용어들, 예를 들어 진화적·종적·동적·비교적이라는 용어보다는 '역사적'이라는 용어를 사용하는데, 이는 이 용어가 그중 오해의 소지가 적기 때문이다. '근면한 도제'라는 용어에 대해서는 다음의 『과학적 방법의 필수사항』(*Essentials of Scientific Method*, A. Wolf, 런던 대학의 논리 및 과학적 방법학 교수, 1925)이라는 소책자를 참고하기 바란다.

해낸 대담한 개척자다.

거대한 조사작업이 가져온 정치적 효과

부스의 '거대한 조사작업'이 여론에 미친 파장은 어떠했을까? 하층 사람들의 삶과 노동상황을 적나라하게 공개한 것에 대해 과연 당시의 정치계와 자선세계는 어떠한 반응을 보였을까? 나는 '근면한 도제'로서 연구작업의 초기 단계에 깊이 관여하고 있었다. 당시에 나는 연구가 주는 의미에 상당히 민감했으므로 부스의 작업이 정치적으로 그리고 행정적으로 미친 효과를 자칫 과장해서 말할 소지가 많다. 내가 내린 평가 결과이니만큼 독자들의 취향에 맞게 선택해서 이해해주기 바란다.

'30퍼센트에 이르는 빈곤층'

세계에서 무척 큰 대도시 가운데 하나이자 부유층이 산다는 런던에서 30퍼센트가 생존수준 정도 또는 그 이하의 생활을 한다는 확실한 결과 —부스의 도표가 출판된 이후 확인된 사실—는 지도층 사람들에게 충격을 주었다.[16] 노동자들이 전반적으로 주기적인 빈곤상태에 있고 빈익빈부익부 현상이 있다는 마르크스주의 사회주의자들의 주장이 그냥 나온 말이 아님이 증명되었다. 부스의 도표가 보여주는 사실 중 노동자층 전체의 50퍼센트 정도가 비교적 편안하고 안전한 상태에서 지낸다는

---

16) 다른 도심 지역 사람들의 생활상에 대한 잇따른 연구— '표본' 인구 추출에 대한 통계방식에 따라 변화가 있었고, 가정의 의무에 대한 집중연구로 더 확장되었다—는 놀랄 정도로 정확하게 1881년부터 1891년까지 런던의 빈민층 통계치—즉 겨우 생활을 유지할 수준에 있는 인구가 30퍼센트다—를 보여주었다. 라운트리(Seebohm Rowntree)가 출판한 『빈곤: 도시생활에 대한 한 연구 보고서』(Poverty, A Study of Town Life, 1902, York)와 롤리(A. L. Rowley)와 버네트 허스트(A. R. Burnett Hurst)가 출판한 『생계와 빈곤』(Livelihood and Poverty, Northampton & Warrington)을 보라. 지속적인 실업으로 생계가 악화되는 것에 대한 경고와 관련해서는 대도시 지역을 포함해 다른 모든 지역에 이와 유사한 연구를 시도하면 중요한 가치가 있을 것이다.

사실이 그나마 다행이었다. 그러나 자선주의자들과 정치인들은 런던에서만 100만에 이르는 성인남녀와 어린이가 기껏해야 일주일에 20실링의 수입으로 산다는 사실과 주기적으로 빈곤상태에 있다는 사실에 직면하게 되었다. '빈곤층'과 '극빈층'은 다양한 검증——사망 비율, 전염병 확산, 해충에 의한 질병 또는 굶는 아동에게 오는 질병, 알코올 중독이나 주민의 '저속한 직업' 종사율——방법에 의해 물질적 · 사회적 환경이 주민들의 정신과 육체 모두를 타락시킬 수 있다는 것이 밝혀졌다. 국가는 전례 없는 번성을 누리고 있는데, 이러한 빈곤상태와 주기적인 극빈상태가 과연 어떻게 생겨날 수 있다는 것인가?

공시적인 방식을 택한 연구는 원인조사——일이 발생하게 된 과정——에 대한 답은 줄 수 없지만, 다른 연구가들에게 이런저런 연구방법으로 연구를 계속 추구할 수 있도록 소중한 자료와 단서를 제공해준다. 영국의 도시 인구 400만 명에 대한 동시조사는 빈곤의 정도에 따른 실질적인 다양한 관련내용들을 제공해주었다. 인구밀집 정도뿐 아니라 이에 따른 각 주거의 수리상태, 위생, 조명, 거리의 포장과 청소상태 그리고 보편적인 불결상태, 지저분함, 소음 정도, 다양한 구역별로 보이는 혼돈 상태 등을 보여주었다. 또한 가계의 생계수준과 수입정도에 따라 이러한 상태가 오르락내리락 하는 정도까지 보여주었다. 더 중요한 사실은 가계의 빈곤 상태나 정도에 따라 사망률과 출생률이 변하는 정도도 함께 볼 수 있다는 점이다. 사망률, 특히 유아사망률은 식량과 따스한 휴식공간의 부족 그리고 무엇보다도 만연해 있는 불결함과 이에 따른 벌레의 증가와 함께 한다. 특히 빈곤지역의 유아사망률이 웨스트엔드 주민의 유아사망률보다 두 배 이상이라는 연구결과는 가히 놀랄 만한 사실이다.

빈곤과 높은 출산율

그렇지만 맬서스의 정치경제학을 통해 노동계층에서의 수입과 안전의 증가가 필연적으로 출산 증가를 가져온다고 배운 사람에게는 빈곤과 인구집중 현상이 증가하고, 특히 생계 불안이 증가하면 오히려 아이들 양육에 대한 무관심이 증가한다는 사실에 혼란스럽게 된다. 통계에 따르면 수입의 증가, 특히 노동계층에서의 수입의 안전성과 규칙성의 증가는 오히려 출산율을 성공적으로 조절하는 것과 같이 한다. 빈곤과 긴밀하게 관련된 조건이나 상황은 생계수입원의 직업의 성격, 즉 불만족스러운 수입의 방법, 불규칙한 노동시간, 작업장의 공간과 위생상태에 대한 지주나 고용주의 낮은 책임의식이었다. 이 부분에 대해서는 다음 장에서 자세히 이야기하기로 하자. 한편 빈곤지역에서 악영향을 미치는 것으로 잘못 알려진 내용들은 이번 연구에 의해 허구로 밝혀졌다. 후에 무역성의 허버트 루엘린 스미스 경(Sir Hubert Llewellyn Smith)이 된 루엘린 스미스(H. Llewellyn Smith)가 조심스럽게 제시한 연구보고서는 수입이 적은 농업노동자가 런던으로 몰려들어 임금수준을 하향시킨다는 지적을 인정하지 않았다. 급료체계에서 농촌지역의 노동인력이 최하위가 아니라 비교적 상위층에 속한다는 사실이 밝혀졌기 때문이다. 이보다 더욱 시끄럽게 제시되었던 이스트 엔드로 몰려온다는 외국인 노동층에 대한 비난은 이미 이스트 엔드에 살고 있는 외국인에 대한 자세한 보고로 근거 없는 주장이 되고 말았다. 런던항을 통해 들어오는 외국인의 총인원과 런던을 경유해 미국으로 입항하려는 인원의 차이가 별로 크지 않았기 때문이다.

자선사업과 빈곤의 무관성

정부와 사기업이 매일 마구잡이식으로 운영되는 가운데 우리는 정통 사회과학이 정립되기를 가만히 앉아서 기다릴 수만은 없다. 정치가, 자선사업가 그리고 시민 모두 지금 이 시점에 움직여야 하는지 말아야 하는지에 대해 참고할 만한 단서가 있어야만 했다. 내가 보건대 부스의 연구가 제시한 가장 믿을 만한 자료는 서민층의 사회적 환경을 결정하는 데 좋든 나쁘든 간에 자선사업식의 원조가 별반 관계가 없다는 사실을 제시했다는 점이다. 예를 들어 서로 경쟁하는 종교적 단체가 마구잡이로 선물이나 돈 등을 선사할 때 이러한 무차별적인 조건 없는 기증은 자선단체협회가 이미 언급했듯이 나쁜 결과만을 가져왔다. 종교에 무관심하고 심지어 비하하는 사람들을 자신의 신도로 만들어 신앙고백을 하게 하기 위해 선물을 주고 자선을 베풀었지만 결과는 마찬가지로 비관적이었다. 이들은 이러한 식의 자선에 의해 더욱 타락하게 된 사람들 중 일부일 뿐이었다. '1834년의 원칙에 의해' 그리고 자선단체협회의 원칙에 따른 보조에 의해 더욱 보강된 구빈법의 실행 역시 모든 빈곤층 주민의 가난과 비참상을 해결하는 데 거의 아무런 효과가 없었다. 단지 극빈층 비율을 조금 낮추고 자선에 무모하게 투자된 금액을 줄였을 뿐이다. 『종교적 영향』 2권에서 부스는 엄격하게 실행된 구빈법과 자선단체협회의 적극적인 개입에도 불구하고 부유층이 베푼 자선이 결국 어떠한 결과를 가져왔는지에 대한 전반적인 내용을 요약해놓았다. 부스가 제시한 결과에 비추어 볼 때——사회적 실험에 대한 가장 무게 있는 판단이며 절제되고 온화하게 표현되었기에 더욱 무게가 실렸다——빈민구제와 개인적 자선 간의 논쟁은 결국 빈곤의 예방이라는 면에서는 아무런 쓸모가 없는 것으로 밝혀지게 되었다.

이 지역[화이트채플 등]에 어느 정도의 종교적인 도움 그리고 자선 노력이 투자되었는지 그리고 현재 이루어지고 있는지를 가늠할 수 있는 방법은 없다. 투자된 양을 측정할 수 있는 통계적인 방법도 없고 묘사할 방법도 없다. 런던의 다른 지역에도 많은 노력이 경주되었지만 특히 화이트채플 지역에 가장 많은 투자가 이루어졌다. 그 어느 지역에서도 대표적인 교회들이 이처럼 자선사업을 완전하게 수행하기 위해 조직적으로 움직인 적이 없었고 선교 또한 이렇게 대규모로 이루어진 적이 없었다. 엄청난 돈이 투자되었고 총액도 어마어마했다. 또한 이러한 가운데 많은 자원자가 개인 차원에서 봉사했고 많은 사람도 이에 열광적으로 호응했다. 이러한 원조와 동정심이 좋은 결과를 가져와야 하는 것은 당연하며 이것이 없으면 지구도 사랑이 없는 삭막한 곳이 되고 말 것이다. 그러나 효과를 측정하기는 쉽지 않다. 행해진 많은 일이 이들에게 선보다는 해악을 가져온 것으로 보였고 대부분 실망을 느끼게 되었다. 결국 사람들은 다른 방법을 찾기 시작했다.

화이트채플, 세인트 조지 그리고 스테프니 지역은 빈민시설 외의 원외원조를 반대하는 차원에서 구빈법을 개혁하는 가장 큰 실험장소였다. 넓은 지역이자 큰 지방도시의 전체 인구에 해당하는 크기인 이 지역의 세 노조가 바로 우리가 다루려고 한 대상지역이었다. 이 실험은 아주 독특한 시도였다. 실험이 시작되었을 때 이 지역 주민들은 가난할 뿐 아니라 헐벗은 상태였다. 실험 목표는 독립심을 심어주고 생활수준을 향상시키는 것이었다. 한 세대가 지나갔으므로 이제는 그 결과를 측정할 수 있다. 〔……〕 이 지역은 어느모로 봐도 원외원조가 가능한 곳이 몇몇 경우에 지나지 않았기에 이러한 실험이 적합했다. 나아가 독립심을 키우는 데에 개인적 자선이 교구차원의 자선보다 덜 해롭다는 이론을 따랐기 때문에 개인적인 자선봉사가 전례 없이 많은 지역이었다. 이러한 실험에서 그들은 자선단체협회와 협력할 수 있는 장점이 있었기에 최고의 실험 기회가 되었다.

이 지역은 원외원조를 줄이면서도 이에 상응해 극빈자 수가 늘지 않는 완벽한 성공을 거두었다. 그러나 이러한 결과를 산출해낸 원칙들을 옹호하는 사람들은 이 실험이 별 인정을 받지 못했다는 사실에 실망했다. 다른 지역에서도 이 예를 따르지 않았으며, 이 지역에서조차 이 원칙이 폐기될 위험에 처했다. 다시 과거로의 회귀를 막기 위해서는 내가 언급했던 사람들이 지속적으로 남아 영향력을 행사해야만 했다. 스테프니의 경우 사람이 바뀌면서 어느새 정책의 변화까지 보였다.

주민들의 상황에 근거해볼 때 아주 훌륭한 발전이 있었다고 주장할 수는 없다. 주민들은 더욱 독립적이 된 것은 사실이지만 더 가난하지도 덜 가난하지도 않았다. 부랑자는 줄었지만 어떤 형태로든 남의 도움에 의지하는 사람은 줄지 않았다. 사적 차원의 지원은 통제가 불가능했고 자원조직협회의 사업도 이곳이 아니면 어쩔 수 없이 구빈법 시행위원에게 신청할 수밖에 없는 그러한 사람들을 위해 지원책을 제공하는 또 다른 기관이 되고 말았다.

사회개혁가 찰스 부스

부스의 작업에 부정적 영향을 주는 견해는 이제 그만 이야기하자. 세상에서 가장 부유하다는 런던의 30퍼센트에 이르는 수백만 주민의 실태를 치료할 방안은 없었던 것일까? 연구가 끝날 즈음에 이르러 정치적으로 보수성향이고 경제적인 견해나 기질상으로도 반사회주의 경향을 띠던 부유층 소속의 기업가였던 부스가 개인주의와 정면으로 모순되는 제안을 들고 나온 것은 분명 의미심장한 일이다.

노인연금

부스가 진정으로 감탄했고 희망을 발견한 것은 공공의 비용으로 이루어진 근본적으로 집단주의 성격을 지닌 런던 교육성의 의무교육이었다. 최근 들어 의무교육이 사회주의 형태를 취한다고 해서 공공연하게 비난받고 있는 상태였다.[17] "사회가 겪고 있는 질병은 무기력하고 돈이 없는

---

17) "수도 런던의 공공건물 가운데 런던 공립학교가 가장 눈에 띄는 위치에 있다. 도움이 가장 필요한 지역과 가깝게 있으며 마치 '보초 서고 있는 경계병'처럼 서서 우리 세대를 대신할 다음 세대를 위해 감시하는 것처럼 보인다. 건물마다 특유의 건축술이 돋보이며 공립학교라는 목적에 맞게끔 깔끔하고 넓으며 대부분 잘 유지·정돈되어 있다. 학생과 교사의 건강과 편리함이 신중하게 고려되었으며, 특히 편리함은 확실하게 확보되었다고 할 수 있다. 이들 학교는 44만 3,000명의 학생을 수용하며 약 450만 스터링의 비용으로 건축되었다. 전체적으로 볼 때, 이 시설들은 아동교육과 관련해 아직 살아 있는 영국의 양심을 제대로 보여준다고 할 수 있다"(『빈곤』 3권, 204쪽). "가장 크게 영향을 받은 것은 초등교육으로 보인다. 그렇다고 새로운 특징이 보인다거나 특별한 노력이 경주된 것은 아니다……. 청결 개념과 질서 개념이 형성되었고, 말끔한 교복

자들이 직업을 갖기 위해 치러야 하는 끝없는 경쟁이다"(『빈곤』 1권, 162쪽). 부스는 자신이 발견한 이러한 상태를 치유할 수 있는 방안은 '국가'가 의무적으로 이 'B계층'에 속하는 사람들의 삶을 맡아 책임지는 것이다. "이들을 생존을 위한 매일매일의 투쟁에서 완전하게 구제해주는 것이 유일한 방책이다"(『빈곤』 1권, 154쪽). "국가가 무능력한 사람들을 보호해주는 것은 마치 가정에서 스스로 생활할 수 없는 노인과 아이, 병든 자들을 돌보는 것과 마찬가지다"(『빈곤』 1권, 165쪽). 런던에서만 실제로 구제기관에 있는 사람을 제외하고도 B그룹에 속하는 사람들이 300만 명을 상회한다는 사실과 나아가 영국 전체에는 300만 명을 상회한다는 사실을 감안할 때 이 '집단주의'의 규모와 대담성은 놀랄 만하다.

이것이야말로 [부스는 다음과 같이 요약했다] 노동의 존엄성과 함께 그 정당한 대가를 얻게 해줄 수 있는 방법이라 하겠다. 또한 영국 자체도 전체적 삶의 수준을 올릴 수 있게 된다(『빈곤』 1권, 165쪽). ……내 생각은 우리가 현재 취하고 있는 개인주의 안에 사회주의를 포함하는 이중적인 제도를 만들자는 것이다. 사회주의의 영역을 넓히고 둘 사이의 기능을 더욱 확실하게 구분 지음으로써 효율성을 높일 수 있다. 사회주의가 불안정할 때 개인주의는 실패하고 만다. 무능력한 사람을 관리함으로써 국가 사회주의가 적절한 일을 하는 것이고 이를 더 철저하게 실행함으로써 심각한 위험에서 벗어날 수 있을 것이다. 개인주의 제도는 현재 좌초하고 있으며, 사방에서 사회주의적 혁신책에 점령당하고 있다. 그러나 자립할 수 없는 사람을 모조리 없앤 사회라면, 개인주의의 냉혹한 철학이 더 승산이 있을 텐데. 전체인

과 단정함이 돋보였으며, 나아가 각 가정에도 영향을 미쳤다. 또한 학생들이 커서 어른이 되었을 때 이러한 제도를 지지하며 말 안 듣는 아동의 편을 드는 대신 교사의 권위를 인정해줄 것이다. 교사는 더 이상 욕설을 퍼붓거나 채찍을 휘두르는 부모를 걱정하지 않아도 된다"(『종교적 영향』 2권, 53, 54쪽).

구 중 소수의 사람들 삶에 국가가 철저하게 간섭한다면 궁극적으로는 나머지 사람들에 대한 사회주의적 간섭을 하지 않아도 될 텐데(『빈곤』1권, 167쪽).

이 제안은 말할 것도 없이 개인주의 옹호자나 사회주의 옹호자 양쪽의 지지를 받지 못했다. 개인주의자들은 국가의 개입에 반대했으며, 사회주의자들은 자본주의의 희생양이라 할 수 있는 빈곤층보다는 터무니없는 지대를 요구하는 지주나 임금을 내리려는 고용주를 '국가 차원에서 관리'하기를 바랐기 때문이다. 그러나 영국 전반과 웨일스 지역의 노인 빈민층에 대한 부스의 또 다른 연구[18]는 이미 새뮤얼 바네트와 페이비언 협회가 제출한 바 있는 제안——더욱 호소력이 있고 실행 가능한 제안——이라 즉각적인 호응을 받게 되었다. 특히 갹출제가 아닌 일반적인 노인연금에 대한 국가 차원의 지원——부에 관계없이 정해진 연령에 이른 모든 자에게 주어지는——에 대한 부스의 지지가 이 제안에 무게를 실어주었다. 다른 어떤 요인에 앞서 부스의 통계에 기반한 연구와 끊임없는 홍보가 1908년에 노인연금법이 통과되고, 이어서 1911년, 1919년 그리고 1924년에 더욱 확장되고 연장되는 데에 결정적인 역할을 했다. 그리고 1902년과 1903년에 연구결과물이 출판된 후 수년 내에, 그의 연구에 가장 두드러진 역할을 했던 두 명의 연구원이 19세기에 노동자의 이익을 위한 국가 행정과 그 조절에 대한 가장 큰 실험이라 할 수 있는 작업에 포함된 것은 결코 우연이라 할 수 없다.

연구 초기 단계에 부스의 최고 조언자라 할 수 있었던 젊은 통계학자 허버트 루엘린 스미스 경은 1906년부터 1910년 사이에 정부 직업 안정국(State Labour Exchanges)의 전국적인 체계를 만들고 구축하는 일을 했으며, 1911년과 1914년 사이에는 구빈법의 보호를 받지 않는 숙련

---

18) 『영국과 웨일스의 노인 빈민층』(*The Aged Poor in England and Wales*), 찰스 부스 지음, 1894; 『찰스 부스-회고록』(맥밀런, 1918), 141~154쪽.

공을 위해 의무적인 실업보험을 제공할 것을 제안했다. 이 제안은 1918년과 1924년에 수정되어 최악의 경우에도 매년 4억 파운드를 투자하는 사업이 되었다. 또 다른 연구원은 메리 부스가 "모든 면에서 가장 능력이 있다"고 불렀던 사람 —— 지금은 고인이 된 어니스트 에이브즈(Ernest Aves) —— 으로, 1909년의 임금위원회(Trade Boards Act) 아래 소위원회를 설치하고 운영하는 데 주도적 역할을 수행했다. 이 위원회를 통해 소위 저임금노동의 와중에서 고용주는 피고용주에게 법으로 정해진 최저임금을 지급하도록 했다. 부스의 빈곤층에 대한 통계조사 결과로 우리는 B그룹 전체에 대한 국가 차원의 보호는 아니더라도 학교에 다닐 적령기 아동에 대한 국가의 보호, 70세 이상 노인에 대한 국가의 보호(50세 이상 시각장애인 노인 포함), 병자와 무능력자에 대한 국가의 보호(의료보험 포함), 실업자에 대한 국가의 보호(실업수당 포함)를 실시하게 되었다. 또한 집단적인 규제로는 공장, 작업장, 광산과 상업상선, 철도와 고용시간법이 재연장되었고, 나아가 최저임금보호제와 최대고용시간규제법 등이 확산되었다. 부스의 업적을 한마디로 말한다면, 영국정부에게 푸리에[19]가 75년 전에 소위 조직적인 공산주의의 전단계라고 말하던 '보장주의'(guaranteeism)라고 말할 수 있다. 이는 인간의 삶과 노동의 토대로서 각 개인에게 능률적인 부모와 시민이 되기 위한 최소한의 필수적인 것들을 제공하는 것을 말한다. 이 정책이 사회주의적인 정책인지는 모르겠지만, 어쨌든 '80년대'의 경제적 개인주의를 부정하는 것은 분명하다.

이렇듯 유달리 변화가 심했던 사회적 환경이 가져오는 지속적인 압박감 —— 정치적·자선적 그리고 과학적인 면에서 —— 속에서 나는 조사영역을 탐색했고 일련의 관찰과 실험을 시작하게 되었다. 이러한 관찰과 실험에 대해서는 다음 장에서 언급한다.

---

19) 푸리에(Charles Fourier, 1772~1837). 사회를 자족적인 단위로 재구성해야만 균형이 이루어질 수 있다고 주장했다—옮긴이.

제6장 관찰과 실험(1884~90: 26세부터 32세까지)

바컵을 방문했던 1883년부터 부스를 도와 함께 작업한 결과인 『런던 주민의 삶과 노동』(*The Life and Labour of the People in London*)이 출판된 1887년 사이의 4년은 내 인생에서 중요한 시기였다. 나의 건강과 행복이 시험받던 시기이자 나의 성격과 지적 능력도 함께 검증받던 시기였다. 이 기간에 나는 행복하거나 만족스러운 결혼생활을 추구한 언니들의 본을 따를 것으로 여겨졌던 예쁘고 생기발랄한 사교계 숙녀에서 전문직이라고 말하기는 뭐 하지만 자신의 경력을 추구하는 두뇌 노동자로 변신했다.

처음 2년 사이에 이렇게 내 모습을 바꾸어놓은 것은 다름 아닌 한꺼번에 여러 가지 역할을 하려는 내 열정적인 노력 때문이었다. 런던과 교외에 있던 두 집을 돌보고 아버지와 동생을 즐겁게 해주고, 자선조직협회 조사자들과 함께 소호(Soho) 지역을 방문하고, 이스트 엔드의 빈민층 지역에서 집세를 징수하는 일을 했으며, 정부 보고서, 사회사와 경제를 다룬 글을 가지고 정치가나 박애주의자와 끊임없는 논쟁을 벌였다. 이 당시 유명했던 한 언론인은 회고록에서 나를 '정확한 분석력을 지닌 냉정하고 박식한 여성'으로 기록했다. 이러한 식으로 나에게 우호적이고 나를 우쭐하게 해주었던 이 언론인의 다른 견해들은 별반 기억이 나지 않는다. 그러나 전반적인 내 모습에 대한 이 평자의 관찰은 아주 적합했다. "그러나 그녀가 지나치게 냉정해보이는 게 염려된다. 인간은 어쩔 수 없이 동정심을 갖게 마련인데 이 동정심은 대개 쉽사리 정의되지 않는 '계층'이라는 집단을 향하기보다는 개별적인 인간에게 쏠리게 되어 있기 때문이다."[1]

동정심의 종류

나는 브라우닝(Elizabeth Barret Browning)이 그녀의 시집 『오로라 레이』(*Aurora Leigh*)[2]에서 불쌍하게 여겼던 '열병을 앓고 있는 한 아이'에게보다는 '수백만의 병자'에게 나의 헌신적인 노력을 경주하는 것이 더 실질적인 가치가 있다고 보았다. 나에게는 이것이 당연한 것으로 보였다. 동일한 지역에 퍼진 말라리아 전염병의 통계치수를 조사한 후, 고인 물을 없애거나 치료제인 키니네를 대량으로 나눠주면서 헌신하는 의사가 말라리아로 인한 열병으로 임종을 맞이하는 환자를 위로하는 헌신적인 간호사 못지않게 동정심이 있는 것은 물론이고, 더욱 효과적인 치료를 제공하는 것도 사실이다. 말라리아의 원인을 발견했던 로스 경(Sir Ronald Ross)이 쓴 두 편의 시에는 이렇듯 넓게 혜택을 베푸는 방식의 동정심이 드러나 있다.

〔원인 발견 전, 1890~93〕
고통스러운 얼굴들이 제게 묻습니다. 치료할 수 없느냐고?
아직 아니라고 답하지요. 원인규칙을 찾고 있다고.
신이시여, 이 모든 불투명한 가운데에서
보이지는 않아도 백만 명을 죽이는 조그만 원인균을 밝혀주소서.

〔원인 발견 후, 1897〕
노여움을 푸신 주님께서
제 손에 놀랄 만한 것을 주셨습니다.

---

1) 『변화와 기회』(*Changes and Chances*), 네빈슨(H. W. Nevinson), 86~87쪽.
2) 1864년에 출판된 시집—옮긴이.

주님을 찬양할지어다.

주님의 명으로

눈물을 흘리고 고생하면서

남모르게 베푸신 주님의 선행을 좇다가

드디어 자네의 교활한 씨앗을 발견했네,

그대, 백만 명의 목숨을 앗아간 죽음이여.

이 조그만 약이

수많은 이를 살릴 수 있다니.

죽음이여, 당신의 매서움은 어디로 갔는가?

무덤이여, 당신의 승리는 어디로 갔는가?[3]

    빈곤의 원인과 치유책을 규명하는 내 연구가 말라리아의 원인과 예방책을 발견한 로스 경의 업적과 비견할 수 있는 결과를 낳았다는 의미로 그의 시를 인용한 것이 아니다. 사회과학은 아직 초기단계인지라 이렇다 할 성과를 내지 못한 상태였다. 내가 말하고자 하는 것은 마치 인간의 몸을 둘러싸고 있는 해로운 독에 대한 연구가 그러하듯이, 우리가 우연히 알고 지내는 사람들이 개별적으로 겪는 고통보다는 수많은 사람들이 겪지 않아도 될 비참함을 겪고 있다는 사실에 대해 느끼는 연민이 사회 속의 인간을 연구하는 데 결정적인 힘으로 작용한다는 점이다.

노동계층 주거지에 대한 관리정책

    빈민층의 삶과 노동에 대해 관찰할 기회를 찾다가 언니 케이트가 결혼하게 되자[4] 파이크로프트 양(Miss Ella Pycroft)[5]을 도와 이스트 엔드 지역 노동자 주택의 관리를 맡기로 했다. 나처럼 비교적 유복한 사람

---

3) 『철학』(*Philosophies*), 로널드 로스 지음, 21, 53쪽.

4) 캐넌 바네트는 언니 케이트의 일과 결혼에 대해 다음과 같이 기록했다. "우리는 이제 포터 양과 헤어집니다. 그녀는 1878년부터 집세 징수 일을 맡아왔고 이곳

이 빈곤층 주거지로 침입하는 것이 해가 될 수 있다는 우려 섞인 견해를 나는 받아들이지 않는다. 어차피 집세는 징수해야 했고, 이러한 일을 잘할 수 있는 교육을 받고 우호적인 사람에게 집세를 지불하는 것이 결코 손해되는 일이 아니기 때문이다. 나아가 이들이야말로 빈민층이 겪는 고통과 고난을 치유하고 감면할 능력이 있는 사람들에게 그러한 고통과 고난을 전달할 수 있는 사람들이기 때문이다. 나에게 이번 일은 사회조사자로서의 훈련에 더할 나위 없이 적합했다. 교구목사와 함께 자선 차원에서 방문하거나 자선조직협회 위원회의 조사자가 방문할 때처럼 이승에서 실패한 삶을 다음 세상에서는 축복받을 수 있도록 도와주기 위한다거나 이 세상에서 더 나은 삶에 적응하도록 도와주는 것이 이번 일의 목적이 아니기 때문이다. 관찰 대상은 주어진 특정 지역의 주민 전부였으며, 이들은 특정 지역이 지닌 사회적·경제적 상황에 의해 자연스럽게 모여 사는 사람들이다. 첫 대면 순간부터 이들 세입자들은 우리를 상류사회 계층에서 온 방문객으로 여기지 않았다. 조사자로 여긴 것은 더욱 아니다. 그들은 우리를 마치 학교 출석점검관이나 전당포 주인처럼 자신들의 생활에 당연히 존재하는 정상적인 그룹으로 보았다. 그들은 우리를 익숙한 사람처럼 대했으며 우리 중 한두 사람을 마치 사회적 지위가 약간 높은 친근한 '옆집 귀부인' 또는 '여자 집세 징수인' 정도로 여겼다.

일을 시작한 1885년 1월부터 건물 운영권이 우리에게 주어졌기 때문

에서 친구를 많이 만들었습니다. 결혼식날에 '이곳 사람'과 함께 있기를 바랐던 그녀는 세인트 주드 성당에서 친구들과 함께할 것입니다. 1883년 3월 15일은 특히 그녀의 결혼을 축하하며 행복을 빌던 많은 이 지역 사람들에게 기억될 것입니다. 우리는 그녀를 잊지 않을 것이며 그녀 또한 우리를 잊지 못할 것입니다" (『캐넌 바네트, 그의 삶, 일 그리고 친구』 1권, 바네트 부인 지음, 106~107쪽).
5) 평생의 친구였던 엘라 양은 1890년 5월까지 이스트 엔드 주거회사의 관리 아래 있던 다른 주거지와 함께 캐서린 빌딩의 관리를 맡았다. 케임브리지 직업 대학에서 1년을 보냄으로써 자신의 자격조건을 높인 후 교육 쪽으로 직업을 전환했고, 1893년에 런던 구의회 전문교육위원회 산하 국내경제팀의 수석조직책을 맡았다. 그녀는 1904년에 은퇴했다.

에, 나와 동료들은 많은 신청자 중에서 각각 281개의 방에 거주해야 할 세입자를 선택하는 법, 이들의 음주 여부를 한눈에 알아차리는 법 그리고 이들과의 대화나 글을 통해 추천서가 진짜인지를 알아내는 법을 실제로 경험해야 했다. 우연이긴 했지만 세인트 캐서린 도크(St. Katherine's Docks)에 근접하게 위치한 캐서린 빌딩이 실험장소 그 자체였다는 것은 우리에게 도움이 되었다.

옥타비아 힐에게 고무받은 일단의 박애주의자들은 재정적 손실 없이 위생적으로 그리고 저렴한 비용으로 최하빈민층——특히 비위생적인 빈민굴을 없애려는 「도시고용위원회」(Metropolitan Board of Works) 정책에 의해 퇴거당한 부두노동자——에게 주택을 다시 지어주는 어려운 일을 맡았다. 노동층의 주거대책을 실험한 사람들이 채택한 방법은 옥타비아 힐의 문서에 소개되어 있다. 힐이 1882년에 「장인과 노동자의 주택개선에 관한 하원 특별위원회」(Select Committee of the House of Commons on Artisans' and Labourers' Dwellings Improvement)와 1885년의 「노동계층 주거대책에 관한 왕립위원회」(Royal Commission on the Housing of the Working Classes)에 제출한 증거자료에 이에 관한 내용이 담겨 있다.

주거지에 대한 실험

"장인주거법(Artisans' Dwellings Act)의 큰 문제 중 하나는 여러 단계의 일을 순식간에 처리하려는 것이다. 그들은 이 최하빈민층을 습기 찬 지하방에 여러 명이 모여 사는 환경에서 해방시켜 이상적인 주거공간으로 옮기기를 원한다. 이 문제가 간단치 않지만 일을 두 단계로 나누어 우선 지상 위에 깨끗하고 밝은 주택을 짓는 것에 만족해야 한다. 아파트식으로 지어 각 주택에 별도의 입구를 만드는 대신 조그만 복도에서 네 개의 방으로 연결될 수 있게 만들면 된다. 이들이 원하는 대로 방 하나, 둘, 셋 또는 네 개짜리를 빌리게 하고 생활수준이 향상되면 더 큰 주택으로 옮기게 하면 된다." 〔보고서 3002, 「장인

과 노동자의 주택개선에 관한 하원특별위원회」, H.C. 235. 1882〕

"주택에는 단순한 건축방식이 좀더 필요하다고 본다. 최하빈민층의 주택을 철거하고 그들을 재입주시키기 위해서는 단순한 건축방식을 채택해야만 하는데 실제로는 그렇지 않은 것 같다."〔보고서 8833〕 "이들의 주거형태는 실제로 필요하고 위생상 중요한 것을 포함하는 건물로 지어야 한다…… 수도와 하수도를 모든 집에 설치하는 것은 어리석은 짓이며, 그렇게 할 필요가 없다. 이들에게는 각 층에 수도가 있는 것만으로도 충분하다. 같은 층에서 물을 운반하는 것은 어려운 일이 아니다. 작은 주택 안에서의 수도공급 정책을 바꿀 꿈도 꾸지 마라. 이들은 3, 4층까지도 쉽게 물을 운반할 수 있다. 수도 설치령을 설치할 꿈도 꾸지 마라. 각 층에 수도를 설치하는 것으로 충분하다. 대개의 주거지마다 수도가 설치되어 있는데 이것은 비용이 많이 들 뿐 아니라 유지비 역시 많이 소요된다. 또한 주민들이 얼마나 조심성이 없는지 그리고 잘 부서뜨리는지의 정도에 따라 비용이 더 추가된다. 하수도의 경우도 마찬가지이며 모든 곳에 설치할 필요가 없다."〔보고서 8852, 「노동자계층의 주거대책에 관한 왕립위원회」, C. 4402. 1885〕

"이들에게는 부서지지 않는 물건을 줄 필요가 있다. 되도록 튼튼하게 만들고 무엇보다도 단순해야 한다. 기계의 경우 익숙지 않기 때문에 사용하기가 어렵게 마련이다. 그러므로 얼마간은 복잡한 기계는 주지 않는 것이 좋다."〔보고서 9003~9004, 위와 같음〕

체면과 품위가 손상된 건물

캐서린 주택(Katherine Buildings)에 관한 한 이 정책이 가져온 결과는 5층으로 된 양면으로 트인 건물이었다. 한 면은 거리를 내려다보고 다른 한 면은 막다른 높은 담벼락에 의해 둘러싸인 좁은 마당을 보고 있었다. 이 담은 조폐청의 담이었다. 담을 마주하는 건물 전체에 네 개의 회랑이 있었다. 여기에는 각각 좁은 통로가 있었는데 각 통로에는 규모와 크기가 같은——마지막 방만 다른 방에 비해 작았다——방이 다섯 개 있었다. 모든 방은 단조롭고 빨간 수성페인트로 '장식'되어 있어서 정육점을 연상할 정도로 불쾌하게 보였다. 마치 감옥처럼 동일한 형태를 띤 이 아파트에는 노동력을 줄일 수 있는 도구도 없고 싱크대나 수도꼭지 같은 것도 없었다. 마당에서 맨 위의 회랑까지 좁은 돌계단으로 연결되어 있었다. 싱크대와 수도는 회랑과 계단 사이의 바닥 공간에 있었다(방 60개에 싱크대 세 개와 수도 여섯 개가 고작이었다). 나무로 된 가리개 뒤에 홈통식으로 만든 변기가 여섯 개 있는데 세 시간 간격으로 물로 씻었다. 이 시설은 양쪽에 거주하는 주민을 위해 설치된 것이다. 아래 마당에는 쓰레기통이 있었다. 위생적인 면에서는 이러한 경제절약형 구조가 나쁘다고 할 수는 없다. 그러나 전체적으로 볼 때 남녀 할 것 없이 수많은 사람이 사용하는 여섯 개의 변기, 특히 600명 이상이 밤낮없이 사용하는 변기가 눈에 띄는 곳에 위치한다는 것이 단점이라고 하겠다.

한마디로 말해서 사람들이 이야기하듯이 비교적 낮은 월세와 위생이라는 두 가지 필요성에 의해 모든 쾌적함 또는 체면과 품위가 희생된 것이다. 캐서린 빌딩이 문을 열고 몇 해 후에 새뮤얼 바네트가 지나가는 말로 다음과 같이 언급했다. "박애정신이 이 지역의 건물 설립과 관련이 있는데, 어떤 이들은 이 정신을 고무하기 위해서도 장식이 없어야 하고 그래야만 기부정신에 부합한다고 주장하지. 그러나 이것은 아마도 경제적으로도 잘못된 것이고 자선정신에도 위배되는 거야. 이웃을 한 인간으로 대접한다는 것은 자신의 집은 멋지게 꾸미면서 이웃집의 벽에는 수도관을 설치해도 된다는 것을 의미하는 것이 아니지."[6]

이러한 약간의 서론과 함께 나의 일기로 들어가보자. 이런저런 묘사나 나의 느낌 그리고 바쁘고 정신없던 내 생활에 대해서는 자세한 묘사나 긴 설명이 필요 없을 것이다.

---

6)『그의 일생, 일 그리고 친구들』1권, 캐넌 부인 지음, 139쪽.

화이트채플[7]에서의 또 다른 하루, 본드 씨[8]를 만나서 지역을 둘러보았다. 건축가가 설계한 듯한 벽난로는 실패작이었다. 최상의 운영이 유지되지 못했으며 제안된 내용도 제대로 완수되었는지 확인하지 못하는 듯했다. 그러고는 바네트 씨와 이야기를 나누었다. 그는 나에게 여유 있는 시간에 더 많은 정보를 얻고 의사, 위생위원, 빈민구제위원, 학교위원회 직원, 자원봉사 위생위원회 등에 대해, 그리고 그들의 일과 권력에 대해 알아보라고 권고했다. 〔다음은 지역정부법, 위생법과 지역도시운영법 등에 대한 요약과 화이트채플 지역 공무원에 대한 자세한 내용이 적혀 있다.〕 시골 의사의 딸인 파이크로프트(Pycroft) 양과 사흘을 같이 지냈다. 그녀는 자유로운 사고를 지녔고, 무언지 모르게 우리와 비슷한 생활을 하고 있었으며, 이 지역 사람들과 생각이 달랐다. 확고한 운영을 할 능력이 있었고 강한 의지와 침착한 성품을 지녔다. 우리 자매들처럼 아버지와 친근한 유대관계를 맺고 있었다. 일에 대한 열성이 강하고 자신의 개인 생활에는 신경을 쓰지 않았다! 같이 잘 지낼 것 같았고 우리 모두 같이 일할 다른 사람을 필요로 하지 않았다. 〔1885년 1월 일기〕

표류하는 사람들

이제 일과 휴식을 번갈아 하면서 지내고 있다. 내가 하는 일이 육체적으로 에너지를 많이 요구하기 때문에 생각하거나 느낄 만한 여유가

---

7) 런던 템스 강 북안의 타워 햄릿의 한 지구—옮긴이.

8) 본드(Edward Bond, 1844~1920). 옥스퍼드대학 졸업시험의 두 과목 최우등생이었으며 퀸스대학의 명예교수. 충분한 재산 덕분에 무보수로 공공봉사를 했으며, 자선조직운동의 선두주자가 된다. 그는 이스트 엔드 주택 회사의 초창기 책임자였다. 그는 평생을 원칙대로 산 개인주의자였으며 몇 년간 런던 의회의 '의장'을 역임했다. 1895년부터 1906년 사이에는 이스트 노팅엄의 보수주의 의원이기도 했다. 훌륭한 외모와 이마, 깊게 파인 주름, 긴 은빛 눈썹 사이로 우수에 찬 회색 눈을 지닌 그는 평상시 말이 없다가도 폭넓은 교양으로 연설을 하곤했다. 엘리엇이 자신의 주인공 중 가장 낭만적인 인물인 대니얼 데론다를 그리면서 본드를 염두에 두었다고 한다. 물론 데론다처럼 결혼은 하지 않았지만.

없다. 힘든 일을 견딜 체력만 있다면 오히려 일이 최고의 환각제라고 생각한다. 현재는 모든 것이 혼란스럽다. 신청자와 추천서가 화이트 채플로 몰려들고 세입자들이 몰려들어 온다. 모든 계층과 다양한 인종으로 구성된 표류하는 사람들. 이들은 많은 수가 생계 압박으로 죽기도 하고 소수가 살아남아 이곳을 벗어나기도 한다. 시작과 끝이 없는 이상한 소설 속 세계 같은 느낌이다. 이들이 묵는 낡은 집으로 이들을 방문하기도 한다. 이들은 고난과 질병 속에서도 밝은 표정이다. 동정보다는 부러움을 느낄 때도 있다. 후에 다른 건물 관리원이 들어와 내가 실질적인 일을 맡게 될 때, 관리보다는 관찰할 기회로 삼고 싶다. 힘이 되는 한 언젠가는 사회문제에 관해 이론적으로 고찰해야 할 모든 것을 정복하고 싶다. 결코 우쭐대지 않을 것이며 내가 하는 일을 자족 수단 또는 고통으로부터의 해방을 위한 수단으로 여기지 않을 것이다.

혼자라는 사실에 마음이 편했다……. 사교 범위가 계속 확장되었다. 그리고 사교에 대해 작년처럼 끔찍한 악몽의 느낌을 갖지는 않았다. 일을 하다보니까 사교모임도 즐기려고 노력하는 공간이 아니라 휴식할 수 있는 장소라는 제대로 된 의미로 여기게 되었다. 내 경험을 사교계의 이야깃거리로 삼지 않겠다고 다짐했다. 내 경험이 어떠한 결과를 가져올지도 아직 모르면서 그것을 떠벌리는 것은 위험한 일이었다. 게다가 '허영심이라는 동기'가 욕망을 더 키워주기 때문이다. 지난날의 고통이 내 이기심을 줄일 수 있으리라고 본다. 내 지식을 늘리려는 이기적인 목적으로 수행했던 냉정한 관찰과 분석 대신에 따스한 감정에서 오는 관심을 가질 것이며 내 주위 사람들을 위해 봉사하려는 겸손한 욕심을 가질 것이다. 〔1885년 3월 8일 일기〕

일의 규모가 나를 지치게 했다. 긴 발코니에 머물고 있는 이상한 성격을 지닌 세입자와 세입 지망자들을 생각하면서 개인적인 취향과 나아가 성향뿐 아니라 우리의 지속적인 건강이 이 집단의 성격 자체에 영향을 준다는 사실에 나는 어지러움을 느낀다. 집안일이 스트레스를 가중시킨다. 모든 지침서는 치워버리고 시집과 아름다운 산문만 남겨두었다. 현실 생활 속에서 자주 충돌하게 되면서 아름다움을 느끼며 휴식을 취하고 싶다. 에머슨의 수필집이 나를 즐겁게 해준다[다음 내용은 에머슨 수필에 대한 요약이다]. [1885년 3월 13일 일기]

2~3일 휴식을 취했다. 에너지를 많이 소비하는 일이라 얼마나 해낼 수 있을지 가끔 걱정된다. 화이트채플에서 돌아오면 너무 피곤하고 지쳐서 생각하거나 느낄 여유가 없다. [몬머스셔에 있는 집인 아고드(The Argoed)에서, 1885년 4월 12일 일기]

열심히 일했다. 건물도 만족스럽다. 그러나 관리인은 가망이 없을 정도로 적합지가 않다. 이스트 엔드에 원래 거주하던 입주자들은 거친 사람들이다. 이들을 내보내고 점잖은 사람을 받아들이라는 압력이 있다. 피바디(Peabody) 주택의 예를 따르라는 것이다. 피바디 주택 관리인과 이야기를 나누었다. "처음에는 저희도 거친 사람들뿐이었어요. 그래서 이들을 내보내고 정규적인 일을 하는 사람만 받았습니다."
관리와 관련된 실질적인 문제: 세입자는 골라서 입주시켜야 하는지, 의심이 가거나 불편한 사람들은 제외해야 하는지, 이전 입주자 중에서 점잖은 사람들만 받아들일지. 힘든 일이기는 하지만 실전을 쌓고 있다. 너무 지칠 때는 세입자들의 비참하고 난잡한 환영이 나를 괴롭힌다. 더 많은 경험을 쌓은 후 시작할 걸 하고 후회도 하고 모든 시간을 투자해보았으면 하고 후회도 했다. 모든 것을 투자하지 못하는 삶은 항상 후회스럽게 마련이다. [1885년 6월 4일 일기]

엠마 콘스 양
서레이 주택(Surrey Buildings: 사우스런던 건축회사, 2만 887파운드, 4퍼센트의 이자율 지급, 수리비용이 없음)에 있는 콘스 양9)을 방문하다. 왕립위원회의 자료에 따르면 4분의 3만 임대가 나갔다. 노동자 주거지이며 상점과 소주택이 있다. 바깥으로 계단이 있고 놀이시설을 따라 발코니가 있다. 세대마다 수세식 화장실이 있고 열쇠가 있다. 싱크대는 없다. 옥상에 세탁장과 건조대가 있다. 옥타비아 힐에게 교육받았다. 귀족 태생은 아니지만 빼어난 얼굴에 예의를 갖추었고 남자들을 잘 다룬다. 일에 몰두하는 형이다. 돈독한 종교심을 지녔다. 자신의 일밖에 모르고 다른 것에 관심이 없다. 그녀는 사실이 어떻고 이론이 어떻고 하는 것을 좋아하지 않았다. 그녀는 방의 수가 몇 개인지 임대 안 된 방이 몇 개인지 그리고 미수금이 얼마인지 알지 못했다. 세입자에 대한 자료도 없었다.

자신의 일을 이론화하려 들지도 않았다. 가족에 관한 자세한 내용은 머릿속에 담아두었고 사람들과는 이른바 현대 여성 관리자를 특징 짓는다는 동정 반, 권위 반이 섞인 톤으로 이야기를 나누었다. 나는 시험하기 위해 그녀에게 질문을 던진 것을 후회했다. 그녀의 장부에 기록된 바에 따르면 노동계층 세입자의 미수금도 일주일에 1파운드 이내였다. 그녀는 이 지역에 같이 거주하면서 다른 구역의 집세도 거

---

9) 엠마 콘스(Emma Cons, 1838~1912). 빅토리아 시대의 인물 중 가장 통찰력이 있고 신앙심이 돈독했던 박애주의자로 널리 알려진 인물이다. 옥타비아 힐 밑에서 집세 징수원으로 교육받았으나, 80년대의 자선조직협회가 보인 자기도취적 엄격함에 반기를 들고 독립적으로 서레이의 노동계층 주택을 관리하는 일을 했다. 위생적이지만 음산한 빈민 주거지에 정작 필요한 것은 대도시의 빈곤층을 위한 오락시설이라는 사실을 깨닫고는 1880년에 빅토리아 음악강당의 관리권을 인수받았다. 당시는 킹슬리가 '방탕한 어둠의 구석'이라고 불렀듯이 이곳은 온갖 악의 중심지였으나 술 판매에서 나오는 보조금을 받지 않고 범죄 행위와는 거리가 먼 곳, 즉 즐거운 음악경연장으로 만들었다. 몰리(Samuel Morley), 마티노 양(Ms. Martineau) 그리고 템플 경(Lord Mount Temple)의 지원을 받아 1912년 사망할 때까지 이 사업을 지속했다. 그녀를 도와 일하던 조카 베이리스(Lilian Baylis) 양이 이 사업을 이어받았다. 그녀의 탁월한 솜씨로 '빅강당'(The Vic)은 많은 임금노동자들의 열광적인 후원에 힘입어 훌륭한 오페라와 거의 모든 셰익스피어극을 멋지게 공연함으로써 영국국립극장에 버금가는 장소로 변하게 된다.

두었지만 대부분의 시간을 사람들을 즐겁게 한다거나 교화하는 일에 투자했다. 그녀의 얼굴에는 다른 사람들에게 전달되는 잔잔한 열정이 보였다. "시간과 에너지를 왜 억누르고 있나요?"라고 그녀는 묻는 것 같았다. 모든 힘을 실질적인 일에 쏟았으며 추상적인 문제에는 관심을 두려 하지 않았다. 이러한 식으로 관리하면서 지도하는 여성——온몸으로 전력투구하면서 자신의 삶을 사람 관리에 투자하는 여성——이 최근처럼 증가한다면 중요한 변수로 작용할 것이다.

이들은 해박한 여성들과는 달리 감성적인 면이 잘 발달되어 있다. 이들은 자의식이 전혀 없는 시선으로 주위를 돌아보고 고통스러워 보일 정도로 깊은 자애심을 보이며 사랑과 동정심이 넘쳐나는 모습을 보인다. 자연스럽게 위엄 있고 권위 있게 보이며 이따금 육체적·정신적으로 한 가지 감정과 생각에 몰두하다가 편협함이나 투박함을 보이기도 한다. 순수 조직책의 직무를 하는 여성들과는 전혀 다른 부류라고 할 것이다. 이들은 점차 비대해지는 사회조직에서 실질적인 간사역할이나 종합병원의 수간호사 등으로 대변되는 인물들이다. 이들은 일이 요구하는 공정성, 추진력, 엄격함 등으로 어느 정도 여성성을 잃어버리기도 한다. 이러한 자질을 무시하자는 것이 아니다. 모든 일에는 이러한 자질이 필요하다. 그렇지만 조직을 구성하는 사람에게 **공정성은 형식적인 것이지 도덕적인 자질은 아니다.** 추진력과 엄격함은 콘 양과 같이 남을 이끄는 여성에게는 우선시되는 자질이 아니다. 사람들을 이끌기 위해서는 이성보다는 감성에 기반을 둔 개인적 영향력을 발휘해야 한다.

사우스런던 건축회사의 운영에 대해 완벽하게 알고 싶다. 〔1885년 8월 12일 일기〕

파이크로프트 양에게서 모든 일을 넘겨받았다. 그녀가 없을 때 해야 할 일: 집세 징수 후 철저하고 확실하게 회계처리하기. 미수금이 줄었고, 임대가 나갔고, 일급 중개인을 고용했고, 관리인의 일을 감독하고 수리한 작업을 평가했다. 도덕적 기강도 강화했다. 세입자에 대해 자세하게 기록해놓은 내 파일과 파이크로프트 양이 갖고 있는 전반적인 정보가 도움이 되었다. 소년 클럽(Boy's Club)이 시작되었고 독서실의 목록이 정리되었다. 이렇게 하기 위해서는 많은 부분 건물에 같이 거주해야 했다. 그렇지만 집세는 매일 받지는 않았다. 일주일 내내 입주자에게 소리치는 것은 시간낭비다. 〔1885년 8월 13일 일기〕

부스 가족과 보낸 기쁜 이틀이었다. 〔……〕 사회에 대한 진단이 가능한지에 대해 토의했다. 찰리는 연구원과 함께 시장실에서 주관하는 실업에 대한 연구를 하면서 통계와 관련된 다른 일을 하고 있었다. 다른 사람들이 수집한 자료를 검토하는 데 연구원이 많이 고용되었다. 직접적인 관찰이 필요했다. 『펠 멜』〔가제트〕에서 이 일을 시도했지만 최악의 방법——선정적이고 피상적인 방법——으로 수행했다. 일이 이상적으로 진행되고 있는지를 말하면 우선, 집세 징수는 잘된 편이고, 회계는 아직 안 끝났고, 미수금은 줄었으며, 아직 임대할 방이 몇 개 있는 상태다. 건물에 대한——특히 우리 건물에 대한——사람들의 편견으로 가장 점잖은 부류의 사람들은 오지 않을 것이다. 조잡한 배치에 매력이 없고 방의 구조가 획일적이어서 임대에 불리하다. 중개인을 찾았다. 아니 전형적인 유대인 중개인이 나를 찾아낸 셈이다! 내 일이 끝난 셈인가? 세 번의 경고성 방문을 해준 데 대해 그에게 5파운드를 지불했다. 만약 이 중개인이 별다른 비용을 안 들이고 평판이 나쁜 두 여자 입주자를 내보낼 수 있다면 괜찮은 거래를 한 셈이다. 세입자에 대한 정보는 계속 수집하는 중이다. 앞으로 4주 동안 정보를 모으면 나중에 이스트 엔드 사람들에 대해 글을 쓸 수 있을 것이다. 〔1885년 8월 22일 일기〕

빈곤층 내의 유한계층

고통스러운 노력과 함께 작업을 거의 끝내게 되었다. 아침이 영원히 오지 않는 밤이었으면 하는 육체적 갈망이 있기도 했다. 파이크로프트 양에게 자료를 넘겨주었다. 일이 이상적으로 진행되고 있는지에 대해 말하면 우선 집세 징수와 회계 처리가 잘 끝났고, 미수금이 줄었으며, 세입자가 새로 스무 명이 늘었다. 한편 그중 아홉 명은 스스로 나갔고 여섯 명은 통지를 받고 퇴거했고——다섯이 남았다. 그리고 사심 없이 기록한 세입자에 대한 글이 있었다. 모리스 폴(Maurice Paul)[10]이 소년 클럽을 만들었고 독서실도 그가 주도했다. 사흘 밤을 그곳에서 지내면서 남성위원회를 구성해서 점차로 이들에게 건물을 관리하게 할까를 생각해보았다. 청소원인 로드나이트(Roadnight)의 작업이 평가되지 않았지만, 만족스럽지 않았다. 그는 특별 관리가 필요한 것 같다. 음주 의혹이 있으며 소문이 날 정도는 아니지만 세입자의 신임을 받지 못할 정도다. 로드나이트의 건은 분명 실패한 경우다. 파이크로프트 양이 세입자와 안 좋은 소동이 있었고 결국 그를 즉결에 넘겼다. 잘못 처리된 경우다. 엄한 것보다는 부드러운 것이 더 효과가 있을 것 같다. 이상적인 행동규범이 이루어지기가 어렵다. 의무는 엄하게 부과하고, 법은 따르게 하고, 이를 시행함에서는 끈기 있는 부드러움이 필요하다. 이러한 식의 차이 때문에 하가티(Haggarty)의 경우에는 성공했지만 슈미트(Schmidts)의 경우에는 실패했다.

앤싱(Ansing) 가족과는 흥미로운 대화를 나누었다. 남편은 25년 전에 화이트채플에 정착한 프러시안 구교 신도이고 부인은 영국인이

---

10) 모리스 이든 폴. 80년대와 90년대에 성공한 출판업자인 키건 폴(Kegan Paul)의 아들. 그 당시에는 의학 공부를 하고 있었다. 지금은 부인과 함께 유명한 외국전문서적 번역가로 일한다. 트라이치케(Treitschke)의 『19세기 독일역사』(History of Germany in the Nineteenth Century)를 번역했다. 그는 인터내셔널 좌파 사회주의 운동의 일원으로도 유명했고, '프로레타리안' 문화에 관한 책의 제목으로 '프롤레트컬트'(Proletcult)를 붙여 이 용어를 만들어내기도 했다. 그밖에 사회주의 서적을 출판하고 팸플릿을 쓰기도 했다.

다. 이들은 남자 의류를 만드는 가게에서 가게와 직공 간의 하청을 중개하는 중간상인이었다. 남편은 화이트채플 사람을 절대 믿지 않았고 결코 동정도 하지 않았다. 부인은 인정이 많다고 자처한다. 노동자 편에서가 아니라 자신의 이익을 위해 그들을 부리면서도 그녀가 아주 친절하다고 생각해야 하나? 그녀는 일과 관련해서 이곳 노동자들의 잘못된 버릇에 대해 다소 우울한 이야기를 해주었는데, 그녀의 일꾼 가운데 한 명도 이 이야기를 확인해주었다. 종종 하루 종일 그들을 찾기 위해 선술집을 찾아다니며 계약된 일을 끝내야 한다고 설득하며 다닌다는 것이다. 이들 부부가 노동계층에 대해 이야기하는 내용은 다만 이들에 관한 몇몇 좋은 점—이 점에 대해서는 이곳 여자들도 인정한다—을 빼놓은 것 말고는 내가 이들 노동계층과 겪은 짧은 경험 이야기와 다르지 않았다. 우리는 이들 계층을 통틀어 유한계급 (leisure class)이라고 불렀다. 이들은 질 낮은 비정규직 일에 종사하는 자들로 부지런한 친구에게 돈을 빌리거나 좀도둑질 등으로 생계를 이어간다. 술에 젖어 살고 도둑질을 하기도 하며 도덕적으로도 해이한 사람들이다. 그렇지만 일단 친하게 되면 너그럽고 다정하며 자신을 억제하는 모습을 보여주는 사람들이다. 구걸하는 층이 아니기에 남에게 무엇을 바라는 사람들은 아니다. 이런 면에서 시골의 빈곤층과는 다른 면이 있다. 또한 이들은 가족과 친구들에게 따뜻한 감정을 지닌 사람들이다. 이들은 계약을 완수한다는 원칙만이 중요한 사업상의 관계에서 볼 때는 정말 불만족스러운 사람들이다.

다시 이들 부부에 대한 이야기로 돌아가보자. 말하는 것으로 보아 상당히 열심히 일하는 사람들이며 정신과 몸의 모든 에너지를 일에 투자하는 사람들이다. 일요일에 교회에 가는 일 빼고는 아무런 여가 활동도 없다. 잘사는 편이며 부인 말에 따르면 전부 여덟 명이 먹는 고기 비용이 한 주에 18실링이나 된다고 했다. 그러나 이들의 수지계산의 대부분은 제대로 임금을 지불하지 않는 것에서 비롯된다. 이들과 더 만나고 싶다. 〔1885년 9월 15일 일기〕

웨스트모랜드 집에 있는 언덕에서 보낸 즐거운 휴일이다. 장인주거지에 관한 보고서로 열흘을 보낸 후 즐거운 마음으로 텐의 『앙시앵 레짐』(*Ancien Regime*)을 읽었다. 나같이 무지한 사람들에게 이러한 철학사는 나름대로 즐거운 읽을거리가 된다. [……] [다음은 텐에 대한 요약이다.] 나의 에너지가 어느 정도 되는지 나도 알지 못한다. 내가 추구하는 작업에 힘을 많이 쏟기를 바라지만 항상 일에 필수적인 역사적 지식이 전체적으로 부족하다는 사실을 깨닫는다. 실제 어떠했는지에 대한 자세한 지식은 나에게 풍부한 상상력과 새로운 소재를 제공해줄 뿐 아니라, 다른 상황에서 사는 사람에 대해 알게 해준다. 지난 시대의 상황과 당시 사람에 대한 지식이 더해지면서 지난 시대의 인간의 역사를 알게 된다. 두서없이 글을 썼다. [……] 사회 진보에 관한 과학적인 이론, 즉 특정 사실의 기반이 되는 주요 원칙에 대해서 내가 알고 있는 것은 인간 사상의 흐름에 대한 콩트의 이론밖에 없다. 스펜서의 『제1원리』를 열정적으로 읽었고 모든 존재의 삶의 과정에 대한 그의 완벽한 공식을 받아들였다. 그렇지만 그의 일반론에서 이끌어낸 가정은 사회과학의 원리가 되기에는 하나의 증명된 법칙이라기보다 단지 추론으로 여겨졌다. 예로 제시한 것을 자료라고 부르는 게 짜증이 났고 생물학적 법칙에서 사회법칙을 추론해내는 데에 실망했다. 삶에 대한 폭넓은 경험에 바탕을 두고 그의 깊은 지식을 접하게 되면 결국 그를 따르게 되겠지만 지금은 그런 때가 아니다. 나는 그의 개인주의에 호감을 갖기는 하지만 이것을 전부 따르는 것은 아니다. 『제1원리』에 담긴 추론이나 일반론——나에게는 단지 사실을 쪼개는 숙련된 기술만 필요한 것으로 보이는——과는 별도로 그의 이론이 무엇인지를 분명하게 이해하고 싶다. 나는 과학적인 사회주의자가 펼치는 논리의 일반적 체계를 정복하고 싶다. 그러나 또 한편 사회를 가지고 이를 이론화하려는 모든 시도와는 거리를 두고 싶다.

사람들은 지난 사실들에 대한 지식이 필요하다. [……] 예를 들어 다른 현대사와 비례해서 영국사에 관한 일반 지식, 다른 시대에 속한 노동자들의 상황에 대한 특정한 지식, 상업과 산업을 규제하는 법칙에 관한 지식, 산업구조와 경쟁구조의 성장에 관한 지식, 정치적·사회적 행동을 결정하는 데 종교의 영향에 관한 지식, 다양한 종파의 흥망성쇠 그리고 그들 고유의 활동에 관한 지식, 노동계층에 속한 다양한 인종에 대한 지식, 도시의 성장과 이에 따른 직업의 발생 그리고 이러한 직업이 사람들의 정신과 신체에 미친 영향, 한 계층의 형성과 붕괴 그리고 정신과 육체에 생기는 그들만의 특유한 습관. 이와 같이 평생 연구할 주제가 쌓여 있다! 이러한 것이 내 일반적인 목표다. 구체적인 목표는 주거와 관련해 노동계층의 상황을 이해하는 것이다. 이는 내 자신의 관찰과 실험으로 살펴볼 뿐 아니라 다른 사람들의 증거 자료도 함께 소화함으로써 가능하다. 〔1885년 10월 일기〕

건물 책임자들

내일은 새로운 일을 하기 위해 런던으로 간다. 건물 책임자들에게 보낸 내 보고서가 효과가 있었는지 이들이 새로운 건물에 관한 자신들의 계획을 재고하게 되었다고 한다. 참석해달라는 본드 씨의 편지가 도착했을 때 나는 그에게 보낸 편지에 대해 까맣게 잊고 있었다. 내 입장을 옹호하기 위해서 다시 자세히 살펴보아야 했다. 〔그 편지는 캐서린 빌딩의 위생상태와 무엇보다 층마다 앞에 위압적으로 설치한 수도의 위치와 수도의 공동 사용 그리고 주기적인 하수처리에 대한 상세한 비판적 지적을 담고 있었다. 또한 입주자가 야만적인 사람일수록 더 세련된 주거구조가 필요하다는 나의 믿음에 근거해 새로운 지역에 자족적인 주거형태를 세워달라고 요청하는 내용을 담고 있었다.〕

캐서린 빌딩의 입주자에 대한 완벽한 정보를 얻고 싶었다. 각 가계에 대해서 확인하고 싶은 내용을 생각해놓았다가 즉시 일을 시작하고 싶었다. 관찰 기회를 얻기 위해서 이러한 실제적인 일에 더 깊숙이 관여했으면 한다. 아무리 작은 일이라도 원하는 욕망을 억지로 참기는 힘들다. 아직 젊은 나이인데 나에게 딱 들어맞는 일을 맘껏 즐겼으면

한다. 사람들을 관리하다 보면 그들에 대해 알게 되는 기회가 생기는 법이다. 내 연구주제에 스스로 지쳐 싫증이 나게 하지는 않을 것이다. 역사와 사회과학 분야의 읽을거리를 철저하게 검토해볼 것이다. 스펜서의 『사회학』(*Sociology*)을 소화한 후, 메인(Maine)의 『대중 정부』(*Popular Government*)를 읽을 것이다. 시대별 영국 국민에 대해 연구할 것이며 그들의 특징을 살펴본 후 현재 모습과 비교해볼 것이다. 지방조직과 정치조직의 성장을 알아본 후 계층간의 권력이양에 대해 살펴볼 것이다. 그리고 이러한 권력이양을 이끈 물질적인 요구와 이념에 대해서도 알아볼 것이다. 〔1885년 10월 23일 일기〕

오늘 아침에는 캐서린 빌딩에 관한 자료를 정리하려고 마음먹었지만 불행인지 다행인지 자료가 보이지 않았다. 천상 일요일에 쉬면서 지난주의 내 작업을 짧게 정리해볼 것이다. 〔……〕 책임자를 만났지만 설득하는 데 실패했다. 경험에 바탕을 둔 대안을 제시하지 못했기 때문이다. 바네트 씨와 두 번에 걸쳐 장시간 대화했다. 나는 주택 관련 단체들을 하나로 연계하는 안을 제시했다. 실현되리라고 생각은 안 했지만 그가 내 제안에 대해 좀더 정리한 후 주도적으로 시도해보면 어떻겠느냐고 제안하는 바람에 적잖이 놀랐다. 내 능력이 시험받을 때마다 나와 주위 사람들을 실망시킬 것인지, 아니면 힘을 키워 의도하는 것을 실행에 옮길 것인지에 대해 생각해보았다. 〔……〕 캐서린 빌딩 일은 겨우겨우 내 임무를 해나가고 있었다. 입주자의 신상명세도 조심스럽게 작성해나갔다. 힘이 부치는 것이 문제다. 동료 두 명과 같이 빅토리아 극장에 갔다. 이곳은 대단한 여성인 콘스 양이 운영하고 있었다. 공연내용은 관객들의 수준까지 내려가는 재미없는 공연이었다. 이러한 식의 공연에 양념이 되기도 하고 현장감을 주기도 하는 조야하고 상스럽고 불경스러운 면을 삭제한 것이다. 형태 없는 미지근함보다는 악마 같은 모습이 더욱 나을 것 같아 나는 이러한 면이 있는 것을 선호한다.

빈곤층 주택 관련 단체

빈곤층을 위한 주택 관련 단체 연합체에 대한 내 제안은 다음과 같다. 이러한 단체의 관리 아래 약 15만 명의 거주민이 살고 있다. 나는 각 단체의 경험이 일람표처럼 기록되어서 직업, 가족, 수입 그리고 이들이 어디서 왔는지, 근처에 작업장이 있는지 등 입주자의 모든 정보가 완전하게 정리되기를 원한다. 나아가 관리 방법(예를 들어 왜 퇴거시키는지), 관리와 수리비용까지 포함되면 더 좋았다. 1년에 한 번 만나서 보고서를 발표하면 좋겠다. 보고서는 가능하면 완벽해야 하고 발표집으로 출판해야 한다.

이렇게 설립된 연합체가 관리인, 책임자, 집세 징수인을 제공하는 중앙 사무소로 쓰이면 되는 것이다. 캐서린 빌딩의 주민에 대해 내가 알고 싶어 하는 내용은 대충 다음과 같다. 사망자 포함 가족 수, 구성원의 직업, 직장·자선단체 또는 개인 자산을 통한 실질적인 수입, 인종, 런던 출신인지 아닌지, 출신일 경우 이곳 가문인지 아닌지 등. 나아가 이곳 출신이 아닐 경우, 이곳으로 온 이유는 무엇인지, 어느 지역에서 왔는지 그리고 종교는 무엇인지 등. 마지막으로 얻을 수 있다면 개인적인 과거 역사까지 포함하면 좋겠다. 〔1885년 11월 8일 일기〕

아침 9시 반부터 저녁 5시까지 크립스와 마틴데일(Colonel Martindale) 대령과 같이 알버트와 빅토리아 도크(Albert and Victoria Docks)에 있었다. 이곳은 런던의 에섹스 마쉬 지역에서 약간 떨어진 곳에 있다. 이곳 부두 노동자들이 캐서린 도크에 있는 노동자보다 더 세련돼 보였다. 이들은 정규 고용자이고 대개 영국인이었으며 조그만 이층집에 거주하고 있었다. 〔다음은 이들의 고용방법에 대한 내용이 적혀 있다.〕 나는 모든 내용을 섭렵하고 싶었다. 나이가 들어보이는 공손한 노신사는 내 질문과 통계자료 요구에 당황스러워했다. 그러나 기다리면 자료를 얻을 수 있을 것 같았다. 〔다음은 보수지급 방법에

대한 질의 자료와 노동력을 고용하는 방법에 대한 자료가 적혀 있다.]
[1885년 11월 12일 일기]

일이 잘 진행되었다. 월요일, 캐서린 빌딩에서 1시부터 9시까지 일했고 그 후에는 휘팅엄 클럽(Whittingham Club)을 시찰했다. 수요일, 오후 10시부터 오전 6시까지 알버트와 빅토리아 도크를 둘러보았다. 목요일, 오전에 쉬다가 오후에 캐서린 빌딩을 시찰했다. 금요일, 캐서린 빌딩의 장부를 7시간 동안 검토했다. 토요일, 12시부터 7시까지 시찰했다. 기차 여행까지 포함해서 모두 40시간이다. [1885년 11월 15일 일기]

다음은 1885년 11월에 아버지에게 쓴 편지의 일부 내용이다. 내가 켄싱턴에 있는 요크하우스에 돌아가 있는 동안 아버지는 웨스트모랜드 집에 머물고 계셨다.

오후에는 3시부터 7시까지 네 명의 남자와 같이 있었습니다. 첫 번째는 젊은 S라는 사람인데, 유순하고 부드러워 보이는 잘생긴 친구입니다. 내가 항상 춤추는 바보라고 놀린 친구인데, 바네트 부인의 충고대로 자선운동을 하게 되면서 그가 열심히 일하는 '동업자'라는 사실을 발견했습니다. 그는 우리에게 런던 지역의 협동조합운동의 진행에 대해 가장 흥미로운 설명을 해주었습니다.

그는 내가 하는 소년 클럽 일을 도와주겠다고 반승낙을 했습니다. 분위기가 이상하리만치 진지해서인지 모두 말하기를 부끄러워했습니다. 그리고 육군 소령인 W. 씨인데 그는 지금——제가 점점 머리가 나빠지나 봅니다. 어디에 있는지 기억이 나지 않습니다——어딘가에 숙소가 있습니다. 성격이 밝은 그는 우리 대화에 기꺼이 동참했습니다.[11]

뉴턴 교수[12]와 본드 씨——그는 운영과 관련해 말할 것이 있어서 이곳에 왔습니다――가 마지막으로 우리 팀에 합류했습니다. 우리는 영국 교육에 대해 길게 토론을 벌였습니다. 본드 씨는 그 후에도 좀더 남아 있었습니다. 그는 내 편지를 위원회에 보여준 것을 후회하고 있었습니다. 편지로 소란스러워졌고 이로써 우리의 계획에 대한 최종허가가 지연되었다는 거지요. 다시 모이게 되는 다음 주 월요일이 되어야 결정할 수 있다고 합니다. 건물이 지닌 작은 문제점에 대해서는 우리 입장을 받아들였다고 합니다.

어쨌든 우리 임무를 수행하면서 그들에게 정당한 경고를 준 셈이지요. 저는 지금 입주자의 현재와 과거를 기록하는 작업을 열심히 하고 있습니다. 직업, 가족 등의 정보와 수입, 과거 역사, 퇴출과 이직 사유 등을 기록합니다. 이 모든 작업을 제가 맡았고 파이크로프트 양은 세입자들에 관한 자세한 사항들을 저에게 주기로 했습니다. 그녀와 나는 서로 합심하여 일하고 있습니다. 그녀는 꾸준하게 일할 수 있는 실질적인 힘과 능력을 갖추었고 나는 주도권을 갖고 표현하는 능력이 있습니다. 저는 방법과 힘이 부족합니다. 중요한 시점에서 이 두 가지 모두가 부족한 셈이지요. 일을 그럴듯하게 진행하는 능력과 대담한 성격 때문에 실제보다 더 능력이 많은 것처럼 보입니다. 아버지, 제가

---

11) 이 멋진 장교는 영국 육군 스코틀랜드 고지 연대(Black Watch)가 켄싱턴의 처치 스트리트에 막사를 두었을 때 이 부대를 통솔했다. (이 막사는 요크하우스―넓은 정원 가운데 서 있는 매력적인 퀸 앤의 숙소였는데 아버지가 구입했다. 1926년 현재는 붕괴되었다―옆 건물이었다.) 그는 내가 이스트 엔드 지역 학생들을 즐겁게 해주고 있는 동안 스코틀랜드 치마를 입은 '백파이프 취주단'을 우리에게 보내 정원 주위를 행진하게 했다. 우선 집세 징수원으로 시작하겠다고 주장했던 그는 가장 빈곤한 사람들의 집세 미수금을 대신 내주겠다고 하여 세입자들을 당황하게 했다.

12) 그는 후에 찰스 뉴턴 경(Sir Charles Newton, 1816~94)이 되었고 영국박물관의 그리스・로마 골동품 관리자, 그리고 런던의 유니버시티 칼리지(University College)의 고전 고고학의 예이츠(Yates) 석좌교수가 되었는데, 개인적으로 가장 매력이 있는 사람이었다. 한편, 기록보존실의 가넷 박사는 당시에 내가 친하게 지내던 대영박물관 직원 중에서 가장 사랑스러운 사람이었다.

아버지를 제대로 닮지 않았나 봅니다. 분명한 사실이에요. 즐겁게 나무를 심기는 하는데 가꾸는 데는 신경을 쓰지 않아요!

과연 연계기관이 조직될 수 있을까?

월요일에는 화이트채플에서 돌아오는 즉시 잠자리에 들었습니다. [……] 어제는 다시 화이트채플에 갔다가 바네트 씨 집에서 점심을 같이 했습니다. 그는 빈민층을 위한 주택 관련 단체의 연계를 모색할 수 있는 모임을 주선할 생각을 하고 있었습니다. 이러한 회사의 관리 아래 거주하는 사람이 약 16만 명이나 되는데도 서로 소중한 경험을 교환하거나 공공목적을 위해 정보를 정리하는 기회가 없는 것이 실로 유감이었지요. 하여간 이 모든 것을 재고해볼 필요가 있다고 생각합니다. 옥타비아 힐 양도 자리를 함께해 이에 대해 논의했는데 바네트 씨는 그녀가 이 생각에 반대할 것이라고 생각했습니다. 그렇지만 여자 집세 징수인 조직이 점차 소멸되고 있기 때문에 이 일을 할 수 있는 더 강하고 섬세한 여자가 필요했습니다. 바네트 씨는 이것을 해결할 수 있는 어떤 계획이라도 얻게 되기를 바랐습니다.

저는 명확한 임무와 목적을 지니고 더욱 강하고 야망 있는 사람들이 생겨나 이끌어 가는 그러한 단체에 속한다는 것은 매력적인 일이라고 생각했지요. 저는 ¨아무도 모르게 선행을 하는 사람들¨(unknown saints)에 끼어 묵묵히 일하는 여자를 특히 존경해 마지않습니다. 그러나 결혼할 수 없고 남성적인 일에서 남성적인 보수를 찾는 여성들이 점점 많아지는 것도 현실입니다. 이들을 보면 측은한 감정이 드는 것은 사실이지요. 그러나 정상적이라고는 할 수 없지만 그래도 이들이 지닌 유용한 자질들이 정당한 보상을 받을 수 있는 그러한 일자리를 찾기 위해 노력할 것입니다. 이들은 우리 시대 문명의 소산이기 때문에 이들에게 적합한 자리를 마련해주고 또한 이를 감사해야 합니다. 그래도 이들의 삶이 무겁고 즐겁지 않은 것은 사실입니다. 이제 이들이 관심을 많이 갖고 열정적으로 일하려고 합니다. 이러한 강한 여성들에게 사회문제를 해결할 수 있는 분야에서 밝은 미래가 펼쳐질 것입니다. 이들은 열등한 남성이 아닙니다. 남성적인 면이 있지만 여성적인 기질을 지녔고, 더욱 강해질수록 더욱 여성스러워지는 사람들입니다.

저는 이들이 남자를 흉내 내거나 남자들의 일을 추구하는 대신, 자신들만의 경력을 쌓을 수 있다고 기대합니다. 자신들의 능력이 최대한 발휘되는 분야에서 일하게 될 때 비로소 이들은 만족할 수 있을 것입니다.

실패한 실험

시간상으로 다음 일기는 1885년 12월 초에 일어난 아버지의 갑작스러운 건강악화에 대해 기록하고 있다. 6년 동안 계속되는 질병과 긴 투쟁이 시작된 것이다. 그렇지만 집세 징수 관련 일을 마무리 짓기 위해서 약 1년 후의 일기를 먼저 소개하겠다. 매일매일 아버지 간호로부터 한숨 돌리기 위해 파이크로프트 양이 한 달 휴가를 갖는 동안 캐서린 빌딩 가까이 위치한 웬트워스 드웰링(Wentworth Dwellings)에 있는 그녀 방에서 지내면서 그녀 일을 맡게 되었다.

혼자 사는 것은 나에게 어울리지 않을 것이다. 우울해질 것이다. 〔……〕 그렇지만 불결하고 타락하고 협동정신이나 공동이익에 관심이 없는 이스트 엔드의 삶에 지치고 슬프다. 이곳에서는 못살 것 같다. 희망을 잃고 나 자신도 쓸모없는 노동자가 된 기분이다. 실제 경험도 나를 만족시키지 못하고 마치 쓸려가는 모래 위를 걷는 기분이다. 이 위에 찍은 내 발자국도 아무런 자취가 남지 않을 것 같고 이들을 사막을 건너도록 인도하지 못할 것 같다.

밤낮 할 것 없이 분주하게 살아가는 수많은 사람 가운데에서 더 나은 것에 대한 바람이 과연 존재할 수 있을까? 이들 사이를 지나다닐 때 그들이 대충 짓는 미소나 조잡한 농담 그리고 상냥하지 않은 언어들에 낙담하고 이들과 접촉을 피하게 된다. 이것은 실제 범죄 같은 사악한 요인 때문이 아니다. 단조로우면서도 들떠 있는 낮은 수준의 생활, 길거리에서 평상시 벌어지는 일들, 말다툼과 싸움, 탐욕스러운 거리 홍정, 도박과 도둑질 등이 우리를 실망시킨다. 좋은 품성을 지닌 자들은 타락한 사람들과 그들의 동료들에게서 떨어져 자신보다 더 무지하고 제대로 살아가지 못하는 이웃들을 인도하려 하지 않은 채, 이기적인 삶만을 영위하면서 외롭게 지낸다. 이스트 런던에서의 사람들 간의 교류는 이러한 최악의 요소들에서 비롯된다. 한 사회집단이라고 볼 때 이곳은 점차로 커지면서 점차로 해체되는 집단이다. 그나마 사회생활과 성장 가능성이 있는 작은 중심도 큰 덩어리에 의해 질식되어가는 실정이다. 노동자들은 능력도 잃어가고 능력 역시 점차 줄어든다.

내가 볼 때 이 건물들 역시 완전 실패작이다. 파이크로프트 양의 영웅적 노력에도 불구하고 좋은 영향을 주지 못했다. 자유로운 교제는 타락한 사람들이 모인 지역이 다 그러하듯이 오히려 사기를 떨어뜨리는 효과를 가져왔다. 사악함과 무관심, 술주정 그리고 저열하고 저급한 요소들이 고상한 삶에 대한 동기를 압도해버린다. 존경받을 만한 세입자들은 아예 자신들을 소외시킨다. 주위 환경에서 소외되는 것이 최고의 사회적 윤리처럼 보이고 이것이 바로 여기서 감히 설교할 수 있는 단 하나의 믿음처럼 보인다. "이웃 일에 관여하지 마시오"가 부득이하게 새로운 입주자에게 줄 수 있는 충고다. 뭔지 모르게 이상하고 저속할지 모르지만 수세식 변소가 회합장소가 된다. 이곳에 남녀가 모여 있다. 이곳이 남녀가 시시덕거리거나 도박할 수 있는 가장 밝은 장소이기 때문이다. 여자 집세 징수인도 피상적일 수밖에 없다. 그들의 다정스러움과 친절함이 많은 가정을 밝게 해주는 것은 사실이지만 이곳에 쌓여 있는 전염성 있는 집단적 야만성 앞에서 그들이 할 수 있는 것은 아무것도 없다. 정신적·육체적으로 서로 불결함이 쌓여가는 이 지역에서 말이다.

더 나은 세상에 대한 희망과 우리의 노력이 결실을 맺을 것이라는 믿음이 없다면 과연 이 사람들을 더 나은 상태로 끌어올릴 수 있겠는가? 왜 술이라는 마귀와 싸우려 하겠는가? 짧게 살고 즐기다 가겠다는 데에 무슨 말을 하겠는가? 술로 다 죽게 된 여자가 손에는 술병을 들고 술집을 바라보면서 소리를 지르며 나에게 다가왔다. 내가 할 말이 뭐가 있겠는가? 무엇 때문에 그녀를 설득하려 하는가? 이제 반은 죽은 목숨이다. 죽음이 끝이라면 그녀를 죽게 내버려둬라. 그렇지만 그녀와 함께 다른 사람들도 간다. 이들은 아마도 타락에 첫발을 내디딘 셈일 것이다. 이렇게 사악함이 끝없이 연결된다는 것이 유감이다. 아이들은 부모에게 연결되고 친구는 다른 친구에게, 연인은 다른 연인에게 연결되어, 끝없는 나락의 세계로 빠져드는 것이다.

이스트 엔드가 지닌 밝은 점이 있다고 한다면 그것은 서로 잘 사귄다는 것이고 조그만 것도 넉넉하게 같이 나눈다는 점이다. 물론 여기에도 싸움과 험담이 존재하는 것은 사실이다. 그리고 '술집'이 유일한 회합장소이기에 사교적이고 너그러운 사람이 바로 이러한 성격 때문에 쉽사리 휩싸이게 되는 반면, 뒤틀린 성격의 사람들은 혼자서 살아가게 된다. 결국 술이라는 사악한 힘은 괜찮은 사람들은 파괴해버리고 조악한 사람들은 내버려두게 된다. 가정이 파괴되고 사람들은 더 독한 술을 찾게 된다. 사람들은 자유방임에 대한 신뢰를 상실하고 위험을 무릅쓰고라고 이 사악한 것을 정복해버릴까 하는 생각이 들 때도 있다. 왜냐하면 이 술이 나라를 좀먹기 때문이다. 열심히 일하는 사람이 알코올 중독에 빠진 여자와 결혼하거나 역으로 열심히 일하는 여자가 알코올 중독 남자와 짝을 맺게 되는 경우가 많기 때문에 선한 사람이 주저앉게 되고 더 나은 삶을 향한 노력도 물거품이 되고 만다.

그러나 행복한 가정도 엿볼 수 있다. 남녀간의 사랑, 자식에 대한 사랑 그리고 거의 찾아보기 힘들지만 노약자에 대한 배려도 엿볼 수 있다. 그렇지만 이러한 불결함과 무질서 가운데에서 발견하는 휴식은 우리를 더 낙담하게 만든다. 왜냐하면 헤어날 수 없는 빈곤으로 어린

아이들을 끌고 가는 타락한 성인들의 지긋지긋한 외침이 들려오기 때문이다. 실업자가 수없이 많지만 그중에서 제대로 된 노동자를 찾기가 쉽지 않다. 왜냐하면 이들은 너무 빠르게 사기를 잃고 일할 마음을 상실하기 때문이다. 이들처럼 경제적인 면에서도 삶의 가치를 발견할수 없는 사람들을 과연 도울 수 있을지 걱정이 된다. 〔1886년 11월 8일 일기〕

집세 징수 기간에 옥타비아 힐과 단 한 번 면담했다. 이에 관한 내용은 다음 일기에 담겨 있다.

바네트 씨 댁에서 옥타비아 힐 양을 만났다. 어깨 위로 꼿꼿하게 세운 머리가 다소 큰 편이고 몸체는 작은 편이었다. 머리의 형태와 눈과 입모습이 지적인 면에서 매력적으로 보였다. 특히 미소가 매력적이었다. 우리는 장인들의 숙소에 대해 이야기를 나누었다. 그녀에게 세입자들에 대해 자세하게 기록하는 것이 필요한 것인지 물었다. 그녀는 이에 대해 별 필요성을 느끼지 않는다고 답했다. "정확한 정보를 주기 위해 관찰내용을 기록하는 것이 나을 것입니다"라고 나는 그녀에게 제안했다. 그녀는 이미 너무 많은 '알맹이가 없는 대화'가 있었다고 말하면서 정작 우리에게 필요한 것은 행동이라고 주장했다. 사람들이 불쌍한 사람들 가운데로 가서 매일 함께 일하는 것이 중요하다고 했다. 우리 사이에는 약간의 의견충돌이 있었다. 나는 내가 너무 나선 것을 후회했다. 그렇지만 그녀의 말에 확신이 서지 않았다. 〔1886년 7월 일기〕

교착상태

나의 이중적인 모습

독자들은 이스트 엔드에 대한 관찰을 기록하는 일기의 중간중간에 어쩐지 불행해보이는 내 모습이 여기저기 섞여 있음을 알아차렸을 것이다. 일기 여기저기에 나 자신을 이중성격으로 고통받는 사람으로 그렸다고 생각한다. 하나는 성공적인 결혼생활에서 사랑을 통한 행복을 찾는 정상적인 여인의 모습이었고, 다른 하나는 사시사철 '명석하고 분석적인 정신'으로 자유롭게 살아가는 권리를 추구하는 여인의 모습이다. 그렇지만 나의 두뇌능력이 과연 내 행복을 희생하고 평화로운 삶을 담보로 삼을 정도로 도전적인 지성을 가진 것일까? 여자가 남자에게 복종하게끔 되어 있는 당시 상황——나의 경우에는 특별한 환경 때문에 더 심했다——에서 사랑과 지성을 함께 연계한다는 것은 실현 불가능한 것으로 여겨졌다. 캐서린 빌딩 관리를 맡기로 한 그날 밤과 아버지의 건강 악화로 일을 떠날 수밖에 없었던 즈음에 기록된 다음 일기에는 나 자신을 불쌍하게 여기는 모습이 드러나 있다. 아더 폰슨비(Mr. Arthur Ponsonby)는 『영국의 일기』(*English Diaries*)[13]라는 글의 멋진 서문에서

---

13) 『16세기부터 20세기까지 영국의 일기』(*English Diaries from the XVIth Century to the XXth Century*), 아더 폰슨비 지음, 1924, 9쪽. 다음 인용글은 자아성찰식의 일기에 대한 그의 비판적 지적을 담고 있다. "자아성찰식 작가들의 정직성은 말할 나위가 없겠지만 그렇다고 이런 글이 자신을 충실하게 그리는 방법이라고 말할 수는 없다……. 우리는 스스로 그 누구보다 자신에 대해 잘 알고 있다고 생각하지만, 실은 우리는 우리 내면의 반만 알고 있을 뿐이다. 그러나 이것조차 정확히 묘사하는 것인지 알 수 없다. 상점 윈도에 비추어 본 우리 모습 역시 다른 사람들이 우리를 보는 모습과 같다고 할 수 없다. 우리는 남들이 알아차리지 못하는 것에 대해 자의식적일 수 있고, 역으로 남들이 눈여겨보는 우리의 특정한 모습을 전혀 모를 수도 있다. 펠리컨은 자신의 부리가 큰 것을 전혀 인식하지 않는다. 공작새는 자신의 꼬리에 대해서는 의식할 수 있지만 자신이 아주 아름다운 목소리를 가졌다고 생각한다. 한편, 어떤 한 사람이 자신의 약점에 대해 평생 고민해왔다는 사실이 그의 일기를 통해 밝혀지기 전까지는 남들은 그가 평생 그런 사실을 모르고 지내왔다고 생각한다."

자기연민을 이른바 '가장 흔한 인간의 약점'이라고 표현한 바 있다.

내 생각과 느낌을 절친한 친구——내 일기——에게 전달하고자 했던 노력에 이제 더 이상 흥미를 느끼지 않는다. 어쨌든 내가 보고, 생각하고, 느낀 것을 쓰는 일기 습관을 오랫동안 잊고 지냈다. 그러나 아직은 처음부터 나와 함께했던 오랜 친구에게 작별을 고하기는 싫었으며 내 경험을 누군가에게——비록 단지 나 자신의 환영이라 할지라도——전달하고 싶었다. 누구에게 일기를 쓰는지를 생각해보는 것도 흥미로운 일이다. 아마 자기 자신의 진실한 어떤 것, 자신도 잘 알지는 못하지만 생각과 모습이 바뀌는 와중에도 저 밑바닥에 있는 알지 못하는 자신의 진정한 정체성일 수도 있다. 이 알지 못하는 그 무엇이 한때 나의 유일한 친구였다. 어린 시절 조금만 어려운 일이 생겨도 위로와 충고를 구하던 친구라는 존재. 지금도 기억에 생생하다. 어린 시절 축축한 숲에 앉아 따스한 정을 느낄 수 없던——아마 찾지를 못했겠지만——주위를 돌아보면서 스스로에게 이렇게 말하곤 했다. "너와

"우리는 부주의하고 말이 많은 작가들이라도 그들의 진실성과 충실성에 대해서는 신뢰해왔다. 그러나 여기에는 어느 정도 조건이 있는데, 자기기만이 언제든지 있기 때문이다. 바이런(Byron)이 자신의 일기에서 '사람은 남들에게보다 자신에게 가장 거짓말을 잘한다'고 한 것이나 글래드스턴이 '나는 내면적인 문제는 다루지 않습니다. 쓰기는 쉽지만 솔직하게 쓰는 것은 불가능하기 때문입니다'라고 말한 것은 나름대로 진실을 담고 있다고 하겠다"(10~11쪽).
나 자신도 자기성찰적 일기쓰기에 대한 견해를 갖고 있다. "내 주된 일이 관찰이므로 나에게는 아마 두 권의 공책이 필요하다고 생각한다. 이는 마치 내가 독서에서 정보를 찾을 때 두 권의 공책이 필요한 것과 마찬가지다. 그렇지 않을 경우 자서전이 온통 임금 통계자료, 노동시간, 고용주와 고용인의 대화내용으로 가득 차고 여자의 삶에 대한 공간은 없어지게 된다. 이기적인 사색이 아니더라도 개인적인 성장에 대해 기록을 남기는 것이 필요하며 이는 더 나은 삶을 위한 징검다리로서가 아니라 미래에 도움을 주기 위함이다. 일기를 뒤척이다가 행복을 움켜잡으려는 필사적인 노력에도 불구하고 실패로 운명 지워진 불가항력이 움직이는 것을 발견하고는 나는 도리어 많은 힘을 얻었다." [1887년 11월 1일 일기]

나, 우리끼리 같이 지내다가 정말로 견딜 수 없을 때 같이 죽는 거야." 나는 심약한 성격의 소유자였다. "내가 느낀 것, 본 것을 너에게 모두 말해줄 거야. 그러면 같이 모든 것을 알게 될 것이고 더불어 행복해질 수 있는 거야." 그러고는 내가 본 것을 열심히 기록하고 따져보곤 했다. 머지않아 나는 다른 사람들도 나처럼 생각하고 따져본다는 사실을 알게 되었고 이들이 나에게 힘을 준다는 사실도 알게 되었다. 나는 이들의 도움을 받았고 그들 역시 나에게 도움을 주었다. 그러나 나는 계속 미지의 내 친구만을 좋아했고, 머리는 밖의 일들을 알려고 노력하는 가운데에서 가슴은 안으로만 향했다. 그러다가 마침내 지성적인 공감대를 갖는 우정에 눈뜨게 되었고, 이후에는 사랑의 진정한 모습을 발견하고는 분석적인 이성을 한쪽으로 밀어냈다. 그러고는 마지막으로 오랫동안 보이지 않게 파묻혀 있던 뜨거운 열정이 내게 다가왔다. 그리고 이것이 지적인 관심이나 개인적 야망 그리고 모든 이기적 동기 등을 몽땅 태워 버렸다.

이제 미지의 내 친구는 단지 환영일 뿐이다. 거의 호출되지 않았고, 쉽게 떠오르지도 않았다. 나의 이성과 정서가 모두 바깥으로 향하게 되었다. 현재 나는 이렇게 겸손하게 말한다. "나와 내 친구는 다른 사람의 도움 없이는 볼 수도 생각할 수도 느낄 수도 없을 뿐 아니라 인생을 영위할 수도 없다는 것을 알게 되었습니다. 그러므로 남을 위해 살아야 합니다. 그래야 우리에게 행복이 오게 되는 겁니다."

바바리아 지방을 여행할 당시 내 마음에 계속 떠오르던 이 문구가 후렴구처럼 떠올랐다. 나는 내가 본 모든 것을 기록했다. 나는 절친한 친구와 같이 지내고 있었다. 그러나 지난 세월을 생각하면서 밤낮 몰래 눈물을 흘렸다. 그리고 과거의 삶이 나에게 준 모습을 후회했다. 그렇지만 인간이 감히 세월의 작업을 피할 수 있겠는가? 우리가 스스로 만들어낸 자신의 모습으로 살 수밖에 없지 않은가. 〔1884년 10월 15일 일기〕

절망의 나락으로

1885년의 일반 선거가 있던 11월 26일 투표에 참가하셨던 아버지께 서 마비 증세로 쓰러지고 말았다. 어쩔 수 없이 사업과 사회활동에서 완전히 물러나실 수밖에 없었다. 슬픔이 깊어가는 가운데 몇 달을 걱정과 불안감 속에서 지내게 되었다. 건강이 좋지 않던 여동생은 겨울 동안에 는 친구들과 타국에서 보내기로 했다. 아버지의 사업관계 등도 정리해 야 했다. 내 일도 갑자기 파국을 맞게 된 것처럼 보였다. 새로이 맡게 된 집세 징수일도 포기하고, 동료들과 맺은 우정도 끊어야 했다. 사회조사 작업 역시 포기해야 했다. 본머스에서 아버지와 같이 지내면서 나는 나 에게 마치 마약과도 같은 역할을 했던 일을 하지 못하게 되어 첫 몇 주 가 몹시 고통스러웠다.

삶이 무섭게 느껴진다. 〔1886년 2월 12일 일기다.〕 어떤 때는 내가 얼마나 지탱할 수 있을지 걱정될 때도 있다. 〔……〕 나 자신과도 화해 하지 못했고, 지난 시절 내 삶도 회복될 수 없는 실수 덩어리 같다. 내 개인적인 삶을 볼 때 나는 인간의 삶에 대해 잘못 이해했다. 나는 행 복 없이 살 만큼 강하지 않다. 〔……〕 매일 아침 자살 충동과 함께 잠 에서 일어난다. 결심하고는 다시 계속적인 탐구에 집중하자고 노력하 면서 여성의 의무와 관례를 따라야 한다는 편협한 생각을 물리쳐 보 기도 한다. 〔……〕 오늘밤은 혐오스러운 잿빛 바다와 해변에 부딪히 는 파도의 모습, 그리고 내 감정처럼 부딪치다 사라지는 파도를 쳐다 본다. 그렇지만 파도는 끝없이 돌아온다. 그 뒤에는 절망의 깊은 바다 가 있다. 희망도 없이 살아가는 28세! 육체적 에너지에 속았다가 다 시 절망의 단조로움 속으로 빠지는 28세. 미래는 없고 단지 부서지는 감정의 연속일 뿐. 〔1886년 2월 12일 일기〕

그러나 지적 호기심과 노력하는 습관이 결합되면 항시 회복될 가능성 이 있게 마련이다. 새로운 희망을 갖게 하는 데 필요할 정도의 충동이 내게 다가왔다. 혼자만의 자기중심적인 슬픔에 잠겨 넋두리를 한 후 이틀 만에 나에게 편지가 날아왔다! 연애편지가 아니라, 『펠 멜』의 편집장에게서 온 편지였다. 언젠가 이스트 엔드 지역의 실업자를 위한 런던 부근의 공공시설 공사에 대한 논쟁이 이 신문에 실렸다. 캐서린 빌딩 세입자의 노동과 임금에 대한 걱정 때문에 나는 공공취업을 광고하는 것이 이미 과잉공급된 시장에 더 많은 수요를 유인하기 때문에 반대한다고 편지를 띄웠다. 처음으로 대중에 선보인 편지였다. 편집장이 "당신의 기사 밑에 이름을 넣어주시겠습니까?"라고 내게 답신을 보낸 것이다. 조금이나마 사회문제에 대한 비평가로서 내 능력을 인정해준 이 편지는 나를 '교착상태'에서 벗어나게 해주었다. 이즈음 다른 힘들도 나에게 영향을 미치고 있었다.

종교적인 기운

이곳 본머스와의 인연 그리고 그 외의 몇 가지 요인이 나에게 다시금 종교적인 기운을 느끼게 한 것은 이상한 일이었다〔한 달 후의 일기다〕. 〔……〕 나의 삶을 사회문제를 해결하는 데 헌신하자고 결심하는 이 강렬한 욕망이 내 허영심 때문일까? 내 욕망은 워낙 강해서 만약 내 능력에 대한 확신만 있다면——이른바 평범한 삶에서 즐길 수 있는 일종의 흥분감 또는 많은 사람이 이른바 쾌감이라고 부르는 것을 즐길 수 없어도 그리고 이른바 부인과 어머니의 역할이 갖는 성스러운 즐거움을 느낄 수 없어도——일상적인 힘든 일을 할 수 있을 것이다. 만약 성격상 과학적 탐색에 걸맞은 그런 능력이 있었다고 한다면 나는 수년 동안 다른 일을 하지 않고 연구하고 매일 잠에서 깨어나자마자 다시 일을 하면서 지냈을 것이다. 그렇지만 나는 자기기만이 두려웠다. 모든 인간의 삶 중에서 가장 안타까운 것이 바로 자기 능력을 잘못 평가하는 것이다. 인생의 황혼기에 들어선 사람들은 모든 사람에게 열려 있는 기회조차 놓쳤다는 것을 깨닫고 아무것도 성취하지 못했다는 적막함에 휩싸이곤 한다.

그리고 인생의 황혼기에 외로움에 휩싸이게 된다. 무슨 일이 있더라도 친구는 있어야 하는 것이 아닐까? 나는 친구들을 사랑하고 그들을 잃지도 않았다. 만약 내가 인생의 목적을 성취하지 못한다고 해도 버려진 삶으로 끝나지는 않을 것이다! 주위 사람들에게 실질적인 도움을 줄 수 있을 것이다. 나를 필요로 한다면 무슨 일이라도 할 것이다. 〔1886년 3월 15일 일기〕

〔1년이 훨씬 지난 후 일기다.〕 부인이나 어머니라는 위치가 지닌 평화로운 역할에 종교적 기운이 깃들기보다는 일에 몰두하는 미혼녀의 삶에 종교적 기운이 깃드는 것이 정말 이상한 일이다. 가끔 이것이 너무 부풀려진 것은 아닐까 하고 생각도 해본다. 그렇지만 분명 나는 개인보다는 사회 전반에 대한 특별한 임무감을 가졌다. 열정에 빠진다거나 자의식 또는 이기주의에 빠질 때만 제외하고 말이다. 세속적이고 감각적인 느낌에 지배되던 어둡던 시절에는 나에게 이러한 인식이 없었다. 이 느낌은 내가 매일매일 일을 묵묵히 해나가면서 다시 살아났다. 이 일을 감당할 수 있다는 내 능력에 대한 믿음은 성령에 대한 확신과 함께 내 마음에 불타올랐다. 성령 앞에서는 모든 것이 다 하찮은 것으로 보였다. 다만 이 확신이 있느냐에 따라 밝아지기도 하고 어두워지기도 한다. 냉정하게 판단하건대 내 속에 이러한 믿음이 어떻게 생겼는지 알 수 없다. 나아가 주위를 돌아보아도 내가 어떻게 신에 대한 믿음과 신이 의도한 것에 대한 확신을 갖게 되었는지 알 수 없다. 자신에 대한 확신과 신에 대한 확신 이 두 가지 확신 사이에 어떠한 관련이 있는 것도 아니다. 두 확신 사이에 의존관계가 있는 것도 아니다…….

부분적으로는 이러한 특별한 사명에 대한 인식과 사명을 완수할 수 있다는 믿음 때문인지 많은 사람과의 관계, 심지어 나와 가깝고 친한 사람과의 관계까지 어색해진 경우도 있다. 내가 사명감을 언급할 때마다 내 능력을 알고 있는 사람들에게는 둘 사이의 괴리 때문에 내 생각이 우스꽝스럽게 보여지곤 한다. 그러나 대개는 내 능력에 대한 이런 믿음을 드러내지 않는다. 친한 친구들조차 나를 서서히 그러나 필연적으로 움직이게 하는——나를 특별한 용도로 활용하는 쪽으로 움직이는 것인지 아니면 인생의 실패자로 만드는 쪽으로 움직이는 것인지는 모르지만——이러한 힘에 대해 전혀 알지 못한다. 〔1888년 7월 일기〕

절제되고 계획된 생활을 하다

이즈음에서 나는 별로 중요한 사건은 아니지만 지나간 일 하나를 회상하고 싶다. 왜냐하면 이 일과 내가 교착상태에 빠졌던 시점이 서로 관련이 있기 때문이다. 인간들은 과연 무엇이 우리에게 좋은지에 대해 거의 알지 못한다. 서서히 깊고 어두운 늪으로 빠져들기 시작한 1884년부터 아버지가 절망적인 상황에 이르던 1885년과 1886년 즈음, 내가 의기소침하고 있을 때에도 나의 수호천사는 내 목적의식을 그리고 아마도 또 다른 한 사람의 마음〔남편이 "나 때문에 구원받은 거야"라고 옆에서 말한다〕까지도 더욱 확실하게 해주었지 않나 싶다. 〔……〕 어쨌든 간에 내 일이 성장해나가는 과정에서 볼 때, 바쁘고 혼란스럽던 삶에서 떨어져 보낸 시간이 전체적으로 볼 때 내 삶에 도움이 된 것이다. 관찰과 실험도 해보았고 내 연구영역도 발견한 다음에 정작 내게 필요한 것은 역사적 배경에 대한 지식이었다. 헌법과 산업의 발전 그리고 과거와 현재의 정치·경제적 이론에 대한 지식이 필요했다.

내 약한 몸으로 가을에 열심히 책을 읽으면서 동시에 캐서린 빌딩에서의 집세 징수와 요크하우스에서의 가사를 함께 해나간다는 것은 거의 불가능했다. 수명이 짧은 두뇌 노동자(스펜서의 비극적인 삶에서 이미 보았지 않은가?)를 고민스럽게 하는 것은 얼마 되지 않는 지적 에너지를 소모한 후에 남을 원망하는 이기적인 사색에 빠지지 않으면서 그 나머지 시간을 어떻게 보낼 것인가 하는 문제다. 나의 경우 병약한 아버지와 같이 지내는 동안 이 문제가 평화스럽게 해결되었다. 일찍 일어나는 습관으로 아침에 세 시간을 지속적으로 공부에 투자할 수 있었고 식사 전에 생각을 집중할 수 있었다. 이것이 내가 감당할 수 있는 지적 능력이었다. 나머지 아침 시간은 중압감 없이 많은 일을 해낼 수 있었다. 아버지 편지를 챙기는 일, 신문을 읽어드리는 일, 일광욕용 의자 옆에 같이 서 있는 일 또는 같이 밖에 나가는 일 등. 점심식사를 끝내고는 시골로 산보하거나 차를 타면서 아침 작업을 돌아보곤 했다. 그러고는 남은 시간에 다시 책을 읽어드렸다. 어떤 때는 제인 오스틴이나 월터 스콧의 소설 또는 새로 나온 정치적 전기를 읽어드렸다. 이 평화스러운 생활이 언니들의 잦은 방문이나 친구를 만나기 위한 급한 런던 방문 또는 영국 박물관 독서실에 있는 선전문이나 정부보고서를 빌려 오는 일로 가끔 방해받기도 했다.

어쨌든 나는 상당히 운이 좋은 편이었다. 오랜 투병생활 동안에도 아버지께서는 본인의 성품이 지닌 매력을 잃지 않으셨기 때문이다.

[아버지가 마비증세로 쓰러지시고 석 달 후에 쓴 일기다.] 아버지는 헌신적이고 사랑스러운 성품을 지니신 분이다. 그는 평생 다툼 없이 지내셨고 후회 없이 지내셨다. 그의 유일한 슬픔은 어머니가 돌아가신 것에 대한 종교적 차원의 슬픔이었다. 쓰라린 슬픔이라기보다는 부드러운 슬픔을 내보이시는 분이다. 조용히 생각에 잠기시는 것을 즐기셨고 결혼생활 중 좋았던 것만을 기억하시면서 상상에 빠지시곤 했다. 두 달 동안 정말 행복해 하셨다. 회복된 건강을 즐기시고 잃어버린 건강에 대해서는 후회하지 않으셨다. 아마도 그것은 기억하시지 못하기 때문인 것 같았다. 항상 주위에 있는 자식들과 같이 지내셨는데 아홉 명의 딸이 세상에서 제일 소중한 사람들이라고 생각하시면서 지내셨다. 여생이 얼마 남지 않은 부모님에게 자손들은 항상 소중한 존재이기 때문이다. [1885년 4월 4일 일기]

사회이론에 대한 글

그 이후 6개월 동안 역사 관련 서적에 대한 비평과 요약으로 가득 찬 일기원고들이 빠른 속도로 늘어났다. 목록은 여기에 제시하지 않겠다.

큰 의미에서 역사공부는 두 가지 용도가 있다[역사 연구를 하던 첫 몇 주 동안에 쓴 글이다]. 한편으로는 사회의 구조를 밝히기 위해 역사적 사실에 대한 필수적인 지식습득이 있고, 다른 한편으로는 우리에게 인간 사회를 구성하는 다양한 상황과 기질을 깨닫게 해주는 상상력을 배양하는 데에 필수적인 지식습득이 있다. 부차적인 분야로 빠지지 않는 것이 역사공부에서 가장 힘든 일이다. 중요한 역사적 사실을 철저하게 정복하면 되지 모든 사건을 연구하려고 할 필요는 없다. 종종 가장 매력적인 부분도 스치고 지나가야 한다. [1886년 4월 17일 일기]

'내 연구에 대해 언급하기'

책을 읽고 이를 기록하는 것은 이제 더 이상 나에게 의미 있는 학습 방법이 아니었다. 이제는 나 자신의 생각을 하게 되었고, 이를 적극 표현하려고 했다. 특히 사회과학의 방법론에 대해 고민했다. 예를 들어 개인적인 관찰과 통계적인 탐구의 관계는 무엇일까? 이 문제는 런던 주민의 삶과 노동에 대한 부스의 연구 첫 단계에서 제기된 문제였다. 다음 일기는 이 문제를 해결해보려는 내 노력을 보여준다.

시청에서 있었던 통계연구위원과 부스의 첫 만남. 참석자는 부스, 모리스 폴, '일하는 협동조합 사회'의 런던 책임자 존스(Benjamin Jones),[14] '무역협회'의 대표인 래들리(Radley) 그리고 나였다. 이

---

14) 몇 년 동안 협동도매협회 런던 지부장으로 일한 존스는 협동조합운동에 대해

위원회의 목적은 런던 사회의 전반적인 모습을 제대로 파악하자는 데에 있었다. 지역별 그리고 직업별로 런던을 6킬로미터 지역으로 나누어 조사하는 것이다. 이 두 가지 방법은 인구조사 결과에 기초한다. 우리는 부스가 제안한 이 작업에 대한 자세한 계획과 일반적인 목적으로 작성한 짧은 요약문 안을 통과시켰다. 지금은 이 큰 일을 맡은 사람이 부스 한 명뿐이다. 내가 앞의 조건들에 대해서는 잘 알고 있으므로 시간만 있다면 이 일은 내가 맡고 싶다. 〔1886년 4월 17일 일기〕

　　바네트 씨와 점심을 같이 했다. 그는 부스의 계획에 제동을 걸었다. 그가 원하는 정보를 얻기가 불가능할 뿐 아니라 얻어봤자 별 가치가 없다는 것이다. 〔이 말은 아마도 내가 너무 정보 찾기에 열중하는 것을 보고 한 말인 것 같으며 부스의 이 거대한 조사작업이 지닌 가치 자체에 대한 캐넌 바네트의 결론은 아니다. 왜냐하면 그는 결과적으로 이 작업에 도움을 가장 많이 준 사람이기 때문이다.〕

　　나는 사회를 실제로 운영하는 사람들, 이른바 '실무적인 사람들'은 이러한 일반 원칙을 듣지 않고 단지 이 원칙이 실제에 적용되고 사실로 확인될 경우에만 이를 믿는다고 말했다. 그는 자신이 읽은 역사에 따르면 사상이 개개의 사실보다 영향력이 더 크다고 말하면서 이러한 사상이 사람의 성향에 영향을 준다고 주장했다. 그리고 사람의 성향이 바로 모든 삶의 비밀이라고 말했다. 모든 개혁은 사람에게 어떠한 영향을 미쳤는지에 따라 판단해야 한다는 것이다(나도 사상의 중요성을 믿기는 하지만, 내가 따른 것은 사실에 기반을 둔 사상이었다). 나는 그의 주장에 동의를 표하면서 이러한 진실이나 사실 등이 조심스럽게 증명되어야 한다고 덧붙였다. 사람들을 설득하는 데 선험적인 논리는 가치가 없으며 과학적인 정신이란 다름 아닌 일반 원칙에 의

<hr />

연구할 때 나와 가장 친한 동료가 되었다. 그는 『협동생산』(*Co-operative Productions*, 2권, 1894)의 저자이며, 애크랜드(Arthur Dyke Acland)와 공저로 『일하는 협동조합원』(*Working Men Co-operators*, 1884)을 출판했다.

심의 시선을 보내는 것이라고 말했다. 그러나 이러한 과학적 방법이 아직 신뢰감을 얻을 만큼 성숙하지 못했다고 말했다. 〔1886년 4월 18일기〕

부스의 사무실에서 자선조직협회 대표인 로취 씨를 만났다. 그는 빈민의 처지에 대한 정확한 지식을 구하려는 열의에 차 있었다. 그의 설명에 따르면 이 조사에 헌신하고자 하는 사람이 많다는 것이다. 부스에게서 통계학회의 책을 빌렸다……. 통계학은 인간사회의 구조를 다루는 과학이다. 즉 아무리 세부적이라고 해도 사회의 모든 면을 다루며, 아무리 복잡하더라도 모든 관계를 다룬다. 또한 교육, 통상, 범죄 그리고 조그만 핀의 생산 개수와 런던의 쓰레기통 수에 대한 통계까지 포함한다. 〔……〕 나는 사회분석이 무엇을 의미하는지를 설명하는 것이 좋을 것 같다고 생각했으며 이에 대한 글을 가을에 발표하기로 마음먹었다. 잘되면 부스의 작업에도 도움이 될 것 같았다. 〔1886년 5월 4일 일기〕

사회분석

사회분석에 관한 글을 쓰기로 마음먹었다. 이 글은 우선 사회의 실제 모습을 묘사함으로써 이것이 우리 생각과 행동에 얼마만큼 영향을 미치는지 보여주는 형식을 취할 것이다. 또한 이러한 묘사로 사회적 정서가 형성되고 그것이 정치적인 행동에 대한 호소로 이어지거나 자발적인 행동으로 표출된다는 것과 정치적 행동이 취해질 경우 이러한 사회적 사실의 묘사에 바탕을 둔다는 것을 보여줄 것이다(장인주택위원회를 참고할 것). 그러므로 문제는 사회적 사실에 대한 완전한 지식에서 비롯된 정서나 생각에 우리가 지배되어야 하는지 아니면 불완전한 지식이 만든 정서나 생각에 지배되어야 하는지에 관한 것이 아니다. 또한 우리 행동이 십계명에 좌우되어야 하는지 스펜서의 원칙에 좌우되어야 하는지의 문제도 아니다. 그러한 것은 오늘날 사회과학이 보여주는 실용정치학이 제기하는 문제가 아니다. 대중이나 그들이 통치자로 뽑은 사람들 모두 더 이상 이러한 일반론을 믿지 않는다.

사회학자들의 반대.

의학 발전에 대한 아주 조심스러운 설명——논쟁하는 정치가와 의사의 비교. 〔1886년 5월 6일 일기〕

내 글을 쓰기에 충분할 정도로 독서를 하지 못했다. 우리가 사회적인 사실에 의해 형성된 생각이나 정서에 의해 **행동한다**는 주장에 대한 근거를 역사에서 찾는 것이 절대적으로 필요하다. 부스가 지난번에 언급했듯이 대개는 법제정 시에도 계급간의 감정 또는 종교적·반종교적 감정에 근거하며 단지 법제정의 근거를 증명하기 위해 사회적 사실을 활용할 뿐이다. 실제로 예에 불과한 사실들도 자료로 활용하곤 한다. 여기서 지적해야 할 네 가지 사항이 있다. 내가 생각해낸 것은 두 가지다.

① 통계적인 탐구의 방법. 이 방법은 기픈(Giffen)이 쓴 『노동계급의 진보』(*Progress of the Working Classes*)에 예시되었고, 자료를 활용한 경우다. ② 동일한 성격의 단위에 대한 오류. 기픈의 글이 보여주는 오류로서 노동계급의 수입에 대한 다양한 추정치의 경우다. 나는 여기에 대도시의 의기소침한 노동계급에 대한 묘사도 첨가할 것이다. ③ 마치 물이 흘러가듯이 노동 역시 수입이 좋은 곳으로 몰리게 된다는 법칙의 오류. 도심생활이 주는 다른 유혹에 대한 언급. ④ 임금에 적용되는 평균치의 원칙에 깔려 있는 오류.

개인적인 관찰은 통계적인 방법으로 확인받지 않는다면 거친 실수를 범할 가능성이 많다. 사실을 선택할 때 편견이 개입하기 때문이다. 특정한 기질에 맞는 특정한 사실에 끌릴 수 있다. 여성의 작업이 그 예가 된다. 개인적 관찰은 계급에 대한 개인적 경험을 계급 전체에 대한 경험으로 여기는 경향이 있다. 이런 경향은 특히 자선사업가와 이들에게서 영감을 얻은 정치가에게서 두드러지게 나타난다. 특히 지난 정부의 경우 노동계급에 대한 이러한 잘못된 인식에 어느 정도 의존했다고 말할 수 있다. [……] 사회조직을 관찰하는 데 가장 큰 어려움은 관찰 대상이 담고 있는 특정한 자질이 관찰자에게는 없는 경우다. 예를 들어서 종교나 집시 같은 보헤미아니즘[15]의 경우다. 많은 연구자들은 서로 검토해야 한다. [1886년 5월 24일 일기]

정치경제학

곧 출판하려고 했던 사회분석에 대한 글을 끝내지 못했다. 몬머스셔의 집인 아고드에서 아버지와 동생과 지낸 1886년의 여름 몇 달 동안 나는 정치경제학자들——애덤 스미스부터 마르크스, 그리고 마르크스에서 마셜——의 글을 연구하면서 내 생각을 발전시키는 쪽으로 방향전환을 했다. 특히 가치이론에 염두를 두면서 경제학과 사회학의 관계에 초점을 맞추었다. 18개월 후의 날짜가 찍힌 일기 원고 중에서 나는 "개인적 관찰과 통계적 연구"라는 제목이 붙은 글을 찾았다. 이 글은 부록에 실어놓았다. 부지런한 도제로 지내던 당시의 내 나이와 비슷한 오늘날의 독자들에게는 이 글이 유용할 것 같다. 왜냐하면 이 글이 초보자가 보여주는 열성으로 탐색기술의 주요 부분을 설명할 뿐 아니라 나아가 다른 연구 방법론에 대한 내 무지까지 보여주기 때문이다. 예를 들어 문헌이나 당대의 글을 사용하는 식의 역사적 방법이 필요하다는 것도 인식하지 못했고, 헌법 개정이나 특정기구의 활동에 이르기까지 연계되는 일련의 사건을 찾아야 한다는 것도 나는 알지 못했다.

1886년 여름과 가을 동안에 내가 몰두했던 '나만의 작은 결실'은 두 편의 글로 귀결되었다.

하나는 「영국 경제사」이고 다른 하나는 「칼 마르크스의 경제이론」이다. 둘 다 출판은 하지 못했다. 이 두 글에 나만의 독창성이 담겨 있다고

---

15) 자유로운 예술가 정신—옮긴이 .

말하지는 않겠다. 널리 인정된 정치경제학자들의 글에 진리가 담겨 있다고 한다면 기발한 생각을 담은 글에서는 당연히 오류들이 발견되곤 하기 때문이다. 다만 이 글에 실린 생각이 내 자신의 생각에서 출발했다는 점을 밝히고 싶다.

다음은 내가 원했던 학문의 목적에 대해 다시 생각하게 해주고 더불어 고통스러웠던 기억도 생각나게 해주는 일기의 한 부분이다.

머리가 아파오고 내가 품었던 야망은 점점 멀리 사라지는 것 같다. 정치경제학은 징그러울 정도로 힘이 든다. 그렇지만 분명한 것은 이것을 정복해야 한다는 것이다. 나아가 이론이 생긴 바탕을 이해해야 한다. 새로운 경제이론이 성립하는 것은 당시 산업생활의 주요 특징을 살펴보면 알게 모르게 이와 상응하기 때문이다. 현재는 다양한 추론과 이에 대한 예로부터 아직 내가 바라는 틀이 잡힌 형태를 생각해내지 못했다. 나는 이 정치경제학이 근거하는 사실자료를 이해할 필요가 있다. 도대체 이 이론이 필요로 하는 가설은 무엇이란 말인가? 〔1886년 7월 2일 일기〕

내가 원하는 경제학 공부는 이제 막 고비를 넘겼다. 이제 더 정확하게 쓰기 위해서 2주일 정도 공부가 남았다고 말할 수 있다. 정치경제학의 원칙은 결코 확정적인 것이 아니다. 새로운 사실이 관찰되면 정치경제학의 원칙들이 늘어나왔을 뿐 아니라 이미 일반화가 된 내용의 각 부분을 더 세밀하게 관찰하면 원칙 자체도 새롭게 발전해왔다. 〔1886년 7월 18일 일기〕

드디어 「영국 경제학의 부흥과 성장」(The Rise and Growth of English Economics)에 관한 글을 완성했다. 내가 볼 때 주제가 이해될 수 있도록 잘 표현했고, 역사적인 발전상에 대해 정확하게 그려놓았다. 혹시 출판되면 너무 우쭐댄다고 여겨지는 것은 아닐까 하는 생각도 해보았다. 그렇지는 않은데. 나는 좋은 생각이 떠오르면 참을 수 없어서 이것을 우물대면서 표현하려 하면 더 잘난 척하게 되고 만다. 차라리 "판단할 수 없어서 모르겠습니다"이거나 "검은색은 검은색이라고 확실히 믿으며 아무도 나에게 이것이 흰색이라고 우길 수 없습니다"의 둘 가운데 하나가 낫다. 이러한 어쩔 수 없는 독립적인 사고방식은 다른 사람들에게는 좋지 않게 느껴졌다. 그도 그럴 것이 여자는 대개 의존적이고 수용하는 것으로 여겨졌기 때문이다. 여하튼 나는 내 방식대로 살아갈 것이며 나에게 충실할 것이다. 〔1886년 9월 14일 일기〕

「칼 마르크스의 경제이론」은 다음 해 봄까지 완성하지 못했다.

마르크스를 요약하는 데 3주를 소비했고 이제야 내 생각이 한결 정리되었다. 그러나 남들이 받아들일 수 있는 형태로 글을 썼는지는 나도 모르겠다. 어떤 때는 기분이 고무되면서 내가 제대로 하고 있다는 생각이 들다가 또 한편 피로가 몰릴 때에는 내 글이 온통 말도 되지 않는 내용으로 되어 있다는 것을 발견한다. 어쨌든 지적인 생산은 삶을 즐겁게 해주며 개인적인 의미를 부여해준다. 앞으로 몇 년 동안을 이러한 실제적인 관심과 직면해야 할 텐데. 꾸준한 지적 노력만이 이러한 슬픈 생각에서 나를 보호해줄 수 있을 것이다. 〔1887년 2월 25일 일기〕

내가 영원히 한쪽으로 제쳐놓은 일반론들을 다시 상기해 이야기를 무겁게 하지는 않겠다. 부분적으로 이제는 내가 이성과 논리를 따지는 위치에서 벗어났기 때문이기도 하고, 또 한편으로는 빈틈없는 과학을 추구하는 정치경제학을 믿지 않기 때문이기도 하다. 그렇지만 이 글의 독자인 학생들을 위해 미출판된 내 글의 핵심을 부록에 제시했다. 어쨌든 이러한 힘든 사고훈련이 내가 설명하려고 하는 도제기간에는 필수적이기 때문이다. 솔직히 말하건대 '근면한 도제'라면 나처럼 해보는 것도 좋을 것이다! 사회학의 발전에 무슨 도움이 되느냐고 반문하곤 했지만, 이러한 훈련이 이스트 엔드 지역과 협동조합운동에 대한 연구에 훌륭한 가설로 쓰였기 때문이다.

비평가로서 허버트 스펜서

사회병리학을 포함하는 경제학 영역에 대한 내 정의는 내 스승인 스펜서의 교조적인 결론과 충돌하게 되었다. 내 이론에 반대하는 그의 생각은 다음과 같다.

그는 내 주장을 요약해 보낸 글에 대해 다음과 같이 답변을 보냈다. 내가 이해한 바로는 정치경제학 이론에 대해 제기한 반대 주장은 대부분 최근 이론에 근거하고 있는데, 그 이론들은 제대로 된 게 아니야. 내 반론을 몇 줄로 줄이면 다음과 같다. 네가 사회적인 삶과 개인적인 삶에 비유한 예를 다시 빌려서 설명해보겠다.

① 생리학이란 건강한 상태에 있는 인체 기능의 법칙을 도식화하는 것이기에 병리학을 완전히 무시하게 된다. 즉 정상이 아닌 기능에 대해서는 설명하지 못한다. 한편, 올바른 병리학이라는 것은 자신을 인정하지 않는 생리학이 있어야만 존재할 수 있다. 건강기능에 대한 이해 없이는 병에 대한 이해가 불가능하기 때문이다.

② 나아가 이런 방식으로 올바른 병리학이 설정되었을 경우, 제시된 치료방법이라는 것은 다시금 건강상태로 되돌리는 것을 목적으로 한다──병리학적인 상황에 맞추기 위해 생리학을 재조정하지는 않는다.

③ 이것은 이른바 정치경제학을 구성한다고 하는 산업행위간의 올바른 관계에 대한 설명에서도 마찬가지다. 정치경제학에 따른 어떠한 설명도 이러한 행위간의 무질서를 설명할 수 없다. 병리학적인 상황을 인식하지도 못하며, 나아가 이러한 병리학적 사회 상황도 정치경제학을 구성하는 기존의 사회생리학에 의존하기 때문이다.

④ 나아가 이러한 병리학적인 상태가 정치경제학이 가정하는 자유경쟁과 자유계약을 부정했기 때문이라고 한다면, 치료과정은 정치경제학의 원칙을 재조정해서가 아니라 가능한 한 자유경쟁과 자유계약을 다시금 확립함으로써 가능해진다.

내가 이해하듯이, 만약 병리학적인 실제 상태를 이해하기 위해 정치경제학 원칙을 수정하려 든다면 단지 병리학적인 상황을 재구성하게 되는 것이고, 결과적으로 상황은 더욱 악화될 것이다. [1886년 10월 2일, 스펜서 경이 보낸 편지의 일부]

노철학자의 편지는 흥미로웠다[며칠 후의 일기에 기록했다].

그의 첫 제안은 매우 그다웠다. [……] 분명 생리학 역시 생로병사의 모든 면을 다룬 인간과 동물의 삶을 연구하면서 태어난 학문이다. 생리학적 진실은 병리학을 연구하면서 발견된 것이다. 질병을 다룬 학문이 건강을 다룬 학문보다 앞서지 않는다고 말하기도 쉽지 않다. 그렇지만 스펜서는 이러한 것에 대한 역사적인 감각이 없다.

두 번째 제안은 [그의 편지에 문단별로 번호를 붙였다.] 그가 내 제안을 철저히 잘못 이해하고 있음을 보여준다. 나는 치료방법을 처방할 의도가 없다. 그리고 그가 이를 언급하는 것은 사회학적 문제에 대한 그의 관찰과 추론이 행정학에 대한 그의 선입견에서 비롯된 것임을 보여준다. 벨라 피셔[16]까지 나를 오해하는 것으로 봐서 어쨌든 내

---

16) 결혼 전에는 아라벨라 버클리(Arabella Buckley)였고 렌베리 경(Lord Wrenbury)의 여자형제다. 라이엘(Charles Lyell)의 비서를 역임했고, 『자연과학에 대한 짧은 역사』(*A Short History of Natural Science*) 등을 저술했다. 당시에 내 가장 친한 친구였고 외로운 내 연구를 격려했으며 내 글에 평을 달아주었다. 연이은 일기에서 알 수 있듯이 칼 마르크스에 대해 쓴 글을 사촌인 부스 부부와 형부인 알프레드 크립스 등 지적 조언자들에게 보여주었다. 그 결과는 다음과 같다.
부스 부부는 내 글을 읽고 기뻐했다. 특히 찰스는 열광적이었다. 그들은 이 글을 다시 비슬리 교수에게 보냈다. 다음은 그의 평이다. 그는 이 글의 전반적인 관점이 쓸모 있는 노동과 쓸모없는 노동 간의 구분이라는 점을 간과했다. 이

표현이 잘못되기는 했나보다.

세 번째 안은 정치경제학이 산업의 **정상적인** 관계에 대한 설명이라고 가정하고 있다. 첫 단계는 분명 이러한 관계를 밝히는 일일 것이다. 그러고는 다양한 경제적 질병을 이해함으로써 무엇이 정상인지 그리고 무엇이 건강한 것인지를 찾을 수 있지 않겠는가?

그렇지만 내가 이해하는 리카도의 경제학은 발견하려 하지 않고 가정만 한다. 그의 가설이 정상적인 행위로 판명될 수도 있겠지만 그는 자신의 가설이 사실이라고 증명하려 들지 않는다. 그는 증명 자체가 필요하다고 생각하지 않는 것 같다.

네 번째 제안은 다시 치료 문제를 언급하고 있다. "병리학적인 상황에 맞추기 위해 생리학을 재조정하지는 않는다." 얼마나 어색한 논리인가! 그가 경제학을 인간의 성향을 다루는 학문인 사회학이 아니라 행정학의 일부로 간주하고 있음이 분명하다. 과학의 대상은 현재를 밝혀주는 것이지 특정한 사회 이상에 따라 어떻게 해야 하는지 알려주는 것이 아니다. 〔1886년 10월 4일 일기〕

2주일 후에 스펜서에 대해 다른 어조로 기록된 내용이 또 있었다. '정치경제학에 관한 힘든 작업'이 몸과 마음에 불쾌한 효과를 가져왔다는 사실을 우연히 보여준 글이다.

구분은 또 다른 요소인 욕망의 유무에 의해 이루어진다. 그렇지만 내 생각이 맞는다고 해도 쉽게 인정될 것 같지는 않다. 특히 나와는 반대되는 견해를 지녔다고 공언한 사람들의 경우에는 더욱 그렇다. 어쨌든 그의 비판은 결국 내가 논점을 분명하게 드러내지 못했다는 것을 보여준다. 작법과 올바른 인용법에 대한 그의 조언은 도움이 되었다. 그는 분명 내 글을 별로 신통치 않게 생각했을 뿐 아니라 좋아하지도 않았다. 〔1887년 2월 12일 일기〕

알프레드 크립스는 내 글을 읽은 후 내가 그의 의견을 물으러 가자 나를 환영하면서, "비어트리스, 이렇게 어려운 글을 아직 읽은 적이 없단다. 내가 이해를 못한 것 같구나"라고 말했다. 우리는 함께 앉아서 한 글자씩 읽어 내려갔다…… 더 간결하고 완전한 형태로 다시 써야겠다고 생각했다. 〔1887년 3월 20일 일기〕

노철학자를 보기 위해 브라이턴에 갔다. 이제 이 위대한 철학자도 점차 생기를 잃고 있었다. 그렇지만 나는 이 불쌍한 노철학자를 사랑한다. 그에 대한 나의 따스한 감정이 그를 기쁘게 해주었다. 살아 있다는 표시는 아직도 작동하고 있나 보기 위해 맥박을 확인하는 것뿐이다. 언젠가는 안락사를 인정할 때가 오리라. 산다는 것이 모든 사람에게 끔찍한 것으로 보일 수 있다. 오늘은 어지럽고 머리도 아픈데 마음도 슬픈 상태다. 그렇지만 다시 회복되겠지. 변화가 필요하다. 내가 몸과 마음이 아프니까 이 세상이 전부 해악스러워지는 것 같다. 친구야, 힘을 내자. 〔1886년 10월 18일 일기〕

이스트 엔드의 삶에 대한 연구

아버지가 쓰러지신 첫해 겨울이 되어 다시금 내 활기찬 생활이 가능해졌다. 1886년 여름 동안 우리의 '사랑스러운 의사선생님'이신 클라크 경(Sir Andrew Clark)——아버지의 의학적 충고자이자 친구이다——덕분에 나는 아버지를 설득하여 법 관련 제반 일을 대니엘 마이너차겐[17]에게 넘기게 되었다. 유능한 재정가였던 대니엘의 호의와 친절 덕에 나는 귀찮던 일에서 해방되었다. 나는 이러한 일에 재능이 없었을 뿐 아니라, 투기 성격을 지닌 아버지의 투자 때문에 끊임없이 불안해했다. 아버지의 건강이 위험수위를 넘어 이제는 안정적인 상태로 돌아오게 되자 언니들이 돌아가면서 최소한 넉 달씩 아버지를 간호하겠다고 나섰다.

---

17) 마이너차겐은 1873년 조지아나와 결혼했다. 그는 외국 은행가와 기업가가 설립한 회사이자 당시 대표적인 어음인수 상사인 프레드릭 후스 사(Frederic Huth & Co.)의 최고 동업자의 아들이자 자신 역시 후에 선임 동업자가 된다. 이에 대해 조지아나 마이너차겐이 쓴 『브레멘 가족』(A Bremen Family)을 참고하시오. 이 글은 1756년, 1798년 그리고 1799년에 대니엘이 각각 영국, 프랑스 그리고 스위스를 여행하면서 쓴 일기를 담고 있다. 조지아나 언니는 할아버지에 대한 책——『보습에서 국회까지』(From Ploughshare to Parliament)——도 출판했다.

그들은 나도 사교계로 가든지 여행을 하든지 일을 하든지 간에 마음껏 즐기라고 친절하게 충고했다. 이 여가시간이 취하게 될 형태는 이내 결정되었다.

조사에 착수하다

런던에서 이틀 동안 부스 부부와 같이 지내다〔같은 해 말에 쓴 일기다〕. 찰리는 매일 밤 세 명의 유급 연구원과 함께 연구에 몰두했다. 나는 3월의 휴가 기간에 '부두'(Docks)를 맡겠다고 약속했다. 사랑스러운 매리 부스는 임신한 상태였다. 〔……〕 레오나도 〔코트니〕는 말수가 적었다. 그는 내가 하는 말에 특별한 관심을 보이진 않았지만 용기 있고 성실한 성품은 마치 굳건한 바위 같았다. 〔1886년 12월 5일 일기〕

아버지와 함께 본머스에서 겨울을 보낸 후, 나는 '동지'들의 소굴인 비숍스게이트에 있는 데번셔 하우스 호텔로 갔다. 이곳은 몇 년간 나의 런던 숙소가 되었고 이곳에서 일을 시작했다.

지난달은 철저하게 즐겼다〔휴가 중간 즈음에 쓴 일기다〕. 타워 햄릿에 있는 부두 노동에 대한 통계적 조사를 마쳤다.

사회적인 현상을 조사하는 것은 흥미로운 일이다. 그렇지만 이 일을 철저하게 하기 위해서는 여기에 삶을 바쳐야 한다. 휴가 기간의 일이 아니라 인생의 작업으로 삼기 전에는 내가 하는 하찮은 일도 피상적이 될 뿐 아니라 별로 결과를 낼 수 없음을 알게 되었다. 그렇지만 준비가 많이 필요했다. 우선 영국 역사와 문학에 대한 철저한 지식. 철저히 공부하여 뼈와 살 모두를 얻어야 했다. 산업성장과 현재의 산업구조에 대한 이론습득 그리고 원칙에 대한 재고——대상에 대한 한계설정과 방법에 대한 질의, 이외에도 직접 관찰하기 위해 준비할 것이 많았다. 이러한 연구는 가사와 같이 진행할 수 있었다. 아마도 그 어느 때보다 더 자유스러운 느낌이다. 현재 나는 상당한 자유를 누리고 있으며 마치 어머니가 돌아가신 직후보다 더 많은 자유를 만끽하고 있는 것 같다. 1년 중 넉 달은 실제 관찰할 수 있을 것이다. 만약 시골에서 휴식을 취한다고 한다면 문헌 준비에 여섯 달 이상을 쓸 수 없게 된다. 그렇지만 이럴 경우 관찰 자체가 불연속적이고 불완전할 수 있기 때문에 삶의 모습을 정확히 그리기보다는 내 생각을 정리하는 것이 더 유용할 것이다. 내 교육은 아직 갈 길이 멀다.

그동안 나는 삶을 즐기고 있다. 나는 특정한 지적 욕망에 쏟은 노력이 능력의 크기에 담보된다는 사실을 믿게 되었다. 아직은 내 능력에 대한 확신이 없다. 내 능력은 아직 동전 위에 찍힌 그림처럼 확정되지 않았기 때문이다. 동전이 아직은 덜 굳은 상태이고 올바른 그림이 찍힐 수 있을지도 알 수 없다. 그래도 힘을 느낀다. 내 한계를 안다고 해도 그것을 극복하는 법을 알기에 내 능력을 확신한다. 내 글에 대한 알프레드 크립스의 비평은 내가 아직 얼마나 갈 길이 먼가를 보여주었다. 그러나 지난 글보다 나아졌고 지난 글과는 달리 어떻게 바꾸어야 하고 어떻게 훌륭하게 만드는지를 이제는 알고 있다.

일에 대한 지난날의 확신이 다시 살아났다——도덕적·지적 확신이 확고해졌다. 〔1887년 3월 30일 일기〕

런던 선착장

선착장의 노동상황에 대해 제출된 자료에 실망했다. 단순한 통계 이외에 지역적인 특징을 원했다. 예를 들어 고용방식의 다양성, 고용된 사람들의 부류, 주거위치 등에 대한 정보. 직접 '문 앞에서 기다리다'가 다양한 계층이 일하는 시간을 직접 확인해야 한다는 사실을 알게 되었다. 〔1887년 5월 일기〕

다음에는 부두 책임자와 면담한 내용과 다양한 부두 노동자와 부인들에 대해 쓴 내용이 이어진다. 매일 일찍 기상해서 선착장의 문 앞에서 일하려고 법석을 떠는 사람들의 모습을 보았고, 기선들이 신속하게 짐을 내리는 모습과 대조적으로 느긋하게 짐을 내리는 범선의 모습을 관찰했다.

오늘 아침은 [5월 초에 기록한 내용이다] 빌링스게이트를 따라 런던 선착장으로 걸었다. 독한 담배를 피워대는 사람들로 법석였고 여기저기서 도로 위에 반 페니 동전을 던지면서 거친 말이 오갔다. 야만스럽게 만족하는 표정과 절망적으로 불만족스러운 표정이 섞여 있었다. 저속한 형태의 오락——무심코 거리의 난장판에 호기심을 갖거나 거리의 상인들을 한가하게 쳐다보며 그들의 속된 농담을 듣는 것——이 바로 선착장이 제공하는 '재미'다. 나는 캐서린 빌딩의 세입자인 점잖은 다트포드 씨를 만났다. 그는 나를 반갑게 맞아주었다. 그는 항상 일을 찾아 하면서도 자신에게는 휴일이 없다고 불평하는 사람이다. 그는 실업자들은 일하기를 싫어해서 작업장에 나타나지 않아 해고되는 사람이라고 말했다. "나는 사람들과 같이 몰려다니지 않습니다. 여자들이나 몰려다니는 거지요. 그러나 그러다가 항상 다툽니다. 마치 욕이 하루 일급인 것 같아요. 여자들에게 일주일에 한 번 급료를 주지 않고 아무 때나 주는 것은 잘못입니다." 그러고는 부두에서는 더 악한 사람일수록 더 많은 일을 얻는다고 그는 말했다. [1887년 5월 일기]

임시고용 노동자

아침 일찍 부두로 나가다[그 후의 일기다]. 정규직 사람들은 점잖고 차분하고 깨끗한 반면, 임시고용 노동자들은 저속하고 야만스러운데다가 다들 현재 상황에 만족스러워하는 모습이다. 거칠게 밀고 싸우고 하다가 별안간 속된 농담을 하고 크게 웃으면서 해산하는 모습을 본다. 얼굴에는 무관심한 표정이 역력했다. 개중에 한둘은 더 나쁜 상황에 처해서 절망적인 모습을 보이는 사람도 있다. 일을 못 받은 사람들은 다른 부두로 가서 어슬렁대거나 다른 선착장으로 흩어진다. 최하급에 속하는 약 100명 정도는 나이팅게일 레인(Nightingale Lane)가에 있는 '닭장' 같은 곳에 모여서 작업반장이 잡역부를 모집하는 소리를 기다릴 것이다. 지루하거나 배가 고파서 잠이 들거나 하면 옆에 있는 사람들이 혹시 페니라도 있나 하고 자는 사람의 주머니를 뒤지곤 한다. 〔1887년 5월 일기〕

저녁에 세인트 조지 야드에 있는 클럽을 찾았다. 런던과 캐서린 도크에서 일하는 사람들 중 '괜찮아 보이는 사람들'과 이야기를 나누었다. 원래 담배를 재배하다가 부두 노동일을 하는 사회주의자 로빈슨은 이민 갔다가 고향이 그리워 다시 영국으로 돌아왔다고 한다. 돌아다니기를 좋아하는 그는 우쭐해 보이고 재미있어 보이기도 하지만, 신랄하고 막무가내식이었다. 그의 주장은 항상 살 권리, 결혼할 권리 그리고 아이를 가질 권리에서 시작된다. 그는 빅토리아 부두에서 일거리를 찾을 수 없다고 한탄한다. 보통 한 사람에게 2~3가지의 일거리가 보통이다. 계약 시스템이 빠르게 확산되면서 여덟 명의 계약제 노동자가 회사에 직접 고용된 30명이 하는 일을 해낸다고 한다. 그 자신도 회사에 직접 고용된 경우에는 되도록 일을 적게 한다고 말한다. 부두노동자간에는 사회주의가 전혀 꽃피우지 못해서 조직조차 구성할 수 없다고 주장하면서 사회를 완전히 뜯어고치기 전에는 어떠한 처방도 없다고 그는 말한다. 국가가 모든 사람을 위해 '즐거운 노동'을 제공할 수 있어야 한다는 것이다. 세관 공무원이 압수해 제거해버리는 담배를 왜 노동자들에게 피우게 허락을 안 하는지 모르겠다고 불만을 털어놓는다. 담배를 갖고 있다가 발각되면 일주일 감옥행이다. 그는 가끔 법을 위반하여 담배를 소지한다고 한다.

그는 노동하는 여자들은 남편들에게 동반자가 될 수 없다고 불평이다. "내가 우리 처에게 구애할 때, 그녀에게서 한마디도 들은 말이 없어요. 마치 그저 옆에 서서 걷다가 이따금 키스하는 정도라고 할까.

그저 술 안 먹는 여자만 만나도 자기 경우처럼 다행입니다. 그런데 우리 처가 내가 처음으로 구애한 여자는 아닙니다. 여기 여자들은 모두 사소한 것만 이야기할 뿐 다른 것에 대해서는 전혀 모르는 부류들입니다." 케네디가 이와 유사한 말을 파이크로프트 양에게 전하면서 아무 생각 없는 여자와 대화하는 것이 어떤 것인지 모를 거라고 그녀에게 말한 적이 있다. 로빈슨은 자본주의가 형편없는 길로 가고 있다고 비판하면서 경쟁, 기계, 고용주와 조합의 임원들을 증오한다고 말한다. 〔1887년 5월 13일 일기〕

면담한 사람 중에는 지역담당 교육위원회 소속 시찰자들도 있다. 다음은 스테프니 구역 담당 시찰자인 케리건(Kerrigan)과의 두 번에 걸친 면담 내용이다.

그 자신이 맡은 임시고용 노동자, 특히 런던에서 태어나고 대를 이어 임시노동하는 사람이 900명이나 된다고 한다. 그중 가장 저질은 이스트 엔드 태생의 아일랜드인인데, 부인 역시 최하층 출신이다. 그녀는 미개인 여자처럼 종일 힘든 일을 한다고 한다. 이 지역의 사회주의에 대해 잠시 이야기했다. 그들은 이 지역에서 떠나지 않고 계속 숙소만 이동한다. "마치 단테의 「지옥」 편에 나오는 자살 모임 회원처럼, 특정 지역을 계속 맴돕니다." 항상 같이 일하기 때문에 일에 대한 기대도 낮고 잘하지도 못한다. 결코 지역을 벗어나지 않으며, 선착장에서 다시 거리로 어슬렁거린다. 몇 푼을 벌면 서로 '한턱 내고' '얻어먹으면서' 다 써버린다. 주로 설탕, 식초, 갈색 종이 그리고 독일산 니코틴으로 만든 '담배'를 피운다. 집집마다 차 주전자는 계속 끓고 있고, 빵과 집에서 만든 말린 대구를 먹는다. 이 대구는 굴뚝에서 말린 뒤 침대 매트리스 사이에 끼워두어서 특유의 독특한 냄새가 난다.

독서는 전혀 하지 않는다. 구교 신자 외에는 아무도 교회에 가지 않는다. 공휴일에는 모든 가족이 빅토리아 공원으로 몰린다. '정규 노동자'들은 이 지역 외곽인 포리스트 게이트, 해크니 또는 월댐스토에 살기도 한다. 그는 웨스트 인디아 도크 지역에는 런던이나 세인트 캐서린 지역처럼 부패하거나 뇌물이 오간다고 생각하지는 않는다고 말한다. '정규 노동자'는 장인이나 숙련공보다 한 계층 위에 속한다고 할 수 있다. 그들은 스펜서나 헉슬리를 읽고, 종교나 정치적 견해에 대해 생각한다고 한다. 빅토리아 공원이 지적인 노동자들의 모임 장소라고 한다. 〔1887년 5월 일기〕

빅토리아 공원

빅토리아 공원에 사는 교육위원회 시찰자인 케리건 씨와의 재미있는 하루〔며칠 후의 일기다〕. 이 공원은 영국의 동쪽 맨 끝에 있다. 우아한 형태의 이층집으로 된 거리로 둘러싸여 있다. 이 집들은 현관이 있고 내닫이창, 베네치안 커튼과 레이스 커튼으로 장식되어 있다. 주로 중산층 정도의 사람들이 살고 있다. 이따금 여기저기에 이보다 더 초라하고 창문과 현관이 없거나 아니면 더 싸구려 창문으로 장식된 집도 있는데 이곳에는 이스트 엔드의 노동계층 중에서 최상층인 '정규' 노동자나 기술자가 살고 있다.

빅토리아 공원에서 일요일 오후는 멋있는 시간이다. 지역 사람뿐 아니라 모든 이스트 엔드 지역의 이상하거나 광적인 사람들이 만나는 곳이다. 우리가 처음 만난 이들은 조그만 풍금 앞에 모인 사람들이었는데, 아이를 동반한 나이 든 사람들과 한둘 흩어져 있는 젊은이들이었다. 그들은 서로 '초대 장로교의 원로지부 사람'이라고 불렀다. 그들은 정말로 '초대' 사람들 같았다. 또 다른 그룹은 이보다 더 사람도 많고 서로 토론도 하는 모임이었는데 YMCA 회원들로 구성되어 있었다. 그들은 지저분하고 냄새가 나는 시청 서기들인데 이들 중 한둘은 마르지 않는 열정으로 들떠 있는 사람들이었다. 이들은 큰 목소리로 예수의 십자가의 피에 대한 성가를 부르면서 이 세상의 실패와 불만을 씻어주고 힘들고 굶주린 삶을 보상해주는 영원한 행복에 대해 노래했다. 약 9미터 멀리에는 영국인 기술자와 러시아 이민자의 토론을 듣느라고 노동계층이 모여 있었다. 외국인 이민이 논쟁거리였다. 둘 다 하층 노동계층의 유입에 대해서는 반대했다. 그러나 영국인은 영국으로 이민 오는 것이 외국인들의 잘못이라고 하는 반면, 러시아인은 이민자에게 무거운 인두세를 붙여 방지하는 것은 영국 의회가 할 일이라고 주장했다.

"정부가 하는 일이 뭐야?"라고 틀린 액센트로 외국인이 비아냥댔다. "이런 정부를 대표라고 부르고 노동자들이 이런 정부를 뽑아줍니까? 무엇 하나 해달라고 하면 20년 동안 떠들기만 하다가 모든 기회를 놓치고 마는 이런 정부 말입니다." 그러자 군중 속의 한 사람이 "맞아요, 영국 의회는 마치 매일 '이제 아버지께 돌아갈 거야'라고 떠드는 기독교인과 같아요. 그러고는 한 번도 간 적이 없거든요"라고 소리쳤다.

많은 사람이 나무 밑에 있는 자갈바닥에 모여 있었다. 초대 장로교에 대해 설파하는 한 불쾌하게 생긴 흑인이 있었는데, 마치 지나치게 경건한 성찬 중시자와 크리스티 민스트럴(Christy Minstrel)[18]이 뒤섞인 듯한 내용이었다. 그 뒤로는 또 한 무리의 군중이 있었고 거기에는 '과학 회관'(Hall of science)에 대해 선전하는 사람이 있었다. 그는 인간이 동물의 일부일 뿐이라고 설파했다. 육감적인 얼굴에 천박하게 보일 정도로 재빠른 모습으로 자기 생각을 주장하는 그는 헉슬리, 다윈 그리고 독일 생리학자들을 때때로 인용하면서 인간의 진화에서 대응되는 종교적 이론에 대해서는 어느 정도 형평성을 맞추는 편이었다. 과학 영역에서 비롯된 그의 주장은 인간이 지닌 동물성을 강조하면서 인간의 최고 품성에 대한 믿음이 비이성적이라고 밝히는 것이 주된 내용이었다.

---

18) 미국의 가수이며 배우인 에드윈 크리스티가 조직한 흑인 생활을 희극화한 코미디를 주로 공연하는 대중연예단—옮긴이.

군중이 가장 많이 모인 곳은 사회민주주의자[19]의 연단 주위였다. 연단 위에서는 목이 쉰 사람이 사회구조의 부당성을 비난하고 있었다. 한

---

19) 사회민주주의 연맹 그리고 그들이 주장하는 '사회적 유물론'에 기반한 사회주의를 처음 접하게 된 것은 1883년 봄에 있었던 교양 있는 마르크스의 딸과 한 대담을 통해서다. 다음은 일기에 기록된 내용이다. 오후에는 영국박물관의 휴게실에서 마르크스 양을 만났다. 사회주의에 대한 글을 쓰면서 망명자로 지내는 마르크스의 딸은 문학 등을 가르치거나 사회주의 잡지에 글을 실으면서 생계를 꾸려나갔다. 지금은 강제로 쫓겨나간 푸트 씨(Mr. Foote) 대신에 『진보』(Progress)지의 편집을 맡고 있었다. 그녀는 신성모독죄로 푸트 씨가 끌려 들어간 것에 대해 분개했다.

"그 특정한 발췌문에 농담이 담겨 있는지는 모르겠지만 잘못된 내용은 없어요. 풍자는 정당한 수단이에요. 볼테르가 즐겨 쓰던 방법일 뿐 아니라 심각한 토론보다 훨씬 효과가 좋았어요. 우리는 기독교를 부도덕한 환상으로 보고 모든 사람에게 그 허상을 밝히려고 해요. 우리가 대하는 사람들에게는 풍자가 제일 효과가 있어요. 지난 세기와 지금 세기의 차이는 그때는 자유사상이 상류층의 특권이었는데, 지금은 노동층의 특권이 되었다는 거지요. 우리는 이들이 신비스럽다는 다음 세계를 무시해버리고 지금 이 세계를 위해 살기를 바랄 뿐이에요. 그리고 이들을 즐겁게 만드는 것을 쟁취하려고 해요."

그녀와 논쟁하는 것은 소용이 없었다. 그녀는 기독교의 아름다움을 인정하려 들지 않았다. 그녀는 성서를 저주의 성서로 읽었다. 그녀에게 예수는, 만약 실제 있었다고 해도 머리가 나쁜 사람이었고 성격은 좋지만 영웅주의가 없는 사람이었다. 그러니까 이 사람이 "최후의 순간에 이 잔을 치워달라고 기도하지 않았어요?" 무엇이 '사회주의 계획'이냐고 묻자 대답하기를 자기에게 모든 역학이론이 담긴 짧은 공식을 달라고 부탁하는 것이 낫지 않겠냐고 재미있게 답했다. 사회주의 계획은 복잡한 학문 가운데 하나인 사회과학에서 추론된 것이라는 것이었다. 나는 내가 알고 있는 정치경제학에서 볼 때, 사회철학자들이 스스로 단지 역학을 묘사하는 데에 한정시킨다고 말했다. 그들은 어찌 보면 숙명론자라고 언급했다. 그녀는 내 의견을 반박하지는 않았다. 나 자신도 내 말이 맞는지 틀리는지를 알 수 없었다.

생김새는 예쁜 모습이었고 헐거운 옷을 입었으며 사방으로 날리는 검은색 고수머리를 하고 있었다. 자칫 이상하게 보일 수도 있는 그녀의 눈동자는 실은 감정이 풍부하고 생명력으로 넘쳐 있었다. 그녀는 약간은 흥분되고 병약한 모습을 보여주었는데 이것은 자극제와 수면제를 복용하기 때문인 것 같았다. 혼자 살고 있으며 브래드러 부부와 가깝게 지냈다. 〔1883년 5월 24일 일기〕 훌륭한 이 여자의 삶과 비극적인 종말에 대해서는 『나의 망명 시절』(My Years of Exile), 번스타인(Edouard Bernstein) 지음, 158~165쪽 참고.

손에는 맬서스를, 다른 한 손에는 『철학의 결실』(*Fruits of Philosophy*)을 들고 있었다. 그는 인구증가를 억제하는 두 가지 대립되는 방법이라는 미묘한 주제에 대해 말하고 있었다. 하나는 결혼을 늦게 하는 방법이고, 다른 하나는 임신을 예방하는 방법이었다. 그렇지만 그는 둘 다 필요없다고 역설했다. 국가에서 올바른 분배정책을 시행하면 모두 먹을 식량이 충분히 있게 된다는 것이었다. 창고에는 식량이 넘쳐나는데 사람들은 굶어 죽는다는 것이고 사람의 심성이 잘못된 것이 아니라 경제구조가 잘못되었다는 주장이었다. 사람들은 별 반응을 보이지 않았고 다만 새로운 제안만 들으려 했다. 대개는 일자리가 있는 사람이었고 굶주림 때문에 사회개혁에 관심을 두는 사람들이 아니었기 때문이다. 고용주를 비판할 때는 이따금 웅성대며 인정하는 소리가 들렸고, 극에 달한 경쟁을 지적할 때에도 약간의 호응이 있었지만, 현재 사회구조에서 사회주의가 최고로 실현되었을 경우로 화제를 바꾸자 의심을 보이기 시작했고 듣기는 하되 그 실현성을 의심했다.

학교출석 점검관과의 만남

우리는 사람들 사이로 나아가 케리건 씨의 집으로 갔다. 노동자 거주지역의 뒷방인데, 케리건 씨의 부엌, 거실, 침실, 일하는 공간으로 쓰이는 곳이다. 그는 모든 것을 정교하게 꾸며놓았다. 그는 성격이 좋은 아일랜드인이다. 직업상으로는 바다 일을 하지만 생계를 위해 학교 교육위원회에 속해 있다. 동료들에 대한 관심이 많으며 과학과 문학에 대해 조야하지만 포괄적인 지식을 갖고 있었다. 그는 책을 좋아했으며 살아 있는 언어로 대화했다. 그는 일반화하는 능력이 있었으며 이스트 엔드의 빈민들과 개인적으로 겪은 경험을 바탕으로 다양한 층에 대해 정확하게 묘사해주었다. 그는 편견이 없는 사람이었고 남을 깎아내린다거나 추켜세우는 사람이 아니었다. 너무 바쁘게 삶을 즐기기 때문에 나쁜 일을 할 시간이 없는 사람같이 보였다. 우리 방문을 반가워하고 대화를 즐기는 모습이 보기에 안쓰러울 정도였다. 그는 우리에게 훌륭한 차를 대접했고 최상품 담배를 제공했다. 이스트 엔드 교육위원회 시찰자의 침실이자 화장실, 거실, 사무실로 쓰이는 방에서 두 젊은 여자가 수다 떨면서 담배 피우는 모습을 웨스트엔드에 사는 친척이 보았다고 한다면 과연 무어라고 했을까? 〔1887년 5월 일요일 일기〕

런던에서 글을 쓴다는 것은 거의 불가능하다는 사실을 알았다. 글을 쓰려다가 일주일을 낭비했다. 존스(B. Jones)와 호프만 씨(Mr. Hoffman)와 재미있는 식사시간을 가졌다. 호프만 씨는 기독교 사회주의자이며 진정한 기독교 정신만 있다면 생존수단이 생길 것이라고 주장했다. 모든 사람은 생존권리와 잘살 권리가 있다고 주장했다. 많은 사람이 환경에 맞지 않아 그럴 수가 없다는 사실을 인정하지 못했다. 사회주의가 대중의 의견에서 나와야 한다고 믿었으며 사회주의자는 자신이 믿는 원칙들을 거리 모퉁이에서 설파해야 한다고 주장했다. 모든 가족이 원하는 만큼 자녀를 가질 수 있으며 생계가 보장되어야 한다고 주장하지만, 인구증가가 가져오는 문제는 직시하지 못했다. 〔1887년 5월 일기〕

막간 이야기
이스트 엔드에서의 경험과 비교하기 위해 웨스트엔드에서 있었던 저녁파티에 대한 두서없는 메모를 여기 옮긴다.

코트니 씨 가족과 식사를 같이 하다. 몰리(John Morley), 아일랜드의 장관인 밸푸어(Arthur Balfour), 『리버풀 포스트』(*Riverpool Post*)의 편집장이자 떠오르는 정치인 러셀(E. Russel), 포셋 부인(Mrs. Fawcett)과 덕데일 부인(Mrs. Dugdale)이 함께 했다. 밸푸어 씨는 매력적인 사람이었다. 키도 크고 잘생겼고 지적인 모습이었다. 냉소적으로 말했고 실제보다 더 현명해보이는 듯한 말을 잘했다. 이제는 별로 볼 수 없는 전통적인 신사 부류의 정치인처럼 훌륭한 교육을 받았으며 편안한 인상이었다. 얼마 전에 작고한 재능이 많았던 형과의 대화를 통해 과학에 대한 조예가 깊었다. 모두 잘 어울리는 파티였다. 공적으로는 반대파에 속했지만 몰리 씨는 밸푸어 씨의 견해에 동조했다. 그는 하원의 야당간부석(Front Opposition Bench)에 대해 이야기하고 정치연설에 대해 글래드스턴이 지적한 말들을 계속 반복해 이야기함으로써 우리를 즐겁게 해주었다. 대화는 편안하고 즐거웠지만 한편 거품으로 가득 차 있었다. 모두 자신의 생각을 말하기보다는 단지 똑똑하다고 여겨지는 것만을 이야기했다. 〔1887년 5월 일기〕

그 후 나는 『철학적 회의에 대한 옹호』(*Defence of Philosophic Doubt*)와 『믿음의 근거』(*Foundation of Belief*)를 쓴 저자의 문학적 재능과 지성에 대해 알게 되었다. 다음의 일기는 정치가 전반과 특히 상하의원에 대해 내가 지닌 반감을 보여준다. 또한 세습직 의원들과는 반대로 같이 지내는 동료들에 대한 내 호감도 함께 보여준다.

그랜빌 경(Lord Granville)[20]은 그냥 즐거운 성품의 그저 그런 사람이다. 그의 높은 정치적 지위에 지적 무능력이 실려 있기 때문에 민주적인 의식을 가진 사람에게 그는 참기 힘든 존재로 여겨진다. 대개의 '사교계의 남자'들이 그러하듯이 그 역시 나 같은 부류의 여자에게는 관심이 없다. 어제까지 나에게 말 한마디 건넨 적도 없다. 그러나 내가 우아한 검은색 외투를 입고 나타나자 나에게 접근했다. 그때 나

---

20) 그랜빌 백작 2세(1815~91). 하원에 10년(1836~46) 머문 이후 한 세대에 걸쳐 상원의 휘그당과 자유당의 대표자가 되었다. 정권마다 영향력을 지닌 의원으로 활동했다. 1857년에 가터 훈장을 받았다. 1859년에는 여왕이 수상직을 제공했지만 내각을 형성할 수 없었다. 그를 만났을 때에 그는 1868, 1880, 1886년에 걸친 글래드스턴 내각에서 식민지 장관과 외무장관을 역임했다. 왕립위원회의 회원이었으며 1856년부터 1891년까지 런던대학 학장이었다.

는 친구가 된 크로스 씨와 노동문제에 대해 격렬하게 논쟁을 벌이고 있었다. 그랜빌 경은 어리둥절한 표정으로 논쟁을 듣고 있었다. 예의상 그에게 쟁점을 설명하자 그는 마치 중국철학 논쟁에 초청된 듯한 표정으로 더욱 혼란스러워했다. 마치 파티복을 예쁘게 차려입은 여자가 무슨 그런 논쟁을 벌이냐는 듯한, 나아가 세련된 사교계 여성이 그런 쟁점을 어떻게 이해할 수 있느냐는 듯한 표정이었다. 약간 놀라는 표정으로 그 점잖은 백작은 그렇게 서 있었다. 나는 체임벌린이 그랜빌 백작에 대해 한 말이 떠올랐다. "각료회의에서 누가 과연 늙은 간호사 옆에 앉기를 바라겠어요?" 그는 조금 있다가 같은 부류의 사람들과 이야기하기 위해 자리를 떴다.

아침식사 때 그는 내 옆에 앉았다. 내가 폰슨비 여사에 대해 이야기하자 그는 매우 기뻐했다. 폰슨비 여사에 대한 이야기가 끝나자 그는 비슷한 위치의 다른 사람들에 대해 이야기하기 시작했다. 공작과 공작부인, 그들의 개인적 특징과 직위 등을 이야기하게 되자 나는 더 이상 흥미를 잃고 반응을 보이지 않게 되었다. 조금 있다가 우리는 아무 말도 하지 않았다.

홉하우스 경(Lord Hobhouse)[21]과는 서로 공감하며 대화를 많이 나누었다. 전보다 그를 더욱 좋아하게 되었고 그도 마찬가지였던 것 같다. 그에게는 솔직한 면이 있었고, 유머는 부족하지만 사려 깊고 상당히 양심적이었다. 친절함과 기사도 같은 윤리의식이 그의 매력이었고 매사에 완벽을 기했다. 그는 또한 헨리 형부의 숙부로서 나에게 더 많은 호기심을 갖게 했다. 〔1888년 10월 21일 일기〕

---

21) 아더 홉하우스, 해스펜(Hadspen)의 홉하우스 백작 1세(1819~1904). 법정 변호사(1845), 칙선 변호사(1862), 인도 총독부 의회 의원(1872~77), K.C.S.I. (1877), 추밀원 법사위원회 의원(무보수, 1881~1901), 귀족에 봉해졌다 (1885). 『홉하우스 경, 회고록』(*Lord Hobhouse, a Memoir*, L. T. 홉하우스와 J. L. 해먼드 공저, 1905)을 참고하시오.

몰리에 대한 글은 앞의 일기를 기준으로 전에 한 번 그리고 후에 한 번으로 두 번 더 있었다.

어제 케이트 언니 집에서 몰리를 만났다. 그와 코트니 가족과 저녁 시간을 같이 보냈다. 친구들에게는 사랑스러운 사람이었다. 다른 사람의 생각을 잘 이해하고 받아들일 줄 아는 사람이었다. 그렇지만 정치가 같은 사태 장악력이나 실질적인 기민함은 부족한 사람이었다. '세상의 절차'보다는 '사고의 절차'에 더 관심을 갖는 소위 말하는 '지적'인 사람이었다. 글래드스턴의 일처리 능력과 그의 매력 그리고 사상을 빨아들이는 흡입력에 대해 열광적으로 이야기했다. 그러나 그[글래드스턴]는 사람들을 실체 없는 그림자로 여기는 사람이었으며 자기에게 순종하거나 아첨을 떠는 사람을 가장 좋아하는 타입이었다. 헉슬리 씨가 본머스에서 말한 내용——글래드스턴은 진실을 그 자체로 추구한 적이 없으며 단지 사람들이 표현하고 주장하면 그것을 원칙과 견해로 보았다——과 연관해서 생각하니 이 노인 정치가가 어떠한 사람인지를 희미하게나마 알 수 있었다. 〔1886년 4월 일기〕

몰리와 오랫동안 이야기를 나누었다. 그는 뉴캐슬의 사회주의자에 관해 알고 싶어했다. 지금까지는 그들을 무시하지는 않았지만 무관심하게 대해왔다. 그런데 이들이 지난 교육위원회 선거에서 2,000명의 표를 모은 이후로 몰리는 이들을 다시 보게 되었다. 그는 뉴캐슬에서 할 인터뷰를 준비하고 있었는데 그 내용은 여덟 시간 근무제와 기타 사회문제에 관한 것이었다. 연설에서 그는 사회문제는 우리가 헌신해야 할 문제라고 주장했다. 그는 제국주의적인 정치를 무시했고 영국이 외국과 맺은 관계를 청산하기를 원했다. 하지만 그는 사회문제에 대해 결코 생각해본 적이 없는 사람이다. 그는 노동문제의 경우 기초도 모르는 사람이다. 정치가들이라니! 〔1889년 2월 11일 일기〕

〔다시 시골에서 쓴 글이다. 나의 런던 생활에 대해 곰곰이 생각해 보았다.〕다양한 부류의 사람들과 같이 지내면서 마치 사람 개인에서 처럼 특정 계층에서도 이와 유사한 점들이 관찰될 수 있다는 사실이 정말 이상했다. 각 계층 역시 특정한 사고를 지니고 있어서 계층을 벗어나지 않고는 이 사고의 틀을 깨고 나간다는 것이 불가능하다. 개인의 경우도 마찬가지다. 계속 성장해나가는 사람은 찾아보기 힘들다. 이런 사람의 경우 우리는 영원한 젊음을 지녔다고 말한다. 우리는 대부분 우리 인생을 살면서 빠르거나 늦거나 간에 점차로 지적 자만이나 나태한 상태로 접어들게 된다. 사물의 한 면만 보게 되고 자연히 지적 수준이 변하지 않고 동일하게 남게 된다. 그러다 보면 사물에는 최소한 좌우 사방이 있다는 사실——어떤 경우에는 끊임없이 다양할 수도 있다——조차 잊어버리게 된다. 〔1887년 8월 일기〕

다음은 『19세기』에 실린 사회조사자로서의 내 첫 글에 대한 나 자신의 감상을 적고 있다.

어제 우리는 요크하우스를 포기했다. 부두 생활에 관한 나의 글이 『19세기』[22)에 실리게 되었다. 지겨웠던 관계를 청산했고 새로운 출발이 시작되었다. 〔……〕이 일은 내 젊은 시절의 꿈이었고 내가 항상 원해왔던 것이다. 〔……〕올 여름은 빈둥대면서 별 감흥과 노력 없이 글을 써나갔다. 그런데 이 글이 대표적인 평론지에 채택된 것이다. 그리고 채택된 지 두 달 만에 이제 인쇄되어 나오는 것이다.[23) 2년 전이었다면 기뻐서 어쩔 줄 몰라 했을 것이다. 하지만 이제는 내 노력의 당연한 결과로 여기게 되었다. 〔……〕재능도 없고 문학적 능력도 없지만 내 연구의 목적과 방법이 독창적이며 바른 방향으로 나가고 있

---

22) 『19세기』, 1877년 10월호.
23) 이 글은 1889년 봄에 출판된 찰스 부스의 조사 1권에 첨가되었다. 마지막 판본(1902)에는 15권 『빈곤』 부분의 첫 장으로 등장한다.

다는 것을 알고 있기 때문이다. 그리고 이 길을 가기 위해 행복을 포기했으므로 꾸준히 연구해나갈 수 있었다. 성공이 육체적 강인함에 달려 있음을 알고 있으며 어두운 그림자를 몰아낼 수 있을 정도로 충분한 도덕적 정신력을 갖고 있다고 본다. 이제는 고통스러운 모습을 확대하거나 과장해서 보지 않고 제대로 된 상황에서 볼 수 있게 되었다. 〔1887년 9월 30일 일기〕

어떤 공식회합

다음 일기는 부두 노동정책에 대한 여성 전문가로서 악명이 높아진 내 모습을 보여준다.

캐닝 타운의 바킹 가, 태버나클에서의 모임이다. 부두 노동자들이 모이는 이 모임에 내가 참석하는 것으로 광고가 나갔다. 강당에는 사람들이 많았는데, 조용해보이지만 세련되고 단호한 모습이었고, 부두 입구에 모여 있는 노동자 계층보다 수준이 훨씬 높아 보였다. 여자는 나 혼자였으며 강단으로 올라설 때 내게 쏟아지는 사람들의 환호를 처음 들으면서 이제는 나도 '유명세를 타는' 사람이라는 사실을 경험했다. 연단 뒤의 작은 방에 오늘 발표할 사람들이 모여 있었고, 광고에는 유명한 X씨와 Y씨가 나올 것이라 했다. 회장인 필립스(Alderman Phillips)는 조그만 체구에 유쾌한 성격을 지닌 사람으로 평범한 모습에 이른바 열심히 일하는 자선사업가에게서 보이는 친절한 표정을 하고 있었다. 두세 명의 위원이 있었고, 나서기 좋아하는 사람이 한 명 있었다. 그는 방으로 들어오더니 "대체 무슨 일이지? 뭐라고 말해야 하는 거야?"라고 소리치고는 대답을 기다리지도 않고 연이어 "같은 내용이면 되는 거지. 노동자층의 지위 상승이랄까 아니면 단결 뭐그런 거지"라고 혼자 답했다. 나머지 다른 사람들은 뭐라고 말해야 하는지를 몰라 상당히 당황해 하는 모습이었다. 새로 구성된 단체의 장을 제외하고는 노동이나 부두 일에 대해 아는 것이 없었기 때문이다.

나보고 결의안을 지지하라고 부추겼지만 이를 단호하게 거절했다.

단체장인 틸레 씨가 우선 회의의 서두를 열었다. 그는 머리숱이 별로 없는 체구가 조그만 사람이었고, 마치 부흥집회 목사처럼 종교적으로 열광하는 사람처럼 보였다. 솔직한 면은 있지만 아는 바가 없었고 현명하지 못했다. 그는 강제 매춘과 하청 계약과 불규칙한 노동시간에 대해 성토했다. 하청 계약의 철폐에 대해서는 박수를 쳐댔지만 대다수가 감명받은 것 같지는 않았다. 그는 회장이 속삭이는 소리로 본론으로 돌아가 안건을 제기하라고 할 때까지 계속 떠들어댔다. 자신들의 연설 주제와는 무관한 내용을 떠든 몇몇 의원들의 연설이 이어졌다. 그러고는 마치 모임 같은 곳에서 비는 시간을 메우는 역할을 하는 사람같이 보이는 조그만 체구에 목소리가 큰 한 전문 연사가 연단으로 나오더니 큰 목소리로 외쳤다. "이쪽에는 시간 외 노동으로 지친 모습을 한 부두 노동자들이 보입니다. 집에는 일과 걱정 등으로 피로에 지친 부인을 포함해 비참한 삶을 이끌어가는 가족이 있습니다. 저쪽으로는 이와는 정반대로 마차를 타고 온 피둥피둥한 부두 회사의 경영진이 있습니다. 이들은 호화스런 저택에 하인을 두고 살고 있습니다. 저는 말하고 싶습니다……."

어느 유명한 대중연설가

이때 다행히도 X씨가 연단으로 올라서는 모습이 보였다. 틸레 씨 외에는 아무도 그를 알지 못했다. 그는 나와 가까운 곳에 자리를 잡더니 회장에게 제안 내용을 보자고 요청했다. 그러고는 단체장이 들으라는 듯이 큰 소리로 "20파운드를 기부하겠소. 그러나 내 이름이 드러나서는 안 됩니다. 알려지고 싶지 않습니다. 외국인 이민 건에 대해서는 물론 저를 지원하시는 겁니다"라고 말했다. 그가 일어섰을 때 나는 그를 자세히 볼 수 있었다. 그는 덩치가 컸고 약간 부은 벌건 얼굴에 몸에는 살집이 있었다. 검은 눈동자는 술을 마셨는지 핏발이 선 것 같았고, 짙은 턱수염을 한 그는 느끼한 목소리로 수다를 떠는 스타일이었다. 나는 20파운드에 대한 언급 이후, 그가 연설 내내 이 기부 건에 대해 언급하는 것을 보고 적잖이 놀랐다. 그는 빈민층의 이민에 대해 한동안 비난했다. 그렇지만 부두 노동자에게 그의 비난은 별 반응을 불러일으키지 못했다. 왜냐하면 이민자들이 부두 노동에 몰려들지는 않았기 때문이다. 그는 매번 습관적으로 몇 개의 형용사를 사용하여 유창하게 연설해나갔다.

자리에 앉자마자 그는 나를 자신의 마차에 태워 숙소로 보내주겠다고 말했고 나는 이를 받아들였다. 연단을 뜰 때 그는 사람들의 '환호를 받았다.' 나는 조용히 20파운드를 기부한 사람의 뒤를 따라 밖으로 나왔다. 마차를 열어준 사람이 팁을 받지 않자 X씨는 이를 '훌륭한 행동'이라고 말했다. 집으로 오면서 긴 시간 동안 나눈 즐거운 대화는 마차 안의 닫힌 공간에서 박애주의자가 풍기는 독한 술 냄새 때문에 약간 흥미가 떨어졌다. 밤공기가 상쾌하다고 제안하자 그는 드디어 마차 창문을 열었고 덕분에 나도 구제되었다. 그의 얘기 내용은 대부분 하층민이 겪는 고통과 빈곤에 동정심을 표하는 것이었고 이따금 "저번에 글래드스턴을 보았을 때", "이번 주에 테니슨과 함께 지내면서" 또는 "내가 부두에서 일했을 때 로스차일드 경과 식사를 같이 했지" 등의 이야기가 중간중간에 끼어들었다. 인구문제가 언급되자 별안간 "저를 도울 수 있는 고상한 여자가 필요합니다"라고 말하는 바람에 나는 깜짝 놀랐다. 이전에도 나에게 식사요청을 한 적이 있고 이를 거절한 적이 있기 때문이다. 술 때문이었는지 아니면 대중회합 때문이었는지 그는 속내를 터놓기 시작했다. 나는 결혼 생활이 남자에게 저주가 된다는 그의 말에 혐오감이 들었다. 남편과 1년 중 일곱 달만 같이 살면 우아한 부인이 되는 것으로 여기는 것 같았다. 내가 다름 아닌 가정생활에서 보람을 느낀다고 하자 그는 "그거야 당신이 하는 일을 가족이 공감할 때만 가능하죠"라고 답했다. 〔1887년 12월 1일 일기〕

고혈착취 체제

"동부 런던의 부두 생활"이라는 제목의 글은 내가 보아도 훌륭하지 않은 글이었다. 시간 부족으로 조사를 대충 했고 불완전고용과 그 처방책에 대한 조사는 그럭저럭 괜찮은 편이었지만 완벽하지 못했고 유용할 만큼 정교하지도 못했다.[24] 그렇지만 『19세기』 편집장의 즉각적인 출판 허가는 부스의 작업과 관련해 또 다른 일을 맡도록 나를 부추겼다.

찰리와 가을에 할 일에 대해 의견일치를 보았다. 다음 논문의 제목은 고혈착취 체제다. 나는 부두 생활처럼 글보다는 입체적으로 그려 그림처럼 보여주고 싶었다. 그러나 그들과 같이 생활하지 않고는 이 그림을 얻을 수 없다는 것을 안다. 나는 그들과의 생활이 가능할 것으로 보았다. [1887년 8월 12일 일기]

1884년부터 1887년 동안의 일기에 보이던 자기연민의 색채가 이제는 '모든 인간의 약점 중 두 번째로 흔하다고 할 수 있는' 자기만족의 색채로 바뀌고 있었다. 영국인의 일기를 분석한 글을 쓴 아서 폰슨비가 자기연민에 이어 발견할 것은 분명 자기만족일 것이다.

---

24) 내가 제시한 결론은 다음과 같다. "개인주의가 활개치고 도시 산업이 대중의 의견이나 '공장법'(Factory Acts) 같은 정부의 고용규제책에도 불구하고 조절 불가능한 경쟁상태에 이를 때, 고용주가 되었든 고용인이 되었든 누구라도 이른바 소비자라고 하는 19세기 망나니들의 사려 깊지 못하고 도움이 안 되는 변덕스러움을 규제할 수 없을 것이다. 가능한 방법은 많은 사람이 채택하기 싫어하는 일종의 도시 사회주의라고 할 수 있는데 강이나 바다의 부두사업의 경우에는 합동(Public Trust)의 형태를 취하면 된다. 상인, 소비자, 노동자가 같이 대표가 되는 것이다. 이것이 경영구조를 더 확실하게 해줄 것이며 기업의 계획이 제대로 실행되게 해줄 것이다. 위원회에서 노동인력을 구하는 일을 맡지 않는다고 해도, 규제책을 따르는 제한된 노동계약자들에게 문을 열어줄 것이다. 이들은 장사 규모에 따라 평생 고용자를 두게 될 것이다. 나는 합동정책이 강과 바다의 부두 책임자들에게 실용성이 없는 것으로 여겨지지 않을 것으로 본다."(찰스 부스의 마지막 판[1920] 『빈곤』Poverty Series 부분, 4권 '부두'에 관한 장, 비어트리스 포터 지음, 33~34쪽).

『19세기』의 편집장인 놀스와 점심을 같이 하다. 그는 아주 공손한 사람으로 고혈착취 체제에 대한 글뿐 아니라 이번 여름에 내가 써보려고 마음먹었던 협동조합에 대해서도 글을 쓸 것을 제안했다. 부스와의 작업에서는 내가 고혈착취 체제를 맡을 것이다. "영국의 협동조합 실태"는 『19세기』에 실을 다음 글이 될 것이다. 모든 것이 희망적이다. 내 일기가 말해주듯이 문학적인 역량도 꾸준히 향상되고 있는 상황이다. 더 비상하지 말라는 법이 있는가. 〔1887년 11월 일기〕

고혈착취 체제에 대한 연구는 값싼 의류 제조과정에서의 고혈착취 체제로 좁혀졌고 다섯 편의 글로 정리되었다. 그중 네 편은 『19세기』에 실렸고 여기에 실린 두 편의 글을 포함해서 세 편은 1889년 봄에 발행된 부스의 첫 보고서의 추가 부분에 실렸다.[25] 게다가 사회조사자로서 새로운 방법을 실험하기 위해 글을 통해서뿐 아니라 입체적인 '그림'으로 보여주겠다는 결심을 하게 되었다. 결과적으로 당시에 악명을 떨칠 수밖에 없었고 따라서 즐거운 반응과 더불어 불쾌한 반응도 있었다.

시골에 머무는 동안 나는 가을과 여름 휴가를 유용하게 쓸 계획을 짜기 시작했다. 고혈착취 구조와 관련 있는 모든 책과 정부간행물, 팸플릿, 정기간행물을 구입하거나 빌려서 읽었다. 조사 지역의 작업장의 세부사항을 각각의 작업장의 고용인 수에 따라 분류해 알려달라고 했다. 친구나 친척에게 공공기관, 자선단체 그리고 이스트 엔드 노동자들 ——

---

25) 『19세기』에 실리는 네 편의 글은 1887년 10월에 실린 「런던 이스트 엔드 지역의 부두 생활」, 1888년 9월에 실린 「런던 동부지역의 의류제조업」, 1888년 10월에 실린 「어느 여직공의 일기에 실린 글」 그리고 1890년 6월에 실린 「고혈착취 체제에 관한 상원위원회의 보고」다. 이 중에서 「부두 생활」, 「의류제조업」은 또 다른 글인 「런던 동부의 유대인 마을」과 함께 1889년에 출판된 부스의 첫 권에 포함되었다. 1902년의 마지막 권에는 「빈곤 부분」에 실렸다. 이외에도 1892년에 열렸던 협동조합의회(Cooperative Congress)에서 낭독했던 「고혈착취 체제 없애는 방법」이라는 글도 있다. 「조사자의 일기」, 「런던 동부의 유대인」 그리고 「고혈착취 체제 없애는 방법」은 『현대산업의 문제』(Problems of Modern Industry, 웹 부부 지음, 1898)에 실렸다.

하청업자이든 임금노동자이든——과 접촉할 법한 도소매 의류업체, 선적회사, 재봉틀 제작회사 등을 소개해달라고 괴롭혔다. 데번셔 하우스 호텔에 머물 때는 주로 고용인과 고용주, 교육위원회 시찰자, 공장의 위생검사관 그리고 내가 알고 지내는 노동자와 소규모 고용주와 면담을 했다. 또한 집세 징수인이나 재봉틀 사용비 징수인이 집을 방문할 때 동행했다. 면담이나 관찰 시간 중간중간에는 협동도매협회의 작업실과 캐서린 빌딩의 이전 세입자의 '집 작업장'에서 바지 만드는 법을 배웠다. 다가올 바쁜 봄 기간에 '일을 찾기' 위한 준비작업의 일환이다.

다음은 1887~88년 가을과 겨울의 일기에서 끌어온 글이다.

〔아고드에 머물던 9월 초에 쓴 글이다.〕『브리튼』(Briton)지의 지난 호 잡지들을 통독했다. 고혈착취 체제와 외국 이민에 반대하는 데 전념하는 글을 읽다. 감정적인 항의와 증명 안 된 사실들이 많았고 기고자는 A. B.라는 이름의 유대인이다. 그는 고혈착취 체제에 대한 팸플릿의 저자이기도 하다. 그의 열정적인 모습을 보고 면담을 요청한 후, 5파운드를 동봉한 편지를 보냈다.

부스의 사무실에서 그를 만났다. 조그만 체구에 앞이마도 조금 들어가고 턱도 안으로 들어간 모습이었다. 그는 아무것도 설명하지 못했고 심지어 노동자에 대해서도 아는 바가 없었다. 기존의 노동조합의 방법을 신뢰하지 않았고 협동생산도 인정하지 않는다고 했다(후에 바네트 씨가 그가 이를 인정하지 않는 이유를 설명해주었다). 그의 친구인 의원 한 사람이 고혈착취 체제를 폐기하는 법안을 상정할 예정이었다. 그는 '하원에 나가 노동자들의 불만을 치유할 방법을 제시'하고자 했다. 만약 이것이 실패한다면 그는 노동자들에게 무엇을 제시할지 알고 있다고 내게 말했지만 그 내용을 설명하지는 않았다. 그가 의장인 단체는 총인원이 약 200명밖에 안 되는데 이 인원으로 런던 의류제조업계의 현 상황을 바꾸겠다니!

후에 바네트 씨는 같이 식사를 나누면서 A. B.가 진짜 건달이며 협동조합 기금을 횡령한 사람이라고 말해주었다. 또한 일정한 직업 없이 그럭저럭 살아가는 사람이라고도 했다. 나는 5파운드를 준 사실이 부끄러웠고 그와 교제를 끊고 싶었다. 이런 부류의 사람이 사회주의를 주장하는 한, 결코 훌륭한 노동자들의 동조를 얻을 위험은 거의 없다. 〔1887년 9월 일기〕

어제 이곳에서 부스의 비서인 아르켈(Arkell)과 식사를 같이 했다. 각 직업이 어떻게 지역적으로 나뉘는지를 정확하게 알기 위해 그에게 지도에 색칠해달라고 요청했다. 〔1887년 10월 4일 일기〕

'고혈착취'에 대해 배우기

의류제조업체에서의 내 첫 경험은 비교적 쉽게 '고혈착취자'에 대한 우호적인 방문으로 이루어졌다. 캐서린 빌딩의 세입자 중 한 사람이 나를 조사자로 소개해주었고 나는 내 실명으로 그곳을 방문했다. 딱딱하지 않은 상황에서 '면담'이 이루어졌으며 그 기록이 일기에 남아 있다.

고혈착취 체제에 대해 처음 배우는 날. 스테프니의 옥스퍼드 가에 사는 모지즈 부인(Mrs. Moses)은 12파운드에 방 넷과 부엌이 있는 집에 살고 있는데, 방 하나는 3파운드에 임대가 나간 상태다. 길 양끝에 술집이 있고 낮에는 거리가 텅 비어 있다. 집 뒤편에 조그만 뒷마당이 있다. 1층에 방이 세 개 있는데, 두 개는 작업장으로 쓰인다. 폴란드계 유대인 두 명이 기계공이다. 주인은 프레스를 담당한다. 뒷방에는 여주인과 스코틀랜드 출신 여자인 수석 일꾼 그리고 일을 배우는 두 소녀가 산다. 코트 하나에 1파운드 2실링이다. 장식과 섬유는 주인이 공급한다. 단춧구멍은 외부 여자들의 일인데 열두 개에 4와 2분의 1실링이다. 열심히 일할 경우 여자는 실크 값으로 2파운드를 제하고 일주일에 총 10파운드를 벌 수 있다고 여주인은 말한다. 여기 사람들은 정말 열심히 일한다. 여자들은 아침 여덟시부터 저녁 열시까지 계속 일하고 주인은 두시까지 일한다. 다음 날 아침 다섯시부터 다시 시작하는 날도 많다. 안주인은 너무 바빠서 이러한 이야기를 할 틈도 없다. 나는 단추와 떨어진 소매를 꿰매는 일을 했다. 모두가 즐거워보였다. 다음 날 다시 갔지만 내가 관여하기 힘들 정도로 그들이 너무 바빴다. 시간에 맞추어 옷을 가게에 배달해야 하기에 일에 '매달렸다.' 바깥주인은 의심이 많았고 투덜거리는 스타일이다. 월요일에 가기로 했다. 〔1887년 10월 일기〕

월요일 아침에는 초보자들이 할 일이 별로 없었다. 모지즈 씨는 기계로 코트를 만들고 있었고, 스코틀랜드 여자인 아이언스 부인은 그를 돕고 있었다. 다른 젊은 여자는 이곳을 떠났다. 그녀는 일주일에 2파운드 6실링의 급여에 만족하지 않았으며 그녀의 일 또한 〔……〕 모지즈 부인은 나에게 협조적이었으며 그녀의 일에 대해 설명해주었다. 그들 부부는 홀링톤 회사를 위해 일했는데, 직공장이 너무 무자비했으며 급여가 너무 작아 그만두고 지금은 라이랜드 수출회사를 위해 일한다고 했다. 코트 한 벌에 1파운드 6실링을 받고 섬유는 자기가 제공한단다. 그녀는 단춧구멍 열둘에 4와 2분의 1실링을 지불했다. 이 일을 맡은 한 과부는 실크 값 2파운드를 제하고 일주일에 10파운드를 받았다. 일등 재봉사는 하루에 6파운드를 받고, 이등 재봉사는 3파운드, 스코틀랜드 여자는 1파운드 6실링을 받았다. 모지즈 부인은 코트를 제작하는 시기에는 모두 아침부터 저녁 늦게까지 일한다고 했다. 불경기 때는 아주 어렵고 가지고 있는 가구를 '처분'할 때도 있다고 한다. 집 전부가 작업장인 셈이고 실상 자본이랄 것도 없었다. 일이 없을 때 생활수단으로 눈에 띄는 것은 작업대로 쓰이는 책상 한두 개, 부러진 등받이 의자와 의자 몇 개, 난로 선반 위에 붙어 있는 오래된 푸른 종이, 깨진 화병과 낡은 등 두 개밖에 없었다.

모지즈 부인의 옷은 더럽고 구겨진 모습이다. 그녀의 짧은 인생여정은 다음과 같다. 런던에서 태어난 그녀는 시골에는 한 번도 가본 적이 없다. 3년 전에 형부의 초청으로 웨스트엔드에 와서 사우스 켄싱턴에서 열린 건강식품 전람회를 본 적이 있다. 그녀는 1년에 한 번 극장을 찾았지만 유대교회당은 한 번도 가지 않았다. 그녀에게는 첫 남편에게서 낳은 애들이 있었고 그녀의 둘째 남편에게는 아들 하나가 있었다. 조금 있다가 그녀는 저녁 찬거리를 사러 나가서 싱싱한 대구를 사서 들어왔다. 〔……〕 모지즈 부인이 뒷마당에서 대구를 손질하는 동안 나는 다림질을 하는 스코틀랜드 여자와 대화를 나누었다. 그녀 역시 어려운 시절이 있었다고 한다. 글래스고에서 양복점원으로 자란 그녀는 전문 길거리 가수와 만나 결혼했고, 남편은 얼마간 술집을 운영했다고 한다. 그러나 남편이 난폭해져서 결국 그녀는 다시 양복점으로 돌아왔단다. 시력이 몹시 나빠졌다고 한다. 점심으로 그녀는 스튜를 먹고 있었다. 그녀는 모지즈 부인이 원하는 시간까지─어떤 때는 밤 열시까지─함께 일했고, 바깥주인과 안주인에 대해 좋게 말했으며, 다른 젊은 여자들에게도 친절했다. 이곳에 오기 전에 열세 주 동안 일없이 보냈다고 한다. 말이 거칠긴 했지만 점잖은 여자였다. 여자애들의 음주행태는 줄었지만 더 양심이 없어졌다고 말했다. "젊은 여자애들은 문제가 생겨도 별로 걱정을 안 합니다." 또한 일에도 만족해 하지 않습니다.

셋째 날 아침에 또 다른 젊은 여자가 일을 배우려고 왔다. 일은 엉망이었지만 모지즈 부인과 아이언스 부인은 그녀에게 잘해주었다. 그녀가 일을 배우러 왔다고 내게 말해주었고, 일을 잘하면 머물 수 있을 것이라고 내게 말해주었다. 그녀가 일을 배우느라 고생한 만큼 값어치가 실제로 일에 반영되려면 시간이 꽤 걸릴 것이라고 나 혼자 생각했다……. 모지즈 식구들과 나흘 일한 후 서로 훌륭한 친구로 헤어졌다. 그들은 내 바느질 솜씨가 자신들의 일에 맞지 않게 너무 훌륭해서 오히려 작업결과가 안 좋았을 것이라고 말했다! 〔1887년 10월, 면담 내용〕

도매업자

옷 도매상인 H. and G. 회사와 면담하다. 경영자들과 오랜 시간 대화를 나누다. H. G.는 '바람둥이' 스타일 의상을 입고 잘 웃는 젊은 사람이었다. 은장식을 한 지팡이를 들고 웃옷 깃에는 동백꽃 장식을 했다. 그는 의류제조업에 혁명이 불어왔고 덕분에 소매상들이 쓸려나갔다고 설명했다. 이제는 "자본가가 투자하고 도매 규모로 옷을 만드는 사업이 되었다"고 말했다. 생산가에 근거한 정해진 기준에 따라 이익이 조절된다고 설명했다. 예를 들어 같은 천과 같은 무늬에 높은 가격과 낮은 가격으로 두 가지로 계약할 수 있다면, 경영자는 당연히 적정한 가격에 계약을 맺게 된다는 것이다. 만약 한 중간상인이 낮은 가격을 받아들이지 않는다면 다른 상인이 계약을 맺게 된다는 것이다. 시골에서 생산된 옷의 가격은 런던이 당해낼 수가 없다고 했다……. 적정 가격의 일 주문은 공장식 운영이 맡을 수 있지만 모든 코트가 기계로 재단될 경우 다양한 스타일은 물론이고 딱 맞는 것을 구할 수 없다고 했다. 어떤 중개인의 경우 굶어죽지 않을 정도의 급여밖에 지급하지 않는다고 했다……. 또 다른 도매인 H.는 정말 사람을 부려먹는 자였다. 그는 건방진 모습에 불안해보였으며 돈에 무척이나 신경 쓰는 표정이었다. 꼼꼼한 차림새에 웃옷 깃에 난초 장식을 했다. "그 어느 때보다 임금은 높지요. 중간상인들은 제멋대로니 말도 안 되지요. 한 사람이 안 하겠다면, 다들 거절해요." 일의 강도나 정직성에서 본다면 역시 옛날의 시골 생산제도가 더 낫다고 말했다. 기다릴 수만 있다면 자신도 지방으로 내려가겠다고 했다. 그는 맞춤 양복은 거의 하지 않는다. 공장은 모두 도매이고 주로 계약건만 처리한다. 그는 버넷 (Burnett)의 보고서가 지닌 선정주의에 식상했다고 말했다.[26] 〔1887년

---

26) 이렇게 짧게 한 마디로 혹평을 받은 의회보고서는 다름 아닌 1887년 9월에 상무성의 노동통신원이 작성한 런던 이스트 엔드 지역의 고혈착취 체제에 대한 보고서다(H.C. 331 of 1889).

존 버넷은 노동관계에 관한 한 나의 가장 절친한 친구가 되었다. 그는 1842년

10월, 도매의료제조업에 관한 면담]

공적인 질투심

내무성의 공장검시관인 L. 씨와 재미있는 면담을 했다. 건장하고 체크무늬 옷을 즐겨 입는 사람이라는 인상이 남는다. 그가 입었던 세 의상 전부가 체크무늬는 아니었지만 전반적인 인상이 가로무늬와 얼룩무늬가 있는 옷을 입고 있었다. 그는 얼굴빛이 붉고 눈동자가 녹회색이었다. 손은 통통했다. 구레나룻과 수염이 눈과 같은 색이었다. 앞머리는 많이 빠져 있었다. 그는 거만한 태도로 나를 맞았으며 마치 "자신이 가장 관심을 보이는 주제를 가지고 나를 만나게 되어서 기쁘다"는 투였다. 그는 내가 좋은 목적을 위해 일한다고 하면서 자신도 나와 마찬가지로 이를 위해 밤낮을 가리지 않고 일한다고 말했다. 그러다가 별안간 상무성의 버넷 보고서에 대해 화를 내기 시작했다. 그는 버넷이 자신의 생각을 훔쳤으며 이는 창피한 일이라고 말했다. 그가 자기에게 왔었고 자신이 말한 모든 정보를 감사하다는 말 하나 없이 보고서에 집어넣었다고 말했다(버넷은 L. 씨가 아무런 정보도 주지 않았다고 나에게 말한 바 있다). 상무성에 있는 사람이 고혈착취 체제에 대해 무엇을 안단 말입니까? "나는 말이지요, 모든 범죄에 대해 탐문했고, 이 문제에 대해 정부를 위해 하루에 열여섯 시간을 투자했습니

에 노섬벌랜드의 애니크 태생이며 아홉 시간 노동 반대 운동(Nine Hour's Strike) 이후에 교육연맹의 강사가 된다. 이후 『뉴캐슬 크로니클』(*Newcastle Chronicle*)의 편집위원이 된다. 앨런(Allan)이 죽은 1875년에는 기술인 연합회의 사무총장으로 선임된다. 그는 1876년부터 1885년까지 노동조합의회의 의회위원회 소속 회원으로 일한다. 1886년에는 새로 생긴 상무성의 노동통신원으로 임명되며 노동조합과 파업에 관해 일련의 보고서를 준비하여 이를 보고한다. 1893년에 노동성이 출범하자 그는 노동위원회 산하의 노동통신원 실장이 된다. 후에 미국을 방문하여 유대인의 이민유입이 가져온 여파에 대한 보고서를 준비했다. 1907년에 은퇴한 후 1914년에 사망했다. 〔1920년 판 『노동조합의 역사』(*The History of Trade Unionism*, 웹 부부 지음, 314~315쪽)를 참고하시오. 아홉 시간 노동 반대 운동을 묘사하고 있다.〕

다. 이스트 엔드 지역에서 벌어지는 범법행위를 모두 알고 있어요. 포터 양, 이런 일은 검시관에게 권한이 더 많이 주어지지 않는 한 근절되지 않습니다"라고 내게 말했다.

부스는 이 장황설에 인내심을 잃고 정확한 정보를 요구하면서 그의 말을 잘랐다. L. 씨는 다시 "고혈착취 체제에 대한 케케묵은 설명을 시작했는데, 내용의 대부분이 부정확하고 얼토당토않게 선정적이었다. 찰리는 결국 현명치 못하게 고혈착취자들의 이름과 주소를 대라고 말했다. L. 씨는 짜증난 듯이, "그럴 수는 없습니다"라고 말했다. 부스가 자신의 목적을 설명하려 하자, 그는 마치 우월한 듯한 웃음을 지으면서 이렇게 말했다. "당신들은 초보자입니다. 많이 아는 척하지만 잘 안 될 겁니다." 이 모든 일이 L. 씨의 상처받은 허영심에 전혀 동정하지 않는 부스의 성격 때문이었다. L. 씨와 단둘이 있지 않은 것을 후회했다. 그를 잘 대하고 부드럽게 대했어야 했다. 결국 그에게서 아무런 정보도 얻지 못했다. 다만 자신이 심었다고 생각하는 열매를 다른 사람이 빼앗으려 하자 이에 상처받은 사람의 모습만 보고 말았다. 이번 일에서 교훈을 하나 얻었다. 일을 하는 데 개인적인 성향은 중요하지 않다. 〔1887년 11월 5일, 도매의류제조업에 대한 대담〕

이즈음 나의 가을 휴가기간이 끝나고 다시 아버지를 돌보는 일로 돌아갔다.

본머스에서 아버지와 3개월을 보낸 후 쓴 일기다. 정리되지 않은 이런저런 자료를 수집했다. 부스는 어느 정도 많은 양의 통계 정보를 얻어냈다. 나머지 할 일은 다음과 같다. 다양한 직업 계층에 대해 적절한 설명이 가능한 완벽한 통계 자료와 의류제조 기술을 그림으로 보여주기 위한 다양한 의류업 형태에 대해 설명할 것. 글에 실릴 주요 아이디어는 다음과 같다. 낮은 수준의 기술과 낮은 욕망의 상관관계, 책임질 수 있는 고용주의 부족, 외국 이민자들이 직업에 미친 영향과

실제 고용된 이민자의 비율. [1888년 2월 5일 일기]

본머스에서의 마지막 날들. 이제는 이곳에 다시 돌아올 것 같지 않다. 아버지가 살아계신다면 내년 겨울에는 윔블던으로 갈 것이다.[27] 평화스러운 몇 개월 동안 행복하게 보냈으며 영국역사와 문학에 대한 글을 읽었다. 주로 걷기보다는 마차를 이용했으며 음악회에 자주 갔다. 공부가 필요했지만 그렇다고 이것을 시간낭비로 여기지 않았다. 물론 연구를 계속하기 위해 공부를 더할 필요야 있지만, 이제는 내게 다가오는 일들을 그대로 받아들이는 것에 익숙해졌고, 이를 감사할 줄도 알게 되어서 계획이 틀어져도 별 걱정을 하지 않았다. 인생을 즐기게 된 것이다. 건강도 좋았고 내가 원하는 일을 할 수 있다는 믿음도 생겼다. 신앙심 없이는 삶이 무의미하다고 여겼던 나의 예전의 경건한 마음도 회복했다. 다시 일을 시작하기 전에 웨스트엔드에서 열흘 동안 휴가를 보내기로 했다. 그런 후에 런던 의류제조업의 실상을 그림으로 표현하기 위해 모든 자료를 모으기로 했다. 30년이라는 세월은 모래시계에서도 많은 양의 모래가 될 것이다. 이제 침묵했던 오랜 세월의 파종기가 지나고 결실을 맺을 시기가 되었다.

좋은 일 하나. 스펜서 씨의 건강이 회복되었다. 우리와 같이 지내면서 무기력에서 벗어나 다시금 활기찬 생활을 하기 시작했다. 그가 다시 런던 시내를 다니면서 사교계에도 나타난다는 소식을 접했다. 불쌍한 노인. 끊임없는 지적 안내와 공감에 대한 보답으로 내가 그에게 도움이 될 수 있었다는 사실이 내게도 위안이 되었다.

내 글의 주요 주제는 낮은 수준의 기술과 낮은 욕망의 상관관계가 될 것이고 이에 대한 증빙자료는 코트를 만드는 고혈착취 체제 작업

---

27) 여동생이 1888년 윌리엄스(Arthur Dyson Williams)와 결혼하고 본머스에서 한 번 더 겨울을 보낸 후 나는 아버지를 조그만 집으로 옮겼다. 이곳은 언니 매리 플레인의 소유였으며 글로스터에 있는 형부의 직장과 가까운 곳에 있었다. 1892년 1월에 아버지가 돌아가실 때까지 나는 이곳에 머물렀다.

장의 생활상과 이러한 코트를 입는 사람의 생활상이 될 것이다.

　이제 내가 하는 일에 도움이 되지 않는 한 사교계와는 결별할 것이다……. 〔1888년 2월 12일 일기〕

'사교계' 문제는 얼마간 나를 힘들게 했다.

　내가 속한 계층의 사교계를 저버리고 싶은 생각은 없지만 이곳에서 즐긴다는 것은 나에게 시간낭비로 여겨졌다〔지난 일기보다 몇 달 이후에 쓴 일기다〕. 밤늦은 시간까지 좋지 않은 음식을 먹으면서 왁자지껄하는 것은 그나마 일하는 데 쓰일 나의 많지 않은 에너지를 낭비하는 셈이기 때문이다. 사교계의 또 다른 단점은 사람들에게 자신이 하는 일에서 관심을 잃게 한다는 점이다. 결국 사람들은 관찰력이 무뎌지게 된다. 확실한 관찰력을 유지하려면 정신이 깨끗하고 강인해야 한다. 내가 두 가지 일을 동시에 못하는 이유는 한 가지 일을 하다보면 다른 일에 대한 관심을 지워버리기 때문이다. 게다가 매력적인 인물들이 복잡한 문제를 들고 우리의 삶에 끼어들게 되면 머릿속에서 이들을 지우기 힘들다. 우리가 잘 모르는 환경에 속한 사람들, 그 어법을 잘 알 수 없는 사람들에 비해 사교계의 남녀들은 대개 심리적인 연구대상으로도 더 흥미로운 사람들이기 때문이다. 그러기에 휩쓸리다 보면 그 흥에 빨려 점차 사교계 속으로 흡수되고 만다. 결국 더 광활하고 저급한 세계로 빨려들고 마는 것이다.

　나는 내가 할 일에 적합한 내 삶이 무엇인지를 분명하게 안다——현재 상황에서 충분히 이 생활을 영위할 수 있다. 사랑과 정이 넘치는 가족생활, 친구들——지난 시절의 우정으로 맺은 친구들, 윤리적인 힘으로 나를 꼼짝 못하게 한 사람들, 사물을 제대로 판단하게 이끌어준 사람들——과 맺은 진정한 우정관계 그리고 마지막으로 내 계층에 속한 여자들——힘들어하는 젊은 여자이건, 생활에 찌든 기혼 여성이건, 아니면 낙담한 처녀이건——에게 느낀 사랑과 연민이 내 생활을 지배하고 있다. 모든 여자는 다른 여자에 대해, 특히 자신이 속한 상황과 같은 계층에 속한 여자들에게는 무언가를 느낀다. 그러나 남자들에게 도움이 되기는 쉽지 않다. 다만, 여성적인 약점을 지녔는데도 인내력으로 끊임없이 노력한다면 몰라도 말이다. 왜냐하면 무엇을 한다고 해도 우정에 대한 반대급부로 감정이 스며들기 때문이다. 자신의 매력을 상실하게 되면 이것도 저절로 없어지겠지만——아니, 분명히 없어질 것이다. 지금은 어떤 유쾌하지 못한 결과에 대한 두려움 없이 같이 편하게 지낼 수 있는 남자는 일에서 만난 남자들뿐이다. [1887년 12월 일기]

이스트 엔드 지역의 의류제조업

3월 초에 다시 데번셔 하우스 호텔에 머물게 되었다. 일기에 "이스트 엔드 지역의 의류제조업에 관한 일과 노동이라는 주제를 포착하자"고 기록했고, 이어서 "더욱 강해지고 용기가 생겼다"고 써놓았다.

[4주 후에 쓴 글이다.] 첫 6주간의 연구가 끝났다. 이제 껍데기를 깨고 핵심을 파고들어갈 준비가 되었다. 아직 확실한 작업을 한 것은 아니다. 대부분은 '초보일꾼'으로 훈련하는 데 소비했고, 이제 내 훈련이 효과가 있을지 실연하는 것이 남았다. 훈련과정은 내게 이 조직을 제대로 볼 수 있게 해주었다. 아니 조직이 아예 없다는 사실을 알게 되었고 의류제조업의 실제 기술에 대한 통찰력을 갖게 되었다.[28]

---

28) 상무성의 노동관련 통신원인 존 버넷이 1888년에 쓴 리즈의 고혈착취 체제에 대한 보고서가 나에게 1888년에 휘선타이드에 머물면서 리즈를 방문했던 시절을 상기시켜주었다(일기에는 기록되지 않았다). 대도시 상황과 시골지역의 상황을 비교하기 위한 방문이었다. "비어트리스 포터 양은 리즈에서 이곳의 직업 상황에 대한 자료를 수집하고 있습니다. 그녀는 이곳 노동자와의 만남 그리고 고용주와의 만남에 저를 초청해주었습니다. 그녀와 같이 리즈의 유대 지도자였던 아브라함을 만났습니다. 그는 당시 유대인 공동체가 관심을 둔 모든 문제에 대해 잘 알고 있었습니다." [무역청에 보낸 리즈 지역의 고혈착취

아주 재미있는 생활이었고 나는 그 어느 때보다 내 능력에 자신을 가졌다……. 이제 더 이상 갈등하는 욕망이랄까 의무랄까 하는 것은 사라졌다. 지금도 우아하고 좋아보이기는 하지만 '사교계'에는 더 이상 매력을 느끼지 못했다. 내가 가고 싶었던 어느 파티에서 돌아오던 날 나는 더 이상 여성적 매력을 상실하는 것을 후회할 필요가 없다는 느낌이 들었다. 어차피 언젠가는 상실하게 될 터이고 그 결과에 별 관심이 없기 때문이다. 내가 하는 일에 관해서는 이러한 매력을 잃는 것이 두려웠을 것이다. 아직은 일하다가 방해물을 극복하는 데에는 분명 여성의 매력이 필요하기 때문이다. 그러나 그 당시 나는 이미 내 인생 계획을 세우고 있었다. 여성으로서 내 매력을 상실하기 이전에 필요한 일을 끝낼 수 있다고 생각했다. 〔1888년 3월 28일 일기〕

대체적으로 즐거웠고 흥미로운 일들이 함께하는 알찬 나날이었다. 혼자라는 느낌이 전혀 없었다. 내 일을 전적으로 내가 처리했고 일에서 해방되었을 때에는 앉아서 생각에 잠겨 내가 듣고 보는 모든 것을 곱씹었다. 아무리 지쳐도 실망하지 않았다. 다시 기력이 회복되는 것에 만족했다. 기도가 힘을 주었고, 고요한 세인트폴 성당에 앉아 하느님의 집이 주는 놀라운 평화로움을 맛보았다. 이스트 엔드 사람들의 생활과 그들의 노력과 삶의 목표 그리고 단순한 즐거움과 슬픔을 함께 즐겼다. 이제 실제 느낄 수 있었고 희비극의 양면을 다 볼 수 있었다. 이 많은 인간 군상을 즐겁게 했다가 슬프게 했다가 하는 힘이 이리저리 움직이는 것을 실감할 수 있었다. 세부적인 것에 대한 연구는 전체를 보는 힘에 도움을 줄 것이며 이를 위해 계속 노력할 것이다. 나는 바위에 내 발자취를 남길 것이며 누군가가 후에 바위 꼭대기에 서서 이 지역의 모습을 그려낼 수 있게 될 것이다. 〔1888년 5월 5일 일기〕

체제에 대한 보고서, C. 5513, 1888〕

이제 연구보고서의 반은 끝마쳤고 나머지 반도 거의 계획이 끝났다〔아고드로 돌아온 후 6주 만에 쓴 글이다〕. 의류제조업에 대한 자세하고 포괄적인 글이 될 것으로 생각한다. 그러나 대중의 취향에는 너무 사실 위주의 글—대부분 경제적 삶에 대한 연구일 뿐 자선의 냄새가 나지 않는—이 될 수도 있을 것이다. 〔1888년 6월 28일〕

일자리를 찾다

1888년 봄에 있던 일이다. 나는 여러 곳의 작업장에서 '단순 바지 노동자'로 고용되면서 탐색방법을 실험했다. 첫 작업장에서는 곧 해고되었고, 마지막 작업장, 노동자의 관점에서도 최하 조건이라고 하는 작업장에서는 내 '값을 올리기 위해' 자진해서 떠났다. 이제 내가 필요로 하는 모든 정보도 얻게 되었다. 이 짧은 모험 기간에 노동조건에 대해 간접적으로 들었던 정보를 확인할 수 있었을 뿐 아니라 나의 유일한 '성공적인' 글인 『19세기』(1888년 10월)에 실린 「어느 여직공의 일기에 실린 글」에 대한 자료를 얻을 수 있었다. 내용은 내 일기 원고와 큰 차이가 없었으므로 쉽게 성공을 거둔 그런 글인 셈이다. 단지 실제 이름 등은 명예훼손을 피하기 위해 가명을 썼다. 실제 경험 역시 "여성 필자에 맞게끔 수정되었다."[29] 절친했던 프랑스 여자 친구인 마리 수베스터(Marie

---

29) 이 글은 『현대산업의 문제』(웹 부부 지음, 1898)에 「어느 조사자의 일기」라는 제목으로 재출판되었다. 이 글에서는 내 일기에 기록되었던 방 한 칸짜리 전세방에서 자주 발생했던 근친상간에 대한 내용은 빼놓았다. 나의 젊은 동료 여공들—이들은 정신적으로 누구에게도 뒤지지 않았으며 반대로 대도시의 내 친구들 못지않게 똑똑하고 너그러웠다—은 서로 아버지나 오빠의 아기를 가진 사실을 놀리곤 했다. 이것은 타락한 사회환경이 개인과 가족의 삶에 그리고 종족의 발전에 미치는 끔찍한 영향을 보여주는 예가 된다. 어린아이들을 성적으로 범하는 것도 흔치 않게 벌어졌다. 간단하게 표현하면 남녀간의 혼숙이나 변태적인 성생활은 빈민촌의 한 방에 같이 거주하는 정상적인 남녀간에는 피할 수 없는 일이 되어 버렸다. 이러한 윤리적인 타락이 다른 어떤 육체적 불편함보다도 도시빈민구역 노동층의 모습 가운데 일부라는 점이 모두를 분노하게 하는 씁쓸함을 남겨주었다.

Souvester)[30]는 "맞아. 「여직공의 일기」로 너는 성공을 거둔 거야"라고 하면서 "그렇지만 영국의 대중은 짐승 같아!"라고 덧붙였다. 〔1889년 1월 일기〕 몇 가지 사실 외에는 극화해서 쓴 이 글이 한 쪽당 2기니를 받은 반면 정성을 들여서 쓴 「이스트 엔드의 의류제조업」──『19세기』의 지난 호에 실린 이 글은 고생하면서 자신 있게 쓴 글이었다──이 별 호응을 받지 못한 채, 편집장에게서 페이지당 단돈 1기니를 받은 것이 가

---

30) 마리 수베스터는 프랑스 학사원 회원인 에밀 수베스터의 딸이다. 그녀는 처음에는 퐁텐블로(Fontainebleau)에 그리고 후에는 윔블던에 위치했던 유명한 기숙학교의 소유주가 되었다. 그녀는 과격한 자유사상 지지자였던 몰리, 체임벌린, 스티븐, 프레드릭 해리슨 부부, 리처드 스트레이치 부인 그리고 J. R. 그린 부인과 그녀와 같은 생각을 지녔던 친구들과 친하게 지냈다. 그녀가 자신과 정반대 성향인 허버트와 만나는 장면을 기록한 일기가 있다. "허버트가 어제 점심 전에 집에 들렀다. 그는 베상 부인을 강신술의 세계로 이끄는 것에 대해 일종의 흥분감을 느끼고 있었다. 그녀는 오베론 씨에게 그가 『펠 멜』지에 쓴 글에 관해 편지를 띄웠고 아마도 머지않아 그의 집을 방문하게 될 것이라고 말했다. 이 두 사람이 친분을 맺게 되는 것은 이상한 일이다. 베상 부인은 광적인 사회주의에다가 개인적 경험으로 기독교와 윤리에 대해 반감을 갖고 있는 반면, 이상주의적인 개인주의자인 허버트는 강신술적인 영향을 입어 부드러운, 심지어 심약한 성향의 소유자였다.
내가 허버트와 다정하게 이야기를 나누고 있는데 수베스터가 들어왔다. 화려하고 무종교적인 이 프랑스 여인은 소파에 기대어 있던 이상한 모습의 허버트를 멸시하는 표정으로 쳐다보았다. 그는 작은 목소리로 그녀가 동의할 수 없는 제안을 하고 있었다. 이 제안은 곧 뜨거운 논쟁으로 번졌고, 나 역시 성급하게 논리적으로 따지는 프랑스 여자 스타일로 변했다. 그는 고통스러운 표정으로 자리를 떠났으며 똑똑한 프랑스 여교장과 그녀가 내게 미친 영향에 대해 좋지 않은 인상을 갖게 되었다. 그가 떠난 후 수베스터 양은 부드러워졌다. 날 다정하게 칭찬하고 사랑스럽다는 듯 배려했다. 자기표현을 잘하는 돋보이는 여인이었고 과거의 아름다움과 현재의 매력을 함께 지닌 여성이었다. 문학 훈련을 받았으며 개인적인 종교적 경험이 없고 공공정신에 대한 개인적인 경험도 없었다. 그녀는 다른 사람에게서 보이는 이러한 특징을 의심과 놀라움이 섞인 표정으로, 이해할 수 없다는 표정으로 쳐다보곤 했다. 마치 모든 개념이 논리에 의해 두들겨맞고 순수한 재료로 남을 때까지 분해되곤 하는 느낌을 받게 된다. 그리고 그 개념이 종교영역에 속해 비웃기 어려울 경우에는 후에 다시 혹독하게 분석하기 위해 한쪽으로 제쳐둔다." 〔1889년 3월 10일 일기〕

습이 아팠다. 이 일을 생각하면 영국 대중에 대한 그녀의 판단이 맞는 것 같기도 하다. 혹시 내가 지금 쓰는 책이 우리가 쓴 글 중에서 가장 지적으로 탁월하다고 한 『특정 목적을 위한 법적 권위, 1689~1835』(*Statutory Authorities for Special Purposes, 1689~1835*)——애석하게도 이 책은 별로 팔리지 않았다——보다 '더 잘 나가는 책'이 된다면 이번에도 옛 친구가 비꼬는 어조로 내뱉는 말——"그런데 영국의 대중은 짐승 같아!"——을 듣게 될 것 같다.

즐겁지 않던 사건들

지금까지는 내가 겪은 일 중 즐거웠던 부분이고, 이제부터는 즐겁지 않았던 기억이다.

상원위원회에 〔고혈착취 체제에 대한〕 자료를 제출했다. 위원들은 호의적인 사람들이었지만, 이러한 조사에는 적합하지 않은 사람들이었다. 그들은 나를 출석하라고 하고선 친절하게 대해주었다. 그러고는 검토 중에 점심식사도 시켜주었다. 몇 명의 여자위원들은 나를 보러 내려왔다. 〔1888년 5월 12일 일기〕

나흘 후의 일기다.

대중 앞에 나선 후에 유쾌하지 못한 결과가 나왔다. 내 옷차림에 대한 언급이 있었고 『펠 멜 가제트』지에는 모욕적인 기사가 났다. 실용적인 옷차림은 별 매력을 주지 못했고 뻔뻔한 남자들에게 다양한 비난을 받았다. 〔1888년 5월 16일 일기〕

열흘 후에는 더욱 의기소침해졌다.

잘못된 증빙자료 제시로 불쾌한 비방이 이어졌다. 증빙자료를 제출하라는 압력이 있으면서 더 참기 힘들었다. 공장에서의 개인적인 경험에 대해서는 진술하기가 더욱 싫어졌다. 〔1888년 5월 25일 일기〕

내가 기억하건대, '허위진술이라는 비난'은 상원의 특별위원회에 제출한 증거자료가 거짓이라는 지적에 관한 것이다. 내가 바지 제조 초보 노동자로 일한 공장에서 특별 대접을 받았기 때문에 노동자들의 상황에 대한 내 정보는 잘못된 것이라는 지적이었다. 이미 언급한 바 있는 A. B.가 비난의 선두에 섰는데, 그는 내가 노동한 것처럼 말한 공장을 자신도 잘 알고 있다고 말했다. 신문사에 편지 한 장만 보내면 쉽게 해소될 수 있는 오해였다. A. B.가 처음 조사자로 방문했던 작업정에서의 우호적인 면담과 다른 작업장에서 바지 제조 노동자로 잠깐 일한 바 있는 경험과 혼동한 것이 분명했다. 그렇지만 여기에는 옥에 티라 할 수 있는 내 실수가 있었다. 상원위원회의 반대심문에서 급하게 답하다가 그만 내가 '노동한' 주의 기간을 과장해서 말했던 것인데, 이 과장된 사실이 널리 알려지게 된 것이다. 자료를 점검해달라고 받았을 때, 속기사나 식자공이 범한 실수 외에는 어떠한 수정도 있을 수 없다는 통보 사실에 나의 양심은 시험대에 올랐다. 과연 급하게 저지른 실수를 수정하지 말아야 하는 것인가? 나는 통보명령에 따르지 않고 양심에 따라 기간을 축소·수정했다. 진실을 말하지 않았다는 죄와 더불어 이를 교묘하게 수정했다는 이중의 죄로 오랫동안 불면에 시달렸다.

오늘날까지 나는 증인이 보도자가 기록한 잘못된 진술과는 다르게 마음대로 자신의 진술을 수정할 수 있는지에 대해 알지 못한다(남편이 수정 내용을 주석으로 붙이면 된다고 내게 말해주었지만 당시에는 그걸 알지 못했다. 게다가 이럴 경우 결국 내 부정확성을 인정하는 것이 돼버리는 게 아닌가!). 미숙한 일반 사람들이 반대심문이라는 당혹스러운 상황에서 예기치 않은 질문에 신속하게 답해야 하는 어려움을 감안할 때, 조용하게 숙고한 이후에 사실이나 자신의 견해에 대한 진술내용——속기사가 실수 없이 기록한 내용이라고 해도——을 수정할 수 있도록 허용해야 한다고 본다.

요즈음은 경험이 많은 조심스러운 증인들이 이미 제출된 자신의 '자료내용'을 반복해서 발표하는 것 이외에는 진술을 거부한다. 당황한 초보 증인들은 사실이 아닌 것을 말하게 되며 대부분 경험이 풍부한 심문자가 유도하는 방향으로 진술하게 마련이다! 수년 후에 내가 출석했던 공식 심문자리에서 있었던 한 일화가 기억난다. 동료 중 한 명이 "웹 여사의 공정치 못한 반대심문에 반대합니다"라고 불만을 표시했다. 모두 자리를 뜬 후, 나는 부드러운 말투로 다음과 같이 답했다. "음, ○○ 씨, 저는 세율을 혼동한 것이 임대인들에게 미친 영향이라는 난해한 문제에 대해 당신이 증인들에게 반대심문하는 것을 방청한 적이 있습니다. 증인들은 이 문제 전반에 대해 아무리 무식하더라도 모두 당신의 결론을 따르게 되더군요. 계속 이런 식으로 하시면 저 역시 모든 증인을 계속 호출해 당신에게 말했던 내용과 정반대되는 내용을 말하게 할 것입니다." 나는 여행경비와 매일 이루어지는 증언에 대한 속기사 보고비용이 최소한 100파운드가 된다고 지적했다. 우리는 국가경제 이익을 위해 이러한 잘못된 관행을 그만두기로 암묵적으로 동의했다.

상원위원회

고혈착취 체제에 대한 상원위원회와 나의 관계에 대한 마지막 장면을 보여주기 위해 18개월을 건너뛰었다.

던레이븐 보고서에 관해 논의할 목적으로 몬크스웰 경(Lord Monkswell)을 만난 후, 반대안 초고작성을 돕기 위해 스링 경(Lord Thring)과 식사를 같이 하다. 스링 경은 체구가 작고 마른 편인 법률가이며 중상층 출신으로 오랜 기간 의회의 기초위원회 의장으로 성실하게 봉사한 후 귀족으로 승격되었다. 단호한 견해를 가졌으며 감상주의에 반대하고 국가 간섭에 반대하는 입장을 취했다. 1850년대의 메마른 정통파에 속한 사람이었다. 그는 '고혈착취 기업'을 '그저 그런 것'으로 간주했다. 그렇지만 대중여론이 폭발 직전인 현재 상황에 비추어볼 때 배출구를 마련해야 했다. 그러므로 반대 보고서에서 그는 던레이븐이 제시한 감상적인 제안을 거부하고 치유해야 할(실은 이를 믿지 않는다) 사악한 부분들이 있음을 밝히기로 했다. 그가 제안한 치유책은 악을 치유하기에는——실제 있다고 한다면——턱없이 불충분했고 그 자신도 이 사실을 잘 알고 있었다. 그의 태도가 당시의 가장 보편적인 태도였다. 그는 대중의 정서에 도전하려 들지 않았다. 그래서 말도 안 되고 실패할 수밖에 없는 우회형식의 치유책을 제시했다. "노동조합의 등을 격려해주어야 합니다. 그렇지만 노동조합이 모든 노동자를 공장으로 몰아서 연합을 만들 수 있는 엄청난 기회를 갖게 되는 것은 절대 반대입니다. 던레이븐은 보수 민주주의의 게임을 하고 있어요. 중산층을 사회의 폭군으로 몰고 자신은 가난한 자들의 이익을 수호하는 자로 보수 귀족층을 대변한다고 합니다." 그러고는 비웃는 태도로 그는 덧붙였다. "그러기에 우리가 솔직해져서는 안 됩니다. 우리도 그가 하듯이 악에 대해서 강하게 나가야 합니다. 그렇지만 동시에 우리는 그의 치유책의 허점을 찔러야 합니다."

저녁식사 후 스링 경의 메모를 다시 읽고 수정을 가하면서 나는 '던레이븐의 치유책에서 허점을 찌르는 데' 나의 특별한 제안의 기틀을 마련해보고자 했다. 이 제안은 『19세기』에 두 안에 대한 요약의 형태로 실릴 것이다. 공장 검사관을 상무성 내의 노동부나 지역정부위원회로 이전하자는 내 제안을 그들이 실행한다면 나는 확실하게 효율적인 노동부의 기초를 마련하는 것이 될 것이다. 모든 거래내역을 의무적으로 공개하는 것이 다음 단계가 될 것이다. 이 일이 성사되면 우리는 모든 자산소유자를 자발적인 국가 공무원으로 탈바꿈시키는 올바른 궤도에 오르게 될 것이다. 이들은 급료가 아닌 결과에 따라 지불받고, 서로의 작업에 대해 감사하면서 각자 얻는 이익으로 고무받게 된다. 지주는 고용주를, 고용주는 지주를 감사하게 된다. 사회주의자로 의심받기는 하지만 나의 반감상주의 성향이 자유방임 경제라는 엄격한 학파 가운데 확고하게 뿌리를 내리게 되는 것이다. 내가 개혁 주체로서 얼마라도 유용하게 쓰이려면 이러한 위치는 열심히 지켜야 하는 것이었다. [1890년 2월 9일 일기]

[데번셔 하우스 호텔에서 있었던] 스릴 경과 화이트채플 노동조합의 감사인 발란스 씨(Mr. Vallance)의 불편한 식사자리였다. 스릴 경은 완고한 70세 노인의 고집으로 일관했고 나의 양심적인 사무원의 말을 듣지 않고 오히려 그를 심하게 꾸짖기까지 했다. 게다가 교회 종소리가 시끄럽게 울리는 바람에 소리를 질렀지만 우리 목소리는 잠기고 말았다. 불쌍한 노인네, 그는 예쁘게 생긴 여자와 대화할 목적으로 이곳에 왔다가 그만 한 열정적인 여자 개혁가를 만난 셈이었다. 그 개혁가는 스릴 경이 찬성하지도 않는 제안을 인정하게 하려는 한 가지 생각만 하는 여자였다. 경영자의 책임——다시 말해, 만들어질 재료의 최초 분배자——에 관한 하찮은 것 같지만 중대한 결과를 초래할 수 있는 부분을 상원보고서에 첨가할 것이다. 그가 보여준 보고서는 던레이븐 보고서가 70쪽인 데 비해 3쪽에 지나지 않았다. 그것은 고혈착취 체제를 고용의 특정한 상황으로 본 나의 정의로 시작했다. 하위 계약, 노동의 하위 구분, 기구, 외국 이민 등 던레이븐이 약 20쪽을 할당한 부분에 대해서는 아예 일부러 언급하지 않았다. 그는 여성 노동층의 무방비성, 위생체계의 낙후성 등을 강조했다. 치유책에 관해서는 공장 검사관이 시장의 허가 없이는 들어올 수 없게 한 공장법(Factory Act)의 몇 구절을 수정할 것을 제시했다. 그는 공장청을 상무성이나 지역정부청으로 옮기자는 내 견해를 채택했고, 내가 제시한 자료 공개안이 지닌 장점을 강조했다. 전반적으로 효율적이지는 못하지만 나름대로 괜찮은 편이며 내 제안에 대한 기반으로 작용할 것이다. [1890년 2월 15일 일기]

고무적인 발견

이스트 엔드 지역의 생활에 대한 연구, 더 구체적으로는 이 지역의 집과 작업장에서의 값싼 의류 제조업자에 대한 연구가 가져온 결과는 특정한 사회적 질병을 분석하여 이것을 없애고 극복하는 방법을 제시하려는 시도였고 결과적으로 성공적인 시도였다.

원인과 치료

이른바 '고혈착취 구조'라는 사회악에 관심이 있는 모든 사람은 '고혈착취자'라고 하는 사악한 인물이나 실제 싸구려 옷이나 값싼 가구를 생산하는 자와 물건을 구입하는 시민 사이에 있는 중간상인 또는 고혈착취자라고 불리는 사람들에게 관심을 갖게 된다. 이들 중간상인들과 밀접한 관계가 있는 것이 바로 하청을 주는 관행이다. 코트나 장식장은 한 사람의 숙련된 장인이 아니라 가난에 찌든 일단의 고용인들이 만들어내거나, 고혈착취자의 뒷마당에서 작업하면서 이따금 밤낮 없이 방 하나짜리 거주지에서 개별적으로 일한 결과의 산물이다. 영국 시민을 더욱 화나게 하는 것은 이러한 '빈곤층을 고혈착취하는 자'들의 사악한 방법이 폴란드나 러시아 또는 독일계 유대인의 유입으로 더욱 수월해졌다는 점이다. 이들은 자신들의 절박한 상황으로 영국 노동자들의 생계수준 이하의 임금으로도 일을 맡게 된다. 고혈착취 체제에 대한 연구로 가장 잘 알려진 사람의 자료에서 뽑은 다음 인용문은 내가 연구를 시작할 무렵의 고혈착취에 대한 일반적인 견해를 잘 보여준다.

"고혈착취 체제를 우리는 어떻게 정의해야 합니까?"라고 이 주제에 대해 권위 있는 상원위원회의 한 구성원인 화이트(Arnold White)가 묻는다. 그는 후에 보수파 국회의원이 된다. 그는 대답하기를 "이에 대한 과학적인 정의를 내릴 수는 없습니다. 그렇지만 분명하게 세 가지 개념을 갖고 있습니다. 고혈착취자에 대한 가장 광범위한 정의는 이들이 가난한 자를 고혈착취한다는 것입니다. 두 번째는 자본이나 기술 또는 투자에 기여하는 바 없이 소득을 취한다는 것입니다. 세 번째는 이들이 바로 하청업자라는 것입니다."〔보고서 404〕

"아무런 보상도 하지 않고 잉여노동을 취하기 위해 남을 고용하는 사람이 고혈착취자입니다." 악명 높은 사회주의 선동자인 리온스 (Lewis Lyons)가 내린 정의다. "하청업 고혈착취자는 다른 사람을 위해 노동계약을 주선하는 자입니다……. 자신의 이익을 취하기 위해 그는 노동을 하청계약하는 사람입니다. 위원 여러분, 이제 고혈착취자가 노동을 하청계약하는 사람이라는 사실을 아셨을 겁니다. 의류제조업의 경우 이 하청계약이 약 25개나 됩니다. 이제 그 내용을 설명하겠습니다. 〔등〕〔보고서 1772〕

하청업자

장식장 제조업 노동조합 위원장인 파넬(William Parnell)은 다음과 같이 말했다. "예로 설명하면 만약 소비자로부터 가구를 공급해달라는 주문이 있을 경우, 주문받은 공장은 이것을 제조하는 것이 아니라 하청업자에게 이 주문을 줍니다. 이것이 바로 고혈착취 체제의 첫 단계입니다. 이 단계가 하나, 둘 계속해서 다섯 단계까지 가게 될 경우, 바로 이것이 고혈착취로 가는 겁니다. 첫 단계나 마지막 단계나 모두 고혈착취 과정인 것은 마찬가지입니다. 결국 고혈착취 과정은 상품의 질을 떨어뜨리고 노동임금을 하락시킵니다. 나는 큰 기업이 수주한 주문이 하청업자에게 가는 경우를 잘 알고 있습니다. 이 주문은 다시 다음 계약자에게 주어지고, 그는 이를 다시 자신의 공사감독에게 넘기고, 공사감독은 다시 이를 세분해 노동자에게 배분합니다. 만약 이 주문이 대기업에 의해 만들어졌다고 할 경우, 소비자가 더 좋은 상품을 받게 될지 그리고 노동자 역시 나은 임금을 받게 될지 그에 대한 판단은 의원님들께 맡기겠습니다." 〔보고서 2862〕

다음은 상무성의 노동관련 통신원인 존 버넷이 1887년 9월에 주장한 내용이다. "이러한 고혈착취 과정에 연루된 대부분의 노동자들이 비참한 상황에 처하게 되는 것은 어느 경우에나 마찬가지입니다. 다른 유럽 국가에서 유입되는 빈곤층 노동자들 때문에 지난 몇 년 동안 국내 노동자들은 연이어 힘든 상황에 처하게 되었습니다. 이들 외국인들은 대부분 독일과 러시아계 유대인이었고 그 결과 노동시장의 임금이 거의 기아임금으로까지 하락하는 현상이 생겼습니다. 그렇지만 이러한 특별 사유에 대한 조사가 이루어지지 않았습니다. 이제 상태가 악화되어 특별 치료를 해야 할 때가 되었습니다. 자의로 왔든 쫓겨서 왔든 이곳에 도착한 불행한 외국인 노동자들은 워낙 힘든 생활을 한 터라 국내 노동자들보다 낮은 수준에서 견뎌낼 수 있습니다. 비참한 상태로 이 땅에 도착한 이들은 가장 낮은 임금 수준의 노동이라도 먹고살기 위해 할 수밖에 없습니다. 이러한 가운데 나쁜 관행이 성장하게 되었고, 노동자들은 고통과 비참함 가운데에 포위되고 말았으며 다른 사람들 역시 대중적인 위협을 느끼게 되었습니다."[31]

고혈착취 체제와 그 원인에 대한 이러한 개념이 고혈착취 체제에 대한 상원 특별위원회 초대 의장인 던레이븐 경의 보고서 초안에 담긴 내용이다. 이 초안은 더비 경(Lord Derby)이 의장을 맡고 스링 경이 주도적인 역할을 하던 위원회 다수파에 의해 거부되었다. 더비 경과 그의 동료들은 최종적으로 고혈착취 체제가 돈버는 수단이나 산업구조의 특별한 형태가 아니고 특별한 고용상황이라고 결론지었다. "생계를 겨우 유지할 정도의 소득, 쉬지 않고 계속 일하는 장시간의 노동시간, 고용된 사람뿐 아니라 대중의 건강도 위협하는 위생상태이다."[32] 위의 상황 가운데 한 가지

---

31) 상무성의 노동관련 통신원이 1887년 9월 12일자로 런던의 이스트 엔드 지역의 고혈착취 체제에 대해 상무성에 보고한 내용이다. 4쪽. [H.C. 331 of 1889]
32) 상원 특별위원회가 작성한 고혈착취 체제에 관한 다섯 번째 보고서. 1888~89. 결론과 제언. xlii, xliii쪽.

라도 심각하거나 확대된 형태로 존재할 경우——예를 들어 시간당 반 페니를 벌기 위해 집에서 넥타이를 만드는 여공의 경우——에 고혈착취 상태가 된다. 나아가 한 주에 12파운드를 벌기 위해 매일 열여섯 또는 열일곱 시간 동안 지하 방에서 구두를 손질하는 유대인의 경우처럼 한두 가지 특별한 고혈착취 상황이 연계된 때에도 상원 특별위원회는 고혈착취 상태라고 정의했다. 이러한 경우 노동이 고혈착취되는 것이고 불행한 노동자들이 이러한 고혈착취 체제에서 일하게 되는 것이다.

과연 이러한 타락한 고용 상황의 원인은 무엇일까? 과연 상원 특별위원회의 가장 유명한 전문가들이나 내각에 제출된 보고서에 의해 이러한 원인들이 잘 설명된 것일까?

외국 이민자들

일부분의 산업분야에서 이러한 타락한 고혈착취 체제가 시작되었고 가난에 찌든 유대인들의 유입으로 상황이 더욱 악화되었다는 존 버넷의 증언은 어느 정도 사실이라고 하겠다. 쉬지 않고 일하고 절약하는 유대인들이 어렵지 않게 공장주인이 된다는 사실은 이스트 엔드에서는 잘 알려져 있다. 자신들의 거실이 작업장이 되고 집주인 또는 정육점 주인이 그의 보증인이 된다. 부근에 사는 같은 유대인이 도매상을 위해 옷견본을 만들어 제공하는 일을 한다. 적은 자본으로 그는 재봉틀과 다리미 책상을 사게 된다. 모두 합쳐 단돈 1파운드만 있어도 쉽게 고혈착취자의 위치에 오를 수 있게 된다. 유대인 한 명이 운영자가 되면 그의 가족원뿐 아니라 새로 이민 오는 수백 명의 유대인들이 그 밑에 들어오게 되고, 그리고 이들도 머지않아 그의 경쟁자가 된다.

그렇지만 유대인들은 이스트 엔드 지역에서 한 종목에만 투자한다는 미덕이 있다. 예를 들어 값싼 코트 제조업과 구두 제조업(boot-finishing)을 독점한다. 조끼나 바지 제조업에는 거의 손을 대지 않고, 나아가 기계에 의해 제작이 완료되는 업종에도 손을 대지 않는다. 지배적인 직종에 대한 조사로 고혈착취 체제가 대도시나 시골 지역에 관계없이 유대계 노동자들이 전체 노동자의 일부일 뿐이고 특정 상품의 제작에만 한정해 있으며 서로 경쟁하지 않는 단체임이 밝혀졌다. 이들은 대부분 지역에서 이전까지 생산되지 않는 상품들을 취급한다. 간단히 말해서 만약 영국에 있는 모든 유대인을 자신의 고향으로 돌려보낸다고 해도, 좋아지든지 나빠지든지를 떠나 고혈착취를 당하는 노동자의 수에는 별다른 영향을 미치지 못할 것이다.

유입되는 유대인들이 이러한 고혈착취 체제에 활용되는 자원이 된다고 해도 이들만이 이러한 특정한 산업구조에 대한 책임이 있다고 지적한 사람은 아무도 없다. 사람들은 영국인이건 외국인이건 간에 노동자들의 고혈을 짜내는 불필요한 하청업자를 바로 진정한 범인으로 지목한다. 하청업자들은 마치 중세의 귀족처럼 자기 구역 안에 있는 모든 사람의 돈을 고혈착취한다. 그러나 내가 조사한 바에 따르면(부스의 통계도 이를 뒷받침해준다) 생산자와 소비자 사이에는 실은 많지 않은 하청업자가 있을 뿐이다. 나아가 주요 산업인 직물이나 공업기술 그리고 리즈나 레스터 등의 잘 갖춰진 공장에서 기계로 제작하는 '기성' 의류나 신발과 부츠 생산과 비교해볼 때 오히려 노동의 하청계약이 훨씬 더 적은 편이다.

다음은 상원 특별위원회에 의해 밝혀진 비참하고 타락한 삶의 원인에 대해 내가 제시한 설명이다.

"당신은 고혈착취 체제를 어떻게 정의하십니까?" 위원회의 한 위원이 내게 물었다.

"고혈착취 체제에 대한 조사는 실은 공장법과 노동조합법을 위반하는 모든 제조업체에 고용된 노동력에 대한 연구였습니다"라고 나는 대답했다. 〔보고서 3248〕

가공의 괴물

다음은 로치데일에서 1892년 6월에 열린 협동조합 회의에서 내가 발표했던 글에서 인용한 부분이다. 1888~89년 동안의 고혈착취 체제에 대해 상원 특별위원회에 제시한 글을 요약해서 1890년 6월호 『19세기』에 실었던 글에서 일부를 보충했다.

어떤 사람들은 고혈착취 체제가 하청계약이 많은 종목에 한정되며, 고혈착취자가 곧 하청업자이고, 바로 이 사람들이 가난한 사람들을 혹사해 그들의 결실을 빼앗아 간다고 주장합니다. [1892년 협동조합 회의에서 발표한 글이다.] 상원의 조사가 이루어질 당시 『펀치』에 실렸던 만화를 여러분은 기억하실 겁니다. 중간상인이 마치 주위에 있는 남녀의 피를 빨아먹고 사는 거미인간으로 그려졌습니다. 저도 이스트 엔드 지역의 공장을 조사하기 전에는 이러한 끔찍한 인간이 존재하는 것으로 생각했습니다. 그러나 곧 이것이 허구이거나 당시 상황이 이들을 가혹하게 대했다는 것을 알게 되었습니다. 이들은 이들보다 더욱 거대한 괴물에 의해 만들어진 자라는 사실도 깨닫게 되었습니다. 코트 공장과 저급한 부츠 공장——아직 대부분 유대인이 운영하며 소규모 계약자에 의해 작업이 이루어진다——에서 제가 발견한 사실은 이들 하청업자가 거미인간이 아니라 고혈착취당하는 자들 못지않게 ——더 열심히 한다고는 할 수 없지만——일할 뿐 아니라 이들이 급료를 지급하는 기계공이나 다림질하는 직공보다 더 적은 수입을 얻는다는 것입니다.

한편 영국의 여공들이 고용되는 산업들——예를 들어 셔츠, 타이, 우산, 아동복 등의 제조업——의 경우 하청업자가 빠르게 사라지고 있습니다. 예전에는 지탄을 많이 받던 하청계약 시스템이 이러한 기업에 많이 존재했습니다. 즉 일정 기간 내에 많은 의류를 만들어 전달하기 위해 도매업자와 접촉한 사람들이 많았습니다. 이들은 이러한 의류를 집에 있는 여성들에게 배분하거나 자신들의 집에서 이들을 고용하거나 했습니다. 그는 의류 한 벌 제작에 1파운드를 받았을 테지만 일한 사람들에게 10펜스만 주고 자신의 몫으로 2펜스를 챙겼습니다. 그러나 최근에는 많은 도매 제조업자들이 중간상인이 2펜스를 챙기는 것을 공정치 못한 것으로 보았습니다. 이러한 불공정거래를 치유하기 위해 이들 도매업자들은 이스트 엔드 지역에 가게를 열고는 마치 하청업자들이 일을 배분하듯이 자신들이 직접 일거리를 나누어 주고 우선 재봉일을 한 후 작업을 끝내도록 했습니다. 그렇지만 이상하게도 이들은 아직도 노동자에게는 10펜스만 지불하고 있습니다. 이전과의 차이라고는 하청업자가 돈을 챙기는 대신에 이들이 2펜스를 챙기는 것입니다. 또한 이들은 의류가 만들어지는 장소에 대해 조금도 신경 쓰지 않았습니다.

이러한 노동을 통해 식구를 먹여 살리는 여직공들은 지하방이나 다락방에 살거나 어떤 경우 한 방에 둘 또는 세 가족이 함께 살기도 했습니다. 도매업자들은 이러한 사실에 전혀 관심이 없었습니다. 그들은 나아가 하청업자가 고혈착취자였고 이들이 하청업자를 없앴노라고 주장했습니다. 그러나 불행하게도 실제 이러한 고혈착취 체제를 연구한 사람들이 이른바 고혈착취라고 부르는 것을 이들이 없애거나 감소시킨 것이 아닙니다. 이러한 하청업자, 즉 고혈착취자들이 사라진다 해도 실제 노동자들이 얻은 것은 아무것도 없습니다. 노동자들과 관련해서 이스트 엔드 지역에서 일어난 변화는 이들이 뜨거운 프라이팬에서 나와 이제는 아예 불 속으로 들어갔다는 사실입니다.

의류 제조업에서 옮겨 모든 고혈착취 체제가 작동한다는 낮은 수준의 가구 제조업으로 가봅시다. 우리는 가난에 찌든 책상과 의자 제조업자들이 커튼 가를 따라 소리치면서 수출업자나 소매상인 또는 개인 구매자에게 팔고 있는 모습을 볼 수 있습니다. 런던에서 싸구려 부츠를 제조하거나 셰필드에서 조잡한 식탁용 날붙이를 제조하거나 또는 헤일스원에서 못을 생산하는 경우에도 우리는 이러한 불쌍한 사람들을 보게 됩니다. 외상으로 원료를 구입한 후 생필품을 사기 위해 물건을 판매하는 사람들입니다. 크거나 작거나 간에 경쟁자들보다 싸게 팔기 위해서 난리입니다. 높은 품질의 수준에 관심이 있는 훌륭한 고용주나 높은 임금 수준을 추구하는 노동조합주의자들은 이런 불쌍한 사람들을 타락한 고혈착취 체제의 주범으로 지목합니다. 그러나 여기에는 하청계약도 존재하지 않고 계약 자체도 없습니다. 현대적인 기업의 정교한 조직 대신 생산자와 소비자 간에 값이 흥정되는 원시적인 시장형태——약하고 없는 사람들 모두 고통받는 원시적인 투쟁 상태——가 존재합니다.

고혈착취 기업에 고혈착취자가 없다고 제가 주장한다고 생각지 말아주십시오. 저는 고혈착취자가 단지 필연적으로 하청업자 또는 중간상인이라고 여기는 관행을 부정하는 것입니다. 고혈착취자는 실은 국가 전체입니다. 최근 들어 고통받는 모습이 드러난 수많은 남녀는 삶의 모든 면에서 압박받고 고혈착취당하고 있습니다. 상품의 원료를 제공하는 자들에 의해, 이들에게 외상으로 생필품을 팔면서 물물교환 형태로 이들을 압박하는 가게주인에 의해, 좁은 방, 포장도 안 되고 하수가 빠지지도 않는 뒷마당 그리고 주거지와 작업장에 대해 두 배로 집세를 받으며 집주인에 의해, 마지막으로 그들의 상품을 소비하는 남녀노소 모든 사람에 의해 이들은 고혈착취를 당합니다. 이러한 다양한 고혈착취자의 선두에는 압박받는 노동자 자신도 있습니다. 하청업자는 압박을 하는 자가 아니라 압박의 수단일 뿐입니다. 우리는 이들을 건강한 파리들의 피를 빨아먹는 거미로 그려낸 『펀치』의 주장에 동의할 수 없습니다. 이들을 해충으로 그리기보다는 상하기 시작한 고기에 생겨나는 구더기로 그리는 것이 더 정확하다고 할 것입니다. 이들은 원인이 아니라 타락한 악이 가져온 결과일 뿐입니다. 이들은 자신을 둘러싸고 있는 조직이 파괴된 상황을 이용하여 생계를 꾸려간다고 말할 수 있을 것입니다. 이렇지 않을 경우 다른 생명체에 의해 잡아먹히게 됩니다. 결국 우리는 이러한 파괴의 기원을 밝혀야 합니다.

무한 경쟁

'고혈착취' 현상이 지배적으로 나타나는 모든 제조업에서 우리는 한 가지 공통적인 사실을 발견하게 됩니다. 대부분의 생산이 큰 공장에서 이루어지는 것이 아니라 자신들의 집이나 아니면 숨겨진 작업장에서 소규모 생산자에 의해 이루어진다는 사실입니다. 결국 고용주——이윤을 만들어내는 중간상인이건 도매상인이건 아니면 소비자 자신이건 간에——가 작업이 이루어지는 상황을 둘러싼 책임에서 면제되는 것은 당연한 결과입니다. 한편 노동자들은 서로 떨어져 살기 때문에 연합할 수 없고, 공장법의 보호에서도 제외된 채 거대한 상품시장 안에서 값싼 상품에 대한 기대수요로 인해 끝없이 경쟁에 빠지게 됩니다. 고혈착취 상황이 없는 상태, 즉 큰 기업에 모여서 일하는 기계공이나 면직공 또는 광부의 경우 고용주가 고용 상태에 대한 책임을 진다는 사실을 알게 됩니다. 공장주나 탄광소유주 또는 철강업자들은 조그만 일에도 노동자들을 보호하고 책임을 지게 되어 있습니다. 이들은 위생적인 주거지를 제공하고 여성과 아동의 경우 노동시간을 제한하고, 아동들에게 의무교육을 시켜야 하고, 모든 사고를 방지하고 또한 보험처리하도록 국가의 규제를 받고 있습니다. 공장시스템 아래서 많은 노동자가 조직한 노동조합은 정당한 임금수준을 주장합니다. 사회적이든 정치적이든 간에 대중여론은 책임의식이 있는 공장주의 행동을 주시하게 됩니다. 자의든 타의든 간에 공장주는 자신의 자본과 두뇌를 노동자들과 무자비한 소비자 대중 사이에 잘 두어야 합니다. 이것은 벌어들인 수익에 대한 대가로 사람들이 이들 공장주에게 요구하는 봉사인 셈입니다. 사실상 공장주는 최초로 자신의 이익만을 추구하는 개인과 대중을 위해 생산수단을 관리하는 사회주의 국가의 이상적인 공무원을 연결해주는 사람입니다. 19세기 산업에 이러한 사람들이 부재한다는 것이 바로 고혈착취 체제의 대표적인 특징입니다.[33]

[다음은 상원 특별위원회에서 고혈착취 체제에 대해 보고한 글을

---

33) 1892년 6월 로치데일에서 열린 협동조합협회 제24차 연례회의에서 비어트리스 포터가 발표한 글. 『현대 산업의 문제』, 웹 부부 지음, 1898, 140~145쪽.

요약한 내용이다.] 중간상인이나 노동의 하청배분이 고혈착취 체제의 정수이자 직접적 원인인지를 결정하기 위해서는 위원회에서 제출한 네 권의 증거자료보다 산업에 대한 자료가 다수 있음을 감안해야 할 것이다. 우리는 비교하는 방법을 써야만 한다. 즉 고혈착취 체제를 지닌 기업구조를 이러한 타락한 고혈착취 체제가 없는 산업생산 구조와 비교 검토해야 한다. 무엇이 질병의 원인인지 알기 위해서는 병든 몸과 비교적 건강한 몸을 비교해보아야 한다.

영국의 대표적인 생산제조 분야——면화업, 모직업, 제철업——의 경우 노동자와 소비자 사이에서 이윤을 추구하는 세 가지 유형의 자본주의 사회의 중간상인이 있다. ① 공장과 작업장의 주인, ② 외국의 구매자와 소매상인에게 상품을 제공해주는 도매업자, ③ 소비자와 직접 접촉하는 소매업자. 1890년 지금 상황에서 이것이 전형적인 영국 산업의 구조다. 값싼 의류제조업의 경우, 이윤을 추구하는 세 부류의 중간상인, 즉 제조업자, 도매업자, 소매업자의 수가 더 이상 늘지 않고 있다. 아니, 반대로 대부분의 경우 오히려 한두 가지가 섞인 잡종 형태로 축소·변형되었다. 소규모 제조업자는 고용인 못지않게 노동을 하기 때문에 오히려 노동자로 여겨지며 도매업자와 소매업자는 자신의 구역에서 직접 제조하면서 소규모 제조업자에게 일을 주기도 하고 직접 사람들에게 일을 배분하기도 한다…….

'책임지는' 고용주의 부재

고혈착취자는 공장주의 의무와 비용을 면제받은 사람이다. 한편 빈민가의 집주인들은 지하방과 다락방에 대해 작업장과 거주지라는 명목으로 집세를 두 배로 받고 있다. 이들은 공장주들이 위생문제로 지불하는 비싼 비용을 내지 않아도 된다. 모든 문제를 야기하는 것이 바로 이런 집 작업장이다. 각자 떨어져서 작업하기 때문에 조합운영이 불가능할 뿐 아니라 제조업자들에게 혼자 가정을 꾸려가는 여자들의 절박한 상황과 유대인들의 탐욕스러운 욕심을 이용해 이들을 더욱 타락시키는 강력한 수단으로 이용하게 해준다. 이보다 더 중요한 사실은 공장법이 제시하는 우호적인 보호의 혜택에서 노동자들을 이탈시킴으로써 공장주나 집주인들에게 고용조건의 모든 법적 책임을 면제받게 한다…….

이렇게 얽히고설킨 상황에서 나는 한 가지 중요한 사실에 끌리게 되었다. 이것은 고통 받고 타락해가는 노동자들을 한 사람 한 사람 자세히 관찰해 나가면서 더 큰 모습으로 내게 다가왔다. 바로 현재의 모든 노동 관련 법제정에 포함되어야 할 사항이다. 그것은 사유재산이라는 자본주의 구조에서 노동자의 복지에 대한 고용자의 의무와 모든 자산을 사용하는 데 있어서 자산을 소유한 자의 책임인 것이다. 이윤과 집세를 취하는 대신 이러한 개인적인 책무를 거부할 때 바로 고혈착취 체제가 발생하게 된다. 이에 대해서는 상원보고서에 깔끔하지만 제대로 기록되어 있다. "생존을 유지하기에 충분하지 못한 수입, 쉬지 않고 계속 일하게 만드는 장시간의 노동시간, 고용인의 건강뿐 아니라 대중의 건강까지 해치는 위생상태." 법제정과 여론의 압박 그리고 모든 자발적인 방법을 통해 이러한 책무를 인식하게 하고 이러한 책무를 이행하게 함으로써만이 우리는 고혈착취 체제라고 알려진 이러한 사회악을 뿌리 뽑을 수 있다.[34]

---

34) 「집주인과 고혈착취 체제」, 『19세기』, 1890년 6월호. 이 문제에 대한 후속 이야기를 하면서 독자들에게 부담을 주고 싶지는 않지만 학생들에게는 이를 언급하는 것이 도움이 될 것이다. 하청업자, 중간상인, 유대인 또는 외국인이 고혈착취 체제의 '원인'이라는 견해는 사라졌다. '작업장 밖에서 하는 작업', 즉 집 작업장 노동이 타락의 원인으로 인식되었다. 고용주에게 집 작업장에서 고혈착취 형태의 일을 하는 노동자에 대한 의무와 책임을 지우는 제안이 완전하지는 않지만 서서히 채택되기 시작하였다. 첫 단계는 '세부 조항'(particulars clause)으로 알려진 것이다. 1891년의 공장법은 내가 원하는 것을 포함하지는 못했지만 직물제조 고용주에게 모든 방직공과 (면직의 경우) 얼레일을 하는 노동자에게 고용조건에 대해 문서상의 '세부 조항'을 제시하게 했다. 1895년의 수정법은 이것을 모든 방직공으로 확산했을 뿐 아니라 내무장관 명으로 직물

업 이외에도 모든 도급일을 하는 노동자에게 적용하게 했다. 1897년에는 이 '세부 조항'이 손수건과 행주치마, 블라우스, 나아가 닻 제조나 자물쇠 제조에도 적용되었다(『산업 민주주의』*Industrial Democracy*, 웹 부부 지음, 1897, 310~311쪽). 1898년과 1900년에는 추후 조치로 모자 제조업과 모든 면직공장, 펜 제조업체 그리고 무엇보다도 도매의류업체에까지 적용되었다.

다음 단계는 집에서 작업하게끔 일을 공급하는 모든 사람에게 부과된 의무로, 고용된 노동자의 이름과 주소를 기록하고 감사받도록 했다. 지역 보건청의 위생감독관들이 이들을 수시로 방문하게 했다. 이것은 1901년의 공장법에 따라 시행되었다. 이 법은 위의 조항뿐 아니라 제116조에 의해 모든 업체에게 작업장 밖에서 일하는 노동자들의 명단을 기록하도록 의무화했다. 1903년에는 모자 제조업과 모든 도매의류업체에 적용된 항목이 작업장 밖의 모든 노동자에게 적용되었다. 1909년에는 포괄적인 항목이 모든 의류제조업체에 적용될 수 있게 했다.

그렇지만 한편 이 모든 책무가 '노동 배분자'에게 지워졌지만 별다른 성과는 없었다. 의원인 찰스 딜케 경과 딜케 여사가 집요하게 주장한 덕분에 1908년에 휘터커(Thomas Whitaker) 경이 주도하는 가정 작업장 노동(Home Work)에 대해서도—그의 보고서(H.C. No. 246 of 1908)는 새로운 민중 동요에 힘입어 1909년의 노동위원회법(Trade Boards Act)을 이끌어냈다—상무성에게 임금이 지나치게 낮은 모든 제조업에 대해 고용주와 노동자 그리고 일반인으로 이루어진 대표이사가 최소한의 임금을 정할 수 있게 하는 규정을 적용하게 되었다. 이 최소임금 이하로 지급하는 것은 불법으로 규정했다. 이 법은 (제9조에 의해) 우연하게도 '노동자와 암묵적이든 직접적이든 간에 어떠한 거래를 맺은 가게주인, 거간꾼 또는 상인들'에게 이러한 식의 '일 수주'는 고용주로 간주되게 하여, '노동과 관련한 필요 경비를 인정한 후에' 하위계약자에게 지급한 비율이 '법으로 규정된 최소비율보다 낮을 경우' 책임을 지도록 했다.

이 법안은 9년간 실행된 후 1918년의 노동위원회법에 의해 수정되었고, 수입 수준을 올리고 노동시간을 단축하고 소위 고혈착취업으로 알려졌던 전 영역에 걸쳐서 노동자들을 사기와 억압에서 보호했다. 이 모든 법안의 두드러진 경향은 노동을 대규모 공장으로 이끄는 것이며 더 효율적인 체제 아래 생산단가를 내림으로써 더 나은 임금을 받게 하는 것이었다(『의류업에서의 최소비율의 책정』*The Establishment of Minimum Rates in the Tailoring Industry*, R. H. 터니Tawney 지음, 1915와 『체인 제조업에서의 최소임금비율』*Minimum Rates in the Chain-making Industry*, 같은 저자, 1914를 참고하시오).

아주 중요한 노동청이 지명한 부 산하위원회(Departmental Committee)는 1922년에 노동위원회법의 세부항목에 대해 냉정하게 보고했지만 더 이상의 법제정은 없었다. 고혈착취 체제의 잔재를 없애기 위해서는 내가 제안했던 주장을 법으로 집행하면 될 것이다. 이는 고용된 모든 노동자의 삶의 질 향상을 나의 '연구결과'를 이론적으로 서술하면 다음과 같다. "자본주의 체제 아래서 임금노동자들의 몸과 마음을 파괴하지 않으려면 아무 때라도 예외 없이 '자유경쟁'이 통제되어야 한다. 이럴 때만이 소위 모든 사람에게 보장된 최소한의 문명의 혜택을 누리는 삶(National Minimum of Civilized Life)을 보장할 수 있게 된다. 이러한 것이 바로 완전지는 못해도 공장법, 공공교육, 공공위생과 노동조합주의 등이 의도하고자 하는 것들이다."

사회과학

관찰과 통계

런던 사람들의 삶과 노동을 연구하는 부스의 조사에 참여함으로써 나는 사회조사자로서 기술을 훈련할 기회를 갖게 되었을 뿐 아니라 과학적 방법의 사용이 옳다는 확신을 갖게 되었다.

이 조사를 통해 개인적 관찰과 통계의 관계를 알게 되었다. 내가 선착장과 열악한 공장에서 일어난 일을 아무리 기술적으로 생생하게 자세히 묘사해도 부스는 회의적인 눈길을 보내면서 비판적인 질문을 던졌다. "지금 묘사한 환경에 영향을 받는 사람이 몇 명이오? 그 숫자가 늘고 있소 아니면 줄고 있소?" "이들보다 더 나은 환경에 있는 사람이나 더 열악한 환경에 있는 사람과 비교해 비율이 얼마나 되오?" "이 소위 열악한 고혈착취 체제라는 것이 런던의 400만 인구의 산업조직에서 어떤 중요한 역할을 하고 있소?" 통계에 꼭 필요한 산수를 잘못했기 때문에 나는 통계기술을 습득하지 못했다. 하지만 관찰이나 실험에서 도출된 결론은 모두 그와 연관된 통계로 확인하고 재검토되어야 했다.

반면, 사회학 기법의 다른 부분——인터뷰라는 더 쉬운 기술——에서

위해 최초의 일 배분자, 배분된 재료와 최종 상품의 소유자, 즉 궁극적으로 실제 고용주가 공장의 모든 사람에 대한 책임을 지게 하는 것이다.

는 전문가가 되었다. 그러나 나는 곧 다른 사람의 정신에서 사실을 추출하는 방법이 그다지 효용이 없다는 걸 알게 되었다. 많은 경우에 그것은 직접적인 개인적 관찰의 서문 정도의 가치밖에 없었다. 직접적인 관찰조차도 어떤 상황에서 하느냐에 따라 그 가치가 각각 달랐다. 예를 들면 부두를 관료와 함께 돌아다니거나, 그 후 조사자로서 하역 인부들의 집을 방문할 때보다 집세 징수인으로서 일할 때 부두 노동자에 대해 더 많은 것을 알게 되었다. 관찰은 사실 관찰 대상인 사람이 관찰되고 있는 것을 알게 되면 그 의미가 줄어들게 된다. 내가 일련의 고혈착취 체제 공장에서 일하기로 결정한 것은 이러한 의식에서 벗어나기 위해서였다. 더욱이 어떤 조직에도 속해 있지 않은 단순한 관찰자로서는 실험을 할 수 없다. 캐서린 빌딩의 경영자로서, 나와 내 동료는 우리의 어떤 원칙이나 편견에 따라 주민을 선택할 수 있었다. 우리는 책임자의 동의를 얻어서 집세를 내리거나 올릴 수 있었고 연체를 허용할 수도, 무자비하게 중개인을 끌어들일 수도 있었다. 그리고 어떠한 정책을 선택한 다음에는 그 정책이 신청자의 수와 성격, 임대인의 행동이나 빌딩의 손익에 어떤 결과를 미칠지 관찰할 수 있었다.

모든 행정적 실험

"다른 사람의 삶을 가지고 실험을 하다니, 얼마나 냉혈한인가!"라고 독자가 반대하는 소리가 들린다. 그런 '실험'이 불가피하다는 걸 설명할 필요가 있을까? 사기업이든 공공 서비스이든, 공장이든 탄광이든, 초등학교이든 우체국이든, 협동조합이든 노동조합이든——그것이 선례나 관료적 형식주의에 의해 아무 생각 없이 이루어지는 것이 아니라면——행정은 모두 '다른 사람의 삶을 가지고 실험할' 수밖에 없다. 관련된 사람들을 무감각하고 부주의하게 대하는 것을 막기 위해 필요한 것은 행정가가 행정의 모든 결과에 대해서, 상품과 서비스의 생산자와 소비자나 사회 전반에 대해서 책임을 지는 것이다. 그리고 우리가 그런 실험에서 뭔가를 배우려고 한다면 다른 사람의 삶에 미치는 효과를 관찰하고 기록해야만 한다. 더욱이 그것이 실현될 수 없는 이상이라고 할지라도, 비스마르크[35]가 지적했듯이, 행정가는 그 자신의 실수 — 값비싼 희생을 치르는 — 뿐 아니라 다른 사람의 실수로부터 배워야 한다. 간단히 말해서 의식적으로든 무의식적으로든 관찰이나 추론의 확인을 거치지 않고는 제대로 행정을 할 수 없다. 그러나 역설적으로 조직의 방향을 결정할 권위와 동시에 과학적인 방법을 사용할 소중한 기회를 갖고 있는 사람들 중 대부분이 이러한 지적인 일을 할 뜻과 시간은 있으나 과학적인 훈련이 부족하다.

'자연스러운' 질서라는 오류

그리고 여기서 스펜서의 관료적 허무주의의 기반에 있는 기이하고 뿌리 깊은 오류에 대해 다시 논해야겠다. 그것은 내가 성장한 자본주의 세계에 만연한 추론의 오류이기도 하다. 모든 자본가가 전제하듯이 스펜서도 우리 모두에게 익숙해진 이윤 창출 기업이 '사물의 자연적인 질서'에 속하는 반면, 국가나 시나 노동조합의 활동, 예컨대 공장법, 공중보건법, 의무교육, 기준 임금은 '인위적인' 고안물이라고 단언했다. 철학자 자신의 말을 옮기면 인위적인 고안물은 '위대한 생존의 법칙을 넘어서려고 정치 모리배들이 고안해낸 서투른 장치들'이며 따라서 사회적으로 실패할 수밖에 없다는 것이다 — 왜냐하면 그것들은 '자연에 반하는' 것이기 때문이라는 것이다. 예컨대 개인간의 무한 경쟁에서 결정되는 임금은 '자연스러운 임금'이며 단체행동이나 법에 의해 결정된 임금은 '인위적 임금'이고 따라서 사회에 해가 된다는 것이다.

오늘날 이런 이상한 오류가 어디서 생긴 것인지 이해하기 힘들다. 아마도 이것은 다른 여러 오류처럼 어리석은 단어 사용에서 생겨났을 것

---

35) 비스마르크(Otto von Bismarck, 1815~98). 독일 정치가. 프로이센-프랑스 전쟁(1870~71)과 같은 일련의 전승 실적으로 1871년 독일제국을 건설하고 프로이센을 중심으로 독일 시민계급의 오랜 숙원이던 독일 통일을 완성했다 — 옮긴이.

이다. 왜냐하면 우리가 한편으로 어떤 것을 자연스럽다고 하고 다른 한편으로 어떤 것을 인위적이라고 할 때, 예컨대 폭포나 호수가 자연스럽다든지 또는 인위적이라든지 할 때 이 두 형용사에 명확한 의미를 부여한다. 전자는 호수나 폭포가 인간의 개입 없이 만들어진 것이고 후자는 인간이 만들었다는 뜻이다. 그러나 인간과 동떨어진 또는 인간의 활동 없이 이루어진 사회구조는 없다. 그래서 엄격하게 말하면 모든 사회구조와 기능의 발달은, 가족에서 경찰까지, 사유재산 제도에서 공원과 공공도서관 시설까지, 원시적인 금기에서 가장 복잡한 국회법까지 모두 '인위적'이다. 즉 모두 인간이 개입하여 생긴 것이며 인간 활동의 결과다. 사회적 행위를 '자연적' 대 '인위적'으로 대비하는 것은 전혀 말이 안 된다. 사회에 존재하는 것이나 인간에게 일어난 일은 전쟁이든, 평화든, 결혼 관습이든, 제국의 성장이든, 질병의 예방이든, 전투에서의 대학살이든 '문명' 자체까지도 다 '자연스럽다'고 하겠다. 왜냐하면 그런 일 자체가 일어났다는 것으로 그 일은 자연스러워진다. 더욱이 오래되었다거나 어디서나 볼 수 있다는 것이 '인간의 본성'이라는 가설과 잘 들어맞는 척도가 된다고 가정해보자. 그렇다면 인류 역사상 정부의 개입과 직업 조직(사제와 무사의 고대 카스트에서 현대의 노동조합까지)은 노동자에게서 생산수단을 분리시킨 자본주의 체제라는 산업조직 형태보다 훨씬 더 예전부터 존재했을 뿐 아니라 실제로 오늘날 지구상에 훨씬 광범위하게 퍼져 있다——우리가 아시아와 아프리카의 수많은 사람을 기억하면 쉽게 알 수 있다.

좋든 싫든 모든 사회적 변혁과 인간 사회의 발전은 삶의 행동을 실험하는 것임이 분명하다. 자본주의적인 편향이 있던 시절에 나는 "이 거대한 실험, 국가 교육, 이제 시작되고 있는 다른 문제들에 대한 국가의 개입"(이 책 247쪽을 보라)이 사물의 자연스러운 질서를 방해한다고 비난했다. 왜? 그 당시 생각으로는 이러한 '개입'이 '자연에 반하기' 때문이었다. 그러나 이제 와 생각해보니 이 특정한 실험들이 다른 계급의 이익을 위해 내 계급을 희생시킨다고 가정했기 때문에 그랬던 것이다. 나는 거대한 도시의 만성적 가난에 대해 조사했을 뿐 아니라 영국 정부 보고서를 연구하면서 노동자의 처지에 눈 뜨게 되었다. 18세기 후반과 19세기 초반의 대영제국 노동계급——즉 전 인구의 5분의 4——에게는 '산업혁명'이 인위적이고 부자연스러울 뿐 아니라 거대하고 잔인한 실험으로 보였을 게 틀림없다. 산업혁명은 동력 기계와 공장제를 전면적으로 도입하고, 가족을 산업 단위로 해체하고, 종교와 법이 신성시해온 태곳적부터의 관습을 단숨에 폐기해버렸다(바로 이런 무자비한 혁명 덕분에 우리 가족은 부유한 위치를 차지하게 되었다고 말할 수 있을 것이다——내가 산업혁명을 '사물의 자연스러운 질서'로 간주하게 된 데 대해 이것이 설명은 될 수 있어도 변명이 될 수는 없다!). 노동계급의 가정, 건강, 생계, 즐거움에 미친 영향에서 보면, 그 실험은 재난을 가져온 대실패였다.

'마치 ~처럼'

이런 오류에 대한 반작용으로 모든 사회적 활동 중 과학적 방법에 최고 가치를 부여해야 한다는 내 확신은 차츰 더 강해졌다.

나의 부정적인 자아는 늘 주장했다. "사회적 사실에 대해 끝없이 의문을 갖는 것이 시간을 보내기에 재미있는 방식이긴 하지만 무슨 결론이 있어?"

이제 나의 긍정적인 자아는 확신에 차 대답할 수 있었다.

"사회를 거대한 하나의 실험실로 보고 그 실험실에서 의식적이든 무의식적이든, 의도하든 의도하지 않든, 인간관계에 대한 실험을 끊임없이 수행한다고 가정하면 어떻게 현상이 생겨나는지 아는 종족이 살아남고 번성할 것이다. 그리고 이 지식은 인간의 과거와 현재 행동을 끈질기게 연구하는 가운데서만 습득될 수 있다."

부정적인 자아가 비웃으며 말한다. "어떻게 현상이 생기는지 안다! 그래도 무슨 일이 생겨야 하는지 정해지지는 않아!"

긍정적인 자아가 차분하게 답한다. "오래전에 말한 대로, 삶의 목적에 대해 과학은 아는 바가 없지. 그건 당연한 일이기도 해. 그리고 오늘날의 과학자들은 그 사실을 알고 있지. 우리가 추구하는 목표, 즉 우리가 우리 자신 속에 그리고 사회 속에 만들어내고자 하는 정신 상태는 인간의 가치 척도에 달려 있어. 그 가치 척도는 인종마다, 세대마다, 개인마다 다르지. 우리 각자가 어떻게 우리의 가치 척도를 정할지는 아무도 몰라. 나로서는 '마치' 인간의 영혼이 올바른 것을 지향하는 초인적인 힘과 교감하고 있는 것'처럼' 사는 게 최선이라고 생각해. 관찰과 추론을 통해 자연을 이해하려는 것과 마찬가지로, 이렇게 우주에 있는 사랑의 정신과 교감하는 것도 간헐적이고 불완전할 거야. 그리고 때로는 전혀 우리가 알지 못할 수도 있을 거야. 그러나 이렇게 알지 못하고 은총으로부터 타락하는 것이 인간이 사는 방식이기도 하지."

제7장 나는 왜 사회주의자가 되었나
(1888~92: 30세부터 34세까지)

산업혁명

부스 아래서 도제로 있는 동안 나는 당시 세계가 목격한 '다른 사람들의 삶에 대한 실험'에서 시험적인 결론에 도달했다. 그 실험, 즉 산업혁명은 그 당시로는 가장 광범위한 것이었다. 이 실험보다 1917년의 러시아혁명이 더 잔인하고 신속하며 난폭하긴 하지만, 이 실험은 더 철저하고 영구적이었다.

18세기 후반과 19세기 초 영국의 산업혁명이 최고조에 달했을 때 자작농, 소작농, 가내 공장주, 독립적인 수공업자들은 농촌과 도시에서 쫓겨났다. 이들은 생계를 이어갈 수 있는 수단을 소유했지만 상대적으로 점차 소수의 자본가들이 이들을 몰아내고 대신하게 되었다. 자본가들은 점차 늘어나는 무산자들을 임금노동으로 고용했다. 남자, 여자, 어린아이 모두 살기 위해서는 가방 속 쥐처럼 몸부림쳐야 했다. 이런 대담한 경제적 재조직을 위한 모험적 사업은 엄청난 성공을 거둔 것으로 보이지만 동시에 비극적인 실패이기도 했다. 새로운 동력기계 산업의 창시자들은 공공연히 금전적인 이익을 목표로 삼았다. 존슨 박사가 자기 친구인 스레일의 양조장에 대해 말했듯이, '탐욕의 꿈 이상으로' 이러한 목적이 달성되었다. 점점 더 빠른 속도와 싼 가격으로 온갖 종류의 상품들이 새 공장에서 쏟아져나왔다. 따라서 스미스가 『국부론』[1]에서 이상

---

1) 10년에 걸쳐 완성한 이 대저에서 스미스는 근대인의 이기심을 경제행위의 동기

화했던 것의 가능성이 점점 더 높아졌다. 이 새로운 공장체제로 대영제국은 세계의 공장이 되었고, 20년에 걸친 나폴레옹 전쟁을 겪었지만 아무렇지도 않았다. 한편 1815년에는 영국의 금권정치가 가장 부유하고 강력한 정치체제로 부상했다.

반면 바로 그 산업혁명으로 육체노동자들——즉 영국민의 5분의 4——이 생산과정에서 자발성과 자유성을 발휘할 수 없게 되었다. 그들은 독립적인 생산자였으나 이제는 다른 사회 계급의 고용인이나 하인이 되었다. 그리고 당대의 런던의 이스트 엔드가 아주 명확하게 보여주듯이, 산업혁명으로 수십만의 가족이 더러운 거리의 붐비는 집에 살며 만성적인 가난으로 인해 육체적 고통과 정신적 타락으로 내몰렸다. 하지만 육체노동자 전체를 놓고 보면 약간의 보상이 있었다고 할 수도 있다. 새로운 산업조직은 임금노동자에게 제조, 운송, 거래에서 협동의 기술을 훈련시켰다. 이윤을 추구하는 자본가들도 나름대로 효용이 있었다. 자본가들 때문에 어쩔 수 없이 프롤레타리아들——자본주의로 어디서나 볼 수 있게 된——이 노동조합과 협동조합을 중심으로 단결했다. 더욱이 이스트 런던의 하청 노동자들과 랭커셔 직물공장 노동자들을 대조해볼 때 나는 철강업과 광업으로 어떻게 공장 임금노동자의 결집이 가능해졌고, 어떻게 하청공장과 독립 수공업제 공장과 가내 하청이 배제되었는지를 깨달았다. 즉 그들이 집단적인 고용조건의 규제를 받지 않는다는 것을 깨닫게 되었다. 고용조건의 규제는 한편으로 공장법과 광산규제법으로, 다른 한편으로 기준 임금과 노동조합의 평균노동일로 나타났다. 이러한 규제는 그것이 해당되는 곳에 종사하는 사람들의 지위를 월등히 향상시켰다. 법의 시행 때문이건 단체 협상에 의해서건 바로 이 고용 조건의 집단 규제로 면직 노동자, 광산 노동자, 철강 노동자들이 사실상 효율적인 민주주의를 누리게 되었다. 아니면 적어도 이스트

로 보고, 이에 따른 경제행위는 '보이지 않는 손'(invisible hand)에 의해 종국적으로는 공공복지에 기여하게 된다고 생각했다—옮긴이.

런던의 전혀 조직되지 않은 노동자들에 비해 이들은 참정권이나 교육을 열망했다. 그리고 이들은 인쇄공조합이나 협동조합이나 노동조합이 보여주듯이 스스로 통제했다. 나는 집단적인 규제와 자발적인 통합의 이점을 누리는 임금 소득자와 개인 사이의 무제한 경쟁에 버려진 사람들 사이의 대조에 대해 더 연구하고 싶었다. 그리고 또한 산업자본주의의 독재나 자본가 외의 모든 생산 참여자를 '일손'으로 만드는 것 외에 어떤 실천적인 대안이 있는지 알고 싶었다. 그러한 대안이 있다는 주장은 계속 있었다. 이러한 대안을 추구하는 데 나는 사회주의자들에게 의지하지 않았다. 『페이비언 에세이』(*Fabian Essays*)는 아직 쓰이지도 출판되지도 않았다. 내가 런던의 이스트 엔드에서 만난 사회주의자들은 사회 민주주의 연합에 속한 사람들이었다. 그 당시 그들의 주장은 내게는 기존 질서를 급격하게 전복하려고 하지만, 그럴 힘이 전혀 없는 것처럼 보였다. 대신 그들은 가장 막연하고 이해할 수 없는 유토피아를 제시하는 것 같았다.

여성 노동자

그러나 모든 계급의 이상주의자들, 노조 지도자나 더 자비로운 고용주들, 혁명적 사회주의자나 자유주의적·보수적 박애주의자들이 칭찬해 마지않는 또 다른 대안이 있었다. 즉 산업 조직의 실험이었다. 실제로 그것은 노동자들이 적극적으로 참여하여 소규모로 운영한다고 보고되었다. 이것은 '자기 고용'(self-employment)의 이상, 즉 산업에서 평화롭게 자본가를 제거하는 것이었다. 육체노동자 자신이 소유권 아니면 어쨌든 자본 사용권을 획득하고 기업을 경영하여 돈을 번다는 생각이었다. 내가 들은 바로는 영국 북부와 스코틀랜드 저지대에서 이러한 이상을 실현하기 위해 협동조합운동이 생겼다. 내가 아는 한 런던에는 이런 운동이 거의 없었다.

그러나 이런 조사 방법을 채택하는 데는 약점이 있었다. 그것은 런던의 동료들에게서 떨어져나가야 한다는 뜻이었다. 즉 숙련된 지도로 내게 자극을 주던 친구를 잃게 된다는 뜻이었다. 더욱이 내가 혼자서 특정한 형태의 기업을 조사할 능력이나 훈련을 갖추었는지 의심스러웠다. 계획을 잘 세운 후 통계적으로 연구한 부스의 조사에서 나타난 문제 중 하나에 천착하는 게 낫지 않았을까? 예를 들면 부스는 여성 노동자 문제를 연구해보라고 제안한 바 있었다. 구체적으로 개인 지출 수준이 낮은 여성 노동자들이 남편이 버는 최저생계비에 보태기 위해 기꺼이 최저생계비 이하의 임금을 받으면서 일하며 심지어는 용돈만 되면 일하는 현상을 연구해보라고 권한 적이 있었다. 반면 남성과 관계를 갖고 돈을 버는 매력적인 대안이 늘 여성 노동자들을 사로잡는다. 이런 대안은 종종 직업적인 매춘으로 끝난다. 다음 일기에 나의 망설임이 드러난다. 나는 또한 위대한 경제학자의 솔직한 의견도 적고 있다. 그는 내가 더 큰 규모의, 더 독립적인 일에는 맞지 않는다고 했다. 그러나 협동조합운동을 조사하겠다는 나의 계획이 이 권위적인 경제학자의 비난으로 위축되었는지 더 확고해졌는지는 두고 볼 일이다.

문제 있음—일이 난관에 부딪힘〔아직 유대인 공동체에 대한 장을 쓰기 위해서 사실들을 모으고 있는 중이다〕. 찰리는 내가 『이스트 엔드에서의 여성 노동』(*Woman's Work at the East End*)을 3월까지 다 쓰기를 원했다. 그렇게 되면 2월 '나의 봄 휴가'의 일부——적어도 2주일——는 희생해야 할 것이다. 이것을 더 큰 주제의 일부로 삼아 천천히 하기로 하고 2주일 중 얼마라도 쉬지 않는다면 2주일을 몽땅 날릴 것이다. 유감이지만 협동조합 건은 연기해야 할 것 같다. 반면 여성 노동은 점점 더 중요해보인다. 실용적인 목적으로 본다면 협동조합보다 이것이 더 중요하다……. 그렇다면 부스의 일을 완성하기 위해서는 그 일을 할 필요가 있다. 그 일에 이용할 수 있는 소재는 이미 머릿속에 꽉 차 있다. 그리고 광범위하게 조사하러 갈 것도 없이 이미 파악한 것만으로도 충분히 그 일을 할 수 있을 것이다. 〔1888년 11월 3일 일기〕

여성의 종속

케임브리지에 있는 크레이턴(Creighton)의 방문[2]은 즐거웠다[6개월 후에 적고 있다]. 마셜[3] 교수와 재미있는 대화. 처음은 크레이턴가에서 저녁식사를 할 때였고 다음은 마셜 교수 댁에서 점심식사를 할 때였다. 이야기는 남성과 여성에 대한 논쟁으로 시작되었다. 그는 여성은 종속적인 존재이며, 여성이 더 이상 종속되려 하지 않으면 남자들에게 결혼 상대가 없어질 것이라고 했다. 그는 이렇게 말했다. 결혼은 남성의 자유를 희생하는 것이고 따라서 여성의 영혼과 육체를 모두 남성에게 바쳐야만 남성들이 견딜 수 있다. 그러므로 여성은 남성이 불쾌해 할 정도로 기능을 발달시켜서는 안된다. 힘, 용기, 독립심은 여성에게 매력적인 자질이 아니다. 여성이 남성과 일로 경쟁하는 것은 심히 불쾌한 일이다. 따라서 여성에게 남성적 힘과 능력이 보이면 남성은 그것을 짓밟고 거부해야 한다. 결혼의 핵심은 대조. 여성의 나약함과 남성의 힘, 남성의 이기주의와 여성의 헌신의 대조. "여자가 남자와 경쟁한다면, 남자들은 결혼하지 않을 거야." 그는 웃으면서 요약했다.

나는 정반대의 논리를 폈다. 이상적인 성격은 힘과 용기와 동정과 헌신과 끈질긴 목적의식이 결합된 명석하고 통찰력 있는 지성을 갖추

---

2) 1888년 크레이턴가를 소개받았다. 우리 둘을 모두 알고 있는 수베스터(Marie Souvester)가 소개했다. 그때부터 쭉 그들과 친하게 지내왔다. 이들 덕분에 또 한 사람과 친해졌고, 그 사람이 4년 후에 내 약혼자가 되었다. 후에 우스터나 케임브리지, 피터버러나 풀햄에서 이 유쾌한 가족과 지낸 날들을 회상하면서, 80년대와 90년대의 지성인들 중 이들이 준 영감을 기억하는 사람이 수없이 많으리라는 생각이 들었다. 내 기억으로는 맨델 크레이턴(Mandell Creighton)은 내가 내 삶의 여정에서 만난 사랑스러운 인물 가운데 하나이며 동시에 가장 섬세하고, 가장 폭넓은 사고를 하고, 가장 난해한 지식인이었다(루이스 크레이턴 Louise Creighton이 쓴 『크레이턴 주교의 삶과 편지들』*The Life and Letters of Bishop Creighton*을 보라).

3) 마셜(Alfred Marshall)은 1842년 7월 2일 런던에서 출생했다. 신고전학파의 창시자로 경제이론의 기초에 스펜서식의 사회유기체를 도입했다―옮긴이.

는 것이며, 이런 이상은 남녀 모두에게 적용된다. 이런 자질이 남성과 여성에게 다른 방식으로 나타날 수는 있다. 우리에게 필요한 것은 다른 자질과 약점이 아니라 다른 방향으로 작용하는 동일한 미덕이다. 그리고 이 미덕은 서로 다른 방식으로 사회에 봉사하는 것으로 나타난다.

그의 집에서 점심식사를 할 때는 논의가 더욱 실용적으로 되었다. 그는 내가 협동조합의 역사에 대해 쓰려고 한다는 이야기를 들었다고 했다.

알프레드 마셜

"제가 그럴 능력이 있다고 생각하세요?" 나는 물었다.

"자, 포터 양, 아주 솔직히 말하겠소. 물론 당신이 협동조합의 역사를 쓸 수 있다고 생각하오. 하지만 그 일이 당신이 할 수 있는 최선은 아니오. 당신 그리고 당신만이 할 수 있는 일이 있소——여성 노동이라는 미지의 분야를 연구하는 거요. 다른 여성들과는 달리, 당신은 고도로 훈련된 지성과 독창적인 작업을 할 수 있는 용기와 능력을 가지고 있소. 협동조합의 역사를 쓸 남자는 많소. 하지만 여성 노동을 제대로 연구할 수 있는 사람은 없소. 이런 순전히 경제적인 문제를 연구하라면, 당신보다 지식이 더 많고 더 정력적으로 연구할 사람이 많소. 예를 들면 서로 다른 산업에서는 상대적으로 이윤이 다르다는 당신의 견해나 협동조합이 면직산업에서는 성공하는데 모직산업에서는 실패하는 이유에 대한 당신의 설명이 흥미로울 수도 있소. 하지만 당신의 말을 듣다보니 정말 당신이 그 문제를 진지하게 탐구했는지 의심스럽소. 반면 당신이 어떠한 산업에서는 여성 노동이 성공적인데, 다른 산업에서는 전혀 그렇지 않은 요인들을 분석한다면 당신의 말은 그 분야 최고의 권위자의 말로 받아들여질 거요. 나는 속으로 이렇게 생각하오. 만일 포터 양이 이런 일을 연구하지 않는다면, 어떤 사람도 그 일을 할 수 없을 거요. 당신의 의견은 결정적인 것으로 받아들여질 것이오. 아주 솔직하게 간단히 말하면 이렇소. 산업의 한 요소로서 여성을 연구 주제로 삼는다면, 당신 이름은 200년 후에도 귀에 익은 이름이 될 거요. 하지만 협동조합의 역사를 쓴다면 1, 2년 후 그보다 더 훌륭한 저서가 나와서 아무도 그 책을 읽지 않을 거요. 전자는 아무도 가지지 않은 독특한 재능을 이용하는 것이고, 후자는 대부분의 남자들이 가지고 있는 기능을 이용하는 거요. 당신보다 뛰어난 남자들이 많을 거요. 당신이 협동조합에 대한 책을 쓰면 저녁에 심심풀이로 아내에게 읽어달라고 할지는 모르겠소. 하지만 주의 깊게 듣지는 않을 거요."

그는 아주 강조하며 덧붙였다.[4]

물론 나는 그 말에 반박했다. 그리고 내가 산업 조직을 연구하는 건 경제학을 배우기 위해서라고 했다. 덩치가 작은 마셜 교수는 눈을 빛내며 어깨를 으쓱했다. 그리고 여성이 과학적인 원칙을 공부하는 것을 비웃었다. 퉁명하게 비웃은 것이 아니고, 농담조로 그랬다. 그는 자기주장을 굽히지 않으면서도 자신의 경멸을 무마하기 위해 아부를 해댔다. "자, 당신은 초보자요. 경제학을 연구한 지 1년밖에 안 되었소. 그런데 여성 노동이라는 주제에 대해서는 당신이 나나 폭스웰(Foxwell)(우리는 경제학적 문제를 연구하는 데 일생을 바쳤소)보다 낫소. 당신이 그렇게 성공을 거둔 것은 특별한 종류의 연구에 재능이

---

4) 마셜 교수를 추모하는 글에서 다음 글을 읽고 일종의 슬픈 기쁨을 느꼈음을 고백한다. 마셜 교수의 애제자인 페이(C. R. Fay) 교수가 쓴 것이었다. 페이 교수는 현재 유명한 경제학자이자 협동조합에 대해 저술한 바 있다. 그가 내 이야기를 한 것은 내 작은 책이 출판된 지 10년이 지났는데도 그의 흥미를 끌었음을 증명한다.
"점차 나는 내 주제—협동조합—에 도달했다." 페이 교수는 회상한다. "나는 내 노트의 한쪽에 따로 책의 제목을 적기로 그와 합의했다. 내 마음에 들 때까지 매주 제목을 바꾸기로 했다. 마침내 「국내와 해외에서의 협동조합, 분석과 묘사」로 제목이 정해졌다. 그가 유일하게 걱정한 일은 내가 이 주제에 대해 비어트리스 포터가 쓴 해로운 책의 영향을 받았을까 하는 것이었다.

있기 때문이오. 그런데 자신의 재능을 무시하려는 거요. 이렇게 솔직하게 말하는 걸 용서하오. 당신은 내 수업에 들어오는 학부생보다 능력이 없소. 내가 이렇게 강경한 것도 당연하오. 나와 당신의 관계는 고객과 생산자의 관계요. 사실 나는 당신의 주요 고객 가운데 하나요. 당신이 내가 원하는 것만을 생산해주면 정말 고맙겠소. 그런데 지금 성공하지 못할 것을 계속 생산하겠다고 하고 있는 거요. 그 제품은 사실 쓸모없는 걸 거요."

그는 이처럼 날 경멸하면서 내가 특별한 종류의 연구에는 재능이 있다며 사탕발림을 했다. 그런 그가 자신의 그다음 정치경제학 저서에서 내가 분업에 대해 일반화한 원칙을 인용한 것을 보고 안심이 되었다. 나는 분업이 가장 좋은 생산유형이나 가장 나쁜 생산유형이 아니고 중간쯤 되는 생산유형이라고 주장했다. 어쨌든 그러한 일반화는 순수하게 지적인 것으로 여성의 삶에 대한 여성 특유의 통찰력과는 연관이 없는 것이었다.

그 교수에 대해 호감을 지닌 채 나왔다. 그가 자신의 견해를 서술한 친절한 방식에 감사를 표했고 그의 이해에 기분이 새로워졌다. 내가 그 일을 하기에는 힘과 능력이 부족하다는 그의 견해에 동의하고 싶어지기까지 했다. 하지만 여전히 내게는 끈질기고 확고한 목적의식이라는 남성적 자질이 있었다. 나는 내 작은 나무를 내 식으로 기어오를 것이다. 언젠가는 여성 노동에 대해 연구하겠지만 먼저 협동조합운동을 연구하겠다. 〔1889년 3월 8일 일기〕

잘못된 행보

반페미니스트

결국 다음 연구 분야로 협동조합운동을 택하기로 결심한 것은 그 당시에 내가 반페미니스트로 알려져 있던 사실과 밀접한 연관이 있다. 마셜 교수가 내가 여성 노동 연구를 독특하게 할 수 있다고 본 것도 아마도 내가 반페미니스트로 알려져서일 것이다. 1889년 나는 여성의 보통 선거권에 반대하는 그 악명 높은 선언문에 서명했다. 나중에 생각해보니 잘못된 행보였다. 워드 부인[5]과 다른 뛰어난 숙녀들이 초안을 잡은 이 선언문으로 열렬한 여성 지식인들의 미움을 샀으며 일반 대중의 눈에도 공정한 여성 노동 연구자로서 내 이미지가 손상되었다. 해리슨(Fredric Harrison)[6]과 제임스 놀스가 이 반동적인 문서에 대해 분개하는 반박문을 쓰라고 강권하는 순간, 나는 내가 실수했음을 깨달았다. 거의 20년 동안 공적으로 내 입장을 다시 밝히지 않았지만, 나는 즉시 그리고 단호하게 그 논쟁에서 발을 뺐다.[7] 그 당시 왜 내가 반페미니스트

---

5) 워드(Humphry Ward, 1851~1920). 영국의 사회 소설가. 그녀의 소설 『펜위크의 이력』(*Fenwick's Career*)과 『리처드 메이넬』(*The Case of Richard Maynell*)에서 종교적인 신념을 사회에 적용했다—옮긴이.

6) 해리슨(Fredric Harrison, 1831~1923). 실증주의자로 콩트의 생각을 영국에 널리 퍼뜨렸다. 실증주의를 철학뿐 아니라 인류교라는 종교의 기반으로 삼았다—옮긴이.

7) 보통선거 반대 '청원'은 1880년 6월에 『19세기』에 출판되었다. 해리슨이 다음 편지에서 언급한 응답 역시 1889년 7월의 같은 잡지에 있다.
"포셋(Fawcett) 부인과 딜크(Ashtan Dilke) 부인이 쓴 글들은—물론 딜크의 글이 어조가 더 낫지만—분명히 호소력에 비해 위엄이나 힘이 떨어집니다(1889년 7월 7일 프레드릭 해리슨이 내게 쓴 편지다). 『19세기』 편집장인 놀스 씨와 나는 당신이 이 일을 하기에 가장 적합한 사람이라는 데 의견의 일치를 보았습니다. 내가 당신을 가장 적임자로 강력하게 추천하자, 그도 이 일을 꼭 맡아달라고 부탁했습니다. 그 탄원보다 더 완벽하고 더 공감을 살 수 있고 더 명확한 글이 필요합니다. 이 일을 맡는 것은 공적인 책임을 다하는 것이기도 합니다. 몬머셔 같은 곳에서 당신의 재능을 썩히는 것은 죄입니다. 이 일을 하는 것이 당신의 사회적 의무입니다. 당신이 생각하는 바를 솔직히 말하고, 그것이 실질적으로 포셋 부인의 메마른 민주적 선언에 대한 응답이 되게 해주길 간절히 부탁드립니다."
내 일기에 있는 아래의 글이 이러한 부탁에 응할 수 없다는 내 기분을 표현하고 있다.
"지금 정말 이 분쟁에서 벗어나고 싶다. 나는 아직 포셋 부인이 보통선거권을 주자고 하는 계급의 대표로 이야기할 만한 업적을 갖고 있지 않다. 솔직히 말하면 내 입장이 무엇인지 나도 잘 모르겠다. 정치나 정치적 방법에 대한 나의 편견 때문에 여성에게 보통선거권을 주는 문제에 대한 내 판단이 흐려지지 않으

였는지는 쉽게 설명할 수 있다. 나는 기질상 보수적인데다 사회적 환경상 반민주적일 수밖에 없었다. 거기다가 아버지가 남자에 비해 여성을 과대평가하는 것에 대해 반발심도 있었다. 보통선거권 운동을 하는 여성들의 편협한 관점과 분노에 찬 어조를 접하자 이런 반발심이 더 강해졌다. 한 미국 숙녀가 미국 보통선거권자들을 위해 연 오찬에서(끝없이 여성의 권리에 대해 반복하며 말하는 데 짜증이 났다. 나를 달래기 위해 담배라도 한 대 주었어야 했다) 나는 짜증을 내며 이런 도발적인 선언을 했다. "남자로서 아무리 열등해도 내가 만난 모든 남자가 나보다는 낫다고 생각한다." 나는 토리당과 휘그당, '여당'과 '야당'이 벌이는 국회 정치 행태가 너무 싫은데 이런 분위기에 여성들을 몰아넣는 게 싫기도 했다. 그러나 나의 반페미니즘의 근간에는 내 자신이 여성으로서의 불이익 때문에 한 번도 고통받은 적이 없다는 사실이 있었다. 오히려 여성이라서 더 유리했다고 할 수 있었다. 만일 내가 남자였다면, 자존심과 가족의 압력과 계급의 여론 때문에 어쩔 수 없이 돈을 버는 직업을 택했을 것이다. 여자였기 때문에 나는 사심 없이 연구할 수 있었다. 더욱이 내가 택한 일에서는 여성인 것이 더 유리했다. 조사자로서 여성은 남자보다 의심을 훨씬 덜 받는다. 그리고 조사 대상자가 대답하기 편하게 조사를 진행하기 때문에 정보를 얻기가 더 쉬웠다. 더욱이 그 당시에는 실제로 경제 문제에 유능한 여성은 편집자에게 희소성이 있었다. 그래서 여성 작가는 즉시 출판할 수 있었고, 내 경험에 따르면 비슷한 수준의 남성 작가보다 더 많은 저작료를 받을 수 있었다.

협동조합운동

나는 이미 조사 기법을 잘 알고 있었다. 우선 내 쪽에서 준비하지 않고 감독관, 관리, 피고용인, 협동조합운동의 조합원을 인터뷰해보아야

리라고 확신할 수 없다." [1889년 7월 7일 일기]

소용도 없고 정말 부적절한 일임을 잘 알고 있었다. 내 친구이자 협동도매상협회 런던 지회 총무인 존스(Benjamin Jones)에게서 1869~88년의 의회보고서와 20년에 걸친 주요 협동조합 기록물을 빌렸다. 그다음 해 내내(1889년) 몇 달이나 아버지와 함께 이 건조한 인쇄물 더미를 꾸준히 연구했는데——지겨운 일이었고——적절하게 노트 필기하는 법을 몰라 더욱더 지겨웠다. 정신적 피로와 육체적인 불쾌감이 아직도 생생하다. 이 일을 하면 몇 시간씩 피로와 구역질을 느꼈다. 그러면서도 작고 희미한 글자로 쓰인 책을 한 쪽 또 한 쪽 끝없이 넘겨야 했다!

  협동조합 간행물을 읽은 지 열흘밖에 되지 않았다[집중적으로 협동조합 관련 기록을 읽던 중 쓴 글이다]. 지겨운 일이다. 뚜렷한 결과도 없고 단지 연관 없는 사실들을 모아놓은 것일 뿐이다. 이 중 어떤 것도 현재로서는 증명할 수 없다. 이것은 특히 지겨운 일인데, 무엇을 찾고 있는지 내 자신도 모르기 때문이다. 연구 범위를 정하진 않았지만, 두 가지 결론에 이르렀다. ① 협동조합은 노동자들이 중간상인, 상인, 공장주에게서 이윤 중 일부를 얻어내기 위해서 만든 단체다. 그러나 소비자 유치 경쟁에 의해 야기된 가격 하락이나 임금 하락은 견제할 수 없다. ② 현재의 협동조합이 이상주의적인 신사들의 감상적인 프로파간다에서 비롯되었다는 것은 사실이 아니다. 협동조합은 자기-이해의 기반 위에서 성장한 것이고 거기에 이상주의가 접목된 것이다. 이런 이상주의가 협동조합운동에 도움이 되는지는 아직도 의심스럽다. 이 운동과 연관된 '신사들'의 공헌은 협동조합운동의 입법화를 추진한 것이다. 또 파이오니어즈에 의해 시작된 성공적인 초기 단계에서는 이윤이 필수요건은 아니었다. [1889년 6월 29일 일기]

  『협동조합 소식지』(*Co-op. News*)와 씨름하고 있음. 방법론의 훈련 부족으로 생긴 온갖 불편을 감내하고 있음[몇 주 뒤에 쓴 것이다]. 내 필기가 중간에 지저분하고, 제대로 제목별로 분류되어 있지 않고, 10

주 동안 한 일을 다시 해야 함을 알게 됨. 6시 30분에 일어나 하루에 5시간씩 어떤 때는 6시간씩 일함. 피곤하기는 하지만 낙담하지는 않음. 〔1889년 7월 26일 일기〕

고역 그리고 실수에 대한 두려움! 하루에 여섯 시간씩 끝없이 쌓여 있는 『협동조합 소식지』를 읽고 필기함. 관련 사실들을 끊임없이 다시 읽음. 그 자체로는 정말 재미없고 끔찍하게 건조하며 전혀 만족스럽지 않음. 그리고 끊임없이 판단을 한다──이 문서나 연관된 사실이 읽을 만한 가치가 있을까? 어떤 식으로 결정해도 불만스럽다. 읽지 않고 넘어가면, 혹시 중요한 것은 빠뜨리지 않았는지 두려움이 생긴다. 눈이 아파도 계속 읽는데 그 문서가 무용한 이론화이거나 몽상적인 이상주의이거나 잘못된, 특히 부정확한 묘사로 증명되면 시간과 노력을 낭비했다는 쓸쓸한 느낌이 든다. 일을 마치겠다는 결심으로 몸과 마음이 견딜 수 없을 때까지 오랫동안 앉아 일한다. 그래서 아프고, 짜증이 나고, 일하는 중에도 아주 불행하다. 그러나 노력 부족 때문에 뜻을 못이루지는 않겠다는 느낌이 들면 만족스럽다…… "천재는 신이 내린 것이다. 그러나 최선을 다하는 지성이면 누구나 재능을 얻을 수 있다." 플로베르의 말이다. 실망스러울 때면 내게 뛰어난 일을 할 재능이 있으리라는 생각으로 위안을 받는다……. 〔1889년 8월 20일 일기〕

이렇게 힘들게 특히 어려운 문서들을 계속 읽은 것은 가치 있는 일이었다. 그러나 이 수많은 협회의 회의 보고서, 대회와 의회의 문서와 토론, 늙은 오웬주의자의 회상록, 한편으로 저명한 기독교 사회주의자 그리고 다른 한편 노동계급 관리와 위원회 위원들 사이에 협동조합운동의 신념을 둘러싸고 벌어진 격렬한 논쟁을 검토했지만, 그렇다고 해서 거기서 왜 협동조합운동이 성공하고 왜 실패하는지 알아냈다는 뜻은 아니다. 내가 알아낸 것은 '핵심적인 개념', 즉 핵심적인 사건, 핵심적인 협회, 핵심적인 용어와 인물이었다. 이런 개념들을 구사하자 인터뷰한 사람들의 신뢰를 얻고, 그들의 마음속에 있는 숨겨진 경험의 보고를 보게 되었으며, 협동조합운동 안에 있는 다양한 유형의 조직이 어떻게 구성되고, 어떻게 다양한 활동을 하는지 실제로 관찰하고 기록할 기회를 얻게 되었다.

일련의 인터뷰

한편으로는 아버지를 돌보지 않아도 될 때는 영국의 중부 주들, 북부 주들, 스코틀랜드의 저지대 등을 돌아다니며 협동조합 지회의 대회나 협동조합원 모임에 참석했다. 그리고 리즈, 뉴캐슬, 글래스고, 맨체스터 등 중앙 지부가 있는 곳에서는 며칠이나 몇 주씩 머물면서 온갖 유형의 협동주의자들을 만났다. 당시 일기를 보면, 협동조합 생산협회로 알려진 '자율 공장'과 혼합 협동체를 실제로 모두 방문했을 뿐 아니라, 대도시와 소도시의 상점까지 방문한 것을 알 수 있다. 내 일기 중 1889년 봄과 여름의 일기 가운데 몇 쪽을 읽어보면 이 모험이 어떤 방식으로 이루어졌는지 알 수 있다. 조사자는 장면, 사건, 인물의 '첫인상'을 기록하는 습관을 가져야만 한다. 이러한 첫인상은 코닥 카메라로 급하게 찍은 스냅 사진에 해당한다. 이런 인상이 곧 그런 사건이 발생했다는 증거가 된다. 그러나 초상화 수준에 이르는 경우는 거의 없고 풍자화에 그치는 경우가 빈번하다. 이것들을 입증된 사실의 서술로 받아들여서는 안 된다. 이런 스케치가 지닌 가치는 수수께끼의 실마리, 반박될 수도 있고 입증될 수도 있는 가정, 자신이 관찰되는 것을 모르는 상태에서 예기치 않게 특정한 상황의 사람들의 행동을 보는 데 있다. 그리고 이런 인상들은 그 자체가 분석적인 기록이나 통계표에 있는 기계적이고 황량한 사회학적인 세부 사항의 기록을 보충하는 데 유용하다. 분명한 이유가 있어서 내가 묘사하거나 인용한 사람들이 누군지는 밝히지 않겠다.

헵던 브리지에서 사흘 동안 철강 협동조합 창설자의 미망인과 지냄

[헵던 브리지에 온 것은 헵던 브리지 퍼스티언 조합이 개최한 회의에 참석하기 위해서였다. 이 당시 이 협동조합은 가장 성공적인 생산 협동조합이었으나 후에는 도매상 협동조합에 흡수되었다]. 딸 셋에 스무 살 된 아들 하나. 어머니는 신중하고 인정이 넘치는 사람임. 진짜 요크셔인답게 직선적이며 상냥함. 딸들은 '예의 바르고' 명랑한 아가씨들임. 딸 하나는 살림을 맡고 그에 대해 보수를 받고 있다. 다른 딸 하나는 가족 사업의 회계를 맡고 있다. 셋째 딸은 보조교사다. 아들은 사업을 한다. 그들은 모두 심한 요크셔 사투리를 씀. 그들은 중산층의 생활에는 별 관심도 없고 공감하지도 않는다. 노동계급 출신의 어머니만 예의 글래드스턴형의 활기찬 정치가다. 그렇다고 그들이 모두 공적인 것에 관심이 있는 것은 아니다. 가족생활은 매력적이다. 모두 사이가 좋다.

중간 계급과 노동계급이 섞여 있는 점에서 헵던 브리지는 정말 바컵과 유사하다. 이곳에는 상층 계급은 없다. 내 관심사는 이곳의 활기찬 협동 생활이다. 나는 많은 협동조합원을 만났고 그들의 모임에 참석했다. 젊은 옥스퍼드 대학생들이 여기 내려와 있다. 그리고 협동조합원들이 젊은 옥스퍼드 지식인과 함께 협동조합 내에 노동계급 상호존중협회를 만들고 있다. 이들은 함께 자본가 계급과 부유한 지식노동자를 비난한다. 이러한 비난은 거의 은어이다시피 했고 분명히 무지의 소산이었다.

오후 기차로 맨체스터로 돌아감. [1889년 3월 21일 일기]

도매상 협동조합협회

도매상 협동조합의 회장인 미첼[8]은 협동조합운동을 이끈 주요 인물 가운데 하나다. 그는 열심히 소비자의 권익을 옹호했다. 말하자면

---

8) 미첼(J. T. W. Mitchell, 1828~95)은 영국협동조합운동 사상 아주 뛰어난 인물 가운데 하나다. 그는 '높은 지위에 있으나 성격이 못된 남자'의 사생아였다. 미첼 자신(『존 T. W. 미첼』*John T.W. Mitchell*, 퍼시 레드펀Percy Redfern 지

노동자 고객의 화신이었다. 그는 생산 이익을 제조업자와 상인의 손에서 모조리 빼앗아 소비자에게 돌려주려고 했다. 도매업자의 대표로서 그는 한 가지 생각에 사로잡혀 있었다. 즉 자신의 조직의 힘을 확장하고 강화하는 것이었다. 그는 일부는 작은 모직회사에서 버는 돈으로 살았고, 혼신의 힘을 쏟아붓던 도매상 협동조합에서 주당 30실링를 받았다. 그는 작은 집에서 살면서 부족함 없이(그는 노총각이었다) 실컷 먹고 마음껏 차를 마셨다. 그 대신 술이나 담배는 전혀 하지 않았다. 뚱뚱하고, 느리고 거만하게 긴 문장으로 말하고, 때때로 소년 같은 순박함을 보였다. 그는 호인으로 자신이 쓰는 과장법에 따르면 애국적인 시민이었고 소비자의 복지가 이상이었다. 이사회는 전적으로 그의 뜻을 따랐다. 그들은 뚱뚱한 대식가인 상인들에 지나지 않았

음, 1923, 12쪽)은 전기작가에 따르면 "부계 쪽에서는 도덕적인 면에서 배울 점이 없다고 느꼈다"고 한다. 어머니는 "아들만을 위해서 살았다. 그리고 궁핍하긴 했지만 아이만은 제대로 키우려고 했다." 그녀는 노동자들이 사는 거리에서 작은 맥줏집을 해 생계를 꾸렸던 것 같다. 보조적으로 하숙도 했던 것 같다. 10세부터 그는 수선공으로 직물공장에서 돈을 벌기 시작해서 45세에 도매상 협동조합 회장으로 재선출되어 21년(1874~95)간 회장을 역임했다. 당대 세계에서 가장 큰 사업은 아니더라도 가장 다양한 사업을 설립하는 데 열정을 쏟은 21년 동안 미첼이 받은 연봉은 150파운드를 넘지 않았다. 이 거대한 기업에서는 로치데일에 있는 작은 집을 회장 사택으로 제공했다. 그가 사망했을 때 그의 전 재산은 350파운드 17.8펜스였다. 그는 결혼하지 않았고 정서적으로 어머니와 밀착되어 있었다. 1874년 어머니가 돌아가신 후, 버터워스(Thomas Butterworth)와 다정하게 살았다. 버터워스는 절도혐의로 감옥에 갔던 사람으로 직업을 구할 수 없어 처음에는 그의 하인이었다가 약간의 재산을 상속받은 후 죽음이 그들을 갈라놓을 때까지 헌신적인 집주인이자 좋은 친구로 지냈다. 오랜 이타적인 경력을 통해서 미첼은 절제를 열렬하게 옹호했고, 로치데일 성당의 열성적인 주일학교 선생이었다. 그는 긴 사업상의 여행에서 밤새도록 달려와서라도 일요일이면 꼭 주일학교에 참석했다. 1892년 로치데일 의회에서 있었던 회장 취임 연설에서 그는 자신의 신념을 이렇게 요약했다. "인류의 진보를 가져온 세 가지 위대한 힘은 종교, 절제, 협동이다. 종교와 절제의 뒷받침을 받는 상업적인 힘으로써 협동은 가장 위대하고 가장 고상하며 산업계급을 구원할 수 있는 가장 큰 힘을 지닌 듯하다"(『존 T. W. 미첼』, 퍼시 레드펀 지음, 1923, 89쪽).

다. 그들은 정직한 사람들이었고 노동계급 자본가로 중앙 조직의 이사인 데 만족했다.

서너 번 나는 중앙이사회와 식사했다. 식사는 엉망이었다. 좋은 재료로 만든 음식이지만 아무렇게나 퍼주어 입맛이 떨어질 지경이었다. 그러나 식사 중에 이런저런 정보를 얻었다. 대부분 빠르게 오가는 대화 속에서 눈치 챈 것이었다. 가끔 내게 결혼이나 남편에 대해 물어와 기분이 썩 좋지는 않았다. 하지만 좋은 뜻으로 한 이야기라 호의로 받아들였다. 식사가 끝난 후, 회장이 허락하지 않는데도 우리는 담배를 피웠다. 우리의 대화는 점점 더 동료간의 사업 이야기로 흘렀다. 도매상 협동조합의 중앙이사회에서는 내게 식사를 제공하고 협동조합 중앙이사회에서는 내게 사무실을 제공할 예정이었다. 이 두 조직의 차이점에 대해서는 나중에 묘사하겠다. 여기서는 다만 인물에 대해서만 대강 묘사하겠다.

랭커셔 협동주의자들

그레이[9]는 협동조합의 총무다(닐[10]은 너무 늙어서 활력이 없다).

---

9) 그레이(I. J. C. Gray, 1854~1912)는 헵던 브리지에서 침례교 목사의 아들로 태어나 랭커셔와 요크셔 철도회사의 회계 사무실 직원으로 일했다. 협동조합을 위해 열심히 일한 결과 1874년 헵던 브리지 퍼스티언 조합의 총무가 되었다. 1883년에는 협동조합 중앙이사회의 부총무가 되었고, 닐이 사망하자, 1891년에 협동조합 총무가 되었으며, 1910년 병으로 그만둘 때까지 그 일을 했다. 그는 처음부터 소비자 협동조합보다는 생산자 조합 쪽에 공감했다. 1886년 플리머스 의회(Plymouth Congress)에서 협동 생산에 대한 훌륭한 논문을 발표했다. 그 논문에서 도매상 협동조합과 연관된 자율적인 생산 집단 건설 계획의 윤곽을 밝혔다. 플리머스 의회에서 이 계획은 만장일치로 채택되었다. 도매상 협동조합 이사회는 이에 대해 침묵을 지켰다. 그러나 거기서 그 문제는 끝났다. 그 후에 각각의 다양한 소비자단체가 겹쳐서 과밀해지는 고질적인 병을 막기 위해서 그는 여러 단체를 통합하여 하나의 전국적인 단체와 지회로 조직을 만들자고 제안했다. 이에 대해서는 웹 부부 지음, 『소비자 협동 운동』, 307~309쪽을 보라.

10) 닐(E. Vansittart Neale, 1810~92)은 피트 정부 시절 버크셔 국회의원이자 크

그는 첫인상이 좋은 젊은이다. 협동조합 재봉사로 협동조합 천으로 만든 옷을 말끔하게 차려입고 있다. 그는 이상주의자다. 그는 협동조합을 소비자의 이익을 위한 거대한 조직이 아니라 자본과 노동의 진정하고 평등한 협동을 이룰 수 있는 조직으로 생각한다. 그는 자기 이익을 챙기는 사람이 아니다. 마음속 깊이 군 의회나 어쩌면 국회의 의석에 야심이 있을지는 몰라도 세련되고 겸손한 사람이었다. 그에게 미첼식의 강한 추진력은 부족하고, 자신이 패배한 명분을 위해 싸우고 있다는 느낌을 주며 피곤한 표정을 짓고 있다. 사무실에서 한가할 때면 우리는 함께 담배를 피우면서 협동조합뿐만 아니라 철학, 종교,

---

롬웰(Oliver Cromwell)의 직계 자손으로 옥스퍼드의 럭비(Rugby)대학과 오리엘대학(Oriel College)에서 교육을 받았다. 변호사로 재직했으며 1849년 노동자 연대를 위한 협회의 창립자 중 한 사람이 되었다. 그는 처음부터 끝까지 노동계급을 위해서 사심 없이 헌신적으로 봉사했다. 영국 자선사를 샅샅이 살펴보아도 이보다 더 명예로운 예를 찾아볼 수 없다. 그는 어마어마한 재산을 가지고 있었으나 기독교 사회주의자와 그 후계자들이 세운 생산자 조합을 위해 마구 써버렸다. 1855년에 이르러서는 계속된 사업실패로 가난해졌다. 1869년 이후 협동조합 연례대회를 조직하여, 1873년에서 1891년 사이에 협동조합 총무가 되어 무보수로 봉사했다. 협동조합운동에서 그가 가장 크게 기여한 것은 법률 자문 활동이었다. 그는 모든 규칙과 보고서를 작성했을 뿐만 아니라, 이러한 형태의 산업 조직과 연관된 모든 법률을 실제로 입안했다. 그는 말년에 협동조합운동에 페이비언 경제학이 침투하는 것을 알고 개탄했다. "내가 보기에"(1892년 그가 휴즈에게 썼다) "노동자로서 자신의 지위를 상승시킴으로서 소비자에게 혜택을 주는 진정한 협동조합들의 성장이나 연맹을 통해 사회문제를 해결하는 게 아니라, 소비자만을 위한 도매생산에만 관심을 갖고 시의회 활동을 통해 사회문제를 해결하려는 경향이 점점 더 커지고 있는 것 같습니다. 진정한 협동조합의 성장을 위해서는 이런 소비주의적 흐름을 조합에서 몰아낼 수 있을 정도의 강력한 반대가 필요합니다. 궁극적으로는 소비자 조합들이 생산과 소비가 아주 밀접하게 연관된 영역이기는 하지만, 두 영역이 분명히 구분되어야만 한다는 것을 알아야만 합니다. 그래야만 협동을 통해 노동계급의 복지를 영원히 보장받을 수 있습니다"(헨리 피트먼Henry Pitman 편, 『에드워드 벤시타트 닐 회상록』Memorial of Edward Vansittart Neale, 1894, 9쪽). 그가 죽은 뒤 그의 오랜 봉사에도 불구하고 대중 쪽에서 그를 인정하지 않으나 협동조합 쪽에서 비용을 부담해 성 폴 성당에 그의 기념비를 세웠다.

정치에 관해서 이야기한다. [1889년 3월 28일 일기]

협동조합주의자들과 지낸 전형적인 하루는 이렇다[며칠 후에 쓴 것이다]. 도매 협동조합에 있는 매수인들과 함께 1시에 식사. 우리 식탁의 상석에는 포목부의 매니저가 앉는다. 강하고 유능한 사람으로, 직선적이고 사무적이다. 나의 오른쪽에는 협동 보험회사의 비서인 오저스(Odgers)가 앉는다. 나의 왼쪽에는 장화 및 구두부 부장이 앉는다. 내 앞에는 X협동조합과 Y협동조합의 조합장인 A. B. 그리고 같은 조합의 회계를 담당하고 있는 C.가 앉는다. 오저스는 실증주의자로 열정적인 사람이다. 그는 협동조합에 대해 밀(J. S. Mill)이 쓴 글을 읽고 감명을 받아서 연봉 200파운드를 받던 직장을 그만두고 주급 1파운드를 받고 협동조합일을 하고 있다. 그는 유머도 없고 추진력도 없고 능력도 뛰어나지 않다. 그러나 꾸준함과 성실함으로 운동의 핵심적인 인물 중 하나가 되었다. "어디서 협동조합운동의 영감이 될 도덕적 충돌을 찾을 수 있을까? 이윤을 나누는 것만으로는 다 설명되지 않는다"는 생각이 그의 머리를 떠나지 않는다. 저녁식사 때 화제는 자연히 이윤 분배에 집중되었다. 피어슨(Pearson)과 다른 도매상 고용인들은 그것에 절대 반대했다. 도매상협회에서 다시 시도해보았으나 공정한 분배가 불가능하다는 것이었다. 큰 체격에 머리를 단정하게 빗은 A. B.가 이상적인 형태의 이윤 분배에 찬성했다. 그는 상냥한 태도와 뛰어난 언변을 갖추고 약간 허풍을 떨기는 했지만 위풍당당했다. 그 덕분에 조합운동에서 중요 인물이 되었다.

하지만 자신이 말하는 이상적인 이윤 분배가 무엇인지 정확하게 정의하지도, 설명하지도 못했다. 이상적인 이윤 분배는 다른 형태의 결함을 모두 극복한 것이라고만 했다. 오저스는 모두 공정한 임금(공정한 임금이 뭐지?)을 받아야 한다고 하지만 이윤은 이기적인 것이므로 이윤을 추구하는 성향을 계발해서는 안 된다고 했다. 그리고 커피와 담배가 나왔다. 대화는 인간의 일반적인 본성과 동기에 관한 것으로 확대되었다. 그러고 나서 이야기가 좁혀져 다시 레스터에서 도매상 협동조합과 신발 노동조합이 함께 겪고 있는 어려움에 대한 흥미로운 묘사를 들었다. "조합 간부들과 접촉해보면 그들은 아주 분별이 있다. 그러나 조합원들만 있으면 유치하고 종종 간부들의 충고를 따르려 들지 않는다." 엑클스 제조협회(Eccles Manufacturing Society)가 이윤 분배에 성공한 예로 언급되었다.

자율 공장

다섯시에 자조적인 주주들과 만나기 위해 번리로 출발했다.[11] 이곳은 노동자들 자신의 소유인 여섯 공장 중 하나에 속한다. 그들은 이윤, 분배, 경영에 책임을 진다. 각 직조공은 방과 직조기에 들어가는 비용을 부담해야만 한다. 그들은 그들의 방과 인력, 종종 기계까지 빌린다. 이 조합 중 두 곳은 이미 경영에 실패했다. 내가 방문한 곳은 운영이 부실한 곳이었다. 노동자들이 손해를 벌충하기 위해 자신의 임금에서 직조기 한 대당 6펜스씩 내고 있었다. 나를 따라 역에서부터 걸어온 매니저는 덩치가 크고 건강한 사람이었다. 그 사람이나 간사 모두 다른 매니저나 간사의 평가를 개의치 않았다. 그들이 담당하는 구역이 단지 세 번째로 중요한 구역에 지나지 않지만, 그들은 그 분야의 경영인력 중 두 번째로 중요한 직책을 차지하고 있었다. 그는 주인이며 동시에 노동자이기도 한 동료들에 대해 불만으로 가득 차 있었

---

11) 1886년에서 1892년 사이의 이 협회에 대한 설명으로는 존스가 쓴 『협동 생산』(Co-operative Production) 1권, 315~322쪽을 보라. 1894년 12월에 대한 자세한 설명은 브랜드퍼드(Thomas Blandford)가 쓴 『노사 파트너십』(Labor Co-Partnership) 속의 좀더 칭찬하는 글에서 찾아볼 수 있다. 그 협회는 아직도(1925) 건재하다. 그러나 그 협회가 얼마나 오랫동안 원래 출발점, 즉 모든 노동자는 주주이어야 하며, 모든 주주는 조합의 공장에서 일하는 노동자이어야 한다는 것을 지켜나갈지는 분명하지 않다. 1914년에 기업 전체를 10년 동안 매니저에게 위탁한다는 공고를 냈다. 1924년에는 289회원(주주)과 1만 2,034파운드의 주식 자본이 있는 것으로 보고되었다. 그 해에 3만 8파운드를 판매했으며, 6명의 '피고용인'에게 1,029파운드의 이윤이 남았다고 했다. 289 '회원' 중 몇 명이나 공장의 직조공으로 고용되었는지는 나와 있지 않다.

다. 그들 사이에 규율을 지키는 것이 불가능한데다 그들이 최고급 실을 쓰기를 원하면서 시장에 나가서는 이들의 실값의 반 값밖에 안 되는 실을 쓰는 고용주들과 경쟁하기를 기대한다고 했다. 소규모 공장의 공장주들의 7과 2분의 1퍼센트를 덜 지불하는 반면 그들에게는 노조가 정한 임금을 지불하라고 주장한다는 것이다.

"그들은 안락한 장소를 원하고, 실을 짤 생각은 하지 않고 그저 기계나 바라보고 있죠. 그들은 협정 가격 또는 그 이상을 원하죠. 그리고 4분기가 끝날 때마다 배당금이 없으면, 소리를 지르고 불평을 하죠. 이런 곳이 버텨나가려면, 사람을 믿고 사소한 일을 문제삼지 말아야 해요!"

극적인 회합이었다. 깊고 나지막한 목조 창고는 쇳덩이로 둘러싸여 있었다. 여기저기 기계로 가득 찬 위층 방의 바퀴와 벨트가 천장 사이로 보였다. 중앙에는 긴 나무 탁자가 있었다. 탁자 위나 마루 위에는 무늬를 인쇄해야 하는 천이 포장 준비가 된 채 산더미처럼 쌓여 있었다. 양철 트위스트 홀더가 여기저기 흩어져 있었다.

나는 감독 중 한 명과 들어갔다. 거기서는 양철을 엮어 의자로 사용하고 있었다. 직조공 중 한 명인 의장은 마르고 병약해보이는 사람으로 끝없이 협회의 규칙과 규제에 대해 따졌다. 남자들과 머리에 숄을 두른 여자들이 주춤거리며 다가와 가능한 한 의장의 의자 가까이에 앉았다. 의자가 있는 중앙에만 네 개의 가스등이 켜져 있었고 우리 뒤로는 긴 나무 탁자가 있었다. 다른 부분은 깜깜했다. 비서는 천 더미 위에 누워 있었다. 감독 중 몇은 탁자 위에 대자로 누워 회의록을 읽고 있었고 비서는 그 광경을 무심히 바라보고 있었다. 의장의 오른쪽에는 나이 든 사람들이 몇 명 앉아 있었다. 왼쪽에는 일군의 젊은이들이 툴툴대며 말을 방해할 기세였다. 이 젊은이들과 남자들 사이에 툴툴대는 큰 소리가 났으나 여자 주주들은 잡담을 하며 웃고 있었다. 들보 위에는 회의의 의제를 쓴 종잇조각이 붙어 있었다.

지난번 회의의 회의록이 낭독되었다. 병약해보이나 수다스러운 젊은이가 순서 문제에 이의를 제기했으나 질문을 한 사람이나 대답하는 수심에 찬 불쌍한 의장이나 순서를 어떻게 해야 할지 정확히 모르고 있었다. 그러고 나서 위원회 비용에 대한 질문이 이어졌다. 이 문제는 조용히 통과되었고, 의장이 서둘러 회의를 끝냈다.

다음으로 물러나는 감독 한 사람이 개인적인 견해를 밝혔다. 이 사람은 천천히 말하는 점잖은 사람이었다. 그의 장황한 이야기는 주로 감독들 사이의 연대감 부족에 대한 불평이었다. 이야기 도중 몇 명 안 되는 청소년 주주들이 그의 말을 방해했다. 한 명 또는 더 많은 감독에 대해 위원회에서 언급된 일 모두 그리고 언급되지 않은 많은 일까지 일반 주주 노동자들에게 되풀이해 말해주었다.

기분이 상한 감독이 말을 끝냈다. "이렇게 말하겠습니다. 위원 중에서 입을 열지 않은 사람은 하나도 없습니다. 하지만 이 방을 나서는 순간 불만이 들끓습니다. 신사 숙녀 여러분, 제가 예를 하나 들겠습니다. 임금을 낮추는 데 대해 위원회에서 밤새 토론을 했고, 합의를 보지 못해 폐회했습니다. 하지만 그다음 날 오전에 공장 노동자의 반은 내게 와서 내가 임금을 내리자고 했다며 모욕적인 말을 퍼부었습니다. 물론 나는 이 사람들이 누구에게 가서 따져야 할지 알고 있었습니다."

"의장님, 여기서 할 말이 아닙니다." 못되게 생긴 젊은이가 소리를 질렀다.

"절이 싫으면 중이 떠나야지"라며 기분이 상한 그 감독이 으르렁댔다. "다음 의제." 어느 편도 들고 싶지 않은 다수의 위원들이 고함을 질렀다.

"새로운 감독 선출"이라고 느릿느릿 간사가 말하고 나서 종이 쪽지를 나누어주었다. 의제를 적은 종이에는 후보자의 이름이 적혀 있었으나 잘 보이지 않았다. 그리고 전체적으로 혼란스러웠다. 마침내 사람들이 왔다갔다 하며 한쪽에 붙어 있는 종이를 떼다가 다른 곳에 붙인 후에야 마침내 100여 명의 위원이 후보자 이름을 알게 되었다. 투표는 비밀투표였다. 각 위원이 후보자의 이름을 써서 투표 계산원의 모자에 넣었다.

의장이 큰 소리로 외쳤다. "주주 여러분, 이제, 신사 숙녀 여러분, 여기에 여러분의 미래가 있습니다. 실리적이면서도 일을 잘 처리해갈 사람을 선출해야 합니다. 누구든 좋습니다. 적임자로 생각하는 신사를 동의하고 제청해주시겠습니까?"

"존 애쉬워스(John Ashworth)요." "제청입니다." "저는 감독 자리를 거절합니다. 지난번에 최선을 다해 그 일을 했는데, 여러분께서 불만이 많으셨습니다. 이번에 다른 사람을 찾아보십시오."

"존 아들리(John Ardley)요." "제청이오." "내 아들은 대표자가 될 수 없소. 갠 일을 잘 모릅니다." 노인이 조용히 말했다. 아들은 교활해 보였다. 그는 감독이 되고 싶어서 친구 두 명을 내세워 지명하고 제청을 받아냈지만, 자기 아버지의 평가를 반박하지는 못했다.

감독에 출마한 아까 그 못되게 생긴 젊은이가 말했다. "제가 제안하겠습니다. 주주가 두 명이 아니라 세 명 있어야 합니다."

의장은 무력해보였다. 그들은 아직 한 명도 선출하지 못한 상태였다. 세 명이나 동의를 해야 한다면 일이 더 어려워질 것 같았다. 그러나 그는 그 제안을 받아들였고 세 명의 지명자를 원했다. 회의에 참석하지 않은 사람이 지명되어 제청을 받았고 선출되었다. 두 번째 자리를 위해 의장이 또 한 사람의 지명을 받아들였다. 하지만 세 번째 사람은? 간사가 의장에게 세 번째 주주에 대한 동의는 제청이 들어오지 않았다고 속삭였다. 의장이 안도의 한숨을 쉬며 말했다. "음, 세 번째 주주에 대해서는 동의가 제청되지 않았기 때문에 무효입니다."

그러고 나서야 그날 저녁의 본론으로 들어갔다. 주도적인 회원들이 나서서 더 나은 물건을 만들어야 하며 임금을 낮추어 비용을 절감해야 한다고 했다. 왜 그들이 노조의 규제에 따라야만 하는가? 그들은 여러 작은 자율 공장의 공장주들이고 자신들이 원하는 임금을 받고 일할 수 있다 등 종잡을 수 없는 토론이 이어졌고 온갖 종류의 일반 원칙과 세부 사항들이 논의되었다. 바깥 문에서 노크 소리가 들리는 바람에 회의 참석자들이 깜짝 놀랐다. 그들이 무엇을 논의하는지 보러 온 노조관리인가? 아니었다. 아! 그것은 내가 탈 택시였다. 번리의 가파른 길을 급히 내려가면서 나는 실패할 운명인 이 소규모 노동계급 자본가가 보이는 무지, 의심, 훌륭한 열망을 곰곰이 생각해본다. 〔1889년 4월 일기〕

입스위치 의회

두 달 후 나는 협동조합 연례회의에 참석했다. 1888년 휘트선의 듀스베리 회의에 참가했으므로, 이것은 두 번째로 참가한 회의였다. 정치적으로 중요할 뿐 아니라 전문적이며 위세당당한 오늘날의 협동조합 회의에 비해 협동조합운동 초창기의 회의는 더 비공식적이고, 더 친밀하고, 더 아마추어적이고, 소란스러웠다. 내 일기에 기록된 길이로 판단컨대, 1889년 6월 입스위치 회의는 사회조사자에게 훌륭한 조사장소였던 것 같다. 이 회의에 참석한 인물들을 소개한 글의 일부다.

붐비는 교외열차를 타고 황급하게 입스위치로 가다. 버넷, 필딩(Fielding), 차 부서 매니저와 함께 백마 여관에 도착하다. 문에서 미첼을 포함한 도매상 조합의 옛 친구들이 다정하게 환영해주었다. 회의실에는 다른 협동조합원과 미국인 교수와 그의 아내가 있었다. 그다음 나흘 동안 모든 계층과 환경의 사람들로 이루어진 이상한 행렬이 이어졌다. 대부분이 노동계급이나 중하층에 속했으나 가끔 상류계급의 귀족이나 동조자도 섞여 있었다——정치가 한 명, 토인비가의 젊은이 두 명, 아버지 영지에서 가게를 연 아일랜드 귀족 아들, 더 뛰어난 노동자의 겸손한 아내들, 나처럼 독신인 예외적인 여성이 몇 명 왔다. 이 대화 중에 경제적·사회적·정치적 이론 그리고 재정적·경제적 사실들이 다소 일관성 없게 빠른 속도로 제시되었다. 우리 중 40명은 낭만적인 '피크윅'(Pickwick) 여관에 묵게 되었다. 이 여관에는 꼬불꼬불한 길이 나 있고 마당에는 차양이 있었다. 여기서 다른 협동조합 간부들이 모여 위스키를 마시고 담배를 피웠다. 협동조합 의회에는 절대적인 평등이 있다. 모두 가장 자유로운 관계로 함께 살며 사업이든 그 외 무슨 일이든 민주주의적인 협동 체제 속에서 이루어졌다…….

일요일 저녁이었고 우리 모두 커피를 마시는 긴 방에 모였다. 긴 둥근 탁자 주위에 삼삼오오 모여 어떤 사람들은 찬 소고기와 차를 마시고 또 다른 사람들은 떠들고 있었다. 이렇게 모인 사람들 중 한쪽에 올해 연례회의의 영웅이 있었다. 노동자 협동주의자들에 의해 개회 연설자로 선출된 유명인사인 케임브리지대학의 마셜 교수였다. 그는 모든 면에서 교수 같았다. 자그마하고 마른 체구로 숱 많고 턱수염에 머리를 기르고 있었다. 예민하고 병약해보이는 안색에 기이할 정도로 날카로운 수심에 찬 눈을 하고 있었다. 섬세한 외모에 얼굴에 나타난 지성에도 불구하고, 일상생활의 경험은 부족해보였다……. 그러나 오늘 밤에는 정보를 얻으려는 욕심으로 불면에 대한 과민한 두려움을 극복한 것처럼 보였다. 맨체스터 도매상 협동조합의 회장인 미첼이 과장해서 자질구레한 사실들을 복잡하게 설명하자 반은 관심을 갖고, 반은 짜증을 내며 듣고 있었다. 내가 그쪽으로 다가가자 내 오랜 친구가 반갑게 맞이했다.

존 미첼

"자, 포터 양, 이리 와서 저랑 차 한잔 합시다. 교수님께 막 위대한 협동조합운동의 진정한 성격과 현실적 효용에 대해 견해를 밝히고 있는 중이오. 우리가 원하는 건 임금이 구매력을 갖는 것이오. 우리가 주는 임금이건, 다른 고용주가 주는 임금이건 간에 말이오——자, 포터 양(미첼은 은밀하게 내 팔을 툭 치는 목소리를 낮추어 계속 말했다). 현재로서는——미래에는 무슨 일이 일어날지 말하지 않겠소—— 우리가 고용한 사람들이 민간 기업이 고용한 사람들에 비해 얼마 안 되오——자, 내 말은"(모든 사람에게 들리도록 목소리를 높이면서),

"우리의 최대 목표는 제조업과 상업의 이윤을 소비자에게 돌려줌으로써 모든 사람의 임금 구매력을 높이는 거요. 자 여길 보시오, 우리 생각을 제대로 이해하지 못한 사람들은 우리가 노동자 편이 아니라고 하오. 하지만 실제 사례를 들겠소. 우리가 제품을 생산해서 5만 파운드를 벌었다고 합시다. 이제 그 이윤은 누구에게 가야 하오? 이미 정당한 임금을 받고 있는 수천 명의 노동자에게 가야 하오? 이들 중 많은 사람이 그 임금을 개인 가게에 가서 쓰는데도 이들에게 가야 하오? 아니면 우리 운동에 참여하고 제조업이 성장할 수 있도록 자본을 대고 인건비를 지불하는 남녀 노동자에게 가야 하오? 미첼이 낭랑하게 목소리를 높이고 두툼한 주먹으로 탁자를 치면서 결론을 내렸다. "생산을 조직하고 자본의 경제, 행정의 효율, 수요의 규칙성을 결합하는 도매상 협동조합의 방법이 모든 노동자를 위해 가장 좋은 방법이오. 나아가 종교적·사회적·정치적 근거에서 보더라도 그것이 옳소. 그리고 협동조합을 충실하게 따르고 끝없이 확대해간다면, 모든 사회 문제를 해결하고, 가난을 없애고, 범죄를 뿌리 뽑고, 최대다수의 최대 행복이 될 수 있을 거요."

미첼은 티 파티에서 늘 하던 대로 결론을 내렸고 아무도 그의 주장을 반박하지 않자(그 교수는 5만 파운드 문제에 몰두하고 있었다. 그는 그 말과 이미 들은 다른 사실들을 결합해서 그 두 사실에서 비롯되는 결과를 계산하고 있었다) 설탕을 듬뿍 친 차와 버터를 듬뿍 바른 토스트를 즐겁게 먹었다. 그의 큰 덩치, 빛나는 대머리, 깨끗이 면도한 얼굴, 선량해보이는 두툼한 입술, 결의에 찬 각진 턱만 보아도 조직된 소비를 옹호하는 그의 주장이 아주 신빙성 있어 보이고 더 이상 논의의 여지가 없는 것 같았다. 굶주린 것처럼 보이는 키가 크고 호리호리한 소규모 독립 생산조합의 대표인 젊은이가 반박하려다가, 도매상 조합이 자신의 최고 고객이라는 사실을 기억해내고는 생각을 바꾸었다.

'노동계급 주식회사'

나는 다른 편에 있는 일군의 사람들을 보았다. 한 자리 건너에 있는 존스, 위엄 있게 뒤로 기대어 앉은 버네트, 건장한 팔과 튼튼해보이는 큰 손 사이에 머리를 반쯤 파묻고 있는 덴트가 있었다.[12] 덴트와 존스는 강력하게 언쟁을 벌이고 있었다. 버네트는 정부 관료처럼 신중하고 책임감 있게 조용히 듣고 있었다. 존스는 상업조합의, 버네트는 노동조합의, 덴트는 노동자 클럽과 자율 공장 쪽 대표다. 존스는 정신이 고결한 식품업자이자 공공 정신을 지닌 행정가이자 조종자다. 협동조합운동 안에서 그는 이 세 가지 역할을 모두 한다. 버네트는 숙련된 기계공의 위엄과 위대한 조직가의 자제력과 광범위한 요구에 기반한 대파업을 이끄는 지도자다운 막강한 힘을 가지고 있다. 덴트[13]는 훨

---

12) 이 세 명, 존 버네트, 존스 그리고 J. J. 덴트는 노동의 세계에서 나를 후원해준 사람들이다. 여기 이 두 사람을 묘사한 일기가 있다. "런던에 머무는 동안 버네트, 존스, J. J. 덴트가 어떤 사람들인지 알게 되었다. 이들은 나의 노동계급 친구들 중 가장 친한 사람들이다. 앞의 두 사람과는 아주 친한 사이가 되었고 나중에 같이 일하게 될 때까지 우정이 지속될 듯하다. 나는 버네트를 아주 존경한다. 그는 특이하게 사심이 없는데다 생각이나 감정을 잘 드러내지 않고 위엄 있는 태도를 지닌 매력적인 인물이다. 존스는 그보다는 차원이 낮다. 그러나 그 또한 열정적으로 인류를 섬기고자 하는 저돌적이며 전투적인 병사다. 그는 개인적으로 자신을 희생할 각오가 되어 있으며 적과 싸우는 데 좋은 것이면 어떤 수단이든 고려한다. 즉 자신이 원하는 방향으로 일을 추진할 수 있으면, 옳든 그르든, 선하든 악하든 모두 받아들인다. 그는 '선의 결과'를 인류가 즐길 수 있도록 하기 위해서 밤낮으로 분투하지만, 나무 없이는 과일이 존재할 수 없음을 잊고 있다. 남녀들에게서 보이는 계몽된 이기심은 공적인 선에 대한 무의식적인 헌신에서 오는 평화를 가져올 수 없다." [1889년 3월 6일 일기]

13) J. J. 덴트(Dent)는 1856년에 태어났으며, 숙련 벽돌공이었다. 1883년 노동자 클럽과 기관조합의 비서로 선출되었다(1893년 상무성의 노동부에 협동조합 대표로 파견되자 비서직은 사직했으나, 노동자 클럽과 기관조합의 이사와 부회장직은 1922년까지 맡았다). 그는 식민지 사무소의 이민자 정부 사무소에 근무하기 위해 C.M.G.(Companion of the Order of St. Michael & St. George)가 된 후 1919년까지 정부 관료직을 맡았다가 은퇴했다. 일생 동안 그는 협동조합운동과 밀접한 연관을 맺고 있었다. 그는 이미 41회나 연례 협동조합 의회에 참석했으며 여러 조합의 형성을 도왔다. 그는 노동자 교육협

씬 젊고 똑똑하고 동정심이 많지만, 추상적 이론과 완벽한 정의를 열렬히 지지하며 자신의 방식이 가장 훌륭한 사회개혁 방법이라고 생각한다. 지금은 생각에 잠겨 각진 앞이마를 찡그리고 있다. 그의 진회색 눈에는 걱정과 당혹감이 서려 있다.

존스가 확신에 차 명랑하게 말한다. "자, 여길 봐, 덴트. 난 수요일(그날 존스가 회장이었다)에 일어난 사실을 말하려는 것뿐이야. 나이든 사람들에게 공정하게 말하려는 거야. 우리는 이윤 분배를 시도했지만 실패했어. 하지만 그들은 공동자본[14]으로 노동자들을 위해서 일했어. 그것이 단지 우리의 공동 목적에 도달하는 하나의 방법일 때는 구호로만 외쳐야 소용없어. 동쪽으로 가든, 서쪽으로 가든 일본만 가면 돼. 정반대로 보이지만 결국 다 만나는 거야. 조합의 두 방법도 마찬가지야. 소위 상점 중심으로 운영하는 방법이 소위 협동생산 방법보다 더 좋은 결과를 냈다는 것뿐이지."

"좋아요. 그렇게 말씀하시면 왜 이윤 분배를 칭찬해야 하는지 모르겠는데요. 동쪽으로 가는 게 최선의 방법이라면, 서쪽으로 가는 걸 포기하는 게 나을 것 같은데요." 덴트가 대답했다.

"그렇진 않아. 자, 봐! 제대로 운영만 할 수 있으면, 이윤 분배가 최

회, 노동자 대학, 기타 교육과도 연관을 맺었다.

14) 이때 존스는 '노동계급 회사'로 알려진 80여 개의 면사와 면방 공장을 가리킨다. 이 면방 공장들은 노동자들이 설립해 운영하고 있었다. 원래 자본을 댄 사람은 그 지방의 협동조합 상점의 회원이나 다른 장인들이었다. 협동조합 상점의 예로는 1854년 로치데일 파이어니어즈가 설립한 로치데일 제조회사를 들수 있다. 이런 공장들 중 몇은 노동자들과 이윤을 나누기 시작했으나 1886년에 이르면 이런 수익 방식을 모두 포기하고 구성이나 활동에서 여느 자본가의 공장과 다를 바 없게 되었다. 소비자 대표나 관련된 노동자 대표가 아니라, 주식의 수에 따라 투표권을 갖는 주주가 지배하게 되었다. 이 유한책임 회사의 구성원은 주로 임금 소득 계급의 남자들이고 주로 같은 계급 출신의 이사들이 회사를 지배했다. 이 회사들은 이런 이유 때문에 경제학자들에 의해 '협동'으로 불렸다. 그리고 역사적인 이유로도 1890년까지는 이 회사들이 협동조합운동의 일부로 간주되었다. 하지만 이런 회사들은 협동조합 의회에 의원을 보낸적은 없었다.

선의 방법이야. 그걸 부인하려는 건 아니야. 그렇다면 왜 내가 협동부조협회[15]에 관심을 갖고 돈과 시간을 쓰겠어? 내가 원하는 건 두 체제가 공정하게 운영되고 어느 쪽도 더 호의를 받지 않는 거야. 이렇게 끊임없이 도매상 협동조합 이사회를 비난한다면, 그들은 또 다른 한 원칙은 거들떠보지도 않을 거야. 그렇게 되면 모든 게 끝장이야. 휴즈는 지난 10년 동안 교조적으로 난폭하게 이윤 분배라는 문제를 배제했고, X.는 싹부터 자르기 위해 도매상 조직에서는 이야기도 못 꺼내게 했어."

토론

"전 X.를 옹호하려는 게 아니에요. 그는 모사가이고 자기 입장을 멋진 이론으로 장식하죠. 하지만 휴즈는 운동에 자기 재산을 모두 바친 사람이에요. 그를 비난하지는 마세요. 남부 지회에서는 그가 지도자예요. 그가 이 자리에 없어서 다행이에요. 북부 지회와 남부 지회가 갈라서는 건 제가 원하는 바가 아니에요. X.는 둘을 갈라놓으려고 최선을 다하고 있어요."

존스가 낄낄대며 말했다. "우리가 돈 주머니를 쥐고 있는 한 그럴 순 없어. 그리고 우리는 결국 양쪽 모두를 만족시킬 거야. 우리가 의회에서는 이윤 분배를 옹호하는 결의안을 통과시키고, 평상시에는 그것을 무시하잖아."

버네트가 끼어들었다. "운동의 위험은 소비가 너무나 고도로 조직화되어 있어서 이런 독립적인 생산협동조합이 승산이 없다는 거야."

---

15) 협동부조협회는 자율 공장을 시작한 노동자들을 돕기 위해서 만든 조직이다. 여러 생각이 난무하던 그 당시에는 어느 정도 도매상 협동조합의 지도급 간부들의 후원을 받았다. 이것과 연관된 일기가 있다. 1889년 11월 19일자 일기다. "런던 도매상 협동조합 이사실에서 열린 협동부조협회의 위원회에 참석했다. 덴트가 의장이었다."
"생산협회나 미래의 협회에서 온 대표자들. 구두 검사자인 무식하지만 선량한 청년이 있었다. 그는 웨스트엔드에 구두점을 열고 싶어했다."

덴트가 말했다. "그래요, 나는 상점 운동을 그다지 돕고 싶지 않아요. 상점이 생길 때마다 생산자에게 이윤이 돌아가는 생산협동조합운동의 승산이 줄어들거든요. 노동자들은 그만큼 배당금을 받자마자 더 달라고 아우성을 칠 거예요."

현실적인 존스가 대답했다. "노동자도 다른 사람과 마찬가지예요. 협동조합원이 가장 비이기적인 사람이란 생각은 빨리 버리면 버릴수록 더 좋아요. 위선이고 허튼소리일 뿐이에요. 협동조합원은 단지 더 합리적인 방식으로 일을 처리해서 더 큰 보상을 받을 뿐이에요. 우리가 노동자에게 이윤을 나누어줄 때 노동자가 일을 더 잘하리라는 걸 증명할 수 없다면, 협동조합원 중 10퍼센트도 개종할 수 없을 거예요. 난 이런 엉터리 수작을 다 집어치우고 현실을 직시한 후 새 출발을 해야 한다고 생각해요. 그리고 여기 포터 양이 계신데, 포터 양은 이 문제를 연구하고 곧 거기서 벗어날 수 있는 방법을 가르쳐줄 거예요. 포터 양, 미첼은 차를 마시게 내버려두고 이리 와요. 이리 와서 덴트에게 우리의 입장을 설명하는 걸 도와줘요."

"포터 양이 우리에게 설명해줘야 할 문제가 하나 더 있어요. 그 문제에 대해서는 포터 양이 훨씬 더 책임을 져야 해요"——덴트는 엄숙하게 말했지만 그의 회색 눈은 우호적으로 빛났다——"왜 보통선거권 반대에 영향력을 행사하는지에 대해 말입니다. 단지 이런 이유 때문이리라고 믿어요. 포터 양이 부유하고 강하기 때문에 자신의 위치에 만족하고 있을 거예요. 포터 양은 다른 무력한 여성들이 선거권을 얻음으로써 자립할 힘을 얻게 되는 걸 모르는 걸 거예요."

이런 비난이 불쾌했다. 특히 덴트는 오랜 친구인데다 그의 말이 진심이어서 더 그랬다. 하지만 내가 진지하게 의견을 밝히거나 논쟁을 시작하기 전에 작은 교수가 신경질적으로 끼어들었다.

"포터 양은 보통선거권 운동을 하는 여성들이 알지 못하는 것을 아는 겁니다. 즉 여성이 남성과 평등해지고 남성의 지도나 통제에서 벗어나면, 강한 여성은 무시당하고 약한 여성은 굶어죽을 뿐이라는 사실 말입니다. 아내가 경쟁자가 되면, 남자들은 결혼하지 않을 겁니다. 대조만이 결혼의 기반입니다. 만일 이 기반이 무너지면 우리가 부양하고 배려해야만 한다고 생각하는 동반자와 평생 함께 살아야 할 필요가 없으리라고 생각할 겁니다."

이 문제에 양면이 있다. 결혼 서약을 하는 쌍방 중 어느 쪽이든 결혼을 거부하고 독신을 택할 수 있다는 것이 내 생각이었다. 그러나 나는 웃으면서 대답했다.

"마셜 씨, 정말 딱하세요. 모든 면에서 해방의 화신인 저 같은 여성을 구해주셔야만 하니 말이에요. 저는 선거권에는 집착하지 않지만 담배는 끊지 못하는 여성이거든요. 왜 제가 스스로 변호하게 내버려두지 않으세요? 일관성이 없어 구제불능이라는 말을 들으면, 어쩜 담배까지 끊을지 모르잖아요. 내 자신을 지키기 위해 그런 권리까지 버릴지 모르잖아요."

"바로 그거요. 당신에 대해 다른 여성들이 그렇게 심하게 반대하는 건 말과 행동이 달라서요." 존스가 속삭였다.

"분명히 그래요, 존스 씨. 협동조합운동을 지배하는 당신의 멋진 방법에서 배운 걸 거예요. 결의안에 서명하는 것 따로, 행동하는 것 따로인 데서 말이에요."

"포터 양이 이겼군요, 존스 씨." 덴트의 얼굴에 미소가 스쳤으나 그는 이어 당혹스러운 표정을 지으며 이렇게 덧붙였다. "당신의 견해가 진지하다고 믿소. 언젠가 털어놓고 그 이야기를 하고 싶소. 당신처럼 영리하고 강한 여성이 그런 생각을 할 때는 분명히 이유가 있을 거요. 내가 보통선거권자들을 높이 평가하는 건 아니오. 마당으로 가겠소? 거기 가면 맥스웰과 스코틀랜드 대표자도 몇 명 있소. 당신이 그 사람들에게 묻고 싶은 게 있을 거요."

"담배만 피울 수 있으면 어디든 가죠."

모였던 사람들이 흩어진다. 마셜과 그의 친구들은 자기네들 방으로 물러가고 나는 끽연실로 간다. 거기서 늦은 저녁 남은 시간에 손금을 보거나 농담을 섞어가며 대화를 하며 그 속에서 정보를 얻는다.

　대체로 입스위치 의회는 만족스럽지 않다……. 거기 모인 특출한 여성들은 품행이 방정하고 정치적 야심이 있고 노골적으로 날 냉대한다. 그들이 남자들이 있는 자리에서 그러는 게 더 화가 난다. 하지만 의회에서 가장 실망한 것은 내가 하려는 일이 내게 맞지 않는다는 사실과 협동조합운동에 대한 내 연구가 초기 단계에 지나지 않음을 알게 된 점이다. 작은 교수는 무시무시한 어조로 1871년과 1874년 사이의 금 감정 가격이 그때 시작된 생산협동조합에 어떤 영향을 미쳤다고 생각하냐고 물었다. 나는 이런 질문을 받으면 겁이 난다. 하지만 케임브리지대학의 연구실에서 긴 인터뷰를 했을 때는 그에게서 더 많은 것을 얻어냈다. 그리고 낙담하기는 했지만 그 어느 때보다 더 열심히 연구해야겠다는 결심을 하고 그 연구실을 나왔다. 〔1889년 6월 일기〕

'다른 사람들을 몰아침'

아버지와 함께 시골에 있으면서 협동조합 연구에 대한 나의 이론과 협동조합의 실천에 대한 나의 관찰을 곰곰이 생각해보았다. 이윤을 추구하는 기업보다 부를 훨씬 더 공평하게 분배하고 지식과 형제애 모두를 더 높일 수 있다는 새로운 비전에 도달했다.

　전형적인 중간계급 남성의 태도나 방식은 이루 말할 수 없이 추하다! 그런 사람은 쩨쩨한 이윤을 추구하는 분위기에서 자라나서 '다른 사람들을 몰아침으로써' 이윤을 추구한다. 이 구절이 H.-C.에 따르면, 발명과 기업의 위대한 세계를 대표하는 것이다. 소규모 제조업자나 소매업자들의 일은 노동자를 몰아대고 고객들에게 '심하게 대하는 것이다.' 이 계급을 체험한 후 나는 이윤이라는 것이 전반적으로 부도덕한 힘이 아닌가 하는 의구심을 갖게 되었다. 노동조합운동과 협동조합 기업이 발전시키고 있는 표준봉급과 표준임금이 더 고도의 산업조직 형태가 아닐까? 생계를 보장받은 후에는 사회를 위해 일해야 하는 것이 아닐까? 이윤 창출이 불법적인 이득을 공유하는 것은 아닐까? 여론의 힘과 산업의 자연스러운 진화가 그런 식으로 기울고 있는 게 아닐까?

협동조합운동을 연구하던 중 나는 이런 결론에 도달했다. 내가 보기에 협동조합운동은 본질적으로 노동자들끼리 이윤을 나누는 것을 목적으로 하는 것이 아니다. 그것은 자발적인 연대에 기초하여 사업을 운영하는 중 자신도 모르게 사회주의적 이상의 실현을 목표로 하는 것이 되었다. 그리고 협동조합운동과 단순한 주식회사의 차이는 전자가 노동의 종교적 요소에서 활기를 얻는다는 점이다. 더욱이 협동조합의 신조 속에는 근면의 윤리, 재화의 순수성, 동일한 임금, 노동자에 대한 배려 등이 포함되어 있다. 하지만 이러한 이론을 선뜻 옳다고 주장할 수는 없다. 그 이유는 이 이론이 〔협동조합운동의〕 실제 지도자들이 내세우는 이상 전반과 상반되기 때문이다. 〔1889년 10월 일기〕

내가 이 일기를 인용하는 이유는 협동조합운동에 대한 나의 비전을 보여주기 위해서가 아니다. 단지 내가 연구 대상으로 삼은 광범위하고 다소 불분명한 사회적 이슈를 검토하기 위해서 내가 어떤 사람들과 '접촉'했으며 그 접촉의 성격이 무엇인지 밝히기 위해서이다. 나중에 쓴 책과 겹치지 않는 범위에서 요약으로 결론을 대신한다.

내가 처음 발견한 것은 안데르센(Hans Anderson)의 「벌거벗은 임금님」 이야기에 나오는 아이의 발견과 유사했다. 그 아이는 모든 신하들이 왕의 옷을 칭찬할 때 임금님은 벌거숭이라고 말하고 말았다! 협동주의자들은 지식인들이 칭찬하며 동조하는 가운데 계속 그들의 목표가 임금 제도의 폐지와 육체노동자를 위한 산업 조직을 만드는 것이라고 주장해왔다. 그러나 사실 1889년에 이르면 노동계급 소비자만을 위한 거대한 위계적 산업 조직이 구축되었다. 그들은 임금 제도를 없애기는커녕, 그것을 두뇌노동자에게까지 확대했다. 그들이 없앤 것은 이윤을 창출하는 기업가였다! 어떤 의미에서, 곧 제시하겠지만 그들이 이윤을 없애기는 했다. 그러나 회의 때마다 협동주의자들은 완강하게 운동의 승화를 인정하지 않았다. 내가 한 일은 이러한 변화를 지적한 것이었다. 동시에 나는 변화를 설명하고 정당화하기도 했다.

협동주의자들의 경쟁적인 분파

80년대의 협동조합운동 안에는, 극단적으로 대조적인 두 개의 산업조직 구도가 있었다. 하나는 상품과 서비스의 생산자가 지배하는 조직 구도이고, 다른 하나는 상품과 서비스의 소비자가 지배하는 조직 구도였다. 노동자에 의한 통제가 공언되었으나 실제로는 소비자가 통제했다. 19세기 전반의 산업사의 연구 결과, 협동조합주의자들의 실천이 원래 가지고 있던 생각에서 얼마나 벗어난 것인지 추적할 수 있었다.

우선 '사고의 질서' 안에서는 '마술사'이고 '사물의 질서' 안에서는 '쾌활한 사기꾼'인 '자율 공장'에 대해 생각해보자.

산업혁명으로 산업노동자와 소유권 분리, 생산 수단과 생산물 자체의 분리가 노동자 자신에게 모든 불행의 근원이라는 것이었다. 또한 부의 한가운데서 육체노동자가 겪는 만성적인 빈곤과 고용 불안정을 염려하는 지식인에게도 마찬가지였다. 왜 이런 해악을 없애면 안 되는가? 왜 농부에게 땅을 되돌려주고 장인과 도제에게 도구를 되돌려주면 안 되는가 하는 의문이 제기되었다.

이러한 비전은 코빗(William Cobbett)이 정치적 권리를 주장하다가 경제적 자유의 조건을 고려할 때 이따금 나타났다. 하지만 공장 지대에서 태어난 사람들은 고용주든 노동자든 현대 기계 산업의 조건, 즉 거대한 조직과 분업 아래서는 개별 노동자에게는 소유권과 생산수단을 되돌려줄 수 없음을 알고 있다. 어떤 특정 공장이나 작업장이나 탄광에서 함께 일하는 개별 노동자가 아닌 모든 노동자에게 소유권과 생산수단을 되돌려주어야 한다. 그러므로 '자율 공장'이라는 개념은 이루 말할 수 없이 매력적인 이상이었다. 노동자에게 자신이 자신의 주인이라는 느낌을 주었다. 보수주의자에게는 예전의 더 건강한 환경으로 되돌아가는 것처럼 보였다. 기독교도에게는 산업의 경쟁적인 이기심 대신 형제애와 상호부조를 채택하는 것처럼 보였다. 생존을 위한 투쟁을 완강하게 믿고 금전적 이익을 신성시하는 빅토리아 중반의 정통 정치경제학자에게조차도 자율 공장은 '가격에 대한 이윤'이라는 축복받은 성과급을 생산에 협조한 모든 사람에게 확대하고 따라서 이윤 획득 사회의 기반을 넓히며 옹호할 수 있는 유일한 현실적인 방안으로 여겨졌다.

기독교 사회주의자들

내가 처음 협동조합운동을 연구하기 시작했을 때, 협동조합운동을 겹겹이 감싸고 있던 자율 공장은 매혹적인 개념이었다. 1869년에서 1887년 사이의 협동조합 연례 의회 보고서를 읽어보면 자율이야말로 협동조합을 하는 모든 사람이 보편적으로 인정하는 목표였다는 생각이 들 것이다. F. D. 모리스, 킹슬리, J. M. 러들로, 휴즈, 닐이 이끄는 재능있는 기독교 사회주의자들의 소모임에서 뛰어난 정치경제학자들——밀,[16] 케언스,[17] 마셜——에 이르기까지 협동조합에 대해 쓰거나 강연하는 사람들은 모두 어느 정도는 열렬하게 노동자 집단의 자기 고용이라는 깃발을 높이 흔들었다. 노동자들이 생산수단과 생산물을 모두 함께 소유하는 자기 고용이 자본가 독재를 대신할 가장 바람직하고 유일하게 실용적인 대안으로 제시되었다. 중간 계급의 지식인들에게만 이런 개념이 한정된 것은 아니었다. 1833~34년의 단명한 혁명적인 운동, 즉 '전국 노동조합 연대'가 각각의 노동조합을 국영기업으로 바꾸겠다는 의도를

---

16) 밀(John Stuart Mill, 1806~73). 경제학자 J. 밀의 장남으로 아버지에게 엄격한 조기교육을 받았다. 소년기에 읽은 벤담의 저서에 영향받고, 공리주의에 공명하여 공리주의협회 설립에 참가하여 연구·보급에 힘썼다. 『공리주의』(*Utilitarianism*, 1863), 『여성의 종속』(*The Subjection of Women*, 1869), 『자서전』(*Autobiography*, 1873) 등의 저서가 있다—옮긴이.

17) 케언스(John Elliot Cairnes, 1823~75). 최후의 고전파 경제학자. 리카도 경제학파에 속하지만, 사실상 밀과 시니어 등의 영향을 받았으며, 재화의 수급·생산비·임금기금·국제가치 등의 이론을 전개·발전시켰다—옮긴이.

선언하지 않았던가? 즉 농업조합이 토지를, 광부조합이 광산을, 직물조합이 공장을 소유하겠다고 하지 않았던가? 실제로 건축 길드는 버밍엄에 길드 홀을 세우고 건축 주문을 받았다. 이 급진적 노동조합주의자 노동조합은 시작한 지 채 몇 달도 안 지나서 완전히 파산했다.[18] 그러나 1848년에 차티스트 운동이 무너지자 자기 고용의 계획이 되살아나기에 이르렀다. F. D. 모리스의 격려와 J. M. 러들로의 자율적인 지도 아래 여기저기서 작은 자율 공장이 시작되었고 이어 수년 후에는 엔지니어 협회[19]에서 더 큰 규모로 자기 고용을 실험했다. 그 후 협동조합 생산협회의 대표들이 협동조합 의회에 나타났다. 이런 생산협회들은 어디선가 갑자기 나타났다가 어느새 사라졌다. 더 부유하고 더 힘 있는 노동조합들이 일련의 재난에 가까운 실험을 한 후, 노동조합 간부들은 협동조합주의자들에게 그들이 공언하는 신념을 실천하라고 하면서도, 노동조합

---

18) 웹 부부가 쓴 『노동조합의 역사』(*History of Trade Unionism*), 「3장 혁명적 시기, 1829~42」를 보라.

19) 영국 기독교 사회주의자와 그 지도자에 대해 알려면 찰스 E. 레이븐(Charles E. Raven)의 『기독교 사회주의, 1848~54』(*Christian Socialism, 1858~54*)를 보라. 자율 공장의 이상을 지나치게 열광적으로 옹호하기는 하지만, 기독교 사회주의에 대한 책으로 탁월하다. F. D. 모리스와 그의 친구들은 전혀 사업 경험 없이 이 일에 뛰어들었다. 자신들이 재정을 부담하면서도 호의를 베풀며 이 일을 했으므로, 장인들을 이윤창출자로 설정해놓고도 이들에게 이러한 봉사정신을 전수할 수 있다고 생각했던 것 같다. 사실 그들은 노동자들의 이익에 호소했다. F. D. 모리스의 친구인 호트(F. J. A. Hort)는 절충론자인 동료에게 이렇게 지적했다.

"바로 그때 곧 나올 사회주의자 강령에 대해서 들었고 그에게 그것이 성공하기를 빌지만 협회 회원의 미덕과 자비에 대한 칭송에는 반대한다고 추신을 달았다."

"이기심은 눈곱만치도 없어지지 않았다. 그는〔협동조합 생산협회 활동 중인 회원들〕 '우리의 이익'을, '나의 이익이라기보다 내가 그 일부인 전체의 이익'을 찾는다. 그리고 나는 솔직히 이런 변화로 어떤 이득을 얻을지 모르겠다. 물론 그런 환경 아래서 그가 이타적일 수도 있지만 경쟁 상태에 있을 때에 비해 더 이타적인 것은 아니다"(아들인 아서 펜턴 호트가 쓴 『펜튼 존 앤소니 호트의 생애와 편지』*Life and Letters of Fenton John Anthony Hort*, 1권, 1896, 152쪽과 141~142쪽을 보라).

의 재원을 써서 조합원을 고용하는 일에 대해서는 공손하게 거절했다. 자율 공장은 매력에도 불구하고, 관련된 노동자들이 산업을 통제한다는 이상에는 아주 큰 결함이 있었다. 기독교적 형제애를 촉진하는 것이든 노동자들의 금전적 이익을 자극하는 것이든 간에, 기독교적 형제애를 증진시킬 의도건 노동자들의 금전적인 자기 이익을 자극할 의도건 간에 자율 공장, 즉 관련 노동자들이 산업을 통제한다는 이상은 아주 매력적이기는 하지만 **효과가 없었다**.[20] 협동조합 생산협회가 길게 참지 못하고 이런저런 식으로 실패하거나 자율적이기를 멈추었다. 잘해야 그 일은 협동조합 도매상 협회나 일군의 지방 소비자 협동조합 협회로 넘어갔다. 최악의 경우는 노동조합이 훼손된 가운데 노동자가 경영에서 완전히 배제된 상태에서 점차 쇠락하여 고용주의 이윤 공유 구도를 따르는 것이었다. 아니면 현대 산업의 가장 저급한 형태, 즉 실제로 경영에 참여하지 못하면서 부하 노동자들의 '고혈을 착취하는' 소규모의 장인 체제로 타락하기도 했다.

자본주의의 거점에서 자란 사람에게 소비자 협동조합운동은 세계 산업사의 독특한 로맨스로 보였다. 어마어마한 생산과 판매 연합체인 이 수백 개의 소매상으로 이루어진 강하게 결속된 조직은 육체 노동계급의 노동자들에 의해 운영되었다. 이들은 이 당시 숙련 식자공이나 감독의 수입에 못 미치거나 그보다 훨씬 적은 월급을 받고 일했다. 자본주의적 경제 기준으로는 이 거대한 기업이 끊임없이 성장하는 것을 어떻게 설명해야 할지 모르겠다. 이 기업은 어떤 개인이나 집단의 사적인 재산을 형성하는 것이 아니고, 개별 자율 공동체의 수입을 늘리고 부를 축적함과 동시에 경제적 자유를 신장하고 있었다. 대영제국 가족 중 4분의 1

---

20) 이 생산자 협회의 실패 원인에 대해서는 존스가 1894년에 쓴 『협동조합생산』 (*Co-operative Production*)과 내가 쓴 『대영제국에서의 협동조합운동』(*Co-operation Movement in Great British*)을 참조하라. 여기에 웹 부부가 쓴 협동조합 생산과 이윤 나누기에 대한 1914년 2월 14일판 본론인 『새로운 정치인』(*New Statesman*)을 더해야 할 것이다.

또는 3분의 1이 이 자율 공동체에 속하며 1억 파운드에 가까운 자본력을 지니고, 매년 거의 2억 파운드의 거래를 했다. 그러면서도 언제나 신입회원이 되면 설립자들과 동등한 자격으로 수익을 얻을 수 있었다.

유용한 가설

나는 정말 이상하게도, 가치이론——내가 이미 언급했듯이 나의 가정 속에 스며 있는——을 발달시키는 가운데 경제적 기능을 경제적 욕망에 상응시켜야 교환 가치가 발생한다는 것을 깨닫게 되었다. 자율 공장은 일반적으로 받아들여지는 이론, 즉 "노동이 가치의 근원이다"라는 이론에 뿌리를 두고 있다. 이 이론은 마르크스가 리카도,[21] 톰슨(William Thompson), 호지스킨[22]에게서 받아들인 것이다. 하지만 이 이론은 "맞지 않았다!" 파이오니어즈가 시행착오를 통해 무심결에 발견한 것은 성공적 생산에 가장 중요한 요소는 실제로 느끼는 욕망에 맞추어 노동을 하는 것이다.

로치데일 파이오니어즈

1889년 내내 협동조합운동에 대해 연구하면서, 사실 이 노동자 공동체가 '새로운 사회 질서'를 세우며 체험한 시행착오 과정을 지켜보게 되었다. 1844년 로치데일에 있는 28명의 플란넬 직공들이 스스로에게 식료품을 팔기 시작했다. 부분적으로는 '운반차'의 노고에서 해방되기 위해서였지만, 자본을 축적하기 위한 것이기도 했다. 이들은 플란넬 직조 부문에서 이 자본으로 자기 고용[23]이라는 이상을 실현하고자 했다. 교

---

21) 리카도(David Ricardo, 1772~1823). 고전학파의 창시자인 스미스 이론을 계승 · 발전시켜 고전학파의 완성자로 알려져 있다. 1817년 노동가치설에서 출발, 분배론에 이르는 이론을 다룬 『경제학과 과세의 원리』(*Principles of Political Economy and Taxation*)가 있다―옮긴이.

22) 호지스킨(Thomas Hodgskin, 1787~1869). 19세기 전반 영국 노동자의 이익 옹호를 위해 활약한 리카도파 사회주의자의 대표적인 사람이다. 노동만이 소유의 근원이라는 유명한 '노동전수권론'을 주창했다―옮긴이.

회 신자들이 풍금을 사기 위해서 바자를 하는 방식이었다. 더 많은 구매자를 유인하기 위해 그들은 새 고객에게 협동조합 협회 회원이 될 것을 강권했다. 회원이 되면 경영에 참여하고 자본을 축적할 수 있는 자격이 주어진다고 했다. 계속 회원을 확보하기 위해서 그들은 '구매에 따른 분배'라는 방식을 발명했다. 이 방식에 따르면, 상품 생산비용과 소비자 가격 사이의 차이는 구매자 자신에게 돌아갔다. 일종의 할인이지만 일정 기간이 경과하면 환불해주었다——각 구매자가 쓰는 돈은 자동적으로 협동조합 협회 장부에 기재되고 이 저축이 1파운드가 되면 주식이 된다. 열성회원들이 회원의 집 방 하나를 이용해 수익을 남기지 않고 차나 다른 식료품을 팔았다. '로치데일 파이오니어즈'는 꾸준히 성장하는 백화점이 되었다. 점원이나 보조점원은 고용되었는데 대개는 회원의 아들딸로 보통 가게와 똑같이 임금을 받았다. 초기에는 고용인들과 이윤을 나눈다는 생각은 없었다. 나눌 '이윤'이 없어서였다. 소위 '구매에 따른 분배'라는 장치는 생산비용을 뺀 나머지 돈을 소비자에게 돌려주고 회원을 위한 서비스를 개발하는 것이었다. 이런 간접적인 방식으로 로치데일 파이어니어즈는 이윤을 소멸시키고 이윤 창출자를 없앤다는 오웬의 원칙을 실현했다.

이제, 가격에서 생산비용을 빼고 나머지 돈을 구매에 따라 고객-회원들끼리 분배하는 것은 많은 직간접적 이점을 지녔다. 예상치 못한 독특한 결과로 협동조합운동이 광범위한 인본적 민주주의에 바탕을 두게 된 것이었다. 여기서 각 회원은 주식 보유량에 관계없이 한 표만 행사할 수 있었다. 그러나 이것은 가게의 고객, 즉 소비자의 민주주의지 상품과 서

---

23) 1854년에 로치데일 파이오니어즈 협회에서는 자율 공장이라는 자신들의 이상을 실현하려고 시도했다. 수많은 사람이 협동조합 제조협회를 시작했다. 1860년까지 그들은 투자된 자본이나 지불된 임금 1파운드당 1펜스의 이윤을 분배했다. 곧 1,400명의 주주가 이런 이윤 분배 방식에 반대했다. 이들 중 300명만이 공장에서 일하고 있었다. 그리고 1862년에는 노동에 대해 보너스를 주는 규칙이 3대 1의 다수결로 없어졌다. 이제 그 사업은 단순히 주식회사가 되었다 (퍼시 레드펀이 쓴 『존 T. W. 미첼』, 1923, 27~29쪽을 보라).

비스 생산자의 민주주의는 아니었다. 이 민주주의는 그 성격상 끊임없이 신입회원에게 개방된 민주주의이고 실제로 그랬다. 신입회원은 성과 계급의 제한 없이 가입할 수 있었다. 단순히 고객 수가 많으면 많을수록 재정적으로 더 발전한다는 이유 때문이었다. 그러나 로치데일 파이오니어즈는 새로운 산업 조직만 구축한 것이 아니었다. 궁극적으로 중요한 것은 이들이 영국인답게 자신도 모르게 교환 가치의 핵심적인 요소 쪽으로 기운 점이었다. 이것은 전문적인 정치경제학자들이 그것의 성격이나 그것의 중요성을 깨닫기 수년 전의 일이었다. 그들은 사실 제번스(Stanley Jevons)[24]가 나타나기 전에 있었던 제번스파 일당이나 마찬가지였다. 그들은 공인된 '이익' 또는 특정 수요에 교환가치라는 지배적이며 제한적인 요소가 있다는 것을 발견했다. 자율 공장이나 산업 조합과는 달리 1,100개의 협동조합 상점과 두 개의 큰 연합체인 영국 도매상 협회, 스코틀랜드 도매상 협회는 기존의 시장을 위해 생산했으며, 그들 자신이 그렇다는 것을 인정하지 않을 수 없었다. 1889년 봄에 상점의 운영 위원회 대표자들이 4분기 모임과 도매상 협회 사무직원들과 구매자가 함께 모이는 회의를 지켜본 적이 있다. 이런 회의에서 고객의 필요를 보고하는 사람들과, 이런 필요에 맞추어 공급하는 영업과 생산 부서의 감독·지배인들이 어떻게 함께 회의를 진행하는지 관심을 두었다. 회원이든 사무원이든 간에 그들의 활동에 대해 전혀 자의식이 없는 점이 흥미로웠다. 자율 공장은 하나의 이론에서 생겨난 것이었던가, 아니면 감정에서 생겨난 것이었던가? 어떤 나라에서는 생산자 협회의 전체적인 움직임은 박애주의인 지성인들과 세계 개혁가들과 자본주의 정부에 의해 키워졌다. 대영제국의 협동조합운동은 지역 상점이나 전국적인 도매상 협회 모두에서 의도하지 않은 큰 성과를 거두었다. 협동조합운동은 정확한 이론을 정립하기도 전에 번성했다. 이것은 아마도 진정으로

---

24) 제번스(Stanley Jevons, 1835~82). 맨체스터 오언스대학교와 유니버시티 대학 교수를 역임했다. 고전학파의 이론을 예리하게 비판하고 한계효용이론을 수립하였으며, 경기변동에 관한 태양흑점설의 제창자로도 유명하다―옮긴이.

노동계급에 기원을 두었기 때문인지도 모른다. 로치데일 파이오니어즈가 이처럼 뛰어난 업적을 이룬 것은 소비 쪽에서 생산을 조직한 것, 처음부터 '이윤을 위한 생산'이 아니라 '사용을 위한 생산'에, 생산자로서의 노동자가 아니라 소비자로서의 노동자에 기초를 두었기 때문이었다.

소비자에 의한 지배

그렇다면 1869년에서 1889년까지 의회에 모인 협동주의자들이 왜 자신들의 운동이 이렇게 발전되리라는 것을 인식하지 못했을까 하는 의문이 든다. 이것도 하나의 설명이 될 것이다. 정치경제학 교수뿐 아니라 협동주의를 지지하는 통계학자들과 강연자들과 출판업자[25]들은 '분배'와 '생산' 사이의 구분이라는 황폐한 개념에 사로잡혀 있었다. 당시에는 소매상과 도매상의 경제활동은 공장, 광산, 농장의 활동과 근본적으로 다르고 따라서 전혀 다른 지배 방식과 수익 방식을 채택해야 한다는 가정이 통용되고 있었다. 협동조합 생산의 열렬한 지지자조차도 소매상점이 카운터, 포장업자, 전차 승무원, 또는 선출된 대표가 운영해야 한다고 제안하지는 않았다. 반대로 자율 공장의 핵심적 지도자인 닐이 초안을 잡은 협동조합의 모범적인 규칙은 상점의 고용인은 단지 고용인에 지나지 않고, 따라서 운영위원에 선출될 수 없을 뿐 협회의 보통 고객 회원으로서 위원회에서 투표를 할 수도 없다고 명시적으로 밝히고 있었다. 그럼에도 모든 중간계급 이론가들과 그 문제에 대해 고민하는 모든 노동계급의 협동주의자들이 어떤 제조과정에서든 이상적인 지배는 그 과정에 참여한 노동자에 의한 지배라고 생각했다. 그리고 제품의 소비자들이 아니라 이 제조에 참여하는 남녀들이야말로 공장에서 생산원가와 고객이

---

25) 입스위치 협동조합 의회에서 잘 준비된 연설에서, 마셜 교수는 '생산'과 '분배'의 근본적인 차이를 계속 주장했는데(경제학자로서의 그의 서술과는 달리), 내가 보기에는 어리석어 보였다. 그는 또한 노동계급 협동조합의 성패가 기능의 차이, 즉 영업이냐 제조냐의 차이가 아니라 구성의 차이, 소비자가 지배하느냐 생산자가 지배하느냐 하는 차이에 있다는 것을 인정하려 들지 않았다.

카운터에서 지불하는 소매가격 사이의 차익금(부수적인 경비를 뺀)을 소비자가 아니라 남녀 노동자가 가져야만 한다고 생각했다. 그 당시의 실용적인 경영자들은 큰 상점의 제조부서와 도매상 협회의 제조부서를 자율 공장으로 전환시키지 않으려고 했다. 그들은 이윤 분배조차 거절하고 있었다. 그들의 명분은 '아직 때가 무르익지 않았다'는 것이었다. 그들 중 누구도 이상적인 정의를 반박하거나 궁극적으로 생산자 협회가 최선책임을 부인한 적은 없었다. 협동주의자 가운데 유일하게 미첼만이 소비자가 소비자를 위해 지배해야 한다는 눈에 띄는 주장을 했다. 그는 영국협동조합 도매상 협회를 설립한 사업의 천재로 소매와 도매업뿐 아니라 제조업, 탄광업, 농업, 조선업, 보험, 은행업에서도 소비자가 지배해야 한다고 생각했다. 불행히도 그는 명확하게 설명하지 못했을 뿐 아니라 자신의 주제에 관해 과대망상 증세를 보였다. 그는 소비자 협회가 자발적으로 산업과 연대해서, 즉 실제로 매일 물건을 사는 소비자들이 협회를 구성해서 지배하는 것에 한계가 있음을 깨닫지 못했다.[26] 소비자의 지배는 철도나 도로, 상하수도나 병원, 학교나 경찰 등에까지 확대

26) 미첼은 협동조합 회의에서 거의 연설을 하지 않았다. 그러나 1887년 칼라일 회의에서 휴즈가 협동조합 도매상 협회가 제조업 부서를 시작한 데 대해 격렬하게 공격하자 그는 다음과 같이 단언했다. "도매상 협회의 협동적인 노동은 지상에서 최고의 협동적 생산 형태다……. 생산적 노동이 가치가 있는 한 영국 곳곳에서 생산적인 노동을 시작할 것이며 도매상 협회는 그 회원이 쓸 온갖 물건을 생산할 때까지 계속 생산해나갈 것이다……. 만일 협동이 영원히 성공적이려면 우리는 궁극적으로 이 문제를 해결해야 한다─누구에게 이윤과 가치의 증식이 돌아가야 하는가? 내 생각으로는 이윤이 근면한 계급에 의해 창출되었기 때문에 근면한 계급에 돌아가야만 한다. 사람들이 소비를 했기 때문에 이윤이 창출된 것이고 따라서 이윤은 소비자에게 돌아가야만 한다……. 협동주의자들은 전 생산, 은행업, 선박업, 이 나라의 모든 산업을 장악할 때까지 계속 발전해나가야 한다. 도매상 협회가 콘솔 공채에 10만 파운드를 가지고 있으며 곧 협동주의자들이 이 나라의 국채의 전부를 소유해야 할 것이다. 협동주의자들이 저축을 하게 되면, 자신들의 일자리를 찾을 수 있을 뿐 아니라 곧 철도와 운하를 소유하게 될 것이다"(「19차 협동의회 연례보고서」, 1887, 6~7쪽).

되어서는 안 된다. 장기간에 걸쳐 사회 전체의 복지에 필요한 부분, 즉 불가피하게 카운터에서 개별 소비자가 개별 상품의 값을 지불할 수 없는 부분에 대해서는 소비자가 지배해서는 더욱 안 된다. 지나가는 말로 덧붙이자면, 이 중요한 제한은 1889년 조사 당시에는 떠오르지 않았다. 내가 곧 이야기하겠지만 이 사실을 깨달은 것은 『나의 도제시절』에서 『우리의 동반』으로 넘어가면서였다. 내가 아는 80년대 협동조합운동에서 논쟁이 일어난 더 직접적인 이유는 공장법을 통한 정치적 국가의 개입으로 완화되거나 각 기업의 경영에 강력한 노동조합이 적절하게 참여하지 않는다면 소비자 협동조합이 기존 자본가의 노동자 고혈착취에 공조할 수 있음을 미첼이 인식하지 못한 데 있다.

노동조합의 영역

나의 두 번째 발견은 소비자 민주주의가 사적 이윤 창출에 대한 실용적일 뿐 아니라 바람직한 대안이 되려면, 육체노동자와 정신노동자, 즉 노동조합과 전문가협회 민주주의에 의해 보완되어야만 한다는 것이었다. 지역 상점의 위원회 모임에 참석하고 협동조합 협회의 감독들과 식사하면서 알아낸 것은 그들이 회원들이 무엇을 사고 있고 미래에 살 것인지에 대해서, 아니면 어떻게 하면 저비용으로 고품질 상품과 서비스를 생산할 수 있을지에 대해 토론한다는 점이었다. 상점의 지배인이 상점 조수의 속임수나 무능력에 대해 보고하지 않거나, 파업의 위협으로 도매상 협회 이사회가 원만하게 굴러가기만 하면, 급격하게 증가하는 지역 상점이나 제조 부서 직원의 고용 조건에 대해서는 무관심했다. 직원이 더 필요하면 중간 간부가 적정하다고 생각하는 임금으로 직원을 고용했다.

이들의 근로 조건은 부근의 상점이나 가게와 크게 다르지 않았다. 행정가들과 마찬가지로 운영위원회 역시 자연스럽게 '규율을 유지하고' 생산비를 낮추려고 했다. 그들은 이러한 규율 유지와 생산비 절감이 고용인들의 일상생활에 어떤 영향을 미치는지에 대해서는 무시할 수밖에 없었다. 협동조합 협회가 '좋은 고용주'를 의미하기는 하지만(그리고 사실 때로는 매주 반 휴일제 같은 혜택을 주는 점에서는 이윤을 창출하는 기업보다 선도적이었지만), 협동조합 위원회는 자신의 노동자들에게 이윤 창출 기업이 관례적으로 부여하는 권리 이상의 권리를 허용하겠다는 생각은 결코 하지 않았다. 이런 입장에 더욱 문제가 있는 것은 80년대와 90년대에 상업에 종사하는 고용인들 전체, 특히 상점 조수들이 임금노동자들 중 가장 저임으로 가장 힘든 노동을 하며 가장 자의적으로 해고되는 노동자였기 때문이다.[27] 제조 부서의 매니저들과 도매상 협회는 직접 저렴한 의복 산업과 저렴한 가구 산업같이 악명 높은 고혈 산업과 경쟁하고 있었다.

이중 통제

이런저런 이유로, 소비자 협동조합운동에서 일하는 노동자의 경제적인 복지와 개인적 자유를 위해 꼭 강력한 노동조합이 있어야 한다는 사실이 분명해졌다. 노동조합이 표준 임금과 노동일 준수를 강화하고 자의적인 벌금이나 변덕스러운 해고에서 개인을 보호해줘야 했다. 협동조합이 운영하는 기업도 이윤 창출 산업의 일부이기 때문이다. 그래서 '위

---

27) 1893년 당시 스코틀랜드 협동조합 도매상 협회 의장이던 맥스웰 씨(현재는 경)는 브리스톨의 협동조합 의회에서 협동조합 고용인들이 어떻게 장시간 노동을 고혈 착취당하고 있는지를 묘사하여 협동조합운동권 전체를 경악하게 했다. 상점이 열려 있는 시간만을 계산해보면—실제로는 5~10퍼센트가 더 가산되어야 하지만—협회의 93.5퍼센트가 주당 60시간 이상 상점을 열고, 43.4퍼센트는 주당 66시간 이상 열며, 163개 협회, 즉 13.5퍼센트가 주당 70~85시간 연다는 것이었다. 서서히 점진적인 개선이 이루어졌다. 16년 후인 1909년에는 947개 협회, 즉 전체의 76.7퍼센트가 아직도 주당 60시간 이상 여는 반면, 마지막 범주에 속하는 협회가 아직도 40개 있고 66시간 이상 문을 여는 상점도 123개나 있었다(홀스워스와 데이비스J. Hallsworth & R. J. Davis가 쓴 『상점 조수의 노동』The Working Life of Shop Assistants, 1913, 78~80쪽을 보라. 웹 부부가 쓴 『소비자 협동조합운동』, 1921, 189쪽). 1920년까지 협동조합운동과 협동조합 고용인이 어떤 관계를 맺었는지에 대해서는 위의 책 3장을 보라.

로부터의 지배'는 '아래로부터의 지배'에 의해 보완되어야만 했다.

그러므로 다시 한 번 [1891년 협동주의자들에게 말했다] 협동조합
과 노동조합이 연대하고 생산자와 소비자가 서로 만나야 한다. 신발
제조공이 신발을 직조공에게 팔고 직조공은 농부의 아내에게 옷감을
팔 수 있다는 뜻이 아니다. 산업혁명으로 변화된 상업 체계 안에서는
이러한 개인적인 관계는 이제 불가능하다. 개인간의 물물교환 대신,
권위를 부여받은 대표들을 통해 노동자 집단과 소비자 집단 사이에
협상이 이루어져야 한다. 개별적인 생산에는 으레 개별적인 교환이
따르지만, 그 대신 단체협약을 해야 한다.

단체협약——개인적 관계를 대체할 사회적 관계——을 분명히 이
해하기 위해서는 이런 산업 민주주의가 완전히 발달되어 모든 노동자
가 노동조합으로 단결되고, 다른 한편 소비자 협회(자발적이든 강제
적이든 상점, 도매상협회, 시, 국가가 참여한)가 산업을 조직하는 것
을 상상해보자. 그러면 직조공 조합의 간부가 상점 간부나 시 간부와
임금과 기술훈련 문제를 논쟁할 것이다. 외과의사나 내과의사를 양성
하는 의과대학에서 지금과 마찬가지로 의과대학 학생들을 위한 시험
의 기준이나 과목이나 대학 수업료를 정할 것이다. 그리고 아마도 보
건부의 민주적인 통제를 받을 수도 있을 것이다. 노동조합의 간부와
공동체의 간부가 서로 다른 공동체 부문의 상치된 이해관계를 대표할
수도 있다. 그러나 한 나라의 국민으로서 구성원들의 이해관계는 궁
극적으로 동일할 것이다. 민주적인 산업 조직 아래서 각 개인의 복지
는 높은 기준의 시민 전체의 복지와 불가분의 관계를 맺게 될 것이다.

이런 서로 다른 시민 집단이 '더 넓은 편의', 즉 사회의 전 계급 사이
에 존재하는 효과적인 시민 의식을 계속 인정하지 않는다면, 특별한
상품과 재화의 소비자와 생산자 사이에 존재하는 직접적인 이해관계
의 갈등은 타협점을 찾기가 어려울 것이다. 젠킨(Fleeming Jenkin)
은 노동조합에 대한 에세이에서 이 점을 정말 정확하게 표현했다.

"사람들의 욕구가 임금을 정하지만, 그 계급의 사람들에 대한 수요가 얼마나 많은 사람을 그 임금으로 고용할지를 결정한다. 이것이 불만에 대한 교정책이다. 사람들의 욕구가 크면, 극소수만 임금을 받거나 전혀 못받은 사람도 생긴다. 가격을 정하는 사람은 노동을 파는 사람이지만, 얼마나 많이 살지를 정하는 사람은 노동의 구매자다. 자본이 (또는 공동체가) 일정한 임금을 받고 얼마나 많은 사람을 고용할지 결정한다. 얼마나 임금을 받을지 결정하는 것은 노동이다."

노동조합이나 전문가 협회가 노동 임금이나 교육 자격을 정하는 것에 대해 자본가 계급이 반대하지 않는 것은 주목할 만하다[위 문단에 대해 간단히 덧붙인 말이다]. 예를 들면 법이나 의학 같은 전문직의 경우 그러하다. 이런 직업은 실제로 독점권을 가지고 있다. 그러나 노동계급의 조합이 가끔 제한된 권위를 발휘하려고 하면, 즉 그들 편에서 조합원을 위해서 생계 임금을 확보하려고 하면 개인의 자유에 대한 개입[28]이라며 격렬하게 반발한다.

사회주의적 진화의 단계들

최초의 단계: 제어된 자본주의

사회주의로 향해 발전해간 연속적 단계들을 몇 문장으로 묘사할 수 있을까?

---

28) 임금을 결정하는 과정으로서 정확하게 '단체협약'이라는 어구를 이때 처음으로 사용했다. 비어트리스 포터가 쓴 『대영제국의 협동조합운동』, 216~218쪽을 보라. 이 작은 책은 특히 외국에서 괄목할 만한 주목을 받았다. 이 책은 12개 국어로 번역되었다. 최초의 번역은 1892년 브렌타노(Brentano) 교수가 독일에서 번역한 것이고 가장 최근 것은 1925년 핀란드어로 번역된 것이다. 이 책이 가장 광범위하게 읽힌 것은 금세기 초에 러시아에서였다. 러시아 협동조합운동을 시작하는 데 이 책이 교재로 사용되었다. 그 책은 개정된 적도 없고 시대에 뒤떨어진 것으로 사라지지도 않았다. 이제는 웹 부부가 1921년에 쓴 『소비자 협동조합운동』으로 대체되었다.

이스트 엔드 생활에 대한 연구에서 인구 밀도가 높은 19세기 상업과 산업의 중심지에서 터무니없이 집세를 뜯어내는 집 주인과 이윤을 추구하는 자본주의자들의 행적을 추적하는 가운데, 육체적인 불행과 도덕적인 타락을 발견했다. 이 중 몇 가지 악——예를 들어 저임금, 장시간 노동, 고혈 착취 산업의 비위생적 환경, 부두에서의 만성적인 실업——은 적절한 입법 조치나 노동조합의 압력으로 완화될 수도 있다는 생각이 들었다. 이런 방법을 쓰면 육체노동자들이 실제로 일하는 동안은 겨우 먹고살기에 충분한 생계 수단을 확보할 수도 있을 것이다. 그래서 사회주의에 이르는 첫 번째 단계는 공동체의 이익을 위해 지주와 자본가의 경제적 활동 전반을 통제하는 것이었다. 이런 일은 그 자체로 빅토리아조 초기의 개인주의에서 엄청나게 멀어진 것이다.

그러나 이러한 국가의 지배와 노동조합의 통제가 아무리 광범위하고 기술적이어도, 인플레이션과 경기침체의 반복——대부분의 국가에서 볼 수 있는 현상으로 과잉노동과 실업의 교대가 일정 기간 이어지는 것——에서 빠져나올 방법을 찾을 수는 없었다. 생산 수단을 소유한 소수를 위해서 최대의 이윤을 확보하려는 광란의 질주에 동참한 투기 금융, 제조업, 상업 때문에 이런 일이 반복되는 것은 아니더라도, 적어도 그러한 반복이 강화된 것은 사실이다. 더욱이 사람은 "빵만으로 살지 않는다." 그리고 자본주의 국가조차도 어느 정도의 사회주의——예를 들면 공공 교육, 공중 보건, 공원, 노약자를 위한 공공 대책 등이 모두에게 개방되며 지방세와 국세에서 지불되는——없이는, 혁명을 막을 수 없음을 인정하고 있었다. 물론 자본주의 국가가 종족의 타락을 막을 정도로 신속하게 이런 조치를 취하는 것은 아니고 마지못해 인정하고 있는 정도였다. 사회주의를 향한 두 번째 단계는 이러한 문명화된 삶을 위한 '국가 차원의 최소 보장'의 혜택을 법적으로 모든 시민에게 보장하는 것이었다.

부자의 나라와 빈민의 나라가 영원히 구분되고 늘 명령을 내리는 소수와 늘 명령에 따르는 다수로 분열된 사회에서 나타나는 심리적인 사회악에 대해 생각해보아야 한다. 예를 들면 미국의 경우 임금이 인상되고 기술이 향상되었으나 경제적 평등은 전혀 신장되지 않았다. 오히려 효율성이 늘고 임대료와 이자가 더 증가하자 미국보다 더 가난한 나라에 비해서 부와 개인적인 권력이 더 불평등하게 분배되었다. "평등을 택하고 탐욕을 피하라"라고 메난드로스[29]가 말했다. 매슈 아널드가 경솔한 세대에 대해 설명했듯이 "우리의 불평등으로 상층계급은 물질만능주의자가 되고, 중간계급은 속물이 되고 하층계급은 짐승이 된다."[30] 여기서 나는 잠시 멈추었다. 그 이유는 이윤을 창출하는 고용주의 권위에 대한 대안을 찾을 수 없었기 때문이다.

새로운 사회질서

그때 내가 현대 기업에 대한 대안으로 발견한 것이 영국 노동계급에 의해 발전된 소비자 협동조합의 구성과 활동이었다. 소비자 협동조합은 사용하기 위해 생산하고 이윤 창출자를 없앴다. 소비자 협동조합운동은 동시에 모든 사람에게 동등하게 생계를 보장하고 자아 발전의 기회를 부여했다. 협동조합운동의 본질적인 특징이 경제적인 가계 관리와 절약을 통한 지속적인 소규모 저축이 아니라, 새로운 유형의 산업 조직——소비자 공동체가 소비자를 위해 산업을 지배하는 방식——의 발명이라는 것을 인식함으로써 난제가 해결되었다.

나는 소비자 민주주의에 의해 설립된 상업 및 산업 조직에 정신노동자와 육체노동자로 된 민주주의적 조직을 보완했다. 개인적인 위엄을 지켜주고 개인적 자유를 보호하기 위한 노동조합과 전문가 협회의 형태로 조직된 조직이 추가되어야 한다고 생각했다. 각 직업의 노동자들이 실제적이고 바람직한 범위 안에서 서비스의 관리에 참여하게 하는 것이었다. 정말이지 바로 산업과 서비스 부문의 통제에서 직업 조직이라는

---

29) 메난드로스(Menandros, B.C. 342~292). 그리스 최고의 희극작가—옮긴이.

30) 매슈 아널드(Mattew Arnold)가 쓴 『여러 에세이』(*Mixed Essays*)에 있는 '평등'에 관한 에세이를 보라.

정확한 영역을 찾기 위해 1889년 초에 영국 노동조합운동을 다음 연구 분야로 정했고, 실제로 그해 9월에 던디에서 열린 노동조합 연차대회에 참석했다. 그 회의는 세기적인 런던 지역 부두 노동자의 파업이 일어난 그 위기의 주에 열렸다.

그다음 해에 작은 책을 쓰면서 페이비언 협회의 지도자 중 한 사람과 논의하는 가운데 더 큰 깨달음에 도달했다. 그런 깨달음에서(다른 그리고 좀더 개인적으로 중요한 다른 변화도 많지만) 경제적인 관점에서 보면 시나 국가도 시민을 위한 상품과 서비스를 마련해주는 하나의 소비자 협회이기도 하다. 단지 자발적인 회원이 아니라 강제적인 회원이 기반이 될 뿐이다. 그리하여 개인적인 이익이 아니라 일반적 이익을 위해 소비자에 의해 조직된 '생산, 분배, 교환' 조직이라는 개념은 가정용 생필품의 구매를 위해 자발적으로 모인 모임으로 출발해서 전 시민을 위한 전 시민의 강제적인 모임으로 확대될 수 있는 것이었다. 그리고 나는 시 기업과 지방 정부의 다른 형태의 기업들이 꾸준히 성장하는 데서 새로운 의미를 발견했다. 이러한 소비자 협동조합운동과 현대의 도시 사회주의 사이의 유추가 더 강화되는 계기가 있었다. 18세기의 지방 정부를 연구하던 중에 현대 도시의 특징적인 기능이 새로운 필요에 부합하고 새로운 서비스를 마련할 목적으로 생겨난 자발적인 소비자 협회에서 비롯된 것이지 직업조직에 기초한 고대의 도시 조직에서 비롯된 것이 아니라는 것을 알아낸 것이었다.[31] 더욱이 유럽에서 발전한 소비자 협동조합운동의 연구 결과 수출무역이 궁극적으로 계획된 상호 수입으로 바뀌리라는 전망이 생겼다. 이러한 상호 수입은 국가건, 도시건, 협동조합 협회이건 소비자 공동체에 의해 조직될 것이다. 수입하는 국가는 각

---

31) 지방법과 지방 정부 당국에 의해 이런 자발적인 소비자 협회가 형성된 데 대해서는, 웹 부부가 1922년에 쓴 『영국 지방정부: 특수한 목적을 위한 법적 권위』(English Local Government: Statutory Authorities for Special Purposes)를 보라. 특히 정부의 새로운 원칙의 등장에 대해서는 3장, 397~486쪽을 보라.

자 주문하기에 바람직한 것만을 얻게 될 것이다——따라서 보호관세나 '덤핑'을 피하게 될 것이다. 오늘날 이러한 상호 수입 체제가 실제로 여러 국가 사이에서 행해지는 것을 볼 수 있다. 이러한 체제는 자본주의 은행가나 무역업자에게 이윤이라는 통행료를 주지 않고도, 무역 호황이나 침체를 일으키지 않고도, 상업적인 의미에서 손실이나 이윤을 보지 않고도 가능하다.[32]

이처럼 점차 부상하는 새로운 사회 질서에 대한 비전이 미래의 협동조합운동의 실천적인 틀을 제공할 수 있을 것 같았다. 이 새 질서는 의도적으로 경제적인 기능과 경제적 욕망을 조정한 기반 위에, 소비자 민주주의 조직과 생산자 민주주의 조직이라는 상호 연관된 두 조직으로 구체화되었다.

삶으로부터의 통로

기능과 욕망

아버지의 병세가 깊어가는 가운데 협동조합운동에 대해 조사했고 때로는 내 일에 대해 절망했다. 1889년 가을에 쓴 일기를 보면, 점점 더 종교적인 정신의 지도를 받는 과학적 방법을 적용함으로써 사회를 재구성할 수 있다는 신념이 생겨 용기가 났다.

일하기에 적합하지 않은 환경이다. 불쌍한 아버지와 단둘이 있으며 아버지의 공허한 정신과 무책임한 성격을 보고 있다. 우울해져서 매슈 아널드의 시집을 한 권 꺼내 이런 시구를 읽는다. 내 자신이 끊임없이 추구하는 이상적인 삶을 잘 표현해주고 있다.

고요함을 잃지 않은 노동이여!
훨씬 더 소란스러운 계획을 넘어 차분하게 성취되는,

---

32) 1921년 웹 부부가 쓴 『소비자 협동조합운동』, 289쪽을 보라.

너무 원대하여 서두를 수 없고
너무 고상하여 경쟁할 수 없는 노동이여!

나는 종종 이런 상태, 즉 고요함을 잃지 않은 노동에 도달했다고 느낀다. 하지만 여전히 어리석은 개인적인 성공의 꿈과 우울한 개인적 실패 때문에 마음이 (너무 자주) 괴롭다. 나는 내 일을 사랑한다. 그것이 나의 구원이다. 이렇게 천천히 진실을 향해 나아가는 것이 즐겁다. 현실을 조심스럽게 측정하면서 진실을 탐색하는 것에 열정을 쏟고 있다. 최근에는 진리를 추구하는 사람들의 공통된 목표, 즉 품위 있게 살고자 하는 목표가 더해졌다. 과학과 예술과 도덕의 통일 그리고 영원한 진, 선, 미의 삼위일체를 의식하자 이러한 목표가 더욱더 풍요로워졌다. 이 모든 것이 결합해 인류가 끊임없이 추구하는 이상이 된다. 인류는 순수한 동기와 정직한 목적의 성쇠에 따라 성공하기도 하고 실패하기도 한다. 〔1889년 8월 17일 일기〕

지난주 내내, 파업〔유명한 1889년 8월의 부두 파업〕의 세부 사항을 열심히 읽어도 이 난국을 헤쳐나갈 방법을 제시할 수 없었다. 내 자신의 무능 때문에 우울했다. 나의 작은 지식이 아무 소용이 없다는 데 절망했다——과학적(사이비 과학적?) 관찰자의 면밀한 추론에 바탕한 판단보다는 대중의 본능적인 움직임이 더 효과적이었다……. 그러고 나서 사실에 대한 지식에 바탕하여 행동하려면 그 지식이 우리 시대의 상식보다, 확실히 내 자신의 지식보다 훨씬 더 완벽하고 철저해야 함을 깨달았다. 예를 들어 런던 부두에 대해 내가 가진 얼마 안 되는 지식은 실제로 아무 소용이 없다. 어떤 가치 있는 의견을 제시하기 위해서는, 부두 노동에 대해 완벽하게 알고, 정확하게 경영 방법을 알아야 하며 나아가 이 방법과 다른 경영 방법을 비교해 결함을 교정한 후 새로운 가능성을 찾아야 한다. 이런 종류의 완벽한 지식을 습득할 기회, 능력, 힘이 있다 하더라도, 관찰만으로 그러한 지식을 얻을 수 있을까? 그런 기회는 위대한 조직가에게만 오는 게 아닐까? 다른 한편, 이렇게 완벽한 지식이 필요하다는 것을 깨닫자 노동문제에 대한 해결책으로서 상업적 그리고 재정적 사실을 알고 싶었던 나의 본능이 옳았음을 깨달았다. 내가 주위 사람들의 조건을 개선하는 데 영향력을 가질 수 있느냐 여부는 이런 사실들을 완벽하게 아느냐에 달려 있다.

여가

여름 동안 할 일이 다 끝나고 내일이면 2주간 기분전환(던디에 있는 노동조합 의회를 방문하는 것을 말한다)을 위해 떠난다. 여름은 쉴 새 없이 바쁘게 지나갔다. 일은 힘들고 아주 기계적이었다. 쉬는 시간에는 대개 너무 피곤해서 아름다움을 즐길 수도 없었다. 그래서 대부분 자고, 일하고, 먹고 운동하며 보냈다. 불쌍한 아버지, 아버지와 함께 있으면 슬퍼진다. 전혀 영혼이 없는 사람 같아 이루 말할 수 없이 우울하다. 하지만 이따금 차분한 이성이나 따뜻한 감정을 드러내기도 하신다. 이럴 때면 식구들이 아버지의 비위를 맞추고 치켜세우기만 하고 그에게 있는 책임감 있는 생각이나 행동을 무시한 게 과연 옳은 일이었나 하는 생각이 든다. 그에게 영원한 원칙이 있다면, 우리가 그것을 무시하는 걸까? 그러나 그에게 삶다운 삶은 사라졌다. 우리는 사랑과 의무감에서 그가 육체적으로 편안하고 정신적으로 만족스럽게 지낼 수 있게 돌보아준다고 가정하고 있다. 그가 도덕적으로 발전하거나 퇴보할 여지가 없으며, 도덕적으로 죽은 상태라고 생각하며 말이 역겨운 결론에 이르는 것은 전제에 오류가 있기 때문이라는 생각이 종종 든다. 또 때로 인간의 삶을 논리적인 관점만으로, 즉 불가피한 것의 실현으로만 본다. 〔1889년 8월 31일 일기〕

힘든 일주일이었다. 거의 하루도 쉬지 못했다〔노동조합 의회와 그 구성원들에 대한 활기찬 묘사에 이어 쓴 일기다. 노동조합 의회에 대해서는 후에 노동조합에 대한 조사를 설명할 때 이야기하겠다]. 일요일 아침 일찍 로치 어 둑에 있는 허버트의 작은 오두막에 도착했을 때, 완전히 지친데다 감기가 심했다. '고가'의 매력이라고는 전혀 없는 회벽이 칠해진 약간 황량한 작은 오두막이었다. 보조 건물로 오두막이 둘 더 있었고 집 주위에는 키 작은 덤불과 마구 자란 풀들이 있었다. 로치 앞에, 황무지 뒤에, 저 멀리 산들이 보였다. 산이 험하거나 크지 않고 그렇다고 딱히 아름답지도 않았다. 아주 흔한 호수가 펼쳐져 있었고 그 이상은 아무것도 없었다. 집 안에는 난로도 없고 문은 계속 열려 있었다. 가구들이 있었지만 전혀 편안하지 않았다. 아이들(집에 남자아이가 있었다)이 가장 매력적이었다. 나이 든 이상주의자는 재미있었고 친구가 되었다. 그러나 그의 성격에 대해 말하면 멀리서 볼 때 매력적이다! 그의 예의 바른 태도에는 평화가 깃들어 있고 인류를 사로잡는 격정에 관념적으로는 초연하다. 그러나 예의나 이상주의는 그의 미묘한 이기주의와 제멋대로인 성격을 가리고 있다. 그는 단호하게 자신의 변덕스러운 사고나 감정대로 행동하며 모든 관계에서 비실용적이고 배려가 없다(이렇게 말하는 게 정당한가? 아이들과 같이 있을 때면 그는 매력적이다). 그는 우스꽝스러울 정도로 건강에 집착했다. 아침에 그가 부르기 전에는 어떤 소리도 내서는 안 된다. 그가 있을 때는 문을 닫아도 안 된다. 그는 운동은 할 수 없지만 신선한 공기는 마셔야 한다. 무슨 일이 있어도 오후에는 보트를 타야 한다. 그는 50세 된 건강한 사람이지만 채식주의와 병약함 사이에서 급속하게 늙어버렸다.

거기서 나는 즐거웠다. 우리는 같이 소설을 쓰기 시작했다. 제목은 『앞을 보기』(*Looking Forward*) ——『뒤를 돌아보기』(*Looking Backward*)에 대한 답——였다. 내가 소설의 구성과 인물을 제시하면 그는 상세하게 이야기를 꾸며나갔다. 긴 저녁 내내 달빛 비친 호수를 보며 그가 말했다……

스틸링에 있는 동안 외롭고 말할 수 없이 슬펐다——긴 밤의 여로였다——산에 있는 집을 향해 마차로 가는 동안 이른 아침의 정교한 아름다움이 몬머스 계곡 위에 퍼졌다. 플레인즈(Playnes) 집안 사람들과 함께 한 아침상, 따뜻한 환영, 긴 잡담. 늙은 아버지는 '작은 꿀벌'을 보자 기뻐한다. 한마디로 '집'에 왔다. 이제 일할 시간이다. 〔1889년 9월 22일 일기〕

묘사하는 글쓰기

이 마지막 달에 나는 인물을 창조한 후 허구의 환경에서 그들을 앞뒤로 움직이게 하고 싶은 욕구에 사로잡혀 있었다. 쉽게 말하면, 소설을 쓰고 싶은 속물적인 소망에 사로잡혔다. 이른 아침 시간 두뇌가 반쯤 깬 이상할 정도로 창조적인 시간에 사람과 장면이 눈앞에 나타났다. 나는 구성을 짠 후 인물과 장면과 구성에 내 철학을 입힌다. 묘사적인 글은 상대적으로 쉬운 편이어서 아주 매력적이다. 그것과 상품, 퍼센트, 감가상각, 평균, 모든 추악하고 끔찍한 상업적 사실들의 움직임이 중요한 자리를 차지하는 일을 비교해보라……. 내가 읽은 수많은 소설이 눈앞에 스친다. 천재, 재능있는 사람들, 보잘것없는 사람들의 영리한 계략이나 인기 추구, 천재의 작품에서 싸구려 소설가의 작품에 이르기까지 이 모든 작품이 이룬 일은 무엇인가? 그것이 덕과 행복의 유일한 기반, 즉 과학적 방법에 기반하여 사회를 발전시켰는가? 개혁을 위해 우리가 억눌러야 할 힘과 우리가 해방시켜야 하는 힘에 대해 명확하게 인식하고자 하는 나의 야심은 분수에 넘치는 일일 수도 있다. 그러나 내게는 그것만이 신념이자 열정이자 소명으로 느껴진다.

여전히 나는 통계나 인쇄물로 설명할 수 있는 사실들을 좀더 극적으로 재현하고 싶다. 내가 발견한 사회조직에 관한 진실을 부자와 빈민 모두가 절실하게 느끼게 할 수 있는 방법을 찾고 싶다. 사회적 법칙을 개인적 고통, 개인적 발전, 개인적 죄의 견지에서 설명하고 싶다. 그러나 나의 법칙을 발견할 때까지 이 일을 미루어야만 한다! 하지만 이제 막 조사에 착수했으므로, 슬프게도 어떤 일반적이고 명확한 결론을 내릴 수 없다. 〔1889년 9월 30일 일기〕

끔찍한 우울증에 사로잡혔다. 애미 레비(Amy Levy)의 이야기가 뇌리를 떠나지 않았다. 애미는 27세 된 재기발랄한 젊은 여성 작가로 성공의 절정에서 죽음을 택했다. 우리는 죽음을 맞이할 수 있는 용기에 대해 말한다. 슬프게도 끔찍하게 정신적 압박을 받을 때, 우리에게는 죽을 용기가 없는 게 아니라 살 용기가 없는 게 틀림없다. 종종 우리에게 부족한 것은 미지의 지도자, 미지의 명분을 위해 싸우는 힘이다. 불쌍한 애미 레비! 인류의 미래에 먹고 마시고 흥겨운 것 말고는 다른 희망이 없다면, 그녀의 죽음은 현명하고 옳은 선택이다. 우리는 '부적격'이고, 우리가 다른 사람에게 자리를 일찍 넘겨주면 줄수록 더 좋다. 그러나 이것이 단지 무언가에 이르는 통로라면, 즉 다른 순례자들을 돕고 용기를 북돋아주는 순례라면, 그렇다면 용감한 투쟁의 삶, 고통이 진보의 척도가 되는 삶이 가장 심오한 의미를 지닌다——진실로 그런 삶이야말로 건전한 인간 존재의 유일하고 일반적인 이유다. 〔1889년 10월 11일 일기〕

다섯 달의 작업을 거쳐 첫 저서의 목차를 잡았다. 이제 상상력이 조사에 방해가 되는 것이 아니라 도움이 된다. 전체적인 구도를 짜고 어느 정도 알아내고 어느 선까지 탐색해갈지 정하자 신이 나기 시작했다. 일주일 정도 후까지 각 장의 개요를 잡고 앞으로 6개월간 무엇을 할지 정하려고 한다. 〔1889년 11월 일기〕

'또 한 명의 사위'

1889년 일기의 마지막은 아버지의 병이 위기에 처했을 때 쓴 것이다. 우리 모두 아버지께서 임종하시리라고 생각했다. 그의 생애에 대해서 쓰자면 길지만, 대부분은 이 책의 1장의 소재로 사용했다. 여기에 일기의 마지막 문단을 인용한다. 여기에 내 기억보다 더 생생하게 아버지와 아홉 명의 딸 사이의 행복한 관계가 드러나 있다.

그와 함께 지내는 것은 인간성과 세상사에 대한 인문 교육이었다. 아버지께서 절대적으로 헌신하셨기에 아버지와의 관계는 아주 친밀하고 매력적이었다. 그는 자신의 안위나 취향에 앞서 아내의 행복과 아이들의 복지를 생각했다. 그는 본능적으로 다른 무엇보다도 가정을 중시했다…….

사랑하는 아버지! 자식들은 얼마나 당신을 사랑하고, 세상의 많은 어머니처럼, 당신의 약점까지 웃어넘기며 사랑했던가요! 우리 모두 힘을 합해 당신의 병을 모르게 하려고 얼마나 애썼던가요! 9명의 외교관이 노련한 외교관을 둘러싸고 앉아서 사실을 감추고 슬쩍 넘어가려고 얼마나 애썼던가요! 그러는 동안 내내 아마 당신이 가장 세련된 외교관이셨던 것 같아요. 당신은 사실보다 환상을 즐겁게 받아들이셨어요. 당신께서 우리에게 가르쳐주신 수완을 즐기고 계셨어요. 얼마나 점잖고 품위 있게 삶에서 손을 떼셨던가요! 물론 아버지께도 내적 투쟁이 없는 것은 아니었지만, 그 모든 것을 드러내지는 않으셨어요.

"애야, 날 위해 그러는 건 안 된다. 하지만 좀 힘들구나."

아버지께서 처음 쓰러지시고 1년 후 중개인에게 투기를 명령하는 편지를 절대로 부칠 수 없다고 하자 이렇게만 말하셨다. 아버지는 다시 시도하셨다. 몰래 중개인에게 제발 아버지를 말려달라고 편지를 써서 아버지를 좌절시켰다. 아버지가 중개인의 편지를 읽으며 짓던 기이한 표정이 기억난다──다음 순간 내게 별로 중요하지 않은 이야기를 다정한 어조로 말하던 일, 나의 선의에 대한 무언의 인정, 자신의 영리함에 대해 속으로 낄낄거림도. 그 순간부터 그는 자신의 일을 완전히 대니엘에게 넘겨주었고 그림자같이 위축된 일상을 사셨다. 이것이 그의 비이기적인 삶의 철학에 기반을 두고 생각해낸 것임을 몰랐다면 그러한 만족이 고통스럽게 여겨졌을 것이다. 자기의 철학은 이상주의적인 쾌락주의였다. 즉 세계(주위 사람들)와 자기 자신을 세계의 한 단위로 여기고 양자의 행복을 추구하는 것이었다.

이제 그는 무력하게 누워 있고 그의 활기는 깜박거리며 사라져가고 있다. 그는 꼼짝도 못하고 누워 억지로 숨을 쉰다. 잠과 음식과 담배에서 느끼는 마지막 즐거움마저 사라진 상태인데도 '눈이 빛나는 딸을 보면' 여전히 얼굴이 환해진다. 중년의 결혼한 딸에게 얼굴이 예쁘다고 칭찬한 후 남편은 어떠냐고 안부를 묻고 자신이 자식들에게 얼마나 물려줄 수 있는지 묻는다. 오랫동안 안절부절못할 때는 자식들의 성공에 대해 생각하고 평화와 만족을 느낀다. "사위가 하나 더 있으면 해"(그의 임종이 가까워졌다는 증거다. 그는 늘 내 결혼을 말리면서 늘 쉽게 결혼할 수 있는 것처럼 미루었다), "여자는 결혼하면 더 행복하단다. 내 작은 꿀벌이 착하고 강한 남자와 결혼하면 좋겠구나." 그리고 늙은 아버지는 그 옛날 '작은 꿀벌'을 꿈꾼다. 그는 그런 작은 꿀벌은 사라진 지 오래이며 강한 모습과 결의에 찬 이목구비를 한 '영광스러운' 노처녀가 남아서 어머니가 아이를 굽어보듯이 자신을 굽어보는 사실을 깨닫지 못한다. [1889년 11월 26일 일기]

'반려자'

시드니 웹

아버지는 거의 혼수상태에서 2년을 더 버티셨다. 그러나 아버지가 '사위가 하나 더' 있길 바란 다음 몇 주도 안 되어 '반려자'가 나타났다!

내 인생의 절정인 이 사건——이로써 '나의 도제시절'은 '우리의 동반'이 되고 따라서 이 책이 끝나지 않는가?——에 서문을 부칠 만하다. 그리고 이 서문은 그를 만나기 1년 전부터 중요한 새로운 존재가 주위에 나타나리라는 신비하고 희미한 기억으로 이루어질 것이다. 그는 머리가 크고 체구가 자그마한 사람으로 내 운명의 남자, 바라지 않았던 행복의 원천, 덧붙이자면 웹 공장의 뛰어난 공동 경영자였다!

그 당시 (노동자) 클럽과 기관조합의 대표이던 J. J. 텐트가 일군의 영리한 젊은이들에 대해 찬탄과 의심의 어조로 말한 것은 1888년 어느 날 봄이었다. 이들은 런던 급진주의자 클럽에서 활기차고 대담하게 열변을 토하고 이름을 밝히거나 안 밝히면서 수많은 논문과 글들을 『스타』(*Star*)와 『데일리 크로니클』(*Daily Chronicle*)에 발표하고 '사회주의자들을 위한 사실들'과 다른 그럴싸한 혁명적인 팸플릿들을 널리 유포했다. 이런 활동의 결과 급진주의자 클럽과 노동조합 지부에서 일련의 결의문을 통과시켜 그것을 자유당 본부와 지도자들에게 보냈다. 이 결의문에는 하루 8시간 노동, 납세자들의 이익을 위해 물, 가스, 전철, 부두의 시 소유 및 관리, 무상 교육과 의료 무한 확대, 이러한 요구를 만족시키기 위해서 차별화된 엄격한 누진세와 상속세 등이 포함되어 있었다. 그가 말했다. "그런 사람들 중에는 아주 영리한 연설가도 있지만, 이 모두를 조직하고 결의안의 초안을 잡고 소책자를 쓴 사람은 시드니 웹(Sidney Webb)이야'라고 했다. 기타 다른 보고들도 비슷한 내용이었다. 그 핵심은 몇 년 후인 1893년 페이비언 회의에 버나드 쇼(Bernard Shaw)가 보고한 내용에 잘 표현되어 있다.

"1888년[그는 회의에서 말했다]에는 『스타』지조차 우리에게 관심을 갖지 않았다. 자유당은 오브라이언[33]의 파넬 위원회에 사로잡혀 있는데다 대장장이 피곳(Pigott)의 자살로 극적인 절정에 달해서 런던의 극좌적인 급진파가 보이는 활기가 노동계급의 이해관계에 대해 들먹이는 엉터리 소리와는 전혀 다르다는 것을 짐작도 못했다. 우리는 이제 우리의 방법과 [사회민주주의적인] 연합의 당파주의 사이의 마지막 유대를 단절하는 정책을 채택했다. 우리 회원들이 자신들의 구역의 자유와 진보협회에 가입하거나 아니면 취향에 따라 보수협회

---

33) 오브라이언(O'Brien, 1852~1928). 1883년 의회에 들어가 파넬파의 중심인 물이 되어, 건강이 악화된 파넬을 대신하여 아일랜드토지연맹의 '전투계획'을 추진, 공정한 소작료를 거부하는 지주와의 투쟁을 선언했다—옮긴이.

에 가입하기를 강력히 권고했다. 우리는 회원들에게 가장 가까운 곳에 있는 급진 클럽이나 협동조합 상점의 회원이 되고 가능하면 대도시 급진 연합(Metropolitan Radical Federation)이나 자유주의자, 급진주의자 연합의 대표로 선출되기를 권했다. 우리는 이런 단체에 기반을 두고 연설하고 결의문을 제안하거나 더 나아가 국회의원 후보가 되고 『스타』에 보고서를 내고 고무적인 짧은 글을 쓰기도 했다. 우리는 정당 조직에 스며들어가 가장 정확하고 힘차게 우리 뜻을 펼칠 수 있는 모든 조직을 배후에서 조종했다. 그리고 지금까지 성공하여 1889년에는 최초로 확고하게 런던 시 의회에서 진보 다수당이 되었다. 이 진보 다수당에는 페이비언 협회 회원들이 없었다면 생각지도 못할 일이 아주 많았다. 이 운동을 주도한 사람은 시드니 웹이었다. 그는 소장파 자유주의자들과 페이비언 회원들이 깜짝 놀랄 마술을 부렸다. 그래서 오늘날까지도 자유주의자와 당파적인 사회주의자 모두 그에게 경외감을 감추지 못한다. 이른바 '자유당 침투'라는 생각은 그것이 지속되는 동안 흥분되는 것이었다. 조금이라도 정치를 아는 사람이라면 이로써 우리가 언론에 진출하고 시 정치에서 사회주의를 추진할 수 있었다는 사실을 부인할 수 없을 것이다. 이 캠페인을 벌이기 전에 우리가 어떤 상황에 처해 있었는지 기억하는 사람들만이 이것이 얼마나 큰 발전인지 이해할 수 있을 것이다."[34]

1888~89년 사이의 페이비언 협회가 이렇게 활발한 활동을 벌이고 내가 정치·경제적인 문제에 몰두해 있던 사실을 고려하면, 1890년 1월까지 미래의 페이비언주의 논객들에게 내가 알려지지 않은 것(당시 최고의 위대한 대중연설가이던 베전트 부인과 약간 친분을 갖게 된 것을 제외하면)이 놀라운 일이었다. 페이비언들은 급진주의적·저항적 입장

---

34) G. 버나드 쇼가 쓴 페이비언 트랙트 41호, 『페이비언 협회: 초기 역사』(The Fabian Society: Its Early History, 1892)와 피스(Edward Pease)가 쓴 『페이비언 협회의 역사』(History of Fabian Society, 1925)에도 나온다.

에서 전국 방방곡곡에서 모든 직종에 참여했으며 새로운 사회 질서의 비전에 매료되어 있던 데 반하여, 나는 대기업, 정당 정치, 대도시 자선사업의 입장에서 그러한 논쟁에 참여했을 뿐 아니라 정치·경제 문제의 사회주의적인 해결에 반대하는 쪽이어서 몰랐다는 게 설명이 될 수 있을 것이다. 더욱이 나는 조사자의 기술에 대해 쓰고 있었으므로, 사회주의자의 강연과 이론적인 팸플릿에서가 아니라 협동조합운동이나 노동조합에 대한 객관적인 연구를 통해 현상을 이해하려고 했다. 그 당시 협동조합이나 노동조합의 지도자들은 자신들이 아는 사회주의에 대해 경멸적이었다. 세 명의 사회주의자인 노동자들──존 번스, 만(Tom Mann), 벤 틸레트(Ben Tillett)──이 이끄는 1889년 8월의 부두 대파업은 '신조합주의'의 등장과 정치적 변화 중시와 아울러 노동운동의 방향을 바꾸었다. 한편 나는, 이미 묘사한 대로, 노동계급의 협동조합운동이 중간계급의 협동조합운동과 달리 본질적으로 '집단주의적'임을 알고 있었다. 중간계급 운동이 자율 공장, 사업상 동업관계, 이윤 나누기를 추구하는 데 반해, 노동계급의 협동조합운동은 이윤과 이윤창출자를 산업에서 없애고 대신 개방적인 민주주의를 택하고 임금을 받는 관료를 채용하여 원하는 서비스를 할 수 있도록 경영하는 것을 목표로 삼았다. 그러므로 1889년 10월 한 친구가 최근에 출판된 영국 특유의 사회주의의 진정한 복음을 담고 있다며 『페이비언 에세이』를 보내주었을 때, 예쁘장하게 포장된 이 책을 처음부터 끝까지 읽었다. 협동조합의 J. C. 그레이(Gray)에게 이 책을 넘겨주면서 우연히 이렇게 썼다(그가 후에 내게 돌려준 편지에서). "가장 중요하고 재미있는 에세이는 시드니 웹이 쓴 것입니다. 그는 역사 감각이 있습니다." '인연'을 찾는 데 관심이 있는 사람이라면 그전 『스타』의 봄호에 실린 부스의 첫 번째 책에 대한 호의적인 서평에서 '동반자'가 '비어트리스 포터 양만이 문학적 재능을 보이는 유일한 사람'이라고 평한 걸 보고 교훈까지는 아니더라도 흥미는 느낄 것이다.

'불가피한 점진성'

특히 이 페이비언 에세이에서 흥미로웠던 것은 '불가피한 점진성'을 일찌감치 제시한 점이었다.

주로 콩트, 다윈, 스펜서의 노력 덕분에〔1889년 페이비언주의자가 쓴 글이다〕, 우리는 이상적인 사회를 더 이상 변화없는 사회로 생각하지 않는다. 사회적 이상은 정적인 것에서 동적인 것으로 변했다. 사회 유기체가 끊임없이 성장하고 발전해야 할 필요성은 자명해졌다. 이제는 어떤 철학자든 구질서에서부터 신질서로의 점진적인 진보를 추구한다. 그 과정 중 어떤 시점에서 연속성이 깨지거나 전체적인 사회 조직이 갑작스럽게 변화하지는 않는다. 새로운 것은 종종 의식적으로 새로운 것으로 인정되기도 전에 낡은 것이 되어버린다. 역사상 갑자기 유토피아나 혁명적 로맨스로 바뀐 적은 없다.

이 에세이에는 동일한 생각이 훨씬 더 정교하게 나타나 있다.

사회적 재건〔그는 독자에게 말한다〕을 옹호하는 사람은 민주주의의 교훈을 배웠고 서서히 점진적으로 새로운 원칙을 채택해야만 조금씩 사회가 재조직됨을 안다. 시대에 앞선 모든 사회의 학생들, 즉 개인주의자들뿐 아니라 사회주의자들은 중요한 유기적 변화가 다음과 같음을 깨달아야 한다. ① 민주적이며 따라서 다수의 사람들에게 받아들여질 만하며 모든 사람의 마음속에 준비된 것일 수밖에 없다. ② 아무리 진보의 속도가 빨라도 점진적이어야 하고 혼란을 초래해서는 안 된다. ③ 국민 대다수가 그 변화를 부도덕하게 여겨서는 안 되며 따라서 국민에게 부도덕한 영향을 미쳐서도 안 된다. ④ 어쨌든 이 나라에서는 준법적이고 평화로울 수밖에 없다. 그러므로 사회주의자는 정치적 방법론에서 급진주의자와 일치할 수도 있다. 반면 급진주의자들은 억지로 정치적 평등을 쟁취하는 것만으로는 무정부와 절망에서 국가를 구원할 수 없음을 깨닫고 있다. 두 진영 모두 어려움의 근원이 경제적인 것임을 인정할 수밖에 없게 되었다. 두 진영이 모두 점차 합의하게 된 바는 다음과 같다. 민주주의의 필연적인 산물이 국민이 정치적 조직뿐 아니라 그를 통해 부의 주요 생산 수단까지 통제해야 한다는 것. 서서히 경쟁적인 투쟁을 조직된 협동으로 대체해야 한다는 것. 밀이 이른바 '산업 수단의 소유자가 생산물에서 얻어낼 수 있는 엄청난 몫'을 결국 되찾아야 한다는 것. 사실, 민주주의적 이상의 경제적 측면은 사회주의다.[35]

우리의 만남

1890년 1월 1일에 우리가 처음 만난 이유 그 자체가 우리가 훗날 동반자가 될 징조였다. 아버지 병세는 일단 위급한 단계가 지나갔다. 그러자 케이트 언니가 나에게 자기 남편과 함께 런던으로 돌아가 일주일 정도 쉬라고 사정했다. 곧 출간될 책의 1장을 쓰는 데 꼭 필요한 자료를 구하러 런던에 가야 할 상황이었기 때문에 좋은 기회였다. 그 당시의 협동조합운동 분석을 계획하면서 내게 역사적인 배경이 부족하다는 것을 깨달았다. 내가 늘 하는 방식으로 가장 뛰어난 권위자에게 도움을 청했다. 이번 경우에는 런던에 사는 내 친구이자 저명한 18세기 역사학자인 렉키(W. E. Lecky)였다. "이런 격변의 시대에 왜 노동계급 조직이 없었나요?" 나는 순진하고 무식하게 물었다. 질문인 척한 이 잘못된 주장에 대해 그는 공손하고 친절하게 '그 이유'를 길게 설명했다. 그는 내게 도움을 주고자 했으나, 나의 잘못된 가정을 대답의 출발점으로 삼는 바람에 결국 아무런 도움이 되지 못했다. 그에 만족하지 않고 나는 다른 안

---

35) 『사회주의에 대한 페이비언 에세이들』(*Fabian Essays in Socialism*), 1889, 31쪽과 34~35쪽. 이 초판과 1920년 자세한 서론을 덧붙인 최근 판이나 같은 주장을 더 철저하게 다룬 『케임브리지 현대사』(*Cambridge Modern History*) 3권과 비교해보아야만 한다. 이 책은 『사회민주주의를 향하여?』(*Towards Social Democracy?*)라는 제목으로 재판이 나왔다.

내자를 찾았다. 친절한 여성 기자가 지나가면서 말했다. "시드니 웹이라는 페이비언주의 작가가 바로 당신이 찾는 사람이에요." 런던에 머무는 얼마 안 되는 기간에 그와 만날 약속이 정해졌다. 그는 즉석에서 그 당시 거의 알려져 있지 않은 곳의 수고들, 여러 국가의 재판 기록, 오래된 차티스트 간행물, 노동계급 선동자들의 자서전 등을 포함해서 영국박물관에서 구할 수 있는 자료 목록을 깔끔하게 써서 건네주었다. 며칠 후 그는 내게 개인적인 관심을 표시했다. 내게 페이비언 협회에서 출판한 이자율에 대한 소책자를 보내주었다. 이때부터 우리 사이에 규칙적인 서신교환이 시작되었다.

사회주의자가 되다

새해도 어느새 한 달이 흘렀다. 아버지는 반쯤 의식을 잃은 상태에서 움직이지도 못하신다. 그의 생명은 곧 사라질 것 같은 순간 다시 나타나는 깜박이는 그림자 같다. 지친 육신을 그 소중한 정신이 밝혀주고 있다는 생각이 잠시 들 정도이다.

아버지가 숨쉬고 계시는 동안 나는 그의 곁에 꼭 붙어 있는다. 올 전반기 6개월의 계획은 무한정 미루어야 한다…… 때때로 나는 실망한다. 나는 일에서 좌절감을 느낄 뿐 아니라 업적이 나오지 않자 과연 내가 이 일을 해낼 수 있을지 의심스러웠다. 나는 계속 독서를 하며 내 자신의 성장에만 신경 쓰는 학생에 지나지 않는다. 자신의 성장에만 신경 쓰고 이 엄청나게 쌓이는 사실의 더미 앞에서 무력한 학생, 이 사실의 더미들에서 중요한 특징을 이해할 수 있는 형태로 드러내야 한다. 당장은 주변에 산더미처럼 쌓인 사실들의 무게에 짓눌린다.

나는 또한 다른 남녀가 생각하고 느끼는 세계에서 유배된 느낌이 들었다. 런던은 소용돌이 속에 있다. 매일 파업이 일어나고 신노동조합주의는 웅장하게 부두를 점령하고 거만하게 활주한다. 이에 대해 급박하게 위험을 느낀 고용주들은 파업에 대한 파업을 한다. 유능한 젊은이들의 모임(페이비언 협회)이 이끄는 사회주의자들은 런던의 급진주의자들을 조종하여 노동조합의 첫 실패를 접하자 곧 정부의 행동을 요구하는 목소리를 내고 있다. 그리고 나는 특이한 사회적 위치로 어느 정당과도 거리를 유지하고 있었다. 모두에게 공감하는 동시에 누구와도 연대하지 않고 따라서 작용하는 모든 힘을 공정하게 관찰할 수 있는 유리한 입장에 있다. 한편에 버네트를 위시한 나이 든 노동조합주의자들이 있고, 다른 한편에 톰 만, 틸레트, 번스가 있었다. 내 주변에는 모든 학파의 협동조합주의자들이 있었고 그와 함께 새로 사귄 지도적인 사회주의자들도 있었다. 그리고 모두 성공한 점잖은 형부들이 배경에 있었다. 이들은 개인 재산과 이기적인 행동이라는 전형적인 예전의 지배 방식을 옹호하고 있다. 〔……〕 그리고 나는 이런 개인주의 체제의 꼭대기에 있는 사람들로 이루어진 호화로운 집에서 나와서 이 문명의 부랑자, 노숙자, 폐인이 우글거리는 이스트엔드의 군중 사이에서 씨름하거나 노동자들의 논쟁에 뛰어들어 명석하지만 단조로운 육체노동을 하도록 운명지워진 사람들의 차츰 더 커지는 아우성, 지적인 활동을 할 수 있는 직업을 달라는 아우성, 즉 19세기 노동자와 19세기 여성들의 원한에 찬 아우성을 듣는다. 그리고 이 모두 서로 갈등하는 행동과 열망과 목적의 소용돌이처럼 보인다. 나는 그 가운데 희미하게 사회주의 공동체를 향해 나가는 경향을 감지한다. 사회주의 공동체 안에서는 계급 노예제나 전 국민의 생존 수단의 사적 소유 대신 개인의 자유와 공공 재산이 보장될 것이다. 마침내 나는 사회주의자다! 〔1890년 2월 1일 일기〕

사회주의자인 시드니 웹은 부스 집안 사람들을 만나기 위해서 여기서(데번셔 하우스 호텔에서) 저녁식사를 했다. 그는 머리가 크고 자그마한 뛰어난 사람이었다. 그의 넓은 앞이마를 보면 그가 왜 그렇게 모든 것을 아는지 설명이 된다. 유대인 코, 튀어나온 눈과 입술, 다소 헝클어진 검은 머리에 안경을 끼고 있었고 닳아서 빤질대는 부르주아 풍의 검은 코트를 입고 있었다. 그는 직선적으로 말했고 개방적이었으며 폭넓게 사람을 이해할 수 있는 따뜻한 마음이 있었다. 그는 옆의 사람들보다 늘 더 빨리 생각하는 데 자신감이 있다. 그는 회의에 빠지지 않고 사물을 쉽게 이해하고 그만큼 또 쉽게 사실을 습득했다. 그러나 전혀 허영심이 없고 자의식에 차 있지 않았다. 따라서 남의 기분을 상하게 한 것도 거의 의식하지 못한다. 무엇보다도 그는 전적으로 이해관계에 얽매이지 않았다. 그리고 집단적인 통제와 행정이 가난을 없애지는 못하더라도 경감시킬 것을 진정으로 확신하고 있었다. [1890년 2월 14일 일기]

나의 사회적 관점은 나날이 더욱 명확하게 사회주의적인 경향을 띤다. 매 시간 불로소득을 저주하는 새로운 예들이 나타났다. 부자들의 끝없는 당혹감과 가난한 사람들에게 늘 따라다니는 불행한 예들. 이 집에는 한 불쌍한 노인을 편안하게 돌보는 일에 종사하면서 호사스럽게 사는 사람들이 열 명 있다. 거의 욕망이 사라진 한 사람의 욕망을 만족시키기 위해 모두가 능력을 쏟아붓고 있다. 이 전부가 슬플 뿐 아니라 비이성적이기도 하다. 우리는 하인들에게 풍부한 식사를 제공하고 사치스러운 노예제 안에 가두어놓고 있다. 그 이유는 우리 주변에 불편한 일이 벌어지는 것을 보고 싶지 않기 때문이다. 그러나 다만 돌보아줄 길 없는 죽어가는 사람에게 쓸데없이 봉사를 하는 것 외에는, 하인들이나 우리나 아무런 대가도 치르지 않은 채 남의 노동을 소비하고 있다. 여기에 부를 소비하면서 아무것도 생산하지 않는 13명이 있다. [1890년 4월 22일 일기]

글래스고 협동조합 의회. 성령강림절의 멋진 날씨. 3등 열차를 타고 긴 여행을 하다. 나는 그 칸에서 가장 편한 두 자리 중 한 자리에 앉는다. 시드니 웹은 내 옆의 여행 가방 위에 앉고 노동자 친구들은 내 발 밑에 누워서 노동조합주의와 협동조합운동 그리고 사회주의에 대해 열렬히 토론했다. 내 노동자 친구들은 시드니 웹이 나타난 것에 놀라고 전체적으로 기뻐한다.

"전에 볼 때보다 훨씬 겸손해졌어. 아주 달라졌어." 보건 내시가 말했다.[36]

"우리가 할 수 있는 한 모두 함께 일해나가도록 합시다. 그 정도까지 이른 다음에는 우리 협동주의자들이 기꺼이 더 나갈 거요." 헤이(Hey)가 강력하게 말한다. 그는 중앙 이사회의 이사이자 철주업 노동조합의 총무다.

저녁에 시드니 웹과 나는 함께 글래스고의 거리를 헤매었다. 결정적인 24시간이었다. 이어서 장엄하게 석양이 지는 가운데 술 취한 스코틀랜드인들의 집을 노크하면서 또 한참을 걸어다녔다. 하늘에는 영광이 지상에는 끔찍한 금수성이 있는 가운데 두 사회주의자는 함께 일하기로 계약했다.

"친구로서만 함께 일하는 건 아니오. 약속하시오……." [글래스고, MS. 일기, 성령강림절, 1890]

도움을 제안하다

에핑 숲에 또 하루가 저물었다. "어제 당신을 떠날 때[그가 말했다] (우리는 하슬미어에서부터 위로 여행하고 있었다. 그곳에서 나는 해리슨 집에, 그는 스미스Pearall Smith 집에 머물렀다), 나는 바로 집으로 갔소. 급한 편지가 두 장 와 있었소. 하나는 오브라이언이 보낸 것으로, 나에게 『스피커』(Speaker)의 런던 기사를 간절히 부탁하는 편지였고, 또 하나는 매싱엄(Massingham)이 마셜의 새 책에 대한

---

36) 보건 내시(Vaughan Nash), C.B., C.V.O.는 1861년 태어났다. 노동조합과 협동조합에 대해 평생 연구했으며 그 당시에는 기자였다. 그는 1905년에서 1912년에 이르는 7년 동안 연속해서 두 수상이 신임한 개인 비서가 되었다. 그러고 나서 개발위원회의 부회장이 되었다. 후버트(Hubert, 나중에 후버트 경), 스미스(Llewellyn Smith)와 함께 부두 노동자의 파업 이야기 『부두 노동자의 파업』(The Story of the Dockers' Strike, 1890)을 썼다. 1900년 기근 동안 인도를 방문한 후에 1901년에 『대기근』을 썼다.

나의 서평을 『스타』에 꼭 실어야 한다는 내용이었소. 곧장 클럽으로 가서 600쪽 되는 마셜의 책을 다 읽었소——그리고 휘청거리면서 일어났소. 대단한 책이지만 새로운 것은 아무것도 없소——길을 보여주기는 하는데 그 길을 따라가지는 않는 책이오. 그래도 대단한 책이긴 하오. 밀을 능가하오. 하지만 경제학의 신기원을 이루진 못하오. 누군가 경제학을 다시 만들어야 하오. 누가 그 일을 하겠소? 내가 하는 것을 당신이 돕든지 아니면 당신이 하는 것을 내가 도와야 하오……." 우리는 경제학·정치학에 대해 그리고 사회주의에 효과적인 신념을 불어넣을 가능성에 대해 말했다. 우리가 그 숲에 누워 있을 때 그는 내게 시, 키츠(Keats)와 로제티(Rossetti)의 시를 읽어주었다. 〔1890년 7월 27일 일기〕

1890년의 나머지 기간에 우리는 거의 만나지 못했다. 나는 아버지를 돌보거나 글래스고, 맨체스터, 리즈, 레스터와 기타 공업 도시에 머물면서 협동조합에 대한 연구를 완성하고 새로 노동조합에 대한 연구에 착수했다. 그러나 내가 어디를 가든 말끔한 필체의 편지가 따라왔다. 그 편지는 새로운 정보를 얻을 수 있는 출처를 제안하기도 하고 내게 페이비언주의자들이 하는 일을 알려주기도 했다. 가끔 그는 '불가피한 점진성'을 잊고 불쑥 말하기도 했다. 그러나 곧 적절하게 회개하고 용서를 구했다! 1891년 봄에 나는 이 새로운 조언자에게 협동조합에 대해 쓸 책의 개요를 보냈다. 그는 아주 진지하게 썼다. "실망했소. 몇 달이 아니라 6주 정도면 이 책을 쓸 수 있소. 노동조합에 대한 조사는 내가 도와주겠소. 당신이 노조간부와 면담하고 노조 회의에 참석하는 동안 내가 신속하게 노조 사무실에서 보고서와 회의록을 검토하겠소."

내 친구에게 나는 이렇게 경고했다. "전 무쇠 덩어리예요. 혼자 할 수 있어요." "1과 1이 아주 제대로 결합하면 2가 되는 것이 아니라, 11이 되오." 그가 개의치 않고 대답했다.

또 하나의 에피소드가 생각난다. 1891년 4월 나는 가장 절친한 친구

──그린(J. R. Green) 부인──와 함께 머물렀다. 유니버시티 홀에서 협동조합운동에 대해 처음 강연하기 위해서였다(이런 종류로는 첫 경험이었다). 강연하기 전날, 런던을 향해 막 집을 나서는데 『타임』 편집자가 편지를 보냈다. 강연 내용을 미리 달라는 것이었다. "아직 강연도 안 했는데 어떻게 미리 내용을 알려주지?" 당시 가정부이자 비서였던 자그마한 숙녀에게 지나가듯이 말했다. "왜 웹 씨에게 부탁하지 않으세요?" 하고 그녀가 얌전하게 말했다. 놀라운 대답이었다. "아주 나쁜 생각은 아니군요." 내가 냉담하게 말했다. "전보를 치세요. 그러면 제가 보내드리죠." 그녀가 재촉했다. 런던에 도착해보니 웹이 그린 부인과 이야기하고 있었다. 그는 이미 그녀와 친해져 있었다. 우리 단둘이 작은 서재에 있게 되자 말했다. "내게 개요를 주고 그 외에 무슨 이야기를 더 할지 알려주시오." 그다음 날 『타임』에는 강연 내용보다 훨씬 더 명료하게 그 내용을 표현한 멋진 글이 실렸다.

동반 초기의 나날들

1891년 링컨에서 열린 협동조합 의회로 우리 두 사람이 함께 여행 가게 되었다. "일이 어떻게 될지 모르겠다." 나는 일기에 쓴다. '내가 아마 그의 방식을 따라 생각하는 것 같다. 그는 내게 계속 분명히 사랑을 표현한다. 날 돕기도 하고 내 잘못을 고쳐주기도 하면서 끊임없이 날 돌봐준다. 자기만 생각하는 삶이나 쉽게 일하고 더 큰 칭찬을 듣는 이기적 성공을 점점 불신하게 되었다. 이 모든 것이 궁극적으로 우리의 결합으로 이끈다. 한편으로 아버지는 여전히 목숨을 연명하고 있다. 아버지가 살아계시는 동안에는 아무것도 결정할 수 없다.' 〔1891년 5월 일기〕 여름 동안 나와 그는 확실하게 비밀 약혼을 했다. 아버지의 병세로 보아 가족에게까지도 이 사실을 알리지 않는 게 낫다고 생각해서였다. 인생에 대한 새로운 관점을 써놓은 글이 몇 편 있다.

여기 머무는 게 끝나갈 무렵 앨리스 그린(Alice Green)의 집에서 아주 이상한 파티를 했다. 젊은 급진주의자 다섯 명——애스퀴스, 홀데인(Haldane), 그레이, 벅스턴 그리고 액랜드(Acland)——과 페이비언주의자 다섯 명——매싱엄, 클라크, 올리비에, 쇼, 웹——그리고 나와 앨리스가 함께 만났다. 그 자리는 성공적이지 않았다. 모두 유쾌하고 점잖은 사람들이어서 큰 실패는 아니었지만. 애스퀴스가 자리를 망쳤다. 그는 망치는 데는 달인이었다. 절대로 화기애애한 분위기로 가서는 안 된다고 결심한 사람 같았다. 홀데인은 상냥하게 굴었고 정말 분위기를 돋우었다. 그러나 자유당의 기계들은 끄떡도 하지 않았다.[37] [1891년 5월 31일 일기]

우리 두 사람 모두 2류 인생이다[7월 7일 쓴 일기이다]. 그러나 우리는 이상하게 결합되어 있다. 나는 조사자이고 그는 실천가다. 우리는 함께 다양하고 광범위한 일과 사람을 경험한다. 우리는 또한 무급으로 일한다. 이런 것들은 독특한 환경이다. 우리가 일관된 의도적인 목적을 가지고 재능을 결합하여 사용한다면 엄청난 일을 할 수 있을 것이다.

그 주에는 너무 정신없이 바빠서(뉴캐슬에서 열린 노동조합 회의) [나의 가을 휴가가 시작되고 곧 쓴 일기다] 나는 사무실에서 꾸역꾸역 기록을 읽거나 끊임없이 이어지는 인터뷰를 하기 위해 무거운 발걸음을 옮겼다. 일은 엄청났다. 그러나 자료를 봐도 전혀 구상이 떠오

---

37) 이 다섯 명의 '젊은 급진주의자들'은 모두 자유당 정권의 장관이 되었다. 이들 중 한 사람(H. H. 애스퀴스)은 위기의 8년 동안 수상이었다. 페이비언주의자 중 두 사람(시드니 올리비에와 시드니 웹)과 자유당원 중 한 사람(R. B. 홀데인)은 최초의 영국 노동당 내각의 각료였다. 앨리스, 스톱퍼드, 그린은 아일랜드 자유 국가 최초의 상원의원 명단에 올랐다. 오늘날 이 스타들 중에서 가장 유명한 사람은 사회주의자이자 극작가인 쇼다. 여기 모였던 사람들 중 두 사람만 사망했다(1926)—매싱엄과 클라크—이 두 사람 모두 언론 분야에서 뛰어난 업적을 남겼다.

르지 않는다. 나는 일하고 자는 것 외에는 거의 아무것도 하지 않는다. 그리고 다시 일한다. 여러 시간에 걸친 필기로 손가락이 말을 안 듣고, 법, 집행부, 전체 회의, 대표자 회의, 지역 대표자들, 지부들, 지부 회원, 사회주의자, 삯일꾼과 '보충원'에 대한 반대 등으로 머리가 돌 지경이다――몸의 모든 기관과 정신의 모든 기능이 연대하여 하나의 조합을 형성하여 의지의 독재에 대항하여 파업하면 그때야 일을 멈추었다! 그동안 빛나는 한순간이 있었다. 매일 아침이면 깔끔한 필체의 편지가 왔다. 내가 잠시 일을 쉬고 그와 이야기하면 쥐가 난 손가락이 30분 정도는 내 말을 기꺼이 들었다. 그리고 닷새 후면 그가 내 곁으로 와 일할 것이다. [1891년 9월 25일]

시간제 일, 삯일, 잔업, 가게 임대료, 경기 불참가, 지부의 더러운 불행 또는 비이성적인 조합원의 야유(나는 내 애인에게 쓰고 있다) 등의 이런 추악한 세부적인 사실들이 지긋지긋해요. 끔찍한 이스트 엔드에 영원히 존재하는 '30퍼센트'(부스에 따르면 빈곤선 아래 사는 사람들의 비율)를 위해서가 아니면 누가 이 냄새나는 부엌에 지성을 가두어두겠어요? 잠시 노동조합 보고서를 치우고 훌륭한 작품을 읽어도 조폐창에서 어슬렁대는 부랑자와 걸인의 비열하고 교활하고 짐승 같은 얼굴이 뇌리를 떠나지 않아요.

"그 큰 책은 당신 혼자 쓰기에 적당치 않소[그의 대답이다]. 당신 혼자서는 결코 끝내지 못할 거요. 그리고 내가 당신 곁에 붙어서 함께 일을 하면 방해가 되긴커녕 도움이 될 거요――훌륭한 계획을 위대한 책으로 바꾸는 데 꼭 필요한 그런 도움을 주게 될 거요."

축복받은 시간이었다! 그가 왔을 때 나는 힘든 사무원 일과 탄광촌 광부의 오두막에서 주는 형편없는 식사로 꼴이 말이 아니었고 완전히 쓰러질 지경이었다. 그는 쌓인 일감을 모두 인수했다. 그리고 내가 소파에 누워 있는 동안 열심히 요약하고 발췌했다. 가끔 쉬며 함께 나누는 차 한 잔, 담배 한 대, 친밀한 대화만으로 충분히 보상이 된다고 했다. 평상시와 마찬가지로 담담한 사이였다. 나는 나대로 혼자 쓰는 방을 얻었다(그는 다른 호텔에 머물고 있었다). 그리고 낮에는 그가 내 개인 비서 역할을 하며 함께 있었다. 호텔에 투숙한 몇 안 되는 사람들은 내가 받는 편지와 나의 장시간 노동에 깊은 인상을 받았다. 하지만 일하는 도중에 틈틈이 끼어 있는 '인간적인' 시간에 대해서는 전혀 의심하지 않는 것 같다. 그들은 내가 낮 동안 내내 비서를 거느리고 있으리라고는 꿈에도 생각하지 못한다! 그리고 나는 이제 다시 건강이 아주 좋아져서 행복하게 친구의 도움을 받으면서 산더미 같은 보고서들을 빠른 속도로 잘 검토해가고 있었다. 그가 도와주지 않았다면 이 엄청난 자료 더미를 헤쳐나갈 수 있었을지 의심스럽다. 나는 원대한 목적에 비해 너무나 지구력이 부족하다. 〔1891년 10월 10일 일기〕

행복한 2주일의 마지막 저녁이다. 나는 '착한 쿠퍼가 사람들'과 인터뷰하라고 그를 무자비하게 내몰았다. 어제 저녁 우리는 뉴캐슬의 선술집에서 배관공을 인터뷰하며 보냈고, 오늘은 규약과 보고서들을 열심히 검토했다. 미래의 위험으로 점칠 수 있는 것은 하나의 생각에만 사로잡히는 것, 즉 인간성 중 다소 추악한 면에만 몰두하는 것이다. 그리고 우리 두 사람이 함께 몰두함으로써 더 절대적인 것이 될 것이다. 한 가지 생각에만 사로잡히는 것과 헛된 기분 전환, 이 둘 사이를 잘 헤쳐나가기가 어렵다. 내일이면 이 황량한 북부의 해변 도시 타인머스를 떠난다. 우리가 함께 일한 곳을 떠날 때마다 행복이 사라져버린다는 생각에 슬퍼진다. 〔1891년 10월 16일 일기〕

1892년 1월 1일에 아버지께서 돌아가셨다. 6개월 후에 우리는 결혼했다.

여기서 '나의 도제시절'은 끝나고 '우리의 동반'이 시작된다. 같은 신

넘에 기반을 두고 결혼으로 완벽해진 진정한 동지애가 시작된다. 아마
도 모든 여러 행복 중에서 가장 섬세하고 가장 오래 지속되는 행복일 것
이다.

연보

1858 1월 22일 출생.

1873 아버지와 언니인 케이트와 함께 미국 방문. 일기를 쓰기 시작함.

1875 본머스의 기숙학교에 감. 일시적으로 구교로 개종.

1876 사교계 진출.

1880 언니들과 이탈리아 여행.

1882 어머니 사망.

1883 자선단체협회에서 자원봉사자로 일함. 체임벌린 만남.
　　　처음으로 랭커셔의 바컵 방문.

1884 체임벌린과 관계 끝남. 마거릿 하크네스와 독일 여행.

1885 두 번째 바컵 방문.
　　　2월 『펠 멜 가제트』에 「이스트 지역 실업자에 대한 숙녀의 견해」 게재.

1887 찰스 부스와 사회조사 시작.
　　　10월 『19세기』에 「이스트 런던의 부두 생활」 게재.
　　　스펜서가 문학 집행인이 되어달라고 부탁.

1888 고혈착취 체제와 이스트 런던의 유대인 공동체 조사.
　　　고혈착취 체제에 대해 상원위원회에서 증언.

1889 4월 부스의 『이스트 런던』 출판. 세 번째 바컵 방문.
　　　협동조합운동 연구 시작.

1890 시드니 웹 만남.

1891 웹과 비밀 약혼. 페이비언 협회 가입.
　　　『대영제국에서의 협동조합운동』 출간.

1892 아버지 사망. 약혼 공표. 스펜서 문학 집행인 직책을 박탈당함.
　　　7월 시드니 웹과 결혼.

참고문헌

Peter Clarke, *Liberals and Social Democrats*, Cambridge 1978.

Margaret Cole, *Beatrice Webb*, London 1946.

──────, *The Story of Fabian Socialism*, London 1961.

Margaret Cole (ed.), *The Webbs and their Work*(new ed.), Hassocks 1974.

H. Dyos & M. Wolff, *The Victorian City*, London 1973.

H. V. Emy, *Liberals, Radicals and Social Politics 1892~1914*, Cambridge 1973.

Peter Fraser, *Joseph Chamberlain: Radicalism to Empire 1868~1914*, London 1966.

A. Fried and R. Elman (eds.), *Charles Booth's London*, London 1971.

D. A. Hamer, *Liberal Politics in the Age of Gladston and Rosebery*, Cambridge 1978.

Royden Harrison, *Before the Socialists: Studies in Labour and Politics 1861~1881*, London 1965.

G. S. Jones, *Outcast London*, Oxford 1971.

Dan H. Laurence, *Bernard Shaw: Collected Letters 1874~1897*, London 1965.

Helen Lynd, *English in the Eighteen-Eighties*, New York 1945.

A. M. McBriar, *Fabian Socialism and British Politics 1884~1918*, Cambridge 1962.

Jeanne MacKenzie, *A Victorian Courtship: The Story of Beatrice Potter and Sidney Webb*, London 1979.

Norman and Jeanne MacKenzie, *The First Fabians*, London 1977.

C. L. Mowat, *The Charity Organisation Society 1869~1913*, London 1961.

K. Muggeridge and R. Adam, *Beatrice Webb 1888~1943*, London 1967.

J. Y. D. Peel, *Herbert Spencer: The Evolution of a Sociologist*, New York 1971.

H. Pelling, *Origins of the Labour Party 1880~1900*, Oxford 1965.

S. Pierson, *Marxism and the Origins of British Socialism*, London 1973.

Paul Thompson, *Socialists, Liberals and Labour: The Struggle for London 1885~1914*, London 1967.

Martin Wiener, *Between Two Worlds: The Political Thought of Graham Wallas*, Oxford 1971.

Willard Wolfe, *From Radicalism to Socialism: Men and Ideas in the formation of Fabian Socialist doctrines 1881~89*, London 1975.

찾아보기

지은이 비어트리스 웹

비어트리스 웹(Beatrice Webb, 1858~1943)은 영국의 사회주의자이자 경제학자,
사회개혁가이다. 그녀의 남편인 시드니 웹(Sidney Webb)도 같은 길을 걸었다.
그녀의 자서전 『나의 도제시절』은 태어나서부터 페이비언주의자가 되기 이전까지를
기록했다. 이 책에서 가장 중요하게 다뤄지고 있는 것은 영국의 철학자며
사회이론가인 허버트 스펜서와의 교유와 그로부터 받은 사상적 영향, 협동조합 연구,
사회주의자가 되기까지의 과정이다. 그녀는 아버지가 철도회사 사장인 덕분에
부유한 어린 시절을 보낼 수 있었다. 아버지는 아이들에게 어떤 책이든 읽을 수
있게 해준 자유주의자였다. 어머니는 지적인 여성이었으나 비어트리스를
인정하지 않았다. 심지어 가장 영리하지 못한 자식으로까지 생각했다고 한다.
비어트리스 웹은 허버트 스펜서로부터 받은 사상적 영향과 자선사업의 경험 덕택에,
그리고 사촌형부인 찰스 부스의 사회조사에 참여하면서 사회의식을 형성하게 된다.
어릴 적부터 비어트리스에게 사상적 영향을 준 허버트 스펜서는 비어트리스를
문학 집행인으로 임명했다가 시드니 웹과의 약혼 사실을 알고 이를 철회한다.
그러나 그녀는 스펜서의 말년에 병상을 방문할 만큼 친밀한 관계를 유지했다.
협동조합 운동에 관한 연구는 그녀의 매우 중요한 업적으로 평가된다. 그녀는
당시 협동조합의 지도자들과의 만남을 생생하게 그려놓고 있으며,
협동조합 운동에 대한 저서는 지금까지도 중요하게 받아들여지고 있다.
이 책은 페이비언주의자인 시드니 웹과의 만남까지를 기록하고 있으며,
이때까지도 그녀는 아직 페이비언주의자가 아니었다.

옮긴이 조애리 · 윤교찬

조애리(曺愛利)는 서울대 영문과를 졸업하고 같은 대학원에서
석사 및 박사학위를 받았다. 박사학위 논문은『샬롯 브론테 연구: 여성론적 접근』이다.
지금은 카이스트 인문사회과학부 교수로 재직 중이다.
지은 책으로『성 · 역사 · 소설』등이, 옮긴 책으로『빌레뜨』『설득』
『문화코드 어떻게 읽을 것인가?』(공역) 등이 있다.
19세기 영미소설, 문화연구, 페미니즘 특히 여성의 몸에 대해
관심을 가지고 연구하고 있다. 공역자인 윤교찬 교수 등 대전 지역의
다른 교수들과 들뢰즈, 지젝, 탈식민주의, 문화연구 등을 함께 공부했으며
현재는 벤야민을 읽고 있다. 이 모임에서 공부한 성과물로『탈식민주의 길잡이』
『문화코드 어떻게 읽을 것인가?』가 출간되었다.

윤교찬(尹敎贊)은 서강대 영문과를 졸업하고 같은 대학원과
노스캐롤라이나대학에서 석사학위를,「존바스의 포스트모더니즘 소설과
카운터리얼리즘의 세계」로 서강대에서 박사학위를 받았다.
현재 한남대 영어교육과 교수로 학생들을 가르치고 있다.
옮긴 책으로『문학비평의 전제』『탈식민주의 길잡이』(공역)
『문화코드 어떻게 읽을 것인가?』(공역)가 있다. 20세기 미국소설,
탈식민주의 문학이론, 문화연구에 관심을 가지고 연구 중이다.

한국학술진흥재단 학술명저번역총서
서양편 ● 55 ●

'한국학술진흥재단 학술명저번역총서'는
우리 시대 기초학문의 부흥을 위해
한국학술진흥재단과 한길사가 공동으로 펼치는
서양고전 번역간행사업입니다.

나의 도제시절

지은이 · 비어트리스 웹
옮긴이 · 조애리 윤교찬
펴낸이 · 김언호
펴낸곳 · (주)도서출판 한길사
등록 · 1976년 12월 24일 제74호
주소 · 413-756 경기도 파주시 교하읍 문발리 520-11
www.hangilsa.co.kr
E-mail: hangilsa@hangilsa.co.kr
전화 · 031-955-2000~3
팩스 · 031-955-2005

상무이사 · 박관순 | 영업이사 · 곽명호
편집 · 이현화 서상미 | 김진구 백은숙 | 전산 · 한향림 노승우
마케팅 및 제작 · 이경호 이연실 | 관리 · 이중환 문주상 장비연 김선희

출력 · 지에스테크 | 인쇄 · 현문인쇄 | 제본 · 경일제책

제1판 제1쇄 2008년 12월 30일

값 30,000원
ISBN 978-89-356-5920-3 94840
ISBN 978-89-356-5291-4 (세트)
* 잘못 만들어진 책은 구입하신 서점에서 바꿔드립니다.